Washington Irving
Sleepy Hollow
Schaurige Erzählungen

Washington Irving

SLEEPY HOLLOW
SCHAURIGE ERZÄHLUNGEN

Aus dem Amerikanischen übertragen
und mit einem Nachwort versehen von
Siegfried Schmitz

Albatros

Titel der amerikanischen Originalausgabe:
The Sketch Book of Geoffrey Crayon, Gent (New York 1819)

Titel der deutschen Originalausgabe:
Das Skizzenbuch
Vollständige Ausgabe.
Unter Benutzung älterer Übersetzungen
übertragen und mit einem
Nachwort versehen von Siegfried Schmitz

© 1968 Winkler Verlag
© 1995 Patmos Verlag GmbH & Co. KG
Artemis & Winkler Verlag, Düsseldorf

Bibliographische Information der Deutschen Nationalbibliothek

Die Deutsche Nationalbibliothek verzeichnet diese Publikation
in der Deutschen Nationalbibliographie;
detaillierte bibliographische Daten sind im Internet
über http://dnb.d-nb.de abrufbar.

© 2009 Patmos Verlag GmbH & Co. KG
Albatros Verlag, Düsseldorf
Alle Rechte vorbehalten.
Umschlaggestaltung: butenschoendesign.de
Umschlagmotiv:
(Filmplakat) © MANDALAY PICTURES/ALBUM/AKG
Printed in Czech Republic
ISBN 978-3-491-96237-8
www.patmos.de

Darin stimme ich Homers Ansicht bei, daß, wie
die aus ihrem Haus herausgekrochene Schnecke flugs
in eine Kröte verwandelt und dadurch gezwungen
wurde, sich einen Stuhl zu machen, um sich darauf
zu setzen, also auch der Reisende, der fortzieht aus
seinem eigenen Land, nach kurzer Zeit in ein so
mißgestaltes Wesen umgebildet wird, daß er genötigt
ist, mit seinem Aufenthalt auch seine Lebensweise zu
ändern und dort zu leben, wo er kann, nicht, wo er
möchte.

Lylys Euphues

Es gefiel mir immer sehr, neue Gegenden zu besuchen und
merkwürdige Charaktere und Sitten zu beobachten. Schon als
Kind begann ich meine Streifzüge und unternahm ich manche
Entdeckungsreisen in fremde Bezirke und unbekannte Viertel
meiner Heimatstadt, zur häufigen Besorgnis meiner Eltern und
zum klingenden Nutzen des Ausrufers. Als ich ins Knabenalter
getreten war, dehnte ich den Bereich meiner Untersuchungen aus.
Die freien Nachmittage brachte ich mit Umherstreifen in der umliegenden Landschaft zu. Ich machte mich mit all ihren Orten
vertraut, die in der Geschichte oder in der Sage berühmt sind.
Ich kannte jede Stätte, wo ein Mord oder ein Raubüberfall geschehen war oder ein Gespenst sich hatte sehen lassen. Ich besuchte die Nachbardörfer, und indem ich mir ihre Lebensgewohnheiten und Gebräuche einprägte und mich mit ihren Weisen und
großen Männern unterhielt, vermehrte ich mein Wissen beträchtlich. An einem langen Sommertag erstieg ich sogar den
Gipfel des entferntesten Hügels, von dem aus ich mein Auge über
viele Meilen unbekannten Landes schweifen ließ, und wurde mir
staunend bewußt, auf welch unermeßlicher Erdkugel ich wohnte.
Dieser Hang zum Umherstreifen wuchs noch mit den Jahren.
Beschreibungen von See- und Landreisen wurden meine Leidenschaft, doch während ich deren Inhalt förmlich verschlang, ver-
nachlässigte ich die regelmäßigen Schularbeiten. Wie sehnsuchts-

voll schlenderte ich bei schönem Wetter auf den Hafendämmen umher, um die auslaufenden Schiffe zu beobachten, die in die weite Welt hinausfuhren! Mit welch verlangenden Blicken schaute ich den immer kleiner werdenden Segeln nach und versetzte mich in meiner Phantasie an die Enden der Welt!

Fortgesetztes Lesen und Denken lenkten zwar diesen unbestimmten Drang in vernünftigere Bahnen, aber andererseits wurde er dadurch nur noch verstärkt. Ich durchstreifte verschiedene Teile meines Heimatlandes, und hätte mich einzig und allein die Liebe zu schönen Gegenden geleitet, so würde ich wenig Verlangen empfunden haben, anderswo die Befriedigung meiner Sehnsüchte zu suchen; denn über kein Land hat doch die Natur ihre Reize verschwenderischer ausgegossen. Seine gewaltigen Seen, die Ozeanen flüssigen Silbers gleichen; seine Gebirge mit den leuchtenden, luftigen Farben; seine Täler, die von wilder Fruchtbarkeit strotzen; seine mächtigen Wasserfälle, die in stiller Abgeschiedenheit donnern; seine endlosen Ebenen, die in üppigem Grün wogen; seine breiten, tiefen Ströme, die in feierlichem Schweigen dem Weltmeer zurollen; seine unwegsamen Wälder, in denen die Vegetation all ihre Pracht entfaltet; sein Himmel, der erstrahlt im Zauber der Sommerwolken und des goldenen Sonnenscheins – nein, nie braucht ein Amerikaner außerhalb seiner Heimat nach erhabenen und schönen Landschaften zu suchen.

Aber Europa bot den ganzen Zauber historischer und dichterischer Reminiszenzen dar. Dort waren die Meisterwerke der Kunst, die Verfeinerung einer hochgebildeten Gesellschaft, die sonderbaren Eigentümlichkeiten alter und lokaler Gebräuche zu finden. Mein Geburtsland war erfüllt von jugendlicher Erwartung; Europa war reich an aufgespeicherten alten Schätzen. Selbst seine Ruinen erzählten die Geschichte verflossener Zeiten, und jeder zerbröckelnde Stein war eine Chronik. Ich brannte vor Begierde, über die Schauplätze glorreicher Heldentaten zu wandern, sozusagen in die Fußstapfen des Altertums zu treten, auf den Trümmern einer Burg zu weilen, nachzusinnen auf dem zerfallenen Turm – kurz, der nüchternen Wirklichkeit der Gegenwart zu entfliehen und mich in der schemenhaften Größe der Vergangenheit zu verlieren.

Außerdem erfüllte mich eine heiße Sehnsucht, die großen Männer der Erde kennenzulernen. Gewiß, wir haben große Männer auch in Amerika; jede Stadt weist eine ganze Anzahl von ihnen auf. Ich habe mich zu meiner Zeit unter sie gemischt und bin fast verwelkt in dem Schatten, den sie auf mich warfen; denn für einen kleinen Mann ist nichts so unheilvoll wie der Schatten eines großen, namentlich des größten Mannes einer Stadt. Doch ich trachtete danach, Europas große Männer zu sehen, denn ich hatte in den Werken verschiedener Philosophen gelesen, daß in Amerika alle Lebewesen entarteten, also auch die Menschen. So dachte ich, daß ein großer Europäer einen großen Amerikaner ebenso überragen müsse wie ein Gipfel der Alpen das Hudson-Hochland, und in dieser Meinung wurde ich noch bestärkt, indem ich die relative Wichtigkeit und die aufgeblähte Größe mancher bei uns herumreisenden Engländer beobachtete, die – dessen war ich sicher – in ihrer Heimat als sehr geringe Leute galten. Ich will dies Reich der Wunder besuchen, nahm ich mir vor; ich will das gigantische Geschlecht kennenlernen, dessen entarteter Sproß ich bin.

Mein gutes oder böses Geschick fügte es, daß dieser Hang zum Umherschweifen befriedigt wurde. Durch mannigfaltige Länder bin ich gewandert und Augenzeuge vieler wechselnder Szenen des Lebens geworden. Ich kann nicht behaupten, sie mit dem Scharfblick eines Philosophen studiert zu haben; nein, eher mit dem neugierigen, müßigen Blick, mit dem bescheidene Liebhaber der Malerei von dem Schaufenster einer Kunsthandlung zu dem einer anderen hinschlendern, bald von der Schönheit einer Zeichnung gefesselt, bald von den Verzerrungen einer Karikatur, bald wieder von der Anmut eines Landschaftsbildes. Da es bei den Touristen heutzutage Mode geworden ist, mit dem Stift in der Hand zu reisen und Mappen voll Skizzen heimzubringen, bin auch ich nicht abgeneigt, zur Unterhaltung meiner Freunde etliche auszuführen. Wenn ich jedoch die Andeutungen und Bemerkungen, die ich mir zu dem Zweck notiert habe, überblicke, verzagt mein Herz beinahe, wenn es entdeckt, wie mich mein müßiges Gemüt abgelenkt hat von den großen Gegenständen, die jeder richtige Reisende, der ein Buch schreiben will, studiert. Ich fürchte, ich werde die Erwartungen ebensosehr enttäuschen wie jener unglückliche Landschaftsmaler, der den Kontinent bereiste, aber, den Eingebungen seiner schwärmerischen Neigung folgend, bloß Ecken und Winkel und abgelegene Örtlichkeiten zeichnete. So war sein Skizzenbuch angefüllt mit Hütten und Landschaften und unbekannten Ruinen, aber er hatte es versäumt, die St.-Peters-Kirche oder das Kolosseum, den Wasserfall von Terni oder den Golf von Neapel zu malen; ja nicht ein einziger Gletscher oder Vulkan fand sich in seiner ganzen Sammlung.

DIE SEEREISE

Da schau ich euch, Schiffe,
Auf offnem Meer;
O daß ich begriffe,
Was treu ihr beschützt,
Befördernd nützt,
    Was euer Ziel und Verkehr!
Eins fährt zum Handel und Geschäft auf nassen Pfaden,
Ein zweites bleibt als Schirm und Schutz an den Gestaden,
Ein drittes kehret heim, mit Gütern reich beladen. –
Still! Phantasie, wohin fliegst du?

Altes Lied

Für einen Amerikaner, der Europa besucht, ist die lange See-reise, die er machen muß, eine ausgezeichnete Vorbereitung. Der zeitweilige Verzicht auf alltägliche Begebenheiten und Beschäf-tigungen verursacht einen Gemütszustand, der für neue und lebhafte Eindrücke besonders empfänglich ist. Die unendliche Wasserfläche, welche die Hemisphären scheidet, gleicht einem lee-ren Blatt im Leben. Dort gibt es keinen allmählichen Übergang, durch den, wie in Europa, die Eigenheiten und die Bevölkerung eines Landes beinahe unmerklich mit denen eines andern ver-schmelzen. Von dem Augenblick an, da sich das Land, das ihr verlaßt, euren Blicken entzieht, ist alles ein großer leerer Raum, bis ihr am gegenüberliegenden Ufer aussteigt und euch mit einem-mal in das Getriebe und in die Neuheit einer anderen Welt ver-setzt seht.

Auf einer Landreise gewahrt man den Zusammenhang der Landschaften und eine ununterbrochene Folge von Personen und Ereignissen, welche die Geschichte des Lebens fortführen und die Wirkung von Abwesenheit und Trennung verringern. Wir zie-hen in Wahrheit „eine sich dehnende Kette" bei jedem Schritt auf unserer Pilgerschaft hinter uns her; doch diese Kette hängt zusammen: ihre Spur können wir Glied für Glied zurückver-folgen, und durch das letzte fühlen wir uns immer noch mit der Heimat verbunden. Eine weite Seereise dagegen trennt uns plötzlich. Sie macht uns bewußt, daß wir vom sicheren Anker-platz des geordneten Lebens losgelassen und aufs Geratewohl in eine zweifelhafte Welt hinausgeworfen sind. Sie legt nicht nur in der Einbildung, sondern tatsächlich einen Abgrund zwischen uns und unser Heimatland – einen Abgrund, der dem Sturm, der

Angst, der Ungewißheit ausgesetzt ist und der die Entfernung greifbar, die Rückkehr fraglich macht.

Wenigstens war dies bei mir der Fall. Als ich die letzte blaue Linie meines Vaterlandes wie eine Wolke am Horizont entschwinden sah, schien es mir, als hätte ich ein Buch der Welt und ihrer Angelegenheiten geschlossen und jetzt Muße zum Nachdenken, bevor ich das andere öffnete. Überdies – welche Veränderungen konnten nicht in dem Land geschehen, das ich nun aus meinem Gesichtskreis verlor und das alles umschloß, was mir im Leben teuer war – welche Wandlungen konnten sich in mir selbst vollziehen, ehe ich es wieder besuchen würde! Wer vermag, wenn er sich auf die Wanderschaft begibt, zu sagen, wohin er von der ungewissen Strömung des Daseins geschleudert oder wann er heimkehren oder ob es ihm jemals beschieden sein wird, die Schauplätze seiner Kindheit wiederzusehen?

Ich habe behauptet, daß auf offener See alles ein großer leerer Raum sei; diesen Ausdruck muß ich verbessern. Für jemanden, der sich am hellen Tag seinen Träumen überläßt und sich gern in Schwärmereien verliert, bietet eine Seereise zahlreiche Anlässe zum Nachdenken; jedoch dann sind es die Wunder der Tiefe und der Luft, welche bewirken, daß der Geist von weltlichen Dingen abgezogen wird. Es machte mir Vergnügen, mich achtern über die Reling zu beugen oder an windstillen Tagen den Großmast zu erklettern und stundenlang gedankenvoll auf den ruhigen Spiegel einer Sommersee hinabzublicken; die Scharen goldener Wolken, welche gerade über den Horizont hervorlugten, sinnend anzustaunen, sie mir als Feenreiche vorzustellen und mit Geschöpfen meiner Phantasie zu beleben; die sanft wogenden Wellen zu beobachten, die ihre Silbermassen vorwärts wälzten, wie wenn sie an jenen glücklichen Ufern hinsterben wollten.

Mich ergriff ein köstliches, aus Sicherheit und Ehrfurcht gemischtes Gefühl, als ich von meiner schwindelnden Höhe auf die Ungetüme der Tiefe und ihre plumpen Spiele hinabsah: Schwärme von Tümmlern, die sich um den Bug des Schiffes tummelten, der Schwertwal, der seinen ungeheuren Körper langsam über die Oberfläche hob, oder der raubgierige Hai, der gespenstergleich durch die blauen Fluten dahinschoß. Meine Phantasie beschwor alles herauf, was ich von dem Wasserreich unter mir gehört oder gelesen hatte: die beschuppten Herden, die durch seine unergründlichen Täler schweifen, die unförmigen Untiere, die unter den Grundfesten der Erde lauern, und all die wilden Truggestalten, welche die Erzählungen der Fischer und Matrosen anfüllen.

Manchmal bot ein fernes Segel, das am Rand des Ozeans entlangglitt, einen andern Stoff zu müßigen Betrachtungen. Wie interessant ist dieses Bruchstück einer Welt, das dahineilt, um sich der großen Masse des Lebens anzuschließen! Welch glorreiches Denkmal des menschlichen Erfindungsgeistes, der so über Wind und Woge triumphiert, die Enden der Welt miteinander verbunden und einen Austausch der Segnungen ermöglicht hat, indem er über die öden Gegenden des Nordens alle Üppigkeit des Südens ausschüttet, der das Licht der Wissenschaft und die Annehmlichkeiten der Kultur verbreitet und auf diese Weise diejenigen zerstreuten Teile der Menschheit, zwischen denen die Natur eine unübersteigbare Schranke aufgerichtet zu haben scheint, zusammengebracht hat.

Eines Tages bemerkten wir einen unförmigen Gegenstand, der in weiter Ferne dahintrieb. Auf dem Meer erregt alles Aufmerksamkeit, was die Eintönigkeit der umgebenden Fläche unterbricht. Es stellte sich heraus, daß es der Mast eines Schiffes war, das vollständig gescheitert sein mußte, denn es waren noch die Reste der Taschentücher vorhanden, mit denen etliche von der Mannschaft sich an diesen Balken gebunden hatten, um nicht von den Wogen fortgespült zu werden. Keine Spur fand sich, durch die man den Namen des Schiffs hätte feststellen können. Das Wrack war augenscheinlich viele Monate lang umhergetrieben; Trauben von Muscheln hatten sich rundherum festgesetzt, und langer Seetang hing an den Seiten herab. Doch wo ist nur die Mannschaft? dachte ich. Ihr Ringen ist längst vorbei – im tosenden Sturm gingen sie unter – ihre Knochen ruhen bleichend in den Höhlen der Tiefe. Wie die Wogen, so haben sich Schweigen und Vergessenheit über ihnen geschlossen, und keiner kann die Geschichte ihres Endes erzählen. Welche Seufzer mögen diesem Schiff nachgezogen, welche Gebete daheim am verlassenen Herd zum Himmel gestiegen sein! Wie oft hat die Braut, die Frau, die Mutter die Tagesnachrichten durchforscht, um irgendwelche gelegentliche Kunde über die Wanderer auf dem Wasser zu erhaschen! Wie verdüsterte sich da die Erwartung zum Kummer – der Kummer zur Angst – die Angst zur Verzweiflung! Ach, nicht ein Andenken wird jemals zurückkehren, daß es die Liebe hegen und pflegen könnte. Alles, was von dem Schiffe je bekannt werden wird, ist: „Es segelte aus seinem Hafen ab", und: „Nie hat man von ihm wieder etwas vernommen!"

Der Anblick dieses Wracks gab, wie gewöhnlich, zu manchen schaurigen Erzählungen Anlaß. Besonders war dies am Abend der Fall, als das bis dahin schöne Wetter wild und drohend auszusehen begann und einen der plötzlichen Stürme anzeigte, die bisweilen über die Heiterkeit einer Sommerreise hereinbrechen. Als wir in der Kajüte rund um das matte Lampenlicht saßen, welches das Halbdunkel noch geisterhafter erscheinen ließ, fiel jedem eine Geschichte von Schiffbruch und Unglück ein. Mich erschütterte am meisten eine kurze Erzählung des Kapitäns.

„Als ich einst", so begann er, „mit einem schönen, seefesten Schiff die Untiefen von Neufundland passierte, machte es einer der dichten Nebel, die in diesen Breiten vorherrschen, für uns unmöglich, sogar bei Tage weit vorwärts zu schauen, und nachts wurde das Wetter so trübe, daß wir auf das Doppelte der Schiffslänge keinen Gegenstand zu unterscheiden vermochten. Ich hatte Lampen am Mast und ständig eine Wache vorn, die nach den Fischerbooten ausspähen sollte, welche gewöhnlich an den Sandbänken vor Anker liegen. Es wehte eine günstige Brise, und wir durchschnitten ungemein rasch die Fluten. Da mit einemmal erhob der Posten den Warnruf: ‚Ein Segel in Sicht!' – und kaum war der Ruf erschollen, als wir auch schon über das Schiff hinwegfuhren. Es war ein kleiner Schoner, der, seine Seite uns zugekehrt, vor Anker trieb. Die ganze Mannschaft lag im Schlaf und hatte versäumt, ein Licht aufzuziehen. Wir trafen ihn genau mittschiffs. Unser Fahrzeug drückte durch seine Stärke, Größe und Schwere ihn unter die Wogen; wir fuhren über ihn hinweg und wurden auf unserem Kurs vorwärts getrieben. Als das krachende Wrack unter uns sank, erblickte ich zwei oder drei halbbekleidete Unglückliche, die aus der Kajüte stürzten; sie waren eben aus ihren Betten gesprungen, um laut aufschreiend von den Wellen verschlungen zu werden. Ich hörte noch ihren erstickten Schrei, der im Wind unterging. Die Bö, die ihn zu uns herübertrug, trieb uns so weit ab, daß wir nichts mehr hören konnten. Niemals werde ich diesen Schrei vergessen! Es dauerte einige Zeit, bevor wir das Schiff wenden konnten, so schnell schoß es vorwärts. So nahe, wie wir uns zu entsinnen vermochten, kehrten wir an die Stelle zurück, wo der Schoner geankert hatte. Im dichten Nebel kreuzten wir mehrere Stunden. Wir feuerten Signalschüsse ab und horchten, ob nicht das Hollo! irgendeines Überlebenden erklang; doch alles blieb still – nie mehr sahen oder hörten wir etwas von ihnen."

Ich gestehe, diese Geschichten machten für eine Weile all meinen schönen Phantasien ein Ende. Der Sturm wuchs mit der Nacht. Die See wurde in schrecklichem Aufruhr förmlich gepeitscht.

Dazu kam das schaurige Grollen der tobenden Wogen und der anbrandenden Brecher. Die Tiefen des Meeres taten sich auf. Zeitweise schien die schwarze Wolkenmasse über uns zerfetzt zu werden von den Blitzstrahlen, die auf den schaumgekrönten Wogen zitterten und die danach eintretende Dunkelheit doppelt unheimlich machten. Der Donner brüllte über der wilden Wasserwüste; sein Echo erklang und setzte sich in den Wellenbergen fort. Als ich das Schiff zwischen diesen heulenden Höhlen dahinschwanken und untertauchen sah, kam es mir wie ein Wunder vor, daß es sein Gleichgewicht wieder fand und seine Schwimmfähigkeit bewahrte. Seine Rahen senkten sich ins Wasser; sein Bug war beinahe von den Fluten begraben. Zuweilen drohte eine darüberstürzende Woge es zu verschlingen, und nur ein geschicktes Steuermanöver schützte es vor dem Untergang.

Als ich mich in meine Kajüte zurückzog, verfolgte mich noch das entsetzliche Schauspiel. Das Sausen des Windes im Takelwerk klang wie ein Grabgesang. Das Krachen der Masten, das Dröhnen und Ächzen der Schotten beim Kampf des Schiffs mit der heranrollenden Flut waren schrecklich. Als ich die Wellen an die Schiffswände anschlagen und in meine Ohren brüllen hörte, da schien es, als umtobe der Tod beutehungrig dieses schwimmende Gefängnis; schon das Nachgeben eines Nagels oder das Aufreißen einer Fuge hätte ihm Einlaß verschafft.

Ein schöner Tag mit ruhiger See und günstiger Brise verscheuchte jedoch bald all diese düsteren Gedanken. Es ist unmöglich, dem froh stimmenden Einfluß des schönen Wetters und guten Fahrtwindes auf offener See zu widerstehen. Wenn das Schiff in all seinen Segeln prangt, von denen jedes geschwellt ist, und wenn es heiter über die sich kräuselnden Wellen dahingleitet – wie erhaben, wie prächtig sieht es dann aus! wie scheint es das Meer zu beherrschen! Ich könnte einen ganzen Band mit den Träumereien einer Seereise anfüllen, denn sie ist für mich fast ein fortwährender Traum – doch es ist Zeit, an Land zu gehen.

Es war ein schöner sonniger Morgen, als vom Mastkorb der gellende Ruf „Land ahoi!" ertönte. Nur wer es selbst erlebt hat, kann sich den Wirbel köstlicher Empfindungen vorstellen, die eines Amerikaners Brust bestürmen in dem Augenblick, da er zum erstenmal Europa erblickt. Schon der Name erweckt eine Fülle von Erinnerungen. Es ist das gelobte Land, das alles das reichlich ausschüttet, wovon er in seiner Kindheit gehört oder worüber er in seinen Studienjahren nachgegrübelt hat.

Von diesem Zeitpunkt an bis zum Augenblick der Ankunft

befand sich alles in fieberhafter Aufregung. Die Kriegsschiffe, die gleich riesigen Wachtposten längs der Küste kreuzten; die weit in den Kanal sich erstreckenden irischen Landzungen; die bis in die Wolken ragenden walisischen Berge – alles erregte größtes Interesse. Als wir den Mersey hinaufsegelten, betrachtete ich die Ufer durch ein Fernrohr. Mein Auge ruhte entzückt auf sauberen Häusern mit zierlichen Sträuchern und grünen Rasenplätzen. Ich erblickte die zerbröckelnden Ruinen einer von Efeu überwucherten Abtei und den spitzen Turm einer Dorfkirche, die sich auf der Kuppe eines nahen Hügels erhob – all dies war charakteristisch für England.

Flut und Wind waren so günstig, daß das Schiff sofort in den Hafen einlaufen konnte. Er war von Menschen überfüllt, die teils müßig zuschauten, teils sehnsüchtig ihre Freunde oder Verwandten erwarteten. Ich konnte den Kaufherrn erkennen, an den das Schiff deklariert war. Ich erkannte ihn an seiner berechnenden Stirn und unruhigen Miene. Die Hände hatte er tief in die Taschen gesteckt; er pfiff gedankenvoll und schlenderte hin und her, da ihm die Menge mit Rücksicht auf seine augenblickliche Wichtigkeit einen kleinen Raum gelassen hatte. Wiederholte Freudenrufe und Begrüßungen wurden zwischen Ufer und Schiff ausgetauscht, sobald sich Freunde gegenseitig erkannten. Vor allem fiel mir eine junge Frau in einfacher Kleidung, aber von anmutigem Benehmen auf. Sie beugte sich aus der Menge vor; ihr Auge schweifte über das Schiff, als es sich der Küste näherte, um irgendein ersehntes Gesicht zu finden. Sie schien betrübt und bewegt; da plötzlich hörte ich, wie eine kraftlose Stimme ihren Namen rief. Er kam aus dem Mund eines armen Matrosen, der die ganze Reise über krank gewesen war und das Mitleid eines jeden an Bord erregt hatte. Bei schönem Wetter breiteten seine Kameraden für ihn eine Matratze auf dem Deck im Schatten aus; doch in der letzten Zeit hatte sich seine Krankheit so verschlimmert, daß er in seiner Hängematte bleiben mußte und nur den Wunsch äußerte, noch einmal seine Frau zu sehen, bevor er sterbe. Man hatte ihn an Deck getragen, während wir stromaufwärts fuhren, und jetzt lehnte er sich an die Wanten mit einem so abgemagerten, so gespensterhaften Gesicht, daß es kein Wunder war, wenn sogar das Auge der Liebe ihn nicht wiedererkannte. Beim Klang seiner Stimme indes flog ihr Auge über seine Züge; es erfaßte mit einem Blick eine Welt von Leiden: sie schlug die Arme zusammen, stieß einen schwachen Schrei aus und stand händeringend da in stummer Todesangst.

Alles war jetzt Eile und Unruhe. Das Zusammentreffen von Bekannten – das Begrüßen von Freunden – die Beratschlagungen von Geschäftsleuten. Nur ich war einsam und müßig. Ich besaß keinen Freund, der mich abholte; ich hatte keinen Willkommensgruß entgegenzunehmen. Ich betrat das Land meiner Väter – doch ich fühlte, daß ich ein Fremdling in diesem Land war.

ROSCOE

Hienieden in der Menschheit Dienst ein Schutzgott
Zu sein, für edle Ziele immer nur
All unsres Geistes Kräfte anzuwenden,
Die über niedern Pöbel uns erheben
Und uns unsterblich machen – das heißt leben.

Thomson

Einer der ersten Orte, zu dem man einen Fremden in Liverpool führt, ist das Athenäum. Es wurde nach einem großzügigen und wohldurchdachten Plan erbaut; es enthält eine gute Bibliothek und ein geräumiges Lesezimmer und ist der große literarische Mittelpunkt der Stadt. Man gehe dorthin, zu welcher Stunde es sei – man findet es bestimmt angefüllt mit ernst dreinblickenden Leuten, die sich ganz in das Studium der Zeitungen vertieft haben.

Als ich einst diesen Treffpunkt der Gelehrten besuchte, erregte ein Mann, der gerade ins Zimmer trat, meine Aufmerksamkeit. Er war schon im vorgerückten Alter, groß und von einer Gestalt, die früher einmal gebieterisch gewesen sein mochte, doch jetzt durch die Zeit, vielleicht auch durch Sorgen ein wenig gebeugt war. Er hatte ein edles, römisches Profil, einen Kopf, der einem Maler gefallen hätte; und obwohl einige leichte Falten auf der Stirn darauf hinwiesen, daß verzehrende Gedanken dort sich eingenistet hatten, strahlte aus dem Auge noch das Feuer einer Dichterseele. Es lag etwas in der ganzen Erscheinung, was ein Wesen besonderer Art verkündete, weit verschieden von der geschäftigen Menge ringsum.

Ich erkundigte mich nach dem Namen, und man sagte mir, es sei Roscoe. Mit einem unwillkürlichen Gefühl von Verehrung trat ich zurück. Dies also war der berühmte Schriftsteller, dies einer jener Männer, deren Stimme bis ans Ende der Welt gedrungen war, mit deren Geist ich mich sogar in den Einöden Amerikas unterhalten hatte! Da wir in meinem Vaterland europäische Schriftsteller gewöhnlich nur aus ihren Werken kennen, können wir uns nicht vorstellen, sie könnten sich wie andere Leute mit trivialen oder schmutzigen Dingen abgeben und mit dem Haufen gewöhnlicher Menschen auf dem staubigen Pfad des Lebens zusammenstoßen. Sie schweben in unserer Phantasie wie höhere Wesen dahin, glänzend durch die Ergüsse ihres Genies und umgeben vom Heiligenschein des literarischen Ruhms.

Den anmutigen Geschichtsschreiber der Medici mitten unter den geschäftigen Söhnen Merkurs anzutreffen war demnach zuerst ein Schock für meine poetischen Vorstellungen; doch Roscoe verdankt gerade den Umständen und der Stellung, in der er sich befand, seinen höchsten Anspruch auf Bewunderung. Es ist interessant zu beobachten, wie manche Geister sich fast selbst zu schaffen scheinen, indem sie unter allen möglichen Schwierigkeiten aufblühen und sich einsam, aber unbeirrbar ihren Weg durch tausend Hindernisse bahnen. Die Natur scheint sich darin zu gefallen, die Bestrebungen der Kunst zu vereiteln, mit denen sie gerne die angeborene Mittelmäßigkeit zur Reife bringen möchte, und sich wegen der Kraft und Üppigkeit ihrer zufälligen Schöpfungen zu rühmen. Sie streut die Samen des Genies in die Winde, und wenn auch einige umkommen auf dem steinigen Erdboden und einige unter den Dornen und Stacheln frühen Mißgeschicks ersticken, so werden doch andere bisweilen sogar in Felsspalten Wurzel schlagen, sich tapfer emporarbeiten zum Sonnenlicht und über ihre unfruchtbare Geburtsstätte die ganze Schönheit der Vegetation ausschütten.

Das ist bei Roscoe der Fall gewesen. In einem für das Gedeihen eines literarischen Talents augenscheinlich ungünstigen Ort geboren, so recht auf dem Marktplatz des Handels und Verkehrs, ohne Vermögen, Familienverbindungen oder Gönner, sich selbst antreibend, sich selbst unterhaltend und beinahe sich selbst belehrend, hat er alle Hindernisse überwunden, seinen Weg zur Vollendung zurückgelegt und, nachdem er eine der Zierden seiner Nation geworden war, die ganze Kraft seiner Talente und seines Einflusses dazu verwandt, seine Geburtsstadt zu fördern und zu verschönern.

Ja, dieser letzte Zug seines Charakters hat ihn in meinen Augen ungemein anziehend gemacht und mich vor allem bewogen, meine Landsleute auf ihn aufmerksam zu machen. Wie hervorragend auch seine literarischen Verdienste sind, so ist er doch nur einer der vielen ausgezeichneten Schriftsteller dieses geistig regen Volkes. Jene indes leben gewöhnlich nur ihrem eigenen Ruhm oder ihren eigenen Vergnügungen. Ihr Privatleben gibt der Welt kein Beispiel, oder vielleicht nur ein demütigendes von menschlicher Schwachheit und Unbeständigkeit. Bestenfalls trachten sie danach, dem Treiben und ewigen Einerlei des geschäftigen Daseins zu entfliehen, sich einer selbstischen literarischen Muße zu ergeben und einem geistigen, doch ausschließlichen Genuß zu leben.

Roscoe hingegen hat keines der erlaubten Vorrechte des Talents für sich beansprucht. Er hat sich in keinen Garten des Denkens, in kein Elysium der Phantasie eingeschlossen, sondern sich auf den Landstraßen und Verbindungswegen des Lebens gezeigt; er hat Lauben an den Wegrand gepflanzt zur Erfrischung des Pilgers und Reisenden; er hat lautere Quellen geöffnet, zu denen der Arbeiter vom Staub und der Hitze des Tages sich wenden und wo er vom lebendigen Strom des Wissens trinken kann. Es findet sich „eine tägliche Schönheit in seinem Leben"*, über die das Menschengeschlecht nachsinnen soll, um so besser zu werden. Sie bietet kein erhabenes und ein beinah unnützes, weil unnachahmliches Beispiel von Vortrefflichkeit, sondern zeigt ein Bild tätiger, aber einfacher und nachahmungswürdiger Tugenden, die jedermann erlangen kann, die aber nur wenige ausüben, denn sonst müßte diese Welt ein Paradies sein.

Sein Privatleben verdient jedoch ganz besonders die Aufmerksamkeit der Bürger unseres jungen und geschäftigen Landes, wo die Literatur und die schönen Künste mit den derberen Pflanzen des täglichen Bedürfnisses zusammen aufwachsen müssen und wo ihre Pflege nicht ausschließlich von den Opfern an Zeit und Geld abhängt oder von den belebenden Strahlen erlauchter Gönnerschaft, sondern von Stunden und Tagen, die einsichtsvolle und patriotisch gesinnte Männer dem Jagen nach weltlichen Interessen entreißen.

Er hat bewiesen, wieviel ein großer Geist in Mußestunden für eine Stadt zu wirken und wie er allen Dingen seiner Umgebung seinen Stempel aufzudrücken vermag. Gleich seinem Lorenzo de Medici, den er als eine vollkommene Verkörperung der Antike betrachtet zu haben scheint, hat er die Geschichte seines Lebens mit der seiner Heimatstadt verwoben und die Grundlagen

---

* Zitat aus Shakespeares „Othello" V, 1 (Anmerkung des Übersetzers).

ihres Ruhmes zu Denkmälern seiner Tugenden gemacht. Wohin man auch immer in Liverpool geht, man entdeckt in allem Edlen und Großen die Spuren seines Wirkens. Er erkannte, daß der Strom des Reichtums nur in den Kanälen des Handels floß; er hat daraus befruchtende Bäche abgeleitet, um die Gärten der Literatur zu erfrischen. Durch sein eigenes Vorbild und durch seine ständigen Anstrengungen hat er jene Vereinigung des Handels und der geistigen Bestrebungen zustande gebracht, die er so beredt in einer seiner letzten Schriften empfiehlt*, und er hat durch die Praxis beweisen, wie gut sie miteinander harmonieren und sich gegenseitig nützen können. Die großartigen Einrichtungen für literarische und wissenschaftliche Zwecke, die ein so glänzendes Licht auf Liverpool werfen und dem Gemeingeist so viele Anregungen geben, sind meistens durch Roscoe ins Leben gerufen und sämtlich von ihm nach Kräften gefördert worden; und wenn wir den schnell zunehmenden Wohlstand und die Größe dieser Stadt bedenken, die an wirtschaftlicher Bedeutung mit der Hauptstadt zu wetteifern verspricht, so muß man feststellen, daß er, indem er in ihren Einwohnern das Streben nach geistiger Veredlung erweckte, der Sache der englischen Literatur einen großen Dienst leistete.

In Amerika kennen wir Roscoe nur als Schriftsteller – in Liverpool spricht man von ihm als Bankier, und man erzählte mir, er habe im Geschäftsleben kein Glück gehabt. Ich konnte ihn nicht bemitleiden, wie ich es mehrere reiche Leute tun hörte. Ich glaubte ihn über mein Mitleid hoch erhaben. Diejenigen, welche allein für die Welt und in der Welt leben, mögen unter Schicksalsschlägen zusammenbrechen, doch einen Mann wie Roscoe kann die Unbeständigkeit des Glücks nicht umwerfen. Sie führt ihn nur tiefer hinein in die Fülle seines eigenen Geistes, zur höheren Gesellschaft seiner eigenen Gedanken, welche die besten Menschen bisweilen vernachlässigen, die lieber in die Ferne schweifen, um minder würdige Gefährten zu suchen. Er ist von der Welt um ihn her unabhängig. Er lebt mit dem Altertum und mit der Nachwelt; mit dem Altertum in der angenehmen Gemeinschaft gelehrter Zurückgezogenheit und mit der Nachwelt in dem hohen Streben nach künftigem Ruhm. Die Einsamkeit ist für ein solches Gemüt der Zustand höchsten Genusses. Es ist dann beschäftigt mit jenen erhabenen Betrachtungen, welche die eigentliche Nahrung

* Ansprache bei der Eröffnung der „Liverpool Institution" (Anmerkung des Verfassers).

edler Seelen bilden und in der Wüste dieser Welt dem vom Himmel gesandten Manna gleichen.

Während meine Gefühle noch lebhaft bei dem Gegenstand verweilten, hatte ich das Glück, auf weitere Spuren von Roscoe zu stoßen. Ich war mit einem Herrn hinausgeritten, um Liverpools Umgebung kennenzulernen, als dieser durch ein Tor in einen kunstvoll angelegten Park einschwenkte. Nach kurzem Ritt gelangten wir an ein geräumiges Herrenhaus aus Sandstein, das im griechischen Stil erbaut war. Wenn es auch nicht den allerfeinsten Geschmack verriet, so hatte es doch einen Anstrich von Eleganz, und die Lage war entzückend. Ein schöner, leicht abfallender Rasen war mit Baumgruppen bepflanzt, die so angeordnet waren, daß sie eine liebliche, fruchtbare Gegend in mannigfaltige Landschaftsbilder unterteilten. Man sah den Mersey seine breite ruhige Wasserfläche durch ein ausgedehntes grünes Wiesenland winden, während die walisischen Berge, mit den Wolken verschmelzend und in der Ferne verschwimmend, den Horizont begrenzten.

Dies war Roscoes Lieblingsaufenthalt in den Tagen seines Glücks. Es war die Stätte kultivierter Gastlichkeit und literarischer Zurückgezogenheit gewesen. Das Haus stand nun leer und verlassen. Ich sah die Fenster der Studierstube, die auf die erwähnte liebliche Landschaft hinausgingen. Die Fenster waren geschlossen, die Bibliothek war verschwunden. Zwei oder drei armselige Wesen lungerten dort herum, die sich meine Phantasie als Gerichtsdiener vorstellte. Es war wie der Besuch einer antiken Quelle, deren reines Wasser einst in heiligem Schatten dahinsprudelte und die man jetzt trocken und versandet findet – die geborstenen Marmorblöcke ein Zufluchtsort der Eidechsen und Kröten.

Ich erkundigte mich nach dem Schicksal von Roscoes Bibliothek, die aus seltenen und ausländischen Büchern bestanden hatte, denen er vielfach den Stoff zu seinen italienischen Geschichtswerken entnommen hatte. Sie war unter den Hammer des Auktionators gekommen und im ganzen Land zerstreut worden. Die guten Leute aus der Umgegend strömten herbei wie Strandräuber, um irgendein Stück von dem herrlichen Schiff zu ergattern, das auf den Strand getrieben worden war. Ließe eine solche Szene scherzhafte Gedankenverbindungen zu, so möchten wir in diesem seltsamen Einbruch in das Reich der Gelehrsamkeit etwas Komisches finden – Zwerge, welche die Rüstkammer eines Riesen durchstöbern und sich um den Besitz von Waffen streiten, mit denen sie doch nicht umgehen können! Wir möchten uns eine

Bande von Spekulanten vorstellen, die mit berechnender Miene über den seltsamen Einband und die illuminierten Ränder irgendeines verschollenen Schriftstellers debattieren; den Blick angestrengten, aber getäuschten Scharfsinns, mit dem ein glücklicher Käufer in die gotischen Lettern eines soeben erstandenen Buches einzudringen versucht.

Es ist ein schöner Zug in der Geschichte von Roscoes Mißgeschick – ein Zug, der gewiß ein den Wissenschaften zugetanes Gemüt ansprechen wird –, daß die Trennung von seinen Büchern seine zartesten Gefühle berührt zu haben und der alleinige Umstand gewesen zu sein scheint, der seine Muse zu entflammen vermochte. Nur der Gelehrte weiß, wie teuer einem diese stummen und doch so beredten Genossen reiner Gedanken und unschuldiger Stunden in der Zeit des Unglücks werden. Wenn alles Irdische um uns her sich in Tand verwandelt, behalten diese allein ihren festen Wert. Wenn Freunde kühl werden und der Verkehr mit Bekannten zu leerer Höflichkeit und Gemeinplätzen verflacht, bewahren diese allein das unveränderte Benehmen aus glücklicheren Tagen und heitern uns auf durch jene wahre Freundschaft, die niemals die Hoffnung betrog noch den Kummer im Stich ließ.

Ich will nicht tadeln; doch hätten die Bewohner von Liverpool wirklich empfunden, was sie Roscoe und sich selbst schuldig waren, so wäre seine Bibliothek niemals verkauft worden. Gute äußere Gründe können ohne Zweifel für diesen Umstand angeführt werden, die durch andere, nur von der Phantasie gebildete Gründe kaum zu widerlegen sind; jedoch es scheint mir dies eine seltene Gelegenheit gewesen zu sein, ein edles, mit Mißgeschick ringendes Gemüt durch eines der zartesten, aber bedeutsamsten Zeichen öffentlicher Teilnahme aufzuheitern. Es ist freilich schwer, einen Mann von Genie, den man täglich vor Augen hat, gebührend zu würdigen. Er wird mit anderen Leuten vermischt und zusammengetan. Seine großen Eigenschaften verlieren ihre Neuheit, und wir werden zu vertraut mit den gewöhnlichen Bestandteilen, welche die Grundlage selbst des erhabensten Charakters bilden. Manche von Roscoes Mitbürgern mögen ihn bloß als Geschäftsmann betrachten, andere als Politiker; alle finden ihn, wie sich selber, mit alltäglichen Dingen beschäftigt und meinen vielleicht gar, ihn in mancher Hinsicht an weltlicher Klugheit zu übertreffen. Sogar die liebenswürdige und unaufdringliche Einfachheit des Charakters, die der echten Größe unsagbaren Zauber verleiht, mag schuld daran sein, daß manche niedrigen

Seelen, die nicht wissen, daß wahrer Wert immer ohne Glanz und Anspruch ist, ihn nicht gebührend würdigen. Doch der Mann der Wissenschaft, der von Liverpool spricht, spricht davon als der Heimat Roscoes. Der gebildete Reisende, der die Stadt besucht, erkundigt sich danach, wo er Roscoe finden kann. – Er ist das literarische Wahrzeichen der Stadt, deren Existenz er dem entfernten Gelehrten anzeigt. – Er erhebt sich, wie die Säule des Pompejus in Alexandria, einsam in klassischer Würde.

Auf das folgende Sonett, das Roscoe an seine Bücher richtete, als er sich von ihnen trennen mußte, ist im vorstehenden Aufsatz angespielt worden. Wenn irgend etwas dem lauteren Gefühl und dem hier ausgesprochenen erhabenen Gedanken größere Eindringlichkeit verleihen kann, so ist es die Überzeugung, daß das Ganze kein Erguß der Phantasie, sondern der Empfindungen des Verfassers ist.

An meine Bücher

Wie jemand, der von Freunden mußte scheiden,
Zwar den Verlust beklagt, doch hofft, daß bald
Ihr Laut, ihr Lachen wieder zu ihm schallt,
Und trägt, so gut er kann, der Seele Leiden,

So soll ich euch, Gefährten, heute meiden,
Der Kunst und Weisheit Lehrer, die, wenn kalt
Das Leben scheint, ihr scheucht die Schreckgestalt;
Doch Traurigkeit darf nicht mein Herz umkleiden.

Sind um erst wen'ge Jahre, Tage, Stunden,
Dann wird das Frührot beßrer Zeit erscheinen,
Dann wird der alte Bund uns neu vereinen.

Dann, erdenfrei, an Macht ganz ungebunden,
Wird sich umarmend Geist mit Geist vermählen
Und nichts mehr trennen die verwandten Seelen.

Des Meeres Schätze sind so köstlich nicht
Wie die verborgnen Freuden eines Mannes,
Die Frauenliebe schenkt. Tret ich dem Haus
Nur nahe, spür ich schon den Segenshauch.
Der Ehe bloß entströmt solch Himmelsduft ...
Ein Veilchenbeet ist süßer nicht.

Middleton

Oft hatte ich Gelegenheit, die Stärke zu beobachten, mit der Frauen die schwersten Schicksalsschläge ertragen. Jene Unglücksfälle, die den Geist eines Mannes niederschmettern und ihn in den Staub werfen, scheinen alle Kräfte des schwächeren Geschlechts herauszufordern und ihrem Charakter solche Unerschrockenheit und Würde zu verleihen, daß er sich manchmal dem Erhabenen nähert. Nichts kann rührender sein als der Anblick eines sanften und zarten weiblichen Wesens, das ganz Schwäche und Abhängigkeit war und bei jeder alltäglichen Schwierigkeit in Aufregung geriet, solange es auf glücklichen Lebenspfaden wandelte, das nun plötzlich an geistiger Kraft zunimmt, um in der Not tröstend und helfend dem Gatten zur Seite zu stehen, und mit unerschütterlicher Festigkeit die bittersten Stöße des Mißgeschicks erduldet.

Wie die Rebe, die lange ihr zierliches Laub um die Eiche geschlungen hat und mit ihr zum Sonnenlicht emporgewachsen ist, sich dann, wenn der mächtige Baum vom Blitz gespalten wird, mit ihren liebkosenden Ranken an ihn klammert und seine zersplitterten Äste zu verbinden trachtet: so wurde es von der Vorsehung wunderbar angeordnet, daß die Frau, dieses abhängige Wesen und der Schmuck des Mannes in dessen glücklicheren Stunden, seine Stütze und sein Trost wird, wenn unerwartetes Unglück ihn niederschmettert, indem sie in die schroffen Tiefen seiner Natur dringt, zärtlich das gebeugte Haupt aufrichtet und das gebrochene Herz heilt.

Ich habe einst einen Freund beglückwünscht, der eine blühende, durch die innigste Zuneigung verbundene Familie um sich hatte. „Ich kann dir kein besseres Los wünschen", sagte er mit Begeisterung, „als Frau und Kinder zu besitzen. – Wenn du glücklich bist, teilen sie dein Glück; im anderen Falle sind sie da, dich zu trösten." Und ich habe in der Tat die Erfahrung gemacht, daß ein verheirateter Mann, der in Not gerät, viel eher seine

Stellung in der Welt wiedererlangt als ein unverheirateter – zum Teil, weil er zur Tätigkeit mehr angespornt wird durch die Bedrängnis der hilflosen und geliebten Wesen, deren Unterhalt ihm obliegt, vor allem aber, weil sein Gemüt durch häusliche Freuden besänftigt und gehoben und seine Selbstachtung lebendig erhalten wird, da er entdeckt, daß, wenn auch draußen um ihn her alles Finsternis und Demütigung ist, es doch noch daheim eine kleine Welt der Liebe gibt, in der er der Herrscher ist. Ein alleinstehender Mann neigt jedoch leicht dazu, zu verschwenden und sich zu vernachlässigen, sich für einsam und verlassen zu halten, und sein Herz zerfällt in Trümmer wie ein ödes Haus, weil es keinen Bewohner hat.

Diese Betrachtungen rufen mir eine kleine Familiengeschichte ins Gedächtnis, deren Zeuge ich einst wurde. Mein guter Freund Leslie hatte ein schönes und gebildetes Mädchen geheiratet, das in der großen Welt aufgewachsen war. Sie besaß zwar kein Vermögen, aber das meines Freundes war beträchtlich, und er freute sich schon im voraus darauf, sie ein elegantes Leben führen zu lassen und alle die zarten Neigungen und Launen zu befriedigen, die eine Art von Zauber um das weibliche Geschlecht verbreiten. „Ihr Leben", sagte er, „soll sein wie ein Märchen."

Gerade die Verschiedenheit ihrer Charaktere erzeugte eine harmonische Verbindung: er war von romantischem und etwas ernstem Wesen, sie ganz Leben und Heiterkeit. Ich habe häufig das stumme Entzücken bemerkt, mit dem er sie in einer Gesellschaft betrachtete, deren Wonne sie durch ihre glänzenden Gaben war, und wie sie inmitten der allgemeinen Bewunderung ihr Auge ihm zuwandte, als suche sie dort allein Gunst und Wohlwollen. Lehnte sie sich auf seinen Arm, so kontrastierte ihr schlanker Wuchs schön mit seiner großen männlichen Erscheinung. Der liebevoll vertrauende Blick, mit dem sie zu ihm aufsah, schien eine Glut triumphierenden Stolzes und sonniger Zärtlichkeit anzufachen, als wenn er seine süße Bürde gerade um ihrer Hilflosigkeit willen vergötterte. Niemals betrat ein Paar den blumigen Pfad einer frühen und harmonischen Ehe mit schönerer Aussicht auf Glück.

Mein Freund hatte jedoch unseligerweise sein Vermögen in großen Spekulationen angelegt, und er war erst einige Monate verheiratet, als er es durch eine Reihe unerwarteter Unglücksfälle verlor und fast in Armut geriet. Eine Zeitlang verbarg er seine Lage und ging mit düsterer Miene und brechendem Herzen umher. Sein Leben war nur ein sich in die Länge ziehender Todeskampf, und was es noch unerträglicher machte, war die Notwendigkeit, in Gegenwart seiner Frau ein Lächeln zu bewahren; denn er konnte es nicht über sich bringen, sie mit der Trauernachricht niederzuschmettern. Sie sah jedoch mit den scharfen Augen der Liebe, daß mit ihm etwas nicht stimmte. Sie bemerkte sein verändertes Aussehen und seine unterdrückten Seufzer und ließ sich nicht täuschen durch seine krankhaften und eitlen Versuche, Heiterkeit zur Schau zu tragen. Sie bot all ihre glänzenden Gaben und zärtlichen Schmeicheleien auf, ihn wieder glücklich zu machen, doch sie drückte den Pfeil dadurch nur noch tiefer in seine Seele. Je mehr Gründe er entdeckte, sie zu lieben, desto peinigender war der Gedanke, daß er sie bald unglücklich machen würde. Nur noch eine kurze Zeit, dachte er, und das Lächeln wird von dieser Wange schwinden, der Gesang wird auf diesen Lippen ersterben, der Glanz dieser Augen wird durch Kummer verdunkelt werden, und das glückliche Herz, das jetzt leicht in diesem Busen schlägt, wird von den Sorgen und dem Elend der Welt niedergedrückt wie das meine.

Endlich kam er eines Tages zu mir und erzählte mir seine ganze Lage im Tone tiefster Verzweiflung. Als ich ihn angehört hatte, fragte ich: „Weiß deine Frau all dies?" Bei dieser Frage brach er in eine Flut von Tränen aus. „Um Gottes willen!" rief er, „wenn du nur etwas Mitleid mit mir fühlst, so erwähne meine Frau nicht; der Gedanke an sie treibt mich fast zum Wahnsinn."

„Und weshalb nicht?" entgegnete ich. „Früher oder später muß sie es doch erfahren; du kannst es nicht lange vor ihr verheimlichen, und die Nachricht wird sie schrecklicher treffen, als wenn du selbst sie ihr mitteilst, denn die Stimme derer, welche wir lieben, mildert die unangenehmsten Botschaften. Außerdem beraubst du dich des Trostes ihrer Anteilnahme; und nicht nur das, denn so gefährdest du auch das einzige Band, das Herzen aneinander fesseln kann – eine rückhaltlose Gemeinschaft von Gedanken und Gefühlen. Sie wird bald bemerken, daß etwas insgeheim dein Gemüt bedrückt, und echte Liebe duldet keine Zurückhaltung: sie fühlt sich zurückgesetzt und gekränkt, selbst wenn der Gram derer, welche sie liebt, ihr verhehlt wird."

„Oh, nicht doch, mein Freund! bedenke, welcher Schlag all ihre Zukunftspläne treffen wird, wie ich ihre Seele zu Boden werfen muß, wenn ich ihr erzähle, daß ihr Mann ein Bettler ist, daß sie auf alle feineren Genüsse des Lebens, alle Vergnügungen der Gesellschaft verzichten muß, um sich mit mir in Dürftigkeit und Dunkel zurückzuziehen! Ihr sagen zu müssen, daß ich sie aus der Sphäre herausgerissen habe, in der sie sich in beständigem Glanz ununterbrochen hätte bewegen können – das Licht jedes Auges – die Bewunderung jedes Herzens! Wie kann sie Armut ertragen? Sie ist aufgewachsen mit allen Bequemlichkeiten des Reichtums – wie kann sie Zurücksetzung ertragen? Sie ist der Abgott der Gesellschaft gewesen. Oh, es wird ihr das Herz brechen – es wird ihr das Herz brechen!"

Ich sah, sein Gram war beredt, und ließ ihm freien Lauf; denn Worte erleichtern die Sorgen. Als sich seine Erregung gelegt hatte und er erneut in düsteres Schweigen versank, nahm ich das Thema behutsam wieder auf und drang in ihn, seine Lage sofort seiner Frau zu eröffnen. Er schüttelte traurig, doch entschieden den Kopf.

„Wie willst du es aber vor ihr geheimhalten? Es ist notwendig, daß sie es erfährt, damit du die geeigneten Schritte zur Änderung deiner Verhältnisse tun kannst. Du mußt deinen Lebensstil ändern – nein" – ich bemerkte, wie ein plötzlicher Schmerz sein Gesicht streifte –, „laß dich das nicht verdrießen. Ich bin überzeugt, daß du niemals dein Glück in Äußerlichkeiten gesetzt hast. Du hast noch Freunde, gute Freunde, die deshalb nicht schlechter von dir denken werden, weil du minder glänzend wohnst; und sicherlich bedarf es keines Palastes, um mit Mary glücklich zu sein."

„Ich könnte mit ihr", rief er krampfhaft aus, „in einer Hütte glücklich sein! Ich könnte mit ihr in die Armut und in den Staub niedersteigen! Ich könnte – ich könnte – Gott segne sie! – Gott segne sie!" rief er, sich einem Ausbruch von Kummer und Zärtlichkeit überlassend.

„Und glaube mir, mein Freund", sagte ich, indem ich näher trat und ihm herzlich die Hand drückte, „glaube mir, sie kann ebenso mit dir leben. Ja, mehr noch: es wird eine Quelle des Stolzes und Triumphes für sie sein, es wird all die verborgenen Kräfte und das glühende Mitgefühl ihres Wesens hervorrufen; denn sie wird sich freuen, dir zu beweisen, daß sie dich um deiner selbst willen liebt. In jedem echten Frauenherzen ist ein Funken himmlischen Feuers, der beim hellen Tageslicht des Glücks schlummert, aber in der dunklen Stunde des Mißgeschicks aufglimmt und glänzt und glüht. Kein Mann weiß, was ihm die Frau seines Herzens ist, kein Mann weiß, was für ein Schutzengel sie ist, bis er mit ihr durch die Feuerproben dieser Welt gegangen ist."

In dem Ernst meines Wesens und meiner bildhaften Sprache

lag etwas, was Leslies aufgeregte Phantasie ergriff. Ich kannte den Hörer, mit dem ich es zu tun hatte, und indem ich den auf ihn gemachten Eindruck verfolgte, überredete ich ihn schließlich, nach Hause zu gehen und seiner Frau sein bekümmertes Herz auszuschütten.

Ich muß gestehen, daß ich mir trotz allem, was ich gesagt hatte, ein wenig Sorge wegen des Erfolges machte. Wer kann auf die Seelenstärke einer Frau zählen, deren ganzes Leben ein Kreislauf von Vergnügungen war? Ihr fröhlicher Sinn konnte zurückschaudern vor dem düsteren, abwärts führenden Pfad niedriger Demütigung, der sich plötzlich vor ihr auftat, und sich anklammern an die sonnigen Regionen, in denen er bislang geschwelgt hatte. Zudem ist in der vornehmen Welt die Verarmung von so vielen bitteren Kränkungen begleitet, die bei den anderen Ständen unbekannt sind. Kurz, ich vermochte Leslie am nächsten Morgen nicht ohne Ängstlichkeit zu begegnen. Er hatte ihr alles eröffnet.

„Und wie nahm sie es auf?"

„Wie ein Engel! Es schien fast eine Erleichterung für ihr Gemüt zu sein, denn sie schlang die Arme um meinen Hals und fragte, ob das alles sei, was mich in letzter Zeit so unglücklich gemacht habe. Aber das arme Kind", fügte er hinzu, „kann sich die Veränderung, die uns bevorsteht, nicht vorstellen. Sie hat nur einen abstrakten Begriff von der Armut, sie hat bloß in der Poesie davon gelesen, wo die Armut stets mit der Liebe verbunden ist. Sie fühlt bis jetzt noch keine Entbehrung, sie leidet noch keinen Mangel an gewohnten Bequemlichkeiten und an Eleganz. Wenn wir erst in Wirklichkeit die drückenden Sorgen der Armut, ihre unangenehmen Einschränkungen, ihre kleinen Demütigungen erfahren, dann wird die wahre Prüfung beginnen."

„Aber", sagte ich, „da du nun die schwerste Aufgabe hinter dir hast, ihr alles mitzuteilen, so laß, je früher, um so besser, die Welt das Geheimnis erfahren. Die Eröffnung mag qualvoll sein; doch dann ist es ein einmaliger Schmerz und bald vorüber, während du ihn sonst jede Stunde des Tages im voraus erträgst. Weniger die Armut als der hohle Schein peinigt einen ruinierten Mann – der Kampf zwischen einem stolzen Sinn und einer leeren Börse – die Vorspiegelung falscher Tatsachen, die bald ein Ende haben wird. Habe nur den Mut, dich arm zu zeigen, und du nimmst der Armut ihren schärfsten Stachel." In dieser Beziehung fand ich Leslie völlig vorbereitet. Er selbst besaß keinen falschen Stolz, und was seine Frau anlangte, so sehnte sie sich allein danach, sich in ihre veränderten Verhältnisse zu finden.

Einige Tage darauf kam er abends zu mir. Er hatte sein Haus verkauft und sich wenige Meilen vor der Stadt ein kleines Bauernhaus auf dem Lande gemietet. Er war den ganzen Tag damit beschäftigt gewesen, Möbel hinauszuschicken. Die neue Wohnung brauchte nur wenige Einrichtungsgegenstände, und zwar der einfachsten Art. Die ganze kostbare Ausstattung seines bisherigen Hauses war verkauft, mit Ausnahme der Harfe seiner Frau. Diese, so sagte er, sei zu eng mit ihrem Innersten verschwistert, sie gehöre zur kurzen Geschichte ihrer Liebe; denn einige der süßesten Augenblicke ihrer Verlobungszeit seien die gewesen, da er sich über das Instrument gebeugt und dem schmelzenden Klang ihrer Stimme gelauscht habe. Ich konnte nicht umhin, über dies Beispiel romantischer Galanterie eines liebenden Gatten zu lächeln.

Er war im Begriff, sich zu dem Häuschen zu begeben, wo seine Frau den ganzen Tag über die Einrichtung beaufsichtigt hatte. Meine Gefühle waren im Verlauf dieser Familiengeschichte sehr erregt, und da es ein schöner Abend war, bot ich ihm meine Begleitung an.

Er war von den Anstrengungen des Tages erschöpft, und unterwegs verfiel er in ein düsteres Nachsinnen.

„Arme Mary!" kam es endlich mit einem schweren Seufzer über seine Lippen.

„Was ist mit ihr?" fragte ich. „Ist ihr irgend etwas passiert?"

„Wie!" antwortete er mit einem vorwurfsvollen Blick, „ist es nichts, in diese erbärmliche Lage geraten zu sein – eingesperrt in eine elende Hütte – gezwungen, sich fast bei den niedrigsten Arbeiten in ihrer jämmerlichen Behausung abzumühen?"

„Hat sie sich denn über die Veränderung gegrämt?"

„Gegrämt! Sie ist ganz Sanftmut und Frohsinn. Ja, sie wirkt heiterer, als ich sie je gesehen habe. Sie ist zu mir ganz Liebe, ganz Zärtlichkeit und Trost!"

„Bewundernswertes Kind!" rief ich aus. „Du nennst dich arm, mein Freund; du warst noch nie so reich – du kanntest nicht die unendlichen, herrlichen Schätze, die du in dieser Frau besaßest."

„Ach, mein Freund, wenn nur dieses erste Zusammentreffen in der Hütte vorbei wäre, dann könnte ich, glaube ich, ganz beruhigt sein. Doch heute ist der erste Tag der wirklichen Prüfung: sie hat in eine bescheidene Wohnung ziehen müssen – sie ist den ganzen Tag mit der Anordnung der ärmlichen Ausstattung beschäftigt gewesen – sie hat zum erstenmal die Beschwerden der Hausarbeit kennengelernt – sie hat zum erstenmal ein Heim ohne jegliche Eleganz, ja fast ohne Bequemlichkeit gesehen; und jetzt setzt sie sich vielleicht erschöpft und mutlos hin und grübelt nach über die Aussicht künftiger Armut."

Dieses Bild hatte einen solchen Grad von Wahrscheinlichkeit, daß ich nicht widersprechen konnte, und so gingen wir schweigend weiter.

Nachdem wir von der Hauptstraße in einen schmalen Pfad eingebogen waren, der von Waldbäumen so dicht beschattet war, daß es ihm den Charakter völliger Abgeschiedenheit verlieh, erblickten wir die Hütte vor uns. Sie war äußerlich auch für den romantischsten Dichter einfach genug und hatte doch ein gefälliges ländliches Aussehen. Ein wilder Weinstock hatte mit seinem üppigen Blattwerk das eine Ende umrankt; ein paar Bäume breiteten ihre Äste anmutig darüber aus, und ich bemerkte mehrere Blumentöpfe, die mit Geschmack vor der Tür und vorn auf dem Rasenplatz aufgestellt waren. Eine kleine Gartenpforte führte auf einen Fußpfad, der sich durch einige Sträucher zur Tür hinwand. Gerade als wir uns näherten, hörten wir den Klang von Musik. Leslie ergriff meinen Arm; wir blieben stehen und lauschten. Es war Marys Stimme; sie sang in rührender Einfachheit ein kleines Lied, das ihr Mann besonders liebte.

Ich fühlte Leslies Hand auf meinem Arm zittern. Er trat näher, um deutlicher zu hören. Sein Tritt verursachte ein Geräusch auf dem Kiesweg. Ein strahlendes, schönes Gesicht schaute aus dem Fenster und verschwand – leichte Schritte waren hörbar – und Mary hüpfte uns entgegen. Sie trug ein hübsches ländliches, weißes Kleid; einige Feldblumen waren in ihr schönes Haar geflochten; frische Röte lag auf ihren Wangen; ihr ganzes Gesicht strahlte vor Heiterkeit – ich hatte sie noch nie so lieblich gesehen.

„Mein lieber George", rief sie, „ich bin so froh, daß du kommst! Ich habe auf dich gewartet und gewartet; ich bin den Pfad hinabgelaufen und habe nach dir ausgeschaut. Ich habe einen Tisch unter einen schönen Baum hinter dem Haus gestellt und einige ganz köstliche Erdbeeren gepflückt, denn ich weiß, du liebst sie – und wir haben so herrliche Sahne – und alles ist hier so reizend und still. – Oh", sagte sie, indem sie ihren Arm in den seinen legte und ihm strahlend ins Gesicht blickte, „oh, wir werden so glücklich sein!"

Der arme Leslie war überwältigt. Er drückte sie an die Brust

– er schlang seine Arme um sie – er küßte sie immer wieder – er konnte nicht sprechen, aber Tränen stiegen ihm in die Augen; und oft hat er mir versichert, daß er, obgleich es ihm seitdem gut gegangen und sein Leben wirklich glücklich gewesen sei, doch nie wieder einen Augenblick solch unsäglicher Seligkeit erlebt habe.

Rip van Winkle

Eine nachgelassene Schrift
von
Diedrich Knickerbocker

Die folgende Erzählung fand sich unter den Papieren des verstorbenen Diedrich Knickerbocker, eines alten Herrn aus New York, der sich sehr für die holländische Geschichte der Provinz und für die Sitten der Nachkommen ihrer ersten Ansiedler interessierte. Seine historischen Untersuchungen beruhten allerdings weniger auf Büchern als auf Menschen; denn erstere sind in bezug auf seine Lieblingsthemen beklagenswert arm, während er fand, daß die alten Bürger und mehr noch deren Frauen ein reiches Wissen jener Legenden besaßen, die für die wahre Geschichte so unschätzbar sind. Wo immer er daher eine echte holländische Familie traf, die auf ihrer Farm mit dem niedrigen Dach unter einer gewaltigen Platane zurückgezogen lebte, betrachtete er diese als ein kleines verschlossenes Buch voll gotischer Lettern und studierte sie mit dem Eifer eines Bücherwurms.

Das Ergebnis all dieser Untersuchungen war eine Geschichte der Provinz unter der Regierung holländischer Gouverneure, die er vor einigen Jahren veröffentlichte*. Über den literarischen Wert seines Werkes existieren verschiedene Ansichten, und es ist – um ganz vertraulich die Wahrheit zu gestehen – nicht um einen Deut besser, als es sein soll. Sein Hauptverdienst ist seine gewissenhafte Treue, die zwar bei seinem ersten Erscheinen ein wenig angezweifelt wurde, aber inzwischen vollkommen erwiesen ist; es wird jetzt allen historischen Sammlungen als ein Buch von unfraglicher Glaubwürdigkeit einverleibt.

* Gemeint ist die „Geschichte von New York", die Irving 1809 unter dem Pseudonym Diedrich Knickerbocker veröffentlichte (Anmerkung des Übersetzers).

Der alte Herr starb kurz nach der Veröffentlichung seines Werkes; und nun, da er tot und dahin ist, kann es seinem Andenken nicht viel schaden, wenn man sagt, daß er seine Zeit weit besser auf bedeutendere Arbeiten hätte verwenden können. Er neigte jedoch dazu, sein Steckenpferd auf seine eigene Weise zu reiten, und wenn es auch ab und zu seinen Nachbarn ein wenig Staub in die Augen wirbelte und die Gefühle einiger Freunde, für die er die aufrichtigste Verehrung und Liebe hegte, verletzte, so gedenkt man seiner Irrtümer und Torheiten „mehr in Kummer als in Ärger", und die Vermutung liegt nahe, daß er niemals die Absicht hatte, jemanden zu kränken oder zu beleidigen. Aber wie auch immer die Kritiker sein Andenken würdigen, es bleibt doch noch manchen Leuten teuer, deren gute Meinung nicht zu verachten ist, namentlich gewissen Zuckerbäckern, die so weit gegangen sind, daß sie sein Bild auf ihre Neujahrskuchen angebracht und ihn dadurch fast ebenso unsterblich gemacht haben, als ob es auf eine Waterloomedaille oder auf einen Pfennig der Königin Anna geprägt wäre.

Bei Wodan, Gott der Sachsen,
Von welchem herrührt Wensday*, Wodanstag,
Die Wahrheit ist ein Ding, an dem ich immer
Festhalten werde bis zu jenem Tag,
Da ich hinab muß steigen in die Gruft.
Cartwright

Wer jemals eine Reise den Hudson hinauf gemacht hat, muß sich der Kaatskillberge erinnern. Sie sind ein abgesonderter Zweig der großen Appalachenfamilie und fern an der Westseite des Flusses sichtbar, wie sie sich zu einer stattlichen Höhe erheben und die umliegende Gegend beherrschen. Jeder Wechsel der Jahreszeit, jeder Wechsel der Witterung, ja jede Stunde des Tages bringt eine Veränderung in den magischen Farben und Formen dieser Berge hervor, und alle Hausfrauen weit und breit betrachten sie als zuverlässiges Barometer. Bei schönem und beständigem Wetter sind sie in Blau und Purpur gekleidet und zeichnen ihre kühnen Umrisse am klaren Abendhimmel ab; doch bisweilen, wenn die übrige Landschaft wolkenlos ist, sammeln sie um ihre Gipfel einen Kranz grauer Dünste, der in den letzten Strahlen der untergehenden Sonne wie eine Ruhmeskrone glitzert und glänzt.

* Wednesday = Mittwoch (Anmerkung des Übersetzers).

Am Fuß dieser Feenberge hat der Reisende vielleicht schwachen Rauch aus einem Dorf aufsteigen sehen, dessen Schindeldächer zwischen den Bäumen hervorleuchten, genau dort, wo die blauen Tinten der Höhen mit dem frischen Grün der näheren Landschaft verschmelzen. Es ist ein kleines, sehr altertümliches Dorf, das von einigen holländischen Kolonisten in der Frühzeit der Provinz gegründet wurde, gerade zu Beginn der Regierungszeit des guten Peter Stuyvesant (er ruhe in Frieden!), und noch vor wenigen Jahren standen da mehrere Häuser der ursprünglichen Siedler, die aus kleinen gelben, von Holland herübergebrachten Ziegeln erbaut waren, mit Gitterfenstern und Vordergiebeln, auf denen Wetterhähne thronten.

In ebendiesem Dorf und just in einem dieser Häuser (das, um die ungeschminkte Wahrheit zu sagen, kläglich verfallen und verwittert war) lebte vor vielen Jahren, als das Land noch eine Provinz von Großbritannien war, ein einfältiger, gutmütiger Bursche namens Rip van Winkle. Er war ein Nachkomme der van Winkles, die in den abenteuerlichen Tagen Peter Stuyvesants ihre Tapferkeit bewiesen und ihn zur Belagerung von Fort Christina begleiteten. Er hatte freilich nur wenig vom kriegerischen Charakter seiner Ahnen geerbt. Ich habe bereits bemerkt, daß er ein einfältiger, gutmütiger Mensch war; außerdem aber war er ein guter Nachbar und ein gehorsamer Pantoffelheld. Dem letztern Umstand verdankte er auch wahrscheinlich jene Sanftmut des Geistes, die ihn so allgemein beliebt gemacht hatte, denn Männer, die zu Hause unter der Fuchtel eines zanksüchtigen Weibes stehen, pflegen außer Haus meist sehr nachgiebig und friedfertig zu sein. Ohne Zweifel wird ihr Temperament im glühenden Ofen häuslicher Plagen geschmeidig und mürbe gemacht, und eine Gardinenpredigt wiegt alle Predigten der Welt auf, wenn es darum geht, die Tugenden der Geduld und langen Leidens zu lehren. Eine böse Sieben kann daher in gewisser Beziehung für einen erträglichen Segen gehalten werden; und wenn dem so ist, dann war Rip van Winkle dreimal gesegnet.

So viel ist gewiß, daß er ein Liebling aller Frauen im Dorfe war, die, wie es beim schönen Geschlecht gewöhnlich der Fall ist, bei den Familienzwistigkeiten jedesmal seine Partei ergriffen und nie verfehlten, sooft sie über dieses Thema bei ihrem Abendklatsch sprachen, alle Schuld auf Frau van Winkle zu schieben. Auch die Dorfkinder jauchzten vor Freude, sobald er sich näherte. Er half ihnen bei ihren Spielen, bastelte ihnen Spielzeug, brachte ihnen bei, wie man Drachen steigen läßt und mit

Murmeln spielt, und erzählte ihnen lange Geschichten von Geistern, Hexen und Indianern. Wenn er im Dorf umherschlenderte, umringte ihn eine Kinderschar, die sich an seine Rockschöße hängte, ihm auf den Rücken kletterte und ihm ungestraft tausenderlei Streiche spielte; und nicht ein Hund in der ganzen Nachbarschaft hätte ihn je angebellt.

Der große Fehler in Rips Charakter war eine unüberwindliche Abneigung gegen jede einträgliche Arbeit. Es fehlte ihm nicht an Fleiß oder Ausdauer, denn er konnte den ganzen Tag mit einer Angelrute, die so lang und schwer war wie eine Tatarenlanze, auf einem feuchten Felsen sitzen und ohne Murren angeln, selbst wenn ihn auch nicht ein einziges Anbeißen ermutigte. Er konnte stundenlang eine Vogelflinte auf der Schulter tragen und durch Wälder und Moräste bergauf, bergab traben, um ein paar Eichhörnchen oder wilde Tauben zu schießen. Er würde sich niemals geweigert haben, einem Nachbarn selbst bei der schwersten Arbeit beizustehen, und er war stets der erste bei allen ländlichen Festlichkeiten, wo es Mais zu schälen oder steinerne Schutzmauern zu bauen galt; auch pflegten ihn die Frauen des Dorfes zu Botengängen anzustellen und zu kleinen Dienstleistungen, die ihre weniger zuvorkommenden Ehemänner nicht übernehmen wollten. Mit einem Wort, Rip war bereit, jedermanns Geschäfte zu besorgen, nur nicht seine eigenen; denn seine häuslichen Pflichten zu erfüllen und seinen Hof in Ordnung zu halten, das schien ihm unmöglich.

Er erklärte in der Tat, es sei zwecklos, auf seinem Hof zu arbeiten; es sei das erbärmlichste Stückchen Grund und Boden im ganzen Land; alles gehe darauf schief und würde schiefgehen, trotz seinen Bemühungen. Seine Zäune fielen fortwährend zusammen; seine Kuh verlaufe sich entweder oder gerate in den Kohl; das Unkraut wachse auf seinen Feldern einfach schneller als anderswo; der Regen lege es darauf an, immer gerade dann einzusetzen, wenn er etwas außer dem Hause zu tun habe; so daß, obgleich sein väterliches Erbgut unter seiner Wirtschaft Acker für Acker abgenommen hatte, bis wenig mehr als ein Fleckchen Land für Mais und Kartoffeln übrigblieb, selbst dieses der am schlechtesten bestellte Besitz in der ganzen Gegend war.

Auch seine Kinder waren so zerlumpt und verwildert, als ob sie niemandem gehörten. Sein Sohn Rip, ein kleiner, ihm sprechend ähnlicher Knirps, versprach mit den alten Kleidern seines Vaters auch dessen Gewohnheiten zu erben. Man sah ihn gewöhnlich wie ein Füllen seiner Mutter auf den Fersen nachlaufen, ausstaffiert mit einer abgelegten Pluderhose seines Vaters, die mit einer Hand in die Höhe zu halten ihm viel Mühe bereitete, wie etwa einer feinen Dame bei schlechtem Wetter das Aufnehmen ihrer Schleppe.

Rip van Winkle war indes einer jener glücklichen Sterblichen, jener törichen, gutgeölten Charaktere, welche die Welt leicht nehmen, Weiß- oder Schwarzbrot essen, je nachdem das eine oder das andere mit geringerer geistiger oder körperlicher Anstrengung zu bekommen ist, und lieber mit einem Pfennig verhungern als für einen Taler arbeiten. Hätte man ihn in Ruhe gelassen, so würde er sein Leben in völliger Zufriedenheit zugebracht haben; aber seine Frau lag ihm ständig in den Ohren wegen seiner Faulheit, seiner Sorglosigkeit und des Verderbens, das er noch über seine Familie bringen werde. Morgens, mittags und abends war ihre Zunge unaufhörlich in Bewegung, und alles, was er sagte oder tat, rief garantiert eine Sturzflut häuslicher Beredsamkeit hervor. Rip hatte nur eine Art, auf alle derartigen Predigten zu antworten, und diese war ihm durch häufigen Gebrauch zur Gewohnheit geworden. Er zuckte die Achseln, schüttelte den Kopf, richtete seine Augen gen Himmel, aber sprach kein Wort. Dies hatte jedoch stets eine neue Salve seitens seiner Frau zur Folge, so daß er froh war, wenn er seine Streitkräfte abziehen und das Freie gewinnen konnte – der einzige Ort, wo ein Pantoffelheld sein eigener Herr ist.

Rips einziger Anhänger im Hause war sein Hund Wolf, der genauso wie sein Herr unter dem Pantoffel stand; denn Frau van Winkle betrachtete sie als Genossen im Müßiggang und sah selbst auf Wolf mit bösem Auge, weil sie ihn für die Ursache hielt, daß sein Gebieter so oft auf Abwege geriet. Wahr ist es, daß Wolf in allen Formen des Mutes, die einen ehrenwerten Hund zieren, das kühnste Tier war, das je die Wälder durchstreifte – doch welcher Mut vermag den immerwährenden und alles überwältigenden Schrecken einer Weiberzunge zu widerstehen! Sobald Wolf das Haus betrat, ließ er den Kopf hängen, senkte den Schwanz zur Erde oder klemmte ihn zwischen die Beine, schlich mit einem Armesündergesicht umher, warf manchen Seitenblick auf Frau van Winkle, und bei der geringsten Bewegung eines Besenstiels oder Kochlöffels floh er mit belfernder Geschwindigkeit zur Türe.

Die Zeiten wurden immer schlimmer für Rip van Winkle, so wie die Jahre der Ehe dahinrollten; ein harter Charakter wird nie mit dem Alter milder, und eine scharfe Zunge ist das einzige

Schneidwerkzeug, das durch fortwährenden Gebrauch nur noch schärfer wird. Lange tröstete er sich damit, daß er, wenn er aus dem Hause gejagt worden war, eine Art ständiger Versammlung der Gelehrten, Philosophen und anderer Müßiggänger des Dorfes besuchte, die ihre Sitzungen auf einer Bank vor einer kleinen, durch ein rötliches Bildnis Seiner Majestät Georgs III. gekennzeichneten Schenke hielten. Hier saßen sie gewöhnlich an den langen faulen Sommertagen im Schatten, besprachen gelangweilt den neuesten Dorfklatsch oder erzählten sich endlose, einschläfernde Geschichten über nichts. Dennoch würde mancher Staatsmann Geld darum gegeben haben, hätte er die tiefgründigen Diskussionen mit anhören können, die sich zuweilen entspannen, wenn ihnen zufällig eine alte Zeitung von irgendeinem durchreisenden Fremden in die Hände fiel. Wie feierlich lauschten sie dann dem Inhalt, den ihnen Derrick van Bummel, der Schulmeister, entzifferte, ein flinkes, gescheites Männchen, das sich selbst durch das allerlängste Wort im Wörterbuch nicht einschüchtern ließ; und wie weise erörterten sie dann die öffentlichen Ereignisse, die bereits einige Monate zurücklagen!

Die Meinungen dieser Gesellschaft wurden vollkommen beherrscht von Nicholas Vedder, einem Patriarchen des Dorfes und dem Wirt der Schenke, vor deren Tür er vom Morgen bis zum Abend saß, wobei er sich nur gerade so viel bewegte, um der Sonne auszuweichen und sich im Schatten eines großen Baumes zu halten, so daß die Nachbarn nach seinen Bewegungen ebenso genau die Zeit berechnen konnten wie nach einer Sonnenuhr. Freilich hörte man ihn selten sprechen, aber dafür rauchte er fortwährend seine Pfeife. Seine Anhänger (denn jeder große Mann hat seine Anhänger) verstanden ihn allerdings sehr wohl und wußten seine Ansicht zu erschließen. Mißfiel ihm irgend etwas, was vorgelesen oder erzählt wurde, so sah man ihn heftig an seiner Pfeife ziehen und kurz, häufig und wütend paffen; gefiel es ihm jedoch, so pflegte er den Rauch langsam und ruhig einzusaugen und ihn in leichten und friedlichen Wolken von sich zu blasen; bisweilen nahm er auch die Pfeife aus dem Mund, ließ den wohlriechenden Duft um seine Nase kräuseln und nickte würdevoll mit dem Kopf zum Zeichen seiner uneingeschränkten Billigung.

Sogar aus dieser Festung wurde der unglückliche Rip schließlich von seiner zanksüchtigen Frau gejagt, die plötzlich in die Ruhe der Versammlung einbrach und die Mitglieder samt und sonders Nichtsnutze schalt; nicht einmal die erlauchte Persönlich-

keit eines Nicholas Vedder wurde von der Zunge dieses schrecklichen Mannweibes für heilig gehalten, das ihn ins Gesicht
beschuldigte, er bestärke ihren Mann in seinem Hang zur Faulheit.

Der arme Rip wurde zuletzt beinahe zur Verzweiflung getrieben; und das einzige Mittel, sich vor der Arbeit auf dem Hof
und vor dem Gekeife seiner Frau zu retten, bestand darin, die
Flinte zur Hand zu nehmen und hinaus in die Wälder zu wandern. Hier setzte er sich manchmal unter einen Baum und teilte
den Inhalt seines Ranzens mit Wolf, mit dem er als verfolgtem
Leidensgefährten Mitleid empfand. „Armer Wolf", sagte er dann
wohl, „deine Herrin läßt dich ein Hundeleben führen; doch
habe keine Angst, mein Junge: solange ich da bin, soll es dir niemals an einem Freund mangeln, der dir beisteht." Wolf wedelte
dann mit dem Schwanz, schaute seinem Herrn nachdenklich
ins Gesicht, und wenn Hunde Mitleid zu fühlen vermögen, so
glaube ich wahrhaftig, daß er diese Empfindung von ganzem Herzen erwiderte.

Auf einem langen derartigen Streifzug an einem schönen
Herbsttag hatte Rip unbewußt einen der höchsten Teile der
Kaatskillberge erstiegen. Er ging seinem Lieblingsvergnügen, der
Jagd auf Eichhörnchen, nach, und die stille Einsamkeit hallte
wider vom Knall seiner Büchse. Keuchend und erschöpft warf
er sich spät am Nachmittag auf eine grüne, mit Gebirgskräutern
bewachsene Kuppe, die den Rand eines Abhanges krönte. Durch
eine Öffnung zwischen den Bäumen konnte er die ganze Ebene,
viele Meilen üppigen Waldlands, überblicken. Er sah in einiger
Entfernung weit, weit unter ihm den mächtigen Hudson, wie er
still, aber majestätisch dahinfloß, wie eine purpurne Wolke oder
das Segel eines langsam dahingleitenden Boots, das hier und dort
auf seinem kristallenen Busen zu schlummern schien, sich in ihm
spiegelte und wie er sich zuletzt im blauen Hochland verlor.

Auf der anderen Seite schaute er hinunter in eine tiefe Bergschlucht, wild, einsam und rauh, deren Sohle mit Brocken der
überhängenden Felsen angefüllt war und die nur spärlich vom
Strahlenwiderschein der untergehenden Sonne beleuchtet wurde.
Eine Weile lag Rip, bei diesem Anblick in Gedanken versunken,
da; der Abend brach allmählich herein; die Berge begannen ihre
langen blauen Schatten über die Täler zu werfen; er erkannte,
daß es längst dunkel sein werde, ehe er das Dorf erreichen könne,
und ein schwerer Seufzer entrang sich ihm, als er an den Zorn
dachte, den Frau van Winkle über ihn entladen würde.

Als er gerade hinabsteigen wollte, vernahm er aus der Ferne eine Stimme, die ihm zurief: „Rip van Winkle! Rip van Winkle!" Er sah sich um, konnte aber nichts entdecken als eine Krähe, die einsamen Fluges über die Berge hinwegstrich. Er meinte, seine Phantasie habe ihn getäuscht, und wandte sich wieder zum Hinabsteigen, als er denselben Ruf durch die stille Abendluft erschallen hörte: „Rip van Winkle! Rip van Winkle!" Gleichzeitig sträubten sich Wolfs Haare, er gab ein leises Knurren von sich, schlich an seines Herrn Seite und blickte furchtsam in die Schlucht hinab. Da fühlte sich Rip von unbestimmter Furcht ergriffen; er blickte ängstlich in dieselbe Richtung und sah eine seltsame Gestalt langsam die Felsen erklimmen, gebückt unter einer schweren Last, die sie auf dem Rücken trug. Er war überrascht, an diesem verlassenen, abgelegenen Ort ein menschliches Wesen zu finden; aber im Glauben, daß es irgend jemand aus der Nachbarschaft sei, der seines Beistands bedürfe, eilte er hinab, um ihm zu helfen.

Als er näher kam, erstaunte er noch mehr über das sonderbare Aussehen des Fremden. Es war ein untersetzter, vierschrötiger alter Bursche mit dichtem buschigem Haar und grauem Bart. Seine Kleidung entsprach der altertümlichen holländischen Tracht – eine um die Taille gegürtete Tuchjacke, mehrere Paar Hosen, die äußeren sehr weit, an den Seiten mit Knopfreihen und an den Knien mit Schleifen verziert. Auf der Schulter trug er ein dickes Faß, das Branntwein zu enthalten schien, und gab Rip ein Zeichen, näher zu treten und ihm beim Tragen zu helfen. Wenn auch ziemlich scheu und mißtrauisch gegen diese neue Bekanntschaft, gehorchte Rip doch mit der ihm eigenen Dienstbeflissenheit; und sich gegenseitig unterstützend, kletterten sie einen engen Hohlweg hinauf, der anscheinend das trockene Bett eines Bergstromes war. Während des Aufstiegs hörte Rip von Zeit zu Zeit ein lang dahinrollendes Geräusch, fernem Donner ähnlich, der aus einer tiefen Schlucht oder vielmehr Spalte zwischen hohen Felsen zu kommen schien, wohin sie ihr unbequemer Pfad führte. Er blieb einen Augenblick stehen; weil er aber glaubte, es sei das Dröhnen eines jener vorübergehenden Gewitterschauer, die in hohen Bergen häufig sind, setzte er seinen Weg fort. Nachdem sie die Schlucht hinter sich hatten, kamen sie an eine Höhle, die einem kleinen Amphitheater glich und von senkrechten Abhängen umgeben war, über deren Ränder überhängende Bäume ihre Zweige schlossen, so daß nur ein Streifen des azurblauen Himmels und die hellen Abendwolken zu erkennen waren. Während der ganzen Zeit arbeiteten sich Rip und sein Gefährte schweigend vorwärts; denn obschon sich ersterer sehr wunderte, zu welchem Zweck ein Faß mit Branntwein diesen wilden Berg hinaufgeschleppt wurde, umhüllte doch den Unbekannten ein seltsames und unerklärliches Etwas, das Ehrfurcht einflößte und jede Vertraulichkeit verhinderte.

Beim Eintritt in das Amphitheater bot sich ihm neuer Anlaß zur Verwunderung dar. Auf einer ebenen Stelle in der Mitte war eine Gesellschaft seltsam aussehender Personen beim Kegelspiel. Sie waren in eine wunderliche fremdländische Tracht gekleidet: einige trugen kurze Wämser, andere Jacken mit langen Messern im Gürtel, und die meisten von ihnen hatten ungeheure Hosen an, von ähnlichem Schnitt wie die des Führers. Auch ihre Gesichter waren ganz absonderlich: der eine hatte einen großen Kopf, ein breites Gesicht und Schweinsäuglein; das Gesicht eines andern schien bloß aus einer Nase zu bestehen und wurde von einem weißen zuckerhutartigen, mit einem kleinen roten Hahnenschwanz gezierten Hut überragt. Alle hatten Bärte verschiedener Form und Farbe. Einer schien der Anführer zu sein. Es war ein kräftiger alter Herr mit wettergebräuntem Antlitz; er trug ein mit Tressen besetztes Wams, einen breiten Gurt mit Wehrgehänge, einen hohen, spitzen Hut mit einer Feder daran, rote Strümpfe und Schuhe mit hohen Hacken und Rosetten. Die ganze Gruppe erinnerte Rip an die Figuren auf einem alten flämischen Gemälde, das im Wohnzimmer des ehrwürdigen Herrn van Schaick, des Dorfpfarrers, hing und das zur Zeit der Besiedlung aus Holland mit herübergebracht worden war.

Rip kam es besonders wunderlich vor, daß diese Leute, obwohl sie sich offenbar belustigten, die ernsteste Miene aufgesetzt hatten und ein sehr geheimnisvolles Schweigen beobachteten; sie stellten so die melancholischste Gesellschaft dar, die er je gesehen hatte. Nichts unterbrach die Stille als das Geräusch der Kugeln, die, sobald sie geschoben wurden, in den Bergen widerhallten wie dumpf hinrollender Donner.

Als sich Rip und sein Begleiter ihnen näherten, hielten sie plötzlich mit ihrem Spiel inne und starrten ihn mit so stierem, basiliskenartigem Blick und so seltsamem, plumpem, glanzlosem Ausdruck an, daß sich ihm das Herz in der Brust umdrehte und seine Knie schlotterten. Sein Gefährte leerte nun den Inhalt des Fasses in große Flaschen aus und winkte ihm zu, die Gesellschaft zu bedienen. Er gehorchte mit Furcht und Zittern; sie schlürften das Getränk in tiefem Schweigen und wandten sich dann wieder ihrem Spiel zu.

Allmählich schwand Rips Angst und Scheu. Er wagte es sogar, als sich kein Auge auf ihn richtete, das Getränk zu probieren, das, wie er fand, sehr nach gutem Wacholderbranntwein schmeckte. Er war von Natur eine durstige Seele und fühlte sich bald versucht, den Schluck zu wiederholen. Ein Zug verlockte zum zweiten, und er erneuerte seine Besuche bei der Flasche so häufig, daß ihm am Ende die Sinne vergingen, seine Augen im Kopf schwammen, sein Haupt sich allmählich neigte und er in tiefen Schlaf sank.

Beim Erwachen fand er sich auf der grünen Kuppe, von der aus er zuerst den alten Mann aus der Schlucht erblickt hatte. Er rieb sich die Augen – es war ein heller, sonniger Morgen. Die Vögel hüpften und zwitscherten im Gebüsch, und der Adler kreiste hoch in der Luft und trotzte dem reinen Bergwind. Sicherlich, dachte Rip, habe ich hier nicht die ganze Nacht geschlafen. Er rief sich die Ereignisse, bevor er eingeschlafen war, ins Gedächtnis zurück. Der Fremde mit einem Faß Branntwein – die Bergschlucht – der wilde Schlupfwinkel zwischen den Felsen – die düstere Kegelgesellschaft – die Flasche – oh, diese Flasche! diese verfluchte Flasche! dachte Rip, welche Entschuldigung soll ich bei Frau van Winkle vorbringen?

Er schaute sich nach seiner Flinte um; doch statt der blanken, gutgeölten Vogelbüchse fand er eine alte Muskete neben sich liegen, deren Lauf mit Rost überzogen, deren Schloß abgefallen und deren Kolben wurmstichig war. Da argwöhnte er, die ernsten Zecher des Berges hätten ihm einen Streich gespielt und, nachdem sie ihn mit Branntwein berauscht, ihm seine Flinte gestohlen. Auch Wolf war verschwunden, doch der konnte hinter einem Eichhörnchen oder Rebhuhn her sein. Er pfiff nach ihm, rief seinen Namen, aber alles vergeblich; das Echo wiederholte sein Pfeifen und Rufen, doch kein Hund ließ sich blicken.

Er entschloß sich, den Schauplatz der letzten Abendvergnügung wieder aufzusuchen und, wenn er jemanden von der Gesellschaft treffe, seinen Hund und seine Flinte zurückzuverlangen. Als er sich zum Gehen erhob, fühlte er sich in den Gelenken steif und ohne seine frühere Beweglichkeit. Dies Lager auf dem Berg bekommt mir nicht gut, meinte Rip, und sollte ich nach dieser Lustbarkeit einen Rheumatismus davontragen, so werde ich meine liebe Not mit Frau van Winkle haben. Mit einiger Schwierigkeit stieg er hinunter in die Schlucht; er fand die Spalte, in der er und sein Gefährte am letzten Abend hochgestiegen waren, doch zu seinem Erstaunen rauschte dort nun ein Bergstrom hinab, von Fels zu Fels springend und die Schlucht mit geschwätzigem Gemurmel erfüllend. Er strengte sich jedoch an, den Hang hinaufzuklettern, und bahnte sich mühsam einen Weg durch das Birken-, Sassafras- und Zaubernußdickicht; manchmal strauchelte er oder verhedderte sich im wilden Wein, der seine Spiralen und Ranken von Baum zu Baum flocht und eine Art Netzwerk über Rips Pfad breitete.

Endlich erreichte er die Stelle, wo sich der Spalt durch die Klüfte zum Amphitheater geöffnet hatte; aber keine Spuren einer solchen Öffnung waren geblieben. Die Felsen bildeten einen hohen, undurchdringlichen Wall, über den der Bergstrom in flockigem Schaumwirbel dahinstürzte und sich in eine breite, tiefe Talmulde ergoß, die dunkel war vom Schatten des umgebenden Waldes. Hier wurde der arme Rip zum Anhalten gezwungen. Er rief und pfiff wieder nach seinem Hund, doch es antwortete ihm nur das Krächzen eines Schwarmes müßiger Krähen, die hoch in der Luft einen dürren Baum, der sich über einem sonnigen Abgrund erhob, umkreisten und aus ihrer sicheren Höhe herabzuschauen und den armen Mann in seiner Verwirrung zu verspotten schienen. Was tun? Der Morgen verging, und Rip spürte, da er nicht gefrühstückt hatte, einen wahren Heißhunger. Es schmerzte ihn, daß er Hund und Flinte verlorengeben mußte; er zauderte, seiner Frau unter die Augen zu treten, aber er wollte doch auch nicht in den Bergen verhungern. Er schüttelte den Kopf, schulterte das verrostete Gewehr und lenkte mit einem Herzen voll Sorge und Angst seine Schritte heimwärts.

Als er sich dem Dorf näherte, traf er viele Leute, doch niemanden, den er kannte, worüber er sich einigermaßen wunderte, denn er hatte geglaubt, jeden in der Gegend ringsum zu kennen. Auch ihre Kleidung war ganz verschieden von der Tracht, die er gewohnt war. Sie starrten ihn alle mit gleichen Zeichen der Überraschung an, und sobald sie ihn erblickten, strichen sie sich jedesmal das Kinn. Die ständige Wiederholung dieser Geste veranlaßte Rip, unwillkürlich dasselbe zu tun, und da stellte er zu seinem Erstaunen fest, daß sein Bart einen Fuß lang gewachsen war.

Er hatte jetzt den Randbezirk des Dorfes erreicht. Eine Schar fremder Kinder lief ihm auf den Fersen nach, johlte hinter ihm her und zeigte auf seinen grauen Bart. Auch die Hunde, von denen er nicht einen einzigen als alten Bekannten wiedererkannte, bellten ihn an, als er vorbeiging. Das Dorf selbst sah verändert aus; es war größer und bevölkerter. Da standen ganze Reihen von Häusern, die er nie zuvor gesehen hatte, und diejenigen, welche er oft besucht hatte, waren verschwunden. Fremde Namen waren über den Türen – fremde Gesichter an den Fenstern – alles war fremd. Nun wurde er besorgt; er begann zu zweifeln, ob nicht er und die Welt um ihn her verhext seien. Ganz gewiß, das war sein Heimatdorf, das er erst den Tag zuvor verlassen hatte! Dort lagen die Kaatskillberge – dort floß in einiger Entfernung der silberhelle Hudson – dort waren jeder Hügel und jedes Tal noch genauso wie immer – Rip war ganz verwirrt. Die Flasche von gestern abend, dachte er, hat meinen armen Kopf arg mitgenommen!

Nur mit ziemlicher Mühe fand er den Weg zu seinem eigenen Haus, dem er sich mit stummer Scheu näherte; denn jeden Augenblick erwartete er die schrille Stimme von Frau van Winkle zu hören. Er fand das Haus verfallen – das Dach eingestürzt, die Fenster zerbrochen und die Türen aus den Angeln. Ein halbverhungerter Hund, der wie Wolf aussah, schlich um das Haus herum. Rip rief ihn beim Namen, doch der Köter knurrte, fletschte die Zähne und lief davon. Das war allerdings ein unfreundlicher Empfang. „Sogar mein Hund", seufzte der arme Rip, „hat mich vergessen!"

Er betrat das Haus, das, um die Wahrheit zu gestehen, Frau van Winkle stets sauber und in Ordnung gehalten hatte. Es war leer, öde und augenscheinlich verlassen. Dieser trostlose Anblick besiegte alle eheliche Furcht; laut rief er nach seiner Frau und den Kindern; die einsamen Stuben hallten eine Weile von seiner Stimme wider, und dann war alles still.

Da rannte er davon und eilte zu seiner alten Zufluchtsstätte, der Dorfschenke, doch auch diese war verschwunden. Ein großes, baufälliges Holzhaus mit weit geöffneten Fenstern, von denen einige zerbrochen und deren Ritzen mit alten Hüten und Unterröcken verstopft waren, nahm ihren Platz ein, und über der Tür stand gemalt: „Das Union-Hotel von Jonathan Doolittle." An der Stelle des großen Baumes, der ehemals die ruhige, kleine holländische Kneipe zu beschatten pflegte, war jetzt eine mächtige kahle Stange aufgerichtet, an deren Spitze etwas hing, was einer roten Nachtmütze ähnlich sah, und an dieser flatterte eine Flagge mit einem merkwürdigen Muster aus Sternen und Streifen – alles dies war seltsam und unbegreiflich. Er erkannte jedoch auf dem Schild das rötliche Gesicht von König Georg, unter dem er so manche friedliche Pfeife geraucht hatte; doch sogar dieses hatte sich eigenartig verändert. Der rote Rock war blau und braungelb geworden; statt des Zepters hielt er ein Schwert in der Hand; den Kopf zierte ein Dreispitz, und darunter stand in großen Buchstaben: GENERAL WASHINGTON.

Wie gewöhnlich waren viele Leute vor der Tür versammelt, aber Rip erkannte niemanden. Selbst der Charakter der Bevölkerung schien verändert. Es herrschte ein geschäftiger, lauter, streitsüchtiger Ton an Stelle des gewohnten Phlegmas und der schläfrigen Ruhe. Vergeblich schaute er sich um nach dem weisen Nicholas Vedder mit seinem breiten Gesicht, dem Doppelkinn und der schönen langen Pfeife, aus der er statt hohler Worte Wolken von Tabaksrauch hervorstieß; oder nach van Bummel, dem Schulmeister, der sonst den Inhalt einer alten Zeitung mitteilte. Statt dessen schwadronierte ein magerer, griesgrämiger Bursche, dessen Taschen voll Flugzettel staken, heftig über die Bürgerrechte, Wahlen, Kongreßmitglieder, Freiheit, Bunkers Hill, die Helden von sechsundziebzig und andere Dinge, die dem verwirrten van Winkle wie babylonisches Kauderwelsch vorkamen.

Rips Erscheinung mit seinem langen grauen Bart, seiner rostigen Vogelflinte, seiner wunderlichen Kleidung und der Schar von Frauen und Kindern, die an seinen Fersen hing, erregte bald die Aufmerksamkeit der Wirtshauspolitiker. Sie sammelten sich um ihn und betrachteten ihn von Kopf bis Fuß mit großer Neugierde. Der Redner drängte sich zu ihm durch, zog ihn beiseite und fragte, für welche Partei er stimme. Rip stierte ihn in nichtssagender Einfalt an. Ein anderer untersetzter, aber eifriger kleiner Bursche ergriff ihn beim Arm und flüsterte, indem er sich auf die Zehen stellte, ihm ins Ohr, ob er ein Föderalist oder Demokrat sei. Rip war ebensowenig imstande, diese Frage zu verstehen. Da bahnte sich ein schlauer, wichtigtuerischer alter Herr mit zackigem Dreispitz einen Weg durch die Menge, indem er sie im Vorbeigehen nach rechts und links mit seinen Ellenbogen auseinanderstieß, pflanzte sich vor van Winkle auf, stemmte den einen Arm in die Seite, stützte sich mit dem andern auf seinen Stock und, als wolle er mit seinen scharfen Augen und dem spitzen Hut bis ins Innerste seiner Seele dringen, fragte in strengem Ton, was ihn veranlasse, zur Wahl mit einer Flinte auf der Schulter und einem Pöbelhaufen auf den Fersen zu erscheinen, und ob er einen Aufstand im Dorf anzustiften beabsichtige. „Ach, ihr Herren", rief Rip etwas bestürzt aus, „ich bin ein armer, friedfertiger Mann, in diesem Ort geboren und ein treuer Untertan des Königs – Gott segne ihn!"

Hier brachen die Umstehenden in ein allgemeines Geschrei aus: „Ein Tory! ein Tory! ein Spion! ein Abtrünniger! packt ihn! fort mit ihm!" Nur mit großer Schwierigkeit stellte der wichtigtuerische Herr mit dem Dreispitz die Ordnung wieder her; und nachdem er eine zehnfach strengere Miene aufgesetzt hatte, fragte er noch einmal den unbekannten Verbrecher, warum er hierherkomme und wen er suche. Der arme Mann versicherte ihm demütig, daß er nichts Schlimmes vorhabe, sondern lediglich gekommen sei, einige seiner Nachbarn aufzusuchen, die sich im Wirtshaus aufzuhalten pflegten.

„Schön – wer sind sie? nennt sie!"

Rip besann sich einen Augenblick und fragte: „Wo ist Nicholas Vedder?"

Eine kleine Weile herrschte Schweigen, bis ein alter Mann mit dünner, pfeifender Stimme entgegnete: „Nicholas Vedder? Nun, der ist bereits seit achtzehn Jahren tot und dahin! Auf dem Kirchhof war ein hölzernes Grabmal, das alles über ihn erzählte, aber auch das ist längst vermodert und verschwunden!"

„Wo ist Brom Dutcher?"

„Oh, der trat beim Ausbruch des Krieges in die Armee ein; einige sagen, er sei bei der Erstürmung von Stoney-Point gefallen, andere melden, er sei in einem Sturm vor Antonius' Nase* ertrunken. Ich weiß es nicht – er kehrte nie zurück."

„Wo ist van Bummel, der Schulmeister?"

„Der zog auch mit in den Krieg, wurde ein großer Milizgeneral und sitzt nun im Kongreß."

Rip sank der Mut, als er diese furchtbaren Veränderungen in seiner Heimat und unter seinen Freunden vernahm und sich so ganz allein in der Welt fand. Dazu verwirrte ihn jede Antwort, weil von solch ungeheuren Zeiträumen und Vorfällen die Rede war, aus denen er nicht klug werden konnte: Krieg – Kongreß – Stoney-Point; er hatte nicht das Herz, sich noch nach weiteren Freunden zu erkundigen, sondern rief verzweifelt aus: „Kennt denn keiner hier Rip van Winkle?"

„Oh, Rip van Winkle!" schrien zwei oder drei, „oh, natürlich! der da ist Rip van Winkle, der sich gegen den Baum lehnt."

Rip schaute hin und erblickte ein genaues Ebenbild seiner selbst, wie er damals den Berg hinaufstieg: augenscheinlich ebenso träge und sicherlich ebenso zerlumpt. Der Ärmste geriet jetzt

* Antony's Nose; Vorgebirge östlich vom Hudson (Anmerkung des Übersetzers).

vollständig in Bestürzung. Er zweifelte an seiner eigenen Identität, und ob er er selbst oder ein anderer sei. Mitten in seiner Verwirrung fragte ihn der Mann mit dem Dreispitz, wer er sei und wie er heiße.

„Das weiß Gott!" rief er, denn er war mit seinem Latein am Ende. „Ich bin nicht ich selbst – ich bin jemand anders – der da bin ich – nein – das ist jemand anders, der sich in meine Schuhe gesteckt hat. Ich war gestern abend noch ich selbst, aber ich schlief auf dem Berg ein, und man vertauschte meine Flinte, und alles veränderte sich, und ich selbst veränderte mich, und ich vermag nicht zu sagen, wie ich heiße noch wer ich bin!"

Die Umstehenden begannen sich gegenseitig anzusehen, zu nicken, sich bedeutsam zuzuwinkern und mit dem Finger auf die Stirn zu zeigen. Man flüsterte sich gar zu, man solle sich der Flinte versichern, um den alten Mann daran zu hindern, ein Unheil anzurichten, bei welcher bloßen Andeutung sich der wichtigtuerische Herr mit dem Dreispitz ziemlich hastig entfernte. In diesem kritischen Moment drängte sich eine frische, hübsche Frau durch die Menge, um einen Blick auf den graubärtigen Mann zu werfen. Sie trug ein pausbackiges Kind auf dem Arm, das, durch Rips Anblick erschreckt, zu weinen begann. „Ruhig, Rip!" rief sie, „ruhig, du kleiner Narr; der alte Mann wird dir nichts tun." Der Name des Kindes, das Gesicht der Mutter, der Klang ihrer Stimme, alles erweckte eine Reihe von Erinnerungen in seinem Gemüt. „Wie heißt Ihr, liebe Frau?" fragte er.

„Judith Gardenier."

„Und Eures Vaters Name?"

„Ach, der arme Mann! sein Name war Rip van Winkle. Es sind jetzt zwanzig Jahre her, daß er von Hause mit seiner Flinte fortging, und man hat seitdem nie etwas von ihm gehört. Sein Hund kam ohne ihn zurück; doch ob er sich erschossen hat oder von Indianern weggeschleppt wurde, kann niemand sagen. Ich war damals erst ein kleines Mädchen."

Rip hatte nur noch eine Frage zu stellen; aber die brachte er mit stammelnder Stimme vor: „Wo ist Eure Mutter?"

„Oh, sie ist vor ganz kurzer Zeit gestorben; ein Blutgefäß platzte ihr bei einem Wutanfall über einen Hausierer aus Neuengland."

In dieser Nachricht lag wenigstens ein Tröpfchen Trost. Der ehrliche Mann konnte nicht länger an sich halten. Er schloß seine Tochter und ihr Kind in seine Arme. „Ich bin dein Vater!" rief er. „Einst der junge Rip van Winkle, der alte Rip van Winkle jetzt! Kennt denn niemand mehr den armen Rip van Winkle?"

Alle standen erstaunt da, bis eine alte Frau aus der Menge herauswankte, sich die Hand über die Augen hielt und, darunter hervor ihm für eine Minute ins Gesicht blickend, ausrief: „Ja, wirklich! das ist Rip van Winkle – er ist's selbst! Willkommen wieder daheim, alter Nachbar! Nun, wo wart Ihr eigentlich die langen zwanzig Jahre?"

Rips Geschichte war bald erzählt, denn die ganzen zwanzig Jahre schienen ihm nur wie eine Nacht. Die Nachbarn glotzten ihn an, als sie dies hörten. Einige sah man sich gegenseitig zublinzeln und spöttisch lächeln, und der wichtigtuerische Mann mit dem Dreispitz, der, sobald die Aufregung vorbei, auf den Kampfplatz zurückgekehrt war, verzog die Mundwinkel und schüttelte das Haupt – worauf ein allgemeines Kopfschütteln bei der Versammlung entstand.

Man beschloß indes, die Ansicht des alten Peter Vanderdonk zu hören, den man langsam die Straße heraufschreiten sah. Er war ein Abkömmling des Historikers gleichen Namens, der einen der frühesten Berichte über die Provinz verfaßt hat. Peter war der älteste Einwohner des Dorfes und in allen merkwürdigen Begebenheiten und Überlieferungen der Gegend wohlbewandert. Er entsann sich Rips sogleich und bekräftigte dessen Erzählung zur vollsten Zufriedenheit. Er versicherte der Gesellschaft, es sei eine von seinem Vorfahren, dem Geschichtsschreiber, verbürgte Tatsache, daß die Kaatskillberge von jeher durch seltsame Wesen heimgesucht worden seien; daß erwiesenermaßen der große Hendrick Hudson, der erste Entdecker des Stromes und Landes, daselbst alle zwanzig Jahre mit seiner Mannschaft von der „Halbmond" eine Art Nachtwache halte, wodurch es ihm vergönnt sei, den Schauplatz seines Unternehmens wieder zu besuchen und ein wachsames Auge auf den Fluß und die nach ihm benannte große Stadt zu haben; daß sein Vater sie einst in ihrer alten holländischen Tracht in einer Höhle des Berges Kegel schieben gesehen und er selbst eines Sommernachmittags das Geräusch ihrer Kugeln wie fernes Donnerrollen vernommen habe.

Um eine lange Geschichte kurz zu machen: die Gesellschaft brach auf und kehrte zu den wichtigeren Angelegenheiten der Wahl zurück. Rips Tochter nahm ihn mit sich, damit er bei ihr lebe. Sie besaß ein hübsches, gut eingerichtetes Häuschen und hatte einen stämmigen, fröhlichen Landmann geheiratet, in dem

Rip einen der Buben wiedererkannte, die ihm auf den Rücken zu klettern pflegten. Was Rips Sohn und Erben betraf, der sein Ebenbild war und den er an den Baum sich hatte lehnen sehen, so arbeitete er auf dem Hof, zeigte aber einen ererbten Hang, alles andere, nur nicht sein eigenes Geschäft, zu besorgen.

Rip nahm seine alten Spaziergänge und Gewohnheiten wieder auf; er fand bald viele seiner früheren Kumpane, die allerdings im Laufe der Zeit noch schlimmer geworden waren; so zog er es denn vor, sich Freunde unter der heranwachsenden Generation zu suchen, bei der er bald zu großer Gunst gelangte.

Weil er daheim nichts zu schaffen und das glückliche Alter erreicht hatte, in dem ein Mensch ungestraft nichts zu tun braucht, nahm er seinen Platz auf der Bank bei der Schenkentür von neuem ein und wurde als einer der Patriarchen des Dorfes und als Chronik der alten Zeiten „vorm Krieg" verehrt. Es dauerte einige Zeit, bis er in das richtige Fahrwasser des Klatsches zu kommen oder die seltsamen Ereignisse zu fassen vermochte, die während seiner Erstarrung stattgefunden hatten: daß es beispielsweise einen Revolutionskrieg gegeben, daß das Land Altenglands Joch abgeschüttelt hatte und daß er, statt ein Untertan Seiner Majestät Georgs des III. zu sein, nun ein freier Bürger der Vereinigten Staaten geworden war. Rip war im Grunde kein Politiker; die Veränderungen der Staaten und Reiche machten nur geringen Eindruck auf ihn; jedoch es gab eine Form des Despotismus, unter der er lange geseufzt hatte, und das war – das Weiberregiment. Zum Glück hatte dies ein Ende; er hatte seinen Hals aus dem Ehestandsjoch gezogen und konnte nach Belieben aus und ein gehen, ohne Angst vor der Tyrannei der Frau van Winkle. Wenn aber ihr Name nur genannt wurde, schüttelte er den Kopf, zuckte mit den Achseln und richtete die Augen gen Himmel, was entweder als Ausdruck der Ergebung in sein Los oder der Freude über seine Befreiung gelten konnte.

Jedem Gast, der in Mr. Doolittles Hotel abstieg, pflegte er seine Geschichte zu erzählen. Anfangs bemerkte man, daß er jedesmal, wenn er sie vortrug, einige Einzelheiten variierte, was zweifelsohne daher kam, daß er erst so kürzlich erwacht war. Zuletzt rundete sie sich genau zu der Fassung ab, wie ich sie mitgeteilt habe, und jeder Mann, jede Frau, jedes Kind in der Nachbarschaft wußte sie auswendig. Einige wollten stets an der Wahrheit der Erzählung zweifeln und bestanden darauf, Rip sei nicht bei Sinnen gewesen und in dieser Sache habe er stets eine blühende Phantasie entwickelt. Die alten holländischen Einwohner schenkten ihr jedoch fast ausnahmslos vollen Glauben. Sogar bis auf den heutigen Tag hören sie niemals ein Gewitter an einem Sommernachmittag in den Kaatskillbergen, ohne zu sagen, Hendrick Hudson und seine Schiffsmannschaft spielten Kegel; und es ist ein allgemeiner Wunsch aller Pantoffelhelden der Nachbarschaft, daß sie, wenn sie das Leben hart ankommt, einen beruhigenden Schluck aus Rip van Winkles Flasche haben möchten.

Anmerkung

Man könnte argwöhnen, Mr. Knickerbocker sei zu der vorausgehenden Erzählung durch eine kleine deutsche Sage von Kaiser Friedrich Rotbart und dem Kyffhäuser angeregt worden; doch die nachstehende Bemerkung, die er der Erzählung beigefügt hat, beweist, daß es sich um eine unumstößliche Tatsache handelt, die er mit der ihm eigenen Wahrhaftigkeit berichtet hat:

„Rip van Winkles Geschichte mag manchem unglaublich vorkommen, trotzdem aber messe ich ihr völlige Glaubwürdigkeit bei; denn ich weiß, daß die Umgebung unserer alten holländischen Siedlungen häufig wunderbare Ereignisse und Erscheinungen erlebt hat. Ja, ich habe noch weit seltsamere Geschichten als diese in den Dörfern am Hudson gehört, die alle zu sehr verbürgt sind, um irgendwelche Zweifel aufkommen zu lassen. Ich habe sogar mit Rip van Winkle persönlich gesprochen, der bei unserer letzten Begegnung ein höchst ehrwürdiger Greis und so vollkommen verständig und verständlich in jeder anderen Hinsicht war, daß ich meine, jeder gewissenhafte Mensch müsse diese Geschichte mit in Kauf nehmen, ja, ich habe ein Zeugnis über diesen Gegenstand gesehen, das vor einem Dorfgericht aufgenommen und eigenhändig vom Richter mit einem Kreuz unterzeichnet war. Die Geschichte ist daher über jeden möglichen Zweifel erhaben.

D. K."

> „Mich deucht, ich sähe in meinem Geist eine edle und
> mächtige Nation, die wie ein starker Mann nach dem
> Schlaf aufsteht und ihre unbesiegbaren Locken schüt-
> telt; mich deucht, ich sähe sie als einen Adler, der
> seine kraftvolle Jugend abstreift und seine geblende-
> ten Augen am vollen Mittagssonnenstrahl wieder an-
> zündet."
>
> *Milton über die Pressefreiheit*

Mit dem Gefühle tiefen Bedauerns beobachte ich, wie die
literarische Animosität zwischen England und Amerika von Tag
zu Tag wächst. Die Vereinigten Staaten haben kürzlich große
Neugierde erregt, und die Londoner Presse brachte zahllose Beschreibungen von Reisen durch die Republik; allerdings scheinen
sie eher Irrtümer als Wissen verbreiten zu wollen und sind darin
so erfolgreich gewesen, daß es trotz dem ständigen Verkehr zwischen beiden Nationen kein Volk gibt, über das die große Masse
des englischen Publikums weniger genau unterrichtet wäre oder
zahlreichere Vorurteile hegte.

Die englischen Reisenden sind die besten und die schlimmsten
in der Welt. Wo keine Beweggründe des Stolzes oder des Vor-
teils im Spiele sind, kann niemand es ihnen an tiefen und philosophischen Gedanken über die Gesellschaft oder zuverlässigen
und anschaulichen Beschreibungen äußerer Gegenstände gleich-
tun; doch wenn entweder die Interessen oder der Ruf ihres
eigenen Landes mit denen eines anderen zusammenstoßen, verfallen sie ins entgegengesetzte Extrem und vergessen ihre gewohnte Redlichkeit und Unvoreingenommenheit, indem sie
sich ihrer Grämlichkeit und einer engherzigen Spottlust hingeben.

Infolgedessen sind ihre Reisebeschreibungen desto getreuer
und genauer, je entlegener das beschriebene Land ist. Ich würde
der von einem Engländer stammenden Beschreibung der Gegenden jenseits der Wasserfälle des Nils, von unbekannten Inseln
im Gelben Meer, vom Innern Indiens oder von irgendeinem
anderen Landstrich, den andere Reisende mit dem Blendwerk
ihrer Phantasie auszumalen geneigt wären, unbedingten Glauben schenken, aber ich würde seinen Bericht über seine unmittelbaren Nachbarn und über diejenigen Nationen, mit denen er am
häufigsten verkehrt, vorsichtig aufnehmen. Wenn ich auch noch

so sehr geneigt bin, auf seine Redlichkeit zu bauen, seinen Vorurteilen wage ich nicht zu trauen.

Es ist freilich auch das besondere Schicksal unseres Landes gewesen, von der schlimmsten Sorte englischer Reisender besucht zu werden. Während Männer von philosophischem Geist und gelehrter Bildung von England ausgeschickt wurden, die Pole zu erforschen, Wüsten zu durchqueren und die Sitten und Gebräuche wilder Völker zu studieren, mit denen es keine ständigen Beziehungen zum Nutzen oder Vergnügen unterhalten kann, blieb es dem bankrotten Kaufmann, dem intriganten Abenteurer, dem wandernden Handwerker, dem Vertreter aus Manchester und Birmingham überlassen, Englands Orakel bezüglich Amerikas zu sein. Es begnügt sich damit, aus solchen Quellen seine Kenntnis über ein Land zu schöpfen, das sich in einem einzigartigen Zustand moralischer und physischer Entwicklung befindet, ein Land, in dem gegenwärtig eines der größten politischen Experimente der Weltgeschichte angestellt wird und das für den Staatsmann und Philosophen einen Gegenstand tiefsten und wichtigsten Studiums darstellt.

Daß derartige Leute vorurteilsvolle Berichte über Amerika geben, ist nicht verwunderlich. Die Probleme, die es der Erörterung darbietet, sind für ihr Fassungsvermögen zu groß und zu hoch. Der Nationalcharakter befindet sich noch im Gärungsprozeß; er mag seinen Schaum und Bodensatz haben, aber seine Ingredienzien sind gesund und bekömmlich; er hat schon Beweise für mächtige und tüchtige Eigenschaften abgelegt, und das Ganze verheißt etwas wahrhaft Ausgezeichnetes zu ergeben, wenn es sich einmal gesetzt hat. Doch die Ursachen, die dazu beitragen, ihn zu stärken und zu veredeln, und die täglichen Anzeichen bewundernswerter Eigenschaften entgehen diesen kurzsichtigen Beobachtern, die bloß die kleinen Schroffheiten bemerken, welche seiner gegenwärtigen Lage anhaften. Sie können nur die Oberfläche der Dinge beurteilen, jene Angelegenheiten, die zu ihren privaten Interessen und persönlichen Wünschen in Beziehung stehen. Sie vermissen manche der Bequemlichkeiten und kleinen Behaglichkeiten, die zu einem alten, hochkultivierten und übervölkerten Gemeinwesen gehören, wo die Schicht der nützlichen Arbeiter allzu groß ist und viele ein mühevolles und sklavisches Leben nur dadurch fristen, daß sie den Launen der Sinnlichkeit und des Selbstgenusses frönen. Diese nebensächlichen Bequemlichkeiten sind jedoch nach Meinung beschränkter Geister überaus wichtig, die weder begreifen noch zugestehen wollen, daß sie bei uns durch große und allgemein verbreitete Vorzüge mehr denn aufgewogen werden.

Sie haben sich vielleicht in ihrer unvernünftigen Erwartung auf plötzlichen Gewinn getäuscht gesehen. Sie haben sich vielleicht Amerika als ein Eldorado vorgestellt, wo Gold und Silber im Überfluß vorhanden sind, wo es den Eingeborenen an Scharfsinn mangelt und wo sie auf unverhoffte, aber leichte Weise wie durch ein Wunder mit einem Schlag reich werden können. Gerade diese Geistesschwäche, die sich verrückte Hoffnungen macht, erzeugt im Falle der Enttäuschung Ärger. Solche Leute werden gegen das Land erbittert, sobald sie merken, daß man dort, wie überall auf der Welt, erst säen muß, bevor man ernten kann, daß man nur durch Fleiß und Fähigkeiten Reichtum erwerben und mit den üblichen Hindernissen der Natur und der Schlauheit eines klugen und wagemutigen Volkes kämpfen muß.

Vielleicht sind sie infolge einer falschverstandenen oder übel angebrachten Gastfreundschaft oder infolge der unter meinen Landsleuten vorherrschenden Bereitwilligkeit, den Fremden zu ermutigen und zu unterstützen, mit ungeahntem Wohlwollen in Amerika behandelt worden; und da sie ihr Leben lang gewohnt waren, sich auf einer niedrigeren Stufe der Gesellschaft stehend zu betrachten, und in einem sklavischen Gefühl der Minderwertigkeit erzogen worden sind, werden sie angesichts der ihnen bezeigten Höflichkeit anmaßend; die Bescheidenheit der anderen schreiben sie ihrer eigenen gehobenen Stellung zu und schätzen eine Gesellschaft gering, in der es keine künstlichen Unterscheidungen gibt und in der durch irgendeinen Zufall Leute wie sie selbst zu Ansehen gelangen können.

Man sollte jedoch meinen, daß Nachrichten, die aus solcher Quelle entspringen und einen Gegenstand betreffen, über den man so gerne die Wahrheit erfahren möchte, von den Kritikern mit Vorsicht aufgenommen würden; daß die Beweggründe dieser Leute, ihre Zuverlässigkeit, ihre Gelegenheiten zu Untersuchungen und Beobachtungen und ihre Befähigung zum richtigen Urteil auf das genaueste untersucht würden, bevor man ihre Aussagen in so weitem Umfang gegen eine verwandte Nation verwendete. Doch genau das Gegenteil ist der Fall, und dies liefert einen schlagenden Beweis für die menschliche Inkonsequenz. Nichts kann die Wachsamkeit übertreffen, mit der englische Kritiker die Glaubwürdigkeit eines Reisenden prüfen, der die Schilderung irgendeines entlegenen und verhältnismäßig unwichtigen Landes veröffentlicht. Wie ängstlich vergleichen sie da die Messungen einer Pyramide oder die Beschreibungen einer Ruine, und wie streng tadeln sie die geringste Ungenauigkeit in diesen Beiträgen von nur unwesentlichem Interesse! Dagegen nehmen sie die grob entstellten Berichte plumper und unbekannter Schriftsteller über ein Land, mit dem ihr eigenes durch die wichtigsten und innigsten Beziehungen verbunden ist, mit Begierde und blindem Glauben an. Ja, sie machen sogar diese apokryphen Bücher zu Quellenwerken und verbreiten sich darüber mit einem Eifer und einer Geschicklichkeit, die einer besseren Sache würdig wären.

Ich will mich jedoch nicht länger bei diesem ärgerlichen und abgedroschenen Thema aufhalten; ich hätte auch gar nicht darauf aufmerksam gemacht, wenn sich meine Landsleute nicht so übermäßig dafür interessierten und wenn ich nicht befürchtete, es könnte einen gewissen schädlichen Einfluß auf das Nationalgefühl ausüben. Wir legen diesen Angriffen zu großes Gewicht bei. Sie können uns keinen wesentlichen Schaden bringen. Das Netz von Entstellungen, mit dem man uns zu umgarnen sucht, gleicht den Spinnweben, mit denen man die Glieder eines jungen Riesen umstricken möchte. Unser Land wächst fortwährend über sie hinaus. Eine Lüge nach der anderen fällt in sich selbst zusammen. Wir brauchen bloß weiterzuleben, und jeder Tag unseres Lebens bringt einen ganzen Band von Widerlegungen hervor. Alle vereinigten Schriftsteller Englands – wenn wir nur für einen Augenblick annehmen dürften, daß ihre erlauchten Geister sich zu einer so unwürdigen Verbindung herabließen – könnten unsere rasch wachsende Bedeutung und unser beispielloses Gedeihen nicht verschleiern. Sie könnten nicht verhehlen, daß dies nicht nur physischen und lokalen, sondern auch moralischen Ursachen zugeschrieben werden müsse – der politischen Freiheit, der allgemeinen Ausbreitung des Wissens, dem Übergewicht gesunder sittlicher und religiöser Grundsätze, die dem Charakter eines Volkes Festigkeit und anhaltende Energie verleihen und letzten Endes die anerkannten und wunderbaren Stützen ihrer eigenen nationalen Macht und ihres Ruhmes gewesen sind.

Doch weshalb sind wir so außerordentlich empfindlich gegen die Verleumdungen Englands? Weshalb lassen wir uns den Schimpf, den es auf uns zu häufen bestrebt ist, so zu Herzen gehen? Nicht einzig und allein von Englands Meinung hängen Ehre und Ruf ab. Die weite Welt ist die Schiedsrichterin über den Ruhm einer Nation; mit ihren tausend Augen beobachtet sie die Taten einer Nation, und auf ihrem Gesamtzeugnis beruht nationaler Ruhm oder nationale Schande.

Für uns ist es daher vergleichsweise von nur geringer Bedeutung, ob England uns Gerechtigkeit widerfahren läßt oder nicht; es ist vielleicht von weit größerer Bedeutung für England selbst. Es flößt einem jugendlichen Volk Groll und Erbitterung ein, die mit seinem Wachsen wachsen und mit seiner Stärke stärker werden. Wenn es in Amerika, wie einige seiner Schriftsteller es zu überzeugen trachten, später einen eifersüchtigen Nebenbuhler und riesenhaften Gegner finden wird, so mag es gerade diesen Schriftstellern danken, daß sie die Rivalität herausgefordert und die Feindseligkeit geweckt haben. Jeder kennt den alles durchdringenden Einfluß der heutigen Literatur und weiß, wie sehr die Ansichten und Leidenschaften der Menschheit von ihr gesteuert werden. Die bloßen Kämpfe mit dem Schwert gehen vorüber; es schlägt nur Wunden in das Fleisch, und der Stolz des Großmütigen besteht darin, sie zu vergeben und zu vergessen; die Verleumdungen der Feder hingegen dringen in das Herz; sie eitern am längsten in den edelsten Geistern; sie bleiben der Seele stets gegenwärtig und machen sie krankhaft empfindlich gegen die leiseste Berührung. Nur selten erzeugt eine öffentliche Handlung Feindseligkeiten zwischen zwei Nationen; gewöhnlich existieren schon vorher Eifersucht und Übelwollen, eine Neigung zum Anstoßnehmen. Man verfolge all dies bis zu seiner Quelle, und wie oft wird man finden, daß es seinen Ursprung in den böswilligen Ergüssen käuflicher Schriftsteller hat, die, sicher in ihren Arbeitszimmern und schnöden Mammons halber, das Gift bereiten und verbreiten, das den Edlen und Tapfern entflammen soll.

Ich messe nicht zufällig diesem Punkt solches Gewicht bei, denn er bezieht sich ausdrücklich auf unseren besonderen Fall. Über keine Nation übt die Presse eine unbeschränktere Macht aus als über das amerikanische Volk; denn die allgemeine Erziehung der ärmsten Schichten macht jedes Individuum zu einem Leser. Nichts wird in England in bezug auf unser Land veröffentlicht, was nicht in allen Teilen desselben in Umlauf gebracht würde. Es gibt keine einzige Verleumdung, die aus einer englischen Feder fließt, und keine unwürdige Spottrede, die ein englischer Staatsmann äußert, welche nicht das Wohlwollen trübte und die heimliche Gärung steigerte. Da nun England die Hauptquelle besitzt, aus der die Literatur unserer Sprache flutet, wie völlig steht es in seiner Macht, und wie gewiß ist es seine Schuldigkeit, sie zum Mittler freundlicher und großmütiger Gesinnungen zu machen – zu einem Strom, an dem beide Völker einander treffen und aus dem sie in Frieden und Freundschaft trinken! Sollte England aber dabei beharren, diese Quelle in bitteres Wasser zu verwandeln, so wird die Zeit kommen, da es seine Torheit bereuen dürfte. Gegenwärtig mag ihm die Freundschaft Amerikas nur von geringer Bedeutung sein; allein das künftige Geschick dieses Landes läßt keine Zweifel zu: auf der Zukunft Englands liegen manche Schatten der Ungewißheit. Sollte einmal ein Tag des Unheils kommen, sollte das Unglück hereinbrechen, von dem selbst die stolzesten Reiche nicht verschont geblieben sind, so mag es mit Reue auf seine Verblendung zurückblicken, die es bewog, ein Volk von seiner Seite zu stoßen, das es an seine Brust hätte drücken sollen, und sich dadurch die einzige Aussicht auf wahre Freundschaft zu zerstören, die es jenseits der Grenzen seines eigenen Gebietes finden konnte.

Man hat in England allgemein den Eindruck, die Bewohner der Vereinigten Staaten seien dem Mutterland feindlich gesinnt. Das ist einer der Irrtümer, die hinterhältige Schriftsteller eifrig verbreitet haben. Ohne Zweifel herrscht beträchtliche politische Feindseligkeit und allgemeine Gereiztheit über die niedrige Gesinnung der englischen Presse; doch im großen und ganzen ist das Volk sehr zugunsten Englands voreingenommen. Ja, es gab eine Zeit, wo diese Voreingenommenheit in einzelnen Teilen der Union einen törichten Grad von Vergötterung erreichte. Schon der Name „Engländer" galt als Freibrief zum Vertrauen und zur Gastfreundschaft jeder Familie und lieh nur zu häufig den Unwürdigsten und Undankbarsten vorübergehenden Wert. Im ganzen Land war eine regelrechte Begeisterung mit dem Gedanken an England verbunden. Wir schauten auf dieses Land mit einem heiligen Gefühl der Zärtlichkeit und Verehrung, als auf das Land unserer Vorfahren – als die erhabene Schatzkammer der Denkmäler und Altertümer unseres Stammes – als die Geburtsstätte und das Mausoleum der Weisen und Helden unserer vaterländischen Geschichte. Nach unserem eigenen Land existierte keines, über dessen Ruhm wir uns mehr freuten – keines, dessen gute Meinung wir sehnlicher zu besitzen wünschten – keines, dem unsere Herzen mit dem Pulsschlag so warmer Blutsverwandtschaft entgegenschlugen. Sogar während des letzten Krieges war es, sooft nur die geringste Gelegenheit sich bot, freundliche Gefühle zu zeigen, eine Wonne für die edlen Geister unseres Landes, zu beweisen, daß sie inmitten der Feindseligkeiten noch den Funken künftiger Freundschaft lebendig hielten.

Und das alles soll nun ein Ende haben? Soll dieses goldene

Band verwandter Gefühle, zwischen Nationen so selten, auf immerdar zerrissen sein? Vielleicht ist es noch das Beste – es mag eine Illusion zerstören, die uns wohl gar in geistigem Vasallenverhältnis gehalten, gelegentlich unseren wahren Interessen widerstritten und das Wachstum des eigenen Nationalstolzes verhindert hätte. Aber es ist hart, die verwandtschaftlichen Bande aufgeben zu müssen! und es gibt Gefühle, die uns teurer sind als Eigennutz, die dem Herzen näherstehen als Stolz, die uns selbst dann noch einen Blick des Bedauerns zurückwerfen lassen, wenn wir weiter und weiter wandern fort vom väterlichen Dach, und die die eigensinnige Härte des Vaters beklagen werden, der die Liebe des Kindes zurückstieß.

Doch so kurzsichtig und unüberlegt das Verhalten Englands in diesem System der Verleumdung auch sein mag, ebenso unvernünftig wäre eine Gegenbeschuldigung unsererseits. Ich rede nicht von einer schnellen und entschlossenen Ehrenrettung unseres Landes noch von der schärfsten Züchtigung seiner Verleumder, sondern ich beziehe mich auf eine Neigung, mit gleicher Münze heimzuzahlen, Spott mit Spott zu vergelten und Vorurteile einzuflößen, was unter unseren Schriftstellern immer weiter um sich zu greifen scheint. Vor einer solchen Gesinnung wollen wir besonders auf der Hut sein, denn sie würde das Übel verdoppeln, statt dem Unrecht abzuhelfen. Nichts ist so leicht und verlockend, wie Beleidigungen und Spott zurückzugeben, doch das ist ein erbärmlicher und nutzloser Streit. Es ist die Alternative eines krankhaften Gemüts, das sich lieber von Ärger und Bitterkeit zerfressen, als zu edler Entrüstung erwärmen läßt. Wenn England willens ist zu gestatten, daß die niedrigen Eifersüchteleien im Handel oder die gehässigen Feindseligkeiten in der Politik die Lauterkeit seiner Presse besudeln und die Quelle der öffentlichen Meinung vergiften, so wollen wir uns hüten, seinem Beispiel zu folgen. England mag es für seinen Vorteil halten, Irrtümer auszustreuen und Abneigung zu erzeugen, mit dem Ziel, die Auswanderung zu drosseln; wir haben keinem derartigen Ziel zu dienen. Wir wollen auch nicht etwa den Geist nationaler Eifersucht befriedigen, denn bis jetzt sind wir noch bei jedem Wettstreit mit England überlegen und siegreich geblieben. Es kann deshalb kein anderes Ziel geben als die Befriedigung der Rache – ein bloßer Geist der Wiedervergeltung; und selbst dieser ist ohnmächtig. Unsere Entgegnungen werden in England niemals wieder veröffentlicht; sie verfehlen also ihr Ziel, begünstigen aber eine zänkische und gereizte Stimmung bei unseren

Schriftstellern; sie verbittern den süßen Strom unserer jungen Literatur und säen Dornen und Disteln zwischen ihre Blüten. Was noch schlimmer ist: sie zirkulieren in unserem eigenen Land und erwecken, sofern sie eine Wirkung ausüben, starke Nationalvorurteile. Dieses letztere Übel müssen wir ganz besonders beklagen. Da wir vollständig von der öffentlichen Meinung beherrscht werden, sollte man die äußerste Sorgfalt anwenden, die Reinheit der öffentlichen Stimmung zu erhalten. Wissen ist Macht, und Wahrheit ist Wissen; wer immer daher wissentlich ein Vorurteil verbreitet, untergräbt vorsätzlich das Fundament der Stärke seines Landes.

Die Glieder einer Republik sollten, mehr als alle andern Menschen, aufrichtig und leidenschaftslos sein. Sie sind als Individuen Teile des regierenden Geistes und regierenden Willens und sollten fähig sein, alle Fragen von nationalem Interesse mit ruhigem und unbefangenem Urteil zu betrachten. Entsprechend der eigentümlichen Beschaffenheit unserer Beziehungen zu England müssen wir weit häufiger Fragen diffiziler und heikler Art mit diesem Land als mit irgendeiner anderen Nation haben, Fragen, welche die feinsten und reizbarsten Gefühle betreffen; und weil in ihrer harmonischen Lösung die Maßnahmen unserer Nation schließlich durch das Gefühl des Volkes bestimmt werden, so können wir gar nicht ängstlich genug darauf achten, es von allen geheimen Leidenschaften oder Vorurteilen zu reinigen.

Da wir ferner ein Asyl für Fremde aus allen Teilen der Erde eröffnet haben, sollten wir auch alle mit Unparteilichkeit aufnehmen. Es müßte unser Stolz sein, das Beispiel mindestens einer Nation zu geben, die ohne nationale Antipathien nicht nur die äußerlichen Handlungen der Gastfreundschaft, sondern auch jene seltenere und edlere Höflichkeit übt, die aus einer freisinnigen Einstellung entspringt.

Was haben wir mit nationalen Vorurteilen zu schaffen? Sie sind die eingewurzelten Krankheiten alter Staaten, in rohen und unwissenden Zeiten entstanden, wo die Nationen noch wenig voneinander wußten und mit Mißtrauen und Feindseligkeit über ihre Grenzen hinausschauten. Wir hingegen haben in einem aufgeklärten und philosophischen Zeitalter unsere nationale Existenz gegründet, als die verschiedenen Teile der bewohnbaren Welt und die verschiedenen Zweige der menschlichen Familie unermüdlich studiert und miteinander bekannt gemacht wurden, und wir geben die Vorrechte unserer Geburt auf, wenn wir nicht

die nationalen Vorurteile abschütteln, wie wir es mit den abergläubischen Vorstellungen der alten Welt tun.

Doch vor allem wollen wir uns nicht von irgendwelchen gehässigen Gefühlen so weit beeinflussen lassen, daß wir unsere
Augen vor dem verschließen, was im englischen Charakter wirklich vortrefflich und liebenswürdig ist. Wir sind ein junges, also
notwendigerweise ein nachahmendes Volk und müssen unsere
Vorbilder und Muster größtenteils von den bestehenden Nationen in Europa nehmen. Kein Land aber ist unseres Studiums
würdiger als England. Der Geist seiner Verfassung ist dem der
unsrigen am meisten ähnlich. Die Lebensgewohnheiten seiner
Bevölkerung, seine geistige Regsamkeit, seine Meinungsfreiheit,
seine Auffassung der Dinge, welche die teuersten Interessen und
die heiligsten Freuden des Privatlebens betreffen, sind alle dem
amerikanischen Charakter eng verwandt; und in der Tat, sie
sind im Grunde vorzüglich, denn auf dem sittlichen Gefühl des
Volkes ruhen die tiefen Fundamente des englischen Wohlstands,
und wie sehr auch der Oberbau durch die Zeit abgenutzt oder
durch Mißbräuche überwuchert sein mag, es muß etwas Solides
in den Grundfesten, etwas Bewunderungswürdiges in den Bestandteilen, etwas Dauerhaftes in der Konstruktion eines Gebäudes liegen, das so lange unerschüttert inmitten der Stürme der
Welt gestanden hat.

Es sollte deshalb der Stolz unserer Schriftsteller sein, alle Gefühle des Grolls aufzugeben und es zu verschmähen, die niedrige Gesinnung britischer Autoren wiederzuvergelten, vielmehr
von der englischen Nation ohne Vorurteil und mit entschiedener
Aufrichtigkeit zu sprechen. Während die bedingungslose Vergötterung zu tadeln ist, mit der einige unserer Landsleute alles
Englische bewundern und nachahmen, eben weil es englisch ist,
mögen sie frank und frei hervorheben, was tatsächlich Zustimmung verdient. Wir können so England als ein beständiges Lehr-
buch vor uns hinlegen, in dem brauchbare Resultate aus jahrhun-
dertelanger Erfahrung verzeichnet stehen; und wenn wir die
Irrtümer und Ungereimtheiten vermeiden, die sich vielleicht in
die Seiten eingeschlichen haben, können wir goldene Maximen
praktischer Weisheit daraus ziehen, um mit diesen unseren Nationalcharakter zu kräftigen und zu verschönern.

Oh, Freundin du des besten Triebs der Menschheit,
Freundin des Sinnens, Friedens und der Tugend,
Du häuslich Sein in ländlich stillem Glück!

Cowper

Der Fremde, der sich einen richtigen Begriff vom englischen
Charakter machen will, darf seine Beobachtungen nicht auf die
Hauptstadt begrenzen. Er muß hinauswandern aufs Land; er
muß sich in Dörfern und Weilern aufhalten; er muß Schlösser,
Villen, Bauernhöfe und Hütten besuchen; er muß durch Parks
und Gärten streifen, an Hecken und grünen Büschen entlang;
er muß um Dorfkirchen herumschlendern, Kirmessen und Jahr-
märkte und andere ländliche Feste mitmachen und mit dem
Volk in all seinen Verhältnissen und all seinen Gebräuchen und
Stimmungen verkehren.

In manchen Ländern umfassen die großen Städte den Reichtum und Geschmack der Nation; sie sind die alleinigen festen
Wohnsitze der eleganten und gebildeten Gesellschaft, während
das Land fast ausschließlich von bäuerischem Landvolk bewohnt
ist. In England hingegen ist die Metropole ein bloßer Sammelplatz oder ein allgemeines Stelldichein der feinen Leute, wo sie
einen kleinen Teil des Jahres dem Trubel der Lustbarkeiten
und Zerstreuungen widmen und nach Genuß dieses Karnevals
wieder zu den augenscheinlich angenehmeren Gewohnheiten des
Landlebens zurückkehren. Die verschiedenen Gesellschaftsschichten sind daher über die ganze Fläche des Königreiches zerstreut,
und selbst die abgelegenste Gegend weist ein Gemisch der ver-
schiedensten Stände auf.

Die Engländer haben in der Tat eine große Neigung zum
Landleben. Sie besitzen einen ausgeprägten Sinn für die Schönheiten der Natur und haben offenbares Wohlgefallen an den
ländlichen Vergnügungen und Beschäftigungen. Diese Leidenschaft scheint ihnen angeboren. Sogar die Bewohner der Städte,
die zwischen Ziegelsteinmauern und in lärmerfüllten Straßen
geboren und aufgewachsen sind, finden sich mit Leichtigkeit in
ländliche Sitten und beweisen Sinn für ländliche Arbeit. Der
Kaufmann hat seinen gemütlichen Landsitz nahe der Hauptstadt,
wo er häufig ebensoviel Stolz und Eifer bei der Pflege seines
Blumengartens und der Obstzucht entfaltet wie in der Leitung
seines Geschäftes und dem Erfolg seiner kommerziellen Unter-

nehmungen. Selbst jene weniger glücklichen Geschöpfe, die dazu verurteilt sind, ihr Leben inmitten des Betriebs und Verkehrs zuzubringen, suchen irgend etwas zu erlangen, was sie an den Anblick der grünenden Natur erinnern kann. In den dunkelsten und engsten Vierteln der Stadt gleicht das Fenster der Wohnstube oftmals einem Gärtchen; jeder Fleck, der nur zur Vegetation geeignet ist, hat seinen Rasenplatz und sein Blumenbeet, und jeder öffentliche Platz seinen bescheidenen, mit malerischem Geschmack angelegten und in erfrischendem Grün prangenden Park.

Wer den Engländer nur in der Stadt sieht, bildet sich leicht eine ungünstige Meinung von dessen geselligem Charakter. Er geht entweder in seinem Geschäft auf oder wird durch die tausend Verpflichtungen abgelenkt, die Zeit, Denken und Gefühl in dieser ungeheueren Metropole in Anspruch nehmen. Er erweckt daher nur zu gewöhnlich den Eindruck von Eile und Zerstreutheit. Wo er auch immer sein mag, er ist stets auf dem Sprung, irgendwoanders hinzugehen; in dem Augenblick, da er über einen Gegenstand spricht, schweift sein Geist schon zu einem anderen, und während er einen freundschaftlichen Besuch abstattet, überschlägt er, wie er seine Zeit für die übrigen Morgenvisiten einteilen solle. Eine so unermeßliche Stadt wie London ist ganz dazu angetan, die Menschen egoistisch und teilnahmslos zu machen. Bei ihren zufälligen und flüchtigen Begegnungen können sie sich bloß kurz in Gemeinplätzen miteinander unterhalten. Sie zeigen nur die kalte Außenseite des Charakters – seine reichen und herzlichen Eigenschaften haben nicht Zeit genug, richtig zum Vorschein zu kommen.

Auf dem Lande gibt der Engländer seinen natürlichen Gefühlen Raum. Freudig reißt er sich los von den kühlen Förmlichkeiten und schalen Höflichkeiten der Stadt; er wirft seine gewohnte scheue Zurückhaltung ab und wird vergnügt und offenherzig. Er bemüht sich, alle Bequemlichkeiten und Annehmlichkeiten des verfeinerten Lebens um sich zu versammeln und jeden Zwang zu verbannen. Sein Landsitz ist im Überfluß mit allem versehen, was zu gelehrter Zurückgezogenheit, zur Befriedigung des Geschmackes oder zu ländlicher Beschäftigung erforderlich ist. Bücher, Gemälde, Musik, Pferde, Hunde und Jagdgerät aller Art sind zur Hand. Er legt weder seinen Gästen noch sich selber Zwang auf, sondern sorgt im Geist echter Gastfreundschaft für die Mittel zum Genuß des Lebens und überläßt es jedem, nach seinen Neigungen daran teilzunehmen.

Der Geschmack der Engländer in der Kultivierung des Bodens und in der sogenannten Landschaftsgärtnerei ist unvergleichlich. Sie haben die Natur gründlich studiert und offenbaren einen feinen Sinn für deren schöne Formen und harmonische Verbindungen. Jene Reize, welche die Natur in anderen Ländern an wilde Einöden verschwendet, sind hier um die Wohnstätten des häuslichen Lebens versammelt. Die Engländer scheinen ihre scheue und verstohlene Anmut eingefangen und sie wie durch Zauberei um ihre Landsitze ausgebreitet zu haben.

Nichts kann eindrucksvoller sein als die Großartigkeit einer englischen Parklandschaft: weite Rasenflächen, die sich gleich Teppichen saftigen Grüns ausdehnen, hier und dort mit Gruppen riesenhafter Bäume bestanden, die ihr üppiges Laub auftürmen. Die feierliche Pracht der Haine und Waldlichtungen, mit den Hirschen, die in schweigenden Herden darüber hinwegziehen, dem Hasen, der in seinen Schlupfwinkel springt, oder dem Fasan, der sich plötzlich aufschwingt. Der Bach, der sich in den natürlichsten Windungen dahinschlängelt oder sich zu einem kristallenen See erweitert; der einsame Teich, in dem sich die zitternden Bäume widerspiegeln, auf dessen Busen das gelbe Blatt schlummert und in dessen klarem Wasser die Forelle furchtlos umherschwimmt, während irgendein ländlicher Tempel oder die Statue eines Waldgottes, vom Alter grün und modrig geworden, der Abgeschiedenheit den Stempel klassischer Heiligkeit aufdrückt.

Dies sind nur einige wenige Züge der Parklandschaft; aber was mich am meisten entzückt, ist das schöpferische Talent, mit dem die Engländer die schlichten Wohnungen des Mittelstandes zieren. Das unansehnlichste Haus, das kümmerlichste und kleinste Stück Land wird in den Händen eines Engländers von Geschmack zu einem kleinen Paradies. Mit fein unterscheidendem Auge erkennt er sogleich dessen Möglichkeiten und malt sich im Geist die künftige Landschaft aus. Der unfruchtbare Fleck gewinnt unter seiner Hand Liebreiz, und doch sind die Bemühungen der Kunst, die diese Wirkung hervorbringt, kaum wahrnehmbar. Die Pflege und Zucht einiger Bäume, das behutsame Beschneiden anderer, die gefällige Verteilung von Blumen und Pflanzen mit zarten und anmutigen Blättern, die Anlage eines grünen Abhangs mit samtenem Rasen, die teilweise Eröffnung einer Aussicht in die blaue Ferne oder auf den Silberschein eines Gewässers: alles das ist mit feinem Takt, mit stetem, doch stillem Eifer geschaffen, gleich den magischen Farbtönen, mit denen ein Maler sein Lieblingsgemälde vollendet.

Der Aufenthalt der vermögenden und vornehmen Welt auf dem Lande hat einen Grad von Geschmack und Eleganz in das ländliche Leben gebracht, der auch die niedrigste Schicht erfaßt. Sogar der Tagelöhner mit seiner strohbedeckten Hütte und dem schmalen Streifen Land sucht seinen Besitz zu verschönern. Die sauber geschnittene Hecke, der Grasplatz vor der Tür, das kleine, von schmuckem Buchsbaum eingefaßte Blumenbeet, der wilde Wein, der sich die Mauer hinaufrankt und dessen Blüten sich um die Fensterläden schlingen, die Blumentöpfe am Fenster, die vorsorglich um das Haus gepflanzte Stechpalme, die dem Winter seine Düsterkeit nimmt und den Anschein grünen Sommers verleiht, um den Aufenthalt vor dem Kamin behaglich zu machen – alles dies verrät den Einfluß des Geschmacks, der aus hohen Quellen herabfließt und sich in die untersten Schichten des Volkes ergießt. Wenn je die Liebe, wie die Dichter singen, gern eine Hütte besucht, so muß es die Hütte eines englischen Bauern sein.

Die Neigung zum ländlichen Leben unter den höheren Kreisen der Engländer hat eine große und heilsame Wirkung auf den Nationalcharakter ausgeübt. Ich kenne keinen schöneren Menschenschlag als die Engländer von Stand. Statt der Weichheit und Verweichlichung, welche die vornehmen Leute in den meisten Ländern kennzeichnen, zeigen sie eine Vereinigung von Eleganz und Kraft, eine Gesundheit des Körpers und Frische der Gesichtsfarbe, die ich geneigt bin dem Umstand zuzuschreiben, daß sie sich so viel in der frischen Luft bewegen und sich so eifrig den stärkenden Erholungen des Landlebens überlassen. Diese körperliche Betätigung erzeugt auch eine gesunde Stimmung des Gemüts und Geistes und eine Männlichkeit und Einfachheit der Sitten, die selbst die Torheiten und Zerstreuungen der Stadt nicht leicht verderben und nie ganz zerstören können. Auch scheinen auf dem Lande sich die verschiedenen Stände der Gesellschaft freier zu nähern und mehr dazu geneigt zu sein, miteinander zu verkehren und günstig aufeinander einzuwirken. Die Unterschiede zwischen ihnen sind sichtlich nicht so ausgeprägt und unüberwindlich wie in den Städten. Die Art und Weise, in der das Eigentum in kleine Güter und Pachthöfe verteilt ist, hat eine regelmäßige Abstufung vom Edelmann an durch die Klassen des niederen Adels, der kleinen Grundbesitzer und wohlhabenden Pächter bis zum schwer arbeitenden Bauernstand hinab zuwege gebracht; und während sie so die äußersten Gegensätze der Gesellschaft miteinander verband, hat sie jeder

Zwischenstufe den Geist der Unabhängigkeit eingeflößt. Man muß allerdings einräumen, daß dies gegenwärtig nicht mehr so allgemein der Fall ist, wie es ehedem war; denn die größeren Grundstücke haben in den letzten Jahren der Not die kleineren gleichsam geschluckt und in einigen Teilen des Landes den derben Stamm der kleinen Pächter beinahe gänzlich vernichtet. Das sind jedoch nach meiner Ansicht nur zufällige Einbrüche in die allgemeine Ordnung, von der ich sprach.

In ländlicher Beschäftigung liegt nichts Gemeines und Erniedrigendes. Sie macht den Menschen mit Szenen natürlicher Größe und Schönheit bekannt; sie überläßt ihn den Regungen des eigenen Gemüts, auf das die reinsten und erhabensten äußeren Einflüsse einwirken. Ein solcher Mensch kann einfach und derb sein, doch nicht roh. Darum findet der Gebildete nichts Ehrenrühriges in dem Verkehr mit den geringeren Klassen des Landvolks, wie es der Fall ist, wenn er sich zufällig unter die unteren Schichten der Stadtbewohner mischt. Er legt Rang und Zurückhaltung ab und ist froh, die Unterschiede des Standes aufgeben und an den ehrbaren, herzlichen Freuden des einfachen Lebens teilhaben zu können. In der Tat, gerade die ländlichen Vergnügungen bringen die Menschen einander immer näher, und beim Klang des Hundegebells und Jagdhorns verschmelzen alle Gefühle harmonisch. Ich glaube, dies ist ein Hauptgrund dafür, daß der Hoch- und Landadel bei den unteren Schichten in England beliebter ist als in irgendeinem anderen Land und daß die letzteren eine so starke Unterdrückung und Not erduldeten, ohne allgemeiner über die ungleiche Verteilung des Besitzes und der Vorrechte zu murren.

Dieser Mischung von gebildeter und bäuerlicher Gesellschaft kann man auch die ländlichen Empfindungen zuschreiben, welche die englische Literatur durchziehen; der häufige Gebrauch von Vergleichen aus dem Landleben; jene unvergleichlichen Naturschilderungen, an denen die englischen Dichter reich sind und die seit Chaucers „Blume und Blatt" fortgeblüht und unsere Zimmer mit der frischen Luft und dem zarten Duft einer taufeuchten Landschaft erfüllt haben. Die Schäferdichter anderer Länder scheinen der Natur bloß einen gelegentlichen Besuch abgestattet zu haben und nur mit ihren allgemeinen Reizen vertraut zu sein, aber die englischen Dichter haben in ihr gelebt und geschwelgt – haben sie in ihren geheimsten Schlupfwinkeln aufgesucht – haben ihre kleinsten Eigenheiten beobachtet. Kein Zweig konnte im Wind erzittern, kein Blatt zum Erdboden gleiten, kein diamantner Tropfen in den Fluß plätschern, kein Duft dem bescheidenen Veilchen entströmen und kein Gänseblümchen seine Purpurfarbe dem Morgen entfalten, ohne von jenen begeisterten und scharfen Beobachtern bemerkt und in eine schöne moralische Betrachtung verwandelt worden zu sein.

Diese Neigung gebildeter Geister zu ländlichen Beschäftigungen ist von wunderbarer Wirkung auf die äußere Gestalt des Landes gewesen. Ein großer Teil der Insel ist flach und würde, wäre nicht der Reiz der Kultur, einförmig sein; so aber ist er mit Schlössern und Palästen geschmückt und besetzt und mit Parkanlagen und Gärten verziert. Er ist nicht gerade überreich an großartigen und erhebenden Fernblicken, weit eher an kleinen, anmutigen Szenen ländlicher Abgeschiedenheit und geschützten Ruheplätzen. Jeder altertümliche Bauernhof und jede moosbewachsene Hütte ist ein Gemälde, und da die Wege sich beständig winden und die Aussicht von Hainen und Hecken eingeschlossen ist, wird das Auge durch eine ununterbrochene Folge kleiner Landschaftsbilder von reizender Anmut ergötzt.

Der größte Reiz der englischen Landschaft ist jedoch das moralische Gefühl, das sie zu durchdringen scheint. Es verbindet sich im Geist mit der Vorstellung von Ordnung, Ruhe, nüchternen, festgefügten Grundsätzen, alten Traditionen und ehrwürdigen Bräuchen. Alles scheint die Frucht von Jahrhunderten eines geregelten und friedlichen Daseins zu sein: die in einem fremdartigen Stil erbaute alte Kirche mit ihrem niedrigen massiven Portal, ihrem gotischen Turm, ihren reich mit Maßwerk und Glasmalereien versehenen Fenstern, ihren stattlichen Denkmälern von Kriegern und bedeutenden Persönlichkeiten der Vergangenheit, den Ahnen des gegenwärtigen Grundherrn, ihren Grabsteinen, die an die aufeinanderfolgenden Generationen handfester Bauern erinnern, deren Nachkommen noch dieselben Felder pflügen und vor demselben Altar knien. Das Pfarrhaus, ein seltsames, unregelmäßiges Gebäude, das teilweise altertümlich, aber ausgebessert und im Geschmack der verschiedenen Jahrhunderte und Bewohner verändert ist – der Steg und Fußpfad, der vom Kirchhof über liebliche Fluren und längs schattiger Hecken führt, nach einem uralten Wegerecht – das nahe Dorf mit seinen ehrwürdigen Katen, seiner Gemeindewiese, beschattet von Bäumen, unter denen schon die Vorfahren des jetzigen Geschlechts gespielt haben – das alte Herrenhaus, das abgesondert auf einer kleinen ländlichen Domäne steht, aber mit Schützermiene auf die Umgebung herabschaut: alle diese gemeinsamen

Züge der englischen Landschaft zeugen von einer ruhigen und geordneten Sicherheit, einer erblichen Überlieferung angeborener
Tugenden und einer Heimatverbundenheit, die eindringlich und
rührend für den sittlichen Charakter der Nation sprechen.

Es ist ein erfreulicher Anblick, an einem Sonntagmorgen, wenn
die Kirchenglocke ihre feierlichen Klänge über die stillen Felder
schickt, die Landleute in ihrem besten Staat, mit frischen Gesichtern und bescheidenem Frohsinn bedächtig durch die grünen Gassen zur Kirche ziehen zu sehen; aber noch erfreulicher ist es, sie
am Abend zu beobachten, wenn sie sich vor den Türen ihrer
Hütten versammeln und die bescheidene Behaglichkeit und
Schönheit zu genießen scheinen, die ihre eigenen Hände um sie
her geschaffen haben.

Dieses süße Heimatgefühl, dieses beschauliche Wohlgefallen
an der häuslichen Umwelt, das vor allem bringt die beständig-
sten Tugenden und reinsten Freuden hervor, und ich kann diese
unzusammenhängenden Bemerkungen nicht besser schließen, als
indem ich die Worte eines neueren englischen Dichters anführe,
der diese Empfindungen besonders glücklich geschildert hat:

> Auf jeder Stufe, von des Schlosses Hallen,
> Der Kathedrale, von dem schatt'gen Landhaus,
> Zumal von der bescheidnen Wohnung rings
> In Dorf und Stadt, des Bauern Heim und Bürgers,
> Bis hin ins Tal zur strohbedeckten Hütte
> Ist dieses westlich Eiland weit berühmt
> Als Stätte, wo sich fand ein lauschig Plätzchen
> Für häuslich Liebesglück: das häuslich Glück,
> Das, harmlos gleich der Taube (Ehrbarkeit
> Und süße, keusche Liebe halten Wacht),
> In einem kleinen, stillen Nest umschließt,
> Wonach Verlangen oft durchfliegt die Erde;
> Das, ganz der Welt entsagend, eine Welt
> Sich selbst zu sein vermag, das nur als Zeugen
> Die Kinder brauchet und des Himmels Segen;
> Das, wie die Blume, tief im Fels versteckt,
> Hold lächelt, schaut es auch den Äther nur.*

* Aus einem Gedicht auf den Tod der Prinzessin Charlotte von
Reverend Rann Kennedy (Anmerkung des Verfassers).

> Nie hörte ich
> Von wahrer Lieb, an der nicht Sorge nagte;
> Die Sorg, die gleich dem Wurm die Blätter frißt
> Des schönsten Frühlingsbuchs, der Rose.
>
> *Middleton*

Es ist eine alte Erfahrung, daß diejenigen, welche die Empfänglichkeit für jugendliche Gefühle ausgekostet haben oder in der fröhlichen Herzlosigkeit eines ausschweifenden Lebens erzogen wurden, über alle Liebesgeschichten lachen und die Erzählungen von romantischer Leidenschaft als bloße Einbildungen der Romanschriftsteller und Dichter behandeln. Meine Beobachtungen der menschlichen Natur haben mich dahin geführt, anders zu denken. Sie haben mich überzeugt, daß, wenn auch die Oberfläche des Charakters durch die Sorgen der Welt erkaltet und frostig oder durch die Kunstgriffe der Gesellschaft zu einem bloßen Lächeln ausgebildet sein mag, doch in den Tiefen der kältesten Brust schlummernde Feuer lauern, welche, wenn einmal entzündet, ungestüm werden und bisweilen in ihren Folgen verderblich sind. Ja, ich bin ein treuer Anhänger der blinden Gottheit und pflichte in vollem Umfang ihren Lehren bei. Soll ich es gestehen? – ich glaube an gebrochene Herzen und an die Möglichkeit, an enttäuschter Liebe zu sterben. Ich halte dies freilich für keine Krankheit, die meinem eigenen Geschlecht häufig verhängnisvoll werden könnte; aber ich glaube fest, daß sie manche liebenswürdige Frau einem frühen Grab entgegenwelken läßt.

Der Mann ist ein Geschöpf des Eigennutzes und Ehrgeizes. Seine Natur zieht ihn hinaus in den Kampf und das Getümmel der Welt. Die Liebe ist lediglich die Verschönerung seiner Jugendzeit oder ein in den Zwischenakten gepfiffenes Liedchen. Er trachtet nach Ruhm, nach Besitz, nach einem Platz im Gedächtnis der Welt und nach Macht über seine Mitmenschen. Doch das ganze Leben einer Frau ist eine Geschichte der Liebe. Das Herz ist ihre Welt; dort strebt ihr Ehrgeiz nach Herrschaft; dort sucht ihre Habsucht nach verborgenen Schätzen. Sie sendet ihre Gefühle auf Abenteuer aus; sie vertraut ihre ganze Seele dem Handel der Liebe an, und leidet sie Schiffbruch, so ist ihr Fall hoffnungslos; denn es ist ein Bankrott des Herzens.

Einem Mann mag enttäuschte Liebe manch herbe Qualen verursachen: sie verletzt einige Gefühle der Zärtlichkeit, sie vernichtet einige Aussichten auf Glück; doch er ist ein tätiges Wesen – er kann seine Gedanken im Wirbel mannigfaltiger Beschäftigungen zerstreuen oder sich in die Flut der Vergnügungen stürzen oder, falls der Schauplatz seiner Enttäuschung zu sehr erfüllt ist von schmerzlichen Erinnerungen, seinen Wohnsitz nach Belieben wechseln und gleichsam auf den Flügeln der Morgenröte „den fernsten Teilen der Erde zufliegen, um dort auszuruhen"*.

Aber die Frau führt im Vergleich dazu ein gebundenes, abgeschiedenes und beschauliches Leben. Sie ist mehr die Gefährtin ihrer eigenen Gedanken und Empfindungen, und wenn diese sich in Diener des Grams verwandeln – wohin soll sie sich wenden, um Trost zu finden? Ihr Los ist es, umworben und erobert zu werden, und ist sie unglücklich in ihrer Liebe, so gleicht ihr Herz einer Festung, die erstürmt, geplündert und dann preisgegeben und verödet zurückgelassen wird.

Wie viele leuchtende Augen werden matt – wie viele rosige Wangen werden blaß – wie viele reizende Gestalten sinken ins Grab, und niemand kann sagen, wodurch ihre Schönheit verwelkte! Wie die Taube ihre Flügel anlegt und den Pfeil, der ihren Lebensnerv getroffen hat, bedeckt und verbirgt, so liegt es in der Natur der Frau, vor der Welt die Schmerzen verwundeter Liebe zu verheimlichen. Die Liebe einer zartfühlenden Frau ist stets scheu und schweigsam. Sogar wenn sie glücklich ist, gesteht sie es kaum sich selbst ein; aber ist sie es nicht, so begräbt sie ihre Liebe im Innersten der Brust und läßt sie dort unter den Trümmern ihres Friedens sich zusammenkauern und brüten. Die Sehnsucht ihres Herzens hat aufgehört. Der große Reiz des Daseins ist erstorben. Sie vernachlässigt all die fröhlichen Beschäftigungen, die den Geist aufheitern, den Puls beschleunigen und den Lebensstrom mächtig durch die Adern treiben. Ihre Ruhe ist dahin – der süße erquickende Schlummer wird durch melancholische Träume vergiftet – „trockene Trauer trinkt ihr Blut"**, bis ihr geschwächter Körper beim leisesten äußeren Schmerz zusammenbricht. Erkundige dich kurze Zeit darauf nach ihr, und du findest die Freunde an ihrem frühen Grab weinen und sich wundern, daß sie, die noch kürzlich im Glanz ihrer Gesundheit und Schönheit erstrahlte, so rasch „der Finsternis und dem Wurm"

* Zitat aus Psalm 139 (Anmerkung des Übersetzers).
** Zitat aus Shakespeares „Romea und Julia", III, 5 (Anmerkung des Übersetzers).

überliefert worden ist. Man wird dir von einer Erkältung im Winter, einer zufälligen Unpäßlichkeit erzählen, die sie dahingerafft habe – aber keiner kennt die geistige Krankheit, die schon vorher ihre Kräfte untergrub und sie zu einer so leichten Beute des Zerstörers machte.

Sie ist wie ein zarter Baum, der Stolz und die Zierde des Waldes: anmutig in seiner Form, prächtig in seinem Laubschmuck, aber der Wurm nagt an seinem Herzen. Wir finden ihn plötzlich verdorrt, wenn er am frischesten und üppigsten sein sollte. Wir sehen, wie seine Äste sich zu Boden senken und Blatt um Blatt verlieren, bis er, abgezehrt und abgestorben, inmitten der Waldeinsamkeit umstürzt; und während wir über die schöne Ruine nachdenken, bemühen wir uns vergeblich, uns des Sturmes oder Blitzes zu entsinnen, der sie kraftlos in den Staub geschmettert hat.

Ich habe viele Beispiele von Frauen gesehen, die ihrem Untergang entgegenrannten, indem sie sich selbst vernachlässigten, und die allmählich von der Erde verschwanden, beinahe als hätten sie ihr Leben zum Himmel ausgehaucht; und wiederholt habe ich mir eingebildet, ich könnte ihr Sterben durch die verschiedenen Stadien der Auszehrung, Erkältung, Schwäche, Mattigkeit und Melancholie verfolgen, bis ich auf das erste Symptom enttäuschter Liebe stieß. Ein Beispiel dieser Art ist mir kürzlich erzählt worden; die Umstände sind in dem Lande, wo sie sich ereigneten, sehr gut bekannt, und ich werde sie genauso wiedergeben, wie sie mir berichtet wurden.

Jeder wird sich der tragischen Geschichte des jungen E., des irischen Patrioten, erinnern: sie ist zu rührend, als daß man sie bald vergessen könnte. Während der Unruhen in Irland wurde er des Hochverrates angeklagt, verurteilt und hingerichtet. Sein Schicksal erweckte tiefes Mitleid beim Volk. Er war so jung, so begabt, so großmütig, so tapfer; er besaß alles, was wir an einem jungen Mann so gern bewundern. Sogar während des Prozesses war seine Haltung gebieterisch und unerschrocken. Die edle Entrüstung, mit der er die Beschuldigung des Hochverrates gegen sein Land von sich wies, die beredte Ehrenrettung seines guten Namens, seine ergreifende Anrufung der Nachwelt in der hoffnungslosen Stunde der Verurteilung – alles dies machte einen tiefen Eindruck auf jedes fühlende Herz, und selbst seine Feinde beklagten die starre Politik, die seine Hinrichtung verlangte.

Doch ein Herz gab es, dessen Qualen zu schildern unmöglich

ist. In glücklicheren Tagen und unter günstigeren Umständen hatte er die Neigung eines schönen und anziehenden Mädchens gewonnen, der Tochter eines kürzlich verstorbenen berühmten irischen Rechtsanwalts. Sie liebte ihn mit der selbstlosen Hingabe der ersten und frühen Liebe einer Frau. Als die ganze Welt sich wider ihn verschwor, als sein Glücksstern erlosch, als Schmach und Gefahr seinen Namen umdüsterten, da liebte sie ihn gerade seiner Leiden wegen um so glühender. Wenn sein Schicksal dann sogar das Mitgefühl seiner Feinde erweckte, welche Todesangst muß sie ausgestanden haben, sie, deren ganze Seele nur von seinem Bild erfüllt war! Laßt diejenigen sprechen, bei denen die Pforten des Grabes sich plötzlich zwischen ihnen und dem Wesen, das sie auf Erden am meisten geliebt, schlossen; die an seiner Schwelle gesessen haben wie jemand, der hinausgestoßen wurde in eine kalte und einsame Welt, aus der alles, was ihm das Lieblichste und Liebevollste war, verschwunden ist.

Aber dann die Schrecken eines solchen Grabes! so entsetzlich! so ehrlos! Nichts fand die Erinnerung, wobei sie verweilen, nichts, was die Bitterkeit der Trennung mildern konnte – keinen jener zarten, wenn auch traurigen Umstände, welche die Abschiedsszene teuer machen – nichts, was den Gram in jene gesegneten Tränen zerschmolzen hätte, die, wie der Tau des Himmels, herabgesandt werden, um das Herz in der qualvollen Trennungsstunde wiederzubeleben.

Um ihre Verlassenheit noch trostloser zu machen, hatte sie durch ihre unglückliche Neigung das Mißfallen ihres Vaters erregt und war aus dem väterlichen Haus verbannt worden. Hätten jedoch die Anteilnahme und die hilfreiche Güte von Freunden auf ein so erschüttertes und von Schrecken gequältes Gemüt wirken können, würde es ihr nicht an Trost gefehlt haben; denn die Iren sind ein Volk von warmem und edlem Gefühl. Die zartesten und liebevollsten Aufmerksamkeiten wurden ihr von vermögenden und vornehmen Familien erwiesen. Man brachte sie in Gesellschaft und bemühte sich, durch alle möglichen Beschäftigungen und Vergnügungen ihren Kummer zu zerstreuen und sie von der tragischen Geschichte ihres Geliebten abzulenken. Aber alles war vergeblich. Es gibt Schicksalsschläge, welche die Seele versengen und brennen, die in den innersten Bezirk des Glücks eindringen und es so verdorren, daß es niemals wieder Knospen und Blüten treibt. Sie sträubte sich nicht gegen den Besuch von Vergnügungsstätten, doch sie war dort ebenso allein wie in der tiefsten Einsamkeit. Sie ging in düsterem

Träumen umher, augenscheinlich die Welt um sich her vergessend. Sie trug ein inneres Leid mit sich herum und „merkte nicht auf den Sang des Zauberers, zauberte er auch nimmer so kunstvoll"*.

Der Mann, der mir ihre Geschichte erzählte, hatte sie auf einem Maskenball gesehen. Ein weit fortgeschrittenes Unglück kann nicht erschütternder und schmerzlicher wirken, als wenn man ihm an solcher Stätte begegnet; es wie ein Gespenst verlassen und freudlos umherwandern zu sehen, während alles ringsum fröhlich ist – es in den Gewändern der Freude zu erblicken, mit so blassem und gramerfülltem Gesicht, als ob es vergebens versucht hätte, dem armen Herzen für einen Augenblick ein Vergessen der Qualen vorzutäuschen! Nachdem sie durch die glänzenden Gemächer und durch die leichtlebige Menge mit der Miene völliger Geistesabwesenheit gewandelt war, ließ sie sich auf den Stufen des Orchesters nieder, blickte eine Weile mit leerem Ausdruck umher, der ihre Teilnahmslosigkeit an dem bunten Gewimmel zeigte, und begann mit der Launenhaftigkeit eines kranken Herzens ein kleines klagendes Lied zu singen. Sie besaß eine herrliche Stimme, aber bei dieser Gelegenheit war sie so einfach, so rührend und hauchte eine so leiderfüllte Seele aus, daß sie eine stumme und schweigsame Zuhörerschar um sich versammelte und jeden bis zu Tränen rührte.

Die Geschichte einer so treu und zärtlich Liebenden mußte in einem Land, das für seine Begeisterungsfähigkeit bekannt ist, große Teilnahme erwecken. Sie gewann vollkommen das Herz eines tapferen Offiziers, der sich um das Mädchen bewarb, weil er dachte, daß, wer dem Toten so treu sei, auch dem Lebenden nur Zuneigung beweisen könne. Sie schlug seine Bewerbung aus, denn all ihre Gedanken gingen unwiderruflich in der Erinnerung an den früheren Geliebten auf. Er beharrte jedoch auf seinem Antrag. Er bat nicht um ihre Zärtlichkeit, sondern nur um ihre Achtung. Ihre Überzeugung von seinem Wert und das Gefühl ihrer eigenen Verlassenheit und Abhängigkeit unterstützten ihn; sie lebte ja von der Güte ihrer Freunde. Kurz und gut, er hatte schließlich das Glück, ihre Hand zu gewinnen, allerdings mit der feierlichen Versicherung, daß ihr Herz unwandelbar einem anderen gehöre.

Er nahm sie mit sich nach Sizilien, in der Hoffnung, daß ein Wechsel der Umgebung das Andenken an die früheren Leiden

* Zitat aus Psalm 58 (Anmerkung des Übersetzers).

auslöschen werde. Sie war eine liebenswürdige und musterhafte Gattin und bemühte sich, auch eine glückliche zu sein; doch nichts vermochte die stille und verzehrende Melancholie zu heilen, die tief in ihre Seele gedrungen war. Sie welkte einem langsamen, aber hoffnungslosen Ende entgegen und sank zuletzt in das Grab, das Opfer eines gebrochenen Herzens.

Auf sie verfaßte Moore, der hervorragende irische Dichter, folgende Strophen:

Fern ist sie dem Land, wo jung jetzt ruht ihr Freund,
Sie Liebende seufzend umgaben;
Doch wendet sie kalt sich vom Frohsinn und weint,
Ihr Herz liegt bei ihm ja begraben.

Ihm singt sie der Heimat wilden Gesang,
Den er hörte so gern erklingen –
Ach! während es andre melodisch durchdrang,
Wollt ihr der Busen zerspringen.

Gelebt für sein Lieb, gefallen fürs Land;
Nur sie machten wert ihm das Leben.
Nicht trocknen die Tränen am Grabesrand,
Denn bald ruht die Liebste daneben.

Oh, grabt ihr ein Grab, wo die Sonne läßt
Aufsteigen den goldenen Morgen!
Es umstrahlt sie im Schlaf ein Lächeln von West,
Vom Eiland, dem Quell ihrer Sorgen.

DIE KUNST DES BÜCHERMACHENS

Wenn der strenge Ausspruch des Synesius wahr ist: „Es ist ein größeres Verbrechen, den Toten ihre Werke, als ihre Kleider zu stehlen" – was soll dann aus den meisten Schriftstellern werden?
Burtons Anatomie der Melancholie

Ich habe mich häufig über die außerordentliche Fruchtbarkeit der Druckerpresse gewundert, und wie es nur möglich ist, daß so viele Köpfe, welche die Natur mit dem Fluch der Unfrucht-barkeit belegt zu haben scheint, solche umfangreichen Erzeugnisse hervorbringen. Je weiter indes ein Mensch auf seiner Lebensreise vorwärts kommt, desto mehr verringern sich die Gegenstände seiner Bewunderung, und er findet jedesmal sehr einfache Ursachen für gewaltige, staunenswerte Begebenheiten. So stieß ich bei meinen Wanderungen durch diese große Hauptstadt zufällig auf eine Szene, die mir einige Geheimnisse der Bücherfabrikationskunst offenbarte und mit einem Schlag meinem Staunen ein Ende setzte.

An einem Sommertag durchschlenderte ich die großen Säle des Britischen Museums so gemächlich, wie man wohl bei warmem Wetter durch solche Räume zu wandern pflegt, indem ich mich zuweilen über die Glaskästen mit Mineralien beugte, zuweilen die Hieroglyphen auf einer ägyptischen Mumie studierte und zuweilen fast mit dem gleichen Erfolg die allegorischen Gemälde an den hohen Decken zu deuten versuchte. Während ich mich so müßig umschaute, zog eine entfernte Tür am Ende einer Flucht von Zimmern meine Aufmerksamkeit auf sich. Sie war geschlossen, wurde aber von Zeit zu Zeit geöffnet, und irgendein seltsames, begünstigtes Wesen, gewöhnlich in Schwarz gekleidet, stahl sich heraus und glitt durch die Räume, ohne den Gegenständen ringsum Beachtung zu schenken. Über all diesem lag etwas Geheimnisvolles, das meine erschlaffte Wißbegierde reizte, und ich beschloß, die Durchfahrt durch jene Meerenge zu wagen und die unbekannten Regionen zu erforschen, die sich jenseits ausdehnten. Die Tür gab meinem Druck mit all der Leichtigkeit nach, mit der die Pforten eines verzauberten Schlosses dem fahrenden Ritter weichen. Ich fand mich in einem geräumigen Zimmer, von großen Schränken mit altehrwürdigen Büchern umgeben. Über den Schränken und gerade unter dem Gesims hing eine stattliche Anzahl seltsamer, schwarz aussehender Porträts alter Schriftsteller. Im Zimmer standen lange Tische mit Pulten zum Lesen und Schreiben, an denen, ganz in verstaubte Bände vertieft, viele blasse, abgemagerte Leute saßen, vermoderte Handschriften durchstöberten und umfangreiche Auszüge aus deren Inhalt machten. Totenstille herrschte in diesem geheimnisvollen Raum; man hörte bloß das Kratzen der Federn auf dem Papier oder gelegentlich den tiefen Seufzer eines jener Weisen, wenn er seine Stellung veränderte, um das Blatt eines alten Folianten umzuschlagen, einen Seufzer, der zweifellos in der Hohlheit und Aufgeblasenheit, die sich oft bei gelehrten Untersuchungen einstellt, seinen Grund hatte.

Ab und zu schrieb einer dieser Leute irgend etwas auf einen

schmalen Papierstreifen und klingelte, worauf ein Diener erschien, den Zettel in tiefem Schweigen nahm, aus dem Zimmer glitt und kurz darauf mit gewichtigen Bänden beladen zurückkehrte, über die der andere sofort heißhungrig herfiel. Ich zweifelte nicht mehr, daß ich unter eine Gesellschaft von Zauberern geraten war, die sich tief in das Studium geheimer Wissenschaften versenkt hatten. Der Anblick erinnerte mich an das alte arabische Märchen von einem Philosophen, welcher in einer verzauberten Bibliothek im Schoß eines Berges eingeschlossen war, der sich nur einmal im Jahr öffnete; dort mußten die Geister des Ortes seinen Befehlen gehorchen und ihm Bücher über alle Arten dunklen Wissens bringen, so daß er am Ende des Jahres, als die Zauberpforte sich wieder in ihren Angeln drehte, so bewandert in verbotenen Künsten emporstieg, daß er über die Köpfe der Menge hinwegzufliegen und über die Naturkräfte zu gebieten vermochte.

Da meine Neugierde jetzt den höchsten Gipfel erreicht hatte, flüsterte ich einem der Bedienten, der gerade das Zimmer verlassen wollte, die Bitte zu, mir die seltsame Szene zu erklären. Wenige Worte genügten dazu. Ich erfuhr, daß diese mysteriösen Personen, die ich irrtümlich als Zauberer angesehen hatte, hauptsächlich Schriftsteller und gerade dabei waren, Bücher zu fabrizieren. Ich war nämlich im Lesesaal der großen Britischen Bibliothek, einer unermeßlichen Sammlung von Werken aller Jahrhunderte und Sprachen, von denen viele heute vergessen sind und die meisten selten gelesen werden. Zu diesen entlegenen Seen verschollener Literatur nehmen deshalb viele moderne Schriftsteller ihre Zuflucht und schöpfen Eimer voll klassischer Gelehrsamkeit oder „reines, unbeflecktes Englisch", womit sie ihre eigenen kümmerlichen Gedankenbäche anschwellen lassen.

Weil ich jetzt im Besitz des Geheimnisses war, setzte ich mich in eine Ecke und beobachtete die Arbeit dieser Bücherfabrik. Ich erblickte einen dürren, griesgrämigen Wicht, der bloß die wurmstichigsten, mit gotischen Lettern gedruckten Bände durchstöberte. Er schrieb offenbar ein Werk von tiefer Gelehrsamkeit zusammen, das jeder, der für gelehrt gelten wollte, kaufen, auf ein in die Augen springendes Regal seiner Bibliothek stellen oder aufgeschlagen auf seinem Tisch liegen haben mußte, aber niemals zu lesen brauchte. Ich sah, wie er von Zeit zu Zeit ein großes Stück Zwieback aus der Tasche zog und daran knabberte; ob es sein Mittagessen war oder ob er damit nur jener Magenleere vorbeugen wollte, die durch vieles Brüten über trockenen

Werken verursacht wird, das zu bestimmen stelle ich emsigeren Forschern, als ich bin, anheim.

Dort saß ein flinker, kleiner Herr in hellfarbenen Kleidern und mit einer heiteren, selbstgefälligen Miene, der ganz das Aussehen eines Schriftstellers hatte, der mit seinem Verleger auf gutem Fuß steht. Nachdem ich ihn aufmerksam betrachtet hatte, erkannte ich in ihm einen fleißigen Kompilator vermischter Werke, die im Handel reißenden Absatz fanden. Ich war begierig, zu sehen, wie er seine Waren verfertigte. Er machte mehr Wesens und Aufhebens von seiner Tätigkeit als alle anderen, guckte in verschiedene Bücher, überflog die Blätter der Handschriften, nahm ein bißchen aus dem, ein bißchen aus jenem, „Zeile auf Zeile, Regel auf Regel, hier ein wenig und da ein wenig". Der Inhalt seines Buches schien so mannigfaltig wie der des Hexenkessels im „Macbeth". Hier war es ein Finger und dort ein Daumen, die Zehe eines Frosches und der Zahn einer Blindschleiche, samt seinem eigenen Geschwätz wie mit „Paviansblut" vermengt, um den Mischmasch „dick und sämig" zu machen.

Ist nicht letzten Endes, dachte ich, diese diebische Neigung den Schriftstellern um weiser Zwecke willen eingeimpft worden? Ist dies nicht der Weg, auf dem die Vorsehung dafür sorgt, daß die Saaten der Erkenntnis und des Wissens von Jahrhundert zu Jahrhundert bewahrt werden, trotz dem unvermeidlichen Untergang der Werke, in denen sie zuerst aufgekeimt sind? Wir sehen, daß die Natur weise, wenn auch seltsam, für die Fortpflanzung des Samens von Klima zu Klima durch die Schnäbel gewisser Vögel gesorgt hat, so daß Tiere, die an und für sich wenig besser als Aas und scheinbar die gesetzlosen Plünderer des Obstgartens und Kornfeldes sind, in Wirklichkeit die Boten der Natur werden, um deren Segnungen zu verbreiten und ewig am Leben zu erhalten. Auf ähnliche Weise lesen diese Schwärme räuberischer Schriftsteller die Schönheiten und guten Gedanken alter und vergessener Autoren auf und streuen sie wieder aus, um in einer späten, fernen Epoche von neuem zu blühen und Frucht zu tragen. Viele ihrer Werke machen auch gleichsam eine Seelenwanderung durch und erstehen in veränderter Gestalt. Was früher eine schwerfällige Geschichte war, erscheint nun in Form eines Romans – eine alte Legende verwandelt sich in ein modernes Schauspiel – und eine trockene philosophische Abhandlung liefert den Stoff für eine ganze Reihe geschwollener und funkelnder Essays. So ist es beim Lichten unserer amerikanischen Urwälder: wo wir ein Waldstück mit stattlichen Kiefern niederbrennen, nimmt ein Geschlecht von Zwergeichen ihre Stelle ein, und wir sehen keinen gefällten Stamm eines zu Staub vermodernden Baumes, der nicht eine ganze Ansammlung von Pilzen hervorbrächte.

Laßt uns deshalb nicht klagen über den Verfall und die Vergessenheit, in die alte Schriftsteller geraten; sie unterwerfen sich lediglich dem großen Naturgesetz, das erklärt, daß alle körperliche Materie unter dem Mond in ihrer Dauer beschränkt sein solle, das aber auch bestimmt, daß ihre Elemente niemals untergehen werden. Eine Generation nach der anderen vergeht, sowohl im Tier- als auch im Pflanzenleben, jedoch das Lebensprinzip bleibt bestehen, und die Gattungen fahren fort zu blühen. So erzeugen auch Schriftsteller andere Schriftsteller, und nachdem sie eine zahlreiche Nachkommenschaft hervorgebracht haben, legen sie sich im gesegneten hohen Alter schlafen zu ihren Vätern, das heißt zu den Schriftstellern, die ihnen vorausgingen und die sie bestohlen haben.

Während ich mich diesen schweifenden Gedanken überließ, hatte ich den Kopf gegen einen Stoß ehrwürdiger Folianten gelehnt. Ob nun die einschläfernde Ausdünstung dieser Werke daran schuld war, oder die tiefe Stille im Zimmer, oder die vom vielen Umherwandern herrührende Mattigkeit, oder eine unglückliche, mir leider anhaftende Gewohnheit, zu ungeeigneter Zeit und an ungeeignetem Ort einzunicken – so viel ist gewiß, daß ich in einen leichten Schlummer fiel. Meine Phantasie jedoch arbeitete weiter, und deutlich blieb derselbe Schauplatz vor meinem geistigen Auge, nur in Einzelheiten etwas verändert. Ich träumte, daß der Saal noch mit den Porträts der alten Schriftsteller geschmückt, aber deren Zahl gewachsen sei. Die langen Tische waren verschwunden, und an Stelle der weisen Zauberer gewahrte ich einen zerlumpten, schäbigen Haufen, wie man ihn um das große Magazin abgelegter Kleider in der Monmouth-Street herumlungern sieht. Jedesmal wenn sie ein Buch ergriffen, schien es mir, nach einem der bei Träumen üblichen Ungereimtheiten, daß es sich in ein Gewand von fremdem oder altmodischem Schnitt verwandelte, das sie sogleich anlegten. Ich beobachtete jedoch, daß keiner einen vollständigen Anzug beanspruchte, sondern von dem einen einen Ärmel, vom anderen einen Kragen, vom dritten einen Rockschoß nahm und sich so mit lauter Stückwerk bedeckte, wobei einige seiner ursprünglichen Lumpen unter seinem geborgten Staat hervorschauten.

Da war ein würdiger, rosiger, beleibter Pfarrer, der, wie ich bemerkte, verschiedene schimmlige polemische Schriftsteller durch ein Augenglas betrachtete. Es gelang ihm bald, in den weiten Mantel eines alten Kirchenvaters zu schlüpfen, und nachdem er den grauen Bart eines anderen entwendet hatte, bemühte er sich, überaus weise dreinzuschauen; doch sein nichtssagendes Durchschnittsgesicht sprach all dem gestohlenen Aufputz der Weisheit Hohn. Ein kränklich aussehender Herr war damit beschäftigt, ein sehr dünnes Gewand mit Goldfäden zu besticken, die er aus mehreren alten Hofkleidern aus der Zeit der Königin Elisabeth gezogen hatte. Ein anderer hatte sich prächtig mit einer illuminierten Handschrift ausstaffiert, hatte einen aus dem „Paradies zarter Sinnsprüche" gepflückten Blumenstrauß an seine Brust gesteckt, und nachdem er Sir Philip Sidneys Hut schief auf den Kopf gesetzt hatte, stolzierte er in einer Attitüde vulgärer Eleganz einher. Ein dritter, der sehr winzig geraten war, hatte sich wacker mit der Beute aus verschiedenen unbekannten philosophischen Abhandlungen ausgepolstert, so daß seine Vorderseite sehr imponierend wirkte; aber hinten war er jämmerlich zerlumpt, und ich bemerkte, daß er seine Kniehosen mit Pergamentfetzen aus einem lateinischen Schriftsteller geflickt hatte.

Es waren freilich auch einige gutgekleidete Herren da, die sich nur zu einem Edelstein oder dergleichen verhalfen, der unter ihrem eigenen Schmuck strahlte, ohne diesen zu verdunkeln. Einige schienen auch die Trachten der alten Autoren nur deswegen zu betrachten, um deren Geschmacksgrundsätze einzusaugen und sich ihr Wesen und ihren Geist einzuprägen; aber ich muß zu meinem Bedauern gestehen, daß gar zu viele bereit waren, sich von Kopf bis Fuß auf die erwähnte Manier in Flickwerk zu kleiden. Ich will nicht versäumen, von einem Genie in gelbgrauen Hosen und Gamaschen und mit einem arkadischen Hut zu sprechen, das eine starke Neigung zum Schäferlichen zeigte, dessen ländliche Wanderungen sich jedoch auf die klassischen Stätten von Primrose Hill und die Einsamkeit des Regent's Park beschränkten. Er hatte sich mit Kränzen und Bändern aus allen alten Schäferdichtern geschmückt und schritt, den Kopf auf eine Seite geneigt, mit einer phantastischen affektierten Miene umher, „von grünen Feldern plappernd". Aber am meisten erregte meine Aufmerksamkeit ein geschäftiger alter Herr in geistlicher Tracht und mit ungewöhnlich großem, vierschrötigem, doch kahlem Kopf. Er trat schnaufend und prustend ins Zimmer, bahnte sich mit den Ellbogen und einem Blick dreisten Selbstbewußtseins seinen Weg durch den Haufen, und nachdem er sich eines dicken griechischen Quartbands bemächtigt hatte, setzte er sich ihn auf den Kopf und schritt dann majestätisch mit einer gewaltigen gekräuselten Perücke davon.

Mitten in dieser literarischen Maskerade ertönte plötzlich von allen Seiten der Ruf: „Diebe! Diebe!" Ich blickte empor, und, siehe da! die Porträts an den Wänden wurden lebendig. Die alten Schriftsteller streckten zuerst den Kopf, dann eine Schulter aus der Leinwand, schauten eine Weile neugierig auf die bunte Menge nieder und stiegen darauf mit zornerfüllten Augen herab, um ihr gestohlenes Eigentum zurückzufordern. Das jetzt entstehende Gewirr und Getümmel spottet jeder Beschreibung. Die unglücklichen Verbrecher bemühten sich umsonst, mit ihrem Raub zu entkommen. Auf der einen Seite sah man ein halbes Dutzend alter Mönche, die einen modernen Professor auszogen; auf der anderen wütete eine traurige Verheerung in den Reihen neuer Dramatiker. Beaumont und Fletcher rasten Seite an Seite gleich Castor und Pollux auf dem Kampfplatz, und der kräftige Ben Jonson vollbrachte mehr Heldentaten als damals, da er als Freiwilliger beim Heer in Flandern diente. Was den flinken kleinen Kompilator betraf, den ich vorhin erwähnt habe, so hatte er sich mit so vielen Flicken und Farben aufgeputzt wie Harlekin, und es entspann sich um ihn ein ebenso heftiger Streit wie um die Leiche des Patroklus. Ich mußte leider zusehen, wie sich manche, auf die ich mit Ehrfurcht und Hochachtung zu blicken gewohnt war, rasch hinwegstahlen, kaum mit einem Lumpen, ihre Blöße zu bedecken. Gerade da fiel mein Auge auf den geschäftigen alten Herrn mit der gräulichen griechischen Perücke, der in panischem Schrecken Reißaus nahm, verfolgt von zehn laut schreienden Schriftstellern. Sie waren ihm dicht auf den Fersen; im Nu war seine Perücke herunter; bei jeder Bewegung wurde ihm ein Stück seiner Kleidung abgeschält; bis er in wenigen Augenblicken von seiner herrischen Größe zu einem gestutzten, kahlen Knirps zusammenschrumpfte und nur mit ein paar Flicken und Flittern, die um seinen Rücken flatterten, davonsprang.

Es lag etwas so Belustigendes in der Katastrophe dieses gelehrten Thebaners, daß ich in ein unmäßiges Gelächter ausbrach, das die ganze Illusion zerstörte. Der Lärm und Streit waren zu Ende. Das Zimmer nahm wieder sein gewöhnliches Aussehen an. Die alten Schriftsteller traten in ihre Rahmen zurück und hingen wieder in düsterer Feierlichkeit an den Wänden. Kurz, ich fand mich hellwach in meiner Ecke vor der ganzen Versammlung von Bücherwürmern, die mich erstaunt anstarrten. Nichts an dem Traum war wahr gewesen als mein lautes Gelächter, ein nie zuvor in diesem ernsten Heiligtum gehörter und den Ohren der Weisheit so verhaßter Laut, daß er die Brüderschaft förmlich elektrisierte.

Der Bibliothekar kam jetzt auf mich zu und fragte, ob ich eine Eintrittskarte hätte. Zuerst begriff ich ihn nicht recht; aber bald erkannte ich, daß die Bibliothek eine Art literarisches „Gehege" war, das den Forstgesetzen unterstand, und daß niemand ohne besondere Ermächtigung und Erlaubnis sich anmaßen durfte, darin zu jagen. Mit einem Wort, ich stand als überführter Wilddieb da und war froh, mich überstürzt zurückziehen zu können, denn sonst wäre eine ganze Meute von Schriftstellern auf mich losgelassen worden.

EIN KÖNIGLICHER DICHTER

> Ob dein Leib dem Ende naht
> Und durch sanfte Lieb gebunden,
> Deiner Seele Schönheit hat
> Band und Ketten nie empfunden.
> Blicke frei und kühn zunächst
> Auf die Fesseln, die du trägst.
> *Fletcher*

An einem milden, sonnigen Morgen im fröhlichen Monat Mai machte ich einen Ausflug nach Schloß Windsor. Es ist ein stolzes altes Bauwerk voll geschichtlichen und poetischen Interesses, und schon sein äußerer Anblick genügt, eine Kette phantastischer und romantischer Gedankenverbindungen wachzurufen. Es erhebt seine unregelmäßigen Mauern und massigen Türme wie eine Mauerkrone über die Hänge einer mächtigen Anhöhe, läßt sein königliches Banner in den Wolken wehen und schaut mit Herrschermiene auf die es umgebende Welt hinunter.

An diesem Morgen war das Wetter von jener wollüstigen frühlingshaften Art, die alle verborgene Romantik in eines Menschen Gemüt hervorlockt, sein Herz mit Musik erfüllt und ihn stimmt, Gedichte zu rezitieren und von Schönheit zu träumen. Während ich durch die prächtigen Säle und langen hallenden Galerien des Schlosses wanderte, ging ich gleichgültig an ganzen Reihen Porträts von Kriegshelden und Staatsmännern vorüber, verweilte aber in dem Zimmer, wo die Bildnisse der schönen Frauen hingen, die den fröhlichen Hof Karls II. geziert haben; und indem ich sie betrachtete, wie sie mit üppigen, halb aufgelösten Haarflechten und den schmachtenden Augen der Liebe gemalt waren, segnete ich den Pinsel Sir Peter Lelys, der es mir so ermöglichte, mich im Widerschein der Schönheit zu sonnen. Auch als ich die „weiten, grünen Höfe" überquerte, auf deren grauen Mauern der Sonnenschein glänzte, und über den samtweichen Rasen dahinblickte, beschäftigte sich mein Geist mit dem Bild des zärtlichen, ritterlichen, aber glücklosen Surrey und mit seiner Erzählung, wie er hier in seinen Jünglingsjahren umhergestrichen, als er in Lady Geraldine verliebt war:

Auf seiner Jungfrau Turm die Augen ruhn,
Und leise seufzt er, wie Verliebte tun.

In dieser Stimmung lauterer poetischer Empfänglichkeit besuchte ich das alte Burgverlies, wo Jakob I. von Schottland, der Stolz und das Lieblingsthema schottischer Dichter und Geschichtsschreiber, viele Jahre seiner Jugendzeit hindurch als Staatsgefangener festgehalten wurde. Es ist ein ungeheurer grauer Turm, der den Stürmen von Jahrhunderten getrotzt hat und noch gut erhalten ist. Er steht auf einem Hügel, der ihn über die anderen Teile des Schlosses erhebt, und eine große Treppenflucht führt in das Innere. In der Rüstkammer, einer gotischen, mit Waffen verschiedener Arten und Zeiten angefüllten Halle, ließ ich mir einen an der Wand hängenden Waffenrock zeigen, der, wie man mir sagte, einst Jakob gehört hatte. Von hier aus führte man mich eine Treppe hinauf in mehrere Gemächer von verblichener Pracht, an deren Wänden Tapisserien mit historischen Szenen hängen und die einst sein Gefängnis und den Schauplatz jener leidenschaftlichen und schwärmerischen Liebe darstellten, welche in das Gewebe seiner Geschichte die magischen Farben der Poesie und Legende eingewirkt hat.

Die ganze Geschichte dieses liebenswürdigen, aber unglücklichen Prinzen ist höchst romantisch. Im zarten Alter von elf Jahren wurde er von seinem Vater Robert III. an den französischen Hof geschickt, um unter den Augen des französischen Monarchen, sicher vor dem Verrat und der Gefahr, die das schottische Königshaus umgaben, erzogen zu werden. Zu seinem Unglück fiel er unterwegs den Engländern in die Hände und wurde von Heinrich IV., obgleich ein Waffenstillstand zwischen den beiden Ländern bestand, als Gefangener zurückgehalten.

Die Botschaft von seiner Gefangennahme, die im Gefolge mannigfachen Kummers und Unheils eintraf, war für seinen unglücklichen Vater verhängnisvoll. „Die Kunde", heißt es, „wurde ihm gebracht, während er beim Abendessen saß, und überwältigte ihn so mit Schmerz, daß er fast unter den Händen der aufwartenden Diener seinen Geist aufgegeben hätte. Als man ihn in sein Schlafzimmer getragen hatte, enthielt er sich jeglicher Nahrung und starb nach drei Tagen in Rothesay."*

Jakob blieb über achtzehn Jahre in Gefangenschaft, aber wenn er auch der persönlichen Freiheit beraubt war, so behandelte man ihn doch mit der seinem Rang zustehenden Ehrerbietung. Man sorgte dafür, daß er in allen Zweigen nützlichen Wissens, die man in damaliger Zeit betrieb, unterrichtet und geistig und körperlich so ausgebildet wurde, wie es einem Prinzen ansteht. Vielleicht war in dieser Hinsicht seine Haft ein Vorteil, da sie ihm Gelegenheit gab, sich um so ausschließlicher um seine Bildung zu kümmern und ruhig aus dem reichen Born der Wissenschaft zu trinken und die zarten Neigungen zu pflegen, die seinem Andenken solchen Glanz verliehen haben. Das Bild, das die schottischen Historiker von seinem frühen Leben entworfen haben, ist ungemein fesselnd und scheint eher die Schilderung eines Romanhelden als eines Charakters der wirklichen Geschichte zu sein. Er verstand sich ausgezeichnet darauf, so hören wir, „mit dem Schwert zu fechten, zu kämpfen, zu turnieren, zu ringen, zu singen und zu tanzen; er war ein erfahrener Mediziner, spielte sehr geschickt Laute, Harfe und verschiedene andere musikalische Instrumente und war wohl bewandert in der Grammatik, Rhetorik und Poesie"**.

Bei dieser Vereinigung männlicher und eleganter Fertigkeiten, die ihn befähigten, im aktiven Leben wie in der feinen Gesellschaft zu glänzen, und die dazu angetan waren, ihm viel Geschmack an einem fröhlichen Dasein zu geben, muß es in einem Zeitalter der Lebenslust und Ritterlichkeit eine schwere Prüfung gewesen sein, den Frühling seines Lebens in einförmiger Gefangenschaft hinzubringen. Jakob hatte jedoch das Glück, mit einer mächtigen dichterischen Phantasie begabt zu sein und in seinem Gefängnis die herrlichsten Eingebungen der Muse zu empfangen. Manche Gemüter verrosten und werden untätig beim Verlust der

* Buchanan (Anmerkung des Verfassers).
** Bellendens Übersetzung des Hector Boëce (Anmerkung des Verfassers).

persönlichen Freiheit; andere werden krankhaft und gereizt; doch in der Natur des Dichters liegt es, in der Einsamkeit der Zelle zärtlich und schöpferisch zu werden. Er schwelgt im Honig seiner eigenen Gedanken und ergießt, dem gefangenen Vogel gleich, seine Seele in Melodien.

> Oh, sahst du nicht die Nachtigall?
> Ein Käfig hält die Pilgrin fest;
> Sie singt die süßen Lieder all
> Und sitzet einsam doch im Nest!
> Selbst dort beweist ihr Zaubersang gar bald:
> Baum dünkt sie schon ihr Stock, ihr Bauer Wald!*

Es ist freilich die göttliche Eigenschaft der Phantasie, daß sie ununterdrückbar und unbeschränkbar ist; daß sie, wenn die wirkliche Welt ihr verschlossen, sich selbst eine Welt erschafft und mit zauberischer Macht herrliche Gestalten und Formen und leuchtende Visionen heraufbeschwören kann, um die Einsamkeit zu bevölkern und die Finsternis des Kerkers zu erleuchten. So war die Welt des Prunks und der Pracht beschaffen, die Tasso in seiner düsteren Zelle zu Ferrara belebte, als er die glänzenden Szenen seines Jerusalems entwarf, und wir dürfen das „Königsbuch", das Jakob während seiner Gefangenschaft in Windsor verfaßte, auch als einen solchen schönen Ausbruch der Seele aus der Enge und Dunkelheit des Gefängnisses betrachten.

Das Thema des Gedichts ist seine Liebe zu Lady Jane Beaufort, der Tochter des Grafen von Somerset und einer englischen Prinzessin von königlichem Geblüt, in die er sich während seiner Gefangenschaft verliebte. Besonderen Wert erlangt es dadurch, daß es als Abbild der wahren Gefühle des königlichen Barden und als die Geschichte seiner echten Liebe und seiner Schicksale betrachtet werden kann. Es geschieht nicht oft, daß Fürsten dichten oder Dichter wirkliche Tatsachen behandeln. Es befriedigt den Stolz eines einfachen Mannes, einen Monarchen zu finden, der, wie hier, um Einlaß in dessen Stube bittet und dadurch seine Gunst zu gewinnen sucht, daß er zu dessen Vergnügen beiträgt. Es ist ein Beweis für die wahre Gleichheit im geistigen Wettstreit, die allen Flitter künstlicher Würde abstreift, den Bewerber auf eine Stufe mit seinen Mitmenschen stellt und ihn zwingt, sich auf seine eigenen angeborenen Kräfte zu verlassen, wenn er sich auszeichnen will. Es ist auch merkwürdig, die Her-

* Roger l'Estrange (Anmerkung des Verfassers).

zensgeschichte eines Monarchen zu erfahren und zu sehen, wie sich die einfachen Empfindungen der menschlichen Natur auch unter dem Hermelin regen. Aber Jakob hatte gelernt, Dichter zu sein, bevor er König wurde: er war durch die Schule des Unglücks gegangen und in der Gesellschaft seiner eigenen Gedanken gereift. Monarchen haben selten Zeit, mit ihrem Herzen Zwiesprache zu halten oder ihren Geist in Poesie zu versenken; und wäre Jakob inmitten der Schmeicheleien und Lustbarkeiten eines Hofes aufgewachsen, so würden wir aller Wahrscheinlichkeit nach niemals eine solche Dichtung wie das „Königsbuch" erhalten haben.

Besonders haben mich die Partien des Gedichts gefesselt, die unmittelbar seine Gedanken über seine Lage ausdrücken oder die sich auf das Zimmer im Turm beziehen. Sie haben solchen persönlichen und lokalen Reiz und sind so ausführlich und wahr gestaltet, daß sie den Leser zu dem Gefangenen in seinen Kerker versetzen und ihn zum Teilhaber seiner Betrachtungen machen.

Folgendes ist sein Bericht über seine geistige Leere und über das Ereignis, das ihn zuerst auf den Gedanken brachte, das Gedicht zu schreiben. Es war die stille Mitternachtsstunde einer hellen Mondscheinnacht; die Sterne, sagt er, glitzerten wie Feuer am hohen Gewölbe des Himmels, und „Cynthia netzte ihre goldenen Locken im Wassermann". Er lag im Bett, wach und ruhelos, und ergriff ein Buch, um die trägen Stunden zu verkürzen. Das Buch, das er wählte, waren Boëthius' „Tröstungen der Philosophie", ein bei den Schriftstellern jener Zeit populäres Werk, das von seinem großen Vorbild Chaucer übersetzt worden war. Aus dem hohen Lob, das Jakob spendet, ist ersichtlich, daß es eines seiner Lieblingsbücher während der Haft war; und in der Tat, es ist eine wunderbare Anleitung zur Meditation im Unglück. Es ist das Vermächtnis eines edlen und duldenden Geistes, der durch Kummer und Leiden geläutert worden ist und seinen Nachfolgern im Elend die Grundsätze freundlicher Moral und zahlreiche beredte, aber einfache Gründe hinterließ, die ihn selbst befähigt hatten, gegen die verschiedenen Übel des Lebens anzukämpfen. Es ist ein Talisman, den der Unglückliche in seiner Brust aufbewahren oder, wie der gute König Jakob, auf das Kopfkissen seines Lagers legen mag.

Nachdem er den Band zugeschlagen hat, denkt er über dessen Inhalt nach und gerät allmählich in ein Brüten und Sinnen über die Unbeständigkeit des Geschicks, über die Wechselfälle seines eigenen Daseins und über die Leiden, die ihn schon in zarter Jugend heimgesucht haben. Plötzlich hört er die Glocken zum Morgengebet läuten; doch ihr Ton, mit seinen melancholischen Phantasien harmonierend, erscheint ihm wie eine Stimme, die ihn aufmuntert, seine Geschichte zu schreiben. In der Stimmung dichterischer Irrfahrt faßt er den Entschluß, diesem Wink zu folgen; er nimmt also eine Feder zur Hand, macht mit ihr das Zeichen des Kreuzes, um den Segen zu erbitten, und taucht hinein in das Märchenland der Poesie. In alledem liegt etwas höchst Phantastisches, und es ist zugleich interessant, da es ein überzeugendes und schönes Beispiel für die einfache Weise darstellt, durch die bisweilen ganze Ketten poetischer Gedanken geweckt und literarische Schöpfungen dem Geist eingeflößt werden.

Im Laufe seines Gedichtes beklagt er mehr als einmal die besondere Härte seines Schicksales, so zu einsamem und untätigem Leben verurteilt und von der Freiheit und den Freuden der Welt, die das geringste Tier uneingeschränkt genießt, ausgeschlossen zu sein. Doch sogar in seinen Klagen liegt eine sanfte Anmut; sie sind die Seufzer eines liebenswürdigen und geselligen Geistes, dem es versagt ist, sich seinen guten und großherzigen Neigungen hinzugeben; es ist nichts Herbes oder Übertriebenes in ihnen; sie fluten in natürlichem und rührendem Pathos dahin und sind vielleicht noch rührender durch ihre Schlichtheit und Kürze. Sie bilden einen schönen Kontrast zu jenen geschraubten und langatmigen Schmerzensergüssen, denen wir manchmal in der Poesie begegnen – die Ergüsse krankhafter Gemüter, die unter selbstgeschaffenen Leiden dahinsiechen und ihre Bitterkeit an einer unschuldigen Welt auslassen. Jakob spricht von seinen Entbehrungen mit tiefer Empfindung, aber nachdem er sie erwähnt hat, geht er darüber weg, als ob sein männlicher Sinn es für unwürdig hielte, über unvermeidlichem Unglück zu brüten. Wenn ein solcher Geist in Klagen ausbricht, seien sie auch noch so kurz, so ermessen wir, wie groß die Leiden sein müssen, die dieses Murren erpressen. Wir haben Mitleid mit Jakob, einem romantischen, tatkräftigen und gebildeten Prinzen, der in der Blüte der Jugend von allen Unternehmungen, den edlen Beschäftigungen und vollen Freuden des Lebens abgeschnitten ist – wie wir Milton bemitleiden, der für alle Schönheiten der Natur und Meisterwerke der Kunst lebhaft begeistert ist, wenn er kurze, aber tief nachklingende Klagen über seine lebenslängliche Blindheit ausstößt.

Hätte Jakob nicht einen Mangel an poetischen Kunstgriffen
bewiesen, so könnten wir fast glauben, daß diese düsteren Betrachtungen die Einleitung zu dem glänzendsten Abschnitt seiner
Geschichte werden und einen Gegensatz bilden sollten zu jenem
Glanz von Licht und Liebenswürdigkeit, zu jener erheiternden
Begleitung von Vogel und Gesang und Blatt und Blume und zu
all der Pracht des Jahres, mit denen er die Dame seines Herzens einführt. Vor allem in dieser Szene wird der ganze Zauber
des Romantischen über das alte Verlies ausgebreitet. Er war, so
erzählt er, nach seiner Gewohnheit bei Tagesanbruch aufgestan-
den, um den trüben Gedanken eines schlaflosen Lagers zu entrinnen. „Da er in seiner Kammer klagte so allein", an aller
Freude und Besserung verzweifelnd, „des Denkens müd und
gramgebeugt", sei er ans Fenster getreten, um den kläglichen
Trost des Gefangenen zu genießen, sehnsüchtig auf die Welt zu
schauen, von der er ausgeschlossen war. Das Fenster ging auf
einen kleinen Garten hinaus, der sich am Fuß des Turmes erstreckte. Es war ein stiller, abgeschiedener Platz, mit Lauben und
grünen Wegen verziert und vor den Blicken der Vorübergehenden durch Bäume und Weißdornhecken geschützt.

> Jetzt zeigte dort sich nah des Turmes Wall
> Ein Garten wunderhold, und in den Ecken
> Die Laube stand, mit Stäben lang und schmal
> Umzogen; und den ganzen Platz verdecken
> So volles Blätterwerk und Weißdornhecken,
> Daß schwerlich jemand im Vorübergehen
> Vom Innern irgend etwas konnt erspähen.

> So dicht sah man Gezweig und Blätter grün
> Jedweden Baumgang, der da war, beschatten,
> So scharf und süß im Dufte fand man blühn
> Wacholder, und sich schön um alle Latten
> Gesträuch mit Winden und mit Ranken gatten,
> Daß, wie wohl manchem draußen kam der Glaube,
> Die Äste ganz sich schlossen um die Laube.

> Und auf den grünen Zweigen saß gar traut
> Die kleine, süße Nachtigall und sang
> Den Weihehymnus silberhell und laut,
> Und nun ihr Liebeslied so sanft und bang,
> Daß rings der Garten und die Mauer klang
> Von ihrem Sang.

Es war im Mai, da alles in Blüte steht; und er überträgt den Gesang der Nachtigall in die Sprache seiner liebenden Gefühle.

> Ehrt alle, die ihr liebet, diesen Mai;
>   Die Wonnetage haben nun begonnen.
> Und singt mit uns: Fort, Winter! Sommer sei!
> Komm, süße Jahreszeit, mit deinen Sonnen!

Wie er so auf den Platz hinunterschaut und den Melodien der Vögel lauscht, verfällt er allmählich in eine jener zärtlichen und unerklärlichen Träumereien, welche die jugendliche Brust in dieser köstlichen Jahreszeit erfüllen. Er fragt sich, was diese Liebe wohl sei, von der er so oft gelesen hat und die mit dem erfrischenden Hauch des Mais hervorzufluten und die ganze Schöpfung in Entzücken und Gesang aufzulösen scheint. Wenn sie wirklich eine so große Glückseligkeit ist und eine Gabe, die so allgemein selbst dem unbedeutendsten Wesen zuteil wird, weshalb ist er allein von ihren Freuden ausgeschlossen?

> Oft dacht ich wohl, o Herr, was mag dies sein,
>   Daß Lieb ist von so edlem, hohem Wesen,
> Daß sie die Ihren liebt, solch Glück allein
> Aus ihr entströmt, wie wir in Büchern lesen,
>   Die unsre Herzen binden kann und lösen;
> So mächtig über uns gebietet sie?
> Und ist es nicht nur eitle Phantasie?
>
> Denn hätte sie so große Trefflichkeit,
>   Daß jedes Wesens Schutz und Schirm sie sei,
> Was sündigt ich, was tat ich ihr zuleid,
>   Daß ich gefesselt und der Vogel frei?

Mitten in seinen Träumereien erblickt er, als er die Augen niederschlägt, „die schönste und frischeste junge Blüte", die er je geschaut. Es ist die liebliche Lady Jane, die im Garten spazierengeht, um die Schönheit dieses „frischen Maimorgens" zu genießen. Da sie ihm so plötzlich in dem Augenblick der Einsamkeit und gesteigerten Empfänglichkeit zu Gesicht kommt, fesselt sie sogleich die Einbildungskraft des romantischen Prinzen und wird das Ziel seiner umherschweifenden Wünsche, die Beherrscherin seiner idealen Welt.

Es findet sich in dieser reizenden Episode eine offensichtliche Ähnlichkeit mit dem ersten Teil von Chaucers Erzählung des Ritters, wo Palamon und Arcites sich in Emilia verlieben, die sie im Garten ihres Gefängnisses umhergehen sehen. Vielleicht wurde Jakob durch die Übereinstimmung der Wirklichkeit mit dem, was er bei Chaucer gelesen hatte, dazu bewogen, in seinem Gedicht dabei zu verweilen. Seine Beschreibung von Lady Jane ist in der malerischen und minuziösen Manier seines Vorbildes ausgeführt und kann, da sie ohne Zweifel aus dem Leben gegriffen ist, als getreues Porträt einer Schönheit aus jener Zeit betrachtet werden. Er verweilt mit der Zärtlichkeit eines Liebenden bei jedem Teil ihrer Kleidung, vom Perlennetz, das von Smaragden und Saphiren glänzt und ihr goldenes Haar zusammenhält, bis zu der „feinen Kette aus getriebenem Gold" um ihren Hals, an der ein herzförmiger Rubin hing, der, wie er sagt, gleich einem Feuerfunken auf ihrem weißen Busen glühte. Ihr Kleid von weißem Gewebe war aufgeschürzt, damit sie sich mit größerer Freiheit bewegen konnte. Sie war begleitet von zwei Dienerinnen, und um sie herum sprang ein kleiner, mit Glöckchen geschmückter Hund, wahrscheinlich eines jener ebenmäßig gebauten italienischen Hündchen, die in früheren Zeiten bevorzugte Salongefährten und Schoßtiere der vornehmen Damen waren. Jakob beschließt seine Beschreibung mit einer allgemeinen Lobpreisung:

In ihr war Jugend, Schönheit, fein Betragen,
War Güte, Milde, weiblich zartes Walten –
Gott weiß es besser, als ich es kann sagen –,
Huld, Weisheit, Würde und Verschwiegenhalten;
Mit Takt verstand sie alles zu gestalten;
In Wort, in Tat, in Äußerem, in Mienen
Pflegt die Natur kein Kind mehr zu bedienen.

Als Lady Jane den Garten verläßt, endet dieser vorübergehende Aufruhr des Herzens. Mit ihm verfliegt auch die Illusion der Liebe, die einen zeitweiligen Zauber über den Ort seiner Gefangenschaft gegossen hatte, und er sinkt wieder in die Einsamkeit zurück, die jetzt durch diesen flüchtigen Strahl unerreichbarer Schönheit zehnfach unerträglich geworden ist. Den langen, leeren Tag beklagt er sein unglückliches Schicksal, und als der Abend naht und Phöbus, wie er es schön ausdrückt, „jedem Blatt und jeder Blume Lebewohl gesagt" hat, wartet er noch immer am Fenster, und sein Haupt auf den kalten Stein legend, überläßt er sich einer gemischten Stimmung von Liebe und Gram, bis er, nach und nach durch die stumme Schwermut der Dämmerstunde eingelullt, „halb schlafend, halb betäubt" in ein Traumbild versinkt, das den Rest der Dichtung ausfüllt und in dem er die Geschichte seiner Liebe allegorisch umschreibt.

Als er aus seiner Verzückung erwacht, erhebt er sich von seinem steinernen Lager, und voll düsterer Betrachtungen in seinem Gemach auf und ab schreitend, fragt er seinen Geist, wohin er gewandert sei; ob tatsächlich alles, was sich in seinen Träumereien begeben habe, durch vorhergegangene Ereignisse verursacht worden sei; oder ob es nur eine Vision gewesen sei, die ihn in seiner Niedergeschlagenheit trösten und aufrichten sollte. Im letzteren Fall bitte er, daß ihm irgendein Zeichen gesendet werde, um ihm die Verheißung glücklicherer Tage, die ihm in seinem Schlummer geworden, zu bekräftigen. Da plötzlich kommt eine schneeweiße Turteltaube zum Fenster hereingeflogen und setzt sich auf seine Hand; im Schnabel trägt sie einen Zweig roter Levkojen, auf deren Blätter mit goldenen Buchstaben folgende Strophe geschrieben war:

Wach auf! Wach auf! Geliebter mein, ich bringe
Dir neue Mär: Dein Schicksal wird sich wenden
Zum reinsten Glück. Jetzt lache, spiele, singe,
Denn bald will dir der Himmel Balsam spenden.

Er nimmt den Zweig mit einer Mischung aus Hoffnung und Furcht, liest die Worte mit Entzücken; und diese, sagt er, seien das erste Zeichen seines künftigen Glücks gewesen. Ob das nur eine poetische Erfindung ist oder ob Lady Jane ihm tatsächlich auf diesem romantischen Weg ihre Gunst zu erkennen gab, bleibt dem Glauben oder der Phantasie des Lesers zur Entscheidung überlassen. Er schließt sein Gedicht mit der Andeutung, das ihm im Traum und durch die Blume gegebene Versprechen sei dadurch in Erfüllung gegangen, daß er seine Freiheit wiedererlangt habe und im Besitz der Gebieterin seines Herzens glücklich geworden sei.

Derart ist die poetische Erzählung, die Jakob von seinen Liebesabenteuern auf Schloß Windsor gibt. Wieviel davon lautere Wahrheit ist und wieviel die Ausschmückung der Phantasie, das zu bestimmen wäre fruchtlos: wir sollten jedoch nicht immer alles Romantische als unvereinbar mit dem wirklichen Leben ansehen, sondern zuweilen den Dichter beim Wort nehmen. Ich habe hier lediglich solche Partien der Dichtung angeführt, die sich unmittelbar auf den Turm beziehen, und einen großen Teil übergangen, in dem die damals so beliebte allegorische Darstellung überwiegt. Die Sprache ist natürlich wunderlich und veraltet, so daß die Schönheit vieler goldener Redewendungen heutzutage kaum mehr erkannt wird; aber es ist unmöglich, durch das echte Gefühl, die entzückende Kunstlosigkeit und Feinheit, die hier überall vorherrscht, nicht bezaubert zu werden. Auch die Naturbeschreibungen, die das Buch verschönern, sind von einer Treue, Genauigkeit und Frische, die den kultiviertesten Epochen der Kunst würdig sind.

Es ist, in diesen Tagen roherer Denkungsart, erbaulich, wenn man sieht, von welcher Natürlichkeit, Bildung und ungemeinen Zartheit dieses Liebesgedicht durchzogen ist, so daß jeder grobe Gedanke, jeder unziemliche Ausdruck verbannt und der weibliche Liebreiz mit all seinen ritterlichen Attributen fast überirdischer Reinheit und Anmut geschmückt dargestellt ist.

Jakob lebte etwa um die Zeit Chaucers und Gowers und war offenbar ein Bewunderer und fleißiger Leser ihrer Schriften. Ja, in einer seiner Stanzen erkennt er sie als seine Lehrer an, und an einzelnen Stellen seiner Dichtung finden wir Spuren der Ähnlichkeit mit deren Schöpfungen, besonders mit denen Chaucers. Es gibt freilich immer in den Werken gleichzeitig lebender Autoren allgemeine verwandte Züge, die sie nicht so sehr voneinander als von der Zeit selbst entlehnt haben. Die Schriftsteller sammeln wie die Bienen ihren Honig in der weiten Welt: sie verweben mit ihren eigenen Einfällen die Anekdoten und Gedanken, die in der Gesellschaft geläufig sind; und so hat jede Generation einige gemeinschaftliche Züge, die für ihr Zeitalter charakteristisch sind.

Jakob gehört in der Tat einer der glänzendsten Epochen unserer Literaturgeschichte an und begründet den Anspruch seines Vaterlands auf die Teilnahme an ihren ersten Verdiensten. Während eine kleine Gruppe englischer Schriftsteller ständig als die Väter unserer Verskunst angeführt wird, wird der Name ihres großen schottischen Kollegen gern mit Stillschweigen übergangen; und doch verdient er offenbar die Ehre, in jenes kleine Sternbild ferner, aber nie erlöschender Gestirne eingereiht zu werden, die am höchsten Firmament der Literatur strahlen und die, wie die Morgensterne, beim glänzenden Aufgang der englischen Poesie vereint ihre Lieder sangen.

Diejenigen meiner Leser, welche mit der schottischen Geschichte nicht vertraut sind – obwohl die Art, wie sie jüngst mit fesselnder Dichtung durchwoben wurde, sie zu einem allgemeinen Studium gemacht hat –, mögen begierig sein, etwas von der späteren Geschichte Jakobs und dem Schicksal seiner Liebe zu erfahren. Wie seine Leidenschaft für Lady Jane der Trost seiner Gefangenschaft war, so erleichterte sie auch seine Befreiung, weil man bei Hofe glaubte, eine Verbindung mit einem Mitglied des englischen Königshauses werde ihn an dessen Interessen knüpfen. Er erhielt endlich seine Freiheit und Krone zurück, nachdem er sich mit Lady Jane vermählt hatte, die ihm nach Schottland folgte und seine zärtliche, treuergebene Gattin wurde.

Er fand sein Königreich in großer Verwirrung; die großen Lehnsherren hatten sich die Unruhe und Unordnung einer langen Zwischenregierung zunutze gemacht, um sich in ihren Besitzungen zu befestigen und sich über die Gewalt der Gesetze zu erheben. Jakob suchte die Basis seiner Macht auf die Liebe seines Volkes zu gründen. Er nahm die niederen Stände für sich ein durch die Abschaffung von Mißbräuchen, durch eine gemäßigte und gerechte Handhabung der Gesetze, durch die Ermunterung der friedlichen Künste und die Förderung alles dessen, was Behaglichkeit, Wohlergehen und harmlose Vergnügungen in den untersten Schichten der Gesellschaft verbreiten konnte. Er mischte sich gelegentlich verkleidet unter die einfachen Leute, besuchte sie an ihrem häuslichen Herd, ging auf ihre Sorgen, ihre Arbeit und ihre Vergnügungen ein, unterrichtete sich über ihre handwerklichen Leistungen und darüber, wie man diese am besten beschützen und vervollkommnen könne; so war er ein alles durchdringender Geist, der mit wohlwollendem Auge über den Geringsten seiner Untertanen wachte. Nachdem er auf diese edle Weise die Herzen des Volkes gewonnen hatte, wandte er sich der Aufgabe zu, die Macht des aufrührerischen Adels einzuschränken, ihm jene gefährlichen Vorrechte zu entziehen, die er sich angemaßt hatte, diejenigen zu bestrafen, welche sich offenkundiger Vergehen schuldig gemacht hatten, und alle zu gebührendem Gehorsam gegenüber der Krone zu bringen. Eine Zeitlang ertrug der Adel dies mit äußerlicher Unterwerfung, jedoch mit geheimer Ungeduld und gärendem Groll. Schließlich bildete sich eine Verschwörung wider sein Leben, an deren Spitze sein eigener Onkel Robert Stewart, Graf von Athol, stand, der, da er zu alt war, die blutige Tat selbst auszuführen, seinen Enkel Sir Robert Stewart sowie Sir Robert Graham und andere weniger bedeutende Männer aufstachelte, die Tat zu begehen. Sie brachen in sein Schlafgemach im Dominikanerkloster bei Perth ein, wo er wohnte, und ermordeten ihn durch zahlreiche Stiche. Seine treue Gemahlin, die herbeieilte, um sich mit ihrem zarten Körper zwischen ihn und das Schwert zu stellen, wurde bei dem fruchtlosen

Versuch, ihn vor den Mördern zu schützen, zweimal verletzt, und erst als man sie mit Gewalt von seiner Seite riß, gelang die Ausführung des Mordes.

Die Erinnerung an diese romantische Geschichte aus alter Zeit und an das kostbare kleine Gedicht, dessen Wiege dieser Turm war, bewog mich, das alte Gebäude mit mehr als gewöhnlicher Anteilnahme zu besichtigen. Die Rüstung, die in der Halle hängt, reich vergoldet und verziert, als sollte sie im Turnier prunken, brachte das Bild des tapferen und romantischen Fürsten lebhaft vor meine Seele. Ich durchwanderte die öden Gemächer, in denen er seine Dichtung verfaßt hatte; ich lehnte mich an das Fenster und versuchte mir einzureden, es sei dasselbe, wo ihm das Traumgesicht erschienen war; ich schaute hinaus auf den Ort, wo er zum erstenmal Lady Jane gesehen hatte. Es war derselbe liebliche, fröhliche Monat; die Vögel wetteiferten wieder miteinander in schmelzendem Gesang; alles erwachte zu neuem Leben und entfaltete die zarten Hoffnungen des Jahres. Die Zeit, die gern die traurigeren Denkmäler menschlichen Stolzes vernichtet, scheint leise über diesen kleinen Schauplatz der Poesie und Liebe hinweggegangen zu sein und ihre zerstörende Hand zurückgehalten zu haben. Mehrere Jahrhunderte sind vergangen, aber der Garten blüht noch immer am Fuß des Turmes. Er steht dort, wo einst der Graben des Verlieses war; und wenn auch einzelne Teile durch Mauern getrennt worden sind, so haben doch andere noch ihre Lauben und schattigen Gänge wie in den Tagen Jakobs, und das Ganze ist geschützt, blühend und lauschig. Es ruht ein Zauber auf einer Stätte, der die Fußstapfen vergangener Schönheit aufgedrückt sind und die durch die Eingebungen des Dichters geweiht ist, ein Zauber, der im Lauf der Zeit sich eher erhöht als abschwächt. Ja, die Gabe der Dichtkunst vermag jeden Ort zu heiligen, an dem sie sich gezeigt hat, die Natur mit einem Wohlgeruch zu erfüllen, der köstlicher ist als der Duft der Rose, und eine Färbung darüber auszugießen, die magischer ist als die Morgenröte.

Andere mögen bei den herrlichen Taten verweilen, die Jakob als Krieger und Gesetzgeber vollbrachte, aber ich hatte meine Freude daran, in ihm lediglich den Gefährten seiner Mitmenschen zu sehen, den Wohltäter des menschlichen Herzens, der sich von seiner hohen Stellung herabbeugte, um die süßen Blüten der Poesie und des Gesanges auf die Pfade des gewöhnlichen Lebens zu streuen. Er hat als erster die kräftige und zähe Pflanze schottischer Größe gepflegt, die seitdem so verschwenderisch die gesündesten und schmackhaftesten Früchte geliefert hat. Er verpflanzte in die rauheren Regionen des Nordens alle die befruchtenden Künste südlicher Verfeinerung. Er tat alles, was in seiner Macht stand, seine Landsleute für die heiteren, eleganten und edlen Künste zu gewinnen, die den Charakter eines Volkes mildern und läutern und Anmut um die Erhabenheit eines stolzen und kriegerischen Geistes winden. Er schrieb viele Gedichte, die, unglücklicherweise zur Schmälerung seines Ruhmes, für die Welt verlorengegangen sind; eines, das noch erhalten ist und den Titel „Christi Kirche im Grünen" trägt, zeigt, wie eingehend er sich mit den ländlichen Spielen und Zeitvertreiben bekannt gemacht hat, die für die schottischen Bauern eine so tiefe Quelle freundlicher und geselliger Empfindungen bilden, und mit welch schlichtem und glücklichem Humor er an ihren Vergnügungen teilnehmen konnte. Er trug viel zur Förderung der Volksmusik bei, und angeblich sind in den bezaubernden Liedern, die noch immer in den wilden Bergen und einsamen Schluchten Schottlands erklingen, Spuren seines zarten Gefühls und feinen Geschmacks zu finden. So ist sein Bild in den anmutigsten und liebenswürdigsten Zügen des Nationalcharakters lebendig geblieben; er hat sein Gedächtnis im Lied verewigt, und sein Name fließt für kommende Geschlechter auf dem reichen Strom schottischer Melodien dahin. Die Erinnerung an all dies erwachte in meinem Herzen, als ich den stillen Schauplatz seiner Kerkerhaft durchwanderte. Ich habe Vaucluse mit ebenso großer Begeisterung besucht, wie ein Pilger zum Heiligtum von Loretto wallfahren würde; aber ich habe niemals mehr dichterische Andacht empfunden als bei der Betrachtung des alten Turmes und des kleinen Gartens in Windsor und beim Nachsinnen über die romantische Liebe Lady Janes und des königlichen Dichters von Schottland.

– Ein Edelmann!
Wieso? Vom Wollsack? von der Zuckerkiste?
Vom Sammetband? Was ist's, Pfund oder Elle,
Wofür verkauft Ihr Euern Adel?

Beggar's Bush

Es gibt wenige Orte, die sich zum Studium des menschlichen Charakters besser eignen als eine englische Dorfkirche. Ich verlebte einst einige Wochen auf dem Landsitz eines Freundes, der in der Nähe einer solchen Kirche wohnte, deren Bild meine Phantasie ganz besonders beschäftigte. Es war eines jener kostbaren Relikte aus einer merkwürdigen Vergangenheit, die der englischen Landschaft einen so eigentümlichen Zauber verleihen. Sie stand mitten in einer Grafschaft, in der zahlreiche alte Familien lebten, und enthielt in ihren kalten, stillen Schiffen den Staub vieler edler Geschlechter. Die Innenwände waren mit Monumenten aller Epochen und Stile bedeckt. Das Licht ergoß sich durch die Fenster und wurde durch die Wappen, mit denen das Glas reich ausgemalt war, gedämpft. An verschiedenen Stellen der Kirche befanden sich kunstvoll gearbeitete Grabmäler von Rittern und edlen Frauen mit ihren Bildnissen in buntem Marmor. Wohin auch das Auge sah, überall stieß es auf Zeugnisse eitler Vergänglichkeit, auf irgendein stolzes Denkmal, das menschlicher Hochmut in diesem Tempel der demütigsten aller Religionen über seinem verwandten Staub errichtet hatte.

Die Gemeinde bestand aus den vornehmen Familien der Umgebung, die in kostbar ausgeschlagenen und gepolsterten Kirchenstühlen mit reichvergoldeten Gebetbüchern saßen, aus den Dörflern und Bauern, welche die hinteren Sitze und eine kleine Galerie neben der Orgel einnahmen, und aus den Armen des Kirchspiels, die auf Bänken in den Seitengängen untergebracht wurden.

Der Gottesdienst wurde von einem näselnden, wohlgenährten Vikar gehalten, der eine hübsche Wohnung neben der Kirche hatte. Er war ein privilegierter Gast an allen Tafeln in der Nachbarschaft, und er war früher der eifrigste Fuchsjäger in der Grafschaft gewesen, bis Alter und Wohlleben ihm nur noch gestatteten, mitzureiten und zuzuschauen, wie die Hunde losgelassen wurden, und hinterher am Jagdessen teilzunehmen.

Angesichts eines solchen Geistlichen war es mir unmöglich, den

Gedankengang zu verfolgen, der Zeit und Ort angemessen wäre, und weil ich wie viele andere schwache Christen mit meinem Gewissen übereingekommen war, die Sünde meiner Pflichtvergessenheit auf anderer Leute Schwelle zu legen, beschäftigte ich mich damit, Beobachtungen über meine Nachbarn anzustellen.

Ich war noch fremd in England und begierig, die Sitten der vornehmen Stände kennenzulernen. Ich entdeckte, wie gewöhnlich, dort die geringste Anmaßung, wo der größte Anspruch auf Ehrerbietung hätte erhoben werden können. Ganz besonderen Eindruck machte mir beispielsweise die aus mehreren Söhnen und Töchtern bestehende Familie eines Edelmanns von hohem Rang. Nichts konnte einfacher und anspruchsloser sein als ihr Auftreten. Sie kamen meist in der schlichtesten Kutsche und häufig zu Fuß zur Kirche. Die jungen Damen pflegten stehenzubleiben und sich in freundlichster Art mit den Bauern zu unterhalten, die Kinder zu liebkosen und die Erzählungen der armen Katenbewohner anzuhören. Ihre Gesichtszüge waren offen und sehr schön und verrieten nicht nur eine hohe Bildung, sondern gleichzeitig auch eine unbefangene Heiterkeit und sympathische Leutseligkeit. Ihre Brüder waren groß und von eleganter Gestalt. Sie waren nach der Mode, aber einfach gekleidet, mit peinlicher Sauberkeit und Schicklichkeit, jedoch ohne Übertreibung und Eitelkeit. Ihr ganzes Benehmen war leicht und natürlich, von jener erhabenen Anmut und edlen Gewandtheit, welche für freigeborene Seelen charakteristisch sind, die in ihrem Wachstum niemals von Minderwertigkeitsgefühlen gehemmt worden sind. In der wahren Würde liegt eine gesunde Beherztheit, die nie den Verkehr oder die Gemeinschaft mit anderen fürchtet, so niedrigen Standes sie auch sein mögen. Bloß der falsche Stolz ist krankhaft und empfindlich und schreckt vor jeder Berührung zurück. Es gefiel mir, wie sie mit den Bauern über die ländlichen Geschäfte und Vergnügungen sprachen, an denen die Edelleute dieses Landes so viel Freude haben. Bei diesen Unterhaltungen war weder Hochmut auf der einen noch Kriecherei auf der andern Seite, und man wurde nur durch die gewohnte Ehrfurcht der Bauern an den Unterschied des Ranges erinnert.

Im Gegensatz zu dieser Familie stand die eines reichen Bürgers, der ein ungeheures Vermögen aufgehäuft und, nachdem er den Grundbesitz und das Wohnhaus eines ruinierten Edelmanns in der Nachbarschaft erworben hatte, ganz das Gebaren und die Würde eines Erbgrundherrn anzunehmen sich bemühte. Die Familie kam immer *en prince* zur Kirche. Sie fuhr majestätisch in einer wappengeschmückten Equipage vor. Die Helmzierde glitzerte in strahlendem Silber auf allen Teilen des Geschirrs, wo sich eine Helmzier nur unterbringen ließ. Ein dicker Kutscher mit dreieckigem, reich betreßtem Hut und einer Flachsperücke, die sich um sein rosiges Gesicht kräuselte, saß auf dem Bock und an seiner Seite ein kurzhaariger dänischer Hund. Zwei Diener in prächtigen Livreen mit mächtigen Sträußen und Stökken mit goldenem Knopf rekelten sich hinten. Der Wagen wiegte sich auf seinen langen Federn mit absonderlicher Würde auf und nieder. Selbst die Pferde nagten an ihren Gebissen, wölbten ihre Hälse und rollten die Augen viel stolzer als gewöhnliche Pferde, entweder weil etwas vom Familienhochmut auf sie übergegangen war oder weil sie straffer als sonst aufgezäumt waren.

Ich mußte einfach den großen Stil bewundern, in dem dieser glänzende Aufzug vor dem Kirchhofstor erschien. Schon das Einbiegen um eine Mauerecke war von gewaltigem Effekt – ein mächtiges Knallen mit der Peitsche, das Ausgreifen und die Anstrengung der Pferde, das Blitzen des Geschirrs und das Dahinrollen der Räder über den Kies. Das war der Augenblick des Triumphes und der Prahlerei für den Kutscher. Die Pferde wurden abwechselnd angetrieben und zurückgehalten, bis sie vor Wut schäumten. Sie warfen in tänzelndem Trab ihre Beine weit aus, daß bei jedem Tritt Kies und Funken stoben. Die Schar von Landleuten, die ruhig zur Kirche schlenderte, sprang erschreckt nach rechts und links und gaffte in stummer Bewunderung. Beim Vorfahren vor dem Tor wurden die Pferde so schnell zurückgerissen, daß sie zu plötzlich stillstanden und beinahe auf ihr Hinterteil fielen.

Mit außerordentlicher Schnelligkeit sprangen die Diener herab, rissen den Schlag auf, klappten die Tritte hinunter und bereiteten alles zum Abstieg dieser erlauchten Familie auf die Erde vor. Zuerst steckte der alte Bürger sein rundes, rotes Gesicht aus der Tür hinaus und blickte mit der stolzen Miene eines Mannes um sich, der gewohnt ist, an der Börse zu gebieten und die Aktienkurse schon durch ein Nicken ins Schwanken zu bringen. Seine Gattin, eine gemütliche, beleibte, behäbige Dame, folgte ihm. In ihrer Erscheinung, muß ich gestehen, lag nur wenig Stolz. Sie war die Verkörperung behaglicher, ehrlicher, vulgärer Lebensfreude. Es ging ihr gut in der Welt, und sie liebte die Welt. Sie hatte schöne Kleider, ein schönes Haus, eine schöne Equipage, schöne Kinder, alles um sie her war schön; sie hatte nichts weiter zu tun, als umherzufahren, Besuche zu machen und sich zu amüsieren. Das Leben war für sie ein ewiges Fest, ein einziger langer Feiertag.

Zwei Töchter folgten diesem stattlichen Paar. Sie waren gewiß hübsch, hatten jedoch eine anmaßende Miene, welche die Bewunderung abkühlte und den Beschauer zu kritischer Prüfung bewog. Sie waren modisch gekleidet, und obgleich niemand den Reichtum ihres Putzes leugnen konnte, war es doch fraglich, ob er einer einfachen Dorfkirche angemessen war. Sie stiegen lässig aus dem Wagen und bewegten sich durch die Reihen der Landleute mit einem Schritt, der nur höchst ungern den Boden zu berühren schien. Sie warfen einen flüchtigen Blick umher, der kalt über die groben Gesichter der Bauern hinwegstreifte, bis er den Augen der Familie des Edelmannes begegnete; da verklärten sich plötzlich ihre Züge zu einem Lächeln, und sie machten die tiefsten und elegantesten Verbeugungen, die jedoch darauf schließen ließen, daß sie nur flüchtige Bekannte waren.

Ich darf die beiden Söhne dieses ehrgeizigen Bürgers nicht vergessen, die in einer flotten Karriole mit Vorreitern zur Kirche kamen. Sie waren nach der letzten Mode gekleidet, mit all jener Pedanterie, die für den Mann von zweifelhaftem Anspruch auf Geschmack charakteristisch ist. Sie hielten sich ganz für sich und sahen jeden, der sich ihnen näherte, von der Seite an, als ob sie dessen Anrecht auf Beachtung abmessen wollten; doch sprachen sie selbst nicht miteinander, es sei denn, um eine gelegentliche nichtssagende Phrase auszutauschen. Sogar ihre Bewegungen waren künstlich, denn sie hatten ihre Körper, der Laune des Tages entsprechend, ohne jede Leichtigkeit und Ungezwungenheit abgerichtet. Die Kunst hatte alles getan, sie zu vollkommenen Modehelden zu machen, aber die Natur hatte ihnen ihre undefinierbare Anmut versagt. Sie waren grob gebaut, wie Leute, die zu den gewöhnlichen Beschäftigungen des Daseins bestimmt sind, und trugen dabei jene Miene hochmütiger Anmaßung zur Schau, die man niemals an einem echten Gentleman sieht.

Ich bin bei der Beschreibung dieser beiden Familien ins Detail gegangen, weil ich sie für Musterbeispiele dessen hielt, dem man häufig in diesem Land begegnet – anspruchsloser Größe und arroganter Kleinheit. Ich habe keinen Respekt vor Rang und Titeln, wenn sie nicht von wahrem Seelenadel begleitet sind; aber ich habe bemerkt, daß in allen Ländern, wo künstliche Unterscheidungen existieren, die höchsten Klassen immer die höflichsten und bescheidensten sind. Wer sich der eigenen Würde bewußt ist, neigt am wenigsten dazu, sich an der anderer zu vergreifen; wogegen nichts beleidigender ist als die Anmaßung der Vulgarität, die sich dadurch zu erheben glaubt, daß sie ihren Nachbarn demütigt.

Da ich diese Familien nun einmal einander gegenübergestellt habe, muß ich auch ihr Benehmen in der Kirche mitteilen. Das der Familie des Edelmannes war ruhig, ernst und aufmerksam. Nicht, daß sie eine inbrünstige Frömmigkeit gezeigt hätten; es war eher eine Ehrerbietung vor geweihten Dingen und heiligen Stätten, die von einer guten Erziehung nicht zu trennen ist. Die anderen waren dagegen fortwährend unruhig und flüsterten miteinander; sie verrieten unablässig ihr Interesse für ihren Aufputz und einen traurigen Ehrgeiz, der Gegenstand der Bewunderung einer Dorfgemeinde zu sein.

Nur der alte Herr war wirklich aufmerksam beim Gottesdienst. Er nahm die ganze Last der Familienandacht auf sich, stand kerzengerade da und sprach die Responsen mit so lauter Stimme, daß sie in der ganzen Kirche gehört werden konnten. Offensichtlich gehörte er zu jenen durch und durch kirchen- und königstreuen Männern, welche die Idee der Frömmigkeit und der Loyalität miteinander verbinden, die Gott auf die eine oder andere Weise als Teil der regierenden Partei betrachten und die Religion „als eine ganz ausgezeichnete Sache, die unterstützt und aufrechterhalten werden muß".

Daß er so laut am Gottesdienste teilnahm, sollte hauptsächlich den niederen Ständen als gutes Beispiel dienen und ihnen zeigen, daß er, obwohl so groß und reich, sich doch nicht über die Religion erhaben fühle – so wie ich einst einen mit Schildkrötensuppe gemästeten Aldermann öffentlich einen Teller voll Armensuppe hinunterschlingen sah, indem er bei jedem Mundvoll mit den Lippen schmatzte und erklärte, das sei „vortreffliches Essen für die Armen".

Als der Gottesdienst zu Ende war, war ich begierig, meine Gruppen beim Hinausgehen zu beobachten. Die jungen Edelleute und ihre Schwestern zogen es vor, da der Tag schön war, quer über die Felder heimzuschlendern und unterwegs mit den Landleuten zu plaudern. Die anderen entfernten sich, wie sie erschienen waren – in großer Parade. Wiederum rollten die Equipagen vor dem Tor vor. Wiederum knallte die Peitsche, scharrten die Hufe, glitzerte das Geschirr. Die Pferde zogen fast in einem Sprung an; die Dorfbewohner stoben wieder nach rechts und links auseinander; die Räder wühlten eine Staubwolke auf; und die stolze Familie entschwand in einem Wirbelwind den Blicken.

Habt Mitleid mit dem Greis, des Silberhaar
In Zucht und Ehre stets getragen ward!
Marlowes Tamerlan

Während meines Aufenthalts auf dem Lande besuchte ich häufig die alte Dorfkirche. Ihre dämmerigen Seitenschiffe, ihre modernen Denkmäler, ihre dunkle Eichenvertäfelung, das alles durch die Düsterkeit entschwundener Jahre ehrwürdig geworden war, schienen sie zur Stätte feierlicher Meditation zu machen. Überdies ist ein Sonntag auf dem Lande so heilig durch seine Ruhe, und eine so nachdenkliche Stille waltet über der Natur, daß jede ruhelose Leidenschaft fortgezaubert wird und wir die ganze natürliche Religion der Seele sanft in uns aufkeimen fühlen.

Du süßer Tag, so rein, so still, so hell,
Du Hochzeitsfest von Erd und Himmel.

Ich will keinen Anspruch darauf erheben, ein frommer Mann genannt zu werden, doch es gibt Empfindungen, die sich in einer Dorfkirche, inmitten der schönen, heitern Natur, in mir regen und die ich nirgendwo sonst spüre; und wenn ich auch am Sonntag kein frommerer Mann bin, so halte ich mich doch für einen besseren als an einem der übrigen Wochentage.

Aber in dieser Kirche fühlte ich mich durch die Kälte und den Prunk der armen Erdenwürmer um mich her fortwährend in die Welt zurückgeworfen. Das einzige Geschöpf, das die demütige und hingebende Frömmigkeit eines wahren Christen wirklich zu empfinden schien, war eine arme, gebrechliche alte Frau, die gebeugt war von der Last der Jahre und der Krankheit. Sie trug die Spuren von etwas Besserem als niedriger Armut. Die Zeichen eines anständigen Stolzes waren noch in ihrer Erscheinung sichtbar. Ihre Kleidung, obwohl äußerst einfach, bekundete eine peinliche Sauberkeit. Auch behandelte man sie mit einem gewissen Respekt, denn sie nahm nicht ihren Platz unter den Armen des Dorfes ein, sondern saß allein auf den Stufen des Altars. Sie schien alle Liebe, alle Freundschaft, alle Geselligkeit überlebt und nichts übrigbehalten zu haben als die Hoffnung auf den Himmel. Als ich sie nur mühsam aufstehen und ihren gealterten Körper zum Gebet neigen sah, wobei sie ihr Gebetbuch studierte, das ihre gelähmte Hand nicht festzuhalten und ihre schwachen Augen nicht mehr zu lesen vermochten, dessen Inhalt sie jedoch auswendig zu kennen schien, da gewann ich die Überzeugung, daß die zitternde Stimme dieser armen Frau weit eher als die Responsen des Kirchendieners, das Brausen der Orgel oder der Gesang des Chors zum Himmel aufsteigen würde.

Ich verweile gern in der Nähe von Dorfkirchen, und diese lag so entzückend, daß es mich häufig zu ihr hinzog. Sie stand auf einem Hügel, um den ein Flüßchen eine schöne Biegung machte und sich dann durch eine weite, sanfte Wiesenlandschaft schlängelte. Die Kirche war von Eibenbäumen umgeben, die fast ebenso alt zu sein schienen wie sie selbst. Ihr hoher gotischer Turm, den gewöhnlich Raben und Krähen umkreisten, stieg schlank empor. Da saß ich an einem stillen, sonnigen Morgen und beobachtete zwei Totengräber, die ein Grab aushoben. Sie hatten einen der entlegensten und verlassensten Winkel des Kirchhofs gewählt, wo, nach der Zahl namenloser Gräber ringsum zu schließen, offenbar die Armen und Einsamen in die Erde gescharrt wurden. Ich ließ mir erzählen, daß das frische Grab für den einzigen Sohn einer armen Witwe bestimmt sei. Während ich über die Rangunterschiede im irdischen Leben nachsann, die sich sogar bis in den Staub erstrecken, kündigte Glockengeläut das Herannahen des Leichenzugs an. Es war die Bestattung der Armut, mit welcher der Stolz nichts zu schaffen hat. Ein Sarg aus einfachstem Material, ohne Bahrtuch oder andere Bedeckung, wurde von einigen Dorfbewohnern getragen. Der Küster schritt mit einer Miene kalter Gleichgültigkeit voran. Es folgten keine lächerlichen Leidtragenden in den Gewändern erheuchelten Schmerzes, aber eine wahre Trauernde war da, die mühsam hinter der Leiche herschwankte. Das war die hochbetagte Mutter des Verstorbenen – die arme alte Frau, die ich auf den Stufen des Altars hatte sitzen sehen. Eine demütige Freundin unterstützte sie und versuchte ihr Trost zuzusprechen. Einzelne arme Nachbarn hatten sich dem Zug angeschlossen, und einige Dorfkinder liefen Hand in Hand hinterdrein, bald mit nichtsahnender Lustigkeit jauchzend, bald stehenbleibend, um mit kindlicher Neugier den Kummer der trauernden Frau zu begaffen.

Als der Leichenzug sich der Gruft näherte, trat der Pfarrer aus dem Kirchenportal, mit dem Chorrock angetan, das Gebetbuch in der Hand und vom Kirchendiener begleitet. Diese Totenfeier war jedoch ein bloßer Akt der Barmherzigkeit. Der Verstorbene war unbemittelt gewesen und die Überlebende ganz arm. Die ganze Zeremonie wurde deshalb nur der Form nach, aber kalt und gefühllos vollzogen. Der beleibte Geistliche bewegte sich ein paar Schritte von der Kirchentür vorwärts; seine Stimme konnte am Grab kaum vernommen werden, und niemals habe ich die Leichenfeier, diese erhabene und ergreifende Zeremonie, in ein so kaltes Wortgepränge verwandeln hören.

Ich näherte mich der Gruft. Der Sarg stand auf dem Boden. Der Name und das Alter des Verstorbenen waren darauf verzeichnet: „George Somers, 26 Jahre alt." Die arme Mutter war, unterstützt von den anderen, zu seinen Häupten niedergekniet. Ihre welken Hände waren wie zum Gebet gefaltet, aber ich konnte an dem leisen Wiegen des Körpers und an einer krampfhaften Bewegung der Lippen erkennen, daß sie mit der Sehnsucht eines Mutterherzens auf die letzten Überreste ihres Sohnes schaute.

Nachdem die Zeremonie beendet war, wurden Vorbereitungen getroffen, den Sarg in die Erde zu senken. Es entstand jene geräuschvolle Unruhe, die so roh über die Gefühle des Kummers und der Liebe hereinbricht; es wurden Befehle im kalten Geschäftston erteilt, die Spaten in den Sand und Kies gestoßen, was am Grabe derer, die wir liebhaben, von allen Geräuschen das schrecklichste ist. Der Lärm ringsum schien die Mutter aus einem düsteren Traum zu wecken. Sie schlug die glanzlosen Augen auf und sah mit ohnmächtiger Wildheit um sich. Als die Männer mit Stricken herantraten, um den Sarg in das Grab hinunterzulassen, rang sie die Hände und kämpfte einen wahren Todeskampf des Grams. Die arme Frau, die ihr beistand, nahm sie beim Arm, bemühte sich, sie vom Boden aufzurichten und ihr ein paar tröstliche Worte zuzuflüstern: „Nein doch – nein doch – nehmt es Euch doch nicht so sehr zu Herzen!" Sie aber konnte nur den Kopf schütteln und die Hände ringen wie jemand, der nicht zu trösten ist.

Als sie die Leiche in die Erde senkten, schien ihr das Knarren der Seile Todesqualen zu bereiten; doch als der Sarg durch irgendein zufälliges Hindernis schwankte, da brach die ganze Zärtlichkeit der Mutter hervor, als könnte ihm ein Leid geschehen, ihm, der allem irdischen Leid entrückt war!

Ich konnte es nicht länger mit ansehen – mein Herz schwoll und ließ meinen Atem stocken – meine Augen füllten sich mit Tränen – mir war, als ob ich eine grausame Rolle spielte, indem ich dabeistand und müßig diesem Schauspiel mütterlicher Qualen zuschaute. Ich begab mich in eine andere Ecke des Kirchhofs, wo ich blieb, bis sich das Leichengefolge zerstreut hatte.

Als ich die Mutter langsam und gramerfüllt vom Grabe scheiden sah, wo sie die Überreste alles dessen hinter sich ließ, was ihr auf Erden teuer war, und als sie in die Stille und Öde zurückkehrte, da bangte mein Herz um sie. Was sind, dachte ich, die Unglücksfälle der Reichen! Sie haben Freunde, die sie trösten – Freuden, die sie zerstreuen – eine Welt, die ihren Kummer besänftigt und verscheucht. Was sind die Sorgen der Jugend! Ihr emporstrebendes Gefühl schließt bald die Wunde – ihr elastischer Geist erhebt sich bald wieder unter dem Druck – ihre frischen und anpassungsfähigen Neigungen ranken sich bald an neuen Gegenständen empor. Aber das Leid des Armen, der keine äußeren Trostmittel hat – das Leid des Alters, dem das Leben im besten Fall nur ein Wintertag ist und der keine neuen Freuden zu erwarten hat – das Leid einer alten, vereinsamten, bedürftigen Witwe, die ihren einzigen Sohn, den letzten Trost ihres Alters, betrauert – ach, das ist in der Tat ein Leid, das uns die Ohnmacht des Trostes fühlbar macht.

Es verging noch einige Zeit, bevor ich den Friedhof verließ. Auf meinem Heimweg begegnete ich der Frau, die sich als Trösterin gezeigt hatte; sie kehrte gerade von der einsamen Wohnung zurück, wohin sie die Mutter begleitet hatte, und ich erfuhr von ihr einige Einzelheiten über die rührende Szene, deren Zeuge ich geworden war.

Die Eltern des Verstorbenen hatten von Kindesbeinen an im Dorf gelebt. Sie hatten eines der hübschesten Häuschen bewohnt und sich durch verschiedene ländliche Beschäftigungen und mit Hilfe eines Gartens anständig und bequem ernährt und ein glückliches, untadeliges Leben geführt. Sie hatten einen Sohn, der einst der Stab und Stolz ihres Alters werden sollte. – „Ach, Herr!" sagte die gute Frau, „er war ein so artiger Bursche, so sanft, so freundlich zu jedermann, so pflichtgetreu gegen seine Eltern! Es tat einem im Herzen wohl, ihn sonntags in seinen besten Kleidern, so schlank, so aufrecht, so heiter sein altes Mütterchen zur Kirche führen zu sehen – denn sie lehnte sich stets lieber auf Georges Arm als auf den ihres braven Mannes; und die arme Seele, sie konnte wohl stolz auf ihn sein, gab es doch keinen hübscheren Burschen in der Gegend ringsum."

Zum Unglück ließ sich der Sohn während eines unfruchtbaren und für den Landwirt beschwerlichen Jahres bereden, auf einem der kleinen Schiffe Arbeit anzunehmen, die einen Fluß in der Nähe befuhren. Er war noch nicht lange in dieser Stellung gewesen, als er von einem Preßkommando in die Falle gelockt und auf die See geschleppt wurde. Seine Eltern erhielten Nachricht von seiner Entführung, aber mehr konnten sie nicht erfahren. So hatten sie ihre Hauptstütze verloren. Der Vater, der schon kränklich war, wurde mutlos und melancholisch und sank in sein Grab. Die Witwe, die in ihrem Alter und in ihrer Schwäche einsam zurückblieb, konnte nicht länger selbst ihren Unterhalt verdienen und fiel der Gemeinde zur Last. Immer wurde ihr vom ganzen Dorf eine wohlwollende Teilnahme und eine gewisse Ehrfurcht entgegengebracht, da sie eine der ältesten Bewohnerinnen war. Weil niemand das Häuschen beanspruchte, in dem sie so viele glückliche Tage verbracht hatte, gestattete man ihr, darin zu bleiben, und sie hauste dort einsam und fast hilflos. Die geringen Lebensbedürfnisse befriedigte sie hauptsächlich mit den spärlichen Erzeugnissen ihres kleinen Gartens, den die Nachbarn dann und wann für sie bearbeiteten. Nur wenige Tage vor der Zeit, da mir diese Umstände erzählt wurden, sammelte sie gerade etwas Gemüse für ihr Mittagessen, als sie hörte, wie sich die Tür, die zum Garten führte, plötzlich öffnete. Ein Fremder kam heraus und schien sich verstört und ängstlich umzuschauen. Er trug Matrosenkleider, war abgemagert und geisterhaft blaß und sah aus wie jemand, der durch Krankheit und Mühen gebrochen ist. Er erblickte sie und eilte auf sie zu, aber seine Schritte waren schwach und unsicher; er sank vor ihr auf die Knie und schluchzte wie ein Kind: „Ach, meine liebe, liebe Mutter! erkennst du deinen Sohn nicht? Deinen armen Jungen George?" Ja, es war nur das Wrack ihres einst so stattlichen Burschen, der, durch Wunden, durch Krankheit und Gefangenschaft in der Fremde zugrunde gerichtet, seine müden Glieder heimwärts geschleppt hatte, um auf dem Schauplatz seiner Kindheit Ruhe zu finden.

Ich will nicht versuchen die Einzelheiten eines solchen Wiedersehens auszumalen, wo Freude und Betrübnis sich so innig paaren. Doch er lebte! er war daheim! er konnte sie noch im hohen Alter trösten und pflegen! Aber seine Kräfte waren erschöpft, und wenn irgend etwas noch gefehlt hätte, um das Werk des Schicksals zu vollenden, so genügte die Trostlosigkeit seines Geburtshauses. Er streckte sich auf der Strohmatte aus, auf der seine verwitwete Mutter viele schlaflose Näche zugebracht hatte, und nie wieder stand er auf.

Die Dörfler eilten bei der Nachricht, daß George Somers zurückgekehrt sei, hin, ihn zu sehen, und boten jede Bequemlichkeit und Unterstützung an, die ihre geringen Mittel erlaubten. Er war jedoch zu schwach zum Sprechen – er konnte nur durch

Blicke seinen Dank ausdrücken. Seine Mutter war ständig um ihn, und er schien nur ungern sich von einer anderen Hand helfen zu lassen.

Es liegt etwas im Kranksein, was den Stolz des Mannes bricht, was das Herz erweicht und in ihm die Gefühle der Jugend wiedererweckt. Welcher Mensch, der selbst in vorgerückten Jahren siech und kleinmütig daniedergestreckt wurde, der auf hartem Lager in fremdem Land verlassen und allein gejammert hat, hätte nicht der Mutter gedacht, „die in seiner Kindheit über ihn gewacht", sein Kissen geglättet, seine Hilflosigkeit erleichtert hat? Oh, in der Liebe einer Mutter zu ihrem Sohn liegt eine duldende Zärtlichkeit, die alle anderen Neigungen des Herzens übersteigt. Sie kann weder durch Eigennutz erkalten noch läßt sie sich durch Gefahr einschüchtern noch durch Unwürdigkeit abschwächen oder durch Undank ersticken! Sie opfert gern jede Bequemlichkeit seinem Wohlergehen, gibt jedes Vergnügen für seine Freuden auf, sie sonnt sich in seinem Ruhm, sie jubelt über sein Glück; und wenn Unheil über ihn hereinbricht, wird er ihr durch das Mißgeschick nur um so teurer; und wenn Schande seinen Namen befleckt, sie wird ihn immer lieben und hegen trotz der Schande; und wenn die ganze Welt ihn verdammt, sie wird ihm die ganze Welt ersetzen.

Der arme George Somers hatte erfahren, was es heißt, krank zu sein und niemanden zu haben, der einen pflegt – einsam und gefangen zu sein und niemanden, der einen besucht. Seine Mutter durfte keinen Augenblick von seiner Seite weichen; entfernte sie sich, so folgte ihr sein Auge. Stundenlang saß sie an seinem Lager und wachte bei ihm, wenn er schlief. Manchmal fuhr er aus einem Fiebertraum auf und blickte angstvoll um sich, bis er sah, wie ihre ehrwürdige Gestalt sich über ihn beugte; dann verklärte ein seliges Lächeln seine Züge, und er nahm ihre Hand, legte sie auf seine Brust und schlief ein, ruhig wie ein Kind. So starb er.

Mein erster Impuls, als ich diese einfache, traurige Geschichte hörte, war, die Leidtragende in ihrer Hütte zu besuchen, ihr finanziell beizustehen und sie, wo möglich, zu trösten. Auf meine Frage erfuhr ich jedoch, daß die gutmütige Teilnahme der Dörfler schon unverzüglich alles getan hatte, was erforderlich war, und da die Armen einander in ihren Leiden am besten zu trösten wissen, so wagte ich nicht, mich aufzudrängen.

Als ich das nächste Mal am Sonntag die Dorfkirche besuchte, sah ich zu meinem Erstaunen die alte Frau durch das Seitenschiff ihrem gewohnten Platz auf den Stufen des Altars zuwanken.

Sie hatte eine Art von Trauer für ihren Sohn anzulegen sich bemüht, und nichts hätte rührender sein können als dieser Kampf zwischen frommer Liebe und äußerster Armut: ein schwarzes Band oder dergleichen, ein fadenscheiniges schwarzes Halstuch und noch ein oder zwei schwache Versuche der Art, durch äußere Zeichen den Kummer anzudeuten, der alle Beweise übertrifft. Als ich umherblickte auf die historischen Monumente, auf die stattlichen Wappen, den kalten Marmorprunk, mit dem die Größe den hingeschiedenen Stolz prachtvoll betrauert, und mich zu dieser armen Witwe wandte, die, von Alter und Sorgen gebeugt, am Altar ihres Gottes kniete und ihm die Gebete und Danksagungen eines frommen, aber gebrochenen Herzens darbrachte, da fühlte ich, daß dieses lebendige Denkmal echten Leids jene alle aufwog.

Ich erzählte ihre Geschichte einigen wohlhabenden Mitgliedern der Gemeinde, und sie waren davon tief bewegt. Sie überboten einander, ihr Lage erträglicher zu machen und ihren Kummer zu lindern. Doch sie konnten nur ihren kurzen Weg zum Grab ebnen. Nach einem oder zwei Sonntagen vermißte man sie an ihrem gewohnten Platz in der Kirche, und bevor ich die Gegend verließ, vernahm ich mit einem Gefühl der Befriedigung, daß sie sanft entschlafen und mit denen, die sie liebte, vereint war, in jener Welt, wo man keine Sorgen mehr kennt und Freunde nimmer getrennt werden.

Die Schenke zum Eberkopf in Eastcheap

Eine Shakespearesche Untersuchung

> Eine Schenke ist der Versammlungsort, die Börse, der Stapelplatz flotter Burschen. Ich habe meinen Urgroßvater erzählen hören, daß sein Urgroßvater zu sagen pflegte, es habe, als sein Urgroßvater noch ein Kind war, ein altes Sprichwort gegeben, „daß es ein guter Wind sei, der einen Mann zum Wein hinwehe".
>
> *Mutter Bombie*

Es ist in einigen katholischen Ländern eine fromme Sitte, das Andenken der Heiligen durch geweihte Kerzen zu ehren, die man vor ihren Bildern anzündet. Die Beliebtheit eines Heiligen kann daher aus der Zahl dieser Opferspenden abgelesen werden.

Den einen läßt man vielleicht in der Dunkelheit seiner kleinen Kapelle vermodern; ein anderer hat eine vereinzelte Lampe, die ihre matten Strahlen schräg auf sein Bild wirft, während der volle Glanz der Anbetung verschwenderisch am Schrein irgendeines berühmten heiliggesprochenen Kirchenvaters leuchtet. Der reiche Verehrer bringt seine gewaltige Wachskerze dar, der eifrige Schwärmer seinen siebenarmigen Leuchter, und selbst der bettelnde Pilger ist keineswegs davon überzeugt, daß hinreichendes Licht über den Verstorbenen ausströmt, wenn er nicht seine kleine qualmende Öllampe aufhängt. Die Folge davon ist, daß sie in ihrem Bestreben zu erleuchten häufig verdunkeln, und ich habe gelegentlich einen unglücklichen Heiligen gesehen, der von seinen übereifrigen Anhängern fast ausgeräuchert worden wäre.

Ähnlich ist es dem unsterblichen Shakespeare ergangen. Jeder Schriftsteller hält es für seine Pflicht und Schuldigkeit, einen Teil seines Charakters oder seiner Werke aufzuhellen und irgendeines seiner Verdienste der Vergessenheit zu entreißen. Der wortreiche Erklärer fabriziert dicke Bände mit Erläuterungen, die gewöhnliche Herde von Herausgebern läßt dunkle Nebel aus ihren Anmerkungen am Ende jeder Seite aufsteigen, und jeder Gelegenheitsschmierer bringt sein Viertelpfennigtalglicht des Lobes oder der Untersuchung dar, um die Wolke des Weihrauchs und des Dunstes noch zu vergrößern.

Da ich alle hergebrachten Gewohnheiten meiner Brüder von der Feder ehre, hielt ich es nur für recht und billig, mein Scherflein der Huldigung zum Gedächtnis des berühmten Dichters beizutragen. Eine Zeitlang war ich aber in großer Verlegenheit, auf welche Weise ich mich dieser Pflicht entledigen sollte. Man war mir schon bei jedem Versuch zuvorgekommen, eine neue Lesart vorzuschlagen, jeder zweifelhafte Vers war auf dutzend verschiedene Arten gedeutet und dadurch so verdunkelt worden, daß jede Aufhellung unmöglich schien, und die schönen Stellen waren bereits sämtlich im Übermaß von früheren Bewunderern gepriesen worden, ja der Dichter war kürzlich von einem großen deutschen Kritiker* so vollständig mit Lob übergossen worden, daß es schwer wurde, auch nur einen Fehler zu finden, aus dem man nicht eine Schönheit herausinterpretiert hätte.

In dieser Verlegenheit blätterte ich eines Morgens in seinen Werken, als ich zufällig die komischen Szenen aus „Heinrich IV." aufschlug, und in einem Augenblick war ich ganz und gar in die

---

* Gemeint ist offenbar Ludwig Tieck (Anmerkung des Übersetzers).

tollen Streiche in der Schenke zum Eberkopf vertieft. So lebendig und natürlich sind diese humorvollen Szenen geschildert und mit solcher Kraft und Konsequenz die Charaktere durchgeführt, daß man sie im Geist mit den Fakten und Personen des wirklichen Lebens vermischt. Nur wenigen Lesern fällt dabei ein, daß dies alles ideale Schöpfungen eines Dichterhirns sind und daß in der nüchternen Wirklichkeit keine solche Gesellschaft lustiger Gesellen je die langweilige Gegend von Eastcheap belebt hat.

Ich für meinen Teil gebe mich gern den Illusionen der Poesie hin. Einen Romanhelden, der niemals existierte, schätze ich ebenso hoch wie einen Helden aus der Geschichte, der vor tausend Jahren gelebt hat, und wenn man bei mir solche Unempfänglichkeit für die gemeinsamen Bande der menschlichen Natur entschuldigen will, so würde ich den fetten Jack* nicht für die Hälfte der großen Männer aus den alten Chroniken hingeben. Was haben die Heroen von ehedem für mich oder Menschen meines Schlages getan? Sie haben Länder erobert, von denen ich nicht einen Morgen besitze, oder sie haben Lorbeeren errungen, von denen ich nicht ein Blatt erbe, oder sie haben Beispiele halsbrecherischer Tollkühnheit geliefert, denen nachzueifern ich weder Gelegenheit noch Neigung verspüre. Aber der alte Jack Falstaff! – der gute Jack Falstaff! – der liebe Jack Falstaff! – er hat die Grenzen menschlichen Genießens erweitert, er hat unermeßliche Regionen des Witzes und der guten Laune erschlossen, in denen der ärmste Mann schwelgen darf, er hat uns ein unerschöpfliches Erbe lustigen Lachens hinterlassen, um die Menschheit bis ins späteste Geschlecht fröhlicher und besser zu machen.

Plötzlich durchzuckte mich ein Gedanke. „Ich will eine Wallfahrt nach Eastcheap antreten", sagte ich und klappte das Buch zu, „und sehen, ob die alte Schenke zum Eberkopf noch existiert. Wer weiß, ob ich nicht einige legendäre Spuren von Frau Quickly** und ihren Gästen ans Tageslicht fördere; auf jeden Fall wird mir das Durchschreiten der Säle, die einst von ihrer Heiterkeit widerhallten, ein gleiches Vergnügen bereiten, wie es der Zecher empfindet, wenn er an einem leeren Faß riecht, das einst mit feurigem Wein gefüllt war."

Kaum war der Entschluß gefaßt, als ich ihn auch schon ausführte. Ich verzichte darauf, die mannigfaltigen Abenteuer und Wunder, denen ich auf meiner Reise begegnete, zu beschreiben:

* Gemeint ist Sir *John* Falstaff (Anmerkung des Übersetzers).
** Berühmte Wirtin aus Shakespeares „Heinrich IV." und „Lustigen Weibern von Windsor" (Anmerkung des Übersetzers).

die von Gespenstern heimgesuchten Gegenden von Cock Lane, den verblichenen Ruhm von Little Britain und seiner Umgebung; welchen Gefahren ich mich in der Cateaton Street und dem alten Judenviertel aussetzte; die berühmte Guildhall und ihre zwei verwachsenen Riesen, den Stolz und das Wunder der Altstadt und den Schrecken aller bösen Buben; und wie ich den Stein von London besichtigte und, wie der Erzrebell Jack Cade, mit meinem Stock daraufschlug.

Kurz, ich traf schließlich im lustigen Eastcheap ein, jener alten Stätte des Witzes und der Trinkgelage, wo sogar die Straßennamen nach Tafelgenüssen schmeckten, wovon die Puddinggasse noch bis auf den heutigen Tag Zeugnis ablegt. Denn Eastcheap, sagt der alte Stow, „war stets wegen seiner Geselligkeit berühmt. Die Köche riefen heiße geröstete Rinderrippen, fein gebackene Pasteten und andere Lebensmittel aus; da war ein Getöse von zinnernen Kannen, Harfen, Pfeifen und Zithern". Ach! wie traurig hat sich die Szene seit den fröhlichen Tagen Falstaffs und des alten Stow verändert! Der tolle Wüstling ist dem betriebsamen Handelsmann gewichen; das Geklapper der Kannen und der Klang der „Harfe und Zither" dem Knarren der Karren und dem verwünschten Gebimmel des Gassenkehrers; und man hört keinen Gesang mehr, außer vielleicht das Lied einer Sirene von Billingsgate*, die das Lob ihrer toten Makrelen singt.

Ich forsche umsonst nach der alten Wohnung von Frau Quickly. Das einzige Überbleibsel ist ein in Stein reliefartig ausgehauener Eberkopf, der einst als Schild diente, aber jetzt in die Trennwand der beiden Häuser eingemauert ist, die an der Stelle der altberühmten Schenke stehen.

Was die Geschichte dieses kleinen Reichs der lustigen Kumpanei betrifft, wurde ich an die gegenüber wohnende Witwe eines Lichtziehers verwiesen, die hier geboren und aufgewachsen war und als die untrüglichste Chronistin der Nachbarschaft angesehen wurde. Ich fand sie in einem winzigen Hinterstübchen sitzen, dessen Fenster auf einen etwa acht Quadratfuß großen, als Blumengarten eingerichteten Hof sahen, während eine Glastür gegenüber einen entfernten Blick auf die Straße durch eine Schicht von Seife und Talglichtern gewährte; diese beiden Ausblicke umfaßten aller Wahrscheinlichkeit nach ihre Aussichten im Leben und die kleine Welt, in der sie länger als ein halbes Jahrhundert gelebt, sich bewegt und ihr Auskommen gefunden hatte.

* Großer Fischmarkt an der Themse (Anmerkung des Übersetzers).

In der Geschichte von Groß- und Klein-Eastcheap, vom Stein von London bis zum Monument*, bewandert zu sein galt nach ihrer Meinung ohne Zweifel so viel, wie die Geschichte des Weltalls zu kennen. Doch bei alledem besaß sie die Einfalt wahrer Weisheit und jene freimütige, mitteilsame Neigung, die ich allgemein bei gescheiten alten Damen beobachtet habe, welche sich in den Verhältnissen ihrer Nachbarschaft auskennen.

Ihre Kenntnisse reichten aber nicht weit in die Vergangenheit zurück. Sie konnte keinen Aufschluß über die Geschichte des Eberkopfes geben, von der Zeit an, da Frau Quickly den wackeren Pistol ehelichte, bis zum großen Londoner Feuer, als ihr Haus unglücklicherweise niederbrannte. Es wurde bald wieder aufgebaut und blühte unter dem alten Namen und Schild weiter, bis ein Wirt, wegen doppelter Zechen, knapper Maße und anderer Schwächen, die dem sündigen Geschlecht der Gastwirte anhaften, von Gewissensbissen gepeinigt, auf seinem Sterbebett sich dadurch mit dem Himmel auszusöhnen trachtete, daß er die Schenke der Sankt-Michaels-Kirche in Crooked Lane vererbte, um vom Ertrag einen Kaplan zu unterhalten. Eine Zeitlang fanden die Kirchenratsversammlungen regelmäßig hier statt; doch man stellte fest, daß der alte Eber unter dem geistlichen Regiment seinen Kopf nie recht wieder erhob. Er verfiel nach und nach und hauchte vor etwa dreißig Jahren seinen letzten Atemzug aus. Die Schenke wurde darauf in Läden verwandelt; aber die Frau erzählte mir, daß ein Bild derselben noch in der Sankt-Michaels-Kirche aufbewahrt sei, die gleich dahinter stehe. Ich beschloß daraufhin, mir das Gemälde anzusehen; nachdem ich mir die Wohnung des Küsters hatte beschreiben lassen, nahm ich Abschied von der ehrwürdigen Chronistin Eastcheaps, bei der mein Besuch ohne Zweifel ihre Meinung von ihrer Sagenkunde gewaltig erhöht hatte und ein wichtiges Ereignis in der Geschichte ihres Lebens ausmachte.

Es kostete mich einige Mühe und viele Nachfragen, den demütigen Vertreter der Kirche aufzuspüren. Ich mußte die Crooked Lane, verschiedene enge Gassen und Winkel und düstere Durchgänge durchforschen, mit denen diese alte Stadt wie ein alter Käse oder ein wurmstichiger Schrank durchlöchert ist. Endlich entdeckte ich ihn in der Ecke eines engen Hofes, der von hohen Häusern eingeschlossen war und wo die Bewohner

* Denkmal unweit der London Bridge zur Erinnerung an den großen Brand von 1666 (Anmerkung des Übersetzers).

just so viel vom Himmelslicht genießen wie eine Schar Frösche auf dem Grund eines Brunnens. Der Küster war ein sanftes, ruhiges Männlein, sehr unterwürfig und ergeben; jedoch in seinen Augen war ein schalkhaftes Blinzeln, und wenn er dazu ermuntert wurde, mochte er gern dann und wann einen kleinen Scherz wagen, so wie ihn sich ein Mann seiner niederen Stellung in der Gesellschaft höherer Kirchenvorstände oder anderer mächtiger Persönlichkeiten erlauben darf. Ich fand ihn zusammen mit dem stellvertretenden Organisten abseits sitzend, gleich Miltons Engeln; sie unterhielten sich ohne Zweifel über wichtige Glaubensartikel und regelten die kirchlichen Angelegenheiten bei einem freundschaftlichen Krug Bier – denn die Angehörigen der unteren englischen Schichten beraten selten über eine bedeutsame Sache ohne den Beistand eines kühlen Trunks, um ihren Verstand klar zu halten. Ich kam gerade in dem Augenblick dazu, da ihr Bier und ihre Unterredung zu Ende gingen und sie sich zur Kirche begeben wollten, um diese in Ordnung zu bringen, so daß ich nach Vorbringung meiner Wünsche ihre gnädige Erlaubnis erhielt, sie begleiten zu dürfen.

Die Sankt-Michaels-Kirche in der Crooked Lane, nicht weit von Billingsgate entfernt, ist reich an Gräbern vieler berühmter Fischhändler; weil jedes Handwerk seine Milchstraße des Ruhms und sein Sternbild großer Männer hat, so glaube ich, daß das Grabmal eines angesehenen Fischhändlers der Vergangenheit von den kommenden Generationen dieses Gewerbes mit ebenso großem Respekt betrachtet wird, wie ihn die Dichter beim Anblick von Vergils Grab oder die Soldaten vor Marlboroughs oder Turennes Denkmal empfinden.

Während ich von so berühmten Leuten rede, muß ich allerdings feststellen, daß Sankt Michael in der Crooked Lane auch die Asche jenes tapferen Kämpen, des Ritters William Walworth, birgt, der den trotzigen Gesellen Wat Tyler in Smithfield so mannhaft niederstreckte; eines Helden, der eines ehrenvollen Wappens würdig ist, denn er ist fast der einzige Bürgermeister, der sich durch Waffentaten berühmt gemacht hat – die Beherrscher von Cockney* sind nämlich als die friedlichsten aller Potentaten bekannt.**

* Spottname von London (Anmerkung des Übersetzers).
** Folgende alte Inschrift stand auf dem Grabmal dieses wackeren Mannes, das unglücklicherweise beim großen Brand zerstört wurde:
      Hier unten lieget lobesam
      William Walworth – das war sein Nam.

Auf einem kleinen Friedhof neben der Kirche, unmittelbar unter den hinteren Fenstern des ehemaligen Eberkopfes, steht der Grabstein von Robert Preston, dem ehemaligen Kellner der Schenke. Es ist jetzt fast ein Jahrhundert her, daß dieser getreue Ausschenker guter Getränke seine geschäftige Laufbahn beschloß und so in Rufweite seiner Kunden still beigesetzt wurde. Als ich gerade dabei war, sein Epitaph vom Unkraut zu säubern, zog mich der kleine Küster mit geheimnisvoller Miene beiseite und belehrte mich mit leiser Stimme, daß einst in einer dunklen Winternacht, als der Wind wütete, heulte und pfiff, überall Türen und Fenster zuschlug und die Wetterhähne herumwirbelte, so daß die Lebenden aus ihren Betten herausgeschreckt wurden und selbst die Toten in ihren Gräbern nicht mehr ruhig schlafen konnten, der Geist des ehrlichen Preston, der zufällig auf dem Gottesacker etwas frische Luft schöpfte, durch den vom Eberkopf her wohlbekannten Ruf „Kellner!" herbeigelockt, plötzlich in der Mitte einer lärmenden Gesellschaft erschien, gerade als der Kirchendiener eine Strophe aus dem „lustigen Liede vom Hauptmann Tod" sang, zur Bestürzung verschiedener Milizhauptleute und zur Bekehrung eines ungläubigen Rechtsanwalts, der auf der Stelle ein eifriger Christ wurde und, wie man weiß, nie wieder die Wahrheit verdrehte, natürlich außer in geschäftlichen Dingen.

Fischhändler zu Lebzeit war der Edle,
Zweimal man ihn zum Lord Mayor wählte,
Wie in den Büchern steht, auch streckt' er kühn
Jack Straw vor König Richard hin.
Dieweil so heldenhaft er sich betrug,
Stracks ihn der König zum Ritter schlug
Und für diese tapfre Tat ihm gab
Ein Wappen, so da zeigt dies Grab.
Als er das Zeitliche segnete, war
Dreizehnhundertdreiundachtzig das Jahr.

Der ehrwürdige Stow hat in obiger Inschrift einen Irrtum berichtigt. „Weil es", sagt er, „eine allgemein verbreitete Ansicht ist, daß der Rebell, der von Sir William Walworth, dem damaligen ehrenwerten Lord Mayor, niedergestreckt wurde, Jack Straw und nicht Wat Tyler geheißen habe, hielt ich es für angebracht, diese vorschnell gefaßte zweifelhafte Meinung durch Beweise zu widerlegen, die ich in alten und zuverlässigen Dokumenten gefunden habe. Die Rädelsführer oder Hauptleute des Haufens waren Wat Tyler als erster und John bzw. Jack Straw als zweiter Mann, etc, etc." – Stows *London* (Anmerkung des Verfassers)

Ich bitte zu beachten, daß ich für die Echtheit dieser Anekdote keine Bürgschaft übernehme, obgleich es sattsam bekannt ist, daß die Kirchhöfe und abgelegenen Winkel dieser alten Hauptstadt sehr oft von ruhelosen Geistern heimgesucht werden; und jedes Kind wird vom Gespenst in der Cock Lane und von der Erscheinung gehört haben, welche die königliche Schatzkammer im Tower behütet und so manche herzhafte Schildwache beinahe zum Wahnsinn erschreckt hat.

Das alles mag sein, wie es will, jedenfalls scheint dieser Robert Preston ein würdiger Nachfolger des glattzüngigen Franz, der bei den Orgien des Prinzen Heinz aufwartete, und nicht minder prompt mit seinem „gleich, gleich, Herr!" bei der Hand gewesen zu sein und seinen Vorgänger an Ehrlichkeit übertroffen zu haben; denn Falstaff, dessen untrüglichen Geschmack anzutasten kein Mensch sich erdreisten wird, beschuldigt Franz ausdrücklich, Kalk in seinen Sekt gemischt zu haben, wogegen die Grabschrift des ehrlichen Preston diesen wegen seiner Mäßigkeit, der Reinheit seines Weines und der Richtigkeit seiner Maße lobt*. Die ehrsamen Würdenträger der Kirche schienen jedoch von der tugendhaften Mäßigkeit des Kellners nicht sonderlich erbaut zu sein; der Stellvertreter des Organisten, der einen gewissen feuchten Blick hatte, machte etliche spitze Bemerkungen über die Enthaltsamkeit eines zwischen vollen Fässern aufgewachsenen Mannes, und der kleine Küster bekräftigte dessen Ansicht durch ein vielsagendes Augenzwinkern und ein ungläubiges Kopfschütteln.

Bisher hatten meine Untersuchungen, obwohl sie viel Licht über die Geschichte von Kellnern, Fischhändlern und Bürgermeistern verbreiteten, mich über den großen Gegenstand meiner Nachforschung, das Bild der Schenke zum Eberkopf, getäuscht.

* Da diese Inschrift reich an trefflichen Lehren ist, so teile ich sie hier als Mahnung für ruchlose Kellner mit. Sie ist zweifellos das Werk eines feinen Geistes, der einst die Schenke zum Eberkopf oft besuchte.
Bacchus – mit Recht, ihr Zecher, staunet ihr –
Zeugt' einen mäß'gen Sohn, und der liegt hier.
Obwohl er zwischen vollen Fässern lebte,
Er doch des Weines Lockung widerstrebte.
O Leser, wenn du neigst zum Rechten hin,
So trag den braven Preston stets im Sinn.
Er schenkte guten Wein, goß voll das Glas,
Sein Gutes überbot des Bösen Maß.
Ihr, die ihr Bacchus' Dienst wie er ergeben,
Müßt nach Bobs Ruhm in Maß und Eifer streben!
(Anmerkung des Verfassers)

Kein derartiges Gemälde war in der Sankt-Michaels-Kirche zu finden. „Schön und gut!" sagte ich, „hier endet meine Untersuchung!" So wollte ich denn die Sache mit der Miene eines angeführten Altertumsforschers aufgeben, als mein Freund, der Küster, der bemerkt hatte, daß alles, was sich auf die alte Schenke bezog, meine Neugier reizte, sich erbot, mir die kostbaren Gefäße aus der Sakristei zu zeigen, die aus längst entschwundenen Zeiten, als die Kirchspielversammlungen im Eberkopf abgehalten wurden, noch vorhanden waren. Sie wurden im Gemeindesaal aufbewahrt, der beim Verfall des alten Gebäudes in eine benachbarte Schenke verlegt worden war.

Wenige Schritte brachten uns zu dem Hause Nr. 12, Miles's Lane, das den Namen „Maurerwappen" trägt und Meister Edward Honeyball, dem „Eisenfresser"* der Wirtschaft, gehört. Es ist eine jener kleinen Kneipen, die im Herzen der Altstadt reichlich vertreten sind und den Mittelpunkt aller Klatscherei und Neuigkeitskrämerei der Umgebung bilden. Wir traten in die Schenkstube, die eng und düster war, denn in diesen schmalen Gäßchen können nur vereinzelte Strahlen reflektierten Lichts zu den Bewohnern hinunterdringen, für die ein heller Tag im besten Fall ein erträgliches Zwielicht ist. Das Zimmer war in Abteilungen getrennt, von denen jede einen mit einem reinen weißen Tuch bedeckten Tisch enthielt, ganz wie zum Mittagessen bereit. Dies zeigte, daß die Gäste vom guten alten Schrot und Korn waren und ihren Tag gleichmäßig einteilten, denn es schlug gerade ein Uhr. Am unteren Ende der Stube brannte ein helles Kohlenfeuer, über dem eine Hammelbrust gebraten wurde. Eine Reihe blitzender Messingleuchter und zinnener Kannen glänzte auf dem Kaminsims, und eine altmodische Uhr tickte in der einen Ecke. Diese Mischung aus Küche, Wohnzimmer und Saal hatte etwas Primitives, was mich in frühere Zeiten zurückversetzte und mir behagte. Die Räumlichkeiten waren zwar bescheiden, aber alles hatte jenen Anstrich von Ordnung und Sauberkeit, der die Oberaufsicht einer fleißigen englischen Hausfrau bekundete. Eine Gruppe amphibienartig aussehender Wesen, die entweder Fischer oder Matrosen sein mochten, schmauste in einem der Verschläge. Da ich ein Gast war, der etwas höhere Ansprüche zu erheben schien, wurde ich in ein merkwürdiges Hinterstübchen, das mindestens neun Ecken hatte, genötigt. Es emp-

---

* In den „Lustigen Weibern von Windsor" wird Falstaff vom Wirt als „Eisenfresser" (bully-rock) bezeichnet. Bei Irving liegt also eine offensichtliche Verwechslung vor. (Anmerkung des Übersetzers)

fing sein Licht durch ein Deckenfenster, war mit altmodischen ledernen Stühlen möbliert und mit dem Bild eines feisten Schweines geschmückt. Es war offenbar besonderen Gästen vorbehalten; ich fand einen schäbigen Herrn mit roter Nase und einem Wachstuchhut in einem Winkel sitzen und über einem halb geleerten Krug Porter brüten.

Der alte Küster hatte die Wirtin beiseite genommen und ihr mit höchst wichtiger Miene mein Begehren zu verstehen gegeben. Frau Honeyball war eine hübsche, fette, geschäftige kleine Frau und keine üble Stellvertreterin für das Muster aller Wirtinnen, Frau Quickly. Sie schien glücklich, daß ihr eine Gelegenheit geboten wurde, gefällig zu sein; sie trippelte daher schnell die Treppe zum Hausarchiv hinauf, wo die kostbaren Gefäße des Kirchspielvereins aufbewahrt waren, und kehrte bald lächelnd und knicksend zurück, die Gefäße in den Händen.

Das erste, was sie mir reichte, war eine lackierte eiserne Tabaksdose von gigantischer Größe, aus der, wie ich mir erzählen ließ, die Kirchenversammlung bei ihren festgesetzten Zusammenkünften seit undenklicher Zeit geraucht hatte und die niemals durch gemeine Hände entweiht oder bei gewöhnlichen Gelegenheiten benutzt werden durfte. Ich empfing sie mit geziemender Ehrerbietung; doch wie groß war mein Entzücken, als ich auf ihrem Deckel ebendas Bild erblickte, nach dem ich forschte! Hier war das Äußere der Schenke zum Eberkopf dargestellt, und vor der Tür konnte man die ganze gesellige Gruppe in voller Schwelgerei tafeln sehen, gemalt mit jener wunderbaren Treue und Kraft, mit der die Porträts berühmter Generale und Feldherren auf Tabaksdosen zur Freude der Nachwelt abkonterfeit sind. Um aber jeden Irrtum auszuschließen, hatte der kluge Maler die Namen von Prinz Heinz und Falstaff auf ihre Stuhlsitze geschrieben.

Auf der Innenseite des Deckels stand eine fast verwischte Inschrift, die daran erinnerte, diese Dose sei ein Geschenk von Sir Richard Gore für den Gebrauch der Kirchspielversammlungen in der Schenke zum Eberkopf und „im Jahre 1767 von seinem Nachfolger, Mr. John Packard, repariert und verzieret". Das ist eine wahrheitsgetreue Beschreibung dieser erhabenen und verehrungswürdigen Reliquie; und ich möchte wissen, ob der gelehrte Scriblerius seinen römischen Schild oder die Ritter von der Tafelrunde den langgesuchten heiligen Gral mit mehr Wonne betrachtet haben.

Während ich mit entzücktem Blick darüber nachdachte, legte

Frau Honeyball, die durch mein Interesse außerordentlich befriedigt war, eine Trinkschale oder einen Becher in meine Hand, der ebenfalls der Gemeinde gehörte und aus dem alten Eberkopf stammte. Er trug eine Inschrift, der zufolge der Pokal ein Geschenk des Ritters Francis Wythers war; er werde, wie sie mir sagte, als höchst wertvoll geschätzt, weil man ihn für sehr „antik" halte. Diese Ansicht wurde von dem schäbigen Herrn mit der roten Nase und dem Wachstuchhut bekräftigt, den ich stark im Verdacht hatte, in gerader Linie von dem tapferen Bardolph abzustammen. Er fuhr plötzlich aus seinem Brüten über seinem Krug Porter hoch, und indem er einen Kennerblick auf den Becher warf, rief er aus: „Ja, ja! dem, der das Ding da gemacht hat, tut der Kopf nicht mehr weh!"

Die große Bedeutung, die neuere Kirchenvorsteher diesem Denkmal alter Lustbarkeit beimaßen, setzte mich zuerst in Verlegenheit; aber nichts schärft den Verstand so sehr wie antiquarische Forschungen, denn ich bemerkte augenblicklich, daß dies nichts anderes sein konnte als eben der „vergoldete Becher", auf den Falstaff seinen liebevollen, aber treulosen Schwur der Frau Quickly leistete und der natürlich als Beweis für jenes feierliche Gelöbnis sorgfältig mit ihren herrlichen Kleinodien aufbewahrt worden war.[*]

Meine Wirtin erzählte mir nun eine lange Geschichte, wie der Pokal von Generation zu Generation übergegangen sei. Sie enthüllte mir auch viele Einzelheiten hinsichtlich der achtbaren Kirchenvorsteher, die sich so ruhig auf die Stühle der alten Zecher von Eastcheap setzen und, gleich zahlreichen Erklärern, mächtige Rauchwolken zu Ehren Shakespeares aufsteigen lassen. Alles das übergehe ich, damit meine Leser in diesen Dingen nicht so wißbegierig werden wie ich. Die Mitteilung genüge, daß die Leute, die in der Gegend von Eastcheap wohnen, ausnahmslos glauben, Falstaff und seine lustige Schar hätten tatsächlich hier gelebt und geschwelgt. Ja, es existieren noch unter den ältesten Besuchern des Maurerwappens verschiedene Anekdoten über ihn, die sie als von ihren Vorfahren überliefert ausgeben; und

[*] „Du schwurst mir auf einen *vergoldeten Becher*, in meiner Delphinkammer, an dem runden Tisch, bei einem Steinkohlenfeuer, am Mittwoch in der Pfingstwoche, als dir der Prinz ein Loch in den Kopf schlug, weil du seinen Vater mit einem Kantor von Windsor verglichst: da schwurst du mir, wie ich dir die Wunde auswusch, du wollest mich heiraten und mich zu deiner Frau Gemahlin machen. Kannst du es leugnen?" – Heinrich IV., zweiter Teil (Anmerkung des Verfassers)

Mr. M'Kash, ein irischer Friseur, dessen Laden auf derselben Seite wie der Eberkopf liegt, kennt mehrere trockene Witze von dem feisten Jack, die nicht in den Büchern stehen und über die seine Kunden beinahe vor Lachen platzen.

Ich wandte mich jetzt meinem Freund, dem Küster, zu, um noch einige weitere Fragen zu stellen, fand ihn jedoch in tiefes Nachsinnen versunken. Sein Kopf war ein bißchen auf die eine Seite gesunken; ein schwerer Seufzer erhob sich aus dem Innersten seines Bäuchleins; und obschon ich keine Träne in seinem Auge zittern sehen konnte, stahl sich doch offensichtlich eine gewisse Feuchtigkeit aus einem seiner Mundwinkel. Ich folgte der Richtung seines Auges durch die offenstehende Tür und sah, daß es nachdenklich auf der duftenden Hammelbrust ruhte, die in träufelndem Fett über dem Feuer briet.

Jetzt fiel mir ein, daß ich im Eifer meiner gründlichen Untersuchung den armen Mann von seinem Mittagessen abhielt. Da mein Magen voll Mitgefühl knurrte, drückte ich ihm einen kleinen Beweis meiner Dankbarkeit und Anerkennung in die Hand und entfernte mich mit herzlichen Segenswünschen für ihn, Frau Honeyball und den Kirchspielverein in der Crooked Lane, wobei ich meinen schäbigen, aber gefühlvollen Freund mit dem Wachstuchhut und der Kupfernase nicht vergaß.

So habe ich denn „einen langweilig knappen" Bericht von dieser interessanten Untersuchung geliefert, für den ich, falls er sich als zu kurz und unbefriedigend herausstellen sollte, als Entschuldigung lediglich meine Unerfahrenheit in diesem Zweig der Literatur anführen kann, der ja heutzutage verdienterweise so beliebt ist. Ich weiß recht gut, daß ein geschickter Kommentator des unsterblichen Dichters den Stoff, den ich hier nur berührt habe, zu einem gut verkäuflichen Wälzer ausgesponnen hätte, der die Biographien von William Walworth, Jack Straw und Robert Preston, einige Bemerkungen über die ausgezeichneten Fischhändler in Sankt Michael, die Geschichte von Groß- und Klein-Eastcheap, private Anekdoten von Frau Honeyball und ihrer hübschen Tochter, die ich nicht einmal erwähnt habe, umfassen würde, eines Frauenzimmers gar nicht zu gedenken, das die Hammelbrust bereitete (und das, nebenbei gesagt, ein schmuckes Mädchen mit niedlichem Fuß und Knöchel war, wie ich bemerkte) – das Ganze durch die Trinkgelage Wat Tylers belebt und durch das große Londoner Feuer beleuchtet!

Alles dies überlasse ich als eine reiche Fundgrube den künftigen Erläuterern zur Bearbeitung; auch zweifle ich nicht, daß die

Tabaksdose und der „vergoldete Becher", die ich hier wieder ans Tageslicht gebracht habe, Sujets für künftige Kupferstiche abgeben und beinahe ebenso viele dickleibige Abhandlungen und Streitschriften erzeugen werden wie der Schild des Achilles oder die weltberühmte Portland-Vase.

DIE WANDELBARKEIT DER LITERATUR

Ein Gespräch in der Westminster-Abtei

> Ich weiß, daß eitel ist des Menschen Drang,
> Was immer mag durch Sterbliche entstehn,
> Muß mit dem Zeitenlauf in nichts vergehn.
> Ich weiß, noch aller Musen Himmelssang,
> Durch Mühn erkauft und bittre Herzenswehn,
> Scheint leerer Schall, den wenige verstehn.
> Was wiegt so leicht wie eitlen Lobes Klang?
> *Drummond of Hawthornden*

Es gibt gewisse halb träumerische Gemütsstimmungen, in denen wir uns unwillkürlich vom Lärm und Glanz hinwegstehlen und irgendein stilles Plätzchen suchen, wo wir unseren Träumereien nachhängen und unsere Luftschlösser ungestört bauen können. In einer solchen Stimmung schlenderte ich in den alten grauen Kreuzgängen der Westminster-Abtei umher und überließ mich jenen schweifenden Gedanken, die man gern mit dem Namen „Reflexion" bezeichnet, als plötzlich ein Schwarm ausgelassener, fußballspielender Buben aus der Westminsterschule in die klösterliche Stille des Ortes hereinstürmte, so daß die gewölbten Gänge und modernden Grüfte von ihrer Fröhlichkeit widerhallten. Ich suchte mich vor ihrem Lärm zu flüchten, indem ich noch tiefer in die Einsamkeit des Gebäudes eindrang und mich an einen der Kirchendiener wandte, um Zutritt zur Bibliothek zu erhalten. Er geleitete mich durch ein mit abbröckelnder Bildhauerarbeit früherer Zeiten reich geschmücktes Portal, das sich in einen dunklen Gang öffnete, der zum Kapitelhaus und zu dem Zimmer führte, wo das Doomsday Book* aufbewahrt wird. Auf diesem Gang ist linker Hand eine kleine Tür. In diese steckte der Kirchendiener den Schlüssel hinein; sie war doppelt

---

* Das englische Reichsgrundbuch von 1085/86 (Anmerkung des Übersetzers).

verschlossen und ließ sich nur mit einiger Schwierigkeit aufmachen, als würde sie selten benutzt. Wir stiegen jetzt eine düstere, schmale Treppe empor und betraten durch eine zweite Tür die Bibliothek.

Ich befand mich in einem hohen, altertümlichen Saal, dessen Decke von massiven Querbalken aus altem englischem Eichenholz getragen wurde. Er war spärlich durch eine Flucht gotischer Fenster erhellt, die, in beträchtlicher Höhe vom Fußboden aus angebracht, augenscheinlich auf die Dächer der Kreuzgänge hinausgingen. Ein altes Bildnis irgendeines Würdenträgers der Kirche in seinem Ornat hing über dem Kamin. Rundherum an den Saalwänden und in einer kleinen Galerie waren die Bücher in geschnitzten Eichenschränken aufgestellt. Sie bestanden vorwiegend aus alten, weit mehr vom Zahn der Zeit als durch Gebrauch abgenutzten polemischen Schriften. Mitten in der Bibliothek stand ein einzelner Tisch, auf dem sich zwei oder drei Bücher, ein Tintenfaß ohne Tinte und etliche eingetrocknete Federn befanden. Der Ort schien wie geschaffen zu ruhigem Studium und ernster Meditation. Er war zwischen den starken Mauern der Abtei tief begraben und vom Getöse der Welt abgeschlossen. Nur hin und wieder konnte ich das Jauchzen der Schulbuben, das schwach durch die Kreuzgewölbe hallte, und den Ton einer Glocke vernehmen, die zum Gebet läutete und deren Echo über die Dächer der Abtei hin erklang. Nach und nach wurde der fröhliche Lärm leiser, bis er schließlich erstarb. Die Glocke hörte auf zu läuten, und in der düsteren Halle herrschte tiefes Schweigen.

Ich hatte einen kleinen, dicken, seltsam in Pergament gebundenen Quartband mit Messingschließen heruntergenommen und setzte mich an den Tisch in einen ehrwürdigen Lehnstuhl. Jedoch statt zu lesen, verfiel ich durch das feierliche, klösterliche Aussehen und die leblose Stille des Ortes in eine nachdenkliche Stimmung. Indem ich ringsum die alten Bände in ihren modernden Deckeln betrachtete, wie sie auf den Regalen in Reih und Glied standen und offenkundig niemals aus ihrer Ruhe aufgescheucht wurden, konnte ich nicht umhin, die Bibliothek als eine Art literarischer Katakombe zu empfinden, wo die Schriftsteller wie Mumien pietätvoll beigesetzt sind, um allmählich schwarz zu werden und dem Staub der Vergessenheit anheimzufallen.

Wieviel Kopfzerbrechen, dachte ich, hat jeder dieser jetzt so gleichgültig beiseite geworfenen Bände gekostet! wie viele mühevolle Tage! wie viele schlaflose Nächte! Wie haben ihre Verfasser sich in die Einsamkeit der Zellen und Kreuzgänge zurückgezogen, sich vor der Menschheit Antlitz und dem noch gesegneteren Antlitz der Natur verschlossen und sich mühevollen Untersuchungen und angestrengtem Grübeln hingegeben! Und wofür das alles? um einen Zollbreit eines staubigen Bücherbretts zu füllen – damit der Titel ihrer Werke dann und wann im folgenden Jahrhundert von irgendeinem schwerfälligen Geistlichen oder gelegentlichen Besucher, wie ich es bin, gelesen werde und schon im nächsten Jahrhundert selbst für die Erinnerung verlorengehe. So steht es mit der vielgepriesenen Unsterblichkeit! Eine zeitweilige Berühmtheit, ein örtlich begrenztes Gerede, wie der Glockenklang, der eben zwischen diesen Türmen erscholl, das Ohr einen Augenblick lang erfüllte – noch flüchtig im Echo fortdauert – und dann verhallt wie etwas, was nie gewesen!

Während ich so, halb vor mich hinmurmelnd, halb über diese unergiebigen Betrachtungen nachsinnend, den Kopf in die eine Hand gestützt, dasaß, trommelte ich mit der anderen Hand auf den Quartband, bis ich zufällig die Schließen öffnete; plötzlich, zu meiner äußersten Verwunderung, gähnte das Buch zwei- oder dreimal, wie einer, der aus tiefem Schlaf erwacht, räusperte sich ein bißchen trocken und begann schließlich zu sprechen. Anfänglich war seine Stimme sehr heiser und gebrochen, weil ein Spinngewebe, das eine gelehrte Spinne quer darüber gespannt hatte, es sehr störte und es sich auch wahrscheinlich durch den langen Aufenthalt in der kühlen und feuchten Abtei eine Erkältung zugezogen hatte. Nach kurzer Zeit wurde es jedoch verständlicher, und bald stellte ich fest, daß es ein außerordentlich redseliges, sich fließend ausdrückendes Bändchen war. Seine Sprache war freilich etwas veraltet und ungewöhnlich, und seine Aussprache würde heutzutage als barbarisch verurteilt werden; aber ich will mich bemühen, so gut ich kann, sie in moderner Redeweise wiederzugeben.

Es begann mit einem Geschimpfe über die Vernachlässigung der Welt, darüber, daß man das Verdienst in der Dunkelheit schmachten lasse, und anderen solchen Gemeinplätzen schriftstellerischen Mißvergnügens, und beschwerte sich bitterlich, daß man es seit mehr als zwei Jahrhunderten nicht mehr geöffnet habe; daß nur der Dekan hin und wieder in die Bibliothek schaue, manchmal einen oder zwei Bände herunternehme, ein paar Minuten in ihnen herumblättere und sie dann wieder auf ihre Regale stelle. „Was zum Kuckuck denkt man sich bloß dabei", sagte der kleine Quartband, der, wie ich allmählich bemerkte, ein wenig cholerisch war, „was zum Kuckuck denkt man sich bloß dabei, daß man mehrere tausend Bände unserer Art hier eingeschlossen hält und von einigen alten Kirchendienern bewachen läßt, wie die Schönheiten im Harem, lediglich damit uns der Dekan ab und zu sieht? Die Bücher sind geschrieben worden, um die Menschheit zu ergötzen und zu erfreuen, und ich wollte, eine Verordnung erschiene, nach welcher der Dekan mindestens einmal im Jahr einem jeden von uns seinen Besuch abstatten müsse, oder wenn er sich dieser Aufgabe nicht gewachsen fühlt, so möge man von Zeit zu Zeit die ganze Westminsterschule auf uns loslassen, damit wir auf jeden Fall dann und wann eine Abwechslung haben."

„Sachte, mein würdiger Freund", entgegnete ich; „Ihr ahnt gar nicht, wieviel besser Ihr daran seid als die meisten Bücher Eurer Zeit. Dadurch, daß Ihr in dieser alten Bibliothek aufgestapelt worden seid, gleicht Ihr den kostbaren Überresten jener Heiligen und Monarchen, die in den benachbarten Kapellen ruhen, während die Überreste ihrer Zeitgenossen, die dem gewöhnlichen Lauf der Natur überlassen wurden, schon längst wieder zum Staub zurückgekehrt sind."

„Mein Herr", sprach der kleine Band, wobei er seine Blätter aufblies und stolz dreinschaute, „ich bin für die ganze Welt geschrieben, nicht nur für die Bücherwürmer einer Abtei. Ich war dazu bestimmt, aus einer Hand in die andere zu gehen, wie andere große zeitgenössische Werke; hier aber bin ich seit mehr als zwei Jahrhunderten eingeschlossen und wäre stillschweigend eine Beute dieser Würmer geworden, die vernichtend in meinen innersten Eingeweiden wühlen, hättet Ihr mir nicht zufällig Gelegenheit gegeben, noch ein paar letzte Worte zu äußern, ehe ich in Stücke zerfalle."

„Bester Freund", antwortete ich, „wäret Ihr so in Umlauf gekommen, wie Ihr sagt, existiertet Ihr schon lange nicht mehr. Eurer Physiognomie nach zu urteilen, seid Ihr schon recht vorgerückt an Jahren; sehr wenige Eurer Zeitgenossen dürften gegenwärtig noch vorhanden sein, und diese wenigen verdanken ihr langes Leben dem Umstand, daß sie wie Ihr in alten Bibliotheken eingemauert sind, die Ihr – erlaubt mir, dies hinzuzufügen –, anstatt sie mit Harems zu vergleichen, weit passender und dankbarer mit jenen Krankenhäusern hättet vergleichen sollen, die mit frommen Stiftungen verbunden sind, zum Besten alter und gebrechlicher Leute, und in denen diese bei sanfter Pflege und ohne Beschäftigung häufig ein erstaunlich hohes, wenn auch unnützes Alter erreichen.

Ihr redet von Euren Zeitgenossen, als wären sie im Umlauf –
wo begegnet Ihr denn ihren Werken? was hört man noch von
Robert Grosteste von Lincoln? Niemand kann mehr um Unsterblichkeit gerungen haben als gerade er. Man sagt von ihm, er
habe nahezu zweihundert Bände geschrieben. Er baute gleichsam
eine Pyramide aus Büchern, um seinen Namen zu verewigen;
doch ach! die Pyramide ist längst zerfallen, und nur noch wenige
Trümmer sind in verschiedenen Bibliotheken zerstreut, wo sie
selbst vom Altertumsforscher kaum in ihrer Ruhe gestört werden. Was hört man noch von Giraldus Cambrensis, dem Historiker, Archäologen, Philosophen, Theologen und Dichter? Er
schlug zwei Bischofstümer aus, um sich zurückziehen und für die
Nachwelt schreiben zu können; aber die Nachwelt fragt nie nach
seinen Arbeiten. Was hört man noch von Heinrich von Hunting-
don, der neben einer gelehrten Geschichte Englands eine Abhandlung über die Verachtung der Welt verfaßt hat, wofür sich
die Welt dadurch rächte, daß sie ihn vergaß? Was zitiert man
noch von Joseph von Exeter, den man wegen seines klassischen
Stils als das Wunder seines Zeitalters pries? Von seinen drei
großen Heldengedichten ist das eine, abgesehen von einem
bloßen Fragment, auf immer verloren; die anderen sind nur
wenigen Literaturkundigen bekannt, und was seine Liebesge-
dichte und Epigramme angeht, so sind sie gänzlich verschwunden. Was weiß man noch von John Wallis, dem Franziskaner,
der sich den Namen ‚Baum des Lebens‘ erwarb? Was von Wilhelm von Malmsbury? von Simeon von Durham? von Benedikt von Peterborough? von John Hanvil von St. Albans?
von – ?“

„Aber ich bitte Euch, Freund!“ rief der Quartband in mürri-
schem Ton, „für wie alt haltet Ihr mich? Ihr redet von Schriftstellern, die lange vor meiner Zeit lebten und entweder Lateinisch oder Französisch schrieben, so daß sie sich gewissermaßen
selbst aus ihrem Vaterland verbannt und deshalb verdient haben, vergessen zu werden*; doch ich, mein Herr, ich bin aus
der Presse des berühmten Wynkyn de Worde hervorgegangen.
Ich wurde in meiner Landessprache geschrieben, zu einer Zeit,

---

* „Lateinisch und Französisch haben manche große Geister sich
vernehmen lassen, und manches Herrliche haben sie vollbracht, auch
gibt es einige, die ihre Poesie auf französisch verfertigten, was die
Franzosen ebenso gern haben wie wir, wenn wir das Englisch der
Franzosen hören.“ – Chaucers „Testament der Liebe“ (Anmerkung
des Verfassers)

da diese eine feste Grundlage erhielt, und ich galt tatsächlich als Muster eines reinen und eleganten Englisch."

(Ich muß bemerken, diese Äußerungen wurden in so unerträglich veralteten Ausdrücken vorgetragen, daß ich unendliche Schwierigkeiten gehabt habe, sie in moderner Redeweise wiederzugeben.)

„Ich bitte Euch um Verzeihung", sagte ich, „wenn ich mich in Eurem Alter geirrt habe; doch das tut wenig zur Sache; beinahe alle Schriftsteller Eurer Zeit sind ebenfalls in Vergessenheit geraten und de Wordes Drucke lediglich literarische Seltenheiten für Büchersammler geworden. Überdies ist die Reinheit und Festigkeit der Sprache, worauf Ihr Euren Anspruch auf Unsterblichkeit gründet, ein trügerisches Argument der Schriftsteller aller Zeiten gewesen, sogar schon zur Zeit des würdigen Robert von Gloucester, der seine Geschichte in pseudosächsischen Versen schrieb*. Selbst heute sprechen noch manche von Spensers ,Quelle des reinen, unverfälschten Englisch', als sei die Sprache je aus einem Quell oder Brunnen entsprungen und nicht vielmehr ein bloßer Zusammenfluß verschiedener Mundarten und ewigen Veränderungen und Vermischungen unterworfen. Gerade das hat die englische Literatur so außerordentlich wandelbar und den darauf gebauten Ruhm so unbeständig gemacht. Wenn man die Gedanken keinem dauerhafteren und unerschütterlicheren Medium als diesem anvertrauen kann, müssen sogar die Gedanken das Los aller anderen Dinge teilen und untergehen. Dies sollte als Warnung vor der Eitelkeit und Selbstüberhebung des volkstümlichsten Schriftstellers dienen. Er merkt, wie die Sprache, auf die er seinen Ruhm gegründet hat, nach und nach sich verändert und den Zerstörungen der Zeit und den Launen der Mode unterworfen ist. Er schaut rückwärts und erkennt, daß die früheren Schriftsteller seines Landes, einst die Lieblinge ihrer Zeit, durch neuere Autoren verdrängt worden sind. Einige we-

---

* Holinshed bemerkt in seiner Chronik: „Später wurde auch durch die emsige Sorgfalt Geoffrey Chaucers und John Gowers, zur Zeit Richards des Zweiten, und nach ihnen durch John Scogan und John Lydgate, den Mönch von Bury, unsere Sprache zu ausgezeichneter Vortrefflichkeit gebracht, obwohl sie nicht früher den Stempel der Vollendung bekam als zur Zeit der Königin Elisabeth, da John Jewell, der Bischof von Salisbury, John Fox und mehrere andere gelehrte und vorzügliche Schriftsteller den Ruhm derselben zum höchsten Gipfel, zu ihrem großen Ruhm und zur Unsterblichkeit geführt haben." (Anmerkung des Verfassers)

nige Jahrhunderte haben sie in Dunkelheit begraben, und an ihren Leistungen kann nur noch der ausgefallene Geschmack des Bücherwurms Gefallen finden. Und ebenso sieht er das Schicksal seines eigenen Werkes voraus: wenn auch zu seiner Zeit noch so sehr bewundert und als Muster der Reinheit hingestellt, im Lauf der Jahre wird es doch veralten und aus der Mode kommen, bis es in seinem eigenen Vaterland beinahe ebenso unverständlich wird wie ein ägyptischer Obelisk oder eine jener Runeninschriften, die angeblich in den Steppen der Tatarei existieren. Ich versichere Euch", fügte ich mit einiger Bewegung hinzu, „wenn ich eine moderne Bibliothek betrachte, die mit neuen Werken im ganzen Prunk der Vergoldung und des Einbandes angefüllt ist, möchte ich mich am liebsten hinsetzen und weinen, wie der gute Xerxes, der sein in vollem Glanz kriegerischer Ausrüstung prangendes Heer überblickte und darüber nachsann, daß in hundert Jahren nicht ein einziger Mann von ihnen noch am Leben sein würde!"

„Ach!" sagte der kleine Quartband mit einem tiefen Seufzer, „ich sehe, wie die Dinge stehen; diese modernen Schmierer haben sämtliche guten Schriftsteller verdrängt. Ich vermute, daß heutzutage nichts anderes gelesen wird als Sir Philip Sidneys ‚Arcadia', Sackvilles erhabene Schauspiele und sein ‚Spiegel für Magistratspersonen' oder die feingesponnenen Euphuismen des unvergleichlichen John Lyly!"

„Da irrt Ihr abermals", sagte ich; „Die Schriftsteller, von denen Ihr annehmt, daß sie in Mode sind, weil sie es zufällig waren, als Ihr zuletzt im Umlauf wart, sind längst verschollen. Sir Philip Sidneys ‚Arcadia', deren Unsterblichkeit von seinen Bewunderern[*] mit solcher Gewißheit prophezeit wurde und die in Wahrheit voll edler Gedanken, zarter Bilder und zierlicher Redewendungen ist, wird jetzt kaum noch erwähnt. Sackville ist in Vergessenheit geraten; und selbst Lyly, obschon seine Schriften einst das Entzücken eines Hofes waren und ihnen augen-

***

[*] „Lebe auf immer, süßes Buch, das silberne Abbild seines milden Geistes und der goldene Pfeiler seines edlen Mutes, und verkünde ewig der Welt, daß dein Verfasser der Sekretär der Beredsamkeit war, der Hauch der Musen, die Honigbiene der schönsten Blumen des Witzes und der Kunst, der Inbegriff aller sittlichen und geistigen Tugenden, der Arm der Bellona im Krieg, die Zunge der Suada in der Stube, der Geist der Tat in der Wirklichkeit und das Muster der Vortrefflichkeit in den Büchern." Harveys *Pierces Übertreibung* (Anmerkung des Verfassers)

scheinlich eine sprichwörtliche Lebensdauer vorausgesagt wurde, ist heute kaum mehr dem Namen nach bekannt. Eine ganze Schar von Schriftstellern, die damals schrieben und sich befehdeten, sind gleichfalls mit all ihren Werken und Kontroversen untergegangen. Welle um Welle ist die nachfolgende Literatur über sie hinweggerollt, bis sie so tief begraben waren, daß nur dann und wann irgendein wißbegieriger Taucher, der nach Überresten der Vergangenheit sucht, eine Probe zur Befriedigung der Neugierigen heraufbringt.

Ich meinerseits", fuhr ich fort, „betrachte diese Wandelbarkeit der Sprache als eine weise Maßregel der Vorsehung zum Wohle der Welt im allgemeinen und der Schriftsteller im besonderen. Um nach analogen Erscheinungen zu schließen, so sehen wir täglich die verschiedenen schönen Pflanzenarten knospen, blühen, für kurze Zeit die Fluren schmücken und dann in Staub zerfallen, um ihren Nachfolgern Platz zu machen. Wäre dem nicht so, würde die Fruchtbarkeit der Natur kein Segen, sondern ein Fluch sein. Die Erde würde unter der üppigen und überreichen Vegetation seufzen und ihre Oberfläche eine verworrene Wildnis werden. In gleicher Weise gehen die Werke genialer und gelehrter Männer unter und machen kommenden Erzeugnissen Platz. Die Sprache wandelt sich allmählich, und mit ihr verblassen die Schriften von Autoren, welche die ihnen zuerkannte Zeit geblüht haben; sonst würde die schöpferische Kraft des Genies die Welt überschwemmen, und der Geist würde durch die endlosen Irrgärten der Literatur vollständig verwirrt werden. Früher gab es einige Beschränkungen für diese übermäßige Vermehrung. Die Werke mußten von Menschenhand abgeschrieben werden, und das war eine langwierige und mühevolle Arbeit; man schrieb sie entweder auf Pergament, was sehr kostspielig war, so daß ein Werk häufig ausradiert wurde, um einem anderen Platz zu machen, oder auf Papyrus, der zerbrechlich und sehr vergänglich war. Die Schriftstellerei war ein begrenztes und uneinträgliches Gewerbe, das hauptsächlich von Mönchen in der Muße und Einsamkeit ihrer Zellen betrieben wurde. Die Ansammlung von Handschriften geschah nur langsam, war kostspielig und fast ausschließlich auf die Klöster beschränkt. Diesen Umständen verdanken wir es wohl bis zu einem gewissen Grad, daß wir nicht mit der Weisheit des Altertums überschüttet worden sind, daß die Quellen des Denkens nicht übergelaufen sind und das Genie der Neuzeit nicht in der Sintflut ertrunken ist. Aber die Erfindung des Papiers und der Druckerpresse hat diesem Zwang ein Ende gesetzt. Sie hat jedermann zum Schriftsteller gemacht und jedem Gemüt die Gelegenheit gegeben, sich in Gedrucktem zu ergießen und sich über die ganze geistige Welt zu verbreiten. Die Folgen sind beunruhigend. Das Rinnsal der Literatur ist zu einem Gießbach angeschwollen, zu einem Strom geworden, zu einem Meer ausgedehnt. Vor wenigen Jahrhunderten bestand eine große Bibliothek aus fünf- oder sechshundert Handschriften; aber was würdet Ihr zu solchen Büchereien sagen, wie sie heutzutage existieren, die drei- bis vierhunderttausend Bände umfassen, während Legionen von Schriftstellern zur selben Zeit geschäftig sind und die Presse sich mit erschreckend wachsender Aktivität anschickt, die Zahl zu verdoppeln, ja zu vervierfachen? Wenn nicht irgendeine unvorhergesehene Sterblichkeit unter der Nachkommenschaft der Musen ausbricht, jetzt, da diese so fruchtbar geworden, so zittere ich für die Nachwelt. Ich fürchte, das bloße Schwanken der Sprache wird nicht ausreichen. Die Kritik kann viel tun. Sie wächst mit dem Anschwellen der Literatur und gleicht einem jener heilsamen Hemmnisse der Übervölkerung, von denen die Volkswirtschaftler sprechen. Jede mögliche Förderung sollte man deshalb der Vermehrung der Kritiker, guter oder schlechter, angedeihen lassen. Jedoch ich befürchte, alles wird vergeblich sein; was auch die Kritik tun mag, die Schriftsteller werden dennoch schreiben, die Drucker drucken, und die Welt wird unvermeidlich mit guten Büchern überschwemmt werden. Es wird bald eine lebenslängliche Beschäftigung sein, nur ihre Titel zu lernen. Viele leidlich Gebildeten lesen in der Gegenwart kaum etwas anderes als Rezensionen, und über kurz oder lang wird ein Gelehrter kaum mehr sein als ein wanderndes Bücherverzeichnis."

„Mein sehr werter Herr", sagte der kleine Quartband und gähnte mir höchst mißmutig ins Gesicht, „verzeiht, wenn ich Euch unterbreche, aber ich bemerke, daß Ihr gar zu prosaisch werdet. Ich möchte nach dem Schicksal eines Schriftstellers fragen, der einigen Staub aufwirbelte, gerade als ich aus der Welt schied. Man hielt jedoch seinen Ruhm für nur ganz vorübergehend. Die Gelehrten schüttelten den Kopf über ihn, denn er war ein armer, halbgebildeter Bursche, der wenig Latein und gar kein Griechisch verstand und wegen Wilddieberei gezwungen war, sich im Land flüchtig herumzutreiben. Ich glaube, er hieß Shakespeare. Ich nehme an, daß er bald in Vergessenheit geriet."

„Im Gegenteil", sagte ich, „gerade diesem Mann verdanken

wir es, daß die Literatur seiner Epoche über die gewöhnliche Dauer der englischen Literatur hinaus lebendig geblieben ist. Hin und wieder treten Schriftsteller auf, die gegen die Wandelbarkeit der Sprache gefeit zu sein scheinen, weil sie in den unveränderlichen Grundsätzen der menschlichen Natur selbst Wurzel geschlagen haben. Sie gleichen riesigen Bäumen, wie wir sie zuweilen am Ufer eines Stroms sehen, die vermittels ihrer ungeheuren und tiefen Wurzeln, welche die Oberfläche durchdringen und in den Grundfesten der Erde Fuß fassen, den Boden ringsum davor bewahren, von dem ewig fließenden Strom fortgespült zu werden, und manche Pflanze und vielleicht auch wertloses Unkraut in der Nähe vor dem Untergang schützen. Das ist der Fall bei Shakespeare, der sich über die Schranken der Zeit hinweggesetzt, die damalige Sprache und Literatur bis heute lebendig erhalten und manchen unbedeutenden Schriftsteller nur deshalb, weil er in seiner Umgebung geblüht, unsterblich gemacht hat. Aber sogar er – es tut mir leid, dies sagen zu müssen – nimmt nach und nach die Färbung des Alters an, und seine ganze Gestalt ist von einer Horde von Kommentatoren überwuchert worden, die wie die rankenden Reben und Schlingpflanzen den edlen Stamm, der sie trägt, fast unter sich begraben."

Da begann der kleine Quartband seine Seiten aufzublähen und zu kichern, bis er zuletzt in einen plethorischen Lachkrampf ausbrach, an dem er wegen seiner übermäßigen Beleibtheit beinahe erstickt wäre. „Sehr gut!" rief er aus, sobald er wieder zu Atem kam, „sehr gut! und so wollt Ihr mich überreden, daß die Literatur eines Zeitalters durch einen vagabundierenden Wilddieb, durch einen Menschen ohne Gelehrsamkeit, durch einen Dichter – ja, einen Poeten – verewigt werden soll!" Und hier ließ er abermals ein krampfhaftes Gelächter hören.

Ich gestehe, ich war etwas verletzt durch diese Grobheit, die ich dem Umstand zuschrieb, daß er in einem weniger kultivierten Jahrhundert gelebt hatte. Trotzdem war ich entschlossen, meine Stellung nicht aufzugeben.

„Ja", entgegnete ich sehr energisch, „ja, durch einen Dichter; denn von allen Schriftstellern hat er die beste Aussicht auf Unsterblichkeit. Andere mögen aus dem Hirn schreiben, doch er schreibt aus dem Herzen, und das Herz wird ihn immer verstehen. Er ist der getreue Nachbilder der Natur, deren Züge stets gleich und stets anziehend sind. Prosaschriftsteller sind breitspurig und schwerfällig; ihre Seiten wimmeln von Gemeinplät-

zen, und ihre Gedanken spinnen sie bis zum Überdruß aus. Aber
beim echten Dichter ist alles knapp, ergreifend oder glänzend.
Er kleidet die kostbarsten Gedanken in die kostbarste Sprache.
Er veranschaulicht sie durch überzeugende Beispiele aus der
Natur und Kunst. Er bereichert sie durch Bilder aus dem menschlichen Leben, so wie es an ihm vorüberzieht. Seine Schriften enthalten daher den Geist und, wenn ich mich dieses Ausdrucks bedienen darf, das Aroma des Zeitalters, in dem er lebt. Es sind
Schmuckkästchen, die auf engem Raum den Reichtum der
Sprache enthalten, ihre Familienjuwelen, die auf diese Weise in
handlicher Form der Nachwelt überliefert werden. Die Fassung
mag gelegentlich veraltet sein und dann und wann der Erneue-
rung bedürfen, wie es bei Chaucer der Fall ist, aber der Glanz
und der innere Wert der Edelsteine bleiben unverändert. Werft
einen Blick zurück auf das weite Feld der Literaturgeschichte!
Welche unermeßlichen Täler der Dunkelheit, die mit Mönchs-
legenden und akademischen Kontroversen angefüllt sind! Welche
Moräste theologischer Spekulationen, welche traurigen Wüsten
der Metaphysik! Nur hier und da schauen wir die vom Himmel erleuchteten Dichter, die sich wie Leuchttürme auf ihren
weit auseinanderliegenden Höhen erheben, um das reine Licht
poetischer Klarheit von Jahrhundert zu Jahrhundert herabzu-
senden!"*

Ich war auf dem besten Wege, mich in Lobreden auf die Dichter der Gegenwart zu ergehen, als das plötzliche Öffnen der Tür
mich veranlaßte, den Kopf umzuwenden. Es war der Kirchendiener, der mir mitteilte, daß es Zeit sei, die Bibliothek zu schließen. Ich wollte dem Quartband noch ein Wort des Abschieds
sagen, aber das ehrwürdige kleine Buch war still, und die Schlie-

     * Durch Erd und Wasser dringet
        Die Feder mit Geschick,
      Enthüllt die ird'sche Täuschung
        Und zeiget unserm Blick
    In einem Spiegel Tugend
      Und Freveltat im Leben;
   So süß ist nicht der Honig,
     Den fleiß'ge Bienen geben,
  Wie all die goldnen Blätter,
    Die Dichterhäupter tragen
Und unsre Alltagssprach, wie Blei
   Den Rost, weit überragen.

          Churchyard (Anmerkung des Verfassers)

ßen waren geschlossen; es sah so aus, als ob es von all dem Vor-
gefallenen nichts wüßte. Ich bin seitdem zwei- oder dreimal in
der Bibliothek gewesen und habe mich bemüht, es nochmals in
eine Unterhaltung zu ziehen, doch umsonst; und ob dieses zu-
sammenhanglose Gespräch wirklich stattgefunden hat oder ob es
einer jener Wachträume gewesen ist, die mich manchmal über-
kommen, habe ich bis zu diesem Augenblick nicht herausbringen
können.

BEGRÄBNISSE AUF DEM LANDE

> Hier sind auch Blumen! Mehr um Mitternacht,
> Die Kräuter, die der kalte Nachttau feuchtet,
> Sind bester Schmuck für Gräber:
> Ihr wart wie Blumen, jetzt verwelkt; wie diese
> Welkt dieses Kraut auch, jetzt entpflückt der Wiese.
>
> *Cymbeline*

Zu den schönen und einfältigen Sitten des Landlebens, die
man noch in einzelnen Teilen Englands antrifft, gehört der
Brauch, vor dem Leichenzug verstorbener Freunde her Blumen
zu streuen und auf die Gräber zu pflanzen. Diese Sitte soll ein
Überbleibsel vom Ritus der alten Kirche sein; doch sie ist weit
älter, da man sie schon bei den Griechen und Römern beobachtet
hat, sie von deren Schriftstellern häufig erwähnt worden ist und
zweifellos der spontane Tribut schlichter Zuneigung war, der
schon lange bestand, bevor die Kunst den Schmerz im Gesang zu modulieren oder auf Monumenten zu erzählen versuchte. Man findet sie jetzt nur noch in den entferntesten und
abgelegensten Gegenden des Königreiches, wo die Mode und
Neuerungssucht nicht einzudringen und all die seltsamen und
interessanten Spuren der Vergangenheit auszutilgen vermochten.

In Glamorganshire wird, wie man mir erzählte, das Bett, auf
dem der Leichnam liegt, mit Blumen bedeckt, ein Brauch, auf
den in einem der wilden Klagelieder Ophelias angespielt
wird:

> Sein Leichenhemd weiß wie Schnee zu sehn,
> Geziert mit Blumensegen,

Das unbetränt zum Grab mußt gehn
Von Liebesregen.

So gibt es auch in einigen entlegenen Dörfern des Südens eine
sehr zarte und schöne Sitte beim Begräbnis eines jung und unverheiratet verstorbenen Mädchens. Ein ihm an Alter, Gestalt
und Aussehen möglichst ähnliches junges Mädchen trägt vor der
Leiche einen Kranz weißer Blumen her, der später in der Kirche
über dem gewöhnlichen Platz der Dahingeschiedenen aufgehängt wird. Diese Kränze sind zuweilen aus weißem Papier gemacht, zur Nachahmung der Blumen, und in ihnen befindet sich
meistens ein Paar weiße Handschuhe. Sie sollen als Sinnbild der
Reinheit der Verstorbenen und als Krone der Verklärung dienen, die sie im Himmel empfangen hat.

In einigen Teilen des Landes werden die Toten auch unter
dem Gesang von Psalmen und Hymnen zu Grabe getragen –
eine Art Triumph, „um", wie Bourne sagt, „zu zeigen, daß sie
ihre Laufbahn mit Freuden beendigt haben und Sieger geworden
sind". Dies beobachtet man, wie ich erfahren habe, in etlichen
nördlichen Grafschaften, besonders in Northumberland, und es
macht einen wohltuenden, obgleich schwermütigen Eindruck,
wenn man an einem stillen Abend in einer einsamen ländlichen
Gegend die klagende Melodie eines Grabgesangs aus der Ferne
ertönen hört und den Zug langsam über das Land sich dahinbe-
wegen sieht.

So gehen wir, so gehen wir rund
Um deinen einsam stillen Grund;
Das Grablied singend, legen wir
Narzissen dir
Und andre Blumen auf den Stein,
Der unsre Liebe schließet ein.

Herrick

Auch der Reisende erweist dem vorüberkommenden Leichenzug
in diesen abgeschiedenen Gegenden eine feierliche Ehrerbietung;
denn solche Schauspiele, die einem in den ruhigen Wohnstätten
der Natur begegnen, senken sich tief in die Seele. Beim Nahen
des Zuges bleibt er mit entblößtem Haupt stehen, um ihn vor-
beiziehen zu lassen; er folgt ihm dann schweigend, manchmal bis
ans Grab, zuweilen nur einige hundert Schritt, und nachdem er

dem Verstorbenen diesen Tribut der Ehrerbietung gezollt hat, wendet er sich um und setzt seine Reise fort.

Die reiche Ader der Schwermut, die den englischen Charakter durchzieht und ihm einige seiner rührendsten und edelsten Züge verleiht, offenbart sich sehr schön in diesen erhebenden Bräuchen und in der Sorgfalt, welche die einfachen Leute einem ehrenvollen und friedlichen Grab widmen. Der Bauer, welcherart auch während seines Lebens sein einfaches Los sein mag, wünscht, daß seinen sterblichen Überresten ein wenig Ehrerbietung gezollt werde. Sir Thomas Overbury bemerkt in seiner Beschreibung des „schönen und glücklichen Milchmädchens": „So lebt sie, und ihre ganze Sorge ist, daß sie im Frühjahr sterben möge, damit man ihr Bahrtuch mit vielen Blumen bedecken könne." Auch die Dichter, die stets die Gefühle eines Volkes ausdrücken, weisen immer wieder auf diese zärtliche Besorgnis um das Grab hin. In Beaumonts und Fletchers „Trauerspiel von der Jungfrau" findet sich hierfür ein schönes Beispiel, in dem die wunderliche Schwermut eines Mädchen mit gebrochenem Herzen geschildert wird:

> Und sieht sie eine Bank
> Bedeckt mit Blumen, wird sie den Gespielen
> Aufseufzend sagen: „Welch ein schöner Platz
> Zur Ruhestatt für Liebende", und läßt sie
> Die Mädchen pflücken und dann über sich
> Hinstreun, wie wenn sie eine Tote wäre.

Die Sitte des Gräberschmückens war einst allgemein verbreitet: Weidenruten wurden sorgfältig über das Grab gebogen, um den Rasen unversehrt zu erhalten, und rundherum wurden Immergrün und Blumen gepflanzt. „Wir schmücken ihre Gräber", sagt Evelyn in seiner „Sylva", „mit Blumen und wohlriechenden Pflanzen, den eigentlichen Sinnbildern des menschlichen Lebens, das in der Heiligen Schrift mit jenen verwelkenden Schönheiten verglichen ist, deren Wurzeln in Unehre begraben sind und wiederauferstehen in Herrlichkeit." Diese Gewohnheit ist jetzt in England sehr selten geworden, doch man trifft sie noch auf den Kirchhöfen entlegener Dörfer in den Bergen von Wales, und ich entsinne mich eines Beispiels in der kleinen Stadt Ruthen, die am Eingang des schönen Tales von Clewyd liegt. Auch ließ ich mir von einem Freunde, der beim Begräbnis eines jungen Mädchens in Glamorganshire anwesend war, erzählen, die weiblichen Leidtragenden hätten ihre Schürzen voll Blumen gehabt, die sie, sobald der Leichnam in die Erde gesenkt war, auf das Grab steckten.

Er sah mehrere Gräber, die auf gleiche Weise geschmückt waren. Weil man die Blumen bloß in den Boden gesteckt und nicht eingepflanzt hatte, waren sie bald verwelkt, und man konnte sie in verschiedenen Stadien des Verfalls sehen: einige ließen die Köpfe hängen, andere waren schon ganz verblüht. An ihre Stelle pflanzte man später Stechpalmen, Rosmarin und andere immergrüne Sträucher, die auf mehreren Gräbern äußerst üppig gewachsen waren und die Grabsteine überschatteten.

Es lag früher ein melancholischer Zauber in der Anordnung dieser ländlichen Opfer, die etwas wahrhaft Poetisches in sich hatte. Manchmal paarten sich Rose und Lilie, um ein allgemeines Sinnbild gebrechlicher Sterblichkeit zu ergeben. „Diese süßduftenden Blumen", sagt Evelyn, „von einem dornigen Stengel getragen und von der Lilie begleitet, sind natürliche Hieroglyphen unseres flüchtigen, bewölkten, angstvollen und vergänglichen Daseins, das zwar eine Zeitlang ein so schönes Äußeres bietet, aber seine Dornen und Kreuze hat." Die Art und Farbe der Blumen und der Bänder, mit denen sie zusammengebunden waren, hatten häufig eine besondere Beziehung zu den Eigenschaften oder zur Geschichte des Verstorbenen oder drückten die Empfindung des Trauernden aus. In einem alten Gedicht mit dem Titel „Corydons Trauerglocke" zählt ein Liebender die Zierate auf, die er zu benutzen gedenkt:

Einen Kranz, den sollen mir flechten
  Natur und Kunst vereint,
Von buntgefärbten Blumen
  Als Pfand, wie treu ich's gemeint.

Und buntgefärbte Bänder
  Wird man von mir dran sehn;
Doch zumal sollen schwarze und gelbe
  Mit ihr zu Grabe gehn.

Aufs Grab will ich Blumen legen,
  Die schönsten, die da blühn;
Meine Tränen sind der Regen,
  Sie halten sie frisch grün.

Die weiße Rose wurde, sagt man, auf das Grab einer Jungfrau gepflanzt; ihr Kranz wurde zum Zeichen ihrer fleckenlosen
Unschuld mit weißen Bändern umwunden, obgleich man bisweilen schwarze Bänder dazwischenflocht, um den Gram der Hin-
terbliebenen auszudrücken. Die rote Rose wurde gelegentlich zur
Erinnerung an jemanden benutzt, der sich durch Wohltun ausgezeichnet hatte; im allgemeinen aber waren die Rosen den Gräbern der Liebenden vorbehalten. Evelyn sagt uns, der Brauch
sei zu seiner Zeit noch nicht gänzlich erloschen in der Umgebung
seines Wohnsitzes in der Grafschaft Surrey, „wo die Mädchen
die Gräber ihrer dahingeschiedenen Geliebten alljährlich mit Ro-
senbüschen bepflanzten und schmückten". Und Camden bemerkt
ebenfalls in seiner „Britannia": „Auch hier besteht jene Sitte,
die seit undenklicher Zeit beobachtet wird, Rosenstöcke auf die
Gräber zu pflanzen, namentlich von den jungen Burschen und
Mädchen, die ihren Schatz verloren haben, so daß dieser Friedhof nun voll davon ist."

War der Verstorbene unglücklich in seiner Liebe gewesen, so
benutzte man Sinnbilder von düsterem Charakter, wie Eiben
und Zypressen; und wenn Blumen gestreut wurden, so waren sie
von den dunkelsten Farben. So steht in Thomas Stanleys Gedichten, die im Jahre 1651 veröffentlicht wurden, folgende
Strophe:

> Doch bleiben
> Auf meinem armen Grab,
> Was Eure Liebe gab,
> Verlassene Zypressen, Trauereiben.
> Denn zartre Blumen hauchen aus ihr Leben,
> Wenn solchen Unglücksboden sie umgeben.

Im „Trauerspiel von der Jungfrau" kommt ein inniges kleines
Lied vor, das diese Sitte, die Gräber der von der Liebe enttäusch-
ten Mädchen zu schmücken, veranschaulicht.

> Legt den Trauerkranz von Eiben
> Hin auf meine Bahr;
> Mädchen, traget Weidenzweige,
> Sagt, daß treu ich war.

> Mein Schatz war falsch, doch ich blieb fest
> Allzeit spat und fruh;
> Decke meine Hülle sanft,
> Mutter Erde, zu.

Die natürliche Wirkung des Kummers um die Toten ist die Läuterung und Erhebung des Geistes, und wir haben einen Beweis dafür in der Reinheit des Gefühls und der ungezwungenen Anmut der Gedanken, die in all diesen Begräbnisbräuchen vorherrschen. So war es eine besondere Vorsorge, daß bloß süßduftende immergrüne Sträucher und Blumen benutzt wurden. Man wollte dadurch offenbar die Schrecken des Grabes mildern, das Gemüt vom Brüten über dem Furchtbaren der Sterblichkeit ablenken und das Andenken an den Dahingeschiedenen mit den zartesten und schönsten Gegenständen der Natur in Verbindung bringen. Im Grab geht eine schreckliche Verwandlung vor sich, ehe der Staub zum verwandten Staub zurückkehren kann, den näher zu betrachten die Vorstellungskraft sich scheut; und wir suchen uns die Gestalt, die wir geliebt haben, noch immer mit jenen zarten Assoziationen zu denken, die sie erweckte, als sie vor uns in Jugend und Schönheit blühte. „Legt sie in die Erde", sagt Laertes von seiner jungfräulichen Schwester,

> „Und ihrem schönen unbefleckten Leib
> Entsprießen Veilchen!"

Auch Herrick verströmt in seinem „Trauerlied des Jephta" eine wohlriechende Flut poetischer Gedanken und Bilder, die gleichsam den Toten in der Erinnerung der Lebenden einbalsamiert:

> Schlaf, schlaf in Frieden sanft und süß,
> Mach dir das Bett zum Paradies,
> Daß Wohlgeruch entströmt der Gruft
>   Und Blütenduft.
> Laß Kassia und Balsam senden
> Aus deinem Denkmal Weihrauchspenden.
> . . . .
> Die Mädchen kommen all zur Stund,
> Aufs Grab zu streuen Blumen bunt;
> Sie klagen, doch vergessen nicht
>   Ein Opferlicht
> Für deinen Altar! gehen wieder.
> Es ruhn im Sarge deine Glieder.

Ich könnte meine Seiten mit Zitaten aus den älteren englischen Dichtern anfüllen, die schrieben, als diese Sitten noch mehr gepflegt wurden, und die gern und häufig darauf anspielten, aber ich habe bereits mehr als nötig angeführt. Ich kann mich jedoch nicht enthalten, eine Stelle aus Shakespeare wiederzugeben – selbst auf die Gefahr hin, daß sie gar zu bekannt erscheinen dürfte –, welche die sinnbildliche Bedeutung, die oft in diesem blumenreichen Huldigungen liegt, veranschaulicht und gleichzeitig jenen Zauber der Sprache und jene Angemessenheit der Bilder besitzt, die ihn auszeichnen.

> Die schönsten Blumen,
> Solange Sommer währt und ich hier lebe,
> Streu ich auf deine Gruft; dir soll nicht fehlen
> Die Blume, deinem Antlitz gleich, die blasse Primel,
> Die Hyazinthe, blau wie deine Adern;
> Noch Rosenblätter, die, um sie zu preisen,
> Süß wie dein Atem sind.

Es ist sicherlich etwas Rührenderes in diesen unmittelbaren und spontanen Gaben der Natur als in den kostbarsten Denkmälern der Kunst: die Hand streut Blumen, während das Herz warm ist, und die Träne fällt auf das Grab, während die Liebe Weidenruten um den Rasen steckt; aber die innige Anteilnahme erlischt unter der langsamen Arbeit des Meißels und erkaltet beim kühlen Pomp des bearbeiteten Marmors.

Man muß es sehr bedauern, daß eine so wahrhaft edle und rührende Sitte allgemein außer Gebrauch gekommen ist und nur noch in den entlegensten und unscheinbarsten Dörfern besteht. Aber es scheint, als scheuten die poetischen Gewohnheiten immer die Bereiche der gebildeten Gesellschaft. Je gebildeter die Menschen werden, um so mehr hören sie auf, poetisch zu sein. Sie reden von Poesie, doch sie haben gelernt, ihre freien Gefühlsäußerungen zurückzuhalten, ihren hervorbrechenden Empfindungen zu mißtrauen und ihre rührendsten und malerischsten Bräuche durch einstudierte Formen und pomphafte Zeremonien zu ersetzen. Kein Schauspiel kann steifer und frostiger sein als ein englisches Begräbnis in der Stadt. Es besteht aus Prunk und düsterem Gepränge: Trauerkutschen, Trauerpferde, Trauerfederbüsche und gemietete Leidtragende, die mit dem Schmerz Spott treiben. „Es wird ein Grab gegraben“, sagt Jeremy Taylor, „und feierliche Trauer angelegt und viel in der Nachbarschaft davon geschwatzt, und wenn die Tage der Trauer zu Ende sind, soll und will man nicht mehr an sie gedenken.“ In der heiteren und dichtbewohnten Stadt ist der Gefährte bald vergessen; die rasche Folge neuer Freunde und neuer Vergnügungen löscht ihn aus unserem Gedächtnis, und sogar die Bezirke und Kreise, in denen er sich bewegte, verändern sich unaufhörlich. Die Leichenbegängnisse auf dem Lande hingegen rufen einen feierlichen Eindruck hervor. Der Streich des Todes reißt eine größere Lücke in die Dorfgemeinschaft und ist in der ruhigen Einförmigkeit des ländlichen Lebens ein schreckliches Ereignis. Die Totenglocke dringt in jedes Ohr; ihre Schwermut erfüllt Hügel und Tal und verdüstert die ganze Landschaft.

Die festen und unwandelbaren Züge der Landschaft bewahren gleichfalls das Andenken des Freundes, mit dem wir uns einst an ihr ergötzten, der uns auf unsern einsamsten Spaziergängen begleitete und jeder einsamen Gegend Leben verlieh. Der Gedanke an ihn ist mit jedem Reiz der Natur verbunden; wir vernehmen seine Stimme im Echo, das er einst so gern erweckte; sein Geist weilt in jedem Hain, den er einst besuchte; wir gedenken seiner in der Einsamkeit des wilden Hochlandes oder inmitten der besinnlichen Schönheit des Tales. In der Frische des heiteren Morgens erinnern wir uns seines strahlenden Lächelns und seiner ausgelassenen Fröhlichkeit; und kehrt der nüchterne Abend mit seinen verhüllenden Schatten und seiner sanften Stille wieder, so rufen wir uns manche in traulichem Gespräch und süßbeseligter Melancholie verflossene Dämmerstunde ins Gedächtnis zurück.

> Ihn zaubert jedes Plätzchen her,
>   Für ihn die Liebe Tränen wirbt;
> Geliebt, bis Leben reizt nicht mehr,
>   Beklagt, bis selbst die Trauer stirbt.

Ein anderer Grund, der das Andenken an den Verstorbenen auf dem Lande lebendig erhält, ist der, daß das Grab den Überlebenden unmittelbarer vor Augen liegt. Sie kommen auf dem Kirchgang an ihm vorbei; ihr Blick fällt darauf, wenn ihre Herzen von den Andachtsübungen noch gehoben sind; sie verweilen dort am Sonntag, wenn sich die Seele von weltlichen Sorgen gelöst hat und am meisten dazu gestimmt ist, sich von gegenwärtigen Vergnügungen und gegenwärtigen Neigungen abzuwenden und unter den feierlichen Erinnerungszeichen der Vergangenheit niederzulassen. In Nord-Wales knien und beten die Bauern mehrere Sonntage nach der Beerdigung an den Gräbern ihrer verstorbenen Freunde, und wo die zarte Sitte, Blumen zu streuen und zu pflanzen, noch geübt wird, wird sie immer an Ostern, Pfingsten und anderen Festtagen erneuert, wenn die Jahreszeit den Gefährten früherer Festlichkeiten lebhafter ins Gedächtnis ruft. Daran beteiligen sich auch die nächsten Verwandten und Freunde, aber weder Gesinde noch bezahlte Leute; und wenn ein Nachbar mithilft, würde es als Beleidigung empfunden werden, ihm eine Bezahlung anzubieten.

Ich habe mich bei diesem schönen ländlichen Brauch etwas länger aufgehalten, da er einer der letzten und auch einer der heiligsten Liebesdienste ist. Die Feuerprobe der wahren Liebe ist das Grab. Hier offenbart die göttliche Leidenschaft der Seele ihre Übermacht über die instinktmäßigen Triebe rein animalischer Zuneigung. Letztere muß durch die Anwesenheit des geliebten Wesens fortwährend aufgefrischt und lebendig erhalten werden, doch die Liebe, die ihren Sitz in der Seele hat, kann von langer Erinnerung zehren. Die bloß sinnlichen Neigungen erschlaffen und sterben ab mit den Reizen, die sie erweckten, und wenden sich mit schauderndem Ekel vom furchtbaren Bezirk des Grabes ab; aus diesem aber steigt jene wirklich geistige Liebe, von jeder sinnlichen Begierde geklärt, empor und kehrt wie eine heilige Flamme zurück, um das Herz des Überlebenden zu erleuchten und zu läutern.

Der Kummer um den Toten ist der einzige Kummer, von dem wir uns nicht trennen lassen. Jede andere Wunde suchen wir zu heilen, jedes andere Leid zu vergessen, doch diese Wunde offen zu halten, betrachten wir als unsere Pflicht – dieses Leid nähren wir und brüten darüber in der Einsamkeit. Wo ist die Mutter, die das Kind vergessen möchte, das wie eine Blume in ihren Armen starb, wenn auch jedwede Erinnerung daran eine Marter ist? Wo ist das Kind, das die Eltern und vor allem die Mutter, die zärtlichste, vergessen möchte, wenn auch die Erinnerung nur Klagen heraufbeschwört? Wer würde selbst in der Stunde des Todeskampfes den Freund vergessen, um den er trauert? Wer würde, selbst wenn sich das Grab über den Überresten derer schließt, die er am innigsten geliebt, wenn er sein Herz gleichsam brechen fühlt beim Schließen dieser Pforte, einen Trost annehmen, der durch Vergessenheit erkauft werden muß? – Nein, die Liebe, die das Grab überdauert, ist eine der edelsten Eigenschaften der Seele. Sie hat ihre Leiden, aber auch ihre Freuden, und wenn der überwältigende Ausbruch des Leids sich in stillen Tränen der Erinnerung aufgelöst hat, wenn die plötzliche Angst und die krampfhafte Verzweiflung über die gegenwärtigen Trümmer alles dessen, was wir am meisten liebten, sich besänftigt hat zu ernstem Nachdenken über alles, was der Verblichene in den Tagen seines Liebreizes gewesen ist – wer würde einen solchen Schmerz aus seiner Brust reißen? Mag er auch bisweilen wie eine vorüberziehende Wolke die frohe Stunde der Heiterkeit verdecken oder eine tiefere Bekümmernis über die Stunde des Trübsinns verbreiten – wer möchte sie dennoch vertauschen, selbst gegen den Gesang der Freude oder den Ausbruch lauter Fröhlichkeit? Nein, es kommt eine Stimme aus der Gruft, die lieblicher ist als Gesang. Es gibt ein Gedächtnis an die Toten, zu denen wir uns sogar von den Reizen der Lebenden hinwenden. Oh, das Grab! – das Grab! Es begräbt jeden Irrtum – verhüllt jeden Fehler – löscht jeden Groll aus! Seinem friedlichen Schoß entsprießen nur tiefes Bedauern und zärtliche Erinnerungen. Wer kann selbst auf das Grab eines Feindes herniederschauen, ohne reuevolles Herzklopfen darüber zu fühlen, daß er je mit der armen Handvoll Erde gestritten hat, die modernd vor ihm liegt?

Aber das Grab derjenigen, die wir liebhatten – welch ein Platz zum Nachdenken! Gerade dort rufen wir uns in langem Rückblick die ganze Geschichte der Tugend und Sanftmut und die tausend Liebesbeweise ins Gedächtnis, die fast unbeachtet im täglichen vertrauten Verkehr auf uns gehäuft worden sind – gerade dort verweilen wir bei der Zärtlichkeit, der feierlichen, schrecklichen Zärtlichkeit der Abschiedsszene. Das Totenbett mit all seinem unterdrückten Kummer, seiner schweigenden Pflege, seinen stummen, sorgsamen Aufmerksamkeiten. Die letzten Beweise verlöschender Liebe! Der schwache, unruhige, zitternde, ach, wie zitternde Druck der Hand! Der letzte liebevolle Blick der gläsernen Augen, der noch vom Rand des Daseins auf uns fällt! Die leisen, versagenden Laute, die uns im Tode noch eine Versicherung der Liebe geben wollen!

Ja, tritt an die Gruft der begrabenen Liebe und denke nach! Dort rechne ab mit deinem Gewissen für jede vergangene, unvergoltene Wohltat – für jede vergangene, unbeachtet gelassene Liebesbezeigung des dahingeschiedenen Wesens, das niemals – niemals – niemals zurückkehren kann, um durch deine Reue versöhnt zu werden!

Bist du ein Kind und hast du je einen Schmerz der Seele oder eine Furche auf die von Silberhaaren geschmückte Stirn liebender Eltern hinzugefügt – bist du ein Gatte und hast du je dem zarten Geschöpf, das seine ganze Glückseligkeit in deinen Armen suchte, Ursache gegeben, nur eine Sekunde an deiner Güte oder Treue zu zweifeln – bist du ein Freund und hast du je in Gedanken, durch Wort oder Tat der Seele Unrecht getan, die sich großmütig dir anvertraute – bist du ein Liebender und hast du je dem treuen Herzen, das nun kalt und still zu deinen Füßen schlummert, unverdiente Qualen bereitet – dann sei versichert, daß jeder unfreundliche Blick, jedes unsanfte Wort, jede lieblose Handlung mit Macht in dein Gedächtnis kommen und schmerzlich an dein Herz klopfen wird; dann sei versichert, daß du dich voll Kummer und Reue auf das Grab niederwerfen und den ungehörten Seufzer ausstoßen und die vergebliche Träne vergießen wirst, um so tiefer, um so bitterer, da sie ungehört und vergeblich sind.

Dann winde deinen Kranz von Blumen und streue die Schönheiten der Natur auf das Grab; tröste, wenn du kannst, dein gebrochenes Herz durch diese zarten, doch flüchtigen Beweise der Reue; aber laß dir die Bitterkeit dieser deiner Zerknirschung bei den Toten eine Warnung sein, und sei von jetzt an treuer und liebevoller in Erfüllung deiner Pflichten gegen die Lebenden.

Als ich vorstehenden Aufsatz schrieb, beabsichtigte ich nicht, eine bis ins einzelne gehende Schilderung der Begräbnissitten der englischen Landbevölkerung zu liefern, sondern lediglich einige Hinweise und Zitate zu geben, die bestimmte Gebräuche beleuchten und die einer anderen Schrift, die nicht veröffentlicht worden ist, als Anmerkungen angehängt werden sollten. Der Aufsatz wuchs jedoch unbemerkt zu seinem gegenwärtigen Umfang an, und dies sei zur Entschuldigung für die so knappe und willkürliche Behandlung dieser Gewohnheiten gesagt, nachdem sie umfassend und gelehrt in anderen Werken erforscht worden sind.

Auch muß ich bemerken, daß ich recht gut weiß, daß die Sitte, die Gräber mit Blumen zu schmücken, außer in England ebenfalls in anderen Ländern besteht. Ja, in manchen Ländern ist sie weit allgemeiner und wird sogar von den Reichen und Vornehmen gepflegt; aber da gerät sie leicht in Gefahr, ihre Einfachheit einzubüßen und in Affektiertheit auszuarten. Bright erzählt in seinen „Reisen in Nieder-Ungarn" von Marmordenkmälern mit Nischen, in die man sich zurückziehen kann, mit Sitzen in Lauben von Treibhauspflanzen, und daß die Gräber gewöhnlich mit den buntesten Blumen der Jahreszeit bedeckt seien. Er entwirft gelegentlich ein Bild kindlicher Liebe, das ich unbedingt wiedergeben muß, denn es ist ebenso nützlich wie erfreulich, die liebenswürdigen Tugenden des weiblichen Geschlechts verherrlicht zu sehen. „Als ich in Berlin war", sagt er, „geleitete ich den berühmten Iffland zu Grabe. Trotz einigem Pomp bemerkte man Spuren großer, echter Anteilnahme. Während der Zeremonie wurde meine Aufmerksamkeit durch eine junge Frau angezogen, die auf einem mit frischem Rasen bedeckten Erdhügel stand, den sie ängstlich vor den Tritten der vorübergehenden Menge schützte. Es war das Grab ihres Vaters; und die Gestalt dieser liebevollen Tochter stellte ein schöneres Denkmal dar als das kostbarste Kunstwerk."

Ich will nur noch ein Beispiel einer Grabverzierung hinzufügen, die ich einst in den Bergen der Schweiz antraf. Es war in dem Dorf Gersau, das an den Ufern des Vierwaldstätter Sees, am Fuße des Rigi, liegt. Es war ehedem die Hauptstadt einer kleinen Republik, die zwischen den Alpen und dem See eingeschlossen und auf der Landseite nur durch Fußpfade zugänglich war. Die ganze Armee der Republik bestand aus höchstens sechshundert kampffähigen Männern, und ihr Gebiet, das gleichsam aus dem Innern der Berge ausgehöhlt war, umfaßte nur wenige Meilen im Umkreis. Das Dorf Gersau schien von der übrigen Welt getrennt zu sein und hatte sich die goldene Einfachheit einer reineren Zeit bewahrt. Es besaß ein Kirchlein mit einem angrenzenden Friedhof. An den Kopfenden der Gräber standen Kreuze aus Holz oder Eisen. Auf einzelnen waren Bildnisse angebracht, die zwar roh ausgeführt waren, aber das Bemühen verrieten, den Verstorbenen möglichst ähnlich zu treffen. An den Kreuzen hingen Blumenkränze, von denen einige verwelkt, andere frisch waren, als würden sie hin und wieder erneuert. Ich blieb interessiert vor dieser Szene stehen; ich spürte, daß ich an der Quelle poetischer Schilderung stand, denn dies waren die schönen, einfältigen Opfergaben des Herzens, deren die Dichter so gern gedenken. An einem fröhlicheren und volkreicheren Ort hätte ich wohl den Verdacht gehabt, sie stammten aus erkünstelten, aus Büchern geschöpften Empfindungen, doch die guten Leute von Gersau wußten wenig von Büchern; im ganzen Dorf existiert weder ein Roman noch ein Liebeslied, und ich frage mich, ob einer dieser Bauern, während er einen frischen Kranz für das Grab seiner Geliebten flocht, eine Ahnung davon hatte, daß er einen der romantischsten Bräuche poetischer Zuneigung pflegte und daß er im praktischen Sinn ein Dichter war.

> Kann ich in meinem Gasthof nicht nach meinem Be-
> hagen leben?
>
> *Falstaff*

Während einer Reise, die ich einst durch die Niederlande unternahm, war ich eines Abends in der „Pomme d'Or", dem ersten
Gasthof eines kleinen flämischen Dorfes, angelangt. Die Stunde
der Table d'hôte war vorbei, so daß ich mich gezwungen sah,
ein einsames Abendessen aus den Überbleibseln einer reichbesetzten Tafel einzunehmen. Das Wetter war kalt; ich saß allein
an einem Ende eines großen, düsteren Speisezimmers, und nach
Beendigung meiner Mahlzeit hatte ich die Aussicht auf einen
langen trübseligen Abend vor mir und sah keine Möglichkeit,
ihn zu beleben. Ich rief nach dem Wirt und forderte etwas zu
lesen; er brachte mir den ganzen literarischen Bestand seines
Haushalts, eine holländische Familienbibel, einen Almanach in
derselben Sprache und eine Anzahl alter Pariser Zeitungen. Als
ich dasaß und über eine der letzteren beim Lesen alter Nachrichten und geistloser Kritiken einnicken wollte, drang dann und
wann ein schallendes Gelächter, das aus der Küche zu kommen
schien, an mein Ohr. Jeder, der den Kontinent bereist hat, weiß,
welch eine Lieblingszuflucht die Küche eines Wirtshauses auf
dem Lande für die Reisenden von mittlerem und niedrigem
Stand ist, vor allem bei so unsicherer Witterung, da ein Kamin-
feuer gegen Abend angenehm wird. Ich warf die Zeitung beiseite und kundschaftete den Weg zur Küche aus, um einen Blick
von der Gruppe zu erhaschen, die so munter zu sein schien. Sie
bestand teils aus Reisenden, die mehrere Stunden vorher mit der
Post angekommen waren, teils aus den gewöhnlichen Besuchern
und Schmarotzern von Gasthäusern. Sie saßen rund um einen
gewaltigen polierten Herd, den man irrtümlicherweise für einen
Altar hätte halten können, an dem sie beteten. Er war mit verschiedenen Küchengeräten von strahlendem Glanz bedeckt, unter denen ein ungeheurer kupferner Teekessel dampfte und
zischte. Eine große Lampe warf ein starkes Licht auf die Gruppe
und ließ manche wunderlichen Gesichtszüge grell hervortreten.
Die gelben Strahlen erhellten zum Teil die geräumige Küche und
erstarben im Dunkel der entfernten Ecken, nur dort nicht, wo
sie einen sanften Schein auf der breiten Seite eines Schinken-
stückes sammelten oder wo sie von den blankgescheuerten

Küchengeräten, die aus der Dunkelheit hervorschimmerten, zurückgeworfen wurden. Ein strammes flämisches Mädchen mit langen goldenen Ohrgehängen und einem Halsband, an dem ein goldenes Herz hing, führte den Vorsitz als Priesterin des Tempels.

Viele der Gesellschaft waren mit Pfeifen und die meisten von ihnen mit einer Art von Nachttrunk versehen. Ihre Lustigkeit wurde, wie ich fand, durch Anekdoten verursacht, die ein kleiner schwarzbrauner Franzose mit trockenem, runzeligem Gesicht und mächtigem Backenbart von seinen Liebesabenteuern zum besten gab; am Ende einer jeden brach ein so ehrliches, herzhaftes Gelächter los, wie man es sich in diesem Tempel wahrer Freiheit, einem Wirtshaus, erlauben darf.

Weil ich diesen langweiligen, stürmischen Abend nicht besser hinzubringen wußte, nahm ich am Herd Platz und lauschte einer bunten Folge von Reisegeschichten, von denen einige sehr übertrieben, die meisten sehr langweilig waren. Sie sind jedoch sämtlich meinem treulosen Gedächtnis entfallen, außer einer, die ich wiederzuerzählen mich bemühen will. Ich fürchte allerdings, sie erhielt ihren Hauptreiz durch die Art und Weise, wie sie erzählt wurde, und durch die besondere Miene und Erscheinung des Erzählers. Es war ein korpulenter alter Schweizer, der das Aussehen eines alterfahrenen Reisenden hatte. Er war mit einer verschossenen grünen Reisejacke, einem breiten Gürtel und einer Hose bekleidet, mit Knöpfen von der Hüfte bis zu den Fußknöcheln. Er hatte ein volles gerötetes Gesicht mit Doppelkinn, einer Adlernase und vergnügt blinzelnden Augen. Sein Haar war blond und kräuselte sich in Locken unter einer alten, grünsamtenen Reisemütze, die er schief auf dem Kopf trug. Mehr als einmal wurde er durch die Ankunft von Gästen oder durch die Bemerkungen seiner Zuschauer unterbrochen, und dann und wann hielt er selber inne, um seine Pfeife wieder zu stopfen, wobei er gewöhnlich die dralle Küchenmagd mit einem schalkhaften Seitenblick oder einem durchtriebenen Witz bedachte.

Ich wollte, mein Leser könnte sich den alten Burschen vorstellen, wie er sich in einen gewaltigen Armstuhl lehnte, einen Arm in die Seite stemmte, im anderen eine seltsam gewundene Tabakspfeife hielt, die aus echtem Meerschaum verfertigt und mit einer silbernen Kette und seidenen Quasten verziert war, den Kopf auf die eine Seite neigte und gelegentlich schelmisch mit den Augen zwinkerte, während er die folgende Geschichte erzählte.

DER GEISTERBRÄUTIGAM
Erzählung eines Reisenden*

> Dem dies Abendbrot gebracht,
> Liegt, traun! eiskalt da die Nacht.
> Gestern führt ich ihn zur Ruh,
> Heute deckt ihn Graustahl zu.
>> *Sir Eger, Sir Grahame und*
>> *Sir Graustahl*

Auf dem Gipfel einer der Höhen des Odenwalds, einer wilden und romantischen Gegend im oberen Deutschland, unweit vom Zusammenfluß von Main und Rhein gelegen, erhob sich vor langen, langen Jahren das Schloß des Barons von Landshort. Es ist jetzt gänzlich verfallen und beinahe unter Buchen und Fichten begraben, aus denen aber noch der alte Wachtturm hervorlugt, der wie sein vorerwähnter früherer Besitzer sein Haupt hoch zu tragen pflegt und auf das benachbarte Land herunterschaut.

Der Baron war ein trockener Ast der großen Familie derer von Katzenellenbogen** und hatte die Überreste des Besitztums und zugleich den ganzen Stolz seiner Ahnen geerbt. Obwohl der kriegerische Sinn seiner Vorfahren die Familiengüter sehr vermindert hatte, bemühte sich der Baron, den äußeren Glanz ehemaliger Herrlichkeit aufrechtzuerhalten. Die Zeiten waren friedlich, und die deutschen Edelleute hatten meistens ihre unbehaglichen, alten, wie Adlernester an den Bergen klebenden Burgen verlassen und sich bequemere Residenzen in den Tälern gebaut; jedoch der Baron lebte noch immer in seiner kleinen Feste stolz zurückgezogen und nährte mit ererbter Hartnäckigkeit die alten Familienfehden, so daß sein Verhältnis zu einigen seiner nächsten Nachbarn wegen Streitigkeiten gespannt war, die schon zwischen ihren Ururgroßvätern bestanden.

Der Baron hatte nur ein Kind, eine Tochter, aber wenn die Natur nur ein Kind gewährt, so entschädigt sie immer dadurch,

* Der unterrichtete, in unnützer Gelehrsamkeit wohlbewanderte Leser wird merken, daß der alte Schweizer seine Erzählung auf eine kleine französische Anekdote gegründet hat, die sich auf eine in Paris vorgefallene Begebenheit bezieht.
** Der Name einer ehemals sehr mächtigen Familie dieser Gegend. Die Benennung soll ihr zu Ehren einer erlauchten, ihres schönen Armes wegen berühmten Dame der Familie beigelegt worden sein. (Anmerkungen des Verfassers)

daß sie es zu einem Wunder macht; und so war es auch mit der Tochter des Barons. Alle Ammen, Gevatterinnen und Muhmen vom Lande versicherten dem Vater, daß es ihresgleichen an Schönheit in ganz Deutschland nicht gebe; und wer sollte das besser wissen als diese? Sie war außerdem mit großer Sorgfalt unter der Oberaufsicht zweier lediger Tanten erzogen worden, die mehrere Jahre ihrer Jugend an einem der kleinen deutschen Höfe zugebracht hatten und in allen zur Erziehung einer vornehmen Dame notwendigen Zweigen der Wissenschaft erfahren waren. Unter ihrer Anleitung wurde sie ein Wunder an Vollkommenheit. Sie war achtzehn Jahre alt, konnte entzückend sticken und hatte ganze Heiligengeschichten in Tapisserien gewirkt und den Gesichtern eine solche Ausdruckskraft verliehen, daß sie aussahen wie die armen Seelen im Fegfeuer. Sie hatte ohne große Schwierigkeit lesen gelernt und sich durch verschiedene Kirchenlegenden und fast alle ritterlichen Wundertaten im Heldenbuch durchbuchstabiert. Sie hatte sogar beträchtliche Fortschritte im Schreiben gemacht; sie war imstande, ihren Namen, ohne einen Buchstaben auszulassen, so deutlich zu schreiben, daß ihre Tanten ihn ohne Brille lesen konnten. Sie verstand sich hervorragend auf die Anfertigung kleiner, eleganter, unnützer Spielzeuge aller Art, wie sie bei den Frauen gebräuchlich sind; sie war bewandert in den kompliziertesten Tänzen der damaligen Zeit, spielte eine Reihe von Liedern auf der Harfe und Gitarre und wußte all die zärtlichen Balladen der Minnesänger auswendig.

Ihre Tanten, die in ihren jüngeren Jahren sehr flatterhaft und kokett gewesen waren, eigneten sich vortrefflich dazu, wachsame Wächter und strenge Hüter der Aufführung ihrer Nichte zu sein; denn es gibt keine so unwandelbar kluge und unerbittlich ehrsame Dame wie eine gealterte Kokette. Man verlor sie selten aus den Augen; sie durfte niemals den Schloßbezirk verlassen, es sei denn in guter Begleitung oder vielmehr guter Bewachung; auch mußte sie fortwährend Lehren über Anstand und unbedingten Gehorsam anhören, und was die Männer anging – pah! – so hatte man sie abgerichtet, sie in solcher Entfernung von sich zu halten und ihnen so sehr zu mißtrauen, daß sie ohne ausdrückliche Erlaubnis auch nicht den schönsten Kavalier der Welt eines Blickes gewürdigt hätte – nein, nicht einmal, wenn er zu ihren Füßen gestorben wäre.

Die guten Wirkungen dieses Systems zeigten sich auf wunderbare Weise. Die junge Dame war ein Muster an Folgsamkeit und Korrektheit. Während andere ihren Liebreiz im Glanz der Welt vergeudeten und der Gefahr ausgesetzt waren, von jedweder Hand gepflückt und beiseite geworfen zu werden, erblühte sie keusch zu einer frischen und anmutigen Frau unter den Fittichen dieser makellosen Jungfrauen, wie eine Rosenknospe sich rötet unter schützenden Dornen. Ihre Tanten blickten mit Stolz und Entzücken auf sie und rühmten sich, daß, wenn sich auch alle anderen jungen Damen in der Welt verführen ließen, doch, Gott sei Dank! der Erbin von Katzenellenbogen nie so etwas passieren könne.

Aber wenn der Baron von Landshort auch nur kärglich mit Kindern gesegnet war, so war sein Haushalt dennoch nicht klein, denn die Vorsehung hatte ihn im Überfluß mit armen Verwandten beglückt. Diese besaßen samt und sonders die liebevolle Zuneigung, die sich bei demütigen Verwandten findet; sie bekundeten eine wundersame Anhänglichkeit an den Baron und ergriffen jede Gelegenheit, in Schwärmen zu kommen und das Schloß zu beleben. Alle Familienfeste wurden von diesen guten Leuten auf Kosten des Barons begangen, und wenn sie sich an Speise und Trank gütlich getan hatten, erklärten sie, daß es nichts Ergötzlicheres auf Erden gebe als diese Familienzusammenkünfte, diese Jubelfeste des Herzens.

Der Baron war zwar ein kleiner Mann, hatte aber eine große Seele, die mit Befriedigung bei dem Bewußtsein anschwoll, der größte Mann in dieser kleinen Welt um ihn her zu sein. Er erzählte gern lange Geschichten von den gewaltigen alten Kriegern, deren Porträts grimmig von den Wänden ringsum herniederschauten, und er fand nirgends andächtigere Zuschauer als die, welche sich aus seiner Tasche nährten. Er neigte stark zum Wunderbaren und glaubte steif und fest an all jene übernatürlichen Sagen, an denen jeder Berg und jedes Tal in Deutschland reich ist. Die Gläubigkeit seiner Gäste überstieg sogar seine eigene; sie lauschten jeder Wundergeschichte mit offenem Auge und Mund und verfehlten nie, erstaunt zu sein, selbst wenn die Geschichte zum hundertsten Male wiederholt wurde. So lebte der Baron von Landshort, das Orakel seiner Tafel, der unumschränkte Beherrscher seines kleinen Territoriums und vor allen Dingen glücklich in der Überzeugung, der weiseste Mann seines Zeitalters zu sein.

Zu der Zeit, in der meine Erzählung spielt, war auf dem Schloß eine große Familienversammlung wegen einer Angelegenheit von größter Wichtigkeit; man erwartete nämlich den der Tochter des Barons bestimmten Bräutigam. Eine Vereinbarung war zwischen dem Vater und einem alten bayerischen Edelmann getroffen worden, die Würde ihrer Häuser durch eine Heirat ihrer Kinder zu vereinigen. Die Vorbereitungen waren mit gehöriger Pünktlichkeit getroffen worden. Die jungen Leute waren miteinander verlobt, ohne sich gesehen zu haben, und der Tag für die Vermählung war festgesetzt. Der junge Graf von Altenburg war zu diesem Zweck vom Heer abberufen worden und gerade auf dem Weg zum Schloß des Barons, um seine Braut in Empfang zu nehmen. Aus Würzburg, wo er zufällig aufgehalten wurde, waren bereits Botschaften von ihm eingetroffen, in denen Tag und Stunde seiner Ankunft bestimmt waren.

Das Schloß war in Aufruhr und rüstete sich, ihm einen angemessenen Empfang zu bereiten. Die schöne Braut war mit ungewöhnlicher Sorgfalt geschmückt worden. Die beiden Tanten hatten ihre Toilette beaufsichtigt und sich den ganzen Morgen über jedes Stück ihres Kleides gezankt. Die junge Dame hatte diesen Streit dazu benutzt, der Richtung ihres eigenen Geschmacks zu folgen, und glücklicherweise war der gut. Sie sah so lieblich aus, wie ein jugendlicher Bräutigam nur wünschen kann, und die Aufregung der Erwartung erhöhte ihre Reize noch mehr.

Die Schamröte, die ihr Gesicht und ihren Nacken übergoß, das leise Wogen des Busens, das Auge, das hin und wieder in Träumerei verloren schien, alles verriet die sanfte Erregung, die in ihrem kleinen Herzen vorging. Die Tanten waren ständig um sie her beschäftigt, denn ledige Tanten pflegen großen Anteil an Angelegenheiten dieser Art zu nehmen. Sie gaben ihr eine Unmasse trefflicher Ratschläge, wie sie sich benehmen, was sie sagen und auf welche Weise sie den erwarteten Geliebten empfangen solle.

Der Baron war nicht weniger mit Vorbereitungen beschäftigt. Er hatte eigentlich nichts zu tun, doch er war von Natur ein feuriges, unruhiges Männlein und konnte nicht untätig bleiben, wenn die ganze Welt in Bewegung war. Er trippelte im Schloß treppauf, treppab, mit einer Miene unendlicher Besorgnis; in einem fort rief er die Diener von ihrer Arbeit weg, um sie zu ermahnen, recht fleißig zu sein, und summte in jeder Halle und Stube umher, ebenso ruhelos und lästig wie eine Schmeißfliege an einem warmen Sommertag.

Mittlerweile war das gemästete Kalb geschlachtet worden, die Wälder hatten vom Rufen der Jäger widergehallt, die Küche war mit Leckerbissen überfüllt, die Keller hatten ganze Ozeane von Rhein- und Firnewein geliefert, und sogar das große Heidelberger Faß hatte seinen Beitrag geben müssen. Alles war bereit, den vornehmen Gast in Saus und Braus mit echter deutscher Gastfreundschaft zu empfangen – aber der Gast zögerte noch immer mit seiner Ankunft. Stunde um Stunde verrann. Die Sonne, die ihre sinkenden Strahlen auf die reichen Forsten des Odenwalds ergossen hatte, glomm schon auf den Gipfeln der Berge. Der Baron erstieg den höchsten Turm und strengte seine Augen an, in der Hoffnung, in der Ferne den Grafen und sein Gefolge zu entdecken. Einmal dachte er schon, sie zu erblicken; Hörnerklang ertönte aus dem Tal, vom Widerhall in den Bergen verlängert. Eine Anzahl Reiter wurde weit unten sichtbar und zog langsam des Weges, doch als sie beinahe den Fuß des Berges erreicht hatten, schlugen sie plötzlich eine entgegengesetzte Richtung ein. Der letzte Sonnenstrahl schied – die Fledermäuse begannen im Zwielicht umherzuflattern – die Straße wurde immer dunkler, und nichts schien sich auf ihr zu regen als dann und wann ein Landmann, der sich von seiner Arbeit heimwärts schleppte.

Während sich das alte Schloß Landshort im Zustand größter Unruhe befand, trug sich in einem anderen Teil des Odenwalds eine sehr interessante Begebenheit zu.

Der junge Graf von Altenburg setzte seinen Weg in jener nüchternen, gemächlichen Weise fort, wie ein Mann seiner Verheiratung entgegenreist, wenn seine Freunde ihn aller Mühe und Ungewißheit der Werbung überhoben haben und am Ende seiner Reise eine Braut ebenso gewiß auf ihn wartet wie ein Mittagessen. Er hatte in Würzburg einen jungen Waffengefährten getroffen, mit dem er an der Grenze gedient hatte, Hermann von Starkenfaust, einen Jüngling mit den kräftigsten Armen und dem treuesten Herzen unter der deutschen Ritterschaft, der jetzt gerade vom Heer zurückkehrte. Seines Vaters Schloß lag nicht weit entfernt von der alten Feste Landshort; doch hatte eine durch Generationen vererbte Fehde die Familien entzweit und entfremdet.

Im herzlichen Augenblick des Wiedererkennens teilten sich die jungen Freunde all ihre Abenteuer und Schicksale mit, und der Graf erzählte die ganze Geschichte seiner beabsichtigten Hochzeit mit einer jungen Dame, die er zwar nie gesehen, aber von deren Reizen er die hinreißendsten Beschreibungen gehört hatte.

Da der Weg der Freunde in dieselbe Richtung führte, kamen sie überein, den Rest ihrer Reise zusammen zu machen; und um dies mit desto größerer Muße tun zu können, brachen sie zu früher Stunde von Würzburg auf, nachdem der Graf seiner Begleitung den Befehl erteilt hatte, ihm später zu folgen und ihn einzuholen.

Sie verkürzten sich den Weg durch Erinnerungen an ihre kriegerischen Erlebnisse und Abenteuer; nur neigte der Graf dazu, sich dann und wann etwas weitschweifig über die vielgerühmten Reize seiner Braut und das Glück, das seiner harrte, zu verbreiten.

Auf diese Weise hatten sie die Berge des Odenwalds erreicht und durchritten einen seiner einsamsten und am dichtesten bewaldeten Pässe. Es ist wohlbekannt, daß die Wälder Deutschlands immer ebensosehr von Räubern wie seine Burgen von Gespenstern heimgesucht worden sind; und zu dieser Zeit waren die ersteren besonders zahlreich, weil Horden entlassener Söldner das Land durchstreiften. Es wird deshalb nicht ungewöhnlich erscheinen, daß die Kavaliere mitten im Wald von einer Bande solcher Strolche überfallen wurden. Sie wehrten sich tapfer, waren aber nahe daran, überwältigt zu werden, als das Gefolge des Grafen zu ihrem Beistand herzukam. Bei dessen Anblick ergriffen die Räuber die Flucht, doch der Graf hatte schon zuvor eine tödliche Wunde erhalten. Man brachte ihn langsam und behutsam nach Würzburg zurück und rief einen Mönch aus einem nahen Kloster herbei, der wegen seiner Heilkunde für Leib und Seele berühmt war; doch die eine Hälfte seiner Kunst war überflüssig, denn die Augenblicke des unglücklichen Grafen waren gezählt.

Mit ersterbendem Atem bat er seinen Freund, unverzüglich nach Schloß Landshort aufzubrechen und den traurigen Grund zu erklären, warum er die Verabredung mit seiner Braut nicht einhalten konnte. Obschon nicht der leidenschaftlichste Liebhaber, war er doch einer der gewissenhaftesten Menschen, und es lag ihm offenbar sehr viel daran, daß diese Botschaft rasch und richtig ausgeführt werde. „Solange das nicht geschehen ist", sprach er, „werde ich nicht ruhig im Grabe schlafen!" Er wiederholte diese letzten Worte mit besonderer Feierlichkeit. Eine in einem so bedeutsamen Augenblick ausgesprochene Bitte ließ kein Zögern zu. Starkenfaust bemühte sich, ihn zu trösten und zu beruhigen; er versprach, treu seinen Wunsch zu erfüllen, und reichte ihm die Hand zu feierlicher Bekräftigung. Der Sterbende drückte sie dankbar, verfiel jedoch bald in ein Delirium – redete von seiner Braut – seiner Verlobung – seinem gegebenen Wort; verlangte sein Pferd, um nach der Feste Landshort zu reiten, und hauchte seinen Geist aus, als er sich in den Sattel zu schwingen wähnte.

Starkenfaust weihte dem frühzeitigen Ende seines Kameraden einen Seufzer und die Träne eines Kriegers und dachte dann über den schwierigen Auftrag nach, den er übernommen hatte. Das Herz war ihm schwer und der Kopf verwirrt, denn er sollte sich als ungebetener Gast feindlich gesinnten Leuten vorstellen und ihre Festfreude durch eine verhängnisvolle Nachricht zerstören. Und doch regten sich leise Stimmen der Neugierde in seiner Brust, diese weitberühmte Schönheit von Katzenellenbogen zu sehen, die den Augen der Welt so sorgsam entzogen wurde; denn er war ein leidenschaftlicher Bewunderer des weiblichen Geschlechts, und es lag ein Drang nach Außergewöhnlichem und eine Unternehmungslust in seinem Charakter, die ihn an allen seltsamen Abenteuern Gefallen finden ließen.

Vor seiner Abreise traf er mit der heiligen Brüderschaft des Klosters alle erforderlichen Anordnungen für die Bestattung seines Freundes, der im Dom von Würzburg neben mehreren seiner erlauchten Verwandten beigesetzt werden sollte, und das trauernde Gefolge des Grafen übernahm die Wache bei seinen irdischen Überresten.

Es ist nun höchste Zeit, zur alten Familie von Katzenellenbogen, die ungeduldig auf ihren Gast und noch mehr auf ihr Festessen wartete, und zum würdigen kleinen Baron zurückzukehren, den wir auf dem Wachtturm verlassen haben, als er gerade frische Luft schöpfte.

Die Nacht brach herein, aber noch immer erschien kein Gast. Der Baron stieg voller Verzweiflung vom Turm herab. Mit dem Mahl, das von Stunde zu Stunde verschoben worden war, konnte nicht länger gezögert werden. Die Speisen waren längst übergar, der Koch in Todesangst, und die gesamte Hausgenossenschaft wirkte wie eine durch Hunger zur Übergabe gezwungene Besatzung. Der Baron sah sich schließlich, wenn auch widerstrebend, gezwungen, den Befehl zu erteilen, das Fest ohne Anwesenheit des Gastes zu eröffnen. Alle nahmen an der Tafel Platz und wollten gerade mit dem Essen anfangen, als Hörnerklang außerhalb des Tores das Nahen eines Fremden verkündete. Ein zweiter langgezogener Ton erfüllte die alten Schloßhöfe mit seinem Echo und wurde vom Turmwart erwidert. Der Baron eilte, seinen zukünftigen Schwiegersohn zu empfangen.

Die Zugbrücke war heruntergelassen worden, und der Fremde stand vor dem Tor. Es war ein großer, stattlicher Ritter auf einem schwarzen Hengst. Sein Gesicht war bleich, aber er hatte leuchtende, schwärmerische Augen und die Miene edler Schwermut. Der Baron war etwas beleidigt, daß er so einfach und allein gekommen war. Seine Würde war einen Augenblick verletzt, und er fühlte sich geneigt, dies als einen Mangel an gebührender Ehrfurcht bei diesem wichtigen Anlaß und gegenüber der bedeutenden Familie zu betrachten, mit der sich jener verbinden sollte. Er beruhigte sich jedoch durch die Schlußfolgerung, die jugendliche Ungeduld müsse ihn verleitet haben, früher als sein Gefolge einzutreffen.

„Es tut mir leid", sagte der Fremde, „zu so ungelegener Zeit zu stören –"

Hier unterbrach ihn der Baron mit einer Flut von Komplimenten und Begrüßungen, denn, die Wahrheit zu gestehen, er war stolz auf seine Höflichkeit und Beredsamkeit. Der Fremde versuchte ein- oder zweimal den Strom seiner Worte zu hemmen, doch vergeblich; so neigte er denn den Kopf und ließ ihn dahinfluten. Als der Baron endlich eine Pause machte, hatten sie den inneren Schloßhof erreicht; und der Fremde wollte wieder sprechen, als er abermals, und zwar durch das Erscheinen der weiblichen Familienmitglieder, unterbrochen wurde, welche die zaudernde und errötende Braut herbeiführten. Er schaute sie eine Minute wie ein Verzückter an; es schien, als ergösse sich seine ganze Seele in einen einzigen Blick und ruhte auf dieser lieblichen Gestalt. Eine der jungfräulichen Tanten flüsterte ihr etwas ins Ohr; sie machte einen Versuch zu sprechen, ihr feuchtes blaues Auge erhob sich schüchtern, sie warf einen scheuen, forschenden Blick auf den Fremden und guckte wieder zu Boden. Die Worte erstarben ihr auf den Lippen, aber ein süßes Lächeln spielte um ihren Mund, und ein zartes Grübchen auf ihrer Wange zeigte, daß ihr Blick nicht unbefriedigt geblieben war. Es wäre unmöglich, daß einem Mädchen von achtzehn Jahren, für Liebe und Heirat bereits bestimmt, ein so herrlicher Kavalier nicht gefallen hätte.

Die späte Stunde, zu welcher der Gast angekommen war, ließ keine Zeit für lange Unterhaltung übrig. Der Baron war energisch; er verschob jede besondere Unterredung bis auf den morgigen Tag und geleitete seinen Gast zu dem noch unberührten Mahl.

Es war im großen Rittersaal der Burg aufgetragen. Rings an den Wänden hingen die Bildnisse der Helden aus dem Haus derer von Katzenellenbogen und die Trophäen, die sie im Feld und auf der Jagd gewonnen hatten. Zerhackte Panzerhemden, zersplitterte Turnierlanzen und zerrissene Banner waren mit der Beute des Weidwerks vermischt; Wolfsrachen und Eberhauer grinsten schrecklich zwischen Armbrüsten und Streitäxten hindurch, und ein ungeheures Hirschgeweih breitete sich genau über dem Kopf des jugendlichen Bräutigams aus.

Der Kavalier kümmerte sich nur wenig um die Gesellschaft oder die Unterhaltung. Er kostete kaum die Speisen, sondern schien in Bewunderung seiner Braut versunken. Er redete leise mit ihr, daß man nichts davon verstehen konnte – denn die Sprache der Liebe ist nie laut –, aber wo gäbe es ein Frauenohr, das nicht das leiseste Flüstern des Geliebten verstände? Es lag ein Gemisch von Zärtlichkeit und Ernst in seinem Benehmen, das offenbar auf die junge Dame einen gewaltigen Eindruck machte. Ihr Gesicht wurde bald blaß, bald rot, während sie ihm mit tiefer Aufmerksamkeit lauschte. Dann und wann gab sie errötend Antwort, und wenn er sein Auge von ihr abwandte, warf sie einen verstohlenen Seitenblick auf sein romantisches Antlitz und hauchte einen leichten Seufzer süßer Glückseligkeit. Es lag auf der Hand, daß das junge Paar völlig ineinander verliebt war. Die tief in die Geheimnisse des Herzens eingeweihten Tanten erklärten, die beiden hätten sich auf den ersten Blick geliebt.

Das Fest wurde sehr heiter oder mindestens lärmend, denn die Gäste waren samt und sonders mit jenem tüchtigen Appetit gesegnet, der die Folge von leeren Börsen und Gebirgsluft ist. Der Baron gab seine schönsten und längsten Geschichten zum besten, und niemals hatte er sie so gut oder mit so großer Wirkung erzählt. Wenn irgend etwas Wunderbares darin vorkam, so waren seine Zuhörer in Erstaunen ganz verloren, und kam etwas Spaßhaftes vor, so lachten sie gewiß an der rechten Stelle. Der Baron war allerdings, wie die meisten großen Männer, zu würdevoll, um andere als nur höchst schale Witze zu reißen; sie wurden jedoch immer mit einem Humpen voll köstlichem Hochheimer gewürzt, und sogar ein fader Witz, an der eigenen Tafel zu einem feurigen alten Wein serviert, wirkt unwiderstehlich. Ärmere und schlauere Witzbolde sagten manches, was bloß bei ähnlichen Gelegenheiten wiederholt werden dürfte; den Frauen wurde manch kecker Scherz ins Ohr geflüstert, über den sie bei unterdrücktem Kichern beinahe zu ersticken drohten, und ein armer, aber fideler Vetter des Barons mit breitem Gesicht sang ein paar Lieder, bei denen sich die jungfräulichen Tanten die Fächer vorhalten mußten.

Inmitten all dieser Fröhlichkeit bewahrte der Fremde einen höchst sonderbaren und unangebrachten Ernst. Seine Miene wurde immer düsterer, je tiefer es in die Nacht ging, und so seltsam es auch klingen mag, sogar die Späße des Barons schienen ihn nur noch schwermütiger zu stimmen. Bisweilen war er in Gedanken versunken, und dann wieder irrte sein Auge verwirrt und rastlos umher, was auf ein unruhiges Gemüt schließen ließ. Seine Unterhaltung mit der Braut wurde zunehmend ernst und geheimnisvoll. Dunkle Wolken begannen über ihre schöne, heitere Stirn zu ziehen und ein Zittern durch ihren zarten Leib zu rieseln.

All dies konnte der Aufmerksamkeit der Gesellschaft nicht entgehen. Ihre Fröhlichkeit wurde durch den unerklärlichen Trübsinn des Bräutigams abgekühlt; das steckte an; man flüsterte und wechselte Blicke und begleitete sie mit Achselzucken und zweifelndem Kopfschütteln. Das Singen und Lachen wurde immer seltener; es entstanden peinliche Pausen in der Unterhaltung, denen endlich phantastische Geschichten und Legenden von übernatürlichen Dingen folgten. Eine düstere Erzählung jagte eine noch düsterere, und der Baron versetzte die Damen fast in Weinkrämpfe durch die Historie vom gespenstischen Reiter, der die schöne Lenore entführte – eine schreckliche, aber wahre Geschichte, die seitdem in ausgezeichnete Verse gebracht worden ist und von der ganzen Welt gelesen und geglaubt wird.

Der Bräutigam lauschte dieser Erzählung mit gespannter Aufmerksamkeit. Er hielt die Augen starr auf den Baron geheftet, und als die Geschichte zu Ende ging, erhob er sich allmählich von seinem Sitz, wurde immer größer, bis er in den verzückten Augen des Barons beinahe zu einem Riesen angewachsen schien. In dem Augenblick, als die Erzählung beendet war, stieß er einen tiefen Seufzer aus und nahm feierlich Abschied von der Gesellschaft. Alle waren erstaunt. Der Baron war wie vom Donner gerührt.

„Was! die Burg um Mitternacht verlassen? Wie? da alles auf sein Hierbleiben eingerichtet ist? Ein Zimmer ist für ihn bereit, wenn er sich zurückzuziehen wünscht!"

Der Fremde schüttelte traurig und geheimnisvoll den Kopf: „Ich muß mich heute nacht in einem anderen Gemach betten!"

Es lag etwas in dieser Antwort und in dem Ton, in dem er sie äußerte, was des Barons Herz erzittern ließ, doch er faßte sich und wiederholte seine gastfreundliche Einladung.

Der Fremde schüttelte bei jedem Anerbieten schweigend, aber

entschieden den Kopf, und der Gesellschaft ein Lebewohl zuwinkend, schritt er langsam aus der Halle. Die jungfräulichen Tanten waren wie versteinert – die Braut ließ den Kopf hängen, und eine Träne stahl sich in ihr Auge.

Der Baron folgte dem Fremden auf den großen Schloßhof, wo das schwarze Streitroß stand, mit den Hufen scharrend und voll Ungeduld schnaubend. Als sie das Portal, dessen hoher Bogen durch ein Feuerbecken düster erleuchtet war, erreicht hatten, hielt der Fremde inne und wandte sich an den Baron mit hohler Stimme, die in dem Gewölbe nur noch grabähnlicher klang.

„Jetzt, da wir allein sind", sagte er, „will ich Euch den Grund meines Scheidens erklären. Ich habe eine feierliche, eine unerläßliche Verpflichtung –"

„Wie?" unterbrach ihn der Baron, „könnt Ihr nicht irgendeinen anderen an Eurer Stelle entsenden?"

„Sie gestattet keinen Stellvertreter – ich muß in eigener Person erscheinen – ich muß fort zum Dom von Würzburg –"

„Sehr wohl", sagte der Baron und faßte von neuem Mut, „aber nicht vor morgen – morgen sollt Ihr Eure Braut dorthin führen."

„Nein! nein!" rief der Fremde mit zehnfacher Feierlichkeit, „meine Verpflichtung betrifft keine Braut – die Würmer! die Würmer harren meiner! Ich bin ein toter Mann – Räuber haben mich erschlagen – mein Leichnam liegt in Würzburg – um Mitternacht soll ich beerdigt werden – das Grab wartet auf mich – ich muß mein Versprechen halten!"

Er schwang sich auf sein schwarzes Roß, sprengte über die Zugbrücke, und das Aufschlagen der Hufe verlor sich im Sausen des Nachtwinds.

Der Baron kehrte äußerst bestürzt in den Saal zurück und berichtete, was geschehen war. Zwei Damen fielen auf der Stelle in Ohnmacht, und anderen wurde übel beim Gedanken, mit einem Gespenst geschmaust zu haben. Etliche waren der Ansicht, es könne der in deutschen Sagen berühmte wilde Jäger gewesen sein. Andere sprachen von Berg- und Waldgeistern und sonstigen übernatürlichen Wesen, von denen die guten Deutschen seit undenklichen Zeiten so furchtbar heimgesucht werden. Einer der armen Verwandten wagte die Vermutung zu äußern, es sei bloß ein auf sein Entkommen angelegter Scherz des jungen Ritters gewesen und gerade das Unheimliche dieses Einfalls scheine mit seiner melancholischen Persönlichkeit übereinzustimmen. Dies zog ihm jedoch den Unwillen der gesamten Gesellschaft und besonders des Barons zu, der ihn für wenig besser als einen Ungläubigen hielt, so daß der andere seine Ketzerei so schnell wie möglich abschwor und sich der Meinung der wahren Gläubigen anschloß.

Doch welche Zweifel auch immer aufsteigen mochten, ihnen wurde am nächsten Tag vollständig ein Ende gesetzt durch das Eintreffen einer regulären Nachricht, welche die Ermordung des jungen Grafen und seine Beisetzung im Dom von Würzburg bestätigte.

Man kann sich die Bestürzung im Schloß vorstellen. Der Baron schloß sich in seinem Zimmer ein. Die Gäste, die gekommen waren, mit ihm fröhlich zu sein, konnten nicht daran denken, ihn in seinem Kummer zu verlassen. Sie wanderten auf den Höfen umher oder sammelten sich gruppenweise im Saal, schüttelten den Kopf und zuckten die Achseln über das Unglück eines so guten Mannes und saßen länger als sonst am Tisch und aßen und tranken wackerer denn je, um sich bei gutem Mut zu erhalten. Aber die Lage der verlassenen Braut war am bejammernswertesten. Einen Gatten verloren zu haben, bevor sie ihn nur umarmt hatte – und solch einen Gatten! Wenn er schon als Gespenst so herrlich und edel war, wie mußte er erst im Leben gewesen sein? Sie erfüllte das Haus mit ihren Klagen.

In der zweiten Nacht ihres Witwentums hatte sie sich, von einer ihrer Tanten begleitet, die darauf bestand, bei ihr zu schlafen, in ihr Gemach zurückgezogen. Die Tante, eine der besten Erzählerinnen von Gespenstergeschichten in ganz Deutschland, hatte eben eine ihrer längsten aufgetischt und war mittendrin eingeschlafen. Das Zimmer war abgelegen und sah auf einen kleinen Garten. Die Nichte betrachtete gedankenvoll die Strahlen des aufgehenden Mondes, die auf den Blättern einer vor dem Fenster stehenden Espe zitterten. Die Schloßuhr hatte gerade Mitternacht geschlagen, als eine sanfte Musik aus dem Garten heraufklang. Sie sprang hastig aus dem Bett und schlich leise ans Fenster. Eine hohe Gestalt stand im Schatten der Bäume. Als diese den Kopf hob, fiel der Schein des Mondlichts auf ihr Antlitz. Himmel und Erde! sie erkannte den Geisterbräutigam! In diesem Augenblick drang ein lauter Schrei an ihr Ohr, und ihre Tante, die von der Musik geweckt und ihr schweigend ans Fenster gefolgt war, fiel ihr in die Arme. Als sie wieder hinblickte, war das Gespenst verschwunden.

Von den zwei Frauen bedurfte die Tante nun am meisten der Ermutigung, denn sie war vollständig außer sich vor Schreck. Was die junge Dame betraf, so lag sogar in der Geistererscheinung ihres Geliebten etwas, was ihr anziehend schien. Er hatte noch das Äußere männlicher Schönheit, und obwohl der Schatten eines Mannes nur wenig geeignet ist, die Zuneigung eines liebeskranken Mädchens zu befriedigen, so ist doch, wenn auch die wirkliche Person nicht existiert, selbst dieser tröstlich. Die Tante erklärte, sie wolle nie wieder in jenem Zimmer schlafen; die Nichte war zum erstenmal widerspenstig und erklärte ebenso bestimmt, sie werde in keinem anderen Zimmer des Schlosses schlafen. Die Folge davon war, daß sie dort allein schlafen mußte; jedoch nahm sie ihrer Tante das Versprechen ab, die Geschichte des Gespensts nicht weiterzuerzählen, damit ihr nicht die einzige wehmütige Freude auf Erden versagt würde – die, das Gemach zu bewohnen, über dem der schützende Geist ihres Geliebten seine nächtliche Wache hielt.

Wie lange die gute alte Dame ihr Versprechen gehalten haben würde, ist ungewiß, denn sie liebte es gar zu sehr, von Wundern zu reden, und es ist ein Triumph, der erste zu sein, der eine Schauergeschichte erzählt; man führt es jedoch in der Nachbarschaft noch immer als ein denkwürdiges Beispiel weiblicher Verschwiegenheit an, daß sie es eine ganze Woche hindurch hielt, nach deren Ablauf sie plötzlich jedes weiteren Zwangs durch die ihr beim Frühstück hinterbrachte Nachricht überhoben wurde, daß die junge Herrin nirgends zu finden sei. Ihr Zimmer war leer – ihr Bett war noch unberührt – das Fenster stand offen, und der Vogel war davongeflogen!

Es können sich nur diejenigen eine Vorstellung von dem Erstaunen und der Angst machen, mit der die Botschaft aufgenommen wurde, welche Zeugen von der Aufregung gewesen sind, die das Unglück eines großen Mannes unter seinen Freunden verursacht. Sogar die armen Verwandten ließen einen Augenblick lang Messer und Gabel ruhen, als die Tante, die zunächst sprachlos vor sich hingestarrt hatte, die Hände rang und kreischte: „Das Gespenst! das Gespenst! sie ist entführt worden vom Gespenst!"

Mit wenigen Worten erzählte sie die schreckliche Szene im Garten und schloß damit, das Gespenst müsse seine Braut geholt haben. Zwei der Bedienten bekräftigten diese Ansicht, denn sie hatten um Mitternacht das Geklapper von Pferdehufen bergabwärts vernommen, und sie zweifelten nicht, daß es das Gespenst auf seinem schwarzen Rosse gewesen sei, das seine Braut zum Grab fortgeschleppt habe. Alle Anwesenden waren von dieser gräßlichen Wahrscheinlichkeit durchdrungen; denn Begebenheiten dieser Art sind in Deutschland außerordentlich alltäglich, wie viele durchaus authentische Geschichten bezeugen.

Welche beklagenswerte Lage für den armen Baron! Welch herzzerreißendes Dilemma für einen zärtlichen Vater und für ein Glied der großen Familie derer von Katzenellenbogen! Seine einzige Tochter war entweder fort ins Grab gerissen worden, oder er mußte sich darauf gefaßt machen, einen Waldgeist zum Schwiegersohn und vielleicht eine Schar von Geisterenkeln zu bekommen! Er war wie gewöhnlich völlig verwirrt, und das ganze Schloß geriet in Aufruhr. Die männliche Dienerschaft erhielt den Befehl, aufzusitzen und jeden Weg und Steg und jede Talschlucht im Odenwald zu durchsuchen. Der Baron selbst hatte gerade seine Reitstiefel angezogen, sein Schwert umgegürtet und wollte soeben sein Roß besteigen und sich gleichfalls auf die zweifelhafte Nachforschung begeben, als eine neue Erscheinung ihn zum Einhalten veranlaßte. Man sah eine Dame sich dem Schloß nähern, die auf einem Zelter saß und von einem Ritter hoch zu Roß begleitet wurde. Sie galoppierte auf das Tor zu, sprang vom Pferd, fiel dem Baron zu Füßen und umfaßte seine Knie. Es war seine verlorene Tochter, und ihr Gefährte war – der Geisterbräutigam! Der Baron war starr vor Erstaunen. Er blickte auf seine Tochter, dann auf den Geist und wollte seinen Sinnen nicht trauen. Der letztere hatte sich indes seit seinem Besuch in der Geisterwelt in seinem Äußeren sehr zu seinem Vorteil verändert. Seine Kleidung war glänzend und bedeckte eine Gestalt von männlichem Ebenmaß. Er war nicht mehr blaß und schwermütig. Sein feines Antlitz glühte vor jugendlichem Feuer, und die Freude lachte in seinem großen, dunklen Auge.

Das Geheimnis war bald aufgeklärt. Der Ritter (denn wahrlich, ihr müßt es schon lange gemerkt haben, daß es kein Gespenst war) stellte sich als Freiherr Hermann von Starkenfaust vor. Er berichtete seine Abenteuer mit dem jungen Grafen. Er erzählte, wie er zum Schloß geeilt sei, um die unwillkommene Botschaft zu überbringen, wie aber des Barons Beredsamkeit ihn in jedem Versuche, sich seiner Sendung zu entledigen, unterbrochen habe. Wie der Anblick der Braut ihn so vollständig gefangen habe, daß er, um ein paar Stunden neben ihr zu verweilen, stillschweigend den Irrtum habe fortdauern lassen. Wie er höchst verlegen gewesen sei, auf welche Weise er sich anständig zurückziehen könne, bis des Barons Geistergeschichten ihm seinen exzentrischen Abschied eingegeben hätten. Wie er aus Furcht vor der vererbten Familienfeindschaft seine Besuche nur verstohlen fortgesetzt – den Garten unter dem Fenster der jungen Dame betreten – geworben – gewonnen – sie im Triumph davongeführt – und, mit einem Wort, die Schöne geehelicht habe.

Unter anderen Umständen wäre der Baron unerbittlich gewesen, denn er hielt streng auf seine väterliche Autorität und war ungemein hartnäckig in allen Familienfehden; aber er liebte seine Tochter; er hatte ihren Verlust bejammert; er war glücklich, daß sie noch am Leben war; und wenn ihr Gatte auch aus einem feindlichen Hause stammte, so war er doch, Gott sei Dank, kein Gespenst. Es muß eingeräumt werden, es lag in dem Scherz, den der Ritter mit ihm getrieben hatte, indem er sich ihm gegenüber als Toter ausgab, etwas, was mit seinen Begriffen von genauer Wahrhaftigkeit nicht ganz übereinstimmte, doch einige alte anwesende Freunde, die in den Kriegen Dienste getan hatten, versicherten ihm, daß jedwede Kriegslist in der Liebe entschuldbar und daß der Ritter besonders berechtigt sei, sie zu gebrauchen, da er zuletzt als Rittmeister gedient habe.

Alles wurde deshalb glücklich geregelt. Der Baron verzieh dem jungen Paar auf der Stelle. Die Festlichkeiten auf dem Schloß begannen aufs neue. Die armen Verwandten überschütteten das neue Familienmitglied mit liebender Zärtlichkeit; er war ja so tapfer, so großmütig und – so reich! Die Tanten ärgerten sich freilich etwas darüber, daß ihr System der strengen Abgeschiedenheit und des geduldigen Gehorsams sich so schlecht bewährt hatte, aber sie schoben alles ihrer Nachlässigkeit zu, daß sie das Fenster nicht hatten vergittern lassen. Die eine fühlte sich vor allem deshalb gekränkt, weil ihre wunderbare Geschichte verdorben war und das einzige Gespenst, das sie je gesehen, sich als falsch herausgestellt hatte; jedoch die Nichte schien völlig glücklich zu sein, daß sie es aus wirklichem Fleisch und Blut befunden – und so endet die Geschichte.

Sooft voll tiefen Staunens ich mich wend
Hin zum Westminster, wo von Erz und Stein
In langen Reihn manch ewig Monument
Die Fürsten und die Edelsten schließt ein;
Erblick ich nicht den Adel, abgewehrt
Von ihm Verachtung, Stolz und Schaugepränge,
Erblick ich nicht ohnmächt'ge Majestät,
Bar jeden Prunks und ird'scher Herrscherstrenge?
Und wie ein Spielwerk, ein bemalter Stein
Die stillen, stummen Geister jetzt enthält,
Die einst im Leben glaubten, daß die Welt
Ringsum für ihren Tatendurst zu klein?
Sein ist das Eis kalter Glückseligkeit,
Sterben das Auftaun jeder Eitelkeit.
Christoleros Epigramme, von T. B., 1598

An einem jener herben und beinahe schwermütigen Tage im Spätherbst, wenn die Morgen- und Abendschatten sich fast vermählen und Düsterkeit über das scheidende Jahr werfen, brachte ich mehrere Stunden mit einem Gang durch die Westminster-Abtei zu. Es war etwas Verwandtes in der Jahreszeit und der trüben Pracht des alten Gebäudes, und als ich seine Schwelle überschritt, schien es mir, als wanderte ich zurück in die Regionen der Vergangenheit und verlöre mich unter den Schatten früherer Jahrhunderte.

Ich kam vom inneren Hof der Westminster-Schule durch einen langen, niedrigen, gewölbten Gang, der beinahe ein unterirdisches Aussehen hatte und nur auf einer Seite durch kreisrunde Öffnungen in den massiven Mauern matt erhellt wurde. Von diesem finsteren Gang aus sah ich in der Ferne die Kreuzgänge und die Figur eines alten Kirchendieners in seinem schwarzen Amtsrock, der sich unter den schattigen Gewölben wie ein Gespenst aus einem der nahen Gräber entlangzubewegen schien. Der Zugang durch diese düsteren, klösterlichen Überreste bereitet das Gemüt auf die feierliche Betrachtung der Abtei vor. Die Kreuzgänge haben noch etwas von der Ruhe und Abgeschiedenheit früherer Tage bewahrt. Die grauen Mauern sind durch die Feuchtigkeit farblos geworden und vor Alter verfallen; eine graue Moosschicht hat sich auf den Inschriften der Denkmäler angesammelt und die Totenköpfe und andere Sinnbilder des Grabes verdunkelt. Die scharfen Kanten des Meißels sind von der reichen Bogenverzierung verschwunden; die Rosen, welche die Schlußsteine schmückten, haben ihre blätterreiche Schönheit eingebüßt; alles trägt die Spuren stufenweiser Zerstörung der Zeit, die jedoch sogar im Verfall etwas Rührendes und Anziehendes hat.

Die Sonne ergoß einen gelben, herbstlichen Strahl auf das Geviert der Kreuzgänge, spielte auf einem winzigen Rasenplatz in der Mitte und erleuchtete eine Ecke des gewölbten Ganges mit einer Art staubigen Glanzes. Zwischen den Arkaden hindurch schaute das Auge auf ein kleines Stück blauen Himmels oder auf eine vorüberziehende Wolke und sah die von der Sonne vergoldeten Zinnen der Abtei in den azurnen Äther steigen.

Als ich die Kreuzgänge durchschritt und bald dieses aus Pracht und Verfall gemischte Bild betrachtete, bald die Inschriften der Grabsteine, die das Pflaster unter meinen Füßen bildeten, zu entziffern suchte, wurde mein Auge durch drei roh und reliefartig gearbeitete Figuren angezogen, die durch die Füße vieler Generationen beinahe verwischt waren. Es waren die Bildnisse dreier früherer Äbte; die Epitaphien waren gänzlich ausgetilgt; nur die Namen, die man zweifellos in späteren Zeiten erneuert hatte, waren noch vorhanden (Vitalis Abbas, 1082; Gislebertus Crispinus Abbas, 1114, und Laurentius Abbas, 1176). Ich blieb eine Weile in Gedanken über diese zufälligen Überbleibsel der Vergangenheit vertieft stehen, die, gleich Schiffstrümmern auf der fernen Küste der Zeit zurückgelassen, nichts sagen, als daß solche Wesen existiert haben und untergegangen sind, und keine andre Moral predigen als die Nichtigkeit des Stolzes, der noch in seiner Asche Huldigung verlangen zu dürfen und in einer Inschrift fortzuleben hofft. Schon bald wird auch diese schwache Erinnerung ausgelöscht sein und das Monument aufhören, als Andenken zu dienen. Während ich noch auf diese Grabsteine niederschaute, wurde ich durch den Ton der Abteiglocke aufgeweckt, der von Pfeiler zu Pfeiler weiterdröhnte und in den Kreuzgängen widerhallte. Es ist fast erschreckend, diese Mahnung der entschwundenen Zeit zwischen den Grüften erklingen und den Ablauf einer Stunde anmelden zu hören, die uns wie eine Woge weiter dem Grabe zugerollt hat. Ich setzte meinen Weg zu einer gewölbten Türe fort, die in das Innere der Abtei führte. Wenn wir hier eintreten, so packt die Großartigkeit des Bauwerks, die mit den Gewölben der Kreuzgänge kontrastiert, gewaltig unser Herz. Das Auge haftet staunend auf den gebündelten Säulen von riesenhaftem Umfang, deren Bögen von ihnen aus bis zu so erstaunlicher Höhe emporragen, daß der an ihren Postamenten umherwandernde Mensch im Vergleich mit dem Werk seiner Hände zur Unbedeutsamkeit zusammenschrumpft. Der weite Raum und das Dunkel des ungeheuren Gebäudes erwecken eine tiefe und geheimnisvolle Ehrfurcht. Wir treten vorsichtig und sachte auf, als fürchteten wir, das geheiligte Schweigen des Grabes zu stören, während jeder Schritt an den Mauern entlang widertönt und zwischen den Grüften erzittert, so daß wir die Stille noch stärker empfinden, die wir unterbrochen haben.

Es scheint, als drücke das Ergreifende des Ortes die Seele nieder und versenke den Beschauer in lautlose Ehrfurcht. Wir empfinden, daß wir von den vereinten Gebeinen der großen Männer verflossener Zeiten umgeben sind, welche die Geschichte mit ihren Taten und die Welt mit ihrem Ruhm erfüllten.

Und doch erregt es beinahe ein Lächeln über die Eitelkeit des menschlichen Ehrgeizes, wenn man sieht, wie sie im Staub zusammengedrängt und -gepreßt sind, mit welcher Sparsamkeit ein kleiner Winkel, eine düstere Ecke, ein winziger Fleck Erde denen zugewiesen wurde, welchen zu ihren Lebzeiten kaum Königreiche genügten, und wie mannigfaltige Gestalten, Formen und Künste angewendet wurden, um den zufälligen Blick des Vorübergehenden auf sich zu lenken und einen Namen, der einst danach trachtete, die Gedanken und Bewunderung der Welt jahrhundertelang zu beschäftigen, für wenige kurze Jahre vor der Vergessenheit zu retten.

Ich verbrachte einige Zeit im „Dichterwinkel", der das eine Ende eines der Querschiffe der Abtei bildet. Die Denkmäler sind dort durchwegs einfach, denn das Leben der Gelehrten bietet dem Bildhauer kein weites Feld. Shakespeare und Addison hat man Statuen zu ihrem Gedächtnis errichtet, doch die meisten haben nur Büsten, Medaillons und zuweilen bloße Inschriften. Trotz der Einfachheit dieser Erinnerungszeichen hielten sich, wie ich stets bemerkte, die Besucher hier am längsten auf. Ein freundlicheres und innigeres Gefühl tritt an die Stelle der kalten Neugier oder vagen Bewunderung, mit der sie die glänzenden Monumente der Großen und Helden anstarren. Sie verweilen bei diesen wie an den Gräbern von Freunden und Gefährten, denn es besteht in der Tat so etwas wie eine Gemeinschaft zwischen dem Schriftsteller und dem Leser. Andere Männer sind der Nachwelt nur aus der Geschichte bekannt, die immer schwächer und dunkler wird; doch die Beziehung zwischen dem Autor und seinen Mitmenschen ist stets neu, lebendig und unmittelbar. Er hat mehr für sie als für sich selbst gelebt; er hat die ihn umgebenden Genüsse aufgeopfert und sich von den Freuden des geselligen Lebens ausgeschlossen, um sich desto inniger in ferne Geister und ferne Zeiten zu vertiefen. Die Welt tut gut daran, seinen Ruhm zu bewahren; denn dieser wurde nicht durch Gewalttaten und Blutvergießen, sondern durch die unermüdliche Verbreitung von Freuden erworben. Wohl mag die Nachwelt sein Andenken dankbar verehren; denn er hat ihr eine Erbschaft hinterlassen, die nicht aus hohlen Namen und hochtrabenden Taten, sondern aus ganzen Schätzen von Weisheit, den hellglänzenden Edelsteinen der Gedanken und den Goldadern der Sprache besteht.

Vom Dichterwinkel aus setzte ich meinen Streifzug nach dem Teil der Abtei fort, der die Grabmäler der Könige enthält. Ich wanderte umher, wo einst Kapellen waren, aber jetzt sich die Grüfte und Monumente der Großen befinden. Bei jeder Wendung stoße ich auf irgendeinen erlauchten Namen oder auf das Zeichen irgendeines mächtigen, historisch berühmten Hauses. Wenn das Auge in diese finsteren Kammern des Todes schaut, erblickt es seltsame Bilder: einige knien in Nischen, wie zum Gebet; andere liegen mit fromm gefalteten Händen auf den Gräbern ausgestreckt; Krieger in voller Waffenrüstung, als ruhten sie vom Kampf aus; Prälaten mit Krummstäben und Bischofsmützen; und Edelleute in Staatsgewändern und mit Wappenkronen, als ob sie auf dem Paradebett lägen. Beim Betrachten dieser so seltsam bevölkerten Stätte, wo doch jede Gestalt so still und schweigsam ist, scheint es fast, als beträten wir ein Haus jener Märchenstadt, in der jedes Wesen plötzlich in Stein verwandelt worden war.

Ich hielt inne, um ein Grab zu betrachten, auf dem die Skulptur eines Ritters in voller Rüstung lag. An dem einen Arm hatte er einen gewaltigen Schild; die Hände waren zum Gebet auf der Brust gefaltet; das Gesicht war beinahe ganz von der Sturmhaube bedeckt; die Beine waren gekreuzt, zum Zeichen, daß der Krieger den Heiligen Krieg mitgemacht hatte. Es war das Grab eines Kreuzfahrers, eines jener kriegerischen Schwärmer, die so seltsam Religion und Abenteuerlust vermischen und deren Heldentaten das verbindende Glied zwischen Wahrheit und Dichtung, zwischen Geschichte und Märchen bilden. Die mit rohen Wappenschilden und gotischer Bildhauerarbeit verzierten Gräber dieser Abenteurer haben etwas ungemein Malerisches. Sie passen zu den altertümlichen Kapellen, in denen man sie gewöhnlich findet, und wenn man sie betrachtet, entzündet sich die Phantasie leicht an den sagenhaften Geschichten, den romantischen Dichtungen und dem ritterlichen Pomp und Prunk, den die Poesie über die Kriege für das Grab Christi gebreitet hat. Sie sind die Überreste längst vergangener Zeiten, von Wesen, die dem Gedächtnis entschwunden sind, von Gewohnheiten und Sitten, mit denen die unseren gar keine Verwandtschaft haben. Sie sind gleichsam Gegenstände aus einem fremden und fernen Land, von dem wir keine sichere Kunde besitzen und von dem alle unsere Vorstellungen schwankend und undeutlich sind. Es liegt etwas außerordentlich Feierliches und Ehrfurchtgebietendes in diesen Bildern auf den gotischen Gräbern, die wie im Todesschlaf oder im Gebet der Sterbestunde ausgestreckt daliegen. Sie machen einen unendlich ergreifenderen Eindruck auf mein Gemüt als die phantastischen Attitüden, die gesuchten Auffassungen und allegorischen Gruppen, die man bei den modernen Denkmälern im Überfluß antrifft. Ich bin auch durch die Großartigkeit mancher alten Grabinschriften überrascht worden. Man hatte in früheren Zeiten eine edle Art und Weise, Dinge einfach und doch voll Stolz zu sagen, und ich wüßte kein Epitaph, aus dem ein stolzeres Bewußtsein der Familienwürde und der ehrenvollen Abkunft spräche, als jenes, das von einem erlauchten Hause versichert: „Alle Brüder waren tapfer und alle Schwestern tugendhaft."

In dem dem Dichterwinkel gegenüberliegenden Querschiff steht ein Monument, das zu den berühmtesten Werken der modernen Kunst gerechnet wird, das mir jedoch eher häßlich als erhaben erscheint. Es ist das Grab der Mrs. Nightingale, von Roubilliac. Der Sockel des Denkmals ist so gestaltet, als öffneten sich seine marmornen Türen, und ein bekleidetes Gerippe tritt heraus. Das Gewand fällt von seinem fleischlosen Körper, wie es den Pfeil nach seinem Opfer schleudert. Sie sinkt in die Arme ihres erschreckten Gatten, der mit vergeblicher und fieberhafter Anstrengung den Stoß abzuwenden sucht. Das Ganze ist mit fürchterlicher Wahrheit und Lebendigkeit ausgeführt; wir glauben fast das gellende Triumphgeschrei zu vernehmen, das aus den geöffneten Kinnbacken des Gespenstes dringt. – Warum aber sollen wir uns bemühen, den Tod mit unnötigen Schrecken zu umhüllen und um die Gruft derjenigen, welche wir lieben, Grauen zu verbreiten? Das Grab sollte mit allem umgeben werden, was Zärtlichkeit und Verehrung für die Toten einflößt oder was die Lebenden für die Tugend gewinnen mag. Es ist keine Stätte des Ekels und der Angst, sondern des Kummers und Nachdenkens.

Während man in diesen düsteren Gewölben und schweigenden Seitenschiffen umherwandelt und die Andenken der Toten betrachtet, dringt zuweilen der Ton des geschäftigen Lebens von draußen an das Ohr: das Rasseln der vorüberfahrenden Wagen, das Gemurmel der Menge oder vielleicht das leichtsinnige Lachen des Vergnügens. Der Kontrast zu der totenähnlichen Ruhe ringsum ist packend, und es beeindruckt sonderbar das Gefühl, die Wogen des tätigen Daseins vorüberrauschen und gerade gegen die Mauern des Grabes anschlagen zu hören.

Auf diese Weise wanderte ich weiter von Grab zu Grab und von Kapelle zu Kapelle. Der Tag ging allmählich zur Neige, die fernen Schritte der in der Abtei Umherwandernden wurden immer seltener, die Sonne hatte ihren letzten Strahl durch die hohen Bogenfenster gesandt, die sanfttönende Glocke rief zum Abendgebet, und ich sah in der Ferne die Chorknaben in ihren weißen Chorhemden durch das Kirchenschiff ziehen und den Chor betreten. Ich stand vor dem Eingang zur Kapelle Heinrichs VII. Eine Treppenflucht führte durch einen tiefen und dunklen, aber prächtigen Bogen dorthin. Große Messingtore, reich und zierlich gearbeitet, drehten sich schwerfällig in ihren Angeln, als wollten sie nur stolz und widerstrebend den Fuß gewöhnlicher Sterblicher auf diesem prunkvollsten aller Grabmäler dulden.

Beim Eintritt ist das Auge von der Pracht der Architektur und der künstlerischen Schönheit der Bildhauerarbeiten wie geblendet. Sogar die Wände sind in ein unaufhörliches Ornament verwandelt, mit eingelegtem Schnitzwerk und ausgehauenen Nischen voller Heiligen- und Märtyrerstatuen. Der Stein scheint, durch die geschickte Behandlung des Meißels seiner Schwere und Festigkeit beraubt, wie durch Zauberkraft frei zu schweben, und die gitterförmig verzierte Decke ist mit der wunderbaren Genauigkeit und luftigen Sicherheit eines Spinngewebes ausgeführt.

An den Seitenwänden der Kapelle stehen die hohen Eichenholzstühle der Ritter vom Bath-Orden, reich, wenn auch mit den grotesken Schnörkeleien der gotischen Architektur geschnitzt. Oben auf den Stühlen sind die Helme und Helmbüsche der Ritter sowie ihre Schärpen und Schwerter angebracht, und darüber hängen ihre mit den Wappen bemalten Banner, wobei der Glanz des Goldes, Purpurs und Scharlachs mit dem kalten, grauen Gitterwerk der Decke merkwürdig kontrastiert. Mitten in diesem großartigen Mausoleum steht das Grab seines Gründers – sein Bildnis mit dem seiner königlichen Gemahlin auf einem prächtigen Grabstein ausgestreckt und das Ganze von einem hohen und wundervoll gearbeiteten Bronzegitter umgeben.

Es liegt eine traurige Düsterkeit in dieser Pracht, in diesem seltsamen Gemisch von Gräbern und Trophäen, in diesen Sinnbildern lebendigen und aufstrebenden Ehrgeizes dicht neben Denkmälern, die den Staub und die Vergessenheit zeigen, worin sich alles früher oder später auflösen muß. Nichts bedrückt den Geist mit einem tieferen Gefühl der Verlassenheit, als wenn man den stillen, einsamen Schauplatz früheren Treibens und Schaugepränges betritt. Als ich auf die leeren Stühle der Ritter und ihrer Knappen und auf die Reihen der staubigen, aber prächtigen Banner blickte, die einst vor ihnen hergetragen wurden, beschwor meine Phantasie die Epoche herauf, als diese Halle noch von der Tapferkeit und Schönheit des Landes widerstrahlte, als sie im Glanz der juwelengeschmückten Aristokratie und des kriegerischen Pomps schimmerte und belebt war von den vielen Schritten und dem Gesumm einer bewundernden Menge. Alles das war vorbei; Totenstille hatte sich wieder der Stätte bemächtigt und wurde nur von Zeit zu Zeit durch das Gezwitscher der Vögel unterbrochen, die ihren Weg in die Kapelle gefunden und ihre Nester zwischen den Friesen und Fahnen gebaut hatten – sichere Anzeichen der Einsamkeit und Öde.

Als ich die Namen auf den Bannern las, sah ich, daß es die von Männern waren, die weit und breit in der Welt verstreut sind. Einige fuhren auf entfernten Meeren umher, andere standen in fernen Ländern unter Waffen, noch andere mischten sich in die geschäftigen Hof- und Kabinettsintrigen; sie alle trachteten danach, in dieser Stätte schemenhafter Ehren eine Auszeichnung mehr zu erhalten: den trübseligen Lohn eines Monuments.

Zwei schmale Gänge zu beiden Seiten dieser Kapelle bieten ein rührendes Beispiel von der Gleichheit des Grabes, die den Unterdrücker auf eine Stufe mit dem Unterdrückten stellt und den Staub der bittersten Feinde vermischt. In dem einen ist die Gruft der stolzen Elisabeth, im anderen die ihres Opfers, der liebenswerten und unglücklichen Maria. Es vergeht keine Stunde des Tages, in der nicht irgendein Ausruf des Mitleids über das Schicksal der letzteren, vereint mit dem der Entrüstung über ihre Unterdrückerin, hier gehört wird. Die Mauern von Elisabeths

Grab tönen ständig von den Seufzern der Teilnahme wider, die an der Gruft ihrer Nebenbuhlerin ausgestoßen werden.

Eine eigenartige Schwermut erfüllt den Seitengang, in dem Maria ruht. Das Licht fällt matt durch die von Staub verdunkelten Fenster. Der größere Teil der Stätte liegt in tiefem Schatten, und die Mauern sind von der Zeit und dem Wetter befleckt und verfärbt. Eine marmorne Figur der Maria ist auf dem Grab ausgestreckt, das rundum ein vom Rost arg zerfressenes Eisengitter umschließt, auf dem das Symbol ihres Landes, die Distel, angebracht ist. Ich war müde vom Wandern und setzte mich neben dem Denkmal nieder, während ich die bewegte und verhängnisvolle Geschichte der armen Maria überdachte.

Das Geräusch vereinzelter Schritte in der Abtei war verklungen. Nur dann und wann konnte ich die ferne Stimme des Priesters hören, der die Abendandacht hielt, und die schwachen Responsen des Chors. Dies setzte eine Zeitlang aus, und alles war stumm. Die Stille, die Einsamkeit und das Dunkel, die sich allmählich ringsum verbreiteten, ließen den Ort nur noch großartiger und feierlicher erscheinen.

> Denn in der stillen Gruft wird kein Gespräch,
> Kein froher Freundesschritt, kein Liebeslaut
> Noch treuer väterlicher Rat gehört;
> Hier ist ja nichts als nur Vergessenheit,
> Staub und ein endlos Dunkel.

Plötzlich drangen tiefe Orgelklänge an mein Ohr, mit doppelter und abermals verdoppelter Stärke dahinrauschend und wie gewaltige Klangwogen einherrollend. Wie schön stimmen ihre Kraft und Größe zu diesem mächtigen Bauwerk! Mit welcher Pracht schwellen sie in seinen ungeheuren Gewölben an und verströmen ihre ehrfurchtgebietenden Harmonien in diesen Höhlen des Todes und erfüllen die stille Gruft mit Musik! – Und jetzt erheben sie sich zu triumphierendem Jubel, ihre harmonischen Laute steigen höher und höher und türmen Ton auf Ton. – Und jetzt lassen sie nach, und die sanften Stimmen des Chores brechen hervor in süßen, melodischen Klängen; sie schweben empor, schwirren die Decke entlang und scheinen in diesen hohen Gewölben wie die reinen Himmelslüfte zu spielen. Wieder entsendet die Orgel ihren durchdringenden Donner, drängt die Luft zum Klang zusammen und wälzt ihn fort auf die Seele. Welche langgezogenen Kadenzen! Welche feierlich dahinbrausenden

Akkorde! Sie werden immer stärker und mächtiger – sie erfüllen den ungeheuren Bau und scheinen die Mauern sprengen zu wollen – das Ohr ist betäubt – die Sinne sind überwältigt. Und jetzt schwingen sie sich empor in vollem Jubelton – sie erheben sich von der Erde gen Himmel – die Seele selbst scheint fortgerissen und in dieser schwellenden Flut der Harmonie aufwärts zu schweben.

Ich saß eine Zeitlang da, in jene Art von Träumerei versunken, in die uns die Musik bisweilen versetzen kann. Die Abendschatten verdichteten sich allmählich um mich her; die Denkmäler begannen eine immer tiefere Färbung anzunehmen, und der ferne Glockenton zeigte abermals den langsam schwindenden Tag an.

Ich erhob mich und schickte mich an, die Abtei zu verlassen. Als ich die Treppenflucht zum Hauptschiff hinunterging, fiel mein Auge auf den Schrein Eduards des Bekenners, und ich stieg die kleine Treppe hinauf, die zu ihm führt, um von dort einen allgemeinen Überblick über diese Wildnis von Gräbern zu bekommen. Der Schrein steht auf einer Art Plattform, und dicht dabei befinden sich die Gräber mehrerer Könige und Königinnen. Von dieser Höhe schaut das Auge zwischen Pfeilern und Grabtrophäen hinab auf die Kapellen und die unteren Räume, die mit Gräbern angefüllt sind, wo Krieger, Prälaten, Höflinge und Staatsmänner in ihren „Betten der Dunkelheit" modern. Dicht neben mir stand der große Krönungsstuhl, der im barbarischen Geschmack eines fernen, gotischen Zeitalters roh aus Eichenholz geschnitzt ist. Die Szene schien fast wie mit theatralischer Kunst ausgesonnen, um Eindruck auf den Beschauer zu machen. Hier war ein Sinnbild für Anfang und Ende menschlicher Pracht und Macht, hier war es buchstäblich nur ein Schritt vom Thron bis zum Grab. Sollte man nicht denken, daß diese gar nicht zueinander passenden Denkmäler nur darum zusammengestellt waren, um der noch lebenden Größe als Lehre zu dienen; um ihr selbst im Augenblick ihrer stolzesten Erhöhung die Nichtachtung und Geringschätzung zu zeigen, die auch sie bald treffen wird, wie bald die Krone, die ihre Stirn umgibt, zerfallen und sich hinlegen muß in den Staub und in die Erniedrigung des Grabes und sich vom Geringsten aus der Menge mit Füßen treten lassen muß? Denn seltsamerweise ist hier sogar das Grab kein Heiligtum mehr. Manche Naturen besitzen einen erschreckenden Leichtsinn, der sie mit ehrfurchtgebietenden und geweihten Dingen zu spielen verleitet; und es gibt niedrige Seelen, die ihr Ergötzen darin finden, sich an den erlauchten Toten für die verächtliche Huldigung und kriechende Unterwürfigkeit, die sie den Lebenden bezeigen, zu rächen. Der Sarg Eduards des Bekenners ist erbrochen und seine Gebeine sind ihres Leichenschmucks beraubt worden; das Zepter wurde aus der Hand der herrschsüchtigen Elisabeth gestohlen, und die Statue Heinrichs V. liegt ohne Kopf da. Kein einziges königliches Monument ist vorhanden, das nicht irgendeinen Beweis lieferte, wie heuchlerisch und vergänglich die Huldigung der Menschen ist. Einige sind geplündert, einige verstümmelt, andere mit Schimpf- und Spottworten bedeckt – alle sind mehr oder minder geschändet und entehrt!

Die letzten Strahlen des Tages fielen jetzt schwach durch die bemalten Fenster in die hohen Gewölbe über mir; die unteren Teile der Abtei waren schon in Dämmerung gehüllt. Die Kapellen und Seitenschiffe wurden immer düsterer. Die Bildnisse der Könige verblaßten im Schatten, die marmornen Figuren der Denkmäler nahmen in dem ungewissen Licht seltsame Formen an, der Abendwind wehte durch die Schiffe wie kalter Grabeshauch, und der Klang der entfernten Schritte eines Kirchendieners, der durch den Dichterwinkel wanderte, hatte etwas Seltsames und Unheimliches. Ich ging langsam den Weg zurück, den ich am Morgen gekommen war, und als ich das Tor des Kreuzgangs verließ, schloß sich die Tür mit einem knarrenden Geräusch hinter mir, von dem das ganze Gebäude widerhallte.

Ich bemühte mich, die Dinge, die ich gesehen hatte, in meinem Kopf etwas zu ordnen, doch ich fand, daß sie bereits unklar und verworren waren. Namen, Inschriften, Trophäen, alles hatte sich in meiner Erinnerung vermengt, obgleich ich kaum meinen Fuß über die Schwelle gesetzt hatte. Was anders, dachte ich, ist diese ungeheure Ansammlung von Grabmälern als eine Schatzkammer der Demütigung, ein mächtiger Stapel wiederholter Predigten über die Nichtigkeit des Ruhms und die Gewißheit des Vergessenwerdens! Es ist in der Tat das Reich des Todes, sein großer Schattenpalast, wo er auf dem Thron sitzt, um der Überreste menschlicher Eitelkeit zu spotten und Staub und Vergessenheit auf die Grüfte der Fürsten zu streuen. Welche törichte Prahlerei ist schließlich die Unsterblichkeit des Namens! Die Zeit wendet ohne Unterlaß schweigend ihre Blätter um; wir sind zu sehr durch die Geschichte der Gegenwart bedrängt, als daß wir an die Charaktere und Anekdoten dächten, die der Vergangenheit Interesse einflößten, und jedes Jahrhundert ist ein Band, der beiseite geworfen wird, um schnell vergessen zu werden. Der Abgott von heute verdrängt den Helden von gestern aus unserem Gedächtnis, und dieser wiederum wird durch seinen Nachfolger von morgen ersetzt. „Unsere Väter", sagt Thomas Brown, „finden ihre Gräber in unserer kurzen Erinnerung und lehren uns die traurige Wahrheit, daß wir in denen der Überlebenden begraben sein werden." Die Geschichte verblaßt zur Fabel, Tatsachen werden durch Zweifel und Widersprüche verdunkelt, die Inschrift auf der Tafel verwischt, die Statue fällt vom Piedestal. Säulen, Bögen, Pyramiden, was sind sie anders als Sandhaufen, und ihre Inschriften, was anders als in den Staub geschriebene Lettern? Was ist die Sicherheit eines Grabes oder die Dauer der Einbalsamierung? Die Überbleibsel Alexanders des Großen sind in alle Winde zerstreut, und sein leerer Sarkophag ist nun das bloße Schaustück eines Museums. „Die ägyptischen Mumien, die Kambyses oder die Zeit verschont hat, verzehrt jetzt die Habsucht; Mizraim heilt Wunden, und Pharao wird als Balsam verkauft."*

Was soll also diesen Bau, der nun hoch über mir emporragt, davor schützen, daß er das Schicksal noch mächtigerer Mausoleen teilt? Die Zeit muß kommen, da seine vergoldeten Gewölbe, die sich jetzt so stolz erheben, in Trümmern uns zu Füßen liegen, da statt der Klänge des Wohllauts und der Lobpreisung der Wind durch die zerbrochenen Bögen heult und der Uhu vom verfallenen Turm schreit, da der helle Sonnenstrahl in diese finstere Behausung des Todes bricht, der Efeu sich um die zerborstenen Säule rankt und der Fingerhut seine Blüten um die namenlose Urne hängt, als spotte er der Toten. So stirbt der Mensch dahin; sein Name verliert sich aus der Erinnerung und dem Gedächtnis; seine Geschichte gleicht einem Märchen, das man sich erzählt, und sogar sein Denkmal wird zur Ruine.

* Sir T. Brown (Anmerkung des Verfassers).

Aber ist denn das alte, alte, gute alte Weihnachten
verschwunden? Ist nichts als das Haar seines guten,
grauen, alten Hauptes und Bartes geblieben? Wohl-
an, so will ich dies haben, da ich sehe, daß ich nicht
mehr von ihm bekommen kann.

Zetergeschrei nach Weihnachten

Man konnte sehn getrost
    Zur Weihnachtszeit im Saal
Gut Feuer für den Frost,
    Für alt und jung ein Mahl.
Nachbarn lud man ins Haus,
    Bewillkommt jeden treu,
Stieß den Armen nicht hinaus,
    Als diese alte Mütze noch neu.

Altes Lied

Nichts übt in England einen angenehmeren Zauber auf meine
Phantasie aus als die Überreste der Festtagsbräuche und der
ländlichen Spiele früherer Zeiten. Sie rufen die Bilder zurück,
die meine Einbildungskraft sich am Maimorgen des Lebens auszumalen pflegte, als ich die Welt nur aus Büchern kannte und
glaubte, sie wäre ganz und gar so, wie sie die Dichter geschildert
haben; und sie bringen den Duft jener guten alten Zeiten mit
sich, in denen ich mir – vielleicht ebenso fälschlich – die Welt
gern viel häuslicher, geselliger und fröhlicher vorstelle als gegenwärtig. Ich bedaure, sagen zu müssen, daß sie täglich immer
schwächer werden, indem sie allmählich von der Zeit fortge-
schwemmt, aber noch mehr durch neue Moden vernichtet werden. Sie ähneln jenen malerischen Bruchstücken gotischer Architektur, die wir in verschiedenen Teilen des Landes zerbröckeln
sehen, teils vom Zahn der Zeit benagt, teils in den Zutaten und
Veränderungen späterer Zeiten untergegangen. Die Poesie klammert sich jedoch mit liebevoller Zärtlichkeit an die ländlichen
Spiele und festlichen Lustbarkeiten, denen sie so viele ihrer Themen entlehnt hat – wie der Efeu sein reiches Laub um den gotischen Bogen und den verfallenden Turm schlingt und sich dankbar für ihre Stütze bezeigt, indem er ihre morschen Überbleibsel
zusammenhält und sie in sein Grün gleichsam einbalsamiert.

Von allen alten Festen erweckt jedoch das Weihnachtsfest die
eindringlichsten und innigsten Gedankenverbindungen. Es liegt

darin ein feierliches und geheiligtes Gefühl, das sich in unsere Fröhlichkeit mischt und den Geist in einen Zustand andächtigen und erhöhten Genusses emporträgt. Die Gebetstexte der Kirche sind um diese Zeit besonders innig und zu Herzen gehend. Sie behandeln die schöne Geschichte vom Ursprung unseres Glaubens und die Hirtenszenen, die dessen Verkündigung begleiteten. Sie nehmen während der Adventszeit allmählich an Glut und Inbrunst zu, bis sie an dem Morgen, der den Menschen Friede und Wohlgefallen brachte, in hellen Jubel ausbrechen. Ich kenne keine großartigere Wirkung der Musik auf das sittliche Gefühl, als wenn ich den vollen Chor und die brausende Orgel in einer Kathedrale ein Weihnachtslied aufführen höre, das jeden Winkel des gewaltigen Bauwerks mit triumphierender Harmonie erfüllt.

Auch ist es eine althergebrachte schöne Einrichtung, daß dieses Fest, das an die Verkündigung der Religion des Friedens und der Liebe mahnt, die Zeit wurde, die Familien zu vereinigen und die Bande verwandter Herzen, welche die Angelegenheiten und Vergnügungen und Sorgen der Welt fortwährend zu lösen versuchen, wieder enger zu knüpfen, die Kinder eines Hauses, die in das Leben hinausgetrieben wurden und ihre eigenen Wege gegangen sind, heimzurufen, sie wieder einmal um den väterlichen Herd, jenen Sammelplatz zarter Neigungen, zu versammeln, damit sie dort in der teuren Erinnerung an die Kindheit aufs neue jung werden und sich lieben.

Schon in der Jahreszeit liegt etwas, was dem Weihnachtsfest einen besonderen Reiz verleiht. Zu anderen Zeiten verdanken wir ein gut Teil unserer Freuden der bloßen Schönheit der Natur. Unsere Gefühle schweifen hinaus und verstreuen sich über die sonnige Landschaft, und wir „leben draußen und überall". Der Gesang des Vogels, das Murmeln des Baches, der liebliche Duft des Frühlings, die sanfte Wollust des Sommers, die goldene Pracht des Herbstes, die Erde in ihrem Gewand aus erfrischendem Grün und der Himmel mit seinem tiefen, köstlichen Blau und seiner Wolkenherrlichkeit – das alles erfüllt uns mit stummem, aber süßem Entzücken, und wir schwelgen im Reichtum der Gefühle. Doch mitten im Winter, wenn die Natur, aller Reize beraubt, daliegt und sich in ihr Bahrtuch von aufgehäuftem Schnee hüllt, wenden wir uns geistigen Quellen zu, um aus ihnen Vergnügen zu schöpfen. Während das Öde und Wüste der Landschaft und die kurzen, düsteren Tage und dunklen Nächte unsere Wanderungen beschränken, hemmen sie zugleich unseren

Trieb umherzustreifen und sorgen dafür, daß wir die Vergnügungen eines geselligen Kreises um so mehr schätzen. Unsere Gedanken konzentrieren sich mehr; unser freundliches Mitgefühl wird stärker angeregt. Wir sind empfänglicher für den Reiz der Gesellschaft und werden dadurch, daß wir im Genuß aufeinander angewiesen sind, einander nähergebracht. Das Herz spricht zum Herzen, und wir schöpfen unsere Vergnügungen aus den tiefen Quellen lebendigen Wohlwollens, die in unserer Brust verborgen sind und die, wenn wir aus ihnen schöpfen, das reine Element häuslicher Glückseligkeit ausströmen.

Die undurchdringliche Dunkelheit draußen bewirkt, daß sich das Herz ausdehnt, wenn man in die Stube tritt, die ein abendliches Feuer erleuchtet und erwärmt. Der rötliche Feuerschein verbreitet künstlichen Sommer und Sonnenschein im Zimmer und erhellt jedes Gesicht zu einem freundlicheren Willkommen. Wo erweitert sich das ehrliche Gesicht der Gastfreundschaft zu einem gemütlicheren und herzlicheren Lächeln? wo ist der schüchterne Blick der Liebe süßer beredt als am winterlichen Kamin? und wenn der Wintersturm hohl durch den Saal pfeift, ferne Türen zuschlägt, um die Fensterflügel heult und im Schornstein rumort – was kann dann angenehmer sein als das Gefühl ruhiger und geschützter Sicherheit, mit dem wir im behaglichen Zimmer umher und auf das Bild häuslicher Fröhlichkeit schauen?

Die Engländer haben bei ihrer großen, in allen Gesellschaftsschichten verbreiteten Vorliebe für ländliche Gewohnheiten jene Fest- und Feiertage, welche die Stille des Landlebens angenehm unterbrechen, immer sehr geliebt, und sie haben in früheren Zeiten besonders genau die religiösen und gesellschaftlichen Weihnachtsbräuche gepflegt. Man liest mit Begeisterung selbst die trockenen Einzelheiten, die einige Historiker von den sonderbaren Einfällen, den burlesken Aufzügen und der völligen Hingabe an Heiterkeit und Gesellschaft berichtet haben, mit denen dieses Fest begangen wurde. Es schien alle Türen zu öffnen und alle Herzen zu erschließen. Es brachte den Bauer und den Edelmann einander näher und vereinigte alle Stände in einem warmen, großherzigen Strom der Freude und Gemütlichkeit. Die alten Säle der Schlösser und Herrenhäuser hallten wider von Harfe und Weihnachtsliedern, und ihre reichbesetzten Tafeln stöhnten unter der Last der Gastfreiheit. Selbst die ärmste Hütte begrüßte die festliche Jahreszeit mit dem grünen Schmuck des Lorbeers und der Stechpalmen; das lustige Feuer sandte seine Strahlen durch die Fensterläden und lud den Fremdling ein, auf die

Türklinke zu drücken und sich zu der plaudernden Familie zu gesellen, die um den Herd saß und sich den langen Abend durch uralte Späße und oft erzählte Weihnachtsgeschichten verkürzte.

Eine der unangenehmsten Wirkungen der modernen Zivilisation ist die Verwüstung, die sie unter den innigen alten Festtagsbräuchen angerichtet hat. Sie hat die scharfen Umrisse und lebendigen Formen dieser Verschönerungen des Lebens ganz und gar verwischt und der Gesellschaft ein glatteres und feineres, aber gewiß weniger charakteristisches Aussehen verliehen. Manche der Weihnachtsspiele und Zeremonien sind gänzlich verschwunden und, wie der Sherry des alten Falstaff, zu Gegenständen der Erörterungen und des Streites unter den Kommentatoren geworden. Sie blühten in lebenslustigen, fröhlichen Zeiten, als die Menschen das Dasein noch derb, doch herzlich und kräftig auskosteten; in wilden, malerischen Zeiten, die der Dichtkunst ihren reichsten Stoff und dem Drama die reizvollste Mannigfaltigkeit von Charakteren und Sitten geliefert haben. Die Welt ist weltlicher geworden. Es gibt mehr Zerstreuung und weniger Genuß. Das Vergnügen hat sich zu einem breiteren, aber seichteren Strom ausgedehnt und viele der tiefen und ruhigen Kanäle verlassen, in denen es sanft durch den stillen Bereich häuslichen Lebens dahinfloß. Die Gesellschaft hat sich einen aufgeklärteren und feineren Ton angeeignet, doch viele ihrer ausgeprägten lokalen Eigentümlichkeiten, ihrer urwüchsigen Gefühle und ihrer ehrbaren häuslichen Freuden verloren. Die traditionellen Gebräuche des goldenen Zeitalters, seine feudale Gastfreundschaft und seine gutsherrlichen Trinkgelage, sind mit den fürstlichen Schlössern und stattlichen Herrenhäusern, in denen sie gepflegt wurden, untergegangen. Sie paßten zum dämmrigen Saal, zu der großen eichengetäfelten Galerie und dem mit Gobelins behängten Gastzimmer, entsprechen aber nicht mehr den hellen, prächtigen Salons und bunten Wohnzimmern einer modernen Villa.

Wenn Weihnachten auch noch so sehr seine alten und festlichen Ehren eingebüßt hat, so ist es doch in England immer noch eine Zeit herrlicher Aufregungen. Es ist erfreulich, zu sehen, wie der Sinn für Häuslichkeit, der einen so mächtigen Platz im Herzen eines jeden Engländers zu behaupten scheint, wieder hellwach wird. Die Vorbereitungen, welche überall für die gesellige Tafel getroffen werden, die Freunde und Verwandte wieder vereinigen soll, die Geschenke an Leckerbissen, die abgeschickt

werden und eintreffen, jene Zeichen der Achtung, die alle wohlwollenden Gefühle auffrischen, die immergrünen Sträucher, die
an Häusern und Kirchen als Sinnbilder des Friedens und Frohsinns angebracht werden – alles das hat die wohltuendste Wirkung auf die Entstehung angenehmer Gedankenverbindungen und
wohlwollender Sympathien. Sogar das Lied der Weihnachtssän-
ger, so roh ihr Gesang auch sein mag, wirkt auf die in der Winternacht Wachenden wie vollkommene Harmonie. Wenn ich in
jener feierlichen Stunde, „wo tiefer Schlaf sich auf die Menschen-
kinder herabsenkt", durch sie geweckt wurde, habe ich ihnen mit
leisem Entzücken gelauscht, und wenn ich sie mit dem seligen,
fröhlichen Anlaß verknüpfte, kam es mir fast so vor, als ver-
nähme ich einen anderen himmlischen Chorgesang, welcher der
Menschheit Frieden und Wohlgefallen verkündigte.

Wie herrlich verwandelt die Phantasie, wenn diese seelischen
Empfindungen auf sie einwirken, alles in Melodie und Schönheit! Selbst das Krähen des Hahnes, den man bisweilen in der
tiefen ländlichen Ruhe hört, „wie er seinen befiederten Gattin-
nen die Stunden der Nacht ansagt", schien dem einfachen Volk
das Nahen dieses heiligen Festes anzukündigen:

> Sie sagen, immer, wenn die Jahrszeit naht,
> Wo man des Heilands Ankunft feiert, singe
> Die ganze Nacht durch dieser frühe Vogel;
> Dann darf kein Geist umhergehn, sagen sie,
> Die Nächte sind gesund, dann trifft kein Stern,
> Kein Elfe faht, noch mögen Hexen zaubern:
> So gnadenvoll und heilig ist die Zeit.

Welches Herz könnte bei der allgemeinen Aufforderung zur
Fröhlichkeit, dem eifrigen Treiben der Geister und der Regung
zärtlicher Neigungen, die zu dieser Zeit vorherrschen, unemp-
findlich bleiben? Es ist in der Tat die Zeit der Wiedergeburt aller
Gefühle, die Zeit, da nicht nur das Feuer der Gastfreundschaft
im Saal, sondern auch die belebende Flamme der Barmherzigkeit
in jeder Brust angezündet wird.

Das Erlebnis früher Liebe steigt wieder lebendig aus der unfruchtbaren Öde der Jahre, und der Gedanke an die Heimat, mit
dem Duft häuslicher Freuden durchwürzt, belebt den ermatten-
den Geist wieder, wie der Lufthauch in Arabien manchmal die
Frische ferner Gefilde zum müden Pilger in der Wüste hinüber-
trägt.

Obwohl für mich, der ich ein Fremdling und Gast in diesem Land bin, kein geselliger Herd glüht, unter keinem gastlichen Dach sich mir die Tür öffnet noch der warme Händedruck der Freundschaft mich an der Schwelle willkommen heißt, spüre ich den Einfluß dieser Zeit, der aus den glücklichen Gesichtern um mich her in meine Seele strahlt. Gewiß, die Glückseligkeit wird reflektiert wie das Licht des Himmels, und jedes vom Lächeln erhellte, von unschuldigem Frohsinn glühende Gesicht ist ein Spiegel, der anderen die Strahlen erhabener und ewig leuchtender Güte mitteilt. Wer sich finster vom Anblick des Glücks seines Nächsten abwenden und düster und verdrießlich in seiner Einsamkeit dasitzen kann, wenn alles um ihn her voll Freude ist, der mag wohl Augenblicke starker Erregung und egoistischer Zufriedenheit erleben, doch er entbehrt die geistige und gesellige Teilnahme, die den Zauber eines fröhlichen Weihnachtsfestes ausmacht.

Die Postkutsche

> Omne bene
> Sine poena
> Tempus est ludendi;
> Venit hora,
> Absque mora,
> Libros deponendi.
> *Altes Schulferienlied*

Auf den vorhergehenden Seiten habe ich einige allgemeine Bemerkungen über die Weihnachtsfeierlichkeiten in England gemacht und bin versucht, sie durch einige Anekdoten eines Christfests, das ich auf dem Lande verlebte, zu veranschaulichen; beim Durchlesen derselben möchte ich aber meinen Leser sehr höflich gebeten haben, den Ernst der Weisheit abzustreifen und jenen echten Feiertagsgeist anzunehmen, der mit der Torheit Nachsicht übt und sich nur nach Unterhaltung sehnt.

Während einer Dezemberreise durch Yorkshire fuhr ich am Tag vor Weihnachten eine lange Strecke in einem Postwagen. Die Kutsche war sowohl innen als auch außen mit Passagieren überfüllt, die, wie man aus ihren Reden schließen konnte, meist auf dem Weg zu den Wohnungen ihrer Verwandten oder Freunde waren, um dort das Weihnachtsessen zu verzehren.

Auch war sie mit Körben voll Wild und Schachteln und Kästchen voll Leckereien beladen, und rund um den Kutschbock hingen Hasen, deren lange Löffel herabbaumelten – Geschenke von fernen Freunden zum bevorstehenden Fest. Ich hatte drei hübsche Schulknaben mit roten Backen als Reisegefährten im Wagen, so kerngesund und männlichen Geistes, wie ich es oft bei den Kindern dieses Landes beobachtet habe. Sie fuhren hochgestimmt zu den Feiertagen nach Hause und versprachen sich eine Welt von Freuden. Es war köstlich, die gigantischen Vergnügungspläne der kleinen Schelme und die unglaublichen Heldenstreiche anzuhören, die sie während ihrer sechswöchigen Befreiung von der verhaßten Tyrannei der Bücher, des spanischen Rohrs und des Magisters ausführen wollten. Sie freuten sich schon im voraus auf das Wiedersehen mit der Familie und der übrigen Hausgenossen, bis hinab zur Katze und zum Hund; und auf das Vergnügen, das sie ihren kleinen Schwestern durch die Geschenke bereiten würden, mit denen sie sich die Taschen vollgestopft hatten; jedoch mit der größten Ungeduld schienen sie auf das Wiedersehen mit Bantam gespannt zu sein, der, wie ich fand, ein Pony war und ihrem Gespräch nach mehr Tugenden besaß als irgendein Roß seit den Tagen des Bucephalus. Wie es traben konnte! und wie laufen! und welche Sprünge es machte – es gab keine Hecke in der ganzen Grafschaft, über die es nicht hinwegsetzen konnte.

Sie waren der besonderen Obhut des Kutschers anvertraut, an den sie bei jeder Gelegenheit eine Unmasse von Fragen richteten und den sie für einen der besten Kerle in der ganzen Welt erklärten. Auch ich konnte nicht umhin, die ungewöhnliche Geschäftigkeit und die wichtige Miene des Kutschers zu bemerken, der seinen Hut etwas schief trug und einen gewaltigen Strauß Weihnachtsgrün im Knopfloch seines Rocks stecken hatte. So ein Kutscher ist stets eine vielbeschäftigte Persönlichkeit, besonders aber während dieser Zeit, da er infolge des großen Austauschs von Geschenken so viele Aufträge ausführen muß. Und hier wird es vielleicht meinen ungereisten Lesern nicht unangenehm sein, eine Skizze zu bekommen, die als allgemeine Schilderung dieser sehr zahlreichen und wichtigen Klasse von Beamten dienen kann, die eine eigene und für die gesamte Berufsgruppe typische Kleidung, Manier, Sprache und Miene haben, so daß, wo immer man einen englischen Postwagenkutscher sieht, er gar nicht mit dem Vertreter eines anderen Standes oder Gewerbes verwechselt werden kann.

Er hat gewöhnlich ein breites, volles Gesicht, seltsam rot gesprenkelt, als wäre das Blut durch grobe Nahrung in jedes Hautgefäß getrieben; er ist durch häufigen Genuß von Malzgebräu hübsch rundlich geworden, und seine Korpulenz wird durch eine Vielzahl von Röcken, in die er wie ein Blumenkohl eingehüllt ist und deren oberster ihm bis an die Fersen reicht, noch verstärkt. Er trägt einen breitkrempigen Hut mit niedrigem Kopf und ein dickes farbiges Tuch um den Hals, das geschickt geknotet und in den Busen gesteckt ist, und im Sommer hat er einen mächtigen Blumenstrauß im Knopfloch, höchstwahrscheinlich das Geschenk eines verliebten Landmädchens. Seine Weste ist gewöhnlich von irgendeiner hellen Farbe und gestreift, und seine Hose reicht weit über die Knie herab, wo sie an ein Paar Stulpenstiefel stößt, die seine Beine etwa bis zur Hälfte bedecken.

Diese ganze Tracht wird mustergültig in Ordnung gehalten; er setzt seinen Stolz darein, daß sein Anzug vom allerbesten Stoff ist, und trotz der scheinbaren Derbheit seiner Erscheinung bemerkt man doch immer jene Gepflegtheit und Sauberkeit der Person, die einem Engländer beinahe angeboren ist. Er erfreut sich auf der Landstraße großer Wichtigkeit und Beachtung, hat oft Beratungen mit den Hausfrauen in den Dörfern, die ihn als einen äußerst zuverlässigen und vertrauenswürdigen Mann betrachten, und er scheint sich mit jedem helläugigen Landmädchen gut zu verstehen. Sobald er an der Station eintrifft, wo die Pferde gewechselt werden müssen, wirft er die Zügel mit großartiger Geste herunter und überläßt die Tiere der Sorge des Hausknechts; denn seine Pflicht ist es nur, von einer Station zur anderen zu fahren. Wenn er vom Bock gestiegen ist, steckt er die Hände in die Taschen seines Überrockes und schlendert mit hoheitsvoller Herrschermiene auf dem Hof des Wirtshauses umher. Hier umringt ihn gewöhnlich ein bewundernder Haufe von Hausknechten, Stalljungen, Stiefelputzern und jenen namenlosen Schmarotzern, welche die Gasthöfe und Schenken belagern, Botengänge machen und alle möglichen niedrigen Dienstleistungen verrichten für das Vorrecht, sich an den Abfällen in der Küche und an den Überbleibseln in der Trinkstube gütlich tun zu dürfen. Sie alle schauen zu ihm auf wie auf ein Orakel, machen sich seinen Fachjargon zu eigen, wiederholen seine Meinungen über Pferde und andere Probleme der Reitkunde und bemühen sich vor allem, seine Miene und Haltung nachzuäffen. Jeder Lump, der bloß einen Rock auf dem Leib hat, steckt die

Hände in die Taschen, wiegt sich beim Gehen, spricht in Fach-
ausdrücken und ist ein Kutscher, wie er im Buche steht.

Vielleicht verdankte ich es der angenehmen Heiterkeit, die in
meinem Gemüt herrschte, daß ich während der Reise in jedem
Gesicht Frohsinn zu sehen glaubte. Eine Postkutsche bringt jedoch immer Leben mit sich und setzt, wenn sie dahinrollt, die
Welt in Bewegung. Das bei der Einfahrt in ein Dorf erschallende
Horn hat eine allgemeine Geschäftigkeit zur Folge. Einige stürzen herbei, um ihre Freunde zu begrüßen, andere, mit Bündeln
und Pappschachteln beladen, um sich Plätze zu sichern, und können in der Eile des Augenblicks nur mit knapper Not von der sie
begleitenden Menge Abschied nehmen. Mittlerweile hat der
Kutscher sich einer Unmasse kleiner Aufträge zu entledigen.
Hier liefert er einen Hasen oder Fasanen ab, da wirft er ein kleines Paket oder eine Zeitung zur Tür eines Wirtshauses hinein,
und dort händigt er mit vielsagendem Blick und ein paar schlau-
en Worten einem halb errötenden, halb lächelnden Hausmädchen ein merkwürdig geformtes Liebesbriefchen von irgendeinem
ländlichen Verehrer aus. Wenn die Kutsche durch das Dorf ras-
selt, rennt jedermann ans Fenster, und man gewahrt auf allen
Seiten frische Bauerngesichter und blühende, kichernde Mädchen.
An den Ecken sammeln sich Gruppen von Müßiggängern und
von klugen Leuten, die sich dort zu dem wichtigen Zweck auf-
stellen, die Gesellschaft vorbeifahren zu sehen; jedoch die weiseste Schar hat sich gewöhnlich vor der Tür des Hufschmieds
eingefunden, denn für diese ist das Vorüberfahren des Wagens
ein Ereignis, das zu vielen Spekulationen Anlaß gibt. Der
Schmied, der gerade den Huf eines Pferdes im Schoß hält, unterbricht seine Arbeit, sowie das Fuhrwerk vorbeirattert, die um
den Amboß stehenden Zyklopen lassen ihre tönenden Hämmer
ruhen und das Eisen kalt werden, und das rußige Gespenst in
der braunen Papiermütze, das sich am Blasebalg abmüht, lehnt
sich für eine Minute auf den Griff und läßt das engbrüstige
Werkzeug einen langgezogenen Seufzer tun, während er durch
den dichten Rauch und den Schwefeldunst der Schmiede
glotzt.

Vielleicht hat das bevorstehende Fest die Gegend mehr als
gewöhnlich belebt, denn es schien mir, als sähe jedermann munter aus und wäre bei guter Laune. Wild, Geflügel und andere
Leckerbissen der Tafel wanderten zwischen den Dörfern hin und
her; die Läden der Krämer, Metzger und Obsthändler waren
von Kunden überfüllt. Die Hausfrauen eilten geschäftig umher

und brachten ihre Wohnungen in Ordnung, und die glatten Zweige der Stechpalme mit ihren hellroten Beeren erschienen nach und nach in den Fenstern. Dieses Bild rief mir eines alten Schriftstellers Schilderung der Weihnachtsvorbereitungen ins Gedächtnis: „Jetzt müssen Kapaune und Hühner nebst Truthähnen, Gänsen und Enten sowie Ochsen und Hämmeln sterben, denn auf zwölf Tage kann eine Menge von Leuten nicht mit wenigem gesättigt werden. Jetzt füllen Pflaumen und Gewürz, Zucker und Honig die Lücken zwischen Pasteten und Fleischbrühen aus. Jetzt oder nie soll Musik erklingen, denn die Jugend muß tanzen und singen, um sich zu erwärmen, während die Alten am Feuer sitzen. Das Landmädchen vergißt die Hälfte seiner Einkäufe und muß nochmals weggeschickt werden, weil es am Heiligen Abend ein Spiel Karten mitzubringen vergaß. Groß ist der Wettstreit zwischen Stechpalme und Efeu, und ob der Mann oder die Frau die Hosen anhat. Würfel und Karten bringen dem Kellermeister Gewinn, und wenn's dem Koch nicht an Verstand fehlt, leckt er sich gewiß die Finger hübsch ab."

Aus diesen üppigen Gedanken weckte mich ein lauter Freudenschrei meiner kleinen Reisegefährten. Sie hatten während der letzten paar Meilen ständig aus den Kutschfenstern geschaut, jeden Baum und jede Hütte wiedererkannt, als sie sich der Heimat näherten, und nun gab es einen allgemeinen Ausbruch des Jubels: „Da ist John! und der alte Carlo! und dort Bantam!" so riefen die glücklichen kleinen Schelme und klatschten in die Hände.

Am Ende eines Weges stand ein alter, ernsthaft aussehender Bedienter in Livree, der auf sie wartete; er war von einem hochbetagten Hühnerhund und von dem sagenhaften Bantam begleitet, einer kleinen alten Ratte von Pony mit zottiger Mähne und langem, rostrotem Schweif, das ruhig und schläfrig an der Landstraße stand und sich die stürmischen Zeiten, die seiner harrten, wenig träumen ließ.

Mit Vergnügen nahm ich wahr, wie zärtlich die kleinen Burschen um den bedächtigen alten Diener herumsprangen und den Hund liebkosten, der vor Freude am ganzen Leib zitterte. Aber Bantam war der Hauptgegenstand ihres Interesses; jeder wollte ihn zugleich besteigen, und nur mit ziemlicher Schwierigkeit konnte es John durchsetzen, daß sie abwechselnd reiten sollten und der Älteste zuerst aufsitzen durfte.

Endlich setzten sie sich in Bewegung; einer saß auf dem Pony, dem der Hund bellend voraussprang, und die anderen hielten sich an Johns Händen; beide sprachen gleichzeitig und überschütteten ihn mit Fragen über zu Hause und mit Schulanekdoten. Ich schaute ihnen mit einem Gefühl nach, von dem ich selber nicht weiß, ob Freude oder Schwermut in ihm vorherrschte; denn ich erinnerte mich jener Tage, da ich wie sie weder von Sorge noch Kummer etwas wußte und da ein freier Tag der Höhepunkt irdischer Glückseligkeit war. Wir machten wenige Minuten später halt, um die Pferde zu tränken, und als wir unsere Fahrt fortsetzten, brachte uns eine Wendung des Weges ein hübsches Landhaus vor Augen. Ich konnte genau die Gestalten einer Dame und zweier junger Mädchen unter der Säulenhalle unterscheiden, und ich sah meine kleinen Kameraden mit Bantam, Carlo und dem alten John den Fahrweg entlangtraben. Ich lehnte mich zum Kutschfenster hinaus in der Hoffnung, Zeuge des glücklichen Wiedersehens zu sein, doch eine Baumgruppe entzog sie meinen Blicken.

Am Abend erreichten wir ein Dorf, in dem ich zu übernachten beschloß. Als wir in den großen Torweg des Gasthofs einfuhren, sah ich auf der einen Seite das Licht eines flackernden Küchenfeuers durch ein Fenster leuchten. Ich trat ein und bewunderte zum hundertsten Male jenes Bild der Behaglichkeit, Sauberkeit und gemütlichen, ehrbaren Frohsinns – die Küche eines englischen Wirtshauses. Sie war geräumig, ringsherum mit hellblitzenden Kupfer- und Zinngeräten behängt und hier und da mit Weihnachtsgrün verziert. Schinken, Zungen und Speckseiten hingen von der Decke herab, ein Bratenwender rasselte unaufhörlich neben dem Herd, und eine Uhr tickte in einer Ecke. Ein blank gescheuerter Tisch aus rohen Kiefernbrettern erstreckte sich längs der einen Seite der Küche, mit einem Stück kaltem Rindfleisch und anderen derben Speisen darauf, über die zwei schäumende Krüge mit Ale Wache zu halten schienen. Reisende geringeren Standes schickten sich an, auf diese kräftige Kost einen Angriff zu machen, während andere schmauchend und schwatzend bei ihrem Ale auf zwei hochlehnigen Eichenschemeln neben dem Feuer saßen. Hübsche Hausmädchen eilten hin und her unter dem Zepter einer frischen, geschäftigen Wirtin, wobei sie aber gelegentlich einen Augenblick wahrnahmen, ein flüchtiges Wort mit der Gruppe am Feuer zu wechseln und herzhaft zu lachen. Das Bild verwirklichte vollkommen die bescheidene Vorstellung des armen Robin von der Behaglichkeit eines Winterabends:

Jetzt sind des Laubs die Bäume bar,
Zu grüßen des Winters Silberhaar;
Die Wirtin schmuck, der Wirt fidel,
'ne Scheibe Brot, ein Krug voll Ale,
Tabak und gutes Kohlenfeuer,
Das darf man wohl verlangen heuer.*

Ich war noch nicht lange im Gasthof, als ein Postwagen an der
Tür vorfuhr. Ein junger Mann stieg aus, und beim Schein der
Lampe erblickte ich ein Gesicht, das ich zu kennen glaubte. Ich
trat näher, um es genauer zu betrachten, als sein Blick den meinen traf. Ich hatte mich nicht getäuscht: es war Frank Bracebridge, ein fröhlicher, gutgelaunter junger Bursche, mit dem ich
einst auf dem Kontinent gereist war. Unsere Begegnung war
überaus herzlich, denn der Anblick eines alten Reisegefährten
ruft uns stets tausend angenehme Szenen, seltsame Abenteuer
und vortreffliche Späße ins Gedächtnis zurück. Alle diese bei
einem flüchtigen Wiedersehen in einem Gasthof zu erörtern war
unmöglich, und als er merkte, daß meine Zeit nicht drängte und
ich bloß eine Erkundungsreise machte, bestand er darauf, daß
ich ein oder zwei Tage auf seines Vaters Landgut zubrächte, das
nur ein paar Meilen entfernt lag und wo er die Feiertage ver-
leben wollte. „Es ist besser, als in einem Wirtshaus ein einsames
Weihnachtsessen einzunehmen", sprach er, „und ich kann Ihnen
eine herzliche Aufnahme, etwas im althergebrachtem Stil, versprechen." Seine Gründe waren unwiderstehlich, und ich muß
einräumen, daß die Anstalten, die ich zur allgemeinen Festlichkeit und zum geselligen Genuß treffen sah, mir meine Einsamkeit ziemlich fühlbar machten. Ich nahm also ohne weiteres seine
Einladung an, die Chaise fuhr an der Tür vor, und in wenigen
Minuten befand ich mich auf dem Wege zum Stammhaus der
Bracebridge.

* Der Almanach des armen Robin, 1684 (Anmerkung des Verfassers).

Sankt Franz und heil'ger Benedikt,
Aus diesem Haus das Unglück schickt,
Den Alp und Kobold und den Puck,
Freund Robin und den andern Spuk;
Vor bösen Geistern wollt es retten,
Vor Feen, Wieseln, Ratten, Fretten!
    Vom Nachtgeläut
    Bis Morgenzeit.

Cartwright

Es war eine herrliche mondhelle, aber entsetzlich kalte Nacht,
unser Wagen flog pfeilschnell über den gefrorenen Boden, der
Postillion knallte unaufhörlich mit seiner Peitsche, und eine Zeitlang liefen die Pferde im Galopp. „Er weiß, wohin es geht",
sagte mein Begleiter lachend, „und ist erpicht darauf, rechtzeitig anzukommen, damit er an der Heiterkeit und dem guten
Mahl in der Gesindestube teilnehmen kann. Mein Vater, müssen
Sie wissen, ist ein eifriger Anhänger der alten Schule und setzt
seinen Stolz darein, die alte englische Gastfreiheit noch einigermaßen aufrechtzuerhalten. Er ist ein passables Beispiel von dem,
was Sie heutzutage nur noch selten in seiner Reinheit antreffen,
vom alten englischen Landedelmann; denn unsere Reichen verbringen so viel von ihrer Zeit in der Stadt, und die Mode greift
so sehr auf das Land über, daß die kräftigen, mannigfaltigen
Eigentümlichkeiten des alten Landlebens beinahe abgeschliffen
sind. Mein Vater wählte jedoch seit seiner frühesten Jugend den
ehrlichen Peacham* statt des Chesterfield zu seinem Muster-
buch; er kam zu dem Schluß, daß in Wahrheit kein ehrenvollerer
und beneidenswerterer Stand existiere als der eines Gutsherrn
auf seinem väterlichen Grund und Boden, und verbringt demzu-
folge seine ganze Zeit auf seinem Gut. Er ist ein eifriger Ver-
fechter der Wiedereinführung der alten ländlichen Spiele und
Festtagsbräuche und äußerst belesen in den alten und neuen
Schriftstellern, die dieses Thema behandelt haben. In der Tat,
seine Lieblingslektüre sind die Autoren, die vor mindestens zwei
Jahrhunderten gelebt haben und die, wie er fest behauptet, viel
mehr wie echte Engländer schrieben und dachten als irgendeiner
ihrer Nachfolger. Er bedauert es sogar manchmal, daß er nicht

* Peachams „Vollkommener Gentleman", 1622 (Anmerkung des
Verfassers).

ein paar hundert Jahre früher geboren ist, als England noch England war und seine eigentümlichen Sitten und Gebräuche hatte. Weil er in einiger Entfernung von der Landstraße in einem ziemlich einsamen Teil der Grafschaft wohnt, ohne irgendwelche Nachbarn seines Standes in der Nähe, genießt er die für einen Engländer beneidenswerteste aller Segnungen, nämlich die Gelegenheit, seinen Launen unbelästigt nachgehen zu können. Da er der Repräsentant der ältesten Familie in der Umgegend ist und ein großer Teil der Bauern seine Pachtleute sind, steht er in hohem Ansehen und ist einfach unter dem Namen ,der Squire' bekannt, ein Titel, den man seit undenklichen Zeiten dem Familienoberhaupt zuerkennt. Es ist am besten, denke ich, wenn ich Ihnen diese Andeutungen über meinen würdigen alten Vater mache, um Sie auf die kleinen Sonderbarkeiten vorzubereiten, die Ihnen sonst verrückt erscheinen könnten."

Wir waren einige Meter an der Mauer eines Parks entlanggefahren, und endlich hielt die Chaise vor dem Tor. Es war in einem schweren, prachtvollen alten Stil gehalten und bestand aus Eisenstäben, die an den Spitzen phantastisch in Verzierungen und Blumen ausliefen. Die gewaltigen viereckigen Pfeiler, welche die Torflügel trugen, waren mit dem Familienwappen geschmückt. Dicht daneben stand das Pförtnerhäuschen, unter dunklen Fichten versteckt und im Strauchwerk fast vergraben.

Der Postillion läutete an einer mächtigen Pförtnerglocke, die durch die stille frostige Luft tönte und in der Ferne vom Gebell der Hunde beantwortet wurde, welche das Herrenhaus zu bewachen schienen. Eine alte Frau zeigte sich sofort am Tor. Weil das Mondlicht hell auf sie fiel, sah ich deutlich, daß es eine kleine, sehr altfränkisch gekleidete Frau mit einem hübschen Halstuch und Brustlatz war, deren Silberhaar unter einer schneeweißen Haube hervorlugte. Sie kam knicksend heran und äußerte immer wieder ihre schlichte Freude, als sie ihren jungen Herrn sah. Ihr Mann schien oben im Herrenhaus zu sein und in der Gesindestube das Weihnachtsfest mitzufeiern; man konnte dort nicht ohne ihn auskommen, da er der beste Sänger und Erzähler des Haushalts war.

Mein Freund schlug vor, auszusteigen und durch den Park zum Haus zu gehen, das nicht mehr weit entfernt lag; die Chaise sollte uns langsam folgen. Unser Weg schlängelte sich durch eine stattliche Allee von Bäumen, zwischen deren nackten Ästen der Mond schimmerte, wie er am hohen Gewölbe des wolkenlosen

Himmels dahinsegelte. Der Rasen dahinter war mit einer leichten Schneedecke überzogen, die hier und da glitzerte, wenn die
Mondstrahlen auf ein Eiskristall fielen, und in der Ferne konnte
man einen dünnen, durchsichtigen Dunst sehen, der aus den Nie-
derungen aufstieg und nach und nach die Landschaft zu verhül-
len drohte.

Mein Gefährte schaute sich entzückt um: „Wie oft", sagte er,
„bin ich diese Allee hinaufgesprungen, wenn ich in den Schul-
ferien heimkehrte! Wie oft habe ich als Knabe unter diesen Bäumen gespielt! Ich empfinde eine Art kindlicher Ehrfurcht vor
ihnen, ähnlich der, mit welcher wir zu denen aufblicken, die uns
in unserer Kindheit gehegt und gepflegt haben. Mein Vater war
stets ängstlich darauf bedacht, daß wir unsere Feiertage ein-
hielten und bei Familienfesten um ihn waren. Er hatte die Gewohnheit, unsere Spiele mit gleicher Sorgfalt zu leiten und zu
überwachen, mit der viele Eltern die Schularbeiten ihrer Kinder
beaufsichtigen. Er legte großen Wert darauf, daß wir die alten
englischen Spiele in ihrer ursprünglichen Form spielten, und zog
für jede ‚lustige Ergötzlichkeit‘ alte Bücher als Muster und
Autorität zu Rate, und doch versichere ich Ihnen, niemals gab es
eine so reizende Pedanterie. Es war die Politik des guten alten
Herrn, seine Kinder fühlen zu lassen, daß das Elternhaus die
glücklichste Stätte in der Welt sei, und ich schätze dies köstliche
Heimatgefühl als eine der herrlichsten Gaben, die ein Vater seinen Kindern verleihen kann."

Wir wurden durch das Gebell einer Horde von Hunden aller
Arten und Größen, „Blendlingen, jungen Hunden, Möpsen,
Jagdhunden und Kötern gemeiner Rasse", unterbrochen, die,
vom Klang der Pförtnerglocke und vom Gerassel der Chaise
aufgescheucht, mit offenen Schnauzen über den Rasen daherge-
stürmt kamen.

> „Die kleinen Hunde und alle,
> Tray, Blanche und Sweetheart, bellen, traun! mich an",

rief Bracebridge lachend. Beim Ton seiner Stimme verwandelte
sich das Gebell in ein Freudengekläff, und im Nu war er umringt und von den Liebkosungen der treuen Tiere beinahe überwältigt.

Jetzt bot sich uns der volle Anblick des alten Herrenhauses
dar, das, teils in tiefen Schatten gehüllt, teils vom kalten Mondlicht beleuchtet, dalag. Es war ein unregelmäßiges Gebäude von

ziemlicher Größe; seine Architektur schien aus verschiedenen Perioden zu stammen. Ein Flügel war offenbar sehr alt, mit schweren, von Quadersteinen umrahmten, weit vorspringenden Erkerfenstern, um die sich Efeu rankte und unter dessen Laub die kleinen rautenförmigen Glasscheiben im Mondschein glitzerten. Der übrige Teil des Hauses war im französischen Geschmack aus der Zeit Karls II. erbaut und, wie mir mein Freund erzählte, von einem seiner Ahnen, der mit jenem Monarchen nach Wiederherstellung des Königtums zurückkehrte, ausgebessert und umgestaltet worden. Der Park um das Haus war im alten strengen Stil angelegt, mit künstlichen Blumenbeeten, beschnittenen Hecken, erhöhten Terrassen, schweren Steinbalustraden, die mit Urnen geschmückt waren, ein oder zwei plumpen Statuen und einem Springbrunnen. Der alte Herr achtete, wie ich mir sagen ließ, sehr darauf, daß dieser veraltete Zierat ganz in seinem ursprünglichen Zustand erhalten blieb. Er bewunderte diese Form der Gartenanlage; sie habe ein Ansehen von Pracht, sei höfisch und fein und passe zum guten alten Familienstil. Die vielgepriesene Nachahmung der Natur in der modernen Gartenkunst sei mit den neueren republikanischen Begriffen entstanden, schicke sich aber nicht für eine Monarchie: sie schmecke nach dem System der Freiheit und Gleichheit. – Ich mußte über die Einführung der Politik in die Gartenkunst lächeln, wobei ich einige Besorgnis ausdrückte, daß ich den alten Herrn ziemlich unduldsam in seinen Ansichten finden möchte. – Frank versicherte mir jedoch, daß dies beinahe die einzige Gelegenheit sei, bei der er seinen Vater habe sich mit Politik befassen hören, und er meinte, diese Idee habe ihm ein Parlamentsmitglied in den Kopf gesetzt, das einst ein paar Wochen bei ihm verlebte. Der Squire freue sich über jeden Grund, seine beschnittenen Hecken und steifen Terrassen zu verteidigen, die gelegentlich von neueren Landschaftsgärtnern angegriffen worden seien.

Als wir uns dem Haus näherten, vernahmen wir aus dem einen Ende des Gebäudes Musik und hin und wieder lautes Gelächter. Dies, sagte Bracebridge, müsse aus der Gesindestube kommen, wo ein ausgelassenes Treiben während der zwölf Weihnachtstage vom Squire nicht nur gestattet, sondern sogar gefördert werde, vorausgesetzt, daß alles ganz nach altem Brauch vor sich gehe. Hier würden die alten Spiele wie Blindekuh, Pferdbeschlagen, Schinkenklopfen, Brotstehlen, Apfelhängen und Greifdrachen gespielt; der Julblock und das Weihnachtslicht würden regelmäßig verbrannt und die Mistel mit ihren

weißen Beeren zur ungeheuren Gefahr für alle hübschen Hausmädchen aufgehängt.*

Die Bedienten waren so mit ihren Spielen beschäftigt, daß
wir wiederholt klingeln mußten, bevor man uns hörte. Nachdem
unsere Ankunft gemeldet war, kam der Squire zu unserer Begrüßung heraus, gefolgt von seinen beiden anderen Söhnen: der
eine ein junger Offizier, der sich auf Urlaub zu Hause befand,
der andere ein Oxforder Student, der gerade von der Universität kam. Der Squire war ein schöner, gesund aussehender alter
Herr mit Silberhaar, das sich leicht um ein offenes, blühendes
Gesicht kräuselte, in dem ein Physiognomiker, wenn er wie ich
den Vorteil gehabt hätte, vorher einige Winke zu erhalten, ein
eigentümliches Gemisch von Laune und Wohlwollen entdecken
konnte.

Die Begrüßung der Familienmitglieder war warm und herzlich; weil der Abend weit vorgerückt war, wollte der Squire uns
nicht erlauben, unsere Reisekleider zu wechseln, sondern geleitete uns ohne weiteres zur Gesellschaft, die sich in einer großen
altmodischen Halle versammelt hatte. Sie bestand aus verschiedenen Zweigen eines zahlreichen Familienverbandes, darunter
die übliche Zahl von Onkeln und Tanten, gut verheirateten Damen, alten Jungfern, blühenden Vettern vom Lande, halbflüg-
gen Burschen und helläugigen höheren Töchtern. Sie beschäftig-
ten sich auf mannigfaltige Weise; einige spielten Karten, andere
unterhielten sich am Kamin; an dem einen Ende des Saals war
eine Gruppe junger Leute, von denen einige beinahe erwachsen,
einige noch im zarteren und knospenden Alter waren, durch ein
lustiges Spiel völlig in Anspruch genommen; und eine Fülle
hölzerner Pferde, Kindertrompeten und zerrissener Puppen,
die auf dem Boden umherlagen, verrieten die frühere Anwesenheit einer Gesellschaft kleiner Elfenwesen, die, nachdem sie
sich einen glücklichen Tag lang ergötzt hatten, zu Bett gebracht worden waren, um eine friedliche Nacht hindurch zu
schlummern.

Während der junge Bracebridge seine Verwandten begrüßte,
hatte ich Zeit, das Zimmer genau zu betrachten. Ich nannte es
eine Halle, denn eine solche war es gewiß in alten Zeiten ge-

* Die Mistel wird noch immer zu Weihnachten in den Bauernhäusern und Küchen aufgehängt, und die jungen Männer haben das Vorrecht, die Mädchen unter ihr zu küssen, wobei sie gleichzeitig eine
Beere vom Strauß pflücken. Sobald alle Beeren gepflückt sind, hört das
Vorrecht auf. (Anmerkung des Verfassers)

wesen, und der Squire hatte sich augenscheinlich bemüht, ihr ur-
sprüngliches Aussehen einigermaßen wiederherzustellen. Über
dem schwerfälligen, weit vorspringenden Kamin hing das Bild
eines Kriegers, der in voller Rüstung neben einem Schimmel
stand, und an der Wand gegenüber hingen ein Helm, ein Schild
und eine Lanze. An dem einen Ende war ein mächtiges Hirschgeweih in die Mauer eingefügt, dessen Äste als Haken für Hüte,
Peitschen und Sporen dienten, und in den Ecken des Raums erblickte man Vogelflinten, Fischernetze und andere Jagdgeräte.
Die Möbel waren derbe Handwerksstücke früherer Zeiten, obgleich mehrere moderne und bequeme Gegenstände hinzugefügt
worden waren, und der eichene Fußboden war mit Teppichen
belegt, so daß das Ganze eine seltsame Mischung von Wohnstube und Saal ergab.

Der Rost war aus dem breiten, mächtigen Kamin entfernt, um
einem Holzfeuer Platz zu machen, in dessen Mitte ein ungeheurer Block glühte und sprühte und eine große Helligkeit und
Wärme ausstrahlte; dies war, wie ich erfuhr, der Julblock, den
der Squire an jedem Heiligen Abend nach althergebrachter Sitte
hereinschaffen und anzünden ließ.*

Es war wirklich ein köstlicher Anblick, den alten Squire in

* Der Julblock ist ein mächtiger Holzklotz, zuweilen die Wurzel
eines Baumes, die am Heiligabend feierlich ins Haus gebracht, in den
Kamin gelegt und mit einem Brand vom Block des vergangenen Jahres angezündet wird. Solange er brannte, trank man wacker, sang und
erzählte Geschichten. Zuweilen zündete man gleichzeitig Weihnachtskerzen an, aber in den Bauernhütten bildete das rötliche Licht des
großen Holzfeuers die einzige Beleuchtung. Der Julblock mußte die
ganze Nacht hindurch brennen; ging er aus, so galt das als böses Vorzeichen.
Herrick erwähnt dies in einem seiner Lieder:

> Kommt, bringt mit Jubel,
> Ihr lust'gen, lust'gen Buben,
> Den Weihnachtsblock an den Herd;
> Meine Hausfrau, die sagt:
> Nehmt, was euch behagt,
> Und trinkt, was das Herz begehrt.

Der Julblock wird noch heute in England in manchen Bauernhäusern
und Küchen verbrannt, vor allem im Norden, und die Landbevölkerung verbindet damit verschiedene abergläubische Vorstellungen.
Wenn eine schielende oder barfüßige Person ins Haus kommt, während
er brennt, so sieht man das als ein böses Omen an. Was vom Julblock
übrigbleibt, hebt man sorgfältig auf, um damit im nächsten Jahr das
Weihnachtsfeuer anzuzünden. (Anmerkung des Verfassers)

seinem Erb-Lehnstuhl neben dem gastfreien Kamin seiner Vorfahren sitzen zu sehen, wie er sich, der Sonne eines Planetensystems ähnlich, umschaute und Wärme und Frohsinn in jedes Herz strahlte. Sogar der Hund, der ausgestreckt zu seinen Füßen lag, blickte, wenn er träge seine Lage veränderte und gähnte, liebevoll seinem Herrn ins Gesicht, wedelte mit dem Schwanz auf dem Fußboden und streckte sich wieder zum Schlafen aus, der guten Behandlung und des Schutzes sicher. In echter Gastfreundschaft liegt ein Wohlwollen des Herzens, das sich nicht beschreiben läßt, das man aber unmittelbar empfindet und das den Fremden mit einem Schlag heimisch macht. Ich hatte kaum einige Minuten am behaglichen Herd des würdigen alten Kavaliers gesessen, als ich mich schon so sehr zu Hause fühlte, wie wenn ich ein Angehöriger der Familie gewesen wäre.

Bald nach unserer Ankunft wurde gemeldet, daß das Abendessen aufgetragen sei. Es war in einem geräumigen Zimmer angerichtet, dessen Eichentäfelung vom Wachs glänzte und in dem ringsum verschiedene, mit Stechpalmen und Efeu verzierte Ahnenbilder hingen. Außer den gewöhnlichen Lichtern standen zwei große Wachskerzen, Weihnachtslichter genannt, auf einem hellpolierten Speisetisch unter dem Familiensilber. Die Tafel war im Überfluß mit kräftigen Speisen besetzt; jedoch aß der Squire bloß Frumenty, ein aus Weizenkuchen zubereitetes, mit vielen Gewürzen in Milch gekochtes Gericht, das in alten Zeiten die am Heiligabend übliche Speise war. Ich war glücklich, mein altes Leib- und Magengericht, feingehacktes Pastetenfleisch, beim Festmahl zu sehen, und weil ich es überaus schmackhaft fand und ich nicht nötig hatte, mich meiner Vorliebe zu schämen, so begrüßte ich es mit all der Wärme, mit der wir gewöhnlich einen alten und sehr sympatischen Bekannten begrüßen.

Die Fröhlichkeit der Gesellschaft wurde durch den Humor einer exzentrischen Person außerordentlich gesteigert, die Herr Bracebridge immer mit dem seltsamen Namen „Meister Simon" anredete. Es war ein untersetztes, flinkes Männlein mit der Miene eines durchtriebenen alten Hagestolzes. Seine Nase war wie ein Papageienschnabel geformt und sein Gesicht leicht mit Pockennarben betupft und ständig von einer trockenen Röte überzogen, wie ein durch Frost versehrtes Blatt im Herbst. Er hatte äußerst scharfe und lebhafte Augen und eine drollige und schlaue Schalkhaftigkeit des Ausdrucks, die unwiderstehlich war.

Er spielte offenbar den Witzbold in der Familie, trieb mit den Damen schelmische Späße und Scherze und erregte ungeheure Heiterkeit durch seine Anspielungen auf alte Erlebnisse, an denen ich mich unglücklicherweise wegen meiner Unkenntnis der Familienchronik nicht zu erfreuen vermochte. Es schien sein größtes Vergnügen zu sein, während des Abendessens ein junges Mädchen neben sich fortwährend in einen unterdrückten Lachkrampf zu versetzen, trotz ihrer Furcht vor den tadelnden Blicken ihrer Mutter, die ihr gegenübersaß. Er war in der Tat der Abgott des jüngeren Teiles der Gesellschaft, die über alles, was er sagte oder tat, und bei jeder Veränderung seiner Miene lachte. Dies nahm mich nicht wunder, denn er mußte in ihren Augen ein Wunder an Vollkommenheit sein. Er konnte den Harlekin und die Judith nachahmen, mittels eines gebrannten Korks und eines Taschentuchs ein altes Weib aus seiner Hand machen und aus einer Orange eine so possierliche Karikatur schneiden, daß das junge Volk vor Lachen beinahe sterben wollte.

Frank Bracebridge weihte mich kurz in seine Geschichte ein. Er war ein alter Junggeselle mit einem kleinen, unabhängigen Einkommen, das bei sorgsamer Verwaltung für alle seine Bedürfnisse ausreichte. Er kreiste durch das Familiensystem wie ein umherschweifender Komet in seiner Kreisbahn, indem er bald den einen Zweig und bald einen anderen, ganz entfernten besuchte, wie es häufig in England bei Herren von ausgebreiteten Beziehungen und geringem Vermögen der Fall ist. Er hatte ein lustiges, frisches Gemüt, das stets die Gegenwart genoß, und sein ständiger Wechsel des Ortes und der Gesellschaft verhinderte, daß er jene grämlichen, unverträglichen Gewohnheiten annahm, die man den alten Hagestolzen so unbarmherzig in die Schuhe schiebt. Er war eine wandelnde Familienchronik, da er in der Genealogie, der Geschichte und den Wechselheiraten des ganzen Hauses Bracebridge bewandert war, was ihn zum großen Liebling der alten Leute machte; er war ein Verehrer aller ältlichen Damen und alten Jungfern, bei denen er gewohnheitsmäßig noch immer als ein junger Bursche galt, und der Spielmeister der Kinder, so daß es kein beliebteres Wesen in der Sphäre gab, in der er sich bewegte, als Herrn Simon Bracebridge. In den letzten Jahren hatte er fast ständig beim Squire gewohnt, dessen Faktotum er geworden war und dem er dadurch besondere Freude bereitete, daß er dessen Ansichten über die alten Zeiten beipflichtete und stets ein paar alte Lieder bereit hatte, die zu

jeder Gelegenheit paßten. Wir bekamen sogleich eine Probe dieses zuletzt erwähnten Talents, denn kaum war das Abendessen
ab- und gewürzter Wein und andere der Jahreszeit angemessene
Getränke aufgetragen, als Meister Simon zu einem guten alten
Weihnachtslied aufgefordert wurde. Er besann sich einen Augenblick und trillerte dann mit funkelnden Augen und einer keineswegs schlechten Stimme, die nur gelegentlich, wie die Töne eines
gespaltenen Rohrs, ins Falsett überging, eine komische alte
Weise:

> „'s ist heut Weihnachtstag.
> Drum mit Trommelschlag
> Und mit lautem Schall
> Ruft die Nachbarn all!
> Sind sie erschienen,
> Ei, so gebt ihnen
> Gut Trinken und Essen,
> Daß sie Wind und Wetter vergessen", usw.

Das Abendessen hatte jeden fröhlich gestimmt, und es wurde
ein alter Harfenspieler aus der Bedientenstube hergerufen, wo
er den ganzen Abend geklimpert und allem Anschein nach sich
ein wenig am selbstgebrauten Bier des Squire gütlich getan hatte.
Er war, wie man mir erzählte, eine Art Anhängsel des Hauswesens und, wenn auch eindeutig ein Dorfbewohner, doch häufiger in der Küche des Squire als in seinem eigenen Haus zu finden, da der alte Herr den Klang der „Harfe in der Halle" liebte.
Der Tanz war, wie die meisten Tänze nach Tisch, sehr lustig;
einige der älteren Leute nahmen daran teil, und sogar der Squire
machte verschiedene Touren mit einer Dame, mit der er, wie er
mir versicherte, seit fast einem halben Jahrhundert an jedem
Weihnachtsfest getanzt hatte. Meister Simon, der eine Art Bin-
deglied zwischen der alten und neuen Zeit und zugleich etwas
altmodisch in der Ausübung seiner Talente zu sein schien, tat sich
offenbar nicht wenig auf sein Tanzen zugute und suchte durch
Balance, Rigodon und andere Kunststücke der alten Schule Auf-
sehen zu erregen; aber unglücklicherweise war seine Partnerin
ein kleines ausgelassenes Pensionatsmädchen, das ihn durch
ihre wilde Lebhaftigkeit fortwährend in Atem hielt und sein
eifriges Streben nach Eleganz vereitelte: so sind die ungleichen
Verbindungen, zu denen ältere Herren leider nur zu sehr neigen!

Der junge Oxforder Student hatte dagegen eine seiner unver-
heirateten Tanten aufgefordert, welcher der Schelm ungestraft
tausend kleine Possen spielte. Er hatte lauter Schabernack im
Kopf, und sein größtes Vergnügen bestand darin, seine Tanten
und Kusinen zu necken; dennoch war er, wie alle flotten Burschen, der allgemeine Liebling der Frauen. Das interessanteste
Paar beim Tanzen war aber der junge Offizier und ein Mündel
des Squire, ein schönes, errötendes Mädchen von siebzehn Jahren. Aus mehreren verstohlenen Blicken, die ich im Laufe des
Abends bemerkte, vermutete ich, daß sich ein kleines Verhältnis
zwischen ihnen entspann; und in der Tat war der junge Soldat
ganz der Held, der ein romantisches Kind erobert. Er war groß,
schlank und hübsch und hatte sich, wie die meisten jungen britischen Offiziere der letzten Jahre, mannigfaltige Fertigkeiten auf
dem Festland angeeignet: er sprach Französisch und Italienisch,
zeichnete Landschaften, sang ganz leidlich, tanzte göttlich, doch
vor allem – er war bei Waterloo verwundet worden; welches
siebzehnjährige Mädchen, das in Gedichten und Romanen belesen ist, könnte einem solchen Muster an Ritterlichkeit und Vollkommenheit widerstehen?!

Sobald der Tanz vorbei war, ergriff er eine Gitarre, und indem er sich in einer Stellung, von der ich fast glaube, daß er sie
einstudiert hatte, gegen den alten marmornen Kamin lehnte, begann er die kleine französische Arie aus dem Troubadour. Der
Squire verwahrte sich jedoch dagegen, am Heiligen Abend etwas
anderes als gutes altes Englisch zu hören, worauf der junge Minnesänger, nachdem er eine Minute seine Augen gegen die Decke
gerichtet hatte, als strengte er sein Gedächtnis an, in eine andere
Melodie überging und mit reizender Galanterie Herricks „Ständ-
chen an Julia" zum besten gab:

„Glühwürmchen leihn ihr Licht dir,
Sternschnuppen folgen dicht dir;
   Auch der Elfen Schar
   Mit ihren Äuglein klar
Feuerfunkelnd fehlen nicht dir.

Kein Irrlicht necke leis dich,
Nicht Schlange noch Schnecke beiß dich;
   Wandre auf dem Steg
   Munter deinen Weg,
Daß kein Geist erschrecke heiß dich.

Brauchst nicht ob des Dunkels zu sorgen;
Hält sich der Mond verborgen,
   So erhelln voll Pracht
   Sterne rings die Nacht,
Kerzen ähnlich, bis zum Morgen.

Dann, Julia, laß mich frein dich.
Auf! auf! und stelle ein dich.
   Und wenn dein Silberfuß
   Mir naht, dein süßer Gruß,
Nennt meine Seele mein dich."

Das Lied mochte an die schöne Julia — denn so, erfuhr ich, hieß seine Tänzerin — gerichtet sein oder nicht, sie war sich dieser Aufmerksamkeit sicherlich nicht bewußt, denn sie sah nie zum Sänger hin, sondern hielt die Augen fest auf den Fußboden geheftet. Ihr Gesicht war freilich mit einer lieblichen Röte übergossen, und ihr Busen hob sich sanft, allein das alles hatte zweifellos die Bewegung beim Tanz verursacht; ja, ihre Gleichgültigkeit war so groß, daß sie sich damit unterhielt, ein ausgesucht schönes Bukett von Treibhausblumen zu zerpflücken, und als das Lied zu Ende war, lag der Strauß in Stücken auf dem Boden.

Die Gesellschaft brach jetzt mit der herzlichen alten Sitte des Händeschüttelns auf. Während ich auf dem Weg zu meinem Zimmer durch die Halle schritt, verbreitete die verglimmende Asche des Julblocks noch eine düstere Glut, und wäre es nicht gerade die Zeit gewesen, „wo kein Geist umgehen darf", so hätte ich mich beinahe versucht gefühlt, mich um Mitternacht aus meiner Stube zu stehlen und nachzusehen, ob die Elfen nicht ihren Reigen um den Herd tanzten.

Mein Zimmer lag im alten Teil des Gebäudes; die gewichtigen Möbel darin schienen zur Zeit der Riesen verfertigt worden zu sein. Das Gemach war getäfelt mit Kranzleisten von schwerem Schnitzwerk, in dem Blumen und groteske Figuren sonderbar gemischt waren, und eine Reihe nachgedunkelter Porträts starrte von den Wänden trübselig auf mich herab. Das Bett war von reichem, obwohl verschossenem Damast, mit hohem Himmel, und stand dem Bogenfenster gegenüber in einer Nische. Ich hatte mich kaum niedergelegt, als gerade unter dem Fenster Musik die Luft zu erfüllen schien. Ich horchte und entdeckte, daß sie von einer Kapelle herrührte, die vermutlich aus den Weihnachtsmusikanten eines Nachbardorfs bestand. Sie gingen rund um das Haus und spielten unten auf. Ich zog die Vorhänge beiseite, um sie deutlicher zu hören. Das Mondlicht fiel durch den oberen Teil des Fensters und erhellte einigermaßen das altertümliche Gemach. Die Töne wurden, je weiter sie sich entfernten, sanfter und ätherischer und schienen mit der Ruhe und dem Mondlicht zu harmonieren. Ich lauschte und lauschte – sie wurden immer zarter und ferner, und als sie allmählich erstarben, sank mein Kopf aufs Kissen, und ich schlief ein.

DER WEIHNACHTSTAG

Fort, dunkle Nacht, so kalt wie Blei,
Und laß den holden Tag herbei,
Wo im Dezember lacht der Mai.
. . . .
Was glänzt der Wintermorgen nur
Wie eine kornbesäte Flur?
Woher so schnell in der Natur
Solch Wiesenduft? – O kommt und schaut,
Warum euch alles so erbaut.

Herrick

Als ich am nächsten Morgen aufwachte, schien es mir, als wären all die Erlebnisse des vorhergehenden Tages ein Traum gewesen, und nur der Anblick des alten Zimmers überzeugte mich von ihrer Wirklichkeit. Während ich sinnend auf meinem Kissen lag, hörte ich das Geräusch kleiner Füße, die draußen vor der Tür trippelten, und eine geflüsterte Beratung. Alsbald sang ein Chor feiner Stimmen ein altes Weihnachtslied mit diesem Refrain:

Jauchzt, unser Heiland ward geboren
Am Weihnachtsmorgen!

Ich erhob mich leise, schlüpfte in meine Kleider, öffnete die Tür und erblickte eine der schönsten Feengruppen, die sich ein Maler nur vorstellen kann. Sie bestand aus einem Knaben und zwei Mädchen, von denen das älteste nicht über sechs Jahre zählte, und sämtlich lieblich wie Seraphim. Sie machten die Runde im Haus und sangen vor jeder Zimmertür; aber mein plötzliches Erscheinen erschreckte sie so, daß sie verschämt verstummten. Sie blieben einen Augenblick stehen, spielten mit ihren Fingern an den Lippen und warfen dann und wann einen schüchternen Blick unter den Augenbrauen hervor, bis sie, wie durch einen plötzlichen Antrieb, davonsprangen, und als sie sich um eine Ecke des Korridors wandten, hörte ich sie voll Freude über ihr Entkommen lachen.

Alles trug dazu bei, in dieser Feste altmodischer Gastfreiheit angenehme und glückliche Gefühle hervorzurufen. Das Fenster meines Zimmers blickte auf eine Gegend, die im Sommer eine schöne Landschaft gewesen sein mußte: ein abschüssiger Grasplatz, ein zierlicher Bach, der sich an dessen Fuße hinschlängelte, und dahinter ein Park mit edlen Baumgruppen und Rotwildherden. In einiger Entfernung lag ein hübsches Dörfchen, über dem der Rauch aus den Schornsteinen der Hütten hing, und eine Kirche, die sich mit ihrem dunklen Turm stark gegen den klaren, kalten Himmel abhob. Das Haus war nach englischem Brauch mit immergrünen Sträuchern umgeben, die ihm einen fast sommerlichen Anstrich verliehen; doch war der Morgen entsetzlich kalt; der leichte Nebel des vorhergehenden Abends war vom Frost niedergeschlagen worden und bedeckte jeden Baum und jeden Grashalm mit seinen Kristallen. Die Strahlen der hellen Morgensonne auf dem glitzernden Laub wirkten blendend. Ein Rotkehlchen, das auf der Spitze einer Bergesche saß, deren rote Beeren in Trauben gerade vor meinem Fenster hingen, wärmte sich im Sonnenschein und flötete ein paar Klagetöne, und ein Pfau entfaltete die ganze Pracht seines Schweifes und spazierte mit dem Stolz und der Würde eines spanischen Granden auf dem Terrassenweg unten einher.

Ich hatte mich kaum angezogen, als ein Diener erschien, mich zur Hausandacht zu rufen. Er wies mir den Weg zu einer kleinen Kapelle im alten Flügel des Gebäudes, wo ich den größeren Teil der Familie schon in einer Art von Galerie versammelt fand, die mit Kissen, Kniepolstern und großen Gebetbüchern versehen war; die Dienerschaft saß unten auf Bänken. Der alte Herr las an einem Pult vor der Galerie die Gebete, und Meister Simon spielte die Rolle des Kirchendieners und sprach die Responsen, und ich muß ihm die Gerechtigkeit widerfahren lassen, daß er diese Aufgabe mit großer Würde und Eleganz löste.

Dem Gottesdienst folgte ein Weihnachtslied, das Mr. Bracebridge selbst nach einem Gedicht seines Lieblingsschriftstellers Herrick verfaßt und das Meister Simon einer alten Kirchenmelodie angepaßt hatte. Da in der Familie mehrere gute Stimmen waren, so war die Wirkung äußerst gefällig, aber besonders ergriff mich der Herzensüberschwang und der plötzliche Ausbruch dankbarer Gefühle, mit dem der würdige Squire eine Strophe sang; seine Augen glänzten, und seine Stimme überschritt alle Schranken des Zeitmaßes und der Melodie:

> „Du bist's, der lauter Glück beschert
> Auf meinem Herd
> Und mir den reichen Becher beut,
> Gewürzt mit Freud.
> Herr, deine reiche Segenshand
> Beglückt mein Land:
> Du läßt die Saaten, die wir sän,
> Zehnfach erstehn!"

Ich erfuhr nachher, daß ein Frühgottesdienst an jedem Sonn- und Feiertage des Jahres entweder von Mr. Bracebridge oder von irgendeinem Familienmitglied gehalten wurde. Dies war ehemals fast allgemein auf den Landsitzen der Aristokratie und des Landadels in England üblich, und es ist sehr zu bedauern, daß der Brauch in Vergessenheit geraten ist, denn der stumpfsinnigste Beobachter muß die Ordnung und Heiterkeit spüren, die in jenen Haushaltungen herrschen, wo die gelegentliche Feier eines schönen Morgengottesdienstes gleichsam den Grundton für die ganze Stimmung des Tages gibt und jedes Gemüt harmonisch stimmt.

Unser Frühstück bestand aus dem, was der Squire echte altenglische Kost nannte. Er erging sich mehrmals in bitteren Klagen über das moderne Frühstück mit Tee und geröstetem Brot, das er zu den Ursachen der modernen Verweichlichung, der schwachen Nerven und des Verfalls der alten englischen Herzlichkeit rechnete; und wenn er sie auch auf seiner Tafel duldete, um den Gaumen seiner Gäste zu schmeicheln, so war doch ein ordentlicher Vorrat von kaltem Braten, Wein und Ale auf dem Nebentisch.

Nach dem Frühstück machte ich mit Frank Bracebridge und Meister Simon oder Mr. Simon, wie er von jedermann außer dem Squire genannt wurde, einen Gang durch die Besitzung. Eine Anzahl herrschaftlicher Hunde, die auf dem Gut herumzulungern schienen, begleitete uns, vom munteren Wachtelhund bis zum gesetzten alten Jagdhund; der letztere gehörte zu einer Rasse, die seit undenklichen Zeiten in der Familie gehalten wurde. Sie gehorchten alle einer Hundepfeife, die an Meister Simons Knopfloch hing, und mitten in ihren lustigen Sprüngen warfen sie gelegentlich einen Blick auf die kleine Gerte, die er in der Hand hielt.

Das alte Herrenhaus sah im goldenen Sonnenlicht noch ehrwürdiger aus als beim blassen Mondschein, und ich mußte dem Squire recht geben, daß die regelmäßig angelegten Terrassen, die schweren Balustraden und die gestutzten Eibenbäume den Eindruck stolzer Vornehmheit machten. Es schienen ungewöhnlich viele Pfauen hier zu leben, und ich machte eine Bemerkung über eine Herde von ihnen, wie ich mich ausdrückte, die sich unter einer sonnigen Mauer wärmten, als mich Meister Simon wegen dieses Ausdrucks freundlich verbesserte und mir erklärte, daß ich, gemäß der ältesten und anerkanntesten Abhandlung über die Jagd, eine „Kette" Pfauen sagen müßte. „Auf gleiche Weise", fügte er mit leisem Anflug von Pedanterie hinzu, „sagen wir ein Flug Tauben oder Schwalben, eine Schar Wachteln, ein Rudel Rotwild, Zaunkönige oder Kraniche, eine Rotte Füchse, ein Genist Krähen." Er belehrte mich weiter, daß man, Sir Anthony Fitzherbert zufolge, diesem Tier „sowohl Verstand als auch Ruhmsucht zuschreiben müsse, denn es breite, wenn es gelobt werde, sofort seinen Schwanz gegen die Sonne aus, damit man dessen Schönheit besser sehen könne. Aber beim Fall des Laubes, wenn es seine Schwanzfedern verliere, trauere es und verstecke sich in Winkeln, bis sein Schwanz wieder so schön geworden sei wie vorher."

Ich konnte mir nicht helfen, ich mußte über dies Zurschautragen banaler Gelehrsamkeit bei einer so unwichtigen Sache lächeln; doch ich entdeckte, daß die Pfauen Geschöpfe von einiger Bedeutsamkeit auf dem Gut waren, denn Frank Bracebridge unterrichtete mich, sie seien die Lieblinge seines Vaters, der ihre Zucht sehr eifrig betrieb, teils weil sie zum Vogeladel gehörten und bei den festlichen Banketten der alten Zeit äußerst begehrt waren, teils weil ihr Pomp und ihre Pracht zu einem alten Herrenhaus sehr wohl paßten. Nichts, pflegte er zu sagen, wirke stattlicher und würdevoller als ein auf einer alten Steinbalustrade sitzender Pfau.

Meister Simon mußte nun davoneilen, weil er die Dorfsänger zur Pfarrkirche beordert hatte, die einzelne Musikstücke nach seiner Wahl aufführen sollten. Es lag etwas außerordentlich Sympathisches in der lebhaften Fröhlichkeit des kleinen Mannes, und ich gestehe, daß ich ein wenig überrascht war über seine

treffenden Zitate aus Schriftstellern, die gewiß nicht zur All-
tagslektüre gehörten. Ich erwähnte diesen letzteren Umstand
Frank Bracebridge gegenüber, der mir lächelnd erzählte, daß
Meister Simons ganze Gelehrsamkeit sich auf ein halbes Dutzend alter Autoren beschränke, die der Squire in seine Hände
gelegt habe und die er immer wieder durchlese, sooft er Lust
zum Studieren bekäme, wie es an einem regnerischen Tag oder
an einem langen Winterabend zuweilen der Fall sei. Sir Anthony
Fitzherberts „Buch über die Landwirtschaft", Markhams „Ländliche Vergnügungen", die „Abhandlung über die Jagd" von Sir
Thomas Cockayne, Izaak Waltons „Angler" und zwei oder drei
weitere alte Helden der Feder seien seine stehenden Autoritäten,
und er blicke, wie alle Leute, die nur wenige Bücher kennten,
auf sie mit einer Art von Abgötterei und führe sie bei allen Gelegenheiten an. Was seine Lieder betreffe, so habe er sie hauptsächlich aus alten Büchern in der Bibliothek des Squire heraus-
gesucht und Melodien angepaßt, die bei den führenden Geistern
des vorigen Jahrhunderts beliebt gewesen seien. Seine praktische
Anwendung von literarischen Brocken habe indessen bewirkt,
daß alle Stallknechte, Jäger und einfachen Jagdfreunde der
Nachbarschaft ihn als ein Wunder von Bücherweisheit ansähen.

Während wir uns unterhielten, vernahmen wir aus der Ferne
das Geläut der Dorfglocke, und ich ließ mir sagen, daß der
Squire großen Wert darauf lege, seinen ganzen Hausstand am
Weihnachtsmorgen in der Kirche zu sehen, weil er diesen als
einen Dank- und Freudentag betrachte; denn wie der alte Tusser
bemerkte:

Am Christtag mußt fröhlich und dankbar du sein,
Die Armen, so groß als auch klein, laden ein.

„Wenn Sie Lust haben, zur Kirche zu gehen", sagte Frank
Bracebridge, „so kann ich Ihnen eine Probe von Vetter Simons
musikalischen Leistungen versprechen. Da die Kirche keine Orgel
besitzt, hat er aus den Musikliebhabern des Dorfs ein Orchester
gebildet und einen musikalischen Verein zu ihrer Vervollkomm-
nung gegründet; er hat auch einen Chor zusammengestellt, ebenso wie er gemäß Jervaise Markhams Anweisungen in dessen
‚Ländlichen Vergnügungen' meines Vaters Jagdhunde ausge-
wählt hat. Für den Baß hat er alle ‚tiefen, feierlichen Kehlen'
und für den Tenor die ‚lautklingenden Kehlen' unter den Bauernburschen auserlesen, und für die ‚sanften Kehlen' hat er mit

sonderbarem Geschmack die hübschesten Mädchen der Umgegend gewählt, obgleich diese, wie er versichert, am schwierigsten im Takt zu halten sind, weil solche niedlichen Sängerinnen überaus eigensinnig und launisch und kleinen Unfällen sehr ausgesetzt seien."

Da der Morgen, wenn auch kalt, doch ungewöhnlich schön und klar war, gingen die meisten Familienmitglieder zu Fuß zur Kirche, einem sehr alten Gebäude aus grauem Stein, das nahe bei einem Dorf, etwa eine halbe Meile vom Parktor entfernt, stand. Daran stieß ein niedriges, gemütliches Pfarrhaus, das gleichaltrig mit der Kirche zu sein schien. Die Vorderfront war völlig durch einen Eibenbaum verdeckt, den man gegen die Mauer gezogen hatte und in dessen dichtes Laub Öffnungen gemacht waren, um Licht in die kleinen altertümlichen Fenster dringen zu lassen. Als wir an diesem verborgenen Nest vorbeikamen, trat der Pfarrer heraus und ging vor uns her.

Ich hatte erwartet, einen feisten, wohlgenährten Geistlichen zu erblicken, wie man sie häufig in einer behaglichen Pfründe in der Nähe der Tafel eines reichen Gönners findet, doch ich hatte mich geirrt. Der Pastor war ein mageres, schwarz aussehendes Männlein mit einer grauen Perücke, die viel zu groß war und von beiden Ohren abstand, so daß sein Haupt darin zusammengeschrumpft schien, wie eine vertrocknete Haselnuß in ihrer Schale. Er trug einen abgeschabten Rock mit langen Schößen und mit Taschen, in denen die Kirchenbibel und das Gesangbuch Platz gehabt hätten, und seine dürren Beine erschienen noch dünner, da sie in gewaltigen, mit ungeheuren Schnallen verzierten Schuhen steckten.

Frank Bracebridge belehrte mich, der Geistliche sei ein Studienkollege seines Vaters in Oxford gewesen und habe diese Pfründe erhalten, kurz nachdem letzterer sein Besitztum übernommen habe. Er jagte sämtlichen mit gotischen Lettern gedruckten Büchern nach und las selten ein Werk mit lateinischem Druck. Die Ausgaben von Caxton und Wynkin de Worde waren sein Entzücken, und er war unermüdlich im Aufspüren alter englischer Schriftsteller, die wegen ihrer Wertlosigkeit in Vergessenheit geraten waren. Aus Ehrerbietung vielleicht vor Mr. Bracebridges Ansichten hatte er fleißig Untersuchungen über die Festgebräuche und Feiertagssitten früherer Zeiten angestellt und seine Nachforschungen so eifrig betrieben, wie wenn er selbst ein Lebemann gewesen wäre; aber es geschah lediglich mit jener Unverdrossenheit, mit der Leute von hitzigem Temperament

jeder Spur der Wissenschaft folgen, nur, weil man dies Gelehrsamkeit nennt, unbekümmert darum, ob sie zur Erläuterung der
Weisheit oder der Ruchlosigkeit und Unanständigkeit der Vergangenheit diene. Er hatte sich in diese alten Bände so tief versenkt, daß sie sich in der Tat in seinen Gesichtszügen widerzu-
spiegeln schienen, die – wenn das Antlitz ein Spiegel der Seele
ist – mit dem Titelblatt in gotischen Lettern verglichen werden
konnten.

Als wir die Kirchentür erreichten, hörten wir, wie der Pfarrer
den grauköpfigen Küster tadelte, weil dieser zwischen dem
Grün, mit dem die Kirche geschmückt war, auch die Mistel angebracht hatte. Die Mistel sei, bemerkte er, ein unheiliger Strauch,
der dadurch entweiht worden sei, daß die Druiden sich seiner bei
ihren mystischen Zeremonien bedient hätten, und wenn man sie
auch ganz unschuldig zur festlichen Verzierung von Hallen und
Küchen benutzen dürfe, sei sie doch von den Kirchenvätern für
unheilig und völlig ungeeignet für geweihte Zwecke erklärt worden. Er war in diesem Punkt so hartnäckig, daß der arme Küster
sich gezwungen sah, einen großen Teil der bescheidenen Trophäen seines Geschmacks herunterzureißen, bevor der Pfarrer
geruhte, den Gottesdienst zu beginnen.

Das Innere der Kirche war ehrwürdig, aber schlicht; an den
Wänden befanden sich mehrere Denkmäler der Bracebridges,
und gleich neben dem Altar war ein alter Grabstein mit dem
ausgestreckten Bildnis eines Kriegers in voller Rüstung, mit ge-
kreuzten Beinen, als Zeichen, daß er ein Kreuzfahrer gewesen
war. Man sagte mir, es sei einer aus der Familie, der sich im
Heiligen Land ausgezeichnet habe, und zwar derselbe, dessen
Bild über dem Kamin in der Halle hing.

Während des Gottesdienstes stand Meister Simon in seinem
Kirchenstuhl und wiederholte sehr laut die Responsen, mit jener
zeremoniellen Andacht, die für einen Herrn der alten Schule und
den Sproß einer alten Familie typisch ist. Außerdem bemerkte
ich, daß er die Blätter eines Folio-Gebetbuches mit gewissem
Schwung umwendete, möglicherweise um einen gewaltigen Sie-
gelring zu zeigen, der einen seiner Finger zierte und der wie ein
Familienerbstück aussah. Doch schien er zumeist um den musikalischen Teil des Gottesdienstes besorgt, denn sein Auge haftete
unverwandt auf dem Chor, und er schlug den Takt mit vielen
Gesten und großem Nachdruck.

Das Orchester befand sich auf einer kleinen Galerie und wies
eine höchst drollige Gruppierung von Köpfen auf, die überein-

andergetürmt waren und unter denen mir hauptsächlich der des Dorfschneiders auffiel, eines blassen Burschen mit fliehender Stirn und eingezogenem Kinn, der die Klarinette spielte und sein Gesicht ganz spitz geblasen zu haben schien; auch war noch ein anderer da, ein gedrungenes, engbrüstiges Männlein, das sich neben seiner Baßviole tief bückte und sie bearbeitete, so daß man nichts als die Spitze eines runden, kahlen Schädels sah, der einem Straußenei glich. Unter den Sängerinnen waren zwei oder drei hübsche Gesichter, denen die scharfe Luft des frostigen Morgens eine zarte Rosenfarbe verliehen hatte; dagegen waren die Herren Chorsänger offenbar, wie die alten Cremonenser Geigen, mehr um ihrer Stimme als ihres Äußeren willen gewählt worden, und da verschiedene aus ein und demselben Buch singen mußten, so ergab sich eine Anhäufung wunderlicher Physiognomien, nicht unähnlich jenen Gruppen von Cherubim, die wir bisweilen auf ländlichen Grabsteinen antreffen.

Die üblichen musikalischen Aufgaben bewältigte der Chor ganz leidlich; die Stimmen hinkten meistens ein bißchen hinter den Instrumenten her, und irgendein säumiger Geiger suchte dann und wann die verlorene Zeit dadurch wieder einzuholen, daß er über eine Passage mit erstaunlicher Geschwindigkeit hinfuhr und über mehrere Takte hinwegsetzte, wie ein kühner Fuchsjäger, der beim Tod des Wilds rechtzeitig zur Stelle sein will. Jedoch der große Prüfstein war eine Kirchenmusik, die Meister Simon vorbereitet und einstudiert hatte und auf die er große Hoffnung setzte. Zum Unglück passierte gleich beim Einsatz ein Fehler; die Musiker wurden unruhig; Meister Simon glühte vor Fieberhitze; alles ging lahm und unregelmäßig, bis sie an den Chorsatz kamen, der anfing: „Nun laßt uns singen all vereint!" Das schien ein Zeichen zu sein, daß jeder seinen eigenen Weg gehen sollte; alles wurde Mißklang und Verwirrung; jeder dachte nur noch an sich selbst und kam so gut oder vielmehr so schnell, wie er nur konnte, ans Ende, außer einem alten Sänger mit einer Hornbrille, die auf seiner langen sonoren Nase thronte und sie kniff. Weil er zufällig etwas abseits stand und in seine eigene Melodie vertieft war, trillerte er noch lustig fort, wackelte dabei mit dem Kopf, schielte auf sein Buch und krönte das Ganze durch ein näselndes Solo, das mindestens drei Takte dauerte.

Der Pfarrer hielt uns nun eine höchst gelehrte Predigt über die Sitten und Zeremonien des Weihnachtsfestes, und daß es nicht nur als ein Tag der Danksagung, sondern auch der Freude anzusehen sei; er untermauerte die Richtigkeit seiner Meinung mit den ältesten Kirchengebräuchen und belegte diese durch die Autorität eines Theophilus von Cäsarea, des heiligen Cyprian, Chrysostomus, Augustin und vieler anderer Heiliger und Kirchenväter, die er ausgiebig zitierte. Ich vermochte nicht recht einzusehen, warum ein so mächtiges Aufgebot von Streitkräften notwendig war, um eine Behauptung zu begründen, die keiner der Anwesenden zu bestreiten geneigt schien; doch fand ich bald, daß der gute Mann eine Legion eingebildeter Gegner hatte, denn im Verfolg seiner Untersuchungen über das Weihnachtsfest hatte er sich völlig in die Sektenstreitfragen der Revolutionszeit verstrickt, in der die Puritaner einen so heftigen Angriff auf die kirchlichen Zeremonien gemacht hatten und das arme alte Christfest durch eine Proklamation des Parlaments verbannt worden war*. Der würdige Pfarrer lebte nur in der Vergangenheit und wußte gar wenig von der Gegenwart.

Abgeschlossen zwischen wurmstichigen Folianten in der Zurückgezogenheit seines altmodischen Studierstübchens, waren die Blätter der alten Zeiten für ihn die Tageszeitungen, und die Ära der Revolution hielt er für die neuere Geschichte. Er vergaß, daß beinahe zwei Jahrhunderte seit der gewaltsamen Verfolgung der armen Fleischpastete im ganzen Lande vergangen waren, als die Rosinensuppe als „reine Papisterei" und das Roastbeef als unchristlich bezichtigt wurde, und daß Weihnachten mit dem lustigen Hof König Karls bei der Restauration im Triumph wieder eingeführt worden war. Er geriet über diesen hitzigen Streit und über die Schar eingebildeter Feinde, mit denen er sich zu schlagen hatte, förmlich in Eifer; er bestand mit dem alten Prynne

* Aus dem „Fliegenden Adler", einer kleinen Zeitung vom 24. Dezember 1652: „Das Parlament widmete an diesem Tag viel Zeit den Marineangelegenheiten und der Seekriegsführung, und bevor es auseinanderging, wurde ihm noch eine heftige Eingabe gegen den Weihnachtsfeiertag vorgelegt, gegründet auf die Heilige Schrift, besonders auf 2. Kor. V, 16, 1. Kor. XV, 14, 17, und zu Ehren des Tags des Herrn, ebenfalls auf die Schrift gegründet, nämlich Joh. XX, 1, Offenb. I, 10, Psalm CXVIII, 24, 3. Mos. XXIII, 7, 11, Mark. XVI, 8, Psalm LXXXIV, 10, wo Weihnachten als Messe des Antichrist bezeichnet wird und diejenigen, die es feiern, Meßkrämer und Papisten genannt werden ... Daraufhin beriet das Parlament noch eine Zeitlang über die Abschaffung des Weihnachtsfestes, erließ in diesem Sinne Anordnungen und beschloß, am folgenden Tag, der allgemein Weihnachtsfeiertag genannt wird, eine Sitzung zu halten." (Anmerkung des Verfassers)

und zwei oder drei anderen vergessenen Kämpen der Rundköpfe* einen hartnäckigen Kampf wegen des Weihnachtsfestes und schloß damit, daß er seinen Zuhörern in der feierlichsten und rührendsten Weise einschärfte, fest zu den traditionellen Bräuchen ihrer Väter zu stehen und bei dieser fröhlichen Jahresfeier der Kirche vergnügt und guter Dinge zu sein.

Ich habe selten eine Predigt gehört, die so offensichtlich eine unmittelbarere Wirkung ausgeübt hätte, denn beim Verlassen der Kirche schien die Gemeinde samt und sonders von jenem heiteren Geiste durchdrungen zu sein, den ihr Pfarrer ihr so feierlich ans Herz gelegt hatte. Die älteren Leute versammelten sich in Gruppen auf dem Kirchhof, begrüßten sich und schüttelten sich die Hände, und die Kinder liefen umher, riefen: „Jul! Jul!" und wiederholten einzelne plumpe Reime**, die, wie mich der Pfarrer, der sich uns angeschlossen hatte, belehrte, aus uralter Zeit stammten. Die Dörfler zogen vor dem Squire den Hut, als er vorbeiging, und brachten ihm mit allem Anschein aufrichtiger Herzlichkeit die besten Wünsche für das Fest dar; sie wurden von ihm aufs Gut zum Essen eingeladen, um sich gegen die kalte Witterung zu schützen, und ich hörte, wie mehrere Arme ihn segneten, was mich davon überzeugte, daß der würdige alte Herr inmitten der Vergnügungen die wahre Weihnachtstugend, das Wohltun, nicht vergessen hatte.

Auf unserem Heimweg schien sein Herz von edlen und glücklichen Gefühlen überzufließen. Während wir über eine Anhöhe schritten, die eine ziemliche Fernsicht gewährte, drangen die Töne ländlicher Fröhlichkeit hin und wieder an unser Ohr. Der Squire blieb ein paar Minuten stehen und schaute mit einer Miene unsagbaren Wohlwollens umher. Die Schönheit des Tages an und für sich genügte schon, Menschenliebe einzuflößen. Trotz des kalten Morgens hatte die Sonne auf ihrer wolkenlosen Bahn hinreichende Kraft gewonnen, die dünne Schneedecke von allen südlichen Abhängen fortzuschmelzen und das frische Grün, das eine englische Landschaft sogar im Winter ziert, zu enthüllen. Große Flächen lachenden Grüns kontrastierten mit dem blendenden Weiß der schattigen Abhänge und Schluchten. Jedes geschützte Plätzchen, auf dem die vollen Sonnenstrahlen ruhten, spendete

---

* Spitzname der Puritaner (Anmerkung des Übersetzers).
**   Jul! Jul!
           Drei Pudding im Puhl;
           Knackt Nüsse und ruft Jul!
                (Anmerkung des Verfassers)

seinen silbernen Bach kalten und klaren Wassers, der durch das tropfnasse Gras glitzerte und feine Dünste entsandte, um sich dem dünnen Nebel mitzuteilen, der dicht über der Erde hing. Es lag etwas wahrhaft Aufheiterndes in diesem Triumph der Wärme und des Grüns über die frostige Gewaltherrschaft des Winters; es war, wie der Squire bemerkte, ein Sinnbild der weihnachtlichen Gastfreiheit, die durch die Kälte der Förmlichkeit und Selbstsucht bricht und jedes Herz zu einem Erguß auftaut. Er wies mit Vergnügen auf die Vorzeichen eines guten Mahls, auf das der Rauch aus den Schornsteinen der sauberen Pächterhäuser und der niedrigen strohbedeckten Hütten schließen ließ. „Ich sehe es gern", sprach er, „daß reich und arm diesen Tag richtig feiert; es ist eine große Sache, mindestens einen Tag im Jahr zu haben, da man sicher ist, willkommen zu sein, wohin auch immer man sich wendet, und die Welt gleichsam überall offen zu finden; und ich bin beinahe versucht, in des armen Robin Verwünschung jedes sauertöpfischen Feindes von diesem herrlichen Fest einzustimmen:

> Wer je das Christfest, kühn vermessen,
> Ins Grab für immer will versenken,
> Der mag mit Herzog Humphry essen*,
> Sonst möge ihn der Henker henken.

Der Squire fuhr fort, über den traurigen Verfall der Spiele und Belustigungen zu klagen, die ehemals zu dieser Jahreszeit bei den niederen Schichten beliebt waren und von den höheren gepflegt wurden, damals, als die alten Hallen der Schlösser und Herrenhäuser sich bei Tagesgrauen öffneten, als die Tafeln mit Eber- und Rindfleisch und schäumendem Ale besetzt waren, als Harfe und Gesang den ganzen Tag lang ertönten und reich und arm gleich willkommen war, einzutreten und guter Dinge zu sein**. „Unsere alten Spiele und lokalen Bräuche", sagte er,

* Das heißt: hungern (Anmerkung des Übersetzers).
** „Ein englischer Gutsherr ließ beim Anbruch des großen Tages, d. h. am Weihnachtsmorgen, alle seine Pächter und Nachbarn in seine Halle kommen. Das starke Bier wurde angezapft, und der Humpen ging fleißig herum, zusammen mit geröstetem Brot, Zucker, Muskatnuß und gutem Cheshire-Käse. Der Hackin (die große Wurst) muß bei Tagesanbruch gekocht sein, andernfalls müssen zwei junge Männer das Mädchen (d. h. die Köchin) bei den Armen nehmen und mit ihr um den Marktplatz laufen, bis sie sich ihrer Faulheit schämt." *Rund um das Steinkohlenfeuer* (Anmerkung des Verfassers)

„trugen sehr dazu bei, dem Bauern Liebe zu seiner Heimat ins Herz zu pflanzen und, da der Adel ihm dabei half, auch Anhänglichkeit an seinen Gutsherrn einzuflößen. Sie machten die Zeiten heiterer, wohlwollender und besser, und ich kann in Wahrheit mit einem unserer alten Dichter sagen:

> Ich liebe sie – doch Pedanterie und Strenge
> Und nur zur Schau getragne Würde derer,
> Die so harmlose Spiele gern verbannten,
> Hat schon viel alte Biederkeit zerstört.

Das Volk, fuhr er fort, „ist verändert; wir haben unseren schlichten, treuherzigen Bauernstand beinahe verloren. Er hat sich von den höheren Klassen losgerissen und scheint zu glauben, sein Interesse sei davon getrennt. Er ist zu klug geworden, beginnt das Zeitunglesen, hört den politischen Kannegießern zu und schwatzt von Reformen. Ich denke, ein Mittel, ihn in diesen harten Zeiten bei guter Laune zu halten, würde sein, daß der Adel und die Vornehmen länger auf ihren Gütern lebten, sich mehr unter die ländliche Bevölkerung mischten und die lustigen alten englischen Spiele wieder in Gang brächten."

Dies war der Plan des guten Squire, die öffentliche Unzufriedenheit zu besänftigen; und er hatte tatsächlich schon einmal versucht, seine Lehre in die Praxis umzusetzen, und vor ein paar Jahren während der Festtage nach altem Stil ein offenes Haus gehalten. Die Landleute wußten jedoch nicht, wie sie ihre Rolle bei dieser Ausübung der Gastfreiheit spielen sollten; viele seltsame Zwischenfälle ereigneten sich; das Herrenhaus wurde von allen Landstreichern der Umgebung überlaufen, und es zogen in einer Woche mehr Bettler in die Gegend, als die Gemeinderäte in einem Jahr fortzuschaffen vermochten. Seitdem hatte er sich damit begnügt, die anständigen Bauern aus der Nachbarschaft am Weihnachtstag in die Halle einzuladen und Fleisch, Brot und Ale unter die Armen zu verteilen, damit diese in ihren eigenen Wohnungen fröhlich sein konnten.

Wir waren noch nicht lange daheim, als Musikklänge aus einiger Entfernung vernehmbar wurden. Wir sahen einen Haufen Bauernburschen, ohne Röcke, die Hemdsärmel phantastisch mit Bändern umwunden, die Hüte mit grünem Laub geschmückt und Knüttel in den Händen, die Allee heraufkommen, gefolgt von einer großen Anzahl Dörfler und Landleute. Sie machten vor der Saaltür halt, wo die Musik eine eigenartige Weise spielte

und die Burschen einen seltsamen und komplizierten Tanz auf-
führten, indem sie vorwärts und rückwärts gingen und, genau
mit der Musik Takt haltend, ihre Knüttel zusammenschlugen,
während einer, närrisch mit einem Fuchsbalg gekrönt, dessen
Schwanz ihm auf den Rücken hinunterhing, um den Kreis der
Tänzer herumsprang und unter vielen drolligen Gebärden eine
Weihnachtssparbüchse schüttelte.

Der Squire schaute diesem phantastischen Schauspiel mit großem Interesse und Entzücken zu und gab mir einen vollständigen Bericht über dessen Ursprung, den er auf die Zeit, da die
Römer im Besitz der Insel waren, zurückführte; er bewies mir
kurz und bündig, daß dies in gerader Linie vom Schwerttanz der
Alten abstamme. Dieser sei, sagte er, jetzt fast außer Gebrauch,
aber er sei zufällig auf Spuren davon in der Nachbarschaft gestoßen und habe seine Wiederbelebung gefördert, obgleich es,
um die Wahrheit zu gestehen, in seinem Gefolge am Abend nur
zu leicht eine rohe Prügelei und zerschlagene Köpfe gebe.

Nachdem der Tanz beendet war, wurde die ganze Gesellschaft
mit Eber- und Rindfleisch und starkem Hausbier bewirtet. Der
Squire selbst mischte sich unter die Landleute und wurde mit
unbeholfenen Beweisen der Ehrfurcht und Achtung empfangen.
Ich bemerkte freilich zwei oder drei von den jüngeren Bauern,
die ihre Krüge an die Lippen setzten und, sobald der Squire
ihnen den Rücken kehrte, eine Grimasse schnitten und sich gegenseitig zuzwinkerten, doch in dem Moment, da sie mein Auge
traf, nahmen sie eine ernste Miene an und waren außerordentlich sittsam. Meister Simon gegenüber schienen sie indessen weit
unbefangener zu sein. Seine mannigfaltigen Beschäftigungen und
Vergnügungen hatten ihn in der ganzen Gegend bekannt gemacht. Er besuchte jedes Bauernhaus und jede Kate, schwatzte
mit den Pächtern und ihren Frauen, schäkerte mit ihren Töchtern und sammelte, wie das Urbild des umherwandernden Junggesellen, die emsige Biene, den Nektar von allen rosigen Lippen
der Umgegend.

Die Schüchternheit der Gäste schmolz bald angesichts der guten Bewirtung und Leutseligkeit. Es liegt etwas Unverfälschtes
und Herzliches im Frohsinn der niederen Stände, wenn er durch
die Freigebigkeit und Vertraulichkeit der Höherstehenden erweckt wird; das warme Gefühl der Dankbarkeit gesellt sich zu
ihrer Fröhlichkeit, und ein gütiges Wort oder ein kleiner Scherz
des Gönners erfreut das Herz des Untergeordneten mehr als Öl
und Wein. Als der Squire sich zurückgezogen hatte, wuchs die

Heiterkeit; es wurde viel gescherzt und gelacht, besonders zwischen Meister Simon und einem frischen, rotwangigen und weißhaarigen Pächter, welcher der Witzbold des Dorfes zu sein schien; denn ich beobachtete, wie alle seine Genossen mit offenem Mund auf seine Antworten lauerten und, noch bevor sie diese recht verstehen konnten, in schallendes Gelächter ausbrachen.

Das ganze Haus schien sich in der Tat der Heiterkeit überlassen zu haben. Während ich auf mein Zimmer ging, um mich zum Mittagessen umzukleiden, hörte ich den Klang von Musik auf einem kleinen Hof, und als ich aus einem Fenster sah, das auf ihn hinausging, erblickte ich eine wandernde Musikkapelle mit Panflöten und Tamburins; ein hübsches, kokettes Hausmädchen tanzte lustig mit einem strammen Bauernburschen, und mehrere von den anderen Dienstboten schauten ihnen zu. Mitten in ihrem Vergnügen fiel der Blick des Mädchens auf mein Gesicht am Fenster, und tief errötend, lief sie mit schelmisch verlegener Miene davon.

Das Weihnachtsessen

Gekommen ist das schönste Fest;
  Laßt jeden lustig sein!
Mit Efeu putzt die Stub aufs best,
  Mit Grün die Türen fein!
Aus Nachbars Schornstein raucht es toll,
  Die Weihnachtsblöcke glühn;
Von Holz ist schon der Ofen voll,
  Bratspieß' gehn her und hin.
    Den Gram laßt draußen nur getrost,
    Und sollt erfrieren er vor Frost,
    Steckt in die Christpastet ihn ein,
    Und laßt uns allzeit fröhlich sein!
                    Withers' Juvenilia

Ich war mit dem Ankleiden fertig und schlenderte mit Frank Bracebridge in der Bibliothek umher, als wir ein entferntes klapperndes Geräusch vernahmen, das, wie er mich unterrichtete, das Zeichen war, das Mittagessen aufzutragen. Der Squire hielt sowohl in der Küche als auch in der Halle an den alten Gewohnheiten fest, und wenn der Koch mit dem Mangelholz auf den

Anrichtetisch schlug, so war das die Aufforderung an die Diener, die Speisen aufzutragen.

> Just dreimal hat geklopft der Koch;
> Wie folgen ihm die Diener doch
> Im Augenblick aufs Wort!
> Ein jeder, sein Gericht zur Hand,
> Marschiert gar kühn, wie ein Trabant,
> Trägt auf und eilet fort.*

Das Mittagessen wurde in der großen Halle serviert, wo der Squire stets seinen Weihnachtsschmaus hielt. Ein loderndes, prasselndes Holzfeuer war aufgeschichtet, das geräumige Zimmer zu erwärmen, und die Flamme stieg züngelnd und sprühend zum weitmündigen Schornstein empor. Das große Gemälde des Kreuzfahrers und seines Schimmels war bei dieser Gelegenheit reichlich mit Grün verziert, und auch an der Wand gegenüber waren Helm und Rüstung – einst die Waffen dieses Kriegers, wie ich erfuhr – mit Stechpalmen und Efeu umwunden. Beiläufig muß ich gestehen, daß ich starke Zweifel an der Echtheit des Bildes und der Waffen hatte, insofern sie dem Kreuzfahrer angehört haben sollten, denn sie trugen augenscheinlich den Stempel neueren Datums; man sagte mir jedoch, man habe das Bild seit undenklichen Zeiten für echt gehalten, und was die Rüstung anlange, so sei sie in einer Rumpelkammer gefunden worden und der Squire, der unbedenklich entschieden habe, es sei die Rüstung des Familienhelden, habe ihr den gegenwärtigen bevorzugten Platz angewiesen, und weil er in seinem Haus als unbedingte Autorität in allen derartigen Angelegenheiten galt, so hatte man seine Entscheidung allgemein akzeptiert. Gerade unter dieser ritterlichen Trophäe stand eine Anrichte, auf der prachtvolles Silberzeug prangte, das – wenigstens hinsichtlich seiner Mannigfaltigkeit – mit Belsazars kostbaren Tempelgeräten wetteifern konnte: „Krüge, Kannen, Humpen, Becher, Pokale, Becken und Schalen", die prunkvollen Geräte der Geselligkeit, die sich nach und nach durch viele Generationen lebenslustiger Hausherren angehäuft hatten. Davor standen die beiden Weihnachtskerzen, strahlend wie zwei Sterne erster Größe; andere Lichter waren auf Armleuchtern verteilt, und das Ganze glitzerte wie ein silbernes Firmament.

* Sir John Suckling (Anmerkung des Verfassers).

Wir wurden zum Festmahl geführt unter dem Klang alter Bardenmusik, denn der alte Harfner saß auf einem Stuhl neben dem Kamin und bearbeitete sein Instrument mit ungleich größerer Kraft als Musikalität. Nie wies wohl eine Weihnachtstafel eine gemütlichere und anheimelndere Zusammenstellung von Gesichtern auf: die, welche nicht hübsch waren, waren zumindest glücklich, und Glück verschönert nicht besonders vorteilhafte Züge unendlich. Für mich ist eine alte englische Familie ebensosehr des Studiums wert wie eine Sammlung von Gemälden Holbeins oder von Holzschnitten Albrecht Dürers. Dabei verschafft man sich tiefes antiquarisches Wissen und große Kenntnis der Physiognomien früherer Zeiten. Vielleicht rührt es daher, daß sie fortwährend jene Reihen alter Ahnenbilder vor Augen haben, mit denen die Herrenhäuser dieses Landes angefüllt sind; gewiß ist es, daß sich die charakteristischen altertümlichen Züge in diesen alten Geschlechtern häufig aufs treuste fortpflanzen; so habe ich eine alte Familiennase durch eine ganze Gemäldegalerie verfolgt, die sich fast von der Zeit der normannischen Eroberung an legitim von Geschlecht zu Geschlecht vererbt hatte. Etwas Ähnliches ließ sich auch in der würdigen Gesellschaft um mich her beobachten. Viele der Gesichter stammten offenbar aus gotischer Zeit und waren von den nachfolgenden Generationen lediglich kopiert worden. Da war namentlich ein kleines Mädchen von gesetztem Wesen, mit einer edlen römischen Nase und altfränkischem, strengem Gesicht, ein großer Liebling des Squire, weil es, wie er sagte, von Kopf bis Fuß eine Bracebridge und ganz das Ebenbild eines seiner Vorfahren sei, der am Hof Heinrichs VIII. eine Rolle gespielt habe.

Der Pfarrer sprach das Tischgebet, aber kein kurzes, familiäres, wie man es gewöhnlich an diesen Tagen der Ungezwungenheit an Gott richtet, sondern ein langes, verbindliches, wohlgesetztes im alten Stil. Es entstand eine erwartungsvolle Pause, als plötzlich der Haushofmeister ziemlich geräuschvoll in die Halle trat; er war auf beiden Seiten von einem Diener mit einer gewaltigen Wachskerze begleitet und trug eine silberne Schüssel, auf der ein ungeheurer Schweinskopf lag – mit Rosmarin verziert und mit einer Zitrone im Rachen –, der mit großer Förmlichkeit an das obere Ende der Tafel gesetzt wurde. Als dieser Aufzug erschien, spielte der Harfner einen Tusch, worauf der junge Oxforder Student, nachdem er vom Squire einen Wink erhalten hatte, mit der Miene des komischsten Ernstes ein altes Lied zum besten gab, dessen erste Strophe folgendermaßen lautete:

„Caput apri defero
Reddens laudes Domino.
Den Eberkopf, ich bringe ihn,
Mit Grün geschmückt und Rosmarin,
Und bitt euch, singt mit lust'gem Sinn,
Qui estis in convivio."

Obwohl ich auf manche dieser kleinen Sonderbarkeiten vorbereitet war, weil ich das seltsame Steckenpferd des Gastgebers
kannte, setzte mich doch, das gestehe ich, der Pomp, mit dem
man ein so ausgefallenes Gericht auftrug, einigermaßen in Erstaunen, bis ich der Unterhaltung des Squires mit dem Pfarrer
entnahm, daß dies das Auftragen des Eberkopfes bedeuten sollte,
eines Gerichts, das früher an Weihnachten mit großer Feierlichkeit und mit Sang und Klang an den Tafeln der Großen aufgetischt wurde. „Ich liebe die alte Sitte", sagte der Squire, „nicht
nur, weil sie an und für sich ehrwürdig und liebenswert ist, sondern weil man sie in dem College zu Oxford pflegte, wo ich erzogen wurde. Wenn ich das alte Lied höre, erinnere ich mich an
die Zeit, da ich jung und lebenslustig war – und an das stattliche
alte Universitätsgebäude – und an meine Kommilitonen, die in
ihren schwarzen Talaren umherwanderten und von denen viele
– arme Burschen! – jetzt in ihren Gräbern ruhen!"
Der Pfarrer jedoch, dessen Geist nicht von solchen Erinnerungen heimgesucht wurde und der sich stets mehr um das Wort als
um den Sinn kümmerte, rügte am Lied die Version des Oxforder
Studenten, die, wie er versicherte, verschieden von derjenigen
sei, die man im College singe. Mit der trockenen Ausdauer eines
Erklärers begann er die Lesart des College, mit mannigfaltigen
Anmerkungen versehen, vorzutragen, wobei er sich zuerst an die
ganze Gesellschaft wandte; als er aber merkte, daß deren Aufmerksamkeit sich allmählich anderen Gesprächsgegenständen zu-
neigte, dämpfte er seine Stimme je nach der verringerten Zahl
seiner Zuhörer, bis er seine Bemerkungen halblaut gegen einen
dickköpfigen alten Herrn neben ihm schloß, der schweigend mit
der Bearbeitung einer großen Portion Truthahn beschäftigt war.*

* Die alte Sitte, den Eberkopf am Weihnachtstag aufzutragen,
wird im Speisesaal des Queen's College in Oxford gepflegt. Der Pfarrer gab mir freundlicherweise eine Abschrift des Liedes, so wie es
heutzutage gesungen wird, und da diejenigen meiner Leser, die an
diesen gewichtigen und gelehrten Dingen Interesse haben, sich darüber freuen werden, gebe ich es hier vollständig wieder:

Der Tisch war buchstäblich mit leckeren Speisen beladen und stellte in dieser Jahreszeit, da die Speisekammern überreich gefüllt sind, einen Inbegriff ländlichen Überflusses dar. Ein hervorragender Platz war dem „alten Lendenstück", wie mein Wirt es nannte, zugewiesen, und er fügte hinzu, es sei „das Wahrzeichen altenglischer Gastfreundschaft, lieblich anzusehen und vielversprechend". Verschiedene Gerichte waren seltsam verziert, und ihr Schmuck ging offensichtlich auf eine alte Tradition zurück, aber da ich nicht gern allzu neugierig erscheinen wollte, stellte ich keine Fragen.

Ich konnte jedoch nicht umhin, eine Pastete zu bemerken, prächtig dekoriert mit Pfauenfedern, die den Schweif dieses Vogels nachahmten und einen beträchtlichen Teil des Tisches überschatteten. Dies war, gestand der Squire nach einigem Zögern, eine Fasanenpastete, obgleich eine Pfauenpastete freilich das Echte sei; es habe in diesem Jahr eine solche Sterblichkeit unter den Pfauen geherrscht, daß er es nicht habe über sich bringen können, einen davon schlachten zu lassen*.

Es würde vielleicht meine weiseren Leser langweilen, die diese törichte Vorliebe für seltsame und verschollene Dinge, zu der ich

---

Den Eberkopf, ich bringe ihn,
Geschmückt mit Grün und Rosmarin;
Ich bitte, singt mit frohem Sinn,
  Quot estis in convivio.
  Caput apri defero
  Reddens laudes Domino.

Der Eberkopf ist, wie bekannt,
Ein seltenes Gericht im Land;
Es kommt, verziert hier mit Girland',
  Laßt's uns *servire cantico.*
  Caput apri defero, etc.

Der Küchenmeister putzt' ihn fein;
So zieht der König Frohsinn ein,
Dem heut gebührt die Ehr allein
  In Reginensi Atrio.
  Caput apri defero, etc. etc.
                    (Anmerkung des Verfassers)
  * Der Pfau war in alten Zeiten bei festlichen Bewirtungen sehr beliebt. Er wurde manchmal in eine Pastete getan, an deren einem Ende der Kopf mit seinem ganzen Gefieder und mit reich vergoldetem Schnabel hervorragte, während am anderen der Schweif seine Pracht entfaltete. Solche Pasteten servierte man bei den festlichen Banketten der Ritter, wobei sich die fahrenden Ritter anheischig machten, irgend-

ein wenig neige, nicht teilen, wollte ich die übrigen Improvisationen dieses würdigen alten Sonderlings erwähnen, mit denen er, wenn auch nur in bescheidenem Maße, die eigentümlichen Gebräuche der Vergangenheit nachzuahmen versuchte. Ich bemerkte allerdings mit Vergnügen die Achtung, die seine Kinder und Verwandten seinen Wunderlichkeiten erwiesen; sie gingen bereitwillig und vollständig darauf ein und schienen mit allen Einzelheiten wohlvertraut zu sein, da sie zweifellos bei manchen Wiederholungen zugegen gewesen waren. Auch ergötzte mich die ernste Würde, mit welcher der Haushofmeister und die anderen Diener die ihnen auferlegten Pflichten erfüllten, so ungewöhnlich diese auch waren. Sie hatten ein altmodisches Aussehen, denn sie waren zum größten Teil im Haus aufgewachsen und hatten sich mit dem altertümlichen Herrensitz und den Launen ihres Gebieters abgefunden, und höchstwahrscheinlich sahen sie dessen absonderliche Anordnungen als die hergebrachten Gesetze eines anständigen Hauswesens an.

Als das Tischtuch abgenommen war, brachte der Hausverwalter ein riesiges silbernes Trinkgefäß von seltener und kunstvoller Arbeit herein, das er vor den Squire hinsetzte. Sein Erscheinen wurde mit lautem Beifall begrüßt, denn es war die bei den Weihnachtsfeierlichkeiten so berühmte Punschbowle. Ihr Inhalt war vom Squire selber zubereitet worden; es war ein Gebräu, auf dessen geschickte Mischung er sich besonders viel zugute tat, und er behauptete, es sei für das Fassungsvermögen eines gewöhnlichen Bedienten zu schwierig und kompliziert. Das Getränk ließ tatsächlich einem Zecher das Herz im Leibe hüpfen, denn es war aus den stärksten und feurigsten Weinsorten zusam-

---

ein gefahrvolles Abenteuer zu bestehen; daher kommt der alte Schwur, dessen sich auch der Richter Schaal bediente: „Bei Pfau und Pastete!"

Der Pfau war gleichfalls ein wichtiges Gericht beim Weihnachtsmahl, und Massinger gibt in seiner „Städtischen Hausfrau" einen Begriff von der Verschwendung, mit der sowohl diese als auch andere Speisen für die Schwelgereien der Vergangenheit zubereitet wurden:

Man rede nur von Weihnachten auf dem Lande,
Ihren dreißig Pfund Buttereiern, ihren Pasteten von
    Karpfenzungen,
Ihren in Ambra schwimmenden Fasanen, *dem Fleisch von
    drei fetten Hammeln, zu Brühe gekocht,
    einen einzigen Pfau darin aufzutragen.*

(Anmerkung des Verfassers)

mengesetzt, tüchtig gewürzt und gezuckert, und geröstete Äpfel tanzten auf der Oberfläche*.

Das ganze Gesicht des alten Herrn leuchtete vor innerem Vergnügen, als er diese mächtige Bowle umrührte. Nachdem er sie an die Lippen gehoben und allen Anwesenden herzlich ein fröhliches Christfest gewünscht hatte, ließ er sie, bis zum Rande voll, herumgehen, auf daß jeder seinem Beispiel folge und nach der alten Sitte dabei verkünde, es sei „der alte Quellborn wohlwollender Gefühle, an dem alle Herzen einander begegnen"**.

Es wurde viel gelacht und gescherzt, während das ehrbare Sinnbild der Weihnachtsfreude kreiste und von den Frauen gar sittsam geküßt wurde. Als der Humpen an Meister Simon kam, hielt er ihn mit beiden Händen empor und stimmte mit der Miene eines lustigen Gesellen ein altes Punschlied an:

„Der braune Humpen,
Der lust'ge braune Humpen,
Wie kreist er rund umher – ah!
Wein
Rein;
Mag die Welt auch Zeter schrein,
Trinkt nur die Schale leer – ah!

Die tiefe Kanne,
Die lust'ge tiefe Kanne,
Flugs kommt ihr auf den Grund – ah!
Sing,
Kling,
Gibt's wohl ein lust'ger Ding?
Nun lacht aus vollem Mund – ah!"

* Die Bowle wurde zuweilen aus Ale statt Wein zusammengebraut, mit Muskatnuß, Zucker, geröstetem Brot, Ingwer und gebratenen Äpfeln; auf diese Weise wird das dunkelbraune Getränk noch heute in einigen alten Familien und am Kamin wohlhabender Bauern zu Weihnachten bereitet. Es heißt auch „Lammwolle" und wird von Herrick in seinem „Dreikönigstag" besungen:

Dann krönt den Becher voll
mit sanfter Lammeswoll,
Tut Zucker, Ingwer, Muskatnuß rein,
Viel Ale dann auch
Nach altem Brauch,
Dann wird der Humpen herrlich sein.

** „Die Sitte, aus einem Becher zu trinken, hat der Platz gemacht, daß jeder seinen eigenen Becher hat. Wenn der Haushofmeister mit

Die Unterhaltung drehte sich während des Mittagessens meist um Familienangelegenheiten, die mir fremd waren. Man neckte jedoch Meister Simon mit einer fröhlichen Wirtin, mit der er eine Art Verhältnis haben sollte. Dieser Angriff wurde von den Damen eröffnet, aber die ganze Mahlzeit hindurch vom dick-köpfigen alten Herrn neben dem Pfarrer mit der Beharrlichkeit eines zähen Jagdhundes fortgesetzt; denn er gehörte zu jenen langatmigen Spaßvögeln, die zwar schwerfällig im Aufjagen des Wildes, jedoch in ihrem Talent, es zu Tode zu hetzen, unüber-trefflich sind. In jeder Gesprächspause erneuerte er seine Witze-leien mit fast denselben Worten, und er blinzelte mir mit beiden Augen triumphierend zu, sooft er wähnte, Meister Simon wacker heimgeleuchtet zu haben. Letzterer schien sich freilich nicht un-gern in diesem Punkt foppen zu lassen, wie es bei den meisten Junggesellen der Fall ist, und er nahm eine Gelegenheit wahr, mir zu versichern, daß die fragliche Dame eine sehr hübsche Frau sei und ein eigenes Kabriolett fahre.

Die Mittagsstunde verging mit dieser unschuldigen Heiterkeit, und wenn auch die Halle in früheren Zeiten häufig von manch lauterem Fest und Gelage widergetönt haben mag, so bezweifle ich doch, daß sie jemals Zeuge einer ehrlicheren und natürlicheren Freude gewesen ist. Wie leicht ist es doch für ein wohlwollendes Wesen, Frohsinn um sich zu verbreiten, und wie wahr ist es, daß ein gütiges Herz eine Quelle der Freude ist und alles um sich her zum Lächeln erquickt! Die lustige Stimmung des würdigen Squire steckte einfach an; er war selbst glücklich und geneigt, die ganze Welt glücklich zu machen, und seine kleinen exzentrischen Lau-nen würzten gewissermaßen die Süßigkeit seiner Menschenliebe.

Nachdem sich die Damen entfernt hatten, wurde die Unter-haltung wie gewöhnlich noch belebter; manche Schwänke wur-den zum besten gegeben, an die man während des Essens wohl gedacht hatte, die sich aber nicht ganz für Frauenohren geschickt hätten, und wenn ich auch nicht bestimmt behaupten kann, daß darin viel Witz zu finden gewesen sei, so habe ich doch sicherlich manchen Wettstreit erlesenen Witzes erlebt, der viel weniger La-chen bewirkte. Der Witz ist schließlich eine höchst scharfe und pikante Zutat und für manchen Magen viel zu bitter, aber treu-herzige gute Laune ist das Öl und der Wein einer lustigen Ge-sellschaft, und keine fröhliche Gesellschaft gleicht derjenigen, bei

dem Humpen an die Tür kam, mußte er dreimal ,Humpen, Humpen, Humpen!' rufen, und der Kaplan mußte ihm dreimal mit einem Lied antworten." *Archaeologia* (Anmerkungen des Verfassers) der die Witze ziemlich schwach sind, dafür jedoch desto schallender belacht werden.

Der Squire erzählte mehrere lange Geschichten von früheren Studentenstreichen und -abenteuern, an denen sich der Geistliche hin und wieder beteiligt hatte, obschon es, wenn man letzteren anschaute, einige Anstrengung der Phantasie erforderte, sich ein solch kleines, schwarzes Knochengerippe von Männlein bei der Ausführung eines tollen Streiches zu denken. Ja, die beiden Studienfreunde demonstrierten, was die verschiedenen Lebensgeschicke aus den Menschen machen können: der Squire hatte die Universität verlassen, um sorgenlos auf seinen väterlichen Gütern im ewigen Genuß des Glücks und Sonnenscheins zu leben, und hatte ein kräftiges, gesundes Alter erreicht, während der arme Pfarrer in der Stille und im Schatten seiner Studierstube zwischen staubigen Folianten vertrocknet und verwelkt war. Doch schienen immer noch Funken eines fast erloschenen Feuers schwach auf dem Grund seiner Seele zu glimmen, und als der Squire auf eine schelmische Geschichte zwischen dem Geistlichen und einem niedlichen Milchmädchen anspielte, das sie einst an den Ufern der Isis getroffen hatten, schnitt der alte Herr ein „Alphabet von Grimassen", von dem ich, soweit ich seine Physiognomie zu entziffern vermochte, wahrhaftig glaube, es solle ein Lächeln anzeigen – wirklich, ich bin selten einem alten Herrn begegnet, der sich bei den ihm zugeschriebenen Galanterien seiner Jugend geradezu beleidigt gefühlt hätte.

Ich spürte, daß die Fluten des Weins und des Festpunsches über das trockene Land nüchterner Vernunft zu strömen begannen. Die Gesellschaft wurde um so lustiger und lauter, je schwächer ihre Scherze wurden. Meister Simon war in so ausgelassener Stimmung wie ein mit Tau befeuchteter Grashüpfer; seine alten Lieder bekamen eine wärmere Färbung, und er fing an, leichtfertig über die Witwe zu reden. Er gab sogar ein langes Lied über die Werbung um eine Witwe zum besten, das er, wie er mich unterrichtete, einem vorzüglichen alten Werk, „Cupidos Liebesbewerber", entlehnt hatte. Es enthielt eine Reihe guter Ratschläge für Hagestolze, und er versprach, es mir zu leihen. Der erste Vers war in folgendem Ton gehalten:

Wer eine Witwe frein will, darf nicht zagen,
Er mache Heu, solang noch Sonnenschein;
Er soll nicht bei ihr stehn und „darf ich?" fragen,
Keck sprech er nur: „Mein mußt du, Witwe, sein!"

Dieses Lied begeisterte den dickköpfigen alten Herrn, der mehrmals eine etwas langatmige Geschichte aus Joe Miller, die gerade hierher paßte, zu erzählen versuchte, aber er blieb jedesmal mittendrin stecken, während alle außer ihm selbst sich des Schlusses erinnerten. Auch beim Pfarrer begannen sich die Folgen der guten Bewirtung zu zeigen, denn er war allmählich in leichten Schlummer gesunken, und seine Perücke saß sehr verdächtig auf der einen Seite. Gerade in diesem kritischen Augenblick wurden wir in das Gesellschaftszimmer gerufen, und zwar, wie ich vermute, auf geheime Veranlassung meines Gastgebers, dessen Fröhlichkeit stets mit dem richtigen Gefühl für Schicklichkeit gepaart zu sein schien.

Nachdem der Eßtisch entfernt worden war, wurde die Halle den jüngeren Familienmitgliedern überlassen, die, vom Oxforder Studenten und von Meister Simon zu aller erdenklichen Lustigkeit verleitet, die alten Mauern von ihrer Ausgelassenheit widerhallen ließen, als sie ihre lärmenden Spiele trieben. Ich sehe gern den Spielen der Kinder zu, besonders in dieser glücklichen, festlichen Zeit; so konnte ich denn nicht umhin, mich aus dem Gesellschaftszimmer zu stehlen, als ich sie in schallendes Gelächter ausbrechen hörte. Ich fand sie beim Blindekuhspiel. Meister Simon, welcher der Leiter ihrer Belustigungen war und bei jeder Gelegenheit das Amt jenes alten Potentaten, des Fürsten von Ungebühr*, zu verwalten schien, stand mit verbundenen Augen mitten im Saal. Die kleinen Wesen waren so geschäftig um ihn her wie die falschen Feen um Falstaff; sie kniffen ihn, zupften ihn an den Rockschößen und kitzelten ihn mit Strohhalmen. Ein hübsches blauäugiges Mädchen von etwa dreizehn Jahren, dessen Flachshaar ganz in reizende Unordnung geraten war, dessen fröhliches Gesicht glühte und dessen Kleid halb von den Schultern herabhing – das Musterbeispiel einer wilden Range –, war sein Hauptquäler, und nach der Geschicklichkeit zu urteilen, mit der Meister Simon das geringere Wild vermied und diese kecke kleine Nymphe in die Enge trieb und sie zwang, kreischend über Stühle zu springen, vermutete ich, daß der Schalk nicht um einen Deut blinder war, als es ihm gerade paßte.

Als ich ins Gesellschaftszimmer zurückkehrte, saß die Gesell-

* „Zu Weihnachten war im Haus des Königs, wo immer er residierte, ein Fürst von Ungebühr oder Meister der lustigen Spiele, und einen gleichen hatte man im Haus eines jeden Edelmannes von Rang und Ansehen, ob er nun geistlich oder weltlich war." Stow (Anmerkung des Verfassers)

schaft rund um das Feuer und lauschte dem Pfarrer, der sich tief in einen hochlehnigen Eichenstuhl gedrückt hatte, das Meisterstück irgendeines geschickten Künstlers der alten Zeit, das zu seiner Bequemlichkeit eigens aus der Bibliothek herbeigeholt worden war. Aus diesem ehrwürdigen Möbel, zu dem seine schemenhafte Gestalt und sein düsteres, verschrumpftes Gesicht gar wunderbar paßten, erzählte er seltsame Geschichten von dem Volksaberglauben und den Legenden aus der Nachbarschaft, die er im Laufe seiner antiquarischen Studien kennengelernt hatte. Ich bin beinahe geneigt anzunehmen, daß der alte Herr selbst etwas vom Aberglauben angehaucht war, wie es oft bei Menschen der Fall ist, die ein zurückgezogenes und gelehrtes Leben in einem abgelegenen Teil des Landes führen und über alten Büchern brüten, welche mit merkwürdigen und übernatürlichen Dingen angefüllt sind. Er erzählte uns mehrere Anekdoten von den Einbildungen der benachbarten Bauern bezüglich des Porträts des Kreuzfahrers, das auf dem Grabstein neben dem Altar der Kirche angebracht war. Als einziges Denkmal der Art in diesem Landstrich wurde es von den guten Frauen des Dorfes stets mit abergläubischen Gefühlen betrachtet. Man sagte, es stehe aus der Gruft auf und wandle in stürmischen Nächten rund um den Gottesacker, besonders wenn es donnere, und eine alte Frau, deren Hütte an den Kirchhof angrenzte, hatte es durch die Fenster der Kirche gesehen, wie es im Mondschein langsam in den Seitenschiffen auf und ab schritt. Man glaubte, der Verstorbene habe irgendein Unrecht nicht gesühnt oder einen Schatz vergraben, der seinen Geist im Zustand der Angst und Ruhelosigkeit gefangenhalte. Manche redeten von Gold und Juwelen, die im Grab verborgen lägen, über dem das Gespenst wache; auch war eine Sage im Umlauf von einem Küster aus alten Zeiten, der eines Nachts den Weg zum Grab erbrechen wollte, aber in dem Augenblick, da er es erreichte, einen heftigen Schlag von der Marmorhand der Statue empfing, der ihn besinnungslos auf den Steinboden streckte. Diese Geschichten wurden oft von einigen der beherzteren Bauern belacht, doch wenn die Nacht hereinbrach, hegten doch viele der Hauptzweifler große Scheu davor, sich allein auf den Fußpfad zu wagen, der über den Kirchhof führte.

Nach diesen und anderen darauffolgenden Anekdoten schien der Kreuzfahrer der Lieblingsheld der in der Gegend verbreiteten Spukgeschichten zu sein. Sein Bild in der Halle hatte nach der Meinung der Diener etwas Übernatürliches an sich, denn sie bemerkten, daß, in welchen Teil des Saales man sich auch begeben mochte, sich stets die Augen des Kriegers auf einen hefteten. Außerdem versicherte die Frau des alten Pförtners, die in der Familie geboren und erzogen war und unter den Dienstmädchen als wackere Schwätzerin galt, sie habe in ihrer Jugend häufig gehört, daß am Johannisabend, wenn, wie allbekannt, die Geister, Gnomen und Feen jeder Art sichtbar werden und umherwandeln, der Kreuzfahrer sein Roß zu besteigen, aus dem Bild herunterzukommen, um das Haus, die Allee hinab und so bis zur Kirche zu reiten pflege, um das Grab zu besuchen, bei welcher Gelegenheit sich die Kirchentür äußerst höflich von selbst öffne – nicht, als ob das nötig wäre, denn er reite durch verschlossene Tore und steinerne Mauern, und eines der Milchmädchen habe gesehen, wie er zwischen zwei Stangen des großen Parktors hindurchgesprengt sei, indem er sich so dünn wie ein Blatt Papier gemacht habe.

All dieser Aberglaube wurde, wie ich beobachtete, vom Squire sehr unterstützt, der zwar selbst nicht abergläubisch war, aber andere gern so sah. Er lauschte jeder Spukgeschichte der benachbarten Klatschbasen mit unendlicher Ernsthaftigkeit und hielt große Stücke auf die Frau des Pförtners wegen ihres Talents für das Wunderbare. Er war selber ein eifriger Leser alter Legenden und Sagen und jammerte oft darüber, daß er sie nicht glauben könne; denn eine abergläubische Person, dachte er, müsse gewissermaßen in einem Märchenreich leben.

Während wir unsere ganze Aufmerksamkeit den Geschichten des Pfarrers widmeten, drang plötzlich ein wirres Getöse aus der Halle an unser Ohr, in das sich etwas wie der Klang roher Bardenmusik mit dem Lärm vieler zarter Stimmen und Mädchengelächter mischte. Mit einemmal flog die Tür auf, und ein Aufzug kam in die Stube herein, den man irrtümlicherweise fast für eine Versammlung des Feenhofes hätte halten können. Jener unermüdliche Geist, Meister Simon, hatte in treuer Pflichterfüllung als Fürst von Ungebühr die Idee einer Weihnachtsvermummung oder Maskerade gehabt, und nachdem er den Oxforder Studenten und den jungen Offizier, die gleichfalls zu allem bereit waren, was Frohsinn und Heiterkeit fördern konnte, zu seinem Beistand hergeholt hatte, hatten sie seinen Plan augenblicklich ins Werk gesetzt. Die alte Haushälterin war zu Rate gezogen worden, die altertümlichen Kleiderschränke und Garderoben wurden durchgemustert und mußten die Überreste der Kleiderpracht hergeben, die seit mehreren Geschlechtern nicht das Tageslicht gesehen hatten; der jüngere Teil der Gesellschaft war heimlich aus dem Gesellschaftszimmer und der Halle zusammengerufen worden, und alle wurden zu der komischen Nachahmung einer alten Maskerade ausstaffiert*.

Meister Simon führte als „alte Weihnachten" den Zug an, seltsam herausgeputzt mit einer Halskrause, einem kurzen Mantel, der einem Unterrock der alten Haushälterin sehr ähnlich sah, und mit einem Hut, der als Dorfkirchturm hätte dienen können und ohne Zweifel zur Zeit der Covenanters** eine Rolle gespielt hatte. Unter diesem ragte kühn seine gebogene Nase hervor, angehaucht von einer durch Frost erzeugten Röte, die den Triumph eines Dezembersturmes verkündete. Ihn begleitete das blauäugige wilde Mädchen, das als „Dame Fleischpastete" mit der ehrwürdigen Pracht verschossenen Brokats, langem Brustlatz, spitzem Hut und Schuhen mit hohen Absätzen ausgestattet war. Der junge Offizier erschien als Robin Hood in einem Jagdanzug aus grünem Tuch und einer Feldmütze mit goldener Troddel.

Dieses Kostüm zeugte freilich nicht von langer Überlegung; es war augenscheinlich, daß man es besonders aufs Malerische abgesehen hatte, was bei einem jungen Liebhaber in Gegenwart seiner Angebeteten ganz natürlich ist. Die schöne Julia hing in einem hübschen bäuerlichen Kleid als „Jungfrau Marianna" an seinem Arm. Die übrigen Teilnehmer des Zuges hatten sich auf verschiedene Weise verkleidet: die Mädchen aufgedonnert mit dem Staat alter Schönheiten aus dem Geschlecht der Bracebridge, und die Knaben ausstaffiert mit Schnurrbärten von gebranntem Kork und breiten Rockschößen, aufgeschlagenen Ärmeln und mächtigen Allongeperücken, um das „Roastbeef", den „Plumpudding" und andere Berühmtheiten der alten Maskeraden darzustellen. Das Ganze stand unter der Leitung des Oxforder Studenten in der ihm angemessenen Rolle des „Ungebühr", und ich beobachtete, daß er sein Zepter über die jüngeren Personen des Zuges ziemlich mutwillig schwang.

---

* Maskeraden und Mummenschanz waren in früheren Zeiten beliebte Vergnügungen zu Weihnachten, und die Garderoben in Guts- und Herrenhäusern wurden oft mit Beschlag belegt, um Anzüge und phantastische Verkleidungen zu liefern. Ich vermute sehr stark, daß Meister Simon durch Ben Jonsons „Weihnachtsmaske" zu seiner Verkleidung angeregt wurde. (Anmerkung des Verfassers)

** Anhänger der Bündnisse (Covenants), welche die schottischen Presbyterianer im 17. Jahrhundert zur Verteidigung ihres Glaubens schlossen. (Anmerkung des Übersetzers)

Das Eindringen dieser bunten Schar, nach alter Sitte unter Trommelwirbeln, bedeutete den Höhepunkt des Lärms und der Ausgelassenheit. Meister Simon bedeckte sich mit Ruhm durch das würdevolle Benehmen, mit dem er als „alte Weihnachten" mit der unvergleichbaren, obschon kichernden „Dame Fleischpastete" ein Menuett tanzte. Es folgte ein Tanz aller Maskierten, die durch das Gemisch ihrer Kostüme so aussahen, als wären die alten Familienbilder ihren Rahmen entstiegen, um sich an dem Spiel zu beteiligen. Verschiedene Jahrhunderte reichten sich nach rechts und links kreuzweise die Hände; die ernsteren Zeiten führten Pirouetten und Rigodons auf, und die Tage der Königin Elisabeth hüpften lustig mitten durch eine Reihe kommender Geschlechter.

Der würdige Squire betrachtete diese phantastische Darbietung und die Auferstehung seiner alten Garderobe mit der einfachen Herzlichkeit kindlichen Entzückens. Er stand da, lachte, rieb sich die Hände und hörte kaum ein Wort von dem, was der Pfarrer redete, obwohl dieser sich eingehend über den altertümlichen, hoheitsvollen Tanz des Paon oder Pfaus ausließ, von dem nach seiner Meinung das Menuett abstammte*. Ich für meine Person war in ständiger Aufregung bei den mannigfaltigen Szenen der Spaßhaftigkeit und des unschuldigen Frohsinns, die an mir vorüberzogen. Es war begeisternd, wie die aus aller Augen sprühende Lustigkeit und die warm empfundene Gastfreundschaft inmitten der Kälte und Dunkelheit des Winters durchbrachen, wie das hohe Alter seine Teilnahmslosigkeit abstreifte und noch einmal die Frische jugendlicher Lebenslust annahm. Auch die Erwägung, daß diese flüchtigen Bräuche rasch der Vergessenheit zueilten und daß dies vielleicht die einzige Familie in England war, in der sie alle noch vorschriftsmäßig gepflegt wurden, weckte in mir das Interesse für dieses Schauspiel. Außerdem mischte sich in dieses ganze Getümmel eine gewisse Wunderlichkeit, die ihm einen eigentümlichen Zauber verlieh: alles war der Zeit und dem Ort angepaßt, und als das alte Herrenhaus vor Heiterkeit und Becherklang beinahe taumelte, schien es die Fröhlichkeit längst verschwundener Tage zurückzurufen.

* Sir John Jawkins sagt bei der Besprechung des sogenannten Pavon-Tanzes (von *pavo*, Pfau): „Es ist ein ernster und majestätischer Tanz; früher tanzten ihn die Herren von Stand mit Hut und Degen, die Rechtsgelehrten in ihren Roben, die Pairs in ihren Mänteln und die Damen in langen Schleppengewändern, und die Bewegungen glichen denen eines Pfaus." *Geschichte der Musik* (Anmerkung des Verfassers)

Doch genug von Weihnachten und seiner Kurzweil; es ist Zeit für mich, dieser Geschwätzigkeit Einhalt zu tun. Ich höre schon meine ernsteren Leser fragen: „Wozu ist das alles gut? wie soll die Welt durch dies Gerede klüger werden?" Ach, gibt es denn nicht genug Weisheit zur Belehrung der Menschheit? Und falls nicht, gibt es nicht tausend geschicktere Federn, die für deren Bildung sorgen? – Es ist so sehr viel angenehmer, zu ergötzen als zu belehren – lieber den Gesellschafter als den Schulmeister zu spielen.

Was ist schließlich das Scherflein Weisheit, das ich in die Masse des Wissens zu werfen vermöchte? oder wer steht mir dafür, daß meine weisesten Erörterungen sichere Wegweiser für die Ansichten anderer werden? Aber wenn ich zur Unterhaltung schreibe und mir das mißlingt, so ist das einzige Übel meine Enttäuschung. Kann ich jedoch in diesen bösen Tagen durch irgendeinen günstigen Zufall eine Runzel auf der Stirn des Leids glätten oder das schwerbedrückte Herz einen Augenblick seinen Kummer vergessen machen, kann ich hin und wieder den sich zusammenbrauenden Nebel des Menschenhasses durchdringen, einen freundlichen Blick auf die menschliche Natur gewähren und meinen Leser mit seinem Nächsten und sich selbst versöhnen – gewiß, gewiß, dann habe ich nicht ganz umsonst geschrieben.

KLEINBRITANNIEN

Der folgende kleine Beitrag zur Ortsgeschichte wurde mir unlängst von einem sonderbar aussehenden alten Herrn mit winziger brauner Perücke und schnupftabakfarbenem Rock übergeben. Ich machte seine Bekanntschaft auf einer meiner Expeditionen durch den Mittelpunkt jenes großen Irrgartens, der City. Ich gestehe, daß ich zuerst nicht sicher wußte, ob es nicht eine der apokryphen Erzählungen war, die Entdeckungsreisenden, wie ich einer bin, häufig aufgebunden werden und die unsere prinzipielle Wahrheitsliebe so unverdienterweise fragwürdig gemacht haben. Auf gehörige Erkundigungen hin erhielt ich jedoch die befriedigendsten Zusicherungen über die Zuverlässigkeit des Verfassers, und man erzählte mir sogar, er sei gerade mit einer ausführlichen und genauen Beschreibung der sehr interessanten Gegend, in der er wohnt, beschäftigt; man kann das Folgende bloß als Vorgeschmack davon ansehen.

Was ich schreibe, ist vollkommen wahr .... Ich
habe ein ganzes Buch von Rechtsfällen vor mir liegen, die, wollte ich sie veröffentlichen, einige ehrbare
alte Leute (innerhalb des Bereiches der Bow-Kirchen-
glocke) gar sehr gegen mich aufbringen würden.

Nashe

Im Mittelpunkt der großen City von London liegt ein kleines
Viertel, das aus einem Gewirr enger Straßen und Höfe mit sehr
ehrwürdigen und baufälligen Häusern besteht und unter dem
Namen „Kleinbritannien" bekannt ist. Die Schule von Christ
Church und das St.-Bartholomäus-Hospital begrenzen es im
Westen, Smithfield und Long Lane im Norden, die Aldersgate
Street scheidet es wie ein Meeresarm vom östlichen Teil der Alt-
stadt, während der gähnende Schlund der Bull-and-Mouth
Street es von Butchers' Hall Lane und den Bezirken von New-
gate trennen. Auf dieses kleine, derart beengte und beschränkte
Gebiet schaut die große Kuppel der St.-Pauls-Kathedrale, die
über den dazwischenliegenden Häusern der Paternoster Row,
Amen Corner und Ave-Maria Lane emporragt, mit mütterlich
schützender Miene herab*.

Dieses Viertel leitet seinen Namen davon her, daß es früher die
Residenz der Herzöge von Bretagne gewesen ist. Als aber London wuchs, zog die vornehme und moderne Welt sich nach dem
Westen zurück, und das Gewerbe, das ihnen auf den Fersen nach-
schlich, ergriff Besitz von ihren verlassenen Wohnstätten. Eine
Zeitlang war Kleinbritannien der große Markt der Gelehrsamkeit und bevölkerte sich mit dem geschäftigen und fruchtbaren
Geschlecht der Buchhändler; auch diese verließen es allmählich
und siedelten sich, über die große Meerenge der Newgate Street
auswandernd, in der Paternoster Row und auf dem St.-Paul's-
Kirchhof an, wo sie sich bis auf den heutigen Tag vermehren
und vervielfältigen.

Aber obwohl Kleinbritannien so verfallen ist, weist es noch
Spuren seines ehemaligen Glanzes auf. Mehrere Häuser, deren
Vorderfronten prächtig mit altem Schnitzwerk aus Eichenholz
verziert sind, schreckliche Masken, unbekannte Vögel, Tiere und
Fische, Früchte und Blumen darstellend, die zu bestimmen einen

---

* Es ist augenscheinlich, daß der Verfasser dieses interessanten Be-
richts unter der allgemeinen Bezeichnung Kleinbritannien mehrere jener
kleinen Gassen und Höfe mit inbegriffen hat, die unmittelbar zu
Cloth-Fair gehören. (Anmerkung des Verfassers)

Naturforscher in Verlegenheit setzen würde, sind dem Einsturz nahe. So gibt es auch in der Aldersgate Street noch gewisse Reste von einstigen geräumigen und herrschaftlichen Palästen, die jedoch neuerdings in verschiedene Mietwohnungen geteilt wurden. Hier sieht man häufig die Familie eines kleinen Krämers mit ihren ärmlichen Möbeln, vergraben unter den Überbleibseln veralterter Pracht, in großen, weitläufigen, von der Zeit geschwärzten Gemächern mit Stuckdecken, vergoldeten Gesimsen und ungeheuren Marmorkaminen. Auch die Gassen und Höfe enthalten viele kleinere Häuser, die zwar nicht so großartig sind, aber wie der niedere alte Adel ihren Anspruch auf ebenbürtige Altertümlichkeit dreist aufrechterhalten. Diese haben ihre Giebelseiten nach der Straße hinaus und große Bogenfenster mit rautenförmigen, in Blei gefaßten Scheiben, groteskes Schnitzwerk sowie niedrige, gewölbte Torwege.

In diesem sehr ehrwürdigen und versteckten kleinen Nest habe ich mehrere ruhige Jahre meines Daseins zugebracht und behaglich im zweiten Stock eines der kleinsten, aber ältesten Gebäude gewohnt. Meine Wohnung ist ein altes getäfeltes Zimmer mit winzigen Fensterscheiben und mit bunt zusammengewürfelten Möbeln ausgestattet. Ich habe große Ehrfurcht vor drei oder vier hochlehnigen Stühlen mit Klauenfüßen und verschossenem Brokatüberzug, die verraten, daß sie einmal bessere Tage gesehen und unzweifelhaft in einem der alten Paläste von Kleinbritannien eine Rolle gespielt haben. Mir kommt es so vor, als hielten sie eng zusammen und schauten mit souveräner Verachtung auf ihre Nachbarn mit den ledernen Sitzen herab, so wie ich heruntergekommene Adlige unter der plebejischen Gesellschaft, mit der sie zusammenleben mußten, den Kopf hoch tragen sah. Die ganze Front meines Wohnzimmers nimmt ein Bogenfenster ein, auf dessen Scheiben die früheren Bewohner seit vielen Generationen ihre Namen gekritzelt haben, vermischt mit Bruchstükken sehr unbedeutender, eleganter Poesie, die ich kaum entziffern kann und welche die Reize mancher Schönheit von Kleinbritannien preisen, die lange, lange geblüht hat, dann verwelkt und dahingeschwunden ist. Weil ich ein müßiger Mensch und augenscheinlich ohne Beschäftigung bin und meine Rechnung regelmäßig jede Woche bezahle, hält man mich für den einzigen unabhängigen Herrn in der Nachbarschaft, und da ich neugierig war, den inneren Zustand eines Gemeinwesens kennenzulernen, das so sichtlich in sich abgeschlossen ist, habe ich mich bemüht, zu allen Problemen und Geheimnissen des Ortes vorzudringen.

Kleinbritannien kann tatsächlich das Herz der City, das Bollwerk des wahren John-Bullismus genannt werden. Es ist ein Bruchstück von London, wie es in seinen besseren Tagen war, mit seinen altertümlichen Bewohnern und Sitten. Hier blühen, treu bewahrt, viele der alten Feiertagsspiele und -bräuche. Die Bewohner essen gewissenhaft ihre Pfannkuchen am Fastnachtsdienstag, warme Kreuzkuchen am Karfreitag und ihre gebratene Gans am Michaelistag; sie schicken Liebesbriefe am Valentinstag, verbrennen den Papst am fünften November und küssen an Weihnachten alle Mädchen unter dem Mistelzweig. Auch Roastbeef und Plumpudding werden in abergläubischer Verehrung gehalten, und Portwein und Sherry behaupten ihren Platz als die einzigen echten englischen Weine; alle anderen gelten als schlechte ausländische Getränke.

Kleinbritannien hat sein langes Verzeichnis von großstädtischen Wunderwerken, die seine Bewohner als die Wunderwerke der Welt betrachten, wie beispielsweise die große Glocke der St.-Pauls-Kathedrale, bei deren Läuten alles Bier sauer wird, die Ziffern, die auf der Uhr von St. Dunstan die Stunden zeigen, das Monument, die Löwen im Tower und die hölzernen Riesen in der Guildhall. Sie glauben noch an Träume und Wahrsagerei, und ein altes Weib, das in der Bull-and-Mouth Street wohnt, erwirbt sich dadurch einen erträglichen Unterhalt, daß es gestohlene Sachen entdeckt und den Mädchen gute Männer verspricht. Sie lassen sich von Kometen und Sonnenfinsternissen beunruhigen, und wenn nachts ein Hund kläglich heult, so hält man dies für ein sicheres Zeichen, daß jemand im Viertel sterben werde. Es sind sogar viele Gespenstergeschichten im Umlauf, besonders was die alten Herrenhäuser betrifft, in denen man bisweilen seltsame Erscheinungen gesehen haben will. Lords und Ladies, erstere mit Allongeperücken, herabhängenden Ärmeln und Degen, letztere in wehenden Gewändern, Schnürleibern, Reifröcken und Brokat, hat man in mondhellen Nächten durch die großen, öden Gemächer wandeln sehen; angeblich waren es die Geister der alten Besitzer in ihren Hoftrachten.

Kleinbritannien hat gleichfalls seine weisen und großen Männer. Einer der wichtigsten unter den ersteren ist ein großer, vertrockneter alter Herr namens Skryme, der einen kleinen Apothekerladen besitzt. Er hat ein leichenfarbenes Gesicht voller Höhlen und Runzeln und mit braunen Kreisen um jedes Auge, die wie eine Hornbrille aussehen. Er wird von den alten Weibern sehr hoch geschätzt, die ihn für eine Art Zauberer halten, weil er zwei oder drei ausgestopfte Alligatoren in seinem Laden hängen und verschiedene Schlangen in Flaschen hat. Er ist ein emsiger Leser der Almanache und Zeitungen und neigt sehr dazu, über beunruhigende Berichte von Aufständen, Verschwörungen, Feuersbrünsten, Erdbeben und vulkanischen Ausbrüchen zu philosophieren, welch letztere Naturerscheinungen er als Zeichen der Zeit betrachtet. Er hat stets irgendeine derartige Unglückserzählung zur Hand, die er seinen Kunden zu ihren Arzneien hinzugibt, und versetzt so sowohl Seele als auch Leib gleichzeitig in Aufruhr. Er glaubt fest an Vorbedeutungen und Weissagungen und weiß die Prophezeiungen von Robert Nixon und Mutter Shipton auswendig. Kein Mensch versteht so viel aus einer Sonnenfinsternis oder selbst aus einem ungewöhnlich dunklen Tag zu machen wie er, und er schüttelte den Schweif des letzten Kometen dergestalt über den Häuptern seiner Kunden und Schüler, daß der Schreck sie fast um ihren Verstand gebracht hätte. Er hat kürzlich eine Volkslegende oder Prophezeiung aufgespürt, die ihn ungewöhnlich gesprächig gemacht hat. Es war unter den alten Sibyllen, die diese Dinge sammeln, eine Weissagung im Umlauf, daß, wenn die Heuschrecke auf der äußersten Spitze der Börse dem Drachen oben auf dem Turm der Bow-Kirche die Hand schüttle, furchtbare Ereignisse eintreten würden. Diese seltsame Verbindung scheint auf ebenso seltsame Weise zustande gekommen zu sein. Ein und derselbe Baumeister ist neulich mit den Ausbesserungen der Börsenkuppel und des Turmes der Bow-Kirche betraut worden, und – gräßlich zu erzählen – der Drache und die Heuschrecke liegen wirklich dicht nebeneinander im Hof seiner Werkstatt.

„Andere", wie Mr. Skryme zu sagen gewohnt ist, „mögen nach den Sternen schauen und am Himmel nach Konjunktionen suchen, aber hier ist eine Konjunktion auf der Erde, nahe zur Hand und vor unseren eigenen Augen, die alle Zeichen und Berechnungen der Astrologen übertrifft." Seitdem diese Unglück verheißenden Wetterfahnen ihre Häupter so zusammengelegt haben, haben sich schon wunderbare Dinge zugetragen. Der gute alte König hat trotz seiner zweiundachtzig Jahre überraschend seinen Geist aufgegeben; ein anderer König hat den Thron bestiegen; ein königlicher Prinz ist plötzlich gestorben, ein anderer ist in Frankreich ermordet worden; in allen Teilen des Königreichs fanden Versammlungen von Radikalen statt; die blutigen Zwischenfälle in Manchester; die große Verschwörung in der Cato Street – und zu allem Überfluß ist die Königin nach England zurückgekehrt! All diese düsteren Ereignisse werden von Mr. Skryme mit geheimnisvollem Blick und bedenklichem Kopfschütteln erzählt, und sie haben, zusammen mit seinen Arzneien und in den Gemütern seiner Zuhörer mit ausgestopften Seeungetümen, in Gläsern befindlichen Schlangen und seinem eigenen Gesicht vermischt, das die Verkörperung der Trübsal ist, große Bekümmernis in den Herzen der Einwohner von Kleinbritannien verbreitet. Sie schütteln den Kopf, sooft sie an der Bow-Kirche vorübergehen, und bemerken dabei, sie hätten sich niemals etwas Gutes von dem Abtragen des Turmes versprochen, der in alten Zeiten nichts als frohe Nachrichten verkündet habe, wie die Geschichte von Whittington und seiner Katze bezeugt.

Das mit Mr. Skryme wetteifernde Orakel von Kleinbritannien ist ein wohlhabender Käsehändler, der im Bruchstück eines der alten Herrenhäuser lebt und so prächtig wohnt wie eine rundbäuchige Made in einem seiner Chester-Käse. Er ist in der Tat ein Mann von nicht geringem Rang und Ansehen, und sein Ruf ist sogar in der Huggin Lane und Lad Lane bis nach Aldermanbury verbreitet. Man gibt auf seine politischen Ansichten sehr viel, da er im letzten halben Jahrhundert die Sonntagszeitungen sowie das „Gentleman's Magazine", Rapins „Geschichte Englands" und die „Chronik der Marine" gelesen hat. Sein Kopf steckt voll unschätzbarer Maximen, die jahrhundertelang die Probe der Zeit und der praktischen Anwendung bestanden haben. Er ist fest überzeugt, „es ist eine moralische Unmöglichkeit", daß irgend etwas England, solange es sich selber treu bleibt, zu erschüttern vermag, und er weiß viel über die Staatsschulden zu reden, die, wie er auf diese oder jene Art nachweist, ein großes nationales Bollwerk und ein Segen seien. Er brachte den größeren Teil seines Lebens im Weichbild von Kleinbritannien zu, bis auf die letzten Jahre, da er, nachdem er reich geworden und zur Würde eines Sonntagsspazierstocks gelangt ist, sich zu amüsieren und die Welt zu besehen anfängt. Er hat daher verschiedene Ausflüge nach Hampstead, Highgate und anderen Nachbarstädten unternommen, wo er ganze Nachmittage damit zubrachte, durch ein Fernrohr auf die Metropole zurückzublicken und sich zu bemühen, den Turm von St. Bartholomäus zu erspähen. Wenn er vorübergeht, so unterläßt kein Kutscher aus der Bull-and-Mouth Street, den Hut vor ihm zu lüften, denn er wird gleichsam als Patron des Landkutschenbüros „Zur Gans und zum Bratspieß" auf dem St.-Pauls-Kirchhof betrachtet. Seine Familie hat ihn sehr gedrängt, eine Fahrt nach Margate zu machen, doch er hegt große Bedenken gegen jene neumodischen Erfindungen, die Dampfboote, und glaubt wirklich an Jahren zu weit vorgerückt zu sein, um noch Seereisen zu unternehmen.

Kleinbritannien hat gelegentlich auch seine Parteien und Spaltungen, und einmal machte sich der Parteiengeist sogar sehr bemerkbar infolge zweier „Bestattungsvereine", die sich hier etablierten. Der eine hielt seine Versammlungen im „Schwan und Hufeisen" ab und wurde vom Käsehändler begünstigt, der andere im „Hahn und zur Krone" unter den Auspizien des Apothekers; es versteht sich von selbst, daß der letztere am besten florierte. Ich verbrachte einen oder zwei Abende in beiden und erhielt gar wertvolle Belehrungen über die beste Art der Bestattung, den unterschiedlichen Wert der Friedhöfe sowie etliche Hinweise auf die patentierten eisernen Särge. Ich habe die Frage der Gesetzlichkeit ihres Verbots, ihrer Dauerhaftigkeit wegen, nach allen Seiten erörtern gehört. Glücklicherweise haben die Fehden zwischen diesen Vereinen kürzlich aufgehört, aber sie haben lange Zeit die Gemüter erhitzt, denn die Bevölkerung von Kleinbritannien läßt sich die bei Leichenbegängnissen üblichen Ehrenbezeigungen und das bequeme Liegen im Grab sehr angelegen sein.

Außer diesen zwei Bestattungsvereinen gibt es noch eine dritte Vereinigung von völlig verschiedener Art, die sich zum Ziel gesetzt hat, den Sonnenschein der guten Laune über die ganze Nachbarschaft auszugießen. Sie kommt wöchentlich einmal in einem kleinen altfränkischen Haus zusammen, das einem fidelen Schankwirt namens Wagstaff gehört und einen glänzenden Halbmond mit einer höchst verführerischen Weintraube als Schild trägt. Das ganze Gebäude ist mit Inschriften bedeckt, um das Auge des durstigen Wanderers anzulocken, wie beispielsweise: „Truman, Hanbury und Co's Doppelbier", „Wein-, Rum- und Branntweinstube", „Alter Tom, Rum und Liköre" usw. Dieses Haus ist tatsächlich seit undenklichen Zeiten ein Tempel des Bacchus und Momus gewesen. Es ist immer in der Familie der Wagstaffs geblieben, so daß der jetzige Inhaber dessen Geschichte ziemlich lückenlos aufbewahrt hat. Es wurde von den Galanen und Kavalieren zur Zeit der Königin Elisabeth eifrig besucht, und die Witzlinge aus den Tagen Karls II. blickten hin und wieder hinein. Worauf sich aber Wagstaff am meisten einbildet, ist der Umstand, daß Heinrich VIII. bei einer seiner nächtlichen Streifereien mit seinem berüchtigten Spazierstock einem seiner Vorfahren den Schädel einschlug. Man hält das allerdings für eine etwas zweifelhafte und eitle Prahlerei des Wirts.

Der Verein, der nun seine wöchentlichen Sitzungen hier abhält, führt den Namen „Kleinbritanniens flotte Burschen". Sie kennen zahllose alte Schwänke, Lieder und auserlesene Geschichten, die zur Tradition des Viertels gehören und in keinem anderen Teil der Hauptstadt zu finden sind. Da ist ein toller Leichenbestatter, der unnachahmlich in lustigen Liedern ist, aber die Seele des Klubs und der erste Spaßvogel von Kleinbritannien ist der fidele Wagstaff selbst. Seine Vorfahren sind samt und sonders lose Schelme gewesen, und er hat mit der Kneipe einen gewaltigen Vorrat an Liedern und Scherzen übernommen, die sich mit ihr von Geschlecht zu Geschlecht vererben. Er ist ein lebhafter kleiner Kerl mit krummen Beinen und Schmerbauch, rotem Gesicht und feuchten, pfiffigen Augen und einem spärlichen Büschel grauer Haare auf dem Hinterkopf. Bei Eröffnung jedes Klubabends wird er hineingerufen, um sein „Glaubensbekenntnis", das berühmte alte Trinklied von „Muhme Gurtons Nadel", zu singen. Er singt es allerdings mit vielen Variationen, wie er es von seinem Vater gehört hat; denn seit es geschrieben wurde, ist es das Lieblingslied im Wirtshaus „Zum Halbmond und zur Traube" gewesen; ja, er versichert, seine Vorfahren hätten in der Glanzzeit von Kleinbritannien häufig die Ehre gehabt, es bei Weihnachtsmaskeraden vor dem Adel zu singen*.

* Da das Glaubensbekenntnis meines Wirts vom „Halbmond" den meisten Lesern unbekannt sein wird und es als Muster für die Lieder von Kleinbritannien gelten kann, gebe ich es hier wieder. Ich möchte noch bemerken, daß die ganze Gesellschaft stets mit furchtbarem Klopfen auf den Tisch und unter dem Geklapper der Zinnkrüge in den Chor mit einstimmt.

> Ein klein Gericht, mehr eß ich nicht,
>   Mein Magen ist nicht gut,
> Doch trink ich gern mit jedem Herrn,
>   Und trägt er 'n Doktorhut.
> Sorgt euch nicht drum, geh ich herum,
>   So bin ich doch nie kalt,
> Stopf jeden Zoll des Bauches voll
>   Mit Ale, das gut und alt.

CHOR: Ripp und Rücken bloß, geht bloß,
>   Fuß und Hand seid kalt,
> Doch dir, Bauch, send Gott Ale genug,
>   Sei's jung nun oder alt.

Es würde dem Herzen wohltun, an einem Vereinsabend das Freudengeschrei, die Bruchstücke der Lieder und dann und wann den tobenden Chor eines halben Dutzends mißtönender Stimmen zu vernehmen, die aus diesem lustigen Haus erschallen. Zu solcher Zeit ist die Straße gesäumt von Zuhörern, denen all das ebensoviel Freude macht, wie wenn sie in das Schaufenster eines Konditorladens guckten oder die Dämpfe aus einer Garküche einatmeten.

Zwei Ereignisse verursachen alljährlich große Bewegung und Aufregung in Kleinbritannien, nämlich die St.-Bartholomäus-Messe und der Lord-Mayor's-Tag. Während der Dauer des Marktes, der in der angrenzenden Gegend von Smithfield abgehalten wird, gibt es hier nichts als Geklatsch und Gelaufe. Die sonst so stillen Straßen von Kleinbritannien wimmeln von unzähligen fremden Gestalten und Gesichtern, und in jedem Wirtshaus wird gezecht und geschmaust. Morgens, mittags und nachts hört man aus dem Schenkzimmer Fiedel und Gesang und sieht an jedem Fenster einige Gruppen munterer Gesellen mit halbgeschlossenen Augen, den Hut auf der einen Seite, die Pfeife im Mund, den Krug in der Hand, tändelnd und schwatzend und unflätige Lieder zu ihrem Getränk singend. Sogar die Zucht und Sitte des Familienlebens, die, wie ich gestehen muß, zu anderen Zeiten bei meinen Nachbarn streng beobachtet wird, hält diesen Saturnalien nicht stand. Daran ist gar nicht zu denken, daß eine Dienstmagd daheimbliebe. Ihre fünf Sinne sind schier außer Rand und Band geraten durch den Harlekin und das Puppen-

---

Fleisch tut nicht not, doch geröstet Brot,
    Ein Apfel auch im Feuer;
Ein Stückchen Brot macht Wangen rot,
    Mehr will ich gar nicht heuer.
Kein Frost, kein Schnee, kein Sturmwind je
    Hat über mich Gewalt;
Mich hüllt ja ein, mich wärmt ja fein
    Das Ale, das gut und alt.

CHOR: Ripp und Rücken bloß, geht bloß, etc.
Auch meine Frau, die ist genau
    So treu dem Ale gesinnt;
Dem Krug, o schaut! ist sie vertraut,
    Bis ihr die Träne rinnt.
Dann reicht sie mir den Krug mit Bier –
    Sie wird ein Säufer bald –
Und sagt: „Mein Jung, ich hab genung
    Vom Ale, das gut und alt."

spiel, die fliegenden Pferde, Signor Polito, den Feuerfresser, den berühmten Mr. Paap und den irischen Riesen. Auch die Kinder vergeuden all ihr Feiertagsgeld für Spielzeug und vergoldete Pfeffernüsse und erfüllen das Haus mit dem liliputschen Lärm von Trommeln und Trompeten und Pfennigspfeifen.

Aber der Lord-Mayor's-Tag ist das größte Jahresfest. Der Lord Mayor wird von den Bewohnern Kleinbritanniens als der größte Potentat auf Erden, seine vergoldete sechsspännige Kutsche als der Gipfel menschlichen Glanzes und sein Aufzug, mit all den Richtern und Aldermännern in seinem Gefolge, als das erhabenste der irdischen Schaugepränge betrachtet. Wie jubeln sie innerlich beim Gedanken, daß selbst der König nicht die Stadt betreten darf, ohne zuerst an das Tor von Temple Bar zu klopfen und beim Lord Mayor um Erlaubnis zu fragen; denn, täte er es doch – Himmel und Erde! wer ahnt, was für Folgen das haben würde! Der Mann in voller Rüstung, der vor dem Lord Mayor herreitet und der Held der City ist, hat Befehl, jeden, der wider die Würde der Stadt fehlt, niederzustoßen; und dann das Männlein dort mit der samtenen Suppenschüssel auf dem Kopf, das am Fenster der Staatskarosse sitzt und das Stadtschwert hält, so lang wie eine Lanzenstange – Gott bewahre! wenn der einmal sein Schwert zieht, ist die Majestät selbst nicht sicher!

Unter dem Schutz dieses mächtigen Gewalthabers schläft daher die gute Bevölkerung von Kleinbritannien in Frieden. Temple Bar ist tatsächlich ein Bollwerk gegen alle Feinde, und was Einfälle von außen betrifft, so braucht der Lord Mayor nur zum Tower zu eilen, die Bürgermiliz zusammenzurufen und das stehende Heer der Beefeaters unter Waffen zu stellen, und er kann der Welt Trotz bieten!

Derart in seine eigenen Angelegenheiten, seine eigenen Ge-

CHOR: Ripp und Rücken bloß, geht bloß, etc.
             So laßt sie trinken, bis sie nicken und sinken,
                Wie Burschen flott und froh,
             Daß sie lernen auch den schönen Brauch;
                Gut Ale macht die Menschen so.
             Und alle Seelen, die den Krug erwählen,
                Der Himmel wohl erhalt.
             Gott schütz ihr Leben, ihre Fraun daneben,
                Ob sie jung sind oder alt!
CHOR: Ripp und Rücken bloß, geht bloß, etc.
                (Anmerkung des Verfassers)

wohnheiten und seine eigenen Meinungen eingehüllt, hat Kleinbritannien lange als das gesunde Herz dieser großen, schwammi-
gen Metropole floriert. Ich selbst sah es gern als eine auserkorene
Stätte an, wo die Grundsätze eines mannhaften John-Bullismus
wie Samenkörner aufgespeichert wurden, um den Nationalcharakter wieder zu verjüngen, wenn er in Verfall und Entartung
geraten wäre. Ich habe mich auch über den allgemeinen Geist der
Eintracht gefreut, der hier durchweg herrschte; denn wenn auch
ab und zu einige wenige Meinungsverschiedenheiten zwischen
den Anhängern des Käsehändlers und des Apothekers und gelegentlich eine Fehde zwischen den Bestattungsvereinen vorkamen,
so waren das doch nur vorüberziehende Wolken, die bald verschwanden. Die Nachbarn begegneten sich freundlich, schüttelten
sich beim Abschied die Hand und sprachen niemals schlecht voneinander, es sei denn hinter dem Rücken.

Ich könnte erlesene Schilderungen von gemütlichen Schmause-
reien liefern, bei denen ich zugegen gewesen bin, wo wir „Alle
Vier", „Schwarzer Peter", „Tom – komm – kitzle mich" und
andere köstliche alte Spiele spielten und zuweilen einen guten
altenglischen Volkstanz nach der Melodie von Sir Roger de Co-
verley darboten. Einmal im Jahr pflegten die Nachbarn auch
gemeinsam eine Landpartie zum Epping-Forst zu unternehmen.
Das Herz eines jeden würde gelacht haben, hätte er unser fröhliches Gelage im Gras unter den Bäumen gesehen! Wie der Wald
von unserem lauten Gelächter über die Lieder des kleinen Wagstaff und des munteren Leichenbestatters widerhallte! Nach dem
Imbiß spielte dann das junge Volk Blindekuh und Verstecken,
und es war ergötzlich zu sehen, wie sich einzelne im Dorngestrüpp
strüpp verhedderten, und zu hören, wie hin und wieder ein hübsches, ausgelassenes Mädchen aus den Büschen hervorkreischte.
Die älteren Leute scharten sich um den Käsehändler und den
Apotheker, um sie über Politik reden zu hören, denn die beiden
brachten gewöhnlich in ihren Taschen eine Zeitung mit heraus,
um sich auf dem Lande die Zeit zu vertreiben. Ihre Debatten
wurden allerdings manchmal etwas hitzig, doch ihre Streitfra-
gen wurden stets durch den Schiedsspruch eines würdigen alten
Regenschirmfabrikanten mit Doppelkinn geschlichtet, der nie
genau begriff, worum es ging, und deshalb auf die eine oder
andere Weise zugunsten beider Parteien zu entscheiden suchte.

Alle Reiche sind indessen, wie irgendein Philosoph oder Geschichtsschreiber sagt, Veränderungen und Umwälzungen unterworfen. Luxus und Neuerungssucht schleichen sich ein, Parteien

entstehen, und es erheben sich dann und wann Familien, deren Ehrgeiz und Intrigen das ganze Gefüge durcheinanderbringen. So ist in den letzten Tagen die Stille von Kleinbritannien schmerzlich gestört und seine goldene Einfachheit der Sitten durch die hochstrebende Familie eines Metzgers, der sich zur Ruhe gesetzt hat, ganz und gar vom Untergang bedroht.

Die Familie Lamb hatte lange zu den bedeutendsten und beliebtesten in der Gegend gezählt; die Fräulein Lamb waren die Schönen von Kleinbritannien, und jedermann freute sich, als der alte Lamb Geld genug erworben hatte, um seinen Laden schließen und seinen Namen auf einem Messingschild an seiner Tür anbringen zu können. Zu einer bösen Stunde hatte es sich jedoch gefügt, daß einem der Fräulein Lamb die Ehre zuteil wurde, Ehrendame der Lady Mayaress auf deren großem jährlichem Ball zu sein, bei welcher Gelegenheit sie drei riesige Straußenfedern auf dem Kopf trug. Das vergaß die Familie nie; sie war unverzüglich von der Leidenschaft für ein vornehmes Leben ergriffen, schaffte sich einen Einspänner an, heftete dem Laufburschen einen Streifen Goldtresse an den Hut und war seitdem in der ganzen Nachbarschaft die Zielscheibe des Geredes und Spottes. Man konnte die jungen Damen nicht mehr dazu bewegen, Schwarzer Peter oder Blindekuh zu spielen, sie konnten keine Tänze außer Quadrillen leiden, von denen niemand in Kleinbritannien je etwas gehört hatte, ja sie fingen an Romane zu lesen, schlecht Französisch zu parlieren und auf dem Pianoforte zu klimpern. Auch ihr Bruder, der bei einem Rechtsanwalt beschäftigt war, warf sich zum Stutzer und Kritikaster auf – bis dahin in dieser Gegend unbekannte Charaktere – und machte die ehrlichen Leute durch sein Gerede über Kean, die Oper und die „Edinburgh Review" ganz verwirrt.

Was noch schlimmer war, die Lambs veranstalteten einen großen Ball, zu dem sie keinen einzigen ihrer alten Nachbarn einluden; statt dessen kamen viele vornehme Leute aus der Theobald's Road, vom Red-Lion Square und aus dem Westend. Es waren mehrere junge Gecken von des Bruders Bekanntschaft aus der Gray's Inn Lane und Hatton Garden anwesend und nicht weniger als drei Aldermannsgattinnen mit ihren Töchtern. Das konnte nimmer vergeben und vergessen werden. Ganz Kleinbritannien war in Aufruhr über das Peitschenknallen, das Schlagen der erbärmlichen Gäule und das Rasseln und Rattern der Mietdroschken. Man sah die Klatschbasen der Nachbarschaft mit ihren Nachtmützen aus allen Fenstern herauslugen, um die gebrechlichen Fuhrwerke vorbeirumpeln zu sehen, und ein Haufe keifender alter Weiber hielt Wache in einem Haus, das der Wohnung des ehemaligen Metzgermeisters gegenüberlag, und begutachtete und bekrittelte jeden, der an die Tür klopfte.

Dieser Ball hatte beinahe einen offenen Krieg zur Folge, und die gesamte Nachbarschaft erklärte, daß sie nichts mehr mit den Lambs zu schaffen haben wolle. Es ist wahr, daß Mrs. Lamb, wenn sie nicht von ihren vornehmen Bekannten in Anspruch genommen wurde, noch für einige ihrer alten Gevatterinnen einfache Teegesellschaften gab, und zwar, wie sie sagte, „ganz freundschaftlich", und es ist ebenso wahr, daß ihre Einladungen stets angenommen wurden, trotz aller vorher abgelegten entgegengesetzten Gelübde. Ach, die guten Damen pflegten dann dazusitzen und sich an der Musik der Fräulein Lamb zu erbauen, die sich herabließen, ihnen eine irische Melodie auf dem Klavier vorzutrommeln, und mit wunderbarer Aufmerksamkeit lauschten sie Mrs. Lambs Anekdoten über die Familie des Aldermanns Plunkert aus Portsokenward und über die Fräulein Timberlake, die reichen Erbinnen aus Crutched-Friars; doch nachher erleichterten sie ihr Gewissen und schoben die Vorwürfe ihrer Bundesgenossinnen dadurch beiseite, daß sie bei der nächsten Klatschversammlung alles haarklein berichteten, was vorgegangen war, und an den Lambs und ihren Teegesellschaften kein gutes Haar ließen.

Der einzige in der Familie, der sich nicht der neuen Mode anpassen ließ, war der privatisierende Metzgermeister selbst. Der ehrliche Lamb war, trotz der Sanftheit seines Namens, ein rauher, derber alter Bursche mit einer Löwenstimme, einem dichten schwarzen Haarschopf, der wie eine Schuhbürste aussah, und einem breiten Gesicht, das so gesprenkelt war wie sein eigenes Rindfleisch. Umsonst sprachen die Töchter immer von ihm als „dem alten Herrn", redeten ihn mit unendlich zarten Tönen als „Papa" an und gaben sich alle erdenkliche Mühe, ihn in Schlafrock und Pantoffeln und andere vornehme Gewohnheiten hineinzuzwängen. Sie mochten tun, was sie wollten, der „Metzger" war nicht auszutreiben. Seine kräftige Natur setzte sich über all ihren Firlefanz hinweg. Er besaß einen derben, vulgären Humor, der sich nicht unterdrücken ließ. Seine herzhaften Späße ließen seine gefühlvollen Töchter erschauern, und er bestand darauf, am Morgen seine blaue Baumwolljacke zu tragen, um zwei Uhr zu Mittag zu essen und „ein Stückchen Wurst zum Tee" zu verspeisen.

Dennoch war er verdammt, die Unbeliebtheit seiner Familie zu teilen. Er fand, daß seine alten Kameraden allmählich kalt und höflich gegen ihn wurden, nicht mehr über seine Scherze lachten und ab und zu eine Stichelei über „dergleichen Leute" und einen Hinweis auf die „Vornehmtuerei" fallen ließen. Das ärgerte und kränkte zugleich den ehrlichen Metzger; seine Frau und Töchter aber machten sich, mit der meisterhaften Taktik des listigeren Geschlechts, diesen Umstand zunutze und bewogen ihn schließlich, sein Nachmittagspfeifchen und seinen Krug Bier bei Wagstaff aufzugeben, nach Tisch daheim zu sitzen, sein Gläschen Portwein zu trinken – ein Getränk, das er verabscheute – und in seinem Lehnstuhl in einsamer und trauriger Vornehmheit einzunicken.

Die Fräulein Lamb konnte man jetzt in französischen Hüten mit unbekannten Modegecken die Straße entlangflanieren sehen, wobei sie so laut sprachen und lachten, daß es die Nerven jeder feinen Dame, die es hörte, beleidigte. Sie versuchten sogar die Gönner zu spielen und veranlaßten tatsächlich einen französischen Tanzmeister, sich in der Nachbarschaft anzusiedeln, doch die würdigen Bewohner von Kleinbritannien gerieten darüber in Rage und verfolgten den armen Gallier so, daß er sich genötigt sah, Geige und Tanzschuhe einzupacken und mit solcher Geschwindigkeit das Schlachtfeld zu räumen, daß er völlig vergaß, seine Miete zu bezahlen.

Ich hatte mir anfangs mit dem Gedanken geschmeichelt, all diese feurige Entrüstung seitens der Gemeinde sei lediglich ihr überströmender Eifer für die guten alten englischen Lebensgewohnheiten und ihr Abscheu vor Neuerungen, und ich zollte der stillen Verachtung Beifall, die sie so offenkundig gegen den Stolz von Emporkömmlingen, gegen französische Moden und gegen die Fräulein Lamb aussprachen. Aber ich muß leider sagen, daß ich bald wahrnahm, wie die Infektion um sich griff, und daß meine Nachbarn, nachdem sie jenes Beispiel verurteilt hatten, es selbst nachzuäffen begannen. Ich belauschte meine Wirtin, als sie gerade ihren Mann bestürmte, die Töchter ein Vierteljahr lang Französisch und Musik lernen zu lasssen und ihnen zu gestatten, ein paar Tanzstunden zu nehmen, um die Quadrille zu lernen. Ich sah sogar nach einigen Sonntagen nicht weniger als fünf französische Hauben, genau wie die der Fräulein Lamb, in Kleinbritannien paradieren.

Ich hatte noch die Hoffnung, daß alle diese Torheiten allmählich verschwinden, daß die Lambs aus der Gegend fortziehen, sterben oder mit Advokatenschreibern durchgehen und daß wieder Ruhe und Einfachheit in die Gemeinde einkehren würden. Aber zum Unglück erhob sich eine rivalisierende Macht. Ein wohlhabender Ölhändler starb und hinterließ eine Witwe mit einem sehr ansehnlichen Erbe und mehrere lebenslustige Töchter. Die jungen Damen hatten sich schon lange insgeheim über die Sparsamkeit ihres klugen Vaters geärgert, der all ihre vornehmen Ansprüche niederhielt. Ihr Ehrgeiz, der nun nicht länger eingedämmt wurde, brach in hellen Flammen aus, und sie zogen offen gegen die Metzgerfamilie ins Feld. Freilich hatten die Lambs, da sie früher gestartet waren, im Modewettlauf einen natürlichen Vorsprung. Sie konnten ein bißchen schlechtes Französisch reden, Klavier spielen, Quadrillen tanzen und hatten vornehme Bekanntschaften angeknüpft, aber die Trotters ließen sich nicht einschüchtern. Erschienen die Lambs mit zwei Federn auf dem Hut, so steckten die Fräulein Trotter vier auf, und zwar von doppelt so schöner Farbe. Gaben die Lambs einen Ball, so standen die Trotters sicherlich nicht zurück, und konnten sie sich auch nicht so ausgesuchter Gesellschaft rühmen, so waren sie doch doppelt so zahlreich und zweimal so lustig.

Die ganze Gemeinde hatte sich endlich unter den Fahnen dieser beiden Familien in zwei Modeparteien gespalten. Die alten Spiele wie „Schwarzer Peter" und „Tom – komm – kitzle mich" haben gänzlich abgedankt; an einen schlichten Volkstanz ist gar nicht zu denken; und als ich letzte Weihnachten eine junge Dame unter der Mistel zu küssen versuchte, wurde ich voll Entrüstung zurückgewiesen: die Fräulein Lamb hatten das für „abstoßend ordinär" erklärt! Auch ist ein bitterer Zwist darüber ausgebrochen, welcher Kleinbritanniens elegantester Teil sei. Die Lambs traten für die Würde von Cross-Keys Square und die Trotters für die Umgebung der St.-Bartholomäus-Kirche ein.

Dergestalt ist das kleine Gebiet von Parteiungen und innerer Uneinigkeit zerrissen, wie das große Reich, dessen Namen es trägt; und zu bestimmen, wie das alles ausgehen wird, würde selbst den Apotheker, ungeachtet seiner prophetischen Gabe, in Verlegenheit setzen; ich fürchte allerdings, daß es mit dem völligen Untergang des echten John-Bullismus enden wird.

Die unmittelbaren Folgen sind für mich äußerst unangenehm. Da ich ein Junggeselle und, wie ich vorher bemerkte, eigentlich ein müßiger Tunichtgut bin, so betrachtete man mich als den einzigen Gentleman von Profession in der Gegend. Ich stehe deshalb bei beiden Parteien in hoher Gunst und muß all ihre

geheimen Beratungen und gegenseitigen Verleumdungen mit anhören. Zu höflich, um nicht mit den Damen bei jeder Gelegenheit ein und derselben Ansicht zu sein, habe ich mich, indem ich
immer auf die Gegner schmähte, bei beiden Teilen schrecklich
kompromittiert. Vor einem Gewissen, das wirklich sehr anpas-
sungsfähig ist, könnte ich dies noch zur Not verantworten, aber –
wenn je die Lambs und Trotters zu einer Versöhnung kommen
und die Tatsachen miteinander vergleichen, dann bin ich ruiniert!

Ich habe mich daher entschlossen, rechtzeitig den Rückzug an-
zutreten, und sehe mich augenblicklich nach einem anderen Nest
in dieser großen Stadt um, wo noch die altenglischen Sitten aufrechterhalten werden, wo man weder französisch speist, trinkt,
tanzt noch spricht und wo es keine neumodischen Familien von
pensionierten Handwerkern gibt. Sobald ich ein solches Nest gefunden habe, will ich mich wie eine ergraute Ratte davonma-
chen, ehe mir ein altes Haus auf den Kopf fällt, meinem gegenwärtigen Wohnsitz ein langes, wennschon wehmütiges Lebewohl
zurufen und es den rivalisierenden Parteien der Lambs und Trotters überlassen, sich in das zerrissene Reich von Kleinbritannien
zu teilen.

STRATFORD AM AVON

Sanftfließender Avon, dein silberner Schaum
Erweckte in Shakespeare manch seligen Traum;
Die Elfen im Mondlicht umtanzen sein Grab,
Geweiht ist die Stätte, die Frieden ihm gab.
Garrick

Einen heimatlosen Menschen, der auf der weiten, weiten Welt
keinen Fleck hat, den er wirklich sein eigen nennen kann, über-
kommt zuweilen ein gewisses Gefühl der Unabhängigkeit und
des Besitzerstolzes, wenn er nach ermüdender Tagesreise seine
Stiefel fortschleudert, die Füße in ein Paar Pantoffel gleiten
läßt und sich behaglich vor dem Kamin eines Gasthofes aus-
streckt. Mag die Welt draußen treiben, was sie will, mögen Königreiche entstehen oder untergehen: solange er nur genug hat,
seine Rechnung zu bezahlen, ist er für den Augenblick der wahre
Alleinherrscher alles dessen, was er um sich sieht. Der Armstuhl
ist sein Thron, das Schüreisen sein Zepter und das kleine Zim-

mer von zwölf Fuß im Quadrat sein unbestrittenes Reich. Es ist ein Stückchen Sicherheit, mitten aus den Unsicherheiten des Lebens herausgerissen; es ist ein sonniger Augenblick, der an einem bewölkten Tag freundlich aufleuchtet; und wer bereits eine gute Strecke Weges auf dem Pilgerpfad des Lebens zurückgelegt hat, weiß, wie wichtig es ist, sogar mit den Brosamen und Augenblicken des Genusses hauszuhalten. „Soll ich in meinem Gasthofe nicht tun, was mir gefällt?" dachte ich, während ich das Feuer aufschürte, mich in meinen Armstuhl zurücklehnte und mich wohlgefällig in dem kleinen Zimmer des „Roten Rosses" zu Stratford am Avon umschaute.

Diese Worte des herrlichen Shakespeare kamen mir gerade in den Sinn, als die Glocke vom Turm der Kirche, in der er begraben liegt, Mitternacht schlug. Ein leises Klopfen an meiner Tür – und ein hübsches Hausmädchen steckte sein lächelndes Gesicht herein mit der zögernden Frage, ob ich geklingelt hätte. Ich verstand dies als bescheidenen Wink, daß es Zeit sei, sich zurückzuziehen. Mein Traum von unumschränkter Herrschaft war zu Ende; so dankte ich ab vor meinem Thron, wie ein kluger Monarch, der nicht abgesetzt werden will, und indem ich den Reiseführer von Stratford als Schlafgenossen unter den Arm nahm, ging ich zu Bett und träumte die ganze Nacht von Shakespeare, dem Jubiläum und David Garrick.

Der nächste Morgen war einer jener erfrischenden, wie wir sie zuweilen im Vorfrühling erleben, denn es war Mitte März. Die Kälte eines langen Winters war plötzlich gewichen, der Nordwind hatte seinen letzten Seufzer getan, und ein mildes Lüftchen stahl sich sacht von Westen, hauchte der Natur den Lebensatem ein und lockte jede Knospe und Blüte, ihren Duft und ihre Schönheit zu erschließen.

Ich war zu einer poetischen Wallfahrt nach Stratford gekommen. Mein erster Besuch galt dem Haus, in dem Shakespeare geboren und wo er, der Überlieferung zufolge, im Gewerbe seines Vaters, dem Wollkämmen, unterwiesen wurde. Es ist ein kleines, unansehnliches Gebäude aus Holz und Mörtel, ein wahres Nest für den Genius, der seine Sprößlinge gern in Seitenwinkeln auszubrüten scheint. Die Wände der schmutzigen Stuben sind mit Namen und Inschriften in allen Sprachen, von Pilgern aller Nationen, Stände und Verhältnisse, vom Fürsten bis zum Bauern, bedeckt und sind ein einfacher, aber schlagender Beweis für die spontane und allgemeine Huldigung, welche die Menschheit dem großen Dichter der Natur erweist.

Das Haus wird von einer geschwätzigen alten Frau gezeigt, deren frostgerötetes Gesicht durch ein Paar kalter, blauer, unsteter Augen erleuchtet und von künstlichen Locken aus Flachshaar, die sich unter einer entsetzlich unsauberen Nachtmütze hervorkräuseln, umrahmt ist. Sie war besonders geschäftig, uns die Reliquien zu zeigen, die dieses Haus, wie alle berühmten Gedenkstätten, im Überfluß besitzt. Da war der zersplitterte Schaft der Flinte zu sehen, mit der Shakespeare bei seiner heldenhaften Wilddieberei den Hirsch schoß. Da war auch seine Tabaksdose, die beweist, daß er ein ebenso tüchtiger Raucher wie Sir Walter Raleigh gewesen ist; ebenso der Degen, mit dem er den Hamlet gespielt hat; und dieselbe Laterne, mit der Pater Lorenzo Romeo und Julia am Grab fand! Ferner war ein reicher Vorrat von Shakespeares Maulbeerbaum vorhanden, der eine außerordentliche Gabe der Vervielfältigung zu besitzen scheint.

Der beliebteste Gegenstand der Neugier ist jedoch Shakespeares Stuhl. Er steht in der Kaminecke eines kleinen düsteren Zimmers, unmittelbar hinter dem, das seines Vaters Laden war. Hier mag er manches Mal als Knabe gesessen und dem sich langsam drehenden Bratspieß mit der Sehnsucht eines jungen Burschen zugeschaut oder abends den Gevatterinnen und Klatschbasen von Stratford gelauscht haben, wenn sie Kirchhofsgeschichten und Legenden aus Englands unruhigen Zeiten erzählten. In diesen Stuhl pflegt sich jeder Besucher zu setzen; ob dies in der Hoffnung geschieht, etwas von der göttlichen Gabe des Dichters einzusaugen, vermag ich nicht zu sagen, ich erwähne nur die Tatsache; und meine Wirtin versicherte mir insgeheim, so groß sei der glühende Eifer der Gläubigen, daß der Stuhl, wenngleich aus festem Eichenholz zusammengefügt, mindestens alle drei Jahre einmal neu gepolstert werden müsse. Die Geschichte dieses außerordentlichen Stuhls ist auch dadurch bemerkenswert, daß er etwas von der flüchtigen Natur der Santa Casa von Loretto oder vom fliegenden Sessel des arabischen Zauberers an sich hat, denn obwohl er vor wenigen Jahren an eine nordische Fürstin verkauft wurde, hat er dennoch wunderbarerweise wieder seinen Weg in die alte Kaminecke zurückgefunden.

Ich bin in solchen Dingen immer sehr leichtgläubig und stets bereit, mich betrügen zu lassen, wo der Betrug angenehm ist und nichts kostet. Deshalb glaube ich willig an Reliquien, Legenden und Anekdoten von Gespenstern und großen Männern und möchte allen Reisenden, die zu ihrem Vergnügen reisen, raten, dasselbe zu tun. Was schert es uns, ob diese Geschichten wahr oder falsch sind, solange wir uns überreden können, daran zu glauben, und den ganzen Zauber der Wirklichkeit genießen? Es geht nichts über eine entschiedene, gutmütige Leichtgläubigkeit in diesen Dingen, und ich ging bei dieser Gelegenheit sogar so weit, den Anspruch meiner Wirtin auf direkte Abstammung vom Dichter bereitwilligst für bare Münze zu nehmen, bis sie mir unglücklicherweise ein von ihr selbst verfaßtes Schauspiel einhändigte, das jedem Glauben an ihre Blutsverwandtschaft hohnsprach.

Von Shakespeares Geburtstätte brachten mich wenige Schritte zu seiner Gruft. Er liegt begraben im Chor der Pfarrkirche, einem gewaltigen und ehrwürdigen Bau, der vor Alter morsch, aber reich verziert ist. Er steht an den Ufern des Avon, an einem schattigen Platz, und ist durch angrenzende Gärten von den Vororten der Stadt getrennt. Seine Lage ist ruhig und einsam; der Strom fließt murmelnd am Fuß des Kirchhofs dahin, und die Ulmen, die an seinem Ufer wachsen, tauchen ihre Zweige in seine klare Flut. Eine Allee von Linden, deren Äste seltsam ineinander verflochten sind, so daß sie im Sommer einen Bogengang von Laubwerk bilden, führt vom Tor des Friedhofs zum Kirchenportal. Die Gräber sind mit Gras überwuchert, die grauen Grabsteine, von denen etliche beinah in der Erde versunken sind, halb mit Moos bedeckt, das gleichfalls das ehrwürdige alte Gebäude gefärbt hat. Kleine Vögel haben sich Nester unter den Simsen und in den Mauerspalten gebaut und flattern und zirpen fortwährend umher, und Krähen kreisen krächzend um den hohen, grauen Turm.

Auf meinem Streifzug begegnete ich dem grauhaarigen alten Küster und begleitete ihn heimwärts, um mir den Kirchenschlüssel zu holen. Er hatte als Knabe und als Mann achtzig Jahre lang in Stratford gelebt und schien sich noch immer für einen kräftigen Mann zu halten, mit der unbedeutenden Ausnahme, daß seit wenigen Jahren seine Beine nicht mehr recht ihre Dienste tun wollten. Er wohnte in einem Häuschen, das auf den Avon und die angrenzenden Wiesen sah; es war so sauber, ordentlich und behaglich, wie es in diesem Land auch bei den ärmsten Hütten üblich ist. Ein niedriges, weißgetünchtes Zimmer mit einem sorgfältig gescheuerten Steinfußboden diente als Wohnstube, Küche und Diele. Reihen zinnerner und irdener Teller glitzerten auf dem Küchenschrank. Auf einem alten, blankgeputzten und polierten Eichentisch lagen die Familienbibel und das Gebetbuch, und die Schublade enthielt die Familienbibliothek, die aus ungefähr zehn abgegriffenen Bänden bestand. Eine altertümliche Uhr, dieser wichtige Bestandteil einer ländlichen Wohnungseinrichtung, tickte an der entgegengesetzten Wand des Zimmers; daneben hingen rechts eine glänzende Wärmflasche und links der Sonntagsspazierstock des Greises mit hörnerner Krücke. Der Kamin war, wie gewöhnlich, breit und tief genug, eine Klatschgesellschaft zwischen seinen Pfeilern aufzunehmen. In der einen Ecke saß die Enkelin des alten Mannes, ein hübsches blauäugiges Mädchen, und nähte, und im Winkel gegenüber ein hochbetagter Freund, den er mit dem Namen John Ange anredete und der, wie ich erfuhr, sein Gefährte von Jugend auf war. Sie hatten zusammen in ihrer Kindheit gespielt, sie hatten zusammen im Mannesalter gearbeitet, sie wankten jetzt gemeinsam umher und schwatzten den Abend des Lebens weg, und in kurzer Zeit werden sie wahrscheinlich zusammen auf dem nahen Friedhof begraben werden. Nicht häufig sehen wir zwei Ströme des Daseins so ungetrübt und still nebeneinander dahinfließen; man trifft sie nur in so ruhigen „Schoßgegenden" des Lebens.

Ich hatte gehofft, von diesen alten Chronisten einige Anekdoten über den Dichter einzusammeln, doch sie vermochten mir nichts Neues mitzuteilen. Die lange Zwischenzeit, in der Shakespeares Werke ziemlich vernachlässigt wurden, hat ihre Schatten über seine Geschichte gebreitet, und sein gutes oder böses Geschick wollte, daß seinen Biographen kaum mehr als eine kleine Handvoll Vermutungen übrigbleibt.

Der Küster und sein Freund waren bei den Vorbereitungen für das berühmte Stratforder Jubiläum als Zimmerleute beschäftigt gewesen, und sie erinnerten sich noch an Garrick, der die erste Anregung zum Fest gegeben und die Anstalten dazu überwacht hatte. Er war nach Aussage des Küsters „ein kleiner, gedrungener, sehr lebhafter und rühriger Mann" . John Ange hatte auch beim Fällen von Shakespeares Maulbeerbaum geholfen, von dem er ein Stückchen zum Verkauf in der Tasche trug – zweifellos ein großartiges Belebungsmittel für literarische Pläne.

Es betrübte mich, diese zwei würdigen Burschen höchst mißtrauisch über die redselige Frau, die das Shakespeare-Haus zeigt, reden zu hören. John Ange schüttelte den Kopf, als ich ihre wertvolle und unerschöpfliche Sammlung von Reliquien, ganz besonders ihre Überreste des Maulbeerbaums erwähnte, und der alte Küster drückte sogar einigen Zweifel darüber aus, ob Shakespeare in ihrem Haus geboren sei. Ich entdeckte bald, daß er ihr Haus scheel ansah, weil es dem Grab des Dichters Konkurrenz machte; das letztere hatte nämlich nur verhältnismäßig wenige Besucher. So weichen Historiker gleich von Anfang an voneinander ab, und die bloßen Kiesel bewirken, daß der Strom der Wahrheit schon an der Quelle in verschiedene Richtungen auseinanderläuft.

Wir näherten uns der Kirche durch die Lindenallee und traten durch ein reichverziertes gotisches Portal mit geschnitzten Türen aus massivem Eichenholz. Das Innere ist geräumig und die Architektur und Ausschmückung edler als in den meisten Kirchen auf dem Lande. Es birgt mehrere altertümliche Denkmäler des hohen und niederen Adels; über einzelnen sind Grabschilder und Fahnen angebracht, die zerfetzt von den Wänden herunterhängen. Shakespeares Gruft befindet sich im Chor. Die Stätte ist feierlich und grabartig. Hohe Ulmen neigen sich vor den spitzen Fenstern, und der Avon, der in geringer Entfernung von den Mauern dahinrauscht, murmelt unaufhörlich. Ein flacher Stein bezeichnet die Stelle, wo der Dichter ruht. Es stehen vier Zeilen darauf, die er, wie man sagt, selbst geschrieben hat und die etwas unendlich Ehrfurchtgebietendes an sich haben. Wenn sie tatsächlich von ihm selber stammen, so zeigen sie jene Besorgnis um die Ruhe im Grab, die feinfühlenden und denkenden Gemütern eigen zu sein scheint.

Um Jesu willen, Freund, o wehre,
Daß jemand diesen Staub entehre!
Gesegnet sei, wer schont den Stein,
Verflucht, wer anrührt mein Gebein.

Gerade über der Gruft steht in einer Wandnische Shakespeares Büste, die kurz nach seinem Tode aufgestellt worden ist und für sehr ähnlich gehalten wird. Das Gesicht ist liebenswürdig und heiter, die Stirn schön gewölbt, und ich glaubte auf ihm deutliche Anzeichen jener fröhlichen und geselligen Sinnesart entdecken zu können, die ihn unter seinen Zeitgenossen ebensosehr auszeichnete wie die Größe seines Genies. Die Inschrift erwähnt sein Alter zur Zeit seines Todes – dreiundfünfzig Jahre; ein zu frühes Hinscheiden für die Welt, denn welche Früchte hätte man nicht vom goldenen Herbst eines solchen Geistes erwarten können, der ja geschützt vor den stürmischen Wechselfällen des Lebens dastand, blühend im Sonnenschein der Gunst des Volks und des Königs?

Die Inschrift auf dem Grabstein hat ihre Wirkung nicht verfehlt. Sie hat verhindert, daß seine Überreste aus dem Schoß seines Heimatorts in die Westminster-Abtei, wie man einst plante, gebracht wurden. Vor einigen Jahren, als mehrere Arbeiter damit beschäftigt waren, dicht daneben ein Gewölbe auszubauen, gab die Erde nach, so daß eine leere, bogenähnliche Höhle entstand, durch die man in sein Grab hätte gelangen können. Doch niemand wagte es, die Gebeine anzurühren, auf denen ein so furchtbarer Fluch lastet, und damit nicht irgendein Müßiggänger oder Neugieriger oder irgendein Reliquiensammler sich versucht fühlen möchte, einen Raub zu begehen, hielt der alte Küster zwei Tage lang an der Stätte Wache, bis das Gewölbe fertig und die Öffnung wieder geschlossen war. Er erzählte mir, daß er sich erkühnt habe, einen Blick in die Höhlung zu werfen, daß er aber weder Sarg noch Knochen gesehen habe – nichts als Staub. Nun, dachte ich, es war doch auch etwas, Shakespeares Staub gesehen zu haben!

Neben dieser Gruft liegen die Gräber seiner Frau, seiner Lieblingstochter Mrs. Hall und anderer Familienmitglieder. Auf einem Grabmal dicht daneben ist auch ein lebensgroßes Bildnis seines alten Freundes John Combe, wucherischen Andenkens, auf den er eine spaßhafte Grabrede verfaßt haben soll. Ringsum befinden sich noch andere Monumente, aber es widerstrebt dem Gemüt, bei irgend etwas zu verweilen, was nicht mit Shakespeare in Verbindung steht. Sein Geist durchweht die Stätte, das ganze Gebäude scheint nur sein Mausoleum zu sein. Die Gefühle geben sich, nicht länger durch Zweifel zurückgehalten und gehemmt, hier in völligem Vertrauen hin: andere Spuren von ihm mögen falsch oder unsicher sein, aber hier ist handgreiflicher Beweis und unumstößliche Gewißheit. Als ich über den hallenden Steinboden schritt, lag etwas Gewaltiges und Aufregendes in der Vorstellung, daß hier wirklich Shakespeares Gebeine unter meinen Füßen moderten. Es dauerte lange, bis ich mich aufraffen konnte, die Stätte zu verlassen, und als ich über den Kirchhof ging, brach ich einen Zweig von einem der Eibenbäume ab, die einzige Reliquie, die ich aus Stratford mitgebracht habe.

Ich hatte jetzt die üblichen Andachtsstätten eines Wallfahrers besucht, doch hatte ich den Wunsch, den alten Familiensitz der Lucys in Charlecot zu sehen und den Park zu durchstreifen, wo Shakespeare in Gemeinschaft mit einigen lustigen Gesellen aus Stratford sein Jugendvergehen, die Wilddieberei, beging. Bei dieser unbesonnenen Heldentat wurde er angeblich gefaßt und in das Haus des Försters geschleppt, wo er die ganze Nacht in trauriger Haft blieb. Als man ihn Sir Thomas Lucy vorführte, muß die Art und Weise, wie man ihn behandelte, kränkend und erniedrigend gewesen sein, denn sie machte solchen Eindruck auf seinen Geist, daß er dadurch zu einem rohen Schmähgedicht veranlaßt wurde, das an das Parktor von Charlecot angeheftet wurde*.

Dieser boshafte Angriff auf seine Würde entflammte den Ritter so, daß er sich an einen Rechtsgelehrten in Warwick wandte, um die Strenge der Gesetze gegen den verseschmiedenden Wilddieb anzuwenden. Shakespeare ließ es nicht darauf ankommen, der vereinten Macht eines Ritters der Grafschaft und eines Landadvokaten Trotz zu bieten. Er verließ unverzüglich die lieblichen Ufer des Avon und sein väterliches Gewerbe, wanderte nach London, machte sich ans Theater heran, wurde dann Schauspieler und schrieb endlich für die Bühne; also verlor Stratford durch die Verfolgung des Sir Thomas Lucy einen unbedeutenden Wollkämmer und gewann die Welt einen unsterblichen Dichter. Doch noch lange bewahrte er eine Erinnerung an das rauhe Benehmen des Herrn von Charlecot, und er rächte sich in seinen Schriften, allerdings in der scherzenden Manier eines gutmütigen Charakters. Sir Thomas soll das Urbild des Friedensrichters Schaal sein, und die Satire auf ihn ist schalkhaft durch das Wappen des Richters angedeutet, das, gleich dem des Ritters, weiße Hechte** im Schild führt.

Seine Biographen haben verschiedene Versuche angestellt, diese frühe Verfehlung des Dichters zu beschönigen und wegzuerklären; ich aber sehe in ihr eine jener gedankenlosen Handlungen, die in seiner Lage und bei seiner Gemütsart ganz natürlich sind. Shakespeare besaß in seiner Jugend zweifellos die ganze Wildheit und Unregelmäßigkeit eines feurigen, ungezügelten und unbeaufsichtigten Genies. Das dichterische Temperament

---

* Folgende Strophe ist allein noch von diesem Pasquill erhalten:
   Ein Parlamentsmitglied, ein Friedensrichter,
   Zu Haus eine Vogelscheuch, in London ein Esel,
   Wenn lausig ist Lucy, wie manche es sagen,
   So ist Lucy lausig, mag der Blitz auch dreinschlagen.
      Er glaubt, er sei ein großer Herr,
      Ist doch ein Esel und nichts mehr,
   Darf stehn, seinen Ohren nach, nur mit Eseln im Verkehr.
   Wenn Lucy ist lausig, wie manche es sagen,
      Singt dem lausigen Lucy, mag der Blitz auch dreinschlagen!
** Der Hecht kommt im Avon massenhaft vor. (Anmerkungen des Verfasser)

hat an und für sich schon etwas Unstetes an sich. Sich selbst überlassen, läuft es frei und wild umher und findet an allem Vergnügen, was überspannt und zügellos ist. Häufig kommt es beim
launenhaften Spiel des Schicksals auf das Fallen eines Würfels
an, ob ein geborenes Genie ein großer Schurke oder ein großer
Dichter wird, und hätte nicht Shakespeares Geist glücklicherweise eine literarische Richtung genommen, so hätte er ebenso
dreist alle bürgerlichen Gesetze übertreten können, wie er dies
bei den dramatischen getan hat.

Ich hege kaum Zweifel, daß er in seiner Jugendzeit, als er
wie ein ungebändigtes Füllen in der Umgebung von Stratford
umherstreifte, in Gesellschaft aller möglichen seltsamen, proble-
matischen Naturen anzutreffen war; daß er sich mit allen Toll-
köpfen des Ortes einließ und zu jenen heillosen Buben zählte,
bei deren Erwähnung die alten Leute den Kopf schütteln und
voraussagen, daß sie noch eines Tages am Galgen enden werden.
Ihm erschien ohne Zweifel die Wilddieberei in Sir Thomas Lucys
Park so wie einem schottischen Ritter ein Raubzug, und sie erregte seine ungestüme und noch ungezähmte Einbildungskraft als
etwas ergötzlich Abenteuerliches*.

* Ein Beispiel für Shakespeares wüste Lebensart und Gesellschaft
in seiner Jugend findet sich in einer überlieferten Anekdote, die der
ältere Ireland in Stratford hörte und die er in seinen „Malerischen
Ansichten vom Avon" mitteilt:

„Etwa sieben Meilen von Stratford entfernt liegt der durstige kleine
Marktflecken Bedford, der wegen seines Ale berühmt ist. Zwei Gesellschaften von Dorfleuten pflegten unter der Bezeichnung ‚Zecher
von Bedford' hier zusammenzukommen und Liebhaber von gutem Ale
aus den Nachbardörfern zu einem Wettrinken herauszufordern. Unter anderem wurde auch die Bevölkerung von Stratford entboten, die
Stärke ihrer Köpfe unter Beweis zu stellen, und zu den Kämpfern gehörte auch Shakespeare, der, trotz dem Sprichwort, daß „wer Bier
trinkt, auch wie Bier denkt", seinem Ale so treu war wie Falstaff
seinem Sekt. Die Stratforder Ritterschaft wankte schon beim ersten
Angriff und blies zum Rückzug, da sie gerade noch ihrer Beine mächtig
war, um den Kampfplatz zu räumen. Sie waren jedoch kaum eine
Meile marschiert, als die Beine ihnen den Dienst versagten und sie
sich genötigt sahen, sich unter einem Holzapfelbaum niederzulassen,
wo sie die Nacht zubrachten. Er steht noch immer und ist unter dem
Namen ‚Shakespeare-Baum' bekannt.

Am Morgen weckten die Gefährten den Dichter und machten ihm
den Vorschlag, nach Bedford zurückzukehren; er lehnte jedoch ab und
sagte, er habe genug, nachdem er getrunken mit

Das alte Herrenhaus von Charlecot und der dazugehörige Park sind noch im Besitz der Familie Lucy und besonders deshalb interessant, weil sie mit diesem seltsamen, aber folgenreichen Ereignis in der ziemlich dunklen Lebensgeschichte des Dichters im Zusammenhang stehen. Da das Haus wenig mehr als drei Meilen von Stratford entfernt liegt, beschloß ich, es auf einem Spaziergang zu besuchen, um mit Muße einige jener Gegenden zu durchstreifen, aus denen Shakespeare die frühesten Anregungen für seine ländliche Bildersprache geschöpft haben muß.

Die Gegend war noch nackt und laublos; aber die englische Landschaft ist immer grün, und der plötzliche Temperaturwechsel hatte eine überraschende Wirkung auf das Land ausgeübt. Es war begeisternd und belebend, dieses erste Erwachen des Frühlings zu erleben, seinen warmen Hauch zu spüren, wie er sich sanft ins Gemüt stahl, zu sehen, wie die feuchte, lockere Erde anfing, grüne Sprößlinge und zarte Gräser hervorkeimen zu lassen, und wie die Bäume und Sträucher in ihren lebhaften Farben und mit ihren aufbrechenden Knospen die Rückkehr der Blätter und Blumen verhießen. Das kalte Schneeglöckchen, dieser kleine Grenzvorposten im Reich des Winters, war mit seinen keuschen weißen Blüten in den kleinen Gärten vor den Hütten zu sehen. Schwach ließ sich von den Feldern her das Blöken der neugeborenen Lämmer vernehmen. Der Sperling tschilpte um die Strohdächer und die knospenden Hecken, das Rotkehlchen mischte lieblichere Töne in sein jüngst noch klagendes Winterlied, und die Lerche, aus dem dampfenden Schoß der Wiese sich aufschwingend, hob sich empor zur glänzenden, flockigen Wolke und ergoß dabei Ströme von Wohllaut. Als ich diese kleine Sängerin betrachtete, wie sie höher und höher stieg, bis ihr Körper ein bloßer Fleck auf dem weißen Busen der Wolke war, während ihr Gesang noch immer das Ohr erfüllte, kam mir Shakespeares köstliches kleines Lied aus „Cymbeline" ins Gedächtnis:

‚Pfeifend Pebworth, tanzend Marston,
Spukend Hillbro', hungrig Grafton,
Grollend Exhall, päpstisch Wicksford,
Ärmlich Broom und trunken Bedford.'

Die Dörfer, auf die hier angespielt wird", sagt Ireland, „tragen bis auf den heutigen Tag die ihnen also gegebenen Beinamen. Die Bewohner von Pebworth sind noch immer wegen ihrer Fertigkeit auf der Querpfeife und dem Tamburin berühmt; Hillborough heißt noch jetzt Spuk-Hillborough, und Grafton ist wegen der Kargheit des Bodens berüchtigt." (Anmerkung des Verfassers)

Horch! Lerch am Himmelstor singt hell,
Und Phöbus steigt herauf,
Sein Roßgespann trinkt süßen Quell
Von Blumenkelchen auf;
Die Ringelblum erwacht aus Traum,
Tut güldne Äuglein auf;
Lacht jede Blüt im grünen Raum,
Drum, holdes Kind, steh auf:
Steh auf, steh auf!

In der Tat, die ganze Gegend ringsum ist poetischer Boden:
alles mit dem Gedanken an Shakespeare verknüpft. Jede alte
Hütte, die ich sah, wurde in meiner Phantasie zu irgendeinem
Aufenthaltsort seiner Knabenzeit, wo er seine genaue Kenntnis
des ländlichen Lebens und der ländlichen Sitten erworben und
jene Legenden und wilden, abergläubischen Geschichten gehört
hatte, die er wie Zauberei in seine Dramen eingewoben hat.
Denn zu seiner Zeit war es, sagt man, ein beliebtes Vergnügen an
langen Winterabenden, „um das Feuer herum zu sitzen und sich
lustige Märchen von fahrenden Rittern, Königinnen, Liebhabern,
Herren und Damen, Riesen, Zwergen, Dieben, Taschenspielern,
Hexen, Feen, Kobolden und Mönchen zu erzählen"*.
Mein Weg führte eine Zeitlang im Angesicht des Avon dahin,
der eine Unzahl der abenteuerlichsten Krümmungen und Windungen durch ein weites und fruchtbares Tal macht, zuweilen
zwischen den Weidenbäumen am Ufer hervorglitzerte, zuweilen
zwischen Wäldchen oder hinter grünen Auen verschwand und
zuweilen völlig sichtbar einherfloß und einen blauen Bogen um
ein abschüssiges Wiesenland zog. Dieser schöne Landbusen heißt
das „Tal des roten Rosses". Eine ferne Kette wellenförmiger
blauer Hügel scheint die Grenze zu bilden, während die ganze
dazwischenliegende liebliche Landschaft gleichsam in den silbernen Banden des Avon gefesselt liegt.

* Scott zählt in seiner „Entdeckung der Hexerei" eine ganze Reihe
solcher Kaminphantasien auf: „Und man hat uns so eingeschüchtert
durch Gespenster, Geister, Hexen, Kobolde, Elfen, alte Weiber, Feen,
Satyrn, Pane, Faune, Sirenen, Kumpane mit der Kanne, Tritonen,
Zentauren, Zwerge, Riesen, Poltergeister, Teufelchen, Beschwörer,
Nymphen, Wechselbälge, Inkubus, den guten Robin, den Alb, die
Nachtmahr, den Mann in der Eiche, den wilden Jäger, den Feuerdra-
chen, den Puck, den Däumling, den Elf, Tom Tumbler, den Knochen-
mann und andere Popanze, daß wir uns vor unserem eigenen Schatten
fürchten." (Anmerkung des Verfassers)

Nachdem ich die Straße etwa drei Meilen lang verfolgt hatte, bog ich in einen Fußpfad ein, der dicht an Feldern hin und unter Hecken zu einem Privattor des Parkes führte; es war jedoch für den Fußgänger ein Steg vorhanden, und ein öffentlicher Weg führte durch die Besitzung. Ich habe meine Freude an diesen gastfreien Grundstücken, an denen jedermann eine Art von Anteil besitzt – mindestens soweit es den Fußpfad betrifft. Er söhnt gewissermaßen einen Armen mit seinem Schicksal und, was noch mehr ist, mit dem besseren Los seines Nächsten aus, wenn er Parks und Gärten so zu seiner Erholung geöffnet sieht. Er atmet die reine Luft ebenso frei und streckt sich ebenso bequem im Schatten aus wie der Herr des Bodens; und hat er auch nicht das Vorrecht, alles, was er schaut, sein eigen zu nennen, so braucht er auch nicht dafür zu bezahlen und es in Ordnung zu halten.

Ich befand mich nun zwischen herrlichen Eichen- und Ulmenalleen, deren gewaltiger Umfang das Alter von Jahrhunderten bekundete. Der Wind fuhr feierlich durch ihre Äste, und die Krähen krächzten aus ihren ererbten Nestern in den Baumkronen. Das Auge schweifte in eine weite verschwimmende Ferne, wo nichts die Sicht unterbrach als irgendeine entfernte Bildsäule oder ein umherstreifender Hirsch, der wie ein Schatten über die Lichtung setzte.

Von diesen stattlichen alten Alleen geht eine ähnliche Wirkung aus wie von gotischer Architektur, nicht nur wegen der scheinbaren Gleichheit der Form, sondern weil sie von einer langen Dauer zeugen und ihre Entstehung auf eine Zeit zurückführen, mit der wir die Vorstellung von romantischer Größe verknüpfen. Sie bekunden auch die seit langem bestehende Würde und stolz bewahrte Unabhängigkeit einer alten Familie, und ich habe einen sehr werten, aber aristokratischen alten Freund in einem Gespräch über die prunkvollen Paläste des neuen Adels die Bemerkung machen hören, daß „Geld über Stein und Mörtel viel vermag, doch eine Eichenallee läßt sich, Gott sei Dank, nicht so rasch hinstellen".

Gerade wegen der Wanderungen, die Shakespeare in seiner Jugend in dieser reichen Landschaft und in der romantischen Einsamkeit des angrenzenden Parks von Fulbroke, der damals einen Teil von Lucys Besitz bildete, unternahm, haben einige seiner Erklärer vermutet, er habe daraus die erhabenen Waldbetrachtungen des Jaques und die bezaubernden Waldbeschreibungen in „Wie es euch gefällt" geschöpft. Auf einsamen Wanderungen durch solche Gegenden trinkt das Gemüt tiefe, aber stille Züge der Inspiration und wird wahrhaft empfänglich für die Schönheit und Majestät der Natur. Die Einbildungskraft lodert auf in träumerischem Entzücken, undeutliche, doch herrliche Bilder und Ideen mischen sich darein, und wir schwelgen in einer stummen und kaum mitteilbaren Gedankenfülle. In einer derartigen Stimmung und vielleicht unter einem dieser Bäume vor mir, die ihre breiten Schatten über die grasigen Ufer und zitternden Wellen des Avon warfen, ergoß sich des Dichters Phantasie in jenes kleine Lied, das die ganze Inbrunst ländlicher Seligkeit atmet:

> Mitten im Waldrevier,
> Wer liegt da gern mit mir
> Und stimmt der Kehle Klang
> Zu süßem Vogelsang?
> Komm geschwinde, komm geschwinde, komm geschwinde!
> Kein Feind wird hier
> Sich nahen dir
> Als Winter, Wetter und Winde!

Jetzt lag das Haus vor meinen Blicken. Es ist ein gewaltiges Gebäude aus Ziegeln mit quaderförmigen Ecksteinen und im gotischen Stil aus den Tagen der Königin Elisabeth, in deren erstem Regierungsjahr es erbaut wurde. Äußerlich hat es noch fast ganz seinen ursprünglichen Zustand bewahrt und darf als schönes Beispiel für den Wohnsitz eines vermögenden Landedelmannes jener Zeit betrachtet werden. Ein großer Torweg führt vom Park zu einer Art Vorhof vor dem Hause, der mit einem Rasenplatz, Sträuchern und Blumenbeeten geschmückt ist. Das Tor selbst ist eine Nachahmung der alten Brückenköpfe, gleichsam ein Außenwerk mit Türen rechts und links, allerdings offenbar zur bloßen Verzierung statt zur Verteidigung. Die Vorderseite des Hauses ist ganz im alten Stil gehalten: die Fenster mit steinernen Kreuzen, ein großes Bogenfenster mit schwerer Bildhauerarbeit und darüber ein Portal mit in Stein ausgehauenen Wappen. An jeder Ecke des Gebäudes erhebt sich ein achteckiger, von einer goldenen Kugel und einem Wetterhahn gekrönter Turm.

Der Avon, der sich durch den Park windet, beschreibt gerade am Fuß eines sanft abfallenden Hügels hinter dem Haus eine Krümmung. Große Herden von Damhirschen weideten oder ruhten an seinen Ufern, und Schwäne segelten majestätisch auf seinem Busen. Als ich dieses ehrwürdige alte Gebäude betrachtete, rief ich mir Falstaffs Lobrede auf den Wohnsitz des Friedensrichters Schaal ins Gedächtnis und des letzteren erheuchelte Gleichgültigkeit und wahre Eitelkeit:

FALSTAFF: Weiß Gott, Ihr habt hier einen trefflichen, reichen Wohnsitz.

SCHAAL: Mager, mager, mager! Allesamt Bettler, allesamt Bettler, Sir John! – Ei nun, die Luft ist gut.

Wie fröhlich es auch immer in dem alten Haus zu Shakespeares Zeiten zugegangen sein mag, nun wirkte es still und öde. Das gewaltige eiserne Tor zum Hof war verschlossen; man sah keine Diener geschäftig auf dem Platz umherlaufen; die Hirsche schauten mich ruhig an, als ich vorbeiging, weil sie nicht mehr von den Stratforder Wilddieben beunruhigt werden. Das einzige Lebenszeichen im Haus, das ich entdeckte, war eine weiße Katze, die mit scheuem Blick und vorsichtigem Schritt zum Stall schlich, wie wenn sie auf irgendeinem verbrecherischen Unternehmen begriffen wäre. Ich darf jedoch nicht zu erwähnen vergessen, daß ich das Gerippe einer diebischen Krähe an der Scheunenmauer hängen sah; denn dies beweist, daß der stolze Abscheu vor den Wilderern bei den Lucys erblich ist und daß sie stets ihre grundherrlichen Rechte mit jener Strenge ausüben, die sich im Fall des Dichters so nachdrücklich offenbarte.

Nachdem ich eine Weile umhergestreift war, fand ich zuletzt einen Weg zu einer Seitenpforte, die der Alltagseingang des Herrenhauses war. Ich wurde höflich von einer würdigen alten Haushälterin empfangen, die mit der Zuvorkommenheit und Mitteilsamkeit ihres Standes mir das Innere des Hauses zeigte. Der größere Teil hat Veränderungen erlitten und ist dem modernen Geschmack und Lebensstil angepaßt worden. Da gibt es noch eine schöne, alte Eichentreppe, und die große Halle, dieses vornehme Kennzeichen eines alten Herrensitzes, hat noch ganz das Aussehen, das sie zu Shakespeares Zeit gehabt haben muß. Die Decke ist gewölbt und hoch, und an dem einen Ende befindet sich eine Galerie mit einer Orgel. Die Waffen und Jagdtrophäen, die ehemals den Saal eines Landedelmanns schmückten, haben Familienporträts Platz gemacht. Ein geräumiger, einladender Kamin, für ein großes altväterliches Holzfeuer berechnet, einst der Sammelplatz der Winterbelustigungen, ist noch vorhanden. An der entgegengesetzten Seite der Halle befindet sich das riesige gotische Bogenfenster mit steinernen Kreuzen, das auf den Hof geht. Hier sind in buntem Glas seit vielen Generationen die Wappen der Familie Lucy gemalt; einige tragen die Jahreszahl 1558. Ich freute mich, in den Feldern die drei weißen Hechte zu erkennen, durch die Sir Thomas zuerst mit dem Friedensrichter Schaal identifiziert wurde. Sie werden im ersten Auftritt der „Lustigen Weiber von Windsor" erwähnt, wo der Richter in Wut über Falstaff gerät, weil er „seine Leute geschlagen, seine Hirsche erlegt hat und in sein Wildhüterhaus eingebrochen ist". Der Dichter hatte damals zweifellos die ihm und seinen Kameraden zugefügten Beleidigungen im Sinn, und wir dürfen vermuten, daß der Familienstolz und die rachsüchtigen Drohungen des mächtigen Schaal eine Karikatur der pompösen Entrüstung des Sir Thomas sind.

SCHAAL: Sir Hugh, keine Einrede weiter; das qualifiziert sich für die Sternenkammer, und wenn er zwanzigmal Sir John Falstaff wäre, so soll er nicht zum Narren haben Robert Schaal, Esquire –

SCHMÄCHTIG: In der Grafschaft Gloster, Friedensrichter und *coram* –

SCHAAL: Ja, Vetter Schmächtig, und *custalorum*.

SCHMÄCHTIG: Ja, und *rotalorum* dazu, und einen gebornen Edelmann, Herr Pfarrer, der sich *armigero* schreibt; auf jedem Schein, Verhaftsbefehl, Quittung oder Schuldbrief, *armigero*.

SCHAAL: Freilich, so halt ich's, und so hab ich's allzeit gehalten diese dreihundert Jahr'.

SCHMÄCHTIG: Alle seine Deszendenten, die ihm vorangegangen, haben's so gehalten, und alle seine Aszendenten, die nach ihm kommen, können's auch so halten, sie führen alle den silbernen Hecht im Wappen . . .

SCHAAL: Der hohe Gerichtshof soll davon hören; 's ist ein Skandal!

EVANS: 's ischt nicht wohlketan, daß der hohe Kerichtshof von einem Schkantal höre; 's ischt keine Furcht Kottes in einem Schkantal; der hohe Kerichtshof, seht Ihr, wird Lust hape, zu vernehme von der Furcht Kottes, und nicht zu vernehme von einem Schkantal; laßt Euch tas zum Avis tiene.

SCHAAL: Ha, bei meinem Leben! Wenn ich wieder jung würde, sollte das Schwert es enden!

In der Nähe des wappengeschmückten Fensters hing ein Bild von Sir Peter Lely, das eine große Schönheit aus der Familie Lucy zur Zeit Karls II. darstellte; die alte Haushälterin schüttelte den Kopf, als sie auf das Gemälde wies, und unterrichtete mich, daß diese Dame den Karten leidenschaftlich ergeben gewesen sei und einen großen Teil der Familiengüter verspielt habe, wozu auch jener Teil des Parks gehörte, in dem Shakespeare und seine Kameraden den Hirsch erlegt hätten. Die dergestalt verlorenen Ländereien seien bis auf den heutigen Tag noch nicht ganz wieder von der Familie zurückerstanden. Nur aus Gerechtigkeit gegen die gottlose Dame gestehe ich, daß ihre Hand und ihr Arm ungewöhnlich schön waren.

Das Bild, das meine Aufmerksamkeit am meisten auf sich zog, war ein großes Gemälde über dem Kamin mit den Porträts von Sir Thomas Lucy und seiner Familie, die im letzten Abschnitt von Shakespeares Leben das Gut bewohnten. Ich dachte zuerst, es sei der rachsüchtige Ritter selbst, jedoch versicherte mir die Haushälterin, es sei dessen Sohn; das einzige Bild des ersteren befinde sich auf seiner Gruft in der Kirche des benachbarten Dörfchens Charlecot. Das Gemälde gibt eine lebendige Vorstellung von der Tracht und den Sitten jener Zeit. Sir Thomas trägt Halskrause, Wams und weiße Schuhe mit Rosen darauf; er hat einen spitzen gelben oder, wie Meister Schmächtig sagen würde, einen „rohrfarbenen Bart". Seine Gemahlin sitzt auf der anderen Seite des Bildes mit einer breiten Krause und langem Brustlatz, und die Kinder zeigen in ihrer Kleidung eine höchst ehrwürdige Steifheit und Förmlichkeit. Jagd- und Wachtelhunde sind der Familiengruppe hinzugefügt; ein Falke sitzt im Vordergrund auf seiner Stange, und eines der Kinder hält eine Armbrust – alles spielt auf des Ritters Geschicklichkeit im Weidwerk, in der Falkenbeize und im Bogenschießen an, was in jenen Tagen so unentbehrlich für einen vollendeten Gentleman war*.

Ich bemerkte mit Bedauern, daß die alten Möbel aus der Halle verschwunden waren; ich hatte nämlich gehofft, den stattlichen Armstuhl aus geschnitztem Eichenholz vorzufinden, in dem der

* Bischof Earle bemerkt, indem er vom Landedelmann seiner Zeit spricht: „Seine Haushaltung kann man leicht an den verschiedenen Hunderassen und an den für die Hundeställe zuständigen Dienern erkennen, und die Tiefe ihrer Kehlen ist der Maßstab für die Tiefe seines Gesprächs. Einen Falken schätzt er als wahre Zier des Adels, und er ist außerordentlich erpicht darauf, sich an der Beizjagd zu ergötzen und die Faust mit Riemen umschlungen zu tragen." Und Gilpin erwähnt in seiner Beschreibung eines gewissen Mr. Hastings: „Er hielt alle Arten von Hunden, die Rehböcke, Füchse, Hasen, Otter und Dachse jagen, und er besaß alle möglichen Falken, sowohl lang- als auch kurzflüglige. Sein großer Saal war gewöhnlich mit Markknochen bedeckt und voll von Falkenständern, Jagdhunden, Spaniels und Terriern. Auf einem breiten, mit Ziegelsteinen gepflasterten Herd lagen einige der wertvollsten Terrier, Jagdhunde und Spaniels." (Anmerkung des Verfassers)

Landedelmann früherer Tage das Reichszepter über seine ländlichen Besitzungen zu schwingen pflegte und in dem vermutlich der gefürchtete Sir Thomas saß, thronend in furchtbarer Würde, als der Frevler Shakespeare ihm vorgeführt wurde. Weil ich mir gern Bilder zu meiner Unterhaltung ausmale, so gefiel ich mir in dem Gedanken, daß just in dieser Halle das Verhör des unglücklichen Dichters am Morgen nach seiner Gefangennahme im Försterhäuschen stattgefunden hatte. Ich stellte mir den ländlichen Gewaltherrscher inmitten seiner Leibwache von Haushofmeister, Pagen und Bedienten in blauen Röcken und mit ihren Wappenschilden vor, während der unselige Verbrecher, betroffen und niedergeschlagen, bewacht von Wildhütern, Jägern und Hundepeitschern und von einer Rotte Bauernlümmel gefolgt, hereingebracht wurde. Ich dachte mir die frischen Gesichter neugieriger Hausmädchen, die durch die halbgeöffneten Türen hereinlugten, derweil von der Galerie die schönen Töchter des Ritters sich anmutig herabbeugten und den jugendlichen Gefangenen mit jenem Mitleid anschauten, „das in Frauenherzen wohnt". – Wer hätte geahnt, daß dieser arme Schelm, der so vor der beschränkten Autorität eines Landedelmanns und dem Spott der rohen Bauern zitterte, bald das Entzücken der Fürsten, das Gesprächsthema aller Zungen und Altersstufen, der Alleinherrscher über das menschliche Gemüt werden und seinem Unterdrücker durch ein Zerrbild und ein Schmähgedicht Unsterblichkeit verleihen würde!

Ich wurde nun vom Haushofmeister eingeladen, in den Garten zu gehen, und ich hatte große Lust, den Obstgarten und die Laube zu sehen, wo der Richter den Sir John Falstaff und seinen Vetter Stille „mit einem vorjährigen Apfel von seinem eigenen Pfropfreis und mit einer Schüssel Feldkümmel" bewirtete; jedoch ich hatte bereits einen so großen Teil des Tages mit meinen Wanderungen zugebracht, daß ich mich genötigt sah, auf jede weitere Nachforschung zu verzichten. Als ich mich gerade verabschieden wollte, wurde ich durch die artige Aufforderung der Haushälterin und des Haushofmeisters erfreut, doch eine kleine Erfrischung zu mir zu nehmen: ein Beispiel der guten, alten Gastfreundschaft, die wir Schloßjäger heutzutage leider nur selten antreffen. Ich zweifle nicht daran, daß der gegenwärtige Repräsentant der Familie Lucy diese Tugend von seinen Ahnen geerbt hat; denn Shakespeare stellt sogar in seiner Karikatur den Richter Schaal als in dieser Hinsicht sehr beflissen dar, wie seine eindringlichen Aufforderungen an Falstaff bezeugen:

Der Tausend noch einmal! Herr, Ihr sollt heute nacht nicht weg ... Ich will Euch nicht entschuldigen; Ihr sollt nicht entschuldigt sein; Entschuldigungen sollen nicht zugelassen werden; keine Entschuldigung soll was gelten ... Einige Tauben, David, ein Paar kurzbeinige Hennen, eine Schöpskeule und sonst ein allerliebstes kleines Allerlei: sag es Wilhelm, dem Koch.

Ich sagte jetzt nur ungern der alten Halle Lebewohl. Meine Seele hatte sich so vollständig in die eingebildeten Szenen und Charaktere, die damit in Verbindung standen, hineinversetzt, daß es mir vorkam, als lebte ich wirklich unter ihnen. Alles stellte nur diese gleichsam vor Augen, und als sich die Tür des Speisezimmers öffnete, erwartete ich beinahe die schwache Stimme von Meister Stille zu hören, wie er sein Lieblingslied trällerte:

> Wo Männer allein, geht's drauf und drein,
> Und lustige Fastnacht willkommen!

Auf der Heimkehr zu meinem Gasthof mußte ich über die seltene Gabe des Dichters nachdenken, der es so sehr verstand, den Zauber seines Gemüts selbst über das Antlitz der Natur auszubreiten, Gegenständen und Plätzen einen Reiz und Charakter zu verleihen, der ihnen nicht eigen ist, und diese „Werktagswelt" in ein vollkommenes Märchenland zu verwandeln. Ja, er ist der echte Zauberer, dessen Zauberformel nicht auf die Sinne, sondern auf die Phantasie und auf das Herz wirkt. Unter Shakespeares magischem Einfluß war ich den ganzen Tag in vollständiger Verblendung einhergegangen. Ich hatte die Landschaft durch das Prisma der Poesie geschaut, das alle Dinge mit den Farben des Regenbogens überzieht. Ich war von Geschöpfen meiner Phantasie umringt gewesen, von bloßen Luftgebilden, durch dichterische Macht heraufbeschworen, die aber für mich den ganzen Reiz der Wirklichkeit besaßen. Ich hatte Jaques unter seiner Eiche im Selbstgespräch gehört, hatte die schöne Rosalinde und ihren Begleiter sich durch den Wald wagen sehen und war vor allem mehr als einmal im Geist mit dem dicken John Falstaff und seinen Zeitgenossen, vom erlauchten Richter Schaal bis herab zum sanften Meister Schmächtig und der lieblichen Anne Page, zusammen gewesen. Zehntausendmal Segen und Ehre dem Dichter, der die schalen Wirklichkeiten des Daseins mit unschuldigen Phantasiegebilden vergoldet, der auserlesene und unbezahlbare Freuden auf meinen wechselvollen Pfad gestreut und meinen Geist in mancher einsamen Stunde mit all den herzlichen und fröhlichen Empfindungen des geselligen Lebens getröstet hat!

Als ich auf dem Rückweg über die Avon-Brücke ging, blieb ich stehen, um die Kirche in der Ferne zu betrachten, in welcher der Dichter begraben liegt, und konnte mich über den Fluch nur freuen, der seine Asche ungestört in ihrem ruhigen und heiligen Gewölbe erhalten hat. Welche Ehre hätte seinem Namen noch daraus erwachsen können, daß er in die Gemeinschaft des Staubes mit den Grabmälern, Wappen und feilen Lobinschriften einer aristokratischen Menge gekommen wäre? Was würde eine überfüllte Ecke in der Westminster-Abtei gewesen sein im Vergleich mit diesem ehrwürdigen Gebäude, das in schöner Einsamkeit als sein alleiniges Mausoleum dazustehen scheint? Die Sorge um das Grab mag lediglich überspannter Empfindsamkeit entspringen, aber die menschliche Natur ist nun einmal aus Schwächen und Vorurteilen zusammengesetzt, und ihre besten und zartesten Regungen sind mit diesen erkünstelten Gefühlen vermengt. Wer nach Ruhm in der Welt gestrebt und eine reiche Ernte irdischer Gunst eingebracht hat, wird schließlich finden, daß es keine Liebe, keine Bewunderung, keinen Beifall gibt, der so süß wäre der Seele wie der, den er in seinem Geburtsort empfangen hat. Hier sucht er in Frieden und Ehren unter seine Verwandten und Jugendfreunde aufgenommen zu werden. Und wenn das müde Herz und das schwache Haupt ihn zu mahnen beginnen, daß der Lebensabend herannaht, wendet er sich innig wie ein Kind nach der Mutter Arm, um im Schoß seines Jugendparadieses in Schlaf zu sinken.

Wie würde es den Geist des jugendlichen Dichters erheitert haben, hätte er, als er schmachvoll in eine ungewisse Welt hinauszog und einen traurigen Blick auf sein Vaterhaus zurückwarf, ahnen können, er würde nach manchen Jahren, mit Ruhm bedeckt, dahin zurückkehren; sein Name würde der Stolz und die Ehre seiner Heimatstadt werden; seine Asche würde als ihr kostbarster Schatz sorgsam bewahrt bleiben, und der immer kleiner werdende Turm, auf den seine Augen in tränenvoller Betrachtung sich hefteten, würde eines Tages das Wahrzeichen werden, das, inmitten der lieblichen Landschaft emporstrebend, den literarischen Pilger jeder Nation zu seinem Grab leitete.

> „Ich rufe jeden weißen Mann an, ob er je Logans
> Hütte hungrig betreten und dieser ihm nichts zu
> essen gegeben hat, ob er je kalt und nackt kam und
> dieser ihn nicht kleidete."
>
> *Rede eines Indianerhäuptlings*

Es liegt etwas im Charakter und in den Gewohnheiten des
nordamerikanischen Wilden, was in Verbindung mit der Landschaft, die er zu durchstreifen pflegt, ihren riesigen Seen, unbe-
grenzten Wäldern, majestätischen Strömen und pfadlosen Ebenen, für mich wunderbar anziehend und erhaben ist. Er ist für
die Wildnis geschaffen, wie der Araber für die Wüste. Er ist von
Natur ernst, einfach, abgehärtet und dazu ausgerüstet, mit
Schwierigkeiten zu kämpfen und Entbehrungen zu ertragen. In
seinem Herzen scheint nur wenig Erdreich für das Gedeihen
sanfterer Tugenden zu sein; und doch würden wir, wenn wir
uns die Mühe machten, diesen stolzen Stoizismus und diese zur
Gewohnheit gewordene Schweigsamkeit, die seinen Charakter
vor zufälliger Beobachtung verschließen, zu durchdringen, feststellen, daß ihn an seinen zivilisierten Mitmenschen mehr Sympathien und Neigungen knüpfen, als man ihm gewöhnlich zuschreibt.

Es ist das Los der unglücklichen Ureinwohner Amerikas in
den ersten Zeiten der Kolonisierung gewesen, von den Weißen
doppelt beleidigt zu werden. Durch eigennützige und oft mut-
willige Kriege sind sie ihrer ererbten Besitzungen beraubt worden, und verblendete und selbstsüchtige Schriftsteller haben
ihren Charakter angeschwärzt. Der Kolonist hat sie oft wie
wilde Tiere behandelt, und die Schriftsteller haben diese Schänd-
lichkeiten zu rechtfertigen gesucht. Die ersteren fanden es leichter, auszurotten, als zu bilden, die letzteren leichter, zu tadeln,
als in Schutz zu nehmen. Die Bezeichnungen „Wilde" und „Hei-
den" wurden als genügend erachtet, beider Feindseligkeiten zu
sanktionieren, und so verfolgte und verleumdete man die armen
Wanderer des Waldes, nicht weil sie schuldig, sondern weil sie
unwissend waren.

Die Rechte des Wilden sind von den Weißen selten gehörig
gewürdigt oder geachtet worden. Im Frieden wurde er nur zu
häufig von schlauen Handelsleuten hintergangen und im Krieg
als wildes Tier betrachtet, dessen Leben oder Tod lediglich eine

Frage der Vorsicht oder Bequemlichkeit war. Der Mensch geht grausam und verschwenderisch mit dem Leben anderer um, wenn seine eigene Sicherheit in Gefahr ist und er ungestraft handeln kann, und wenig Gnade ist von ihm zu erwarten, wenn er den Stachel des Wurmes fühlt und sich der Macht, ihn zertreten zu können, bewußt ist.

Dieselben Vorurteile, die man schon so früh hegte, sind auch heute noch gang und gäbe. Gewisse gelehrte Gesellschaften haben sich freilich mit löblichem Eifer bemüht, die wahren Charaktereigenschaften und Sitten der Indianerstämme zu ergründen und bekanntzumachen; die amerikanische Regierung hat sich überdies mit Weisheit und Menschlichkeit dafür eingesetzt, eine freundlichere und nachsichtigere Haltung ihnen gegenüber zu fördern und sie vor Betrug und Ungerechtigkeit zu schützen*. Das gängige Urteil über den Charakter der Indianer richtet sich aber noch immer allzusehr nach den erbärmlichsten Horden, welche die Grenzen unsicher machen und sich in der Nähe der Siedlungen umhertreiben. Diese bestehen nur zu oft aus entarteten Geschöpfen, die durch die Laster der Gesellschaft verdorben und geschwächt sind, ohne die Segnungen ihrer Zivilisation zu genießen. Jene stolze Unabhängigkeit, die das Fundament der Tugenden der Wilden war, ist zerstört worden, und der ganze sittliche Bau liegt in Trümmern. Ihr Geist ist durch das Bewußtsein der Unterordnung gedemütigt und erniedrigt und ihr angestammter Mut durch die überlegene Kenntnis und Macht ihrer aufgeklärten Nachbarn eingeschüchtert und gebrochen worden. Die bürgerliche Gesellschaft ist auf sie eingedrungen wie jene versengenden Luftströme, die mitunter Zerstörung über eine ganze fruchtbare Gegend verbreiten. Sie hat ihre Kraft entnervt, ihre Krankheiten vervielfältigt und ihrer ursprünglichen Barbarei die niedrigen Laster der Zivilisation hinzugefügt. Sie hat ihnen tausend überflüssige Bedürfnisse gegeben, während sie die Mittel für ihre bloße Existenz verringerte. Sie hat die Jagdtiere vor sich

* Die amerikanische Regierung hat sich unermüdlich darum bemüht, die Lage der Indianer zu verbessern und bei ihnen die Errungenschaften der Zivilisation sowie staatsbürgerliche und religiöse Kenntnisse einzuführen. Um sie vor der Übervorteilung durch weiße Händler zu schützen, ist es keinem einzelnen gestattet, Land von ihnen zu kaufen; auch darf niemand von ihnen Grund und Boden ohne ausdrückliche Billigung der Regierung als Geschenk annehmen. Diese Vorsichtsmaßnahmen werden streng gehandhabt. (Anmerkung des Verfassers)

hergetrieben, die vor dem Klang der Axt und dem Rauch der Niederlassung fliehen und in den Tiefen entfernterer Wälder und noch unbetretener Wildnis Zuflucht suchen. Deshalb finden wir nur zu häufig, daß die Indianer an unseren Grenzen lediglich Trümmer und Überbleibsel einst mächtiger Stämme sind, die in der Nachbarschaft der Siedlungen gelebt haben und in ein unsicheres und unstetes Dasein abgesunken sind. Armut, bittere und hoffnungslose Armut, ein Wurm des Gemütes, der im Leben der Wilden unbekannt war, nagt an ihrem Geist und zerfrißt jede freie und edle Eigenschaft ihrer Natur. Sie werden trunksüchtig, träge, schwach, diebisch und kleinmütig. Sie lungern wie Landstreicher um die Niederlassungen herum, zwischen geräumigen, behaglich eingerichteten Häusern, die ihnen die verhältnismäßige Armseligkeit ihrer eigenen Lage nur noch fühlbarer machen. Der Luxus breitet vor ihren Augen seine reiche Tafel aus, doch sie sind vom Gelage ausgeschlossen. Der Überfluß prangt auf den Fluren, doch sie hungern inmitten all der Fülle: die ganze Wildnis ist zu einem Garten erblüht, aber sie fühlen sich wie Ungeziefer, das ihn verheert.

Wie verschieden war ihre Lage, als sie noch die unbestrittenen Herren des Landes waren! Ihre Bedürfnisse waren gering, und sie besaßen die Mittel zu deren Befriedigung. Sie sahen alles um sich her dasselbe Schicksal teilen, dieselben Mühseligkeiten erdulden, sich mit derselben Kost nähren und mit derselben groben Kleidung bedecken. Kein Dach erhob sich damals, das nicht dem heimatlosen Fremdling geöffnet gewesen wäre; kein Rauch stieg zwischen den Bäumen empor, der ihn nicht eingeladen hätte, am Feuer Platz zu nehmen und des Jägers Mahl zu teilen. „Denn", sagt ein alter Geschichtsschreiber aus Neuengland, „ihr Leben ist so sorgenfrei, und sie sind auch so liebevoll, daß sie alle Dinge, deren sie sich erfreuen, als Gemeingut betrachten, und dabei sind sie so mitleidig, daß sie lieber alle verhungern würden, ehe sie einen aus Mangel verhungern lassen; so verbringen sie ihr Dasein fröhlich, unbekümmert um unseren Luxus, aber mit dem ihrigen, von dem manche so geringschätzig denken, völlig zufrieden." So lebten die Indianer im Stolz und in der Kraft ihrer ursprünglichen Natur; sie glichen jenen wilden Pflanzen, die im Schatten des Waldes am besten wachsen, dagegen unter der Hand der Kultur zusammenschrumpfen und unter dem Einfluß der Sonne zugrunde gehen.

Bei Erörterung des Charakters der Wilden haben sich die Schriftsteller allzusehr auf das gemeine Vorurteil und die leidenschaftliche Übertreibung verlassen, statt auf die unparteiische Gemütsruhe wahrer Philosophie. Sie haben die eigentümlichen Verhältnisse, in welche die Indianer verpflanzt wurden, und die eigentümlichen Grundsätze, nach denen sie erzogen worden sind, nicht hinreichend bedacht. Kein Geschöpf handelt strenger nach festgelegten Regeln als der Indianer. Sein ganzes Verhalten ist nach einigen allgemeinen, seiner Seele frühzeitig eingeimpften Vorschriften geregelt. Er kennt allerdings nur wenige moralische Gesetze, aber er richtet sich nach ihnen; der Weiße hat Überfluß an Gesetzen über Religion, Sittlichkeit und Anstand, doch wie viele verletzt er!

Eine häufig erhobene Anklage gegen die Indianer betrifft ihre Mißachtung der Verträge und die Treulosigkeit und Leichtfertigkeit, mit der sie in Zeiten anscheinenden Friedens plötzlich zu Feindseligkeiten schreiten. Der Verkehr der Weißen mit den Indianern wird indessen nur zu leicht kalt, mißtrauisch, drückend und beleidigend. Sie behandeln letztere selten mit jenem Vertrauen und jener Offenheit, die bei wahrer Freundschaft unerläßlich sind; ebensowenig wird genügende Vorsicht beobachtet, nicht gegen jene Gefühle des Stolzes und Aberglaubens zu verstoßen, die den Indianer oft schneller zu Feindseligkeiten veranlassen als die bloßen Rücksichten des Eigennutzes. Der einsame Wilde fühlt schweigend, aber tief. Seine Empfindungen erstrecken sich nicht über eine so weite Oberfläche wie die der Weißen, aber sie fließen in steterem und tieferem Fahrwasser. Sein Stolz, seine Leidenschaften, sein Aberglaube sind sämtlich auf weniger Gegenstände gerichtet, doch die Wunden, die man diesen Gefühlen zufügt, sind verhältnismäßig schmerzlich und Ursachen zu Feindseligkeiten, die wir nicht hinlänglich zu ermessen vermögen. Wo ein Gemeinwesen an Zahl beschränkt ist und eine große patriarchalische Familie bildet wie bei einem Indianerstamm, da gilt die dem einzelnen zugefügte Beleidigung als Beleidigung für alle, und das Rachegefühl verbreitet sich fast augenblicklich. Ein Beratungsfeuer genügt zur Erörterung und Planung von Feindseligkeiten. Hier versammeln sich alle kampfbereiten Männer und die Weisen. Beredsamkeit und Aberglaube verbünden sich, die Gemüter der Krieger zu entflammen. Der Redner erweckt ihren kriegerischen Tatendurst, und durch die Visionen des Propheten und des Träumers werden sie zu einer Art religiöser Verzweiflung angefacht.

Ein Beispiel für die plötzliche Erbitterung, die einem dem indianischen Charakter eigentümlichen Beweggrund entstammt, ist

in einem alten Bericht über die erste Besiedlung von Massachusetts enthalten. Die Pflanzer von Plymouth hatten die Denkmäler der Toten in Passonagessit verunstaltet und aus dem Grab
der Mutter des Sachem* einige Felle geraubt, mit denen es geschmückt war. Die Indianer besitzen eine merkwürdige Ehrfurcht vor den Gräbern ihrer Verwandten. Man kennt Stämme,
die Generationen hindurch von den Wohnsitzen ihrer Vorfahren
verbannt waren und die sich, wenn sie zufällig in der Gegend
umherzogen, vom Hauptweg seitwärts geschlagen und, von
wunderbar genauer Überlieferung geleitet, meilenweit das Land
nach einem vielleicht in Wäldern versteckten Grabhügel durch-
streift haben, wo einst die Gebeine ihrer Stammesgenossen beigesetzt worden waren; und dort verbrachten sie Stunden in stillem
Nachdenken. Von diesem erhabenen und heiligen Gefühl beseelt,
sammelte der Sachem, dessen Mutter in ihrem Grab gestört worden war, seine Krieger um sich und hielt folgende wunderbar
einfache und feierliche Rede, eine seltene Probe indianischer Beredsamkeit und ein rührendes Beispiel kindlicher Liebe bei einem
Wilden:

„Als kürzlich das glorreiche Licht des weiten Himmels unter
diesem Erdball verschwand und die Vögel schwiegen, begann
ich, wie es meine Gewohnheit ist, zur Ruhe mich zu bereiten.
Bevor meine Augen sich fest geschlossen hatten, wähnte ich ein
Gesicht zu schauen, das meine Seele sehr beunruhigte, und als ich
bei diesem schmerzlichen Anblick erzitterte, rief ein Geist laut:
,Siehe, mein Sohn, den ich liebhatte, sieh die Brüste, die dich
säugten, sieh die Hände, die dich warm eingehüllt und dich oft
genährt haben! Kannst du es vergessen, Rache zu nehmen an
jenem wilden Volk, das meine Gruft auf schimpfliche Weise geschändet, unsere alten und ehrenwerten Bräuche entwürdigt hat?
Siehe, nun liegt des Sachems Grab, wie das der gemeinen Leute,
von einem unedlen Geschlecht verunziert. Deine Mutter klagt
und fleht dich an um Beistand gegen dies diebische Volk, das sich
neuerdings in unserem Land eingenistet hat. Wird dieses gedul-
det, dann werde ich keine Ruhe in meiner ewigen Wohnstätte
finden.' Als der Geist so geredet hatte, verschwand er, und ich,
ganz in Schweiß gebadet, kaum fähig zu sprechen, erhielt erst
allmählich meine Kräfte zurück, sammelte meine entflohenen
Lebensgeister und beschloß, euern Rat und Beistand zu fordern."

Ich habe diese Geschichte ziemlich ausführlich erzählt, weil sie

* Häuptling (Anmerkung des Übersetzers).

offensichtlich beweist, wie die plötzlichen Ausbrüche von Feindseligkeiten, die der Laune und Treulosigkeit der Indianer zugeschrieben werden, oft aus tiefen und großmütigen Beweggründen
entstehen, die gebührend zu schätzen unsere Mißachtung des
Charakters und der Sitten der Indianer verhindert.

Eine andere Ursache zu heftiger Empörung über die Indianer
ist ihre Grausamkeit gegenüber den Besiegten. Diese hatte teils
in der Politik, teils im Aberglauben ihren Grund. Die Stämme,
sogar mitunter Völker genannt, waren nie so furchtbar an Zahl,
daß der Verlust einiger Krieger nicht empfindlich gefühlt worden wäre. Dies war vor allem der Fall, wenn sie in häufige Kriege
verwickelt wurden, und man stößt auf manches Beispiel in der
Geschichte der Indianer, daß ein Stamm, der seinen Nachbarn
lange Schrecken einflößte, durch die Gefangennahme und Nie-
dermetzelung seiner besten Krieger aufgelöst und vertrieben
worden ist. Deshalb war es für den Sieger eine große Versuchung, erbarmungslos zu sein; nicht so sehr, um grausamem Ra-
chedurst zu frönen, sondern um für seine zukünftige Sicherheit
zu sorgen. So vertraten die Indianer gleichfalls die abergläubische Ansicht, die unter wilden Völkern häufig ist und auch bei
den Alten herrschte, daß die Manen ihrer in der Schlacht gefallenen Freunde durch das Blut der Gefangenen ausgesöhnt würden.
Diejenigen Gefangenen jedoch, welche nicht so hingeschlach-
tet werden, nehmen sie an Stelle der Erschlagenen in ihre Familien auf und behandeln sie mit dem Vertrauen und der Zuneigung von Verwandten und Freunden, ja sie erfahren solche
Gastfreundschaft und Zärtlichkeit, daß sie, läßt man ihnen die
Wahl, es oft vorziehen, bei ihren angenommenen Brüdern zu
bleiben, statt in die Heimat zu ihren Jugendgespielen zurückzukehren.

Die Grausamkeit der Indianer gegenüber ihren Gefangenen
ist seit den Ansiedlungen der Weißen gestiegen. Was ehedem
eine Folge der Politik und des Aberglaubens war, ist zur Befriedigung der Rache ausgeartet. Sie können es nicht vergessen,
daß die Weißen die Eroberer ihrer alten Besitzungen, die Ursache ihrer Erniedrigung und die allmählichen Zerstörer ihres
Volkes sind. Sie gehen in die Schlacht, grollend über die Beleidigungen und Unbilden, die sie persönlich erlitten haben, und
sind zum Wahnsinn und zur Verzweiflung getrieben durch die
um sich greifende Verwüstung und die alles bezwingende Zerstörung der europäischen Kriegsführung. Die Weißen haben
ihnen zu häufig ein Beispiel von Gewalttätigkeit gegeben, indem

sie ihre Dörfer niederbrannten und ihre geringen Vorräte verheerten, und doch wundern sie sich, daß die Wilden keine Mäßigung und Großmut denen gegenüber zeigen, die ihnen nichts gelassen haben als das nackte Dasein und Elend.

Wir brandmarken die Indianer auch als feig und verräterisch, weil sie sich im Kampf der Kriegslist bedienen und diese offener Gewalt vorziehen, aber hierin sind sie durch ihre rohen Gesetze der Ehre völlig gerechtfertigt. Man lehrt sie frühzeitig, daß Kriegslisten lobenswert seien; der tapferste Krieger hält es für keine Schande, schweigend auf der Lauer zu liegen und jeden Vorteil über seinen Feind auszunutzen; sein Herz triumphiert ob der überwiegenden Schlauheit und Scharfsichtigkeit, die es ihm ermöglichen, seinen Gegner zu überraschen und zu vernichten. Wahrlich, der Mensch neigt von Natur aus mehr zur List als zu offener Tapferkeit, was von seiner im Vergleich mit anderen Wesen verhältnismäßigen Körperschwäche herrührt. Diese sind mit natürlichen Verteidigungswaffen begabt: mit Hörnern, mit Hauern, mit Hufen und Krallen; aber der Mensch muß sich auf seinen überlegenen Scharfsinn verlassen. In all seinen Auseinandersetzungen mit jenen, seinen eigentlichen Feinden, nimmt er seine Zuflucht zur List, und wenn er verkehrterweise seine Feindseligkeiten wider seine Mitmenschen richtet, bedient er sich anfangs ebenfalls derselben schlauen Art der Kriegsführung.

Der natürlichste Grundsatz im Kriege ist, unserem Gegner den größten Schaden mit dem geringsten Schaden für uns selbst zuzufügen, und dies muß selbstredend durch Kriegslist bewirkt werden. Jener ritterliche Mut, der uns die Eingebungen der Klugheit verspotten und uns direkt in die sichere Gefahr rennen läßt, ist die Frucht der Zivilisation und durch Erziehung hervorgebracht. Er ist ehrenvoll, weil er in Wahrheit der Triumph des erhabenen Gefühls über die angeborene Angst vor dem Schmerz und über jenes Verlangen nach persönlicher Bequemlichkeit und Sicherheit ist, das die Gesellschaft als unedel verdammt hat. Er wird durch den Stolz und die Furcht vor der Schande aufrechterhalten, und so ist die Angst vor einem wirklichen Übel von der mächtigeren Angst vor einem nur in der Einbildung vorhandenen Übel überwunden worden. Man hat ihn durch verschiedene Mittel genährt und angefacht. Man hat ihn zum Gegenstand auffeuernder Lieder und ritterlicher Historien gemacht. Dichter und Sänger haben gewetteifert, ihn mit dem Glanz der Dichtung zu umgeben, und selbst der Geschichtsschreiber hat den nüchternen Ernst der Darstellung vergessen und sich bei seinem

Preisen der Begeisterung und Überschwenglichkeit überlassen. Siegeszeichen und prunkvolle Ehrenbezeigungen sind sein Lohn geworden; Denkmäler, an denen die Kunst ihre Geschicklichkeit und der Reichtum seine Schätze erschöpft hat, wurden errichtet, um die Dankbarkeit und Bewunderung eines Volkes zu verewigen. Auf diese Weise hat sich der Mut, nachdem man ihn künstlich geweckt hat, zu einer extremen und unnatürlichen Stufe des Heroismus aufgeschwungen, und gehüllt in all den glorreichen „Pomp und Zubehör des Krieges", ist es dieser ungestümen Eigenschaft sogar gelungen, viele jener ruhigen, aber unschätzbaren Tugenden in den Schatten zu stellen, die stillschweigend den menschlichen Charakter veredeln und die Flut des menschlichen Glücks anschwellen lassen.

Aber wenn der Mut wesentlich in der Verachtung der Gefahr und des Schmerzes besteht, so ist das Leben des Indianers eine ständige Entfaltung dieses Mutes. Er lebt im Zustand ewiger Feindseligkeit und Gefahr. Wagnisse und Abenteuer entsprechen seiner Natur oder scheinen vielmehr notwendig, seine Fähigkeiten aufzuwecken und seinem Dasein einen Sinn zu geben. Umringt von feindlichen Stämmen, deren Kriegsführung aus Hinterlist und Überfall besteht, ist er stets kampfbereit und lebt mit der Waffe in der Faust. Wie das Schiff in furchtbarer Verlassenheit durch die Einöden des Ozeans treibt, wie der Vogel in Wolken und Stürmen schwebt und als bloßer Punkt die pfadlosen Gefilde der Luft durcheilt, so verfolgt auch der Indianer schweigsam, einsam, aber unerschrocken seinen Weg durch die unermeßlichen Regionen der Wildnis. Seine Streifzüge können an Entfernung und Gefahr mit der Pilgerfahrt des Frommen oder dem Kreuzzug des fahrenden Ritters wetteifern. Er durchzieht ungeheure Wälder, den Gefahren ihn einsam überfallender Krankheiten, lauernder Feinde und nagenden Hungers ausgesetzt. Stürmische Seen, jene großen Binnengewässer, sind kein Hindernis für seine Wanderungen: in seinem leichten Kanu aus Rindenholz schwimmt er wie eine Feder auf ihren Wogen dahin und schießt mit Pfeilgeschwindigkeit die brausenden Stromschnellen der Flüsse hinab. Sogar seinen Unterhalt muß er unter Mühsalen und Gefahren erhaschen. Er gewinnt seine Nahrung nur durch die Beschwerden und Wagnisse der Jagd; er hüllt sich in die Felle des Bären, Panthers und Büffels und schläft unter dem Donner des Wasserfalls.

Kein Held aus älterer oder neuerer Zeit übertrifft den Indianer in seiner hochherzigen Verachtung des Todes und in der

Standhaftigkeit, mit der er die grausamsten Qualen erträgt. Ja wir sehen hier, daß er durch seine eigenartige Erziehung dem weißen Mann überlegen ist. Der letztere rennt vor der Mündung der Kanone in den ruhmvollen Tod; der erstere sieht ihm ruhig entgegen und erduldet ihn triumphierend unter den verschiedenen Martern der ihn umringenden Feinde und der langsamen Pein des Feuers. Er setzt sogar seinen Stolz darein, seine Verfolger zu verspotten, und wenn die verzehrenden Flammen tief in seinen Eingeweiden wüten und ihm das Fleisch von den Muskeln fällt, stimmt er seinen letzten Siegesgesang an, der den Trotz eines unüberwindlichen Herzens atmet und die Geister seiner Väter zu Zeugen anruft, daß er ohne einen Seufzer stirbt.

Ungeachtet der üblen Nachrede, mit der frühere Geschichtsschreiber den Charakter der unglücklichen Eingeborenen verdunkelt haben, brechen doch gelegentlich einzelne helle Strahlen hindurch, die einen gewissen melancholischen Glanz auf ihr Andenken werfen. Man stößt mitunter in den rohen Annalen der östlichen Provinzen auf Tatsachen, die, obschon mit den Farben des Vorurteils und der Frömmelei gemalt, doch für sich selbst sprechen und bei denen man, wenn das Vorurteil verschwunden ist, mit Zustimmung und Anteilnahme verweilen muß.

In einer dieser frühen Erzählungen aus den Indianerkriegen in Neuengland findet sich ein rührender Bericht über das Elend, das den Stamm der Pequod-Indianer überfiel. Die Menschlichkeit schaudert vor dieser kaltblütigen Schilderung einer schonungslosen Metzelei zurück. An einer Stelle lesen wir von einem nächtlichen Überfall auf ein indianisches Fort, bei dem die Wigwams in Flammen aufgingen und die armen Bewohner beim Versuch zu fliehen niedergeschossen und erschlagen wurden, „so daß alles binnen einer Stunde erledigt und beendigt war". Nach einer Reihe ähnlicher Vorgänge „entschlossen sich", wie der Geschichtsschreiber ferner bemerkt, „unsere Soldaten, sie mit Gottes Beistand ganz und gar auszurotten", und die unglücklichen Wilden wurden aus ihren Häusern und Befestigungen verjagt und mit Feuer und Schwert verfolgt; nur eine kleine, aber tapfere Schar, der traurige Überrest der Pequod-Krieger, flüchtete sich mit Weib und Kind in einen Sumpf.

Vor Entrüstung glühend und durch Verzweiflung finster geworden, mit Herzen, die vor Kummer über die Vernichtung ihres Stamms brachen, und Gemütern, die durch den eingebildeten Schimpf ihrer Niederlage erbittert und betrübt waren, verschmähten sie es, einen sie verhöhnenden Feind um ihr Leben zu bitten, und zogen den Tod der Unterwerfung vor.

Beim Einbruch der Nacht wurden sie in ihrem traurigen Schlupfwinkel umzingelt, so daß ein Entfliehen unmöglich war. In dieser Lage „beschoß sie der Feind die ganze Zeit über, wobei viele getötet und im Sumpf begraben wurden". In der Dunkelheit und in dem Nebel, der dem Tagesanbruch voranging, brachen einige wenige durch die Belagerer und entwichen in die Wälder; „von den übrigen, die in der Gewalt der Sieger blieben, wurden viele im Sumpf getötet, wie tolle Hunde, die in ihrem Eigensinn und in ihrer Wut lieber still sitzen und sich niederschießen oder zusammenhauen lassen" als um Gnade flehen. Als der Tag über dieser Handvoll verlassener, aber furchtloser Menschen graute, sahen die Soldaten, wie es heißt, beim Eindringen in den Sumpf „verschiedene Haufen derselben dicht beisammensitzen; auf diese schossen sie ihre mit zehn oder zwölf Pistolenkugeln geladenen Musketen gleichzeitig ab, die Läufe der Gewehre auf mehrere Schritt Abstand von ihnen auf die Äste legend, so daß außer denjenigen, welche schon tot waren, noch viel mehr fielen und im Sumpf versanken, wo sich weder Freund noch Feind weiter um sie kümmerte".

Kann irgend jemand diese einfache, schmucklose Erzählung lesen, ohne die strenge Entschlossenheit, den unbeugsamen Stolz, die Hoheit des Geistes zu bewundern, welche die Herzen dieser aus sich selbst zu Helden gewordenen Männer zu stärken und sie über die instinktiven Gefühle der menschlichen Natur zu erheben scheinen? Als die Gallier Rom verheerten, fanden sie die Senatoren, in ihre Gewänder gehüllt, voll ernster Ruhe auf den Kurulischen Stühlen sitzen; auf diese Weise erlitten sie den Tod ohne Widerstand, ja ohne Flehen um Schonung. Solches Verhalten wurde bei ihnen als edel und großmütig gepriesen; bei den unglücklichen Indianern wurde es als störrisch und widerspenstig verdammt. Wie wahr ist es, daß wir uns von Äußerlichkeiten und von den Umständen am Gängelband führen lassen! Wie verschieden ist die Tugend, die in Purpur gekleidet ist und in Pracht thront, von der, welche nackt und bloß ist und in einer Wildnis unbekannt untergeht!

Aber ich will nicht länger bei diesen düsteren Bildern verweilen. Die östlichen Stämme sind seit langem verschwunden; die sie beschützenden Wälder wurden gefällt, und kaum noch Spuren von ihnen sind in den dichtbevölkerten Staaten Neuenglands vorhanden, ausgenommen hie und da der indianische Name eines

Dorfes oder Flusses. Und derart muß früher oder später auch das Schicksal der anderen Stämme sein, welche die Grenzen besetzt halten und bei Gelegenheit aus ihren Wäldern herausgelockt wurden, um sich in die Kriege der Weißen zu mischen. Eine kurze Weile noch, und sie werden den Weg gehen, den ihre Brüder vor ihnen gegangen sind. Die wenigen Horden, die noch immer an den Ufern des Huronen- und Superior-Sees und der Nebenflüsse des Mississippi hausen, werden das Los jener Stämme teilen, die einst über Massachusetts und Connecticut verbreitet waren und an den stolzen Gestaden des Hudson herrschten – jenes Gigantengeschlechts, das an den Ufern des Susquehanna gelebt haben soll, und jener mannigfaltigen Völkerschaften, die am Patowmac und Rappahanock blühten und die Wälder des großen Shenandoah-Tals bewohnten. Sie werden wie ein Nebel vom Erdboden verschwinden; selbst ihre Geschichte wird der Vergessenheit anheimfallen, und „die Orte, die sie jetzt kennen, werden sie nimmer wieder kennen". Und sollte vielleicht noch eine dunkle Erinnerung an sie fortleben, so ist es höchstens in den romantischen Träumen des Dichters, der in seiner Phantasie mit ihnen die Lichtungen und Höhlen, wie mit den Faunen, Satyrn und Waldgottheiten des Altertums, bevölkert. Aber sollte er die düstere Geschichte ihrer Unbilden und ihres Elends zu schildern versuchen, sollte er erzählen, wie sie überfallen, verdorben und vernichtet, aus ihren angestammten Wohnsitzen und von den Grabstätten ihrer Väter vertrieben, wie wilde Tiere hin und her gejagt und mit Gewalt und Gemetzel in das Grab geschickt wurden, so wird die Nachwelt sich entweder voll Schauder und Unglauben von dieser Beschreibung abwenden oder vor Entrüstung über die Unmenschlichkeit der Vorfahren erröten. – „Wir werden zurückgetrieben", sagte ein alter Krieger, „bis wir uns nicht weiter zurückziehen können – unsere Streitäxte sind zerbrochen, unsere Bogen zersprungen, unsere Feuer beinah erloschen; noch eine kleine Weile, und die weißen Männer werden aufhören, uns zu verfolgen, denn wir werden aufhören zu sein!"

PHILIPP VON POKANOKET

Eine indianische Denkwürdigkeit

Sein Blick wie Denkmalerz unwandelbar,
Ein Herz, aus Mitleid weich, fest durch Gefahr,
Trug er so Lust und Leid, stark von Natur,
Von seiner luft'gen Wiege bis zur Bahr
Gleich kühl – die Furcht vor Schande fürchtend nur;
Ein Stoiker – von Tränen keine Spur.

Campbell

Man muß bedauern, daß die alten Schriftsteller, welche die
Entdeckung und Besiedlung Amerikas behandelten, uns keine
ausführlicheren und wahrheitsgetreueren Berichte über die er-
staunlichen Männer gegeben haben, die sich in dem wilden Leben
hervorgetan haben. Die spärlichen Anekdoten, die uns überliefert sind, sind voll von eigentümlichen und interessanten Einzelheiten; sie gestatten uns tiefe Einblicke in die menschliche Natur
und zeigen, was der Mensch in seinem vergleichsweise ursprünglichen Zustand ist und was er der Zivilisation zu verdanken hat.
Es liegt etwas vom Reiz einer Entdeckung darin, auf diese wilden und unerforschten Spuren der menschlichen Natur zu stoßen, gleichsam beim Keimen des sittlichen Bewußtseins zugegen
zu sein und zu beobachten, wie die großartigen und romantischen Eigenschaften, die durch die Gesellschaft künstlich ausgebildet worden sind, in wilder Kraft und roher Pracht empor-
wachsen.

Im zivilisierten Leben, wo das Glück, ja beinahe das Dasein
des Menschen selbst so sehr von der Meinung seiner Nächsten
abhängt, spielt er ununterbrochen eine einstudierte Rolle. Die
kühnen und eigenwilligen Züge des angeborenen Charakters
sind weggeschliffen oder durch den glättenden Einfluß der sogenannten guten Erziehung gemildert, und der Mensch gebraucht
so viele kleine Täuschungen und erheuchelt, um sich beliebt zu
machen, so viele edle Gefühle, daß es schwerfällt, seinen wahren
Charakter von seinem künstlichen zu unterscheiden. Der Indianer hingegen, frei vom Zwang und von den Verfeinerungen der
Zivilisation und in hohem Grade ein einsames und unabhängiges
Geschöpf, gehorcht dem Antrieb seiner Neigung oder dem Ge-
heiß seiner Urteilskraft, und so werden die Eigenschaften seiner
Natur, weil er ihnen freien Lauf läßt, ungemein groß und auffallend. Die bürgerliche Gesellschaft gleicht einem Rasen, wo

jede Unebenheit geglättet, jedes Dorngestrüpp ausgerottet ist und wo das Auge durch das lachende Grün einer samtweichen Fläche entzückt wird; wer aber die Natur in ihrer Wildheit und in ihrem Wechsel studieren will, muß sich in den Wald begeben, muß das Tal durchforschen, muß den Gießbach durchschwimmen und dem Abgrund die Stirn bieten.

Diese Gedanken kamen mir beim zufälligen Durchsehen eines Werkes über die frühe Kolonialgeschichte, in der mit großer Bitterkeit an die Gewalttätigkeiten der Indianer und an ihre Fehden mit den Siedlern von Neuengland erinnert wird. Es ist betrüblich, selbst aus diesen parteiischen Schilderungen zu erkennen, wie die Fußstapfen der Zivilisation im Blut der Eingeborenen gesucht werden müssen, wie leicht die Kolonisten durch die Eroberungssucht zur Feindseligkeit bewegt wurden, wie schonungslos und mörderisch ihre Kriegführung war. Die Vorstellungskraft schaudert bei dem Gedanken, wie viele vernunftbegabte Wesen von der Erde vertilgt, wie viele tapfere und edle Herzen, vom reinsten Gepräge der Natur, gebrochen und in den Staub getreten wurden!

Derart war das Schicksal Philipps von Pokanoket, eines indianischen Kriegers, dessen Name einst der Schrecken in ganz Massachusetts und Connecticut war. Er galt als der ausgezeichnetste mehrerer gleichzeitiger Sachems, die über die Pequods, die Narrhagansets, die Wampanoags und die anderen östlichen Stämme zur Zeit der ersten Besiedlung von Neuengland herrschten: eine Schar eingeborener rauher Helden, die den großherzigsten Kampf kämpften, dessen die menschliche Natur fähig ist, indem sie bis zum letzten Atemzug ohne Hoffnung auf Sieg oder einen Gedanken an Ruhm für die Sache ihres Vaterlands fochten. Würdig eines poetischen Zeitalters und passende Sujets für Ortsgeschichte und romantische Dichtung, haben sie kaum irgendwelche echte Spuren im Buch der Geschichte hinterlassen, sondern schleichen nur wie gigantische Schemen im trüben Zwielicht der Sage umher.

Als die Pilger, wie die Siedler von Plymouth von ihren Nachkommen genannt werden, zuerst vor der religiösen Verfolgung der alten Welt Zuflucht an den Küsten der Neuen suchten, war ihre Lage äußerst trostlos und entmutigend. An Zahl gering, und diese durch Krankheit und Entbehrungen rasch dahinschwindend, von einer öden Steppe und wilden Stämmen umringt, der Kälte eines fast arktischen Winters und dem Wechsel eines unbeständigen Klimas preisgegeben, füllten sich ihre Gemüter mit schmerzlichen Ahnungen, und nichts bewahrte sie vor der Verzweiflung als die starke Erregung religiöser Schwärmerei. In dieser hilflosen Lage besuchte sie Massasoit, der oberste Sagamore* der Wampanoags, ein mächtiger Häuptling, der über ein großes Gebiet herrschte. Anstatt aus der spärlichen Zahl der Fremden einen Vorteil zu ziehen und sie aus seinem Territorium zu verjagen, in das sie eingedrungen waren, schien er mit einemmal eine großmütige Freundschaft für sie zu fassen und übte ihnen gegenüber die Sitte primitiver Gastfreundschaft aus. Er kam zeitig im Frühling in ihre Siedlung Neu-Plymouth, nur von einer Handvoll Leute begleitet, schloß ein feierliches Friedens- und Freundschaftsbündnis, verkaufte ihnen einen Teil des Bodens und versprach, die Gunst seiner wilden Verbündeten für sie zu gewinnen. Was auch immer von indianischer Treulosigkeit gesagt werden mag, gewiß ist, daß man nie an Massasoits Rechtlichkeit und Aufrichtigkeit zweifelte. Er blieb ein treuer und edler Freund der Weißen, duldete es, daß sie ihre Besitzungen ausdehnten und sich im Land verstärkten, und verriet gar keine Eifersucht auf ihre wachsende Macht und ihren Wohlstand. Kurz vor seinem Tode kam er noch einmal nach Neu-Plymouth mit seinem Sohn Alexander, um den Friedensvertrag zu erneuern und ihn auch für seine Nachkommen zu sichern.

Bei dieser Beratung bemühte er sich, die Religion seiner Ahnen vor dem zudringlichen Eifern der Missionare zu schützen, und forderte, daß kein weiterer Versuch gemacht werden solle, sein Volk von seinem alten Glauben abzubringen; als er aber erkannte, daß die Engländer sich einer derartigen Bedingung hartnäckig widersetzten, stand er milde von seinem Verlangen ab. Beinahe die letzte Handlung seines Lebens war die, seine beiden Söhne, Alexander und Philipp (wie die Engländer sie genannt hatten), in das Haus eines der vornehmsten Siedler zu bringen, ihnen gegenseitiges Wohlwollen und Vertrauen anzuempfehlen und zu bitten, daß dieselbe Liebe und Freundschaft, die zwischen den Weißen und ihm geherrscht habe, auch fürderhin auf seine Kinder übergehen möge. Der gute alte Sachem starb in Frieden und war glücklich zu seinen Vätern versammelt, bevor das Unglück über seinen Stamm hereinbrach; seine Kinder blieben zurück, um die Undankbarkeit der Weißen zu erfahren.

Sein ältester Sohn, Alexander, folgte ihm. Er war von lebhaftem und heftigem Temperament und hielt stolz auf seine ererb-

* Häuptling, Anführer (Anmerkung des Übersetzers).

ten Rechte und Würden. Die anmaßende Politik und das diktatorische Benehmen der Fremden erregten seinen Unwillen, und er sah mit Unruhe ihren Ausrottungskriegen gegen die Nachbarstämme zu. Er sollte bald ihre Feindseligkeit kennenlernen, denn er wurde beschuldigt, sich mit den Narrhagansets verbunden zu haben, um gegen die Engländer aufzustehen und sie aus dem Land zu vertreiben. Es ist unmöglich zu sagen, ob diese Anklage auf Tatsachen beruhte oder sich auf bloßen Verdacht gründete. Es ergibt sich jedoch klar aus den heftigen und herrischen Maßregeln der Siedler, daß sie zu dieser Zeit sich des Anwachsens ihrer Macht bewußt und in ihrer Behandlung der Eingeborenen roh und rücksichtslos zu werden begannen. Sie entsandten eine bewaffnete Streitmacht, die sich Alexanders bemächtigen und ihn vor ihren Gerichtshof bringen sollte. Man folgte seiner Spur bis zu seinem Schlupfwinkel im Wald und überfiel ihn in einem Jagdhaus, wo er mit einer Schar seiner Begleiter waffenlos nach einer anstrengenden Jagd ausruhte. Seine plötzliche Gefangennahme und der seiner Herrscherwürde zugefügte Schimpf wirkten so sehr auf das jähzornige Gemüt dieses stolzen Wilden, daß ihn ein verzehrendes Fieber befiel; man gestattete ihm, unter der Bedingung heimzukehren, daß er seinen Sohn als Geisel für sein Wiederkommen schicke, doch der Schlag, den er empfangen hatte, war tödlich, und ehe er noch seine Heimat erreichte, erlag er den Todesqualen eines verwundeten Gemüts.

Alexanders Nachfolger war Metamocet oder König Philipp, wie ihn die Siedler wegen seines stolzen Geistes und seiner ehrgeizigen Gemütsart nannten. Dies hatte ihn, zusammen mit seiner wohlbekannten Tatkraft und Unternehmungslust, zum Gegenstand großer Eifersucht und Furcht gemacht, und man beschuldigte ihn, schon immer eine geheime und unversöhnliche Feindschaft gegen die Weißen gehegt zu haben. Das ist sehr wahrscheinlich und sehr natürlich der Fall gewesen. Er betrachtete sie als eigentliche bloße Eindringlinge, welche die Nachsicht ausgenutzt hatten und einen für das Leben der Wilden verderblichen Einfluß ausübten. Er sah das ganze Geschlecht seiner Landsleute vor ihnen von der Erdoberfläche verschwinden, sah ihr Gebiet ihren Händen entrissen und ihre Stämme schwach, zersplittert und abhängig werden. Es stimmt zwar, daß der Boden ursprünglich von den Siedlern gekauft wurde, aber wer weiß nicht, wie in den frühesten Perioden der Besiedlung den Indianern das Land abgehandelt wurde? Die Europäer machten infolge ihrer überlegenen Gewandtheit im Verkehr stets sehr vorteilhafte Käufe und gewannen durch leicht hervorgerufene Feindseligkeiten ungeheure Ländereien. Ein ungebildeter Wilder kümmert sich nie sehr viel um die Feinheiten des Gesetzes, durch die man allmählich und rechtskräftig jemandem Schaden zufügen kann. Er urteilt lediglich nach handgreiflichen Tatsachen, und so genügte es Philipp, zu wissen, daß seine Landsleute vor dem Eindringen der Europäer Herren des Bodens waren und jetzt im Land ihrer Väter Landstreicher wurden.

Doch welches auch seine Gefühle allgemeiner Feindseligkeit und seine besondere Entrüstung über die Behandlung seines Bruders gewesen sein mögen, er unterdrückte sie für den Augenblick, erneuerte den Vertrag mit den Siedlern und wohnte viele Jahre friedlich in Pokanoket oder, wie die Engländer es nannten, Mount Hope*, dem alten Herrschersitz seines Stammes. Doch der Verdacht, der zuerst nur flüchtig und unbestimmt war, wurde immer stärker und bestimmter, und schließlich beschuldigte man ihn des Versuchs, die verschiedenen östlichen Stämme aufzuwiegeln, sich plötzlich zu empören und durch gleichzeitige Anstrengungen das Joch der Unterdrücker abzuschütteln. Es ist schwierig, in dieser fernen Periode zu bestimmen, inwieweit man diesen schon früh gegen die Indianer erhobenen Anklagen Glauben schenken darf. Die Neigung zum Argwohn und die Bereitwilligkeit zu Gewalttätigkeiten auf seiten der Weißen verlieh jedem eitlen Geschwätz Gewicht und Bedeutsamkeit. Spitzel gab es im Überfluß, wo Zuträgerei Aufnahme und Belohnung fand; und das Schwert war rasch aus der Scheide gezogen, wo sein glücklicher Erfolg gewiß war und es zur Herrschaft verhalf.

Der einzige überlieferte handfeste Beweis gegen Philipp ist die Anklage eines gewissen Sausaman, eines abtrünnigen Indianers, dessen angeborene Verschlagenheit durch seine Erziehung, die er zum Teil unter den Siedlern erhalten hatte, noch gesteigert worden war. Er wechselte seinen Glauben und seine Herren zwei- oder dreimal mit einer Leichtigkeit, welche die Unbeständigkeit seines Charakters verrät. Er war eine Zeitlang als Philipps vertrauter Schreiber und Ratgeber tätig gewesen und hatte sich seines Wohlwollens und Schutzes erfreut. Sobald er aber merkte, daß sich die Wolken des Mißgeschickes über seinem Gebieter zusammenzogen, verließ er dessen Dienste und ging zu den Weißen über, und um deren Gunst zu gewinnen, beschuldigte er seinen ehemaligen Wohltäter, daß er gegen ihre Sicher-

* Heute Bristol, Rhode Island (Anmerkung des Verfassers).

heit Pläne schmiede. Eine strenge Untersuchung fand statt. Philipp und mehrere seiner Untertanen unterzogen sich dem Verhör, aber man konnte ihnen nichts beweisen. Die Siedler waren jedoch jetzt zu weit gegangen, um zurücktreten zu können; sie waren sich schon vorher darin einig gewesen, daß Philipp ein gefährlicher Nachbar sei; sie hatten ihr Mißtrauen öffentlich bezeugt und genug getan, sich seiner Feindseligkeiten versichert zu halten; daher war, nach der üblichen Logik in solchen Fällen, sein Untergang zu ihrer Sicherheit notwendig geworden. Sausaman, der verräterische Angeber, wurde kurz darauf in einem Teich tot aufgefunden; er war der Rache seines Stammes zum Opfer gefallen. Drei Indianer, von denen einer Philipps Freund und Ratgeber war, wurden gefaßt, verhört und, auf die Aussage eines höchst fragwürdigen Zeugen hin, als die Mörder verurteilt und hingerichtet.

Diese Behandlung seiner Untertanen und die schmachvolle Bestrafung seines Freundes beleidigten Philipps Stolz und entfachten seine Leidenschaften. Der Donnerkeil, der so dicht zu seinen Füßen niedergefallen war, machte ihn auf den bevorstehenden Sturm aufmerksam, und er beschloß, nicht länger der Macht der Weißen zu vertrauen. Das Schicksal seines beschimpften und an gebrochenem Herzen gestorbenen Bruders nagte noch immer an seiner Seele, und eine weitere Warnung war ihm die tragische Geschichte Miantonimos, eines großen Sachems der Narrhagansets, der, nachdem er sich seinen Anklägern vor einem Gerichtshof der Kolonisten kühn entgegenstellt, sich von der Beschuldigung einer Verschwörung gereinigt und Freundschaftsversicherungen empfangen hatte, treulos auf ihre Veranlassung aus der Welt geschafft worden war. Philipp sammelte deshalb seine Krieger um sich, überredete so viele Fremde wie möglich, gemeinschaftliche Sache mit ihm zu machen, schickte die Frauen und Kinder sicherheitshalber zu den Narrhagansets und war, wo immer er erschien, ständig von bewaffneten Kriegern umgeben.

Da sich beide Parteien in solchem Zustand des Mißtrauens und der Erbitterung befanden, genügte der geringste Funke, sie zu entflammen. Die Indianer, die Waffen trugen, wurden übermütig und begingen verschiedene kleine Räubereien. Auf einem ihrer Streifzüge feuerte ein Siedler auf einen Krieger und tötete ihn. Das war das Signal zu offenen Feindseligkeiten; die Indianer eilten, den Tod ihres Kameraden zu rächen, und der Aufruf zum Kampf hallte in der ganzen Kolonie Plymouth wider.

In den ersten Chroniken dieser dunklen und traurigen Zeiten

stoßen wir auf viele Andeutungen eines krankhaften Zustands der öffentlichen Stimmung. Die finsteren religiösen Anschauungen und die Trostlosigkeit ihrer Lage zwischen unwegsamen Wäldern und rohen Stämmen hatten die Kolonisten für abergläubische Vorstellungen empfänglich gemacht und ihre Phantasie mit den schrecklichsten Hirngespinsten der Hexerei und Geisterseherei erfüllt. Sie waren auch dem Glauben an Vorbedeutungen sehr ergeben. Den Fehden mit Philipp und seinen Indianern gingen, wie man erzählt, viele jener furchtbaren Warnungen voraus, welche die Vorläufer großer und öffentlicher Unglücksfälle sind. Die vollständige Form eines indianischen Bogens wurde in Neu-Plymouth am Himmel sichtbar, was die Einwohner für eine „unheilschwangere Erscheinung" ansahen. In Hadley, in Northampton und anderen benachbarten Städten „vernahm man den Knall einer großen Kanone, wobei die Erde zitterte und sich ein starkes Echo hören ließ"*. Andere wurden an einem stillen sonnigen Morgen durch Flinten- und Musketenschüsse erschreckt; Kugeln schienen an ihnen vorbeizupfeifen, und der Lärm von Trommeln schien in der Luft widerzuhallen und sich westwärts zu ziehen; noch andere meinten das Galoppieren von Pferden über ihren Köpfen zu vernehmen; und verschiedene Mißgeburten, die um diese Zeit zur Welt kamen, erfüllten die abergläubischen Leute in mehreren Städten mit traurigen Ahnungen. Viele dieser wunderbaren Gesichte und Töne können Naturphänomenen zugeschrieben werden: den Nordlichtern, die in jenen Breiten sehr hell sind, den Meteoren, die in der Luft zerplatzen, dem zufälligen Rauschen des Sturmwinds, dem Krachen umstürzender Bäume oder berstender Felsblöcke und den anderen seltsamen Klängen und Echos, die inmitten der tiefen Stille einsamer Wälder manchmal so sonderbar an das Ohr dringen. Diese haben vielleicht einzelne melancholische Gemüter erschreckt, wurden von ihnen durch die Liebe zum Wunderbaren vergrößert und mit jener Begierde aufgenommen, mit der wir alles Fürchterliche oder Geheimnisvolle verschlingen. Die allgemeine Verbreitung dieser abergläubischen Vorstellungen und der erste Bericht, den einer der damaligen Gelehrten davon gab, sind sehr bezeichnend für diese Zeit.

Der Kampf, der nun folgte, war typisch für die Kriegführung zwischen zivilisierten Menschen und Wilden. Von seiten der Weißen wurde er mit überlegenem Geschick und Glück geführt, aber mit viel Blutvergießen und unter Verachtung der natürli-

* Increase Mathers „Geschichte" (Anmerkung des Verfassers).

chen Rechte ihrer Gegner; auf seiten der Indianer kämpfte man mit der Verzweiflung von Männern, die den Tod nicht scheuen und vom Frieden nichts als Demütigung, Abhängigkeit und Untergang zu erwarten haben.

Die Ereignisse des Krieges sind uns von einem würdigen Geistlichen* jener Zeit überliefert worden, der mit Schauder und Entrüstung bei jeder feindseligen Handlung der Indianer, wie sehr sie auch sich rechtfertigen läßt, verweilt, während er den blutigsten Grausamkeiten der Weißen Beifall zollt. Philipp wird als Mörder und Verräter angeprangert, ohne Rücksicht darauf, daß er ein geborener Fürst war, der an der Spitze seiner Untertanen ritterlich focht, um die seiner Familie zugefügten Ungerechtigkeiten zu rächen, die wankende Macht seines Stammes zu festigen und sein Geburtsland von der Unterdrückung raubgieriger Fremdlinge zu befreien.

Der Plan zu einem großangelegten und gleichzeitigen Aufstand, wenn ein solcher wirklich entworfen worden ist, war eines großen Geistes würdig und dürfte, hätte man ihn nicht zu früh entdeckt, in seinen Folgen überwältigend gewesen sein. Der Krieg, der tatsächlich ausbrach, war nur ein Krieg im kleinen, eine bloße Reihe zufälliger Heldentaten und unzusammenhängender Unternehmungen. Dennoch beweist er Philipps militärisches Genie und seine Verwegenheit, und wo immer wir in den vorurteilsvollen und leidenschaftlichen Berichten auf handfeste Tatsachen stoßen, finden wir, daß er eine große Charakterstärke, einen ausgesprochen praktischen Verstand, eine Verachtung der Leiden und Beschwerden und eine unüberwindliche Entschlossenheit entwickelte, die unsere Teilnahme und unseren Beifall herausfordern.

Aus seinen väterlichen Besitzungen in Mount Hope vertrieben, stürzte er sich in die Tiefe der ungeheuren und unwegsamen Urwälder hinein, welche die Kolonien umgrenzen und fast für jeden, außer den wilden Tieren oder einem Indianer, unzugänglich sind. Hier zog er seine Streitkräfte zusammen, dem Sturme gleich, der die ganze Masse seines Unheils im Schoß der Gewitterwolke anhäuft, und pflegte nun zu einer Zeit und an einem Ort, wo man es am wenigsten vermutete, plötzlich hervorzubrechen und Verheerung und Schrecken in die Dörfer zu tragen. Ab und zu gab es Anzeichen dieser drohenden Verwüstungen, welche die Gemüter der Kolonisten mit Angst und Besorgnis er-

* Der obenerwähnte Increase Mather (Anmerkung des Übersetzers).

füllten. Man hörte wohl den entfernten Knall einer Flinte aus den einsamen Wäldern, wo, wie man wußte, kein Weißer sich aufhielt; das Vieh, das im Gehölz umhergeschweift war, kehrte mitunter verwundet heim, oder man sah ein paar Indianer am Waldrand lauschen und plötzlich verschwinden, wie man zuweilen den Blitz still am Saum einer Wolke zucken sieht, die das Gewitter entlädt.

Obgleich Philipp mehrmals von den Kolonisten verfolgt und sogar schon umzingelt war, entwischte er dennoch ebenso häufig beinahe wie durch ein Wunder ihren Netzen, und da er wieder in der Wildnis untertauchte, war er weder zu erfragen noch aufzufinden, bis er an einem ganz entfernten Punkt abermals auftauchte und die Gegend verheerte. Zu seinen festen Bollwerken gehörten die großen Sümpfe und Moräste, die sich in einzelnen Teilen Neuenglands ausbreiten; sie bestehen aus losen Schollen von tiefem, schwarzem Schlamm; dazwischen sind Gebüsche, Dorngestrüpp, wucherndes Unkraut, zersplitterte und moderne Äste umgestürzter Bäume, von traurigem Schierling überschattet, zerstreut. Der unsichere Grund und die verworrenen Pfade machten diese rauhe Wildnis für die Weißen fast unzugänglich, obgleich der Indianer mit der Leichtigkeit eines Hirsches durch ihr Labyrinth schlüpfen kann. In eines dieser Gebiete, in den großen Morast von Pocasset Neck, wurde Philipp einst mit einer Schar seiner Krieger getrieben. Die Engländer hatten nicht den Mut, ihm nachzusetzen, weil sie sich nicht in diese dunklen und schauerlichen Gegenden wagten, wo sie in den Lachen oder schlammigen Gruben untergehen oder von lauernden Feinden niedergeschossen werden konnten. Sie besetzten deshalb den Eingang des Moores und begannen mit dem Bau einer Festung, in der Absicht, den Gegner auszuhungern; aber Philipp und seine Krieger setzten mitten in der Nacht auf einem Floß über den Meeresarm, ließen die Frauen und Kinder zurück, flüchteten nach Westen, zündeten die Fackel des Krieges unter den Stämmen von Massachusetts und in der Landschaft Nipmuck an und bedrohten die Kolonie Connecticut.

Auf diese Weise wurde Philipp zum Schrecken des Landes. Das Geheimnis, das ihn umgab, erhöhte seine tatsächliche Furchtbarkeit. Er war ein im Dunkeln schleichendes Übel, dessen Kommen niemand voraussehen und gegen das niemand auf seiner Hut sein konnte. Die ganze Gegend war voller Gerüchte und Unruhe. Philipp schien beinahe die Gabe der Allgegenwart zu besitzen, denn an welchem Punkt der weit ausgedehnten Grenze auch ein Überfall aus dem Wald stattfand, da sollte Philipp der Anführer gewesen sein. So waren auch viele abergläubische Vorstellungen über ihn im Umlauf. Es hieß, er betreibe Zauberei und es begleite ihn eine alte indianische Hexe oder Prophetin, die er zu Rate ziehe und die ihm mit ihren Zaubermitteln und Beschwörungen beistehe. Dies war in der Tat häufig bei Indianerhäuptlingen der Fall, entweder wegen ihrer eigenen Leichtgläubigkeit oder um auf die ihres Gefolges einzuwirken, und der Einfluß des Propheten und des Träumers auf den Aberglauben der Indianer wurde durch neuere Beispiele in Kriegen mit den Wilden eindeutig bestätigt.

Zu der Zeit, da Philipp seine Flucht aus Pocasset bewerkstelligte, war er in einer verzweiflungsvollen Lage. Seine Streitmacht war durch wiederholte Gefechte sehr zusammengeschmolzen, und er hatte fast alle seine Hilfsquellen verloren. In dieser Zeit der Not fand er in Canonchet, dem Obersachem aller Narrhagansets, einen treuen Freund. Er war der Sohn und Erbe Miantonimos, des großen Sachems, der, wie bereits erwähnt, nach ehrenvoller Freisprechung von der Anklage, eine Verschwörung geplant zu haben, auf das verräterische Anstiften der Kolonisten heimlich getötet wurde. „Er hatte", sagt der alte Chronist, „des Vaters ganzen Stolz und Übermut sowie dessen Haß auf die Engländer geerbt": gewiß war er der Erbe der ihm zugefügten Unbilden und Ungerechtigkeiten und der rechtmäßige Rächer seiner Ermordung. Obwohl er es vermieden hatte, unmittelbar in diesen aussichtslosen Krieg einzugreifen, empfing er Philipp und die Überbleibsel seines Heeres mit offenen Armen und gewährte ihnen den großmütigsten Schutz und Beistand. Dies zog ihm sofort die Feindseligkeit der Engländer zu, und man faßte den Entschluß, einen entscheidenden Schlag zu tun, der beide Sachems gemeinschaftlich in den Untergang stürzen sollte. Es wurde zu diesem Zweck eine große Streitmacht aus Massachusetts, Plymouth und Connecticut gesammelt und mitten im Winter, wo die zugefrorenen und von Laub entblößten Sümpfe verhältnismäßig leicht überschritten werden konnten und für die Indianer nicht länger finstere, undurchdringliche Bollwerke waren, in das Narrhaganset-Gebiet entsandt.

Canonchet, der den Angriff voraussah, hatte den größeren Teil seiner Vorräte samt den Alten, Schwachen, Frauen und Kindern seines Stammes in eine starke Festung geschickt, wo er und Philipp ebenfalls ihre Kerntruppen zusammengezogen hatten. Diese von den Indianern für uneinnehmbar gehaltene Festung lag auf einem hügeligen Damm oder einer Art Insel von fünf bis sechs Morgen Flächenraum inmitten eines Moores; sie war mit weit mehr Umsicht und Geschicklichkeit angelegt als die üblichen indianischen Befestigungen und zeugte vom militärischen Genie der beiden Häuptlinge.

Geführt von einem indianischen Überläufer, drangen die Engländer durch den Dezemberschnee bis zu diesem Bollwerk vor und überrumpelten die Besatzung. Das Gefecht war wild und ohne Ordnung. Die Angreifer wurden bei der ersten Attacke zurückgeschlagen und verschiedene ihrer tapfersten Offiziere, die mit dem Degen in der Faust die Festung stürmten, niedergeschossen. Der Angriff wurde mit größerem Erfolg wiederholt. Man gewann festen Fuß. Die Indianer wurden von einem Posten zum anderen getrieben. Sie verteidigten ihren Grund und Boden Zoll für Zoll, indem sie mit der Wut der Verzweiflung kämpften. Die meisten älteren Krieger wurden niedergemacht, und Philipp und Canonchet zogen sich nach langer und blutiger Schlacht mit einer Handvoll übriggebliebener Krieger aus der Festung zurück und flüchteten in das Dickicht der umliegenden Wälder.

Die Sieger steckten die Wigwams und das Fort in Brand; das Ganze stand bald lichterloh in Flammen; viele von den alten Männern, den Weibern und Kindern kamen darin um. Diese letzte Greueltat erschütterte sogar den Stoizismus der Wilden. Die benachbarten Wälder hallten wider vom gellenden Geheul der Wut und Verzweiflung, das die flüchtigen Krieger ausstießen, als sie die Zerstörung ihrer Wohnungen sahen und das herzzerreißende Geschrei ihrer Frauen und Kinder hörten. „Das Niederbrennen der Wigwams", sagt ein zeitgenössischer Schriftsteller, „das Gekreisch und Geschrei der Weiber und Kinder und das Geheul der Krieger bildete eine höchst furchtbare und erschütternde Szene, so daß es einzelne Soldaten tief bewegte." Derselbe Verfasser fügt vorsichtig hinzu: „Man hat damals starke Bedenken gehabt und später ernstlich nachgeforscht, ob das Verbrennen der Feinde bei lebendigem Leib mit der Menschlichkeit und den wohlwollenden Lehren des Evangeliums verträglich sei."*

Das Schicksal des tapferen und großmütigen Canonchet ist besonderer Erwähnung wert: die letzte Szene seines Lebens ist eines der edelsten Beispiele indianischen Edelmuts, deren man sich erinnert.

* Handschrift des Reverend W. Ruggles (Anmerkung des Verfassers).

Seiner Macht und seiner Hilfsquellen durch diese entscheidende Niederlage beraubt und doch seinen Verbündeten und der unglücklichen Sache treu, deren er sich angenommen hatte, verwarf er alle Friedensangebote, die ihm unter der Bedingung, daß er Philipp und seine Begleiter verrate, gemacht wurden, und erklärte, „daß er lieber bis auf den letzten Mann kämpfen wollte als ein Sklave der Engländer werden". Da seine Heimat zerstört und sein Land durch die Einfälle der Eroberer verheert und verwüstet war, sah er sich gezwungen, an die Ufer des Connecticut zu ziehen, wo er einen Sammelplatz für die ganze Masse der westlichen Indianer bildete und mehrere englische Siedlungen in Schutt und Asche legte.

Zeitig im Frühling begab er sich mit nur dreißig ausgesuchten Leuten auf einen waghalsigen Streifzug, um nach Seaconk in der Nähe von Mount Hope vorzudringen und sich dort Saatkorn zum Unterhalt seiner Truppen zu verschaffen. Diese kleine Schar von Abenteurern war sicher durch das Gebiet der Pequods gekommen und weilte im Mittelpunkt von Narrhaganset, wo sie in mehreren Blockhäusern nahe am Fluß Pautucket ausruhte, als plötzlich gemeldet wurde, daß der Feind sich nähere. Weil Canonchet zur Zeit nur sieben Mann bei sich hatte, schickte er zwei von ihnen auf den benachbarten Hügel, die Nachrichten über den Gegner bringen sollten.

Durch das Auftauchen eines Haufens Engländer und Indianer, die schnell vordrangen, in panischen Schrecken versetzt, flohen sie in atemloser Angst an ihrem Häuptling vorbei, ohne sich aufzuhalten, um ihm die Gefahr zu melden. Canonchet schickte einen anderen Kundschafter aus, der dasselbe tat. Darauf sandte er noch zwei ab, von denen einer voll Verwirrung und Furcht zurückeilte und ihm meldete, das ganze britische Heer sei im Anmarsch. Da sah Canonchet, daß ihm keine andere Wahl blieb als die augenblickliche Flucht. Er versuchte um den Hügel herum zu entweichen, wurde aber bemerkt und von den feindlichen Indianern und einigen der behendesten Engländer heiß verfolgt. Als er merkte, daß der Schnellste ihm dicht auf den Fersen war, warf er zuerst seinen Mantel, dann seinen silberbetreßten Rock und den mit Muscheln besetzten Gürtel fort, woran seine Gegner ihn als Canonchet erkannten, die ihn daraufhin mit doppeltem Eifer verfolgten.

Endlich glitt beim Durchwaten des Stromes sein Fuß auf einem Stein aus, und er fiel so tief, daß seine Flinte naß wurde. Dieser Unglücksfall erfüllte ihn so mit Verzweiflung, daß, wie er später gestand, „sein Herz und seine Eingeweide sich in ihm umdrehten und er wie ein morscher Ast seiner Kräfte los und ledig war".

Er fühlte sich so geschwächt, daß er, als ein Pequod-Indianer ihn in geringer Entfernung des Flusses ergriff, keinen Widerstand leistete, obwohl er ein Mann von großer Körperkraft und Kühnheit des Herzens war. Doch als er sich gefangen sah, bäumte sich der ganze Stolz seines Geistes in ihm auf, und von diesem Augenblick an finden wir in den Anekdoten, die seine Feinde sich über ihn erzählten, nichts als wiederholte Blitze erhabenen und fürstlichen Heldenmuts. Als ihn einer der Engländer, der sich ihm zuerst näherte und der noch kaum sein zweiundzwanzigstes Jahr erreicht hatte, befragen wollte, entgegnete der hochherzige Krieger, indem er mit edler Verachtung auf dessen jugendliches Antlitz schaute: „Ihr seid ein Kind – Ihr könnt noch nichts von den Kriegsangelegenheiten verstehen – laßt Euern Bruder oder Euern Häuptling kommen – ihm will ich antworten."

Obwohl man ihm mehrmals sein Leben unter der Bedingung anbot, daß er sich mit seinem Volk den Engländern unterwerfe, wies er das Anerbieten mit Verachtung zurück und weigerte sich, irgendwelche Vorschläge dieser Art dem großen Haufen seiner Untertanen zu senden, indem er sagte, er wisse niemanden, der sich fügen würde. Als man ihm seinen Treubruch gegen die Weißen, sein prahlerisches Wort, daß er keinen Wampanoag, ja nicht einmal ein Atom vom Nagel eines Wampanoags ausliefern würde, und seine Drohung, er wolle die Engländer lebendig in ihren Häusern verbrennen, vorwarf, hielt er es für unter seiner Würde, sich selbst zu rechtfertigen, und erwiderte stolz, daß andere genauso wie er auf den Krieg aus gewesen seien, „und er wünschte nichts mehr davon zu hören".

Ein so edler und unerschütterlicher Geist, ein so treuer Einsatz für seine Sache und seinen Freund würde das Gefühl jedes großherzigen und tapferen Mannes gerührt haben, aber Canonchet war ein Indianer, ein Wesen, für das der Krieg keine Schonung, die Menschlichkeit kein Gesetz, die Religion kein Mitleid kannte – er wurde zum Tode verurteilt. Seine letzten Worte, die man aufgezeichnet hat, waren seiner Seelengröße würdig. Als der Todesspruch über ihn gefällt war, bemerkte er, „er sei damit sehr wohl zufrieden, denn nun werde er sterben, ehe sein Herz weich geworden sei oder er etwas gesagt habe, was seiner nicht wert sei". Seine Feinde gaben ihm den Soldatentod, denn er wurde in Stonington von drei jungen Sachems seines Ranges erschossen.

Die Niederlage in der Festung der Narrhagansets und Canonchets Tod waren für König Philipps Schicksal zwei verhängnisvolle Schläge. Er machte einen kraftlosen Versuch, einen Kriegshaufen zusammenzubringen, indem er die Mohawks aufstachelte, zu den Waffen zu greifen; doch obgleich er die angeborenen Talente eines Staatsmanns besaß, wurden seine Künste durch die überlegenen Kunstgriffe seiner aufgeklärten Feinde vereitelt, und der Schrecken vor ihrer kriegerischen Geschicklichkeit begann die Entschlossenheit der benachbarten Stämme zu erschüttern. Der unglückliche Häuptling sah, wie seine Streitmacht von Tag zu Tag abnahm und seine Reihen sich reißend lichteten. Etliche wurden von den Weißen bestochen, andere fielen dem Hunger, der Erschöpfung und den zahllosen Angriffen zum Opfer, die sie unaufhörlich beunruhigten. Alle seine Vorräte waren dem Feind in die Hände gefallen, seine bewährtesten Freunde wurden vor seinen Augen dahingerafft, sein Onkel wurde an seiner Seite erschossen, seine Schwester in die Knechtschaft geführt, und auf einem seiner plötzlichen Rückzüge sah er sich genötigt, seine geliebte Frau und seinen einzigen Sohn der Gnade des Feindes zu überlassen. „Da sein Untergang", sagt der Geschichtsschreiber, „dergestalt stufenweise herbeigeführt war, wurde sein Elend dadurch nicht abgekürzt, sondern vermehrt, denn er mußte jetzt selbst durch Erfahrung das Gefühl kennenlernen, seine Kinder in der Gefangenschaft, seine Freunde verloren, seine Untertanen niedergemetzelt, all seine verwandtschaftlichen Bande zerrissen und jedes äußeren Trostes sich beraubt zu wissen, bevor ihm sein eigenes Leben genommen wurde."

Um das Maß seines Unglücks voll zu machen, fingen seine eigenen Begleiter an, sich wider sein Leben zu verschwören, um sich dadurch, daß sie ihn opferten, eine ehrlose Sicherheit zu erkaufen. Durch Verrat wurde ein Teil seiner treuen Anhänger, die Untertanen der Wetamoe, einer indianischen Fürstin aus Pocasset und nahen Verwandten und Bundesgenossin Philipps, in die Hände des Feindes gespielt. Wetamoe hielt sich zur Zeit unter ihnen auf und suchte ihre Flucht dadurch zu bewerkstelligen, daß sie einen nahen Strom überquerte; sei es nun, daß sie das Schwimmen erschöpft oder Kälte und Hunger sie aufgerieben hatte, kurz, man fand sie tot und nackt nahe am Ufer liegen. Aber nicht einmal am Grabe hörte die Verfolgung auf. Sogar der Tod, die Zuflucht der Unglücklichen, wo der Böse gewöhnlich mit seinen Quälereien nachläßt, schützte nicht diese ausgestoßene Frau, deren großes Verbrechen die innige Treue gegen ihren Verwandten und Freund war. Ihr Leichnam wurde zum Ziel unmännlicher und feiger Rachsucht; das Haupt wurde vom Rumpf getrennt, auf einen Pfahl gesteckt und so in Taunton vor den Augen ihrer gefangenen Untertanen zur Schau gestellt. Sie erkannten sofort die Züge ihrer unglücklichen Königin und waren von diesem barbarischen Schauspiel derart ergriffen, daß sie, wie man uns berichtet, in das „schrecklichste und teuflischste Klagegeschrei" ausbrachen.

Wenn Philipp auch den mannigfaltigsten Leiden und Unglücksfällen, die ihn umgaben, getrotzt hatte, so schien doch der Verrat seiner Anhänger an seinem Herzen zu fressen und ihn zur Verzweiflung zu treiben. Er soll „nie wieder fröhlich gewesen sein noch Glück bei irgendeinem seiner Pläne gehabt haben". Die Quelle seiner Hoffnung war versiegt, die Unternehmungslust erloschen – er schaute um sich, und überall war Gefahr und Dunkelheit; da gab es kein Auge des Mitleids, keinen Arm, der ihm Befreiung bringen konnte. Mit einem kleinen Trupp von Begleitern, die ihm in seiner verzweifelten Lage noch immer die Treue hielten, wanderte der unglückliche Philipp zurück in die Gegend von Mount Hope, dem alten Wohnsitz seiner Väter. Hier schlich er auf dem verlassenen Schauplatz seiner früheren Macht und seines Wohlstands wie ein Gespenst umher, ohne Heimat, Familie und Freunde. Man kann sich kein treueres Bild seiner hilflosen und bejammernswerten Lage denken als das, welches die einfache Feder des Chronisten uns überliefert hat, der wider Willen die Gefühle des Lesers zugunsten des unglücklichen Kriegers, den er doch schmäht, einnimmt. „Philipp", sagt er, „wurde wie ein wildes, unvernünftiges Tier, nachdem er von den englischen Soldaten mehr als hundert Meilen hin und her durch die Wälder gejagt worden war, zuletzt in seine eigene Höhle auf Mount Hope zurückgetrieben, wo er sich mit wenigen seiner besten Freunde in einen Sumpf zurückzog, der sich jedoch bald als ein Gefängnis erwies, das ihn festhielt, bis nach göttlichem Ratschlusse die Todesboten kamen, um die Rache an ihm zu vollstrecken."

Selbst in diesem letzten Zufluchtsort der Verzweiflung und Trostlosigkeit sammelt sich noch um sein Andenken eine tragische Größe. Wir stellen ihn uns vor, wie er, schweigend über seinem Unglück brütend, unter seinen gramerfüllten Gefährten sitzt und das Groteske und Düstere seines Schlupfwinkels ihm eine wilde Hoheit verleiht. Geschlagen, doch nicht entmutigt, zu Boden getreten, doch nicht erniedrigt, schien er unter dem Druck des Unglücks nur noch stolzer zu werden und eine trotzige Befriedigung darin zu finden, die letzte Hefe der Bitterkeit zu leeren. Kleine Seelen werden durch Mißgeschick gezähmt und gedemütigt, große Seelen jedoch erheben sich darüber. Schon der bloße Gedanke an Unterwerfung erweckte Philipps Wut, und er versetzte einem seiner Begleiter, der einen Friedensvorschlag machte, den Todesstreich. Der Bruder des Erschlagenen flüchtete und verriet aus Rachgier die Zufluchtsstätte seines Häuptlings. Eine Abteilung weißer Männer und Indianer wurde unmittelbar darauf zu dem Morast geschickt, wo sich Philipp, vor Wut und Verzweiflung blind, verborgen hatte. Ehe er noch ihre Annäherung entdeckte, hatten sie bereits angefangen, ihn zu umzingeln. In kurzer Zeit sah er fünf seiner treuesten Gefährten tot zu seinen Füßen hingestreckt; jeder Widerstand war unnütz; er stürzte aus seinem Versteck hervor und machte einen tollkühnen Fluchtversuch, wurde aber von einem übergelaufenen Indianer seines eigenen Stammes durchs Herz geschossen.

Dies ist die einfache Geschichte des tapferen, aber unglücklichen Königs Philipp, der zu seinen Lebzeiten verfolgt, nach seinem Tod verleumdet und entehrt wurde. Jedoch wenn wir selbst die vorurteilsvollen Berichte, die uns seine Feinde geliefert haben, betrachten, entdecken wir darin Spuren eines liebenswürdigen und erhabenen Charakters, die genügen, Mitleid für sein Schicksal und Ehrfurcht vor seinem Andenken zu erwecken. Wir finden, daß er trotz all der quälenden Sorgen und grausamen Leidenschaften ständiger Kriege für die sanfteren Gefühle der Gattenliebe und väterlichen Zärtlichkeit nicht unempfänglich war. Die Gefangenschaft seines „geliebten Weibes und einzigen Sohnes" wird mit diabolischer Freude als Ursache seines brennenden Schmerzes erwähnt, der Tod jedes nahen Freundes wird triumphierend als neuer Schlag gegen sein zartes Gefühl berichtet, aber der Verrat und Abfall vieler seiner Begleiter, auf deren Anhänglichkeit er gebaut hatte, soll sein Herz zerrissen und ihn jedes ferneren Trostes beraubt haben. Er war ein Patriot, der an seinem heimatlichen Boden hing – ein Fürst, der seinen Untertanen treu und über das an ihnen verübte Unrecht empört war – ein Krieger, tollkühn in der Schlacht, standhaft im Ertragen, abgehärtet gegen Ermüdung, Hunger und alle körperlichen Leiden und bereit, für die Sache, die er verfocht, zu sterben. Stolzen Herzens und mit unbezwinglicher Liebe zur natürlichen Freiheit zog er es vor, diese unter den Tieren der Wälder oder in den traurigen und öden Schlupfwinkeln von Sümpfen und Morästen zu genießen, statt seinen Geist unter das Joch zu beugen und abhängig und verachtet in der Behaglichkeit und im Überfluß der Siedlungen zu leben. Mit heldenmütigen Eigenschaften und kühner Tatkraft begabt, die einen gebildeten Krieger geziert und ihn zum Gegenstand des Dichters und Geschichtsschreibers gemacht hätten, hauste er als Wanderer und Flüchtling in seinem Geburtsland und ging unter wie eine einsame Barke, die in Finsternis und Sturm zerschellt – ohne ein mitleidiges Auge, das seinen Fall beweint, ohne eines Freundes Hand, die seinen Todeskampf verewigt hätte.

John Bull

Ein alt Lied, von einem alten Burschen ausgedacht,
Von einem alten ehrenwerten Herrn, der 'n Gut hatt
voller Pracht,
Der ein altes Haus gar freigebig hat gemacht,
Und 'nen alten Pförtner, der den Armen Nahrung
hat gebracht.
Ein Stübchen, gefüllt mit gelehrten alten Büchern
ganz dicht,
Einen alten Kaplan – ihr kennt ihn von Gesicht –,
'ne alte Speiskammertür, deren Angel bald zerbricht,
Und 'ne alte Küche, wo 'n halb Dutzend Köche kochen
ein Gericht.
Wie 'n alter Höfling, usw.

Altes Lied

Es gibt keine Art von Humor, in dem sich die Engländer mehr auszeichnen, als im Anfertigen von Karikaturen und im Erfinden spaßhafter Benennungen oder Spitznamen. Auf diese Weise haben sie nicht nur einzelne Personen, sondern ganze Völker launig bezeichnet, und bei ihrer Vorliebe, einen Scherz recht weit zu treiben, haben sie sogar sich selbst nicht verschont. Man sollte meinen, daß sich eine Nation, wenn sie sich selbst personifiziert, als etwas Großes, Heroisches und Imposantes darstellen würde; allein es ist für die seltsame Laune der Engländer und für ihre Neigung zu allem Derben, Komischen und Familiären charakteristisch, daß sie ihre nationalen Wunderlichkeiten in der Figur eines stämmigen, wohlbeleibten alten Mannes mit Dreispitz, roter Weste, ledernen Beinkleidern und dickem Eichenknüttel verkörpert haben. So haben sie ein besonderes Vergnügen daran, ihre geheimsten Schwächen ins Lächerliche zu ziehen, und ihre Bilder sind ihnen so gut gelungen, daß kaum ein in der Wirklichkeit vorhandenes Wesen dem Publikum im Geist lebhafter vorschwebte als jene originelle Persönlichkeit: John Bull.

Vielleicht hat die fortwährende Betrachtung des ihnen verliehenen Charakters dazu beigetragen, ihn dem Volk aufzuprägen, und auf diese Weise dem Wirklichkeit verliehen, was anfangs zum großen Teil der Phantasie entsprungen sein mag. Der Mensch nimmt leicht Eigentümlichkeiten an, die man ihm ununterbrochen zuschreibt. Die unteren Schichten in England scheinen von dem *beau idéal,* das sie sich von John Bull gebildet haben, höchst eingenommen zu sein und sich zu bemühen, der mit breiten Strichen gezeichneten Karikatur, die sie ständig vor Augen haben, möglichst ähnlich zu werden. Unglücklicherweise benutzen sie aber manchmal ihren gerühmten Bullismus als Entschuldigungsgrund für ihre Vorurteile und Derbheiten, und dies bemerkte ich vor allem bei jenen unverfälschten, waschechten Söhnen Englands, die immer in Hörweite der Glocken der Bow-Kirche gelebt haben. Wenn einer von diesen ungeschlachte Reden führt und gern unangenehme Wahrheiten sagt, so erklärt er, daß er ein echter John Bull sei und stets offen seine Meinung sage. Gerät er dann und wann über Kleinigkeiten in unvernünftige Hitze, bemerkt er, John Bull sei ein jähzorniger alter Geselle, aber seine Aufwallung gehe im nächsten Augenblick vorüber und er hege weiter keinen Groll. Verrät er schlechten Geschmack und Unempfänglichkeit für fremde Verfeinerungen, so dankt er dem Himmel für seine Unwissenheit – er ist ein schlichter John Bull und hat für Flitter und Trödelkram nichts übrig. Sogar seine Bereitwilligkeit, sich von Fremden betrügen zu lassen und für Torheiten übermäßig zu zahlen, wird mit dem Vorwand der Freigebigkeit entschuldigt – denn John Bull ist immer großmütiger als klug.

So bringt er es fertig, unter dem Namen John Bull jeden Fehler als Verdienst auszulegen, und möchte sich selbst davon überzeugen, daß er der ehrlichste Bursche von der Welt sei.

Wie wenig auch anfangs der Charakter der Wirklichkeit entsprochen haben mag, so hat er sich doch allmählich der Nation angepaßt, oder vielmehr: sie haben sich gegenseitig angepaßt, und ein Fremder, der die Eigenheiten der Engländer studieren möchte, wird viele nützliche Belehrungen von den unzähligen John-Bull-Darstellungen erhalten, wie sie in den Schaufenstern der Karikaturenläden aushängen. Doch trotzdem ist er noch immer einer der fruchtbarsten Humoristen, die fortwährend neue Züge zutage fördern und von verschiedenen Standpunkten aus verschiedene Ansichten darbieten, und ich kann, sooft er auch beschrieben worden ist, der Versuchung nicht widerstehen, eine leichte Skizze von ihm zu geben, so wie ich ihn gesehen habe.

John Bull ist allem Anschein nach ein gerader, biederer, realistischer Bursche mit weit weniger Poesie als reichlicher Prosa. In seiner Natur liegt wenig Romantik, aber ein gut Teil kräftigen, ursprünglichen Gefühls. Er zeichnet sich mehr durch Humor als Verstand aus, ist eher lustig als heiter, eher melancholisch als mürrisch; er läßt sich leicht zu plötzlichen Tränen rühren oder zu hellem Lachen reizen; jedoch haßt er Sentimentalität und hat keinen Sinn für leichtfertige Scherze. Er ist ein guter Gesellschafter, wenn man ihm seiner Laune nachzuhängen und über sich selbst zu sprechen vergönnt, und er wird einem Freund in einem Streit mit Leben und Börse beistehen, so tüchtig er auch verhauen werden mag.

In dieser letzten Hinsicht hat er, die Wahrheit zu sagen, eine Anlage, etwas zu voreilig zu sein. Er ist ein geschäftiger, umsichtiger Mann, der nicht nur an sich und seine Familie denkt, sondern auch an alles, was die ganze Umgegend betrifft, und mit dem größten Edelmut für jedermann eintritt. Er bietet fortwährend freiwillig seine Dienste an, die Angelegenheiten seiner Nachbarn zu regeln, und vermerkt es höchst übel, wenn sie irgend etwas Wichtiges unternehmen, ohne ihn um Rat zu fragen, obwohl seine Hilfsbereitschaft meist damit belohnt wird, daß er mit sämtlichen Parteien in Händel gerät und sich bitter über ihre Undankbarkeit beschwert. Unglücklicherweise nahm er in seiner Jugend Unterricht in der edlen Fechtkunst, und nachdem er sich im Gebrauch seiner Glieder und seiner Waffen vervollkommnet hat und im Boxen und in der Handhabung des Knüttels ein vollendeter Meister geworden ist, führt er ständig ein unruhiges Leben. Sobald er von einem Streit zwischen seinen entferntesten Nachbarn hört, fängt er an, unablässig mit seinem Knüttel durch die Luft zu hauen und zu überlegen, ob sein Interesse oder seine Ehre es nicht erfordert, sich in das Getümmel zu mischen. In der Tat hat er seine bestimmten Beziehungen von Stolz und Politik so vollständig über die ganze Gegend ausgebreitet, daß nichts geschehen kann, ohne einzelne seiner fein ausgesponnenen Rechte und Würden zu beeinträchtigen. In seinem kleinen Reich hockend, gleicht er mit diesen nach allen Seiten ausgespannten Fäden einer cholerischen, dickleibigen alten Spinne, die ihr Gewebe über eine ganze Kammer erstreckt hat, so daß keine Fliege summen, kein Lüftchen sich regen darf, ohne ihre Ruhe zu stören und sie zornig aus ihrem Schlupfwinkel hervor- schießen zu lassen.

Obwohl im Grunde ein gutherziger und gutartiger alter Bursche, liebt er es doch sehr, stets da zugegen zu sein, wo es einen Streit gibt. Es gehört jedoch zu seinen Eigenheiten, daß er nur an dem Anfang eines Handgemenges Vergnügen findet; er geht immer mit Freuden in ein Gefecht, kommt aber, sogar wenn er Sieger blieb, mürrisch daraus zurück, und obgleich niemand mit mehr Hartnäckigkeit einen Streitpunkt durchficht, so ist er doch, wenn die Schlacht vorüber ist und es zur Versöhnung kommt, durch das bloße Händeschütteln so sehr ergriffen, daß er seinen Gegner alles in die Tasche stecken läßt, um was sie sich gestritten haben. Er muß sich daher nicht sowohl vorm Fechten als vorm Freundschaftschließen in acht nehmen. Es ist schwer, ihm mit dem Knüttel auch nur einen Pfifferling abzupressen; versetze ihn aber in gute Laune, und du kannst ihm all sein Geld aus der Tasche locken. Er gleicht einem seiner eigenen Schiffe, die wohl dem wütendsten Sturm unbeschadet trotzen, aber in der darauffolgenden Windstille die Masten über Bord gehen las- sen.

Es gefällt ihm, außerhalb des Hauses den großen Herrn zu spielen, eine dicke Börse herauszuziehen, sein Geld bei Boxkämp- fen, Pferderennen und Hahnenkämpfen wacker zu verschleudern und unter den „Herren vom Fach" den Kopf hoch zu tragen. Doch unmittelbar nach einem solchen Anfall von Ausschweifung kommt ihn eine heftige Anwandlung von Sparsamkeit an, er bebt vor der geringfügigsten Ausgabe zurück, spricht verzweif- lungsvoll davon, daß er ruiniert sei und dem Kirchspiel zur Last fallen müsse, und bezahlt in einer solchen Stimmung nicht ein- mal die kleinste Handwerkerrechnung ohne heftigen Wortwech- sel. Er ist wirklich der pünktlichste und mißvergnügteste Zahler in der Welt, denn er zieht das Geld nur mit unendlichem Wider- streben aus der Hosentasche, bezahlt bis auf den letzten Pfennig, begleitet aber jede Guinee mit Gebrumm.

Bei all seinen Reden von Sparsamkeit ist er jedoch stets mit allem reichlich versorgt und führt ein gastfreies Haus. Seine Sparsamkeit ist von seltsamer Art, weil es hauptsächlich dar- auf abgesehen hat, sich die Mittel zu verschaffen, recht ver- schwenderisch zu sein; denn er gönnt sich an einem Tag kaum ein Beefsteak und einen Schoppen Portwein, nur damit er am nächsten einen ganzen Ochsen braten, ein Faß Ale anstechen und all seine Nachbarn bewirten kann.

Sein Haushalt ist ungemein kostspielig, nicht so sehr, weil er auf großen äußeren Glanz Wert legt, sondern vielmehr, weil er gewaltige Mengen an schönem Rindfleisch und Pudding braucht, eine ungeheure Zahl von Leuten ernährt und kleidet und die eigentümliche Neigung hat, kleine Dienstleistungen über alle Maßen zu belohnen. Er ist ein überaus gütiger und nachsichtiger Herr, und vorausgesetzt, daß seine Diener sich in seine Absonderlichkeiten fügen, dann und wann seiner Eitelkeit ein wenig schmeicheln und ihn nicht zu gröblich vor seinen Augen bestehlen, können sie mit ihm anstellen, was ihnen beliebt. Alles, was von ihm lebt, scheint zu gedeihen und fett zu werden. Seine Bedienten werden gut bezahlt, reichlich gefüttert und haben wenig zu tun. Seine Pferde sind lammfromm und träge und traben langsam vor seinem Staatswagen her, und sein Hund schläft ruhig vor der Tür und bellt kaum einen Dieb an.

Sein Familiensitz ist ein altes kastellartiges Herrenhaus, grau vor Alter und von sehr ehrwürdigem, wenn auch verwittertem Aussehen. Es ist nach keinem regelmäßigen Plan gebaut, sondern eine weitläufige Zusammenstellung einzelner Teile, die in verschiedenen Stilen und Zeiten errichtet worden sind. Der mittlere Teil weist deutliche Spuren angelsächsischer Architektur auf und ist so massiv, wie schwerer Stein und altes englisches Eichenholz ihn nur machen können. Wie alle erhaltenen Bauwerke jenes Stils ist er voll dunkler Gänge, labyrinthartiger Verbindungen und düsterer Zimmer; und obwohl man in neuerer Zeit teilweise für mehr Licht gesorgt hat, gibt es doch noch viele Stellen, wo man im Finstern tappen muß. Das ursprüngliche Gebäude hat nach und nach Anbauten erhalten, und große Veränderungen fanden statt; im Krieg und in unruhigen Zeiten wurden Türme und Zinnen errichtet, im Frieden Flügel angebaut, und Nebenhäuser, Meiereien und Wirtschaftsgebäude häuften sich nach Laune oder Bequemlichkeit der verschiedenen Geschlechter an, bis schließlich das geräumigste und weitläufigste Haus entstanden ist, das man sich vorstellen kann. Einen ganzen Flügel nimmt die Familienkapelle in Anspruch, ein ehrwürdiges Bauwerk, das einst außerordentlich prachtvoll gewesen sein muß und, obwohl es zu verschiedenen Perioden verändert und vereinfacht worden ist, noch immer einen feierlichen religiösen Glanz ausstrahlt. Ihre Mauern sind innen mit den Denkmälern von Johns Vor-

fahren reich verziert, und sie ist mit weichen Kissen und wohlge-
polsterten Stühlen behaglich ausgestattet, wo die fleißigen Kir-
chenbesucher der Familie in Erfüllung ihrer Pflichten gemütlich
einschlummern können.

Die Instandhaltung der Kapelle hat John viel Geld gekostet;
aber er steht fest zu seiner Religion, und sein Eifer wurde dadurch angespornt, daß in der Umgegend viele Dissenter-Kapel-
len errichtet wurden und mehrere seiner Nachbarn, mit denen er
Streitigkeiten gehabt hat, strenge Papisten sind.

Für den Dienst in der Kapelle unterhält er, mit bedeutendem
Kostenaufwand, einen frommen und stattlichen Hauskaplan. Es
ist eine höchst gelehrte und eindrucksvolle Persönlichkeit und ein
wahrhaft gebildeter Christ, der immer den alten Herrn in seinen
Meinungen bestärkt, bei seinen kleinen Sünden diskret ein Auge
zudrückt, den Kindern ihren Ungehorsam verweist und von großem Nutzen ist, da er die Bauern ermahnt, die Bibel zu lesen,
ihre Gebete herzusagen und vor allem ihre Abgaben pünktlich
und ohne Murren zu bezahlen.

Die Zimmer der Familie sind sehr altmodisch, etwas düster
und häufig unbequem, aber erfüllt von der feierlichen Pracht
früherer Zeiten, ausgestattet mit reichen, obgleich verschossenen
Tapeten, plumpen Möbeln und Bergen von kostbarem, massivem
altem Silber. Die breiten Kamine, die geräumigen Küchen, die
ausgedehnten Keller und pompösen Bankettsäle – alles zeugt von
der üppigen Gastfreiheit vergangener Tage, von denen die modernen Festlichkeiten im Herrenhaus nur ein Schatten sind. Ganze
Zimmerfluchten sind jedoch anscheinend völlig verlassen und von
der Zeit arg mitgenommen, und manche Türme und Türmchen
drohen zu zerfallen, so daß bei starkem Wind die Gefahr besteht,
sie könnten den Hausbewohnern um die Ohren fliegen.

Man hat John häufig geraten, das alte Gebäude gründlich zu re-
novieren, einige unnütze Teile abreißen und mit deren Material
die übrigen verstärken zu lassen, aber der alte Herr ist in diesem Punkt immer sehr eigensinnig. Er schwört, das Haus sei ein
ausgezeichnetes Haus – es sei dauerhaft und wetterfest und durch
Stürme nicht zu erschüttern – es habe schon mehrere Jahrhunderte lang bestanden und werde deshalb nicht gleich einstürzen –
was seine Unbequemlichkeit betreffe, so sei seine Familie an die
Unbequemlichkeiten gewöhnt und würde sich ohne sie nicht
wohl fühlen – was seine unpraktische Form und unregelmäßige
Bauart anlange, so rührten diese daher, daß sie das Werk von
Jahrhunderten und durch die Weisheit jeder Generation verbes-

sert worden seien – daß eine alte Familie wie die seinige ein gro-ßes Haus als Wohnsitz brauche; neue Emporkömmlinge sollten ruhig in modernen Villen und winzigen Kartenhäusern leben, jedoch eine alte englische Familie müsse ein altenglisches Herren-haus bewohnen. Wenn man auf irgendeinen Teil des Gebäudes als überflüssig hinweist, behauptet er, daß er notwendig zur Stütze oder Zierde des übrigen und zur Harmonie des Ganzen gehöre, und schwört, die Teile seien so ineinandergefügt, daß beim Abbruch des einen Teils das Ganze einem über dem Kopf zusammenzubrechen drohe.

Das Geheimnis bei der Sache ist, daß John sehr gern den Be-schützer und Gönner spielt. Er betrachtet es als unerläßlich für die Würde einer alten und ehrenwerten Familie, ein großes Haus zu führen und sich von den Schutzbefohlenen aufessen zu lassen, und so macht er es sich teils aus Stolz, teils aus Gutmütigkeit zur Regel, seinen nicht mehr diensttauglichen Leuten stets Obdach und Unterhalt zu gewähren.

Die Folge davon ist, daß sein Haus, wie viele andere ehrwür-dige Familienbesitze, mit alten Dienstboten, die er nicht fortja-gen, und altem Stil, den er nicht abstreifen kann, belastet ist. Sein Haus ist wie ein gewaltiges Invalidenhospital und bei all seiner Größe für seine Bewohner doch nicht zu groß. Es gibt keinen Winkel, keine Ecke, die nicht irgendwelche nutzlose Per-son beherbergen. Man sieht Scharen von ausgedienten Vetera-nen, gichtigen Kostgängern und in den Ruhestand versetzten Helden der Speise- und Vorratskammer um seine Mauern her-umschleichen, auf dem Rasen einherschlendern, unter den Bäu-men schlafen oder sich auf den Bänken vor den Türen sonnen. Jedes Wirtschafts- und Nebengebäude ist von diesen Überzähli-gen und ihren Familien besetzt, denn sie sind erstaunlich frucht-bar und hinterlassen, wenn sie sterben, John sicherlich eine Erb-schaft von hungrigen Mäulern, die versorgt sein wollen. Wenn man mit einer Hacke gegen den morschesten und verfallensten Turm schlägt, streckt bestimmt aus irgendeiner Spalte oder Schießscharte irgendein alterschwacher Schmarotzer, der sich sein Leben lang auf Johns Kosten gemästet hat, seinen grauen Schä-del hervor und klagt ganz erbärmlich, daß man einem ausge-nutzten Diener der Familie das Dach über dem Kopf abreißen wolle. Diesem Appell kann Johns ehrliches Herz nicht wider-stehen, so daß ein Mensch, der stets getreulich sein Rindfleisch und seinen Pudding gegessen hat, sicher sein darf, auf seine alten Tage mit Pfeife und Bierkrug belohnt zu werden.

Ebenso ist auch ein großer Teil seines Parks in Gehege umgewandelt, wo seine abgehetzten Gäule frei herumlaufen und den Rest ihres Daseins ungestört grasen können – ein würdiges Beispiel der Dankbarkeit, das nachzuahmen einigen seiner Nachbarn nicht zur Schande gereichen würde. Ja es gehört zu seinem größten Vergnügen, diese alten Mähren seinen Gästen zu zeigen, sich über ihre guten Eigenschaften auszulassen, ihre ehemaligen Leistungen in den Himmel zu heben und sich mit ein ganz klein wenig Eigenlob der gefährlichen Abenteuer und tollkühnen Heldentaten zu rühmen, bei denen sie ihn getragen haben.

Er übertreibt allerdings seine Verehrung für Familiengebräuche und Familienlasten bis ins Grillenhafte. Zigeunerbanden machen sein Gut unsicher; er duldet es aber nicht, daß man sie wegjagt, da sie sich seit Menschengedenken hier aufgehalten und alle Generationen durch ihre Wilddieberei regelmäßig geschädigt haben. Nur selten erlaubt er, daß ein verdorrter Ast von den großen Bäumen, die das Haus umgeben, abgehauen werde, da dies die Raben, die hier seit Jahrhunderten nisten, belästigen könnte. Eulen haben vom Taubenschlag Besitz ergriffen; aber es sind angestammte Eulen, die deshalb nicht gestört werden dürfen. Hausschwalben haben mit ihren Nestern fast alle Schornsteine verstopft, Mauerschwalben nisten in allen Friesen und Gesimsen, Krähen flattern um die Türme herum und sitzen auf jedem Wetterhahn, und in allen Teilen des Hauses findet man alte, grauhaarige Ratten, die am hellichten Tag ohne Scheu in ihren Löchern ein und aus gehen. Kurz, John hat solche Ehrfurcht vor allem, was lange in der Familie gewesen ist, daß er selbst nicht einmal von Abschaffung der Mißbräuche hören will, eben weil es gute alte Familienmißbräuche sind.

All diese Launen und Gewohnheiten wetteifern in bedauerlicher Weise darum, die Börse des alten Herrn zu leeren, und da er auf Pünktlichkeit in Geldsachen stolz ist und sein Ansehen in der Nachbarschaft zu erhalten wünscht, haben sie ihn in große Verlegenheit gesetzt, seinen Verpflichtungen nachzukommen. Das hat sich überdies noch durch die Streitigkeiten und Gehässigkeiten verschlimmert, die fortwährend in seiner Familie vorkommen. Seine Kinder sind zu einem anderen Beruf erzogen worden und haben andere Ansichten, und da es ihnen von jeher gestattet war, ihre Meinung frei herauszusagen, versäumen sie es nicht, bei der gegenwärtigen Lage seiner Angelegenheiten von diesem Vorrecht sehr laut Gebrauch zu machen. Einige treten für die Ehre ihres Geschlechts ein und halten es für selbstverständlich, daß der alte Hausstand unverändert weitergeführt wird, es koste, was es wolle; andere, die klüger und bedächtiger sind, bitten den alten Herrn, seine Ausgaben einzuschränken und sein ganzes Haushaltungssystem auf ein bescheideneres Maß zu reduzieren. Bisweilen schien er wirklich dazu zu neigen, auf die Meinung der letzteren zu hören, doch ihr heilsamer Rat wurde durch das ungeziemende Benehmen eines Sohnes vollständig umgestoßen. Dieser ist ein lärmender, aufbrausender Geselle von ziemlich gewöhnlichen Manieren, der sein Geschäft vernachlässigt, oft in die Bierkneipen geht, bei politischen Versammlungen im Dorf Reden hält und unter den ärmsten Pächtern seines Vaters als vollkommenes Orakel gilt. Kaum vernimmt er, daß einer seiner Brüder von Veränderungen oder Einschränkungen spricht, so springt er auf, reißt ihm das Wort aus dem Munde und fordert brüllend einen völligen Umsturz. Ist seine Zunge erst einmal im Gange, so kann niemand ihr Einhalt gebieten. Er rennt tobend im Zimmer umher, beschimpft den alten Mann als Verschwender, belächelt seinen Geschmack und seine Neigungen, besteht darauf, daß er die alten Diener vor die Tür setzt, die abgearbeiteten Pferde den Hunden vorwirft, den feisten Kaplan fortjagt und statt seiner einen Wanderprediger engagiert, ja daß das ganze Herrenhaus dem Erdboden gleichgemacht und ein einfaches Ziegelsteinhaus an seine Stelle gebaut wird. Er schimpft über jede gesellige Zusammenkunft und Familienfestlichkeit und schleicht brummend ins Bierhaus, sooft eine Equipage vorfährt. Obgleich er ständig über Ebbe in seiner Börse klagt, vergeudet er bedenkenlos sein ganzes Taschengeld bei diesen Versammlungen in der Schenke.

Man kann sich leicht vorstellen, wie schlecht sich solche Quertreibereien mit dem hitzigen Temperament des alten Kavaliers vertragen. Er ist durch wiederholten Widerspruch so reizbar geworden, daß die bloße Erwähnung von Einschränkungen oder Veränderungen das Signal zu einem Streit zwischen ihm und dem „Orakel der Schenke" wird. Da sich der letztere trotzig der väterlichen Zucht widersetzt, weil er der Furcht vor dem Stock entwachsen ist, finden häufig Wortgefechte statt, die manchmal so heftig werden, daß John sich gezwungen sieht, die Hilfe seines Sohnes Tom anzurufen, eines Offiziers, der im Ausland gedient hat, aber gegenwärtig auf halbem Sold zu Hause lebt. Dieser steht dem alten Herrn, er mag recht oder unrecht haben, sicherlich bei; er liebt nichts mehr als ein wildes, kampferfülltes Leben und ist bereit, auf einen Wink oder ein Zeichen den Säbel zu ziehen und ihn über des Redners Haupt zu schwingen, sobald dieser sich gegen die väterliche Autorität aufzulehnen wagt.

Diese Familienzwiste sind, wie gewöhnlich, bekanntgeworden und liefern in Johns Nachbarschaft vorzüglichen Stoff zur Klatscherei. Die Leute machen ernsthafte Gesichter und schütteln den Kopf, sooft seine Angelegenheiten erwähnt werden. Sie alle „hoffen, daß die Sachen nicht so schlimm mit ihm stehen, wie man sie darstellt; doch wenn die eigenen Kinder über des Vaters Verschwendung zu schelten anfangen, dann muß er doch schlecht haushalten. Er steckt dem Vernehmen nach bis über die Ohren in Schulden und macht fortwährend mit Wucherern Geschäfte. Er ist sicherlich ein freigebiger alter Herr, aber man fürchtet, er habe zu flott gelebt; in der Tat, man hat noch nie erfahren, daß diese Liebe zur Jagd, zu Pferderennen, Schwelgereien und Preiskämpfen zu etwas Gutem führt. Kurz, Mr. Bulls Gut ist zwar sehr schön und lange im Besitz der Familie gewesen, aber trotzdem hat man noch schönere Güter gekannt, die unter den Hammer gekommen sind."

Das Schlimmste von allem ist die Wirkung, die diese pekuniären Verlegenheiten und häuslichen Fehden auf den armen Mann selbst gehabt haben. Statt wie bisher mit seiner rundlichen Körperbeschaffenheit und seinem glatten rosigen Gesicht zu prunken, ist er so zusammengeschrumpft und welk geworden wie ein erfrorener Apfel. Seine scharlachrote, goldbestickte Weste, die in jenen glücklichen Tagen, da er mit günstiger Brise segelte, so stramm und straff saß, hängt jetzt lose um ihn wie ein Segel bei Windstille. Seine lederne Hose ist voller Falten und durchgescheuerter Stellen und scheint nur noch mit Mühe die Stiefel zu halten, die um seine einst kräftigen Beine schlottern.

Anstatt wie einst mit dem schief aufgesetzten Dreispitz, seinen Stock schwingend und jede Minute herzhaft auf den Erdboden schlagend, einherzustolzieren, jedermann offen ins Antlitz schauend und eine Strophe aus einem Spottgedicht oder Trinklied vor sich her trällernd, geht er nun gedankenvoll einher, pfeift vor sich hin, läßt den Kopf hängen, trägt den Stock unterm Arm und steckt die Hände bis auf den Grund seiner Hosentaschen, die augenscheinlich leer sind.

Derart ist der Zustand des ehrlichen John Bull, doch trotz allem ist das Herz des alten Herrn noch immer so edel und tapfer wie zuvor. Wenn man nur ein Wort des Mitleids oder Bedauerns fallen läßt, fängt er im Augenblick Feuer, schwört, daß er der reichste und solideste Mann im Lande sei, spricht von ungeheuren Summen, die er zur Verschönerung seines Hauses oder zum Ankauf eines anderen Gutes verwenden werde, und indem er sich stolz aufbläht und seinen Knüttel fester packt, scheint er ganz darauf versessen zu sein, es mit einem anderen aufnehmen zu können.

Liegt auch in alledem eher etwas Verschrobenes, so muß ich doch gestehen, daß ich auf Johns Lage nicht ohne innige Anteilnahme blicken kann. Trotz all seinen wunderlichen Launen und hartnäckigen Vorurteilen ist er doch eine gute alte Haut. Er mag nicht der über die Maßen treffliche Bursche sein, für den er sich selbst hält, aber er ist mindestens zweimal so gut, wie seine Nachbarn ihn darstellen. Seine Tugenden sind ihm alle eigentümlich, alle einfach, ursprünglich und ungeziert. Sogar seine Fehler zeugen von der Stärke seiner guten Eigenschaften. Seine Verschwendungssucht ist ein Beweis für seine Großzügigkeit, seine Zanksucht für seinen Mut, seine Leichtgläubigkeit für seine Treuherzigkeit, seine Eitelkeit für seinen Stolz und seine Derbheit für seine Aufrichtigkeit. Es sind sämtlich Ausstrahlungen eines reichen und freisinnigen Wesens. Er ist wie sein Eichenholz – außen rauh, aber innen gesund und gediegen –, aus dessen Rinde Schößlinge herauswachsen, die der Kraft und dem Umfang des Baumes entsprechen, und dessen Zweige beim leisesten Windhauch fürchterlich stöhnen und ächzen, gerade um ihrer Größe und Pracht willen. Überdies hat sein alter Familienwohnsitz etwas ungemein Poetisches und Malerisches, und solange er behaglich wohnlich gemacht werden kann, zittere ich beinahe beim Gedanken, daß man während des gegenwärtigen Streites der Geschmäcker und der Meinungen daran rühren möchte. Einige seiner Ratgeber sind zweifellos gute Architekten, die von Nutzen sein könnten; viele indessen sind, wie ich fürchte, bloße Niederreißer, die, haben sie erst einmal mit ihren Hacken Hand an dieses ehrwürdige Gebäude gelegt, nicht früher ruhen werden, als bis sie es dem Erdboden gleichgemacht und sich selbst vielleicht unter den Trümmern begraben haben. Ich wünsche nur, daß Johns gegenwärtige üble Lage ihm für die Zukunft eine Lehre sein möge. Er sollte aufhören, sich um anderer Leute Angelegenheiten zu kümmern; er sollte das fruchtlose Bemühen aufgeben, die Wohlfahrt seiner Nachbarn und den Frieden und das Glück der Welt mit dem Knüttel fördern zu wollen; er sollte ruhig daheim bleiben, sein Haus nach und nach ausbessern, seinen reichen Grundbesitz nach seinem Geschmack bebauen, mit seinem Einkommen haushalten – wenn er vernünftig ist –, seine ungehorsamen Kinder zur Ordnung rufen – wenn er kann –, die fröhlichen Szenen ehemaligen Glücks erneuern und sich auf dem väterlichen Grund und Boden eines frischen, ehrenvollen und heiteren hohen Alters erfreuen.

Der Stolz des Dorfes

Kein Wolfsgeheul, kein Eulenflügel
Reg sich um deinen Grabeshügel!
Kein Wind, kein Sturm erstehe dort
Und wehe fort
Deine süße Erde; gleich dem Lenze
Durch Lieb er ewig blüh und glänze!
Herrick

Auf einem Ausflug durch eine der entlegenen englischen Grafschaften hatte ich einen jener Nebenwege eingeschlagen, die durch die abgeschlossenen Teile des Landes führen, und machte eines Nachmittags in einem Dorfe halt, dessen Lage ländlich schön und abgeschieden war. Die Bewohner hatten eine gewisse patriarchalische Einfachheit an sich, die man in den Dörfern an den großen Heerstraßen nicht findet. Ich entschloß mich, die Nacht hier zu verbringen, und schlenderte, nachdem ich frühzeitig zu Mittag gegessen hatte, hinaus, um mich an der umgebenden Landschaft zu ergötzen.

Mein Umherschweifen trieb mich, wie es den Reisenden gewöhnlich ergeht, bald zu der Kirche, die in geringer Entfernung vom Dorf stand. Sie bot wirklich einen recht merkwürdigen Anblick, denn ihr alter Turm war von Efeu völlig überwuchert, so daß nur hier und da ein hervorstehender Strebepfeiler, eine graue Mauerecke oder ein phantastisch geschnitztes Ornament durch die grüne Decke hervorlugte. Es war ein lieblicher Abend. Die erste Hälfte des Tages war dunkel und regnerisch gewesen, aber nachmittags hatte sich das Wetter aufgeklärt, und obgleich noch immer schwere Wolken droben hingen, zeigte sich doch im Westen ein breiter goldener Streifen am Himmel, von wo aus die untergehende Sonne durch die tropfenden Blätter schien und der ganzen Natur ein melancholisches Lächeln lieh. Es glich der Scheidestunde eines guten Christen, der auf die Sünden und den Kummer der Welt herniederlächelt und durch die Heiterkeit seines Sterbens die Versicherung gibt, er werde wiederauferstehen in Herrlichkeit.

Ich hatte mich auf einen halb eingesunkenen Grabstein gesetzt und sann, wie man es wohl in dieser ernsten, gedankenvollen Stunde zu tun pflegt, über vergangene Erlebnisse und Jugendfreunde nach – über solche, die fern von mir, und solche, die tot waren – und gab mich jener schwermütigen Träumerei hin, in der etwas noch Süßeres liegt als in der Freude. Von Zeit zu Zeit drang das Glockengeläut vom nahen Turm an mein Ohr; die Töne harmonierten mit der Umgebung und waren im Einklang mit meinen Gefühlen, statt einen Mißklang hervorzubringen, und es dauerte eine Weile, bevor ich daran dachte, daß dies das Geläut für einen neuen Grabesbewohner sein müsse.

Und alsbald sah ich einen Leichenzug sich über den Dorfanger bewegen; er wand sich langsam einen Pfad entlang, verschwand und wurde durch die Öffnungen in den Hecken wieder sichtbar, bis er an der Stelle vorbeizog, wo ich saß. Junge, weißgekleidete Mädchen hielten die Zipfel des Leichentuchs, und ein anderes Mädchen von etwa siebzehn Jahren schritt voran und trug einen Kranz weißer Blumen, ein Zeichen, daß die Verstorbene jung und unverheiratet gewesen war. Die Eltern folgten dem Sarg. Es war ein ehrwürdiges Paar und gehörte der ländlichen Oberschicht an. Der Vater schien seine schmerzlichen Gefühle zu unterdrücken, aber sein starres Auge, seine zusammengezogene Stirn und das tiefgefurchte Gesicht verrieten den Kampf, der in ihm vorging. Seine Frau hing an seinem Arm und weinte laut in krampfhaften Ausbrüchen mütterlichen Schmerzes.

Ich folgte dem Leichenzug in die Kirche. Die Bahre wurde im Mittelschiff niedergesetzt und der Kranz von weißen Blumen mit einem Paar weißer Handschuhe über den Platz gehängt, den die Verblichene sonst eingenommen hatte.

Jeder kennt das die Seele niederdrückende Gefühl, das eine Leichenfeier erweckt; denn wer ist so glücklich, niemals einen geliebten Menschen zum Grab geleitet zu haben? Wenn aber die Überreste der Unschuld und Schönheit, die so in der Blüte des Lebens dahinwelkten, bestattet werden – was kann es Ergreifenderes geben? Als der Leichnam schlicht, aber überaus feierlich in das Grab gesenkt wurde – „Erde zu Erde – Asche zu Asche – Staub zu Staub!" –, flossen die Tränen der jugendlichen Gefährtinnen der Verstorbenen unaufhaltsam. Der Vater schien noch immer mit seinen Gefühlen zu kämpfen und Trost in der Versicherung zu suchen, daß diejenigen selig sind, die im Herrn sterben, aber die Mutter gedachte ihres Kindes nur als einer Blume des Feldes, die in ihrer Lieblichkeit gemäht wird und verwelkt: sie glich Rachel, „wie sie trauerte über ihre Kinder und nicht getröstet sein wollte".

Als ich in den Gasthof zurückgekehrt war, erfuhr ich die ganze Geschichte der Dahingeschiedenen. Es war eine einfache Geschichte, wie man sie schon oft erzählt hat. Das Mädchen war die Schönheit und der Stolz des Dorfes gewesen. Ihr Vater war ehemals ein reicher Pächter, lebte aber jetzt in kleinen Verhältnissen. Sie war das einzige Kind und zu Hause ganz in der Einfachheit des ländlichen Lebens erzogen worden. Sie war eine Schülerin des Dorfpfarrers, das Lieblingslamm seiner kleinen Herde. Der gute Mann wachte mit väterlicher Sorge über ihre Erziehung. Diese war beschränkt und der Sphäre, in der sie sich bewegen sollte, angemessen; denn er suchte sie bloß zu einer Zierde ihres Standes zu machen, nicht sie darüber zu erheben. Die Zärtlichkeit und Nachsicht ihrer Eltern und die Befreiung von jeder groben Beschäftigung hatten die natürliche Liebenswürdigkeit und Feinheit ihres Charakters, die der zerbrechlichen Anmut ihrer Gestalt entsprach, noch verstärkt. Sie erschien wie eine zarte Gartenpflanze, die zufällig mitten unter den rauheren Eingeborenen des Feldes blühte.

Ihre Gespielinnen spürten die Überlegenheit ihrer Reize und erkannten sie an, aber ohne Neid; denn die anspruchslose Milde und gewinnende Güte ihres Wesens übertrafen jene noch. Man konnte in Wahrheit von ihr sagen:

> Dies ist die schönste Bauernmaid, die je
> Auf grünem Rasen lief; nichts tut noch scheint sie,
> Was nicht nach Höherm, als sie selbst ist, schmeckt;
> Zu vornehm für den Ort.

Das Dorf war einer jener abgelegenen Flecken, in denen sich noch einzelne Spuren altenglischer Sitten erhalten haben. Es hatte seine ländlichen Feste und Feiertagsvergnügungen und bewahrte noch immer einen schwachen Abglanz der einst volkstümlichen Maienbräuche. Diese wurden sehr gefördert durch den gegenwärtigen Pfarrer, einen Liebhaber alter Bräuche und einen jener einfachen Christen, die ihre Sendung als erfüllt betrachten, wenn sie Freude auf Erden und Wohlgefallen unter den Menschen verbreiten. Unter seinem Schutz stand der Maibaum von Jahr zu Jahr mitten auf der Dorfwiese; am 1. Mai schmückte man ihn mit Girlanden und Fahnen und wählte, wie in früheren Zeiten, eine Maienkönigin oder -herrscherin, die bei den Spielen den Vorsitz zu führen und die Preise und Belohnungen auszuteilen hatte. Die malerische Lage des Dorfes und das Phantastische seiner ländlichen Feste zog häufig die Aufmerksamkeit zufälliger Besucher auf sich. Unter diesen befand sich an einem Maientag ein junger Offizier, dessen Regiment kurz zuvor in der Nachbarschaft Quartier bezogen hatte. Ihn entzückte der natürliche Zauber dieser Dorffeier, aber vor allem der erwachende Liebreiz der Maienkönigin. Sie war der Liebling des Dorfes; sie trug eine Blumenkrone und errötete und lächelte in der schönen Verwirrung mädchenhafter Schüchternheit und Freude. Die Unbefangenheit der ländlichen Sitten machte es dem Offizier leicht, mit ihr bekannt zu werden; nach und nach fand er den Weg zu ihrem Vertrauen und machte ihr auf jene leichtsinnige Weise den Hof, mit der die jungen Offiziere nur zu gern mit der Einfalt vom Lande ihr Spiel treiben.

Es lag in seinen Annäherungen nichts, was sie hätte stutzig machen oder beunruhigen können. Er sprach sogar niemals von Liebe; doch es gibt eine Art, diese auszudrücken, die beredter ist als die Sprache und die sie leise und unwiderstehlich dem Herzen einflößt. Der Glanz des Auges, der Ton der Stimme, die tausend Zärtlichkeiten, die aus jedem Wort, aus jedem Blick, aus jeder Handlung sprechen – diese bilden die wahre Beredsamkeit der Liebe und können zwar stets gefühlt und verstanden, aber nie beschrieben werden. Können wir uns wundern, daß sie ein junges, unschuldiges und empfängliches Herz leicht gewannen? Sie selber liebte beinah unbewußt; sie fragte sich kaum, was die wachsende Leidenschaft sei, die jeden Gedanken und jede Empfindung beherrschte, oder was die Folgen davon sein würden. Sie sah allerdings nicht in die Zukunft. War er zugegen, so nahmen seine Blicke und Worte ihre ganze Aufmerksamkeit in Anspruch; war er abwesend, so dachte sie nur an das, was bei ihrem letzten Zusammensein vorgefallen war. Sie wanderte mit ihm über die grünen Feldwege und durch ländliche Gegenden der Umgebung. Er lehrte sie, neue Schönheiten in der Natur zu sehen; er redete die Sprache der feinen und gebildeten Gesellschaft und hauchte ihr den Zauber der Romantik und Poesie ins Ohr.

Es konnte vielleicht keine reinere Leidenschaft zwischen den Geschlechtern geben als die jenes unschuldigen Mädchens. Die ritterliche Gestalt ihres jugendlichen Verehrers und der Glanz seiner kriegerischen Tracht mochten wohl anfangs ihre Augen entzückt haben; jedoch dies hatte nicht ihr Herz gewonnen. Ihre Anhänglichkeit hatte etwas von Vergötterung an sich. Sie blickte zu ihm auf wie zu einem Wesen höherer Art. Sie fühlte in seiner Gesellschaft die Begeisterung eines von Natur zarten und poetischen Gemüts, in dem jetzt zunächst der Sinn für das Schöne und Große erwachte. An die gemeinen Unterschiede von Rang und Vermögen dachte sie nicht; nur der Umstand, daß er sich in Geist, Benehmen und Sitten von der ländlichen Gesellschaft, an die sie gewöhnt war, so sehr unterschied, erhob ihn in ihren Augen. Sie pflegte ihm mit bezaubertem Ohr und gesenktem Blick stummen Entzückens zu lauschen, und ihre Wangen färbten sich vor Begeisterung; oder wenn sie je einen scheuen Blick furchtsamer Bewunderung auf ihn zu werfen wagte, wandte sie ihn ebenso schnell wieder ab und seufzte und errötete beim Gedanken an ihren verhältnismäßigen Unwert.

Ihr Geliebter war genauso leidenschaftlich, aber seine Leidenschaft war mit Gefühlen rauherer Art vermischt. Er hatte das Verhältnis aus Leichtsinn angeknüpft, denn er hatte seine Kameraden oft mit ihren Dorferoberungen prahlen hören und hielt einen solchen Triumph für notwendig, um als Mann von Geist gelten zu können. Aber er war noch zu sehr erfüllt von jugendlicher Wärme. Sein Herz war durch ein unstetes und ausschweifendes Leben noch nicht kalt und selbstsüchtig genug geworden; es fing Feuer an derselben Flamme, die es anfachen wollte, und bevor er noch der Natur seiner Lage sich recht bewußt war, hatte er sich wirklich verliebt.

Was sollte er tun? Hier traten ihm die alten Hindernisse in den Weg, die bei derartigen leichtsinnigen Verbindungen so unausbleiblich sind. Sein Rang in der Gesellschaft, die Vorurteile seines vornehmen Lebenskreises, seine Abhängigkeit von einem stolzen und unnachgiebigen Vater – all das verbot ihm, an Heirat zu denken; wenn er aber auf dies unschuldige, so zärtliche und vertrauensvolle Wesen niederschaute, dann unterdrückten die Reinheit ihres Benehmens, die Makellosigkeit ihres Lebens und die gewinnende Bescheidenheit ihres Blickes jedes leichtfertige Gefühl. Umsonst versuchte er sich durch den Gedanken an tausend herzlose Beispiele von Lebemännern stark zu machen und die Glut edler Empfindungen durch jenen kalten, spottenden Leichtsinn abzukühlen, womit er diese von weiblicher Tugend hatte sprechen hören; sobald er in ihre Nähe kam, fühlte er sich immer wieder von jenem geheimnisvollen, aber leidenschaftslosen Zauber jungfräulicher Keuschheit angezogen, in deren geheiligter Spähre kein sündiger Gedanke leben kann.

Der plötzlich eintreffende Befehl, daß das Regiment nach dem Kontinent aufbrechen sollte, machte die Verwirrung seines Gemütes vollständig. Für kurze Zeit verharrte er im Zustand schmerzlichster Unentschlossenheit; er zauderte, ihr die Nachricht mitzuteilen, bis der Tag zum Abmarsch gekommen war, da er sie ihr auf einem Abendspaziergang eröffnete.

Der Gedanke an Trennung war ihr vorher nie in den Sinn gekommen. Er brach mit einemmal in ihren Traum von Glückseligkeit herein; sie betrachtete ihn als plötzliches und unüberwindliches Übel und weinte mit der schuldlosen Einfalt eines Kindes. Er zog sie an seine Brust und küßte ihr die Tränen von der weichen Wange; sie wies ihn auch nicht zurück, denn es gibt Augenblicke, in denen sich Kummer und Schwachheit mischen und welche die Liebkosungen der Zärtlichkeit heiligen. Er war von Natur ungestüm, und der Anblick der sichtlich hingebungsvoll in seinen Armen ruhenden Schönheit, das Bewußtsein seiner Gewalt über sie und die Furcht, sie auf ewig zu verlieren: alles verschwor sich, sein besseres Ich zu unterdrücken; er wagte es, ihr vorzuschlagen, daß sie ihr Vaterhaus verlassen und sein Schicksal teilen sollte.

Er war ein vollkommener Neuling in der Verführungskunst und errötete und erbebte über seine eigene Niederträchtigkeit; jedoch sein erkorenes Opfer besaß ein so schuldloses Gemüt, daß es zuerst gar nicht begriff, was er eigentlich meinte und weshalb es sein heimatliches Dorf und das bescheidene elterliche Haus verlassen sollte. Als endlich der Sinn seines Vorschlags wie ein Blitz ihren keuschen Sinn durchfuhr, war die Wirkung vernichtend. Sie weinte nicht – sie brach nicht in Vorwürfe aus – sie sprach kein Wort – aber sie fuhr entsetzt wie vor einer Viper zurück, warf einen Blick der Angst auf ihn, der bis in sein Innerstes drang, und floh, in Todespein die Hände zusammenschlagend, wie schutzsuchend in das Haus ihres Vaters.

Der Offizier entfernte sich verwirrt, gedemütigt und reuig. Man weiß nicht, was das Ergebnis des Konflikts seiner Gefühle gewesen wäre, hätte die geschäftige Unruhe der Abreise seine Gedanken nicht abgelenkt. Neue Eindrücke, neue Vergnügen und neue Kameraden zerstreuten bald seine Selbstvorwürfe und erstickten seine Zärtlichkeit; und dennoch, mitten im Gewühl des Lagers, in den Schwelgereien des Garnisonlebens, dem Aufmarsch der Armeen und sogar im Schlachtgetöse stahlen sich seine Gedanken bisweilen zurück zu dem Schauplatz ländlicher Stille und dörflicher Einfachheit – zum weißen Landhaus – zum Fußpfad am Silberbach und an der Weißdornhecke und zu dem kleinen Bauernmädchen, wie es dort, auf seinen Arm gelehnt, einherging und mit von unbewußter Liebe strahlenden Augen seinen Worten lauschte.

Der Schlag, den das arme Mädchen, dessen ganze Traumwelt zerstört war, empfangen hatte, war in der Tat grausam gewesen. Ohnmachten und Krämpfe hatten anfangs ihren zarten Körper erschüttert, und ihnen folgte eine bleibende und verzehrende Schwermut. Sie hatte von ihrem Fenster aus dem Abmarsch der Truppen zugeschaut und ihren treulosen Geliebten wie im Triumph unter Trommel- und Trompetenklang und im Prunk der Waffen davonreiten sehen. Sie warf ihm einen letzten kummervollen Blick nach, während die Morgensonne seine Gestalt umstrahlte und sein Helmbusch im Winde wallte: er entschwand ihren Augen wie eine leuchtende Vision und ließ sie ganz in Dunkelheit zurück.

Es wäre banal, bei den Einzelheiten ihres späteren Lebens zu verweilen. Es glich anderen unglücklichen Liebesgeschichten. Sie mied die Gesellschaft und wanderte allein auf den Wegen, die sie oft mit ihrem Geliebten gegangen war. Wie der verwundete Hirsch sehnte sie sich danach, in der Stille und Einsamkeit zu weinen und über dem herben Schmerz, der an ihrer Seele fraß, zu brüten. Mitunter sah man sie spätabends im Portal der Dorfkirche sitzen, und die Milchmädchen hörten manchmal, wenn sie von den Feldern kamen, wie sie in der Weißdornhecke ein Klagelied sang. Mit Inbrunst verrichtete sie ihre Andachten in der Kirche, und wenn die alten Leute sie so abgezehrt und doch mit der hektischen Röte auf den Wangen und jenem geheiligten Ausdruck, den die Schwermut einem schönen Körper verleiht, daherkommen sahen, machten sie ihr wie einem übernatürlichen Wesen Platz, und ihr nachblickend, schüttelten sie in düsterer Ahnung den Kopf.

Sie spürte die Gewißheit, daß sie dem Grabe zueilte, aber sie sah ihm wie einer Ruhestätte entgegen. Der silberne Faden, der sie an ihr Dasein gefesselt hatte, war gelöst, und es schien für sie keine Freude mehr unter der Sonne zu geben. Hatte ihr sanftes Herz je Groll wider ihren Geliebten gehegt, so war er geschwunden. Sie war keiner zornigen Erregung fähig, und in einem Augenblick trüber Zärtlichkeit schrieb sie ihm einen Abschiedsbrief. Er war in der einfachsten Sprache geschrieben, aber gerade um seiner Einfachheit willen um so rührender. Sie sagte ihm, daß sie bald sterben werde, und verhehlte ihm nicht, daß sein Verhalten daran schuld sei. Sie schilderte ihm sogar ihre Leiden, schloß jedoch mit den Worten, sie könne nicht in Frieden sterben, wenn sie ihm nicht zuvor ihre Vergebung und ihren Segen gesendet habe.

Allmählich nahmen ihre Kräfte ab, so daß sie das Haus nicht mehr verlassen konnte. Sie war nur noch imstande, an das Fenster zu wanken, wo sie, in ihrem Stuhl aufgestützt, ihre Freude darin fand, den ganzen Tag dazusitzen und auf die Landschaft hinauszublicken. Dennoch stieß sie noch immer keine Klagen aus und teilte niemandem die Krankheit mit, die an ihrem Herzen nagte. Sie erwähnte sogar niemals den Namen ihres Geliebten, sondern bettete nur den Kopf an die Brust ihrer Mutter und weinte leise. Ihre armen Eltern wachten in stummer Angst über dieser welkenden Blüte ihrer Hoffnungen und schmeichelten sich noch immer mit dem Glauben, daß sie wiederaufleben werde und daß die glänzende, unirdische Farbe, die manchmal ihre Wangen rötete, die Vorläuferin wiederkehrender Gesundheit sei.

So saß sie an einem Sonntagnachmittag zwischen ihnen; ihre Hände lagen in denen der Eltern, die Fenster waren geöffnet, und die milde Luft, die sich hereinstahl, brachte den Duft des üppig wachsenden Geißblatts mit sich, das sie mit eigener Hand rund um das Fenster gezogen hatte.

Ihr Vater hatte eben ein Kapitel aus der Bibel vorgelesen. Es handelte von der Eitelkeit weltlicher Dinge und von den Freuden des Himmels; es schien ihr Herz mit Trost und Heiterkeit erfüllt zu haben. Ihr Auge war auf die entfernte Dorfkirche gerichtet, die Glocke hatte zum Abendgottesdienst geläutet, der letzte Dorfbewohner stand noch im Portal, und alles war in die heilige Stille versunken, die dem Tag der Ruhe eigen ist. Ihre Eltern schauten betrübt auf sie. Krankheit und Schmerz, die über manche Züge so rauh hingehen, hatten den ihrigen den Ausdruck eines Seraphs verliehen. Eine Träne zitterte in ihrem sanften blauen Auge. – Dachte sie an ihren treulosen Geliebten? oder wanderten ihre Gedanken zu jenem fernen Friedhof, in dessen Schoß sie bald ruhen sollte?

Plötzlich hörte man Hufschlag – ein Reiter sprengte auf das Haus zu – er stieg vor dem Fenster ab – das arme Mädchen tat einen schwachen Schrei und sank in den Stuhl zurück: es war ihr reuiger Geliebter! Er stürzte ins Haus und flog auf sie zu, sie an seine Brust zu drücken; doch ihre abgezehrte Gestalt, ihr totenähnliches Gesicht – so blaß und doch so lieblich in seiner Verwüstung – schnitten ihm in die Seele, und er warf sich in Todesqual ihr zu Füßen. Sie war zu schwach, sich erheben zu können – sie versuchte ihre zitternde Hand auszustrecken – ihre Lippen bewegten sich, als spräche sie, aber kein Wort war zu hören – sie schaute mit einem Lächeln unsäglicher Zärtlichkeit auf ihn hernieder – und schloß die Augen für immer!

Dies sind die Einzelheiten, die ich von dieser Dorfgeschichte erfuhr. Sie sind nur karg und bieten, wie ich sehr wohl weiß, wenig Neues, was sie anziehender machen könnte. Bei der gegenwärtigen Sucht nach seltsamen Erlebnissen und pikanten Erzählungen mögen sie gar alt und unbedeutend erscheinen, indessen interessierten sie mich damals ganz ungemein, und in Verbindung mit der rührenden Feier, deren Zeuge ich soeben geworden war, beeindruckten sie mich tiefer als manche bedeutsameren Begebenheiten. Ich bin seitdem noch einmal durch den Ort gekommen und habe aus einem besseren Beweggrund als dem der bloßen Neugier die Kirche wieder besucht. Es war Winterabend, die Bäume hatten ihre Blätter verloren, der Friedhof sah nackt und traurig aus, und der Wind strich kalt durch das dürre Gras. Das Grab, in dem der Liebling des Dorfes ruhte, hatte man jedoch mit immergrünen Sträuchern bepflanzt und darüber Weidenruten gebogen, um den Rasen unversehrt zu erhalten.

Die Kirchentür stand offen, und ich trat ein. Da hingen der Blumenkranz und die Handschuhe wie am Tag des Begräbnisses: die Blumen waren freilich verwelkt, aber man schien dafür gesorgt zu haben, daß kein Staub ihre weiße Farbe beschmutzte. Ich habe viele Denkmäler gesehen, bei denen die Kunst alles darangesetzt hat, das Mitgefühl des Beschauers zu erwecken, aber ich fand keines, das rührender zu meinem Herzen gesprochen hätte, als dieses einfache, doch zarte Gedenkzeichen der dahingeschiedenen Unschuld.

> Heut Frau Natur voll Liebe schien;
> Frisch durch verschlungne Reben hin
> Die Feuersäfte kräftig flossen,
> Und Vöglein wählten sich Genossen.
> Versteckten Fliegen nach stieg schnell
> Empor die gierige Forell.
> Da stand mein Freund in schlauer Ruh
> Und sah dem Spiel der Angel zu.
> *Sir H. Wotton*

Man sagt, daß schon mancher unselige Bube durch das Lesen von Robinson Crusoes Geschichte verleitet worden ist, seiner Familie zu entlaufen und sich dem Seefahrerleben hinzugeben, und ich vermute, daß in gleicher Weise viele jener würdigen Herren, die mit Vorliebe die Ufer der ländlichen Flüsse mit Angelruten in der Hand heimsuchen, den Ursprung ihrer Leidenschaft auf das verführerische Buch des ehrenwerten Izaak Walton zurückführen können. Ich entsinne mich, seinen „Vollkommenen Angler" vor mehreren Jahren gemeinschaftlich mit einer Schar Freunde in Amerika studiert zu haben, und ferner, daß wir alle ganz und gar von der Angelwut angesteckt wurden. Es war früh im Jahr, aber sobald das Wetter günstig wurde und der Frühling in den ersten Sommer überzugehen begann, nahmen wir die Angelrute zur Hand und zogen aufs Land hinaus, so über und über närrisch, wie es nur immer Don Quijote vom Lesen der Ritterromane sein konnte.

Einer von unserer Gesellschaft hatte den Don in seiner Ausrüstung vollständig nachgeahmt, indem er von Kopf bis Fuß dem Unternehmen entsprechend gekleidet war. Er trug einen breitschößigen, mit einem halben Hundert Taschen versehenen Barchentrock, ein Paar kräftige Schuhe und lederne Gamaschen; ein Korb hing an der einen Seite, um die Fische aufzunehmen, dazu eine Patentangelrute und ein Netz, dieselben an Land zu ziehen, sowie zahlreiche andere unbequeme Dinge, die man bloß in der Rüstkammer des wahren Anglers findet. So zum Feldzug ausgestattet, wurde er von der Landbevölkerung ebensosehr angestaunt und bewundert wie der in Stahl gehüllte Held de la Mancha von den Ziegenhirten in der Sierra Morena.

Unser erster Versuch fand an einem Bergstrom im Hochland des Hudson statt, einer höchst unglücklichen Stelle zur Ausübung der Anglerkunst, die an den samtweichen Ufern der ruhigen englischen Bäche erfunden worden ist. Es war einer jener wilden Flüsse, die in unseren romantischen Einöden so viele unbeachtete Schönheiten verschwenden, daß sie das Skizzenbuch eines Liebhabers des Malerischen füllen könnten. Bisweilen hüpfte er felsige Abhänge hinunter und bildete kleine Kaskaden, über denen die Bäume ihre breiten, schwankenden Äste wiegten und hohe namenlose Kräuter, von Diamanttropfen feucht, in Fransen von den überragenden Ufern herniederhingen. Bisweilen brauste und schäumte er im grünen Schatten eines Waldes, den er mit seinem Rauschen erfüllte, eine Schlucht hinab und stahl sich nach diesem ungestümen Lauf mit dem ruhigsten, sanftesten Gesicht wieder hervor an den hellen Tag, wie ich manch giftigen Hausdrachen, nachdem er sein Heim durch Lärm und Gekeif beunruhigt hat, mit schelmischer Miene, scharwenzelnd und tänzelnd und aller Welt zulächelnd, aus der Tür habe kommen sehen.

Wie sanft floß dieser wanderlustige Bach zu solchen Zeiten durch den Busen einer grünen Wiesenlandschaft zwischen den Bergen dahin, wo die Stille bloß durch das gelegentliche Geläut der trägen Viehherde im Klee oder durch den Ton der Axt eines Holzfällers im nahen Wald unterbrochen wurde!

Was mich anlangt, so war ich stets ein Stümper in allen Sportarten, die entweder Geduld oder Geschicklichkeit erheischten, und ich hatte kaum eine halbe Stunde geangelt, als ich meine Sehnsucht vollständig gestillt und mich selber von der Wahrheit des Ausspruchs Izaak Waltons überzeugt hatte: das Angeln sei etwas Ähnliches wie die Poesie – der Mensch müsse dazu geboren sein. Ich selbst blieb statt des Fisches am Haken hängen, verwickelte meine Schnur an jedem Baum, verlor meinen Köder, zerbrach meine Angelrute, bis ich verzweiflungsvoll den Versuch aufgab und den Tag unter den Bäumen mit der Lektüre des alten Izaak zubrachte, zufrieden damit, daß mich sein faszinierender Hang zu biederer Einfachheit und ländlichen Gefühlen und nicht die Leidenschaft für das Angeln bezaubert hatte. Meine Gefährten waren jedoch ausdauernder in ihrer Verblendung. Ich sehe sie noch in diesem Augenblick im Geiste vor mir, wie sie am Ufer des Baches entlangschlichen, wo er frei und offen dalag oder nur von Strauchwerk und Büschen gesäumt war. Ich sehe noch, wie die Rohrdommel mit hohlem Schrei auffliegt, als sie in ihren selten belästigten Schlupfwinkel eindringen; wie der Eisvogel uns mißtrauisch von seinem kahlen Baum aus beobachtet, der sich über den tiefen, schwarzen Mühlteich zwischen den Hügeln neigt; wie die Schildkröte von dem Stein oder Holzblock, auf dem sie sich sonnte, seitlich hinuntergleitet und wie der von panischem Schreck ergriffene Frosch bei ihrer Annäherung kopfüber hineinplumpst und Aufruhr in der Wasserwelt ringsum verursacht.

Auch erinnere ich mich, daß, nachdem wir den größten Teil des Tages uns abgequält und gelauscht hatten und umhergekrochen waren, und zwar trotz all unseren vorzüglichen. Geräten fast ohne jeden Erfolg, ein plumper Bauernjunge mit einer Angelrute, die er sich aus einem Zweig gefertigt hatte, ein paar Ellen Zwirn und, so wahr mir Gott helfe, gar mit einer krummgebogenen Stecknadel statt des Angelhakens und einem gemeinen Regenwurm als Köder daran, die Hügel herabkam und in einer halben Stunde mehr Fische fing, als bei uns den ganzen Tag über angebissen hatten.

Aber vor allem entsinne ich mich des „guten, einfachen, gesunden, mit Heißhunger verzehrten" Mahles, das wir unter einer Buche dicht an einer Quelle reinen, süßen Wassers, welches sich aus dem Abhang eines Hügels hervorstahl, einnahmen; und wie nach dem Essen einer aus der Gesellschaft den Auftritt des alten Izaak Walton mit dem Milchmädchen vorlas, während ich im Grase lag und aus einem hellen Wolkenhaufen Luftschlösser baute, bis ich einschlummerte. Alles dies mag wie bloßer Egoismus erscheinen; jedoch ich kann mich nicht enthalten, diesen Erinnerungen, die wie Musik an meinem Geist vorüberziehen, Ausdruck zu verleihen, obendrein angeregt durch eine angenehme Szene, die ich kürzlich erlebt habe.

Auf einem Morgenspaziergang an den Ufern des Alun entlang, eines schönen Flüßchens, das die Hügel von Wales hinunterfließt und sich in die Dee ergießt, zog eine am Uferrand sitzende Gruppe meine Aufmerksamkeit auf sich. Als ich nähertrat, erkannte ich, daß sie aus einem bejahrten Angler und zwei ländlichen Schülern bestand. Der erstere war ein alter Geselle mit einem Holzbein, mit sehr häufig, aber höchst sorgfältig geflickten Kleidern, die zwar Armut bekundeten, doch redlich erworben und anständig erhalten waren. Sein Gesicht trug die Spuren früherer Stürme, deutete aber gegenwärtig auf gut Wetter; seine Furchen hatten sich zu einem ewigen Lächeln zusammengezogen, seine stahlgrauen Locken hingen ihm um die Ohren, und er hatte im großen und ganzen das gutmütige Aussehen eines geborenen Philosophen, der geneigt war, die Welt zu nehmen, wie sie ist. Einer seiner Gefährten war ein zerlumpter

Wicht mit dem lauernden Blick eines Erzgauners, und ich möchte wetten, daß er auch in der finstersten Nacht den Weg zu jedem herrschaftlichen Fischteich in der Nachbarschaft finden konnte. Der andere war ein großer linkischer Dorflümmel mit schlottrigem Gang und augenscheinlich eine Art Landstutzer. Der alte Mann beschäftigte sich damit, den Magen einer soeben getöteten Forelle zu untersuchen, um aus dessen Inhalt zu erfahren, welches Insekt sich am besten als Köder eigne, und hielt seinen Gefährten, die mit unbegrenzter Ehrerbietung zu lauschen schienen, eine Vorlesung darüber. Ich hege eine große Zuneigung zu allen „Brüdern von der Angel", seitdem ich Izaak Walton gelesen habe. Es sind, wie er versichert, Leute von „milder, sanfter und friedlicher Gemütsart", und meine Achtung gegen sie wuchs noch, seit ich eine alte „Abhandlung über das Fischen mit der Angel" kennengelernt habe, in der viele der Grundsätze dieser harmlosen Zunft dargelegt sind. „Gebet wohl acht", heißt es in diesem biederen kleinen Traktat, „daß Ihr, wenn Ihr Eurem Vergnügen nachgeht, niemandes Tür öffnet, ohne sie wieder zu schließen. Auch sollet Ihr Euch diesem obengenannten künstlichen Zeitvertreib nicht um des Geizes willen hingeben, nur um Euer Geld zu vermehren oder zu sparen, sondern vornehmlich zu Eurer Erholung und zur Beförderung der Gesundheit Eures Körpers und insonderheit Eurer Seele."*

Ich dachte, in dem alten Angler vor mir ein gutes Beispiel dessen, was ich gelesen hatte, zu finden, und es lag eine glückliche Zufriedenheit in seiner Miene, die mich ganz zu ihm hinzog. Ich konnte nicht umhin, die Eleganz wahrzunehmen, mit der er von einer Stelle des Baches zur anderen humpelte, wie er dabei seine Angelrute in der Luft schwenkte, damit die Schnur nicht auf dem Boden schleife oder sich in den Büschen verfange, und mit welcher Gewandtheit er seinen Fliegenköder an irgendeiner bestimmten Stelle auswarf, indem er ihn zuweilen schnell

* Aus ebendieser Abhandlung scheint hervorzugehen, daß das Angeln eine wichtigere und ernsthaftere Beschäftigung ist, als man gemeinhin glaubt: „Denn wenn Ihr beabsichtigt, auf den Fischfang zu gehen, sollt Ihr nicht danach trachten, viele Leute mit Euch zu nehmen, die Euch doch nur von Eurem Geschäft ablenken würden. Und bedenkt, daß Ihr Gott andächtig dienen und Euer übliches Gebet sprechen müßt. Und wenn Ihr dies tut, so werdet Ihr gar manchen Lastern entrinnen und sie meiden, zumal die Trägheit, welche die Hauptursache dafür ist, daß, wie genugsam bekannt, jemand zu vielen anderen Lastern verführt wird." (Anmerkung des Verfassers)

einen kleinen Wasserfall hinabschwimmen ließ, zuweilen ihn in eine der dunklen Höhlen schleuderte, die durch verschlungene Wurzeln oder durch das überhängende Ufer gebildet werden und in denen sich die großen Forellen gern aufhalten. Inzwischen erteilte er seinen beiden Schülern Unterricht und zeigte ihnen, wie sie ihre Angelruten handhaben, die Fliegen feststekken und sie auf der Wasseroberfläche spielen lassen sollten. Diese Szene erinnerte mich an die Lehren, die der weise Piscator seinem Zöglinge gibt. Die Landschaft ringsum hatte jenes ländliche Gepräge, das Walton mit Vorliebe schildert. Es war ein Teil der großen Ebene von Cheshire, dicht bei dem schönen Tal von Gessford und gerade da, wo die niedrigen walisischen Hügel sich sanft aus den frischen, süßduftenden Wiesen zu erheben beginnen. Auch der Tag war wie jener, den er in seinem Werk beschreibt, mild und sonnig, mit gelegentlichen leichten Regenschauern, welche die ganze Erde mit Diamanten übersäten.

Ich geriet bald mit dem alten Angler in ein Gespräch und unterhielt mich so vortrefflich, daß ich, unter dem Vorwand, mich in seiner Kunst unterweisen zu lassen, beinahe den ganzen Tag in seiner Gesellschaft blieb, am Ufer des Stromes dahinwandernd und seinen Worten lauschend. Er war sehr mitteilsam, besaß ganz die leichte Geschwätzigkeit des munteren Alters und war offenbar nicht wenig geschmeichelt, daß er Gelegenheit hatte, seine Gelehrsamkeit auf dem Gebiet der Angelkunst auszukramen; denn wer spielt hin und wieder nicht gern den Weisen?

Er war früher viel in der Welt herumgekommen und hatte einige Jugendjahre in Amerika, hauptsächlich in Savannah, zugebracht, wo er ein Handelsgeschäft angefangen hatte, jedoch durch die Unvorsichtigkeit eines Kompagnons ruiniert worden war. Er erlebte später viel Leid und viel Freud im Leben, bis er zur Kriegsmarine ging, wo ihm das eine Bein in der Schlacht bei Camperdown von einer Kanonenkugel fortgerissen wurde. Dies war der einzige wirkliche Glücksfall, der ihn betroffen hatte, denn er trug ihm eine Pension ein, die ihm, zusammen mit einem kleinen väterlichen Vermögen, ein jährliches Einkommen von etwa vierzig Pfund verschaffte. Damit zog er sich in sein Heimatdorf zurück, wo er ruhig und unabhängig lebte und den Rest seines Daseins der „edlen Angelkunst" widmete.

Ich fand, daß er den Izaak Walton aufmerksam gelesen hatte; auch schien er dessen ganze einfache Offenheit und unbeirrbare gute Laune eingesogen zu haben. Obgleich er arg in der

Welt umhergeworfen war, glaubte er, daß die Welt an und für sich gut und schön sei. Hatte man ihn auch in verschiedenen Ländern so rauh behandelt wie ein armes Schaf, das an jeder Hecke und in jedem Dickicht etwas Wolle lassen muß, so sprach er doch über jedes Volk mit Milde und Nachsicht und schien bloß die gute Seite der Dinge zu sehen, und vor allem war er fast der einzige Mensch, den ich je getroffen habe, der in Amerika ein unglücklicher Abenteurer gewesen und ehrlich und vornehm genug war, die Schuld bei sich selbst zu suchen und nicht das Land zu verfluchen. Der Bursche, der bei ihm Unterricht genoß, war, wie ich erfuhr, der Sohn und Universalerbe einer fetten alten Witwe, der die Dorfschenke gehörte, und somit natürlich ein Jüngling, der einiges zu erwarten hatte und dem die besseren Müßiggänger des Dorfes deshalb den Hof machten. Der alte Mann hoffte also wahrscheinlich, weil er ihn unter seine Obhut nahm, eine bevorzugte Ecke in der Gaststube und gelegentlich ein Glas belebendes Ale unentgeltlich zu bekommen.

Wenn wir, was Angler leicht tun, die den Würmern und Insekten zugefügten Grausamkeiten und Quälereien vergessen können, kann das Angeln sicherlich dazu beitragen, eine Sanftmut des Geistes und eine reine Heiterkeit der Seele hervorzubringen. Da die Engländer sogar bei ihren Erholungen methodisch verfahren und die wissenschaftlichsten Jagdliebhaber sind, so ist auch das Angeln bei ihnen vollständig in Regeln und in ein System gebracht. Es ist in der Tat ein Vergnügen, das zu den milden und fruchtbaren Gegenden Englands, wo jede Rauheit aus der Landschaft weggewischt ist, besonders gut paßt. Es ist herrlich, an diesen kristallklaren Bächen entlangzuschlendern, die wie Silberadern den Schoß dieses schönen Landes durchziehen, uns durch eine Vielfalt kleiner, friedlicher Landschaftsbilder geleiten, sich bisweilen durch hübsch angelegte Grundstücke schlängeln, bisweilen am Rand üppiger Weiden einherfließen, wo das frische Grün sich mit süßduftenden Blumen vermischt, bisweilen sich in die Nähe der Dörfer und Weiler wagen und dann wieder launisch in schattigen Einöden dahinrieseln. Die Lieblichkeit und Heiterkeit der Natur und die ruhige Aufmerksamkeit beim Angeln versetzen uns allmählich in behagliches Nachdenken, das ab und zu durch den Gesang eines Vogels, durch das entfernte Pfeifen eines Bauern oder vielleicht durch den Mutwillen eines Fisches angenehm unterbrochen wird, der aus dem stillen Wasser emporschnellt und leicht über seine durchsichtige Oberfläche dahinschießt. „Will ich zufrieden werden", sagt Izaak Walton, „und mein Vertrauen in die Macht, Weisheit und Vorsicht des allmächtigen Gottes stärken, so wandere ich auf den Wiesen längs eines sanft hinplätschernden Flusses und betrachte dort die Lilien, die nicht für sich sorgen, und die vielen andern kleinen Lebewesen, die nicht nur geschaffen sind, sondern auch (der Mensch weiß nicht, wie) durch die Güte des Schöpfers der Natur ernährt werden und deswegen auf ihn vertrauen."

Ich kann es mir nicht versagen, eine andere Stelle von einem jener alten Vorkämpfer des Angelns anzuführen, die denselben unschuldigen und glücklichen Geist atmet:

Laßt harmlos leben mich; vom Strand nicht fern
    Des Trent, des Avon ich ein Häuschen hab.
Dort seh ich sinken Kiel und Kork gar gern
    Vom Biß des Hechts und Weißfischs tief hinab;
Dort denk ich der Natur und Gott des Herrn,
    Derweil vor Götzen mancher beugt den Stab
Und andre ihre Zeit gemein vergeuden
In Trunk, in Zank, in schlimmer Laster Freuden.

Solch Zeitvertreib sei dem empfohlen rauh,
    Wer nicht mag missen lockre Lust und Küssen;
Doch ich, wie sich die Aun erholen, schau,
    An frischen Flüssen wandelnd, um zu grüßen
Die Gänseblümchen und die Veilchen blau,
    Die süßen Hyazinthen und Narzissen!*

Als ich von dem alten Angler Abschied nahm, erkundigte ich mich nach seinem Wohnort, und da ich mich einige Abende später in der Nähe des Dorfes aufhielt, trieb mich die Neugier, ihn aufzusuchen. Ich fand ihn in einer kleinen Hütte, die nur eine Stube enthielt, aber in ihrer Einrichtung und Anordnung eine wirkliche Merkwürdigkeit war. Sie stand am Ende des Dorfes auf einer grünen Anhöhe, etwas von der Landstraße abgelegen; vorn war ein kleiner, mit Küchenkräutern bepflanzter und mit wenigen Blumen gezierter Garten. Die ganze Vorderfront der Hütte war mit Geißblatt bewachsen. Der Giebel hatte ein Schiff als Wetterhahn. Das Innere war in echt seemännischem Stil ausgestattet, weil seine Vorstellungen von Bequemlichkeit und Behaglichkeit sich vom Mannschaftsdeck eines Kriegsschiffes her-

---

* J. Davors (Anmerkung des Verfassers).

leiteten. Von der Decke hing eine Hängematte herab, die bei Tage so weit hinaufgezogen wurde, daß sie nur wenig Raum einnahm. In der Mitte des Zimmers hing ein selbstgefertigtes Schiffsmodell. Zwei oder drei Stühle, ein Tisch und eine mächtige Seemannskiste bildeten die hauptsächlichsten Möbel. An den Wänden waren Matrosenlieder angeheftet, wie: „Admiral Hosiers Geist", „Alle in den Dünen" und „Tom Bowling", vermischt mit Bildern von Seegefechten, unter denen die Schlacht von Camperdown einen bevorzugten Platz einnahm. Der Kaminsims war mit Seemuscheln verziert; darüber hing ein Quadrant zwischen zwei Holzschnitten von äußerst finster dreinblickenden Kapitänen. Seine Angelgerätschaften waren sorgsam an Nägeln und Haken in der Stube aufgehängt. Auf einem Bücherbrett stand seine Bibliothek, die ein abgegriffenes Werk über das Angeln, eine in Segeltuch gebundene Bibel, ein paar alte Bände mit Reisebeschreibungen, einen Seekalender und ein Liederbuch enthielt.

Seine Familie bestand aus einer großen, schwarzen, einäugigen Katze und einem Papagei, den er auf einer seiner Reisen selbst gefangen, gezähmt und erzogen hatte und der eine Reihe von Seemannsausdrücken in dem heisern, belfernden Ton eines alten Bootsmanns von sich gab. Die Behausung erinnerte mich an die des berühmten Robinson Crusoe: sie war in größter Ordnung, da alles mit der auf einem Kriegsschiff herrschenden Sorgfalt „verstaut" war, und er erzählte mir, daß er „jeden Morgen das Deck scheuere und zwischen den Mahlzeiten fege".

Ich fand ihn auf seiner Bank vor der Türe sitzend und im milden Abendsonnenschein sein Pfeichen schmauchend. Die Katze schnurrte leise auf der Schwelle, und der Papagei beschrieb einige seltsame Kreisbewegungen in einem eisernen Ring, der mitten im Käfig hin und her schwang. Der Mann selbst hatte den ganzen Tag geangelt und gab mir eine Geschichte seines Fanges ebenso ausführlich zum besten, wie ein General über seinen Feldzug reden würde; besonders lebhaft wurde er, als er schilderte, wie er eine große Forelle gefangen hatte, die seine ganze Geschicklichkeit und Ausdauer in Anspruch genommen und die er als ein Siegeszeichen der Schankwirtin geschickt hatte.

Wie tröstlich ist es, das Alter heiter und zufrieden zu sehen und einen armen Kerl wie diesen, nachdem der Sturm ihn im Leben umhergeschleudert hat, am Abend seiner Tage sicher in einem behaglichen und ruhigen Hafen vor Anker liegend zu betrachten! Sein Glück entsprang jedoch aus ihm selbst und war von äußeren Umständen unabhängig; denn er besaß jene unerschöpfliche Gutmütigkeit, welche die kostbarste Himmelsgabe ist, die sich wie Öl über das aufgewühlte Meer der Gedanken breitet und das Gemüt auch beim rauhesten Wetter mild und ausgeglichen erhält.

Als ich mich weiter nach ihm erkundigte, erfuhr ich, daß er der allgemeine Liebling des Dorfes und das Orakel der Schenkstube war, wo er die Bauern durch seine Lieder ergötzte und wie Sindbad durch seine Erzählungen von fremden Ländern, Schiffbrüchen und Seeschlachten in Erstaunen setzte. Auch bei den vornehmen Jagdfreunden der Umgegend war er sehr angesehen; er hatte verschiedene von ihnen die Kunst des Angelns gelehrt und ging in ihren Küchen ein und aus. Der Grundton seines ganzen Lebens war ruhig und unaufdringlich, da er, wenn das Wetter und die Jahreszeit günstig waren, hauptsächlich an den nahen Flüssen weilte und zu anderen Zeiten sich zu Hause beschäftigte, um seine Angelgeräte für den nächsten Feldzug instand zu setzen oder Angelruten, Netze und Köder für seine Gönner und Zöglinge aus dem Landadel anzufertigen.

Er ging sonntags regelmäßig zur Kirche, obwohl er gewöhnlich während der Predigt einschlief. Er hatte ausdrücklich gewünscht, daß er, wenn er sterbe, auf einem grünen Plätzchen begraben werde, das er von seinem Sitz in der Kirche aus sehen konnte und schon seit seinem Knabenalter liebte und an das er oft gedacht hatte, wenn er fern der Heimat auf der stürmischen See fuhr und Gefahr lief, Futter für die Fische zu werden – es war die Stelle, wo sein Vater und seine Mutter begraben worden waren.

Ich bin am Ende, denn ich fürchte, daß meine Leser ermüden; aber ich konnte nicht umhin, das Bild dieses würdigen „Bruders von der Angel" zu zeichnen, der mich mehr denn je mit Liebe für die Theorie seiner Kunst erfüllt hat, obgleich ich fürchte, daß ich es in der praktischen Ausübung niemals sehr weit bringen werde; und so will ich diese flüchtige Skizze mit den Worten des ehrenwerten Izaak Walton beschließen, indem ich den Segen von St. Peters Meister auf meine Leser herabrufe „und auf alle, die wahre Verehrer der Tugend sind und fest an Seine Vorsehung glauben und ruhigen Gemütes bleiben und angeln gehen".

Unter den Papieren des verstorbenen Diedrich Knickerbocker
gefunden

Ein lieblich Land für den, der schläfrig ist,
   Wo vor halb offnem Auge Träume gaukeln,
   Luftschlösser durch die Wolkenberge schaukeln,
Den Sonnenhimmel lächelnd ewig küßt.
                                    Schloß der Trägheit

Im Schoß einer der weiträumigen Buchten, die in das öst-
liche Ufer des Hudson einschneiden, an jener breiten Stelle des
Flusses, welche die alten holländischen Seefahrer die Trappaan-
Zee nannten und wo sie stets vorsichtig die Segel refften und
während der Überfahrt den Schutz des heiligen Nikolaus an-
riefen, da liegt ein kleiner Marktflecken oder ein ländlicher Ha-
fenplatz, den einige Greensburgh heißen, der aber allgemeiner
und richtiger unter dem Namen Tarry Town* bekannt ist. Dieser Name wurde, so erzählt man uns, in früheren Zeiten von den
braven Hausfrauen der Umgegend verliehen, und zwar wegen
des eingewurzelten Hanges ihrer Ehemänner, an Markttagen in
der Dorfschenke herumzulungern. Es sei dem, wie ihm wolle, ich
verbürge mich nicht für die Tatsache, sondern mache lediglich
auf sie aufmerksam, um genau und glaubwürdig zu sein. Nicht
weit von diesem Dorf, vielleicht etwa drei Meilen entfernt, liegt
ein kleines Tal oder vielmehr ein Landstreifen zwischen hohen
Hügeln, eine der ruhigsten Gegenden in der ganzen Welt. Ein
Bächlein fließt hindurch und murmelt gerade laut genug, jemanden in den Schlaf zu singen, und der von Zeit zu Zeit ertönende
Schlag einer Wachtel oder das Klopfen eines Spechts sind fast
die einzigen Laute, die jemals die einförmige Stille unterbrechen.
Ich erinnere mich, daß, als ich noch ein junger Bursche war,
meine erste Eichhörnchenjagd in einem Hain hoher Walnuß-
bäume stattfand, der die eine Seite des Tales beschattet. Ich war
zur Mittagszeit, da die Natur eigenartig schweigsam ist, hinein-
gegangen und wurde durch den Knall meiner eigenen Flinte erschreckt, als er die Sabbatstille ringsum unterbrach und vom zür-
nenden Echo verlängert und wiederholt wurde. Sollte ich mir je
einen Zufluchtsort wünschen, wohin ich mich von der Welt und
ihren Zerstreuungen fortstehlen möchte, um unbelästigt den Rest

* „Zauderstadt" (Anmerkung des Übersetzers).

eines bewegten Lebens zu verträumen, so wüßte ich keinen verlockenderen als dieses kleine Tal.

Wegen der lautlosen Ruhe des Ortes und des seltsamen Charakters seiner Bewohner, die Abkömmlinge der ursprünglichen holländischen Siedler sind, ist dieser abgeschiedene Flecken lange unter dem Namen „schläfrige Schlucht" bekannt, und die dortigen Bauernburschen heißen in der ganzen Umgebung die Knaben aus der schläfrigen Schlucht. Eine einschläfernde, träumerische Macht scheint über dem Land zu herrschen und sogar die Atmosphäre zu durchdringen. Einige sagen, der Ort sei während der ersten Tage der Besiedlung von einem deutschen Doktor verhext worden; andere glauben, ein alter Indianerhäuptling, der Prophet oder Zauberer seines Stammes, habe seine Opfertänze dort vollführt, bevor Meister Hendrick Hudson das Land entdeckte. Gewiß ist, daß der Ort noch immer unter der Gewalt irgendeiner Zauberkraft steht, welche die Gemüter der guten Leute in Bann hält und Ursache ist, daß sie ständig im Traum umhergehen. Sie geben sich allen Arten von Wunderglauben hin, erleben Verzückungen und Visionen, sehen häufig seltsame Erscheinungen und hören Musik und Stimmen in der Luft. Die ganze Gegend steckt voll von Sagen, von Plätzen, wo es spukt, und abergläubischen Gespenstergeschichten; Sternschnuppen und Meteore erscheinen öfter über dem Tal als über irgendeinem anderen Teil des Landes, und der Alb mit all seinen neun Kindern scheint es zum Lieblingsplatz für seine Spiele auserkoren zu haben.

Das Hauptgespenst jedoch, das diese verzauberte Gegend heimsucht und der Oberbefehlshaber aller Mächte der Luft zu sein scheint, ist die Erscheinung eines Reiters ohne Kopf. Manche sagen, es sei der Geist eines hessischen Kavalleristen, dem eine Kanonenkugel in irgendeiner ungenannten Schlacht des Revolutionskrieges den Kopf fortgerissen hat und der ab und zu vom Landvolk im Dunkel der Nacht wie auf den Flügeln des Windes dahinsprengend gesehen wird. Seine Besuche beschränken sich nicht auf das Tal, sondern dehnen sich zuweilen auf die anliegenden Landstraßen und hauptsächlich auf die Umgebung einer nicht weit entfernten Kirche aus. Ja einige der glaubwürdigsten Geschichtsschreiber jener Gegend, die sorgsam die über dieses Gespenst umlaufenden Gerüchte gesammelt und verglichen haben, behaupten, daß der Körper des Reiters auf dem Kirchhof begraben worden sei, daß der Geist nachts auf den Kampfplatz reite, um seinen Kopf zu suchen, und daß die rasende Geschwindigkeit, mit der er mitunter wie ein mitternächtlicher Sturmwind durch die Schlucht sause, daher rühre, daß er sich verspätet und es eilig habe, vor Tagesanbruch zum Friedhof zurückzukehren.

Das ist der allgemeine Inhalt dieses legendenhaften Aberglaubens, der Stoff zu manch wilder Geschichte in jenem Reich der Schatten geliefert hat, und das Gespenst ist an allen häuslichen Herden im Land unter dem Namen „Kopfloser Reiter aus der schläfrigen Schlucht" bekannt.

Es ist merkwürdig, daß der von mir erwähnte Hang, an Gesichte zu glauben, sich nicht auf die eingeborenen Talbewohner beschränkt, sondern sich auf jeden, der dort für eine Weile lebt, unbewußt überträgt. So hellwach er auch gewesen sein mag, bevor er dieses schläfrige Gebiet betrat, so darf er sicher sein, daß er in kurzer Zeit den magischen Einfluß der Luft einsaugt und Phantasie zu entfalten beginnt – er hat Träume und sieht Erscheinungen.

Ich spreche von diesem friedlichen Fleck mit allem möglichen Lob, denn in solchen kleinen abgelegenen holländischen Tälern, wie man sie hier und da im großen Staat New York versteckt findet, bleiben Bevölkerung, Sitten und Gewohnheiten unverändert, während der große Sturzbach der Wanderung und des Fortschritts, der in anderen Teilen dieses rastlosen Landes so unaufhörliche Wandlungen bewirkt, unmerklich an ihnen vorüberbraust. Sie gleichen jenen kleinen Buchten stillen Wassers an den Ufern eines reißenden Stroms, wo man das Stroh und die Wasserblasen ruhig daliegen oder in ihrem kleinen Hafen langsam umhertreiben sieht, ungestört durch das Dahinrauschen der vorbeieilenden Flut. Obschon viele Jahre verflossen sind, seitdem ich im betäubenden Schatten der schläfrigen Schlucht umhergewandert bin, so frage ich mich doch, ob ich nicht noch immer dieselben Bäume und dieselben Familien in ihrem Schutze fortlebend finden würde.

In diesem Schlupfwinkel der Natur hauste in einer frühen Periode der amerikanischen Geschichte, will sagen, vor etwa dreißig Jahren, ein würdiger Geselle namens Ichabod Crane, der sich in der schläfrigen Schlucht aufhielt oder, wie er sich ausdrückte, „verharrte", in der Absicht, die Kinder der Nachbarschaft zu unterrichten. Er war in Connecticut geboren, einem Staat, der die Union mit Pionieren sowohl für den Geist als auch für den Urwald versieht und jährlich seine Legionen von Grenzern und Dorfschulmeistern entsendet. Der Zuname Crane*

---

* Kranich (Anmerkung des Übersetzers).

paßte nicht übel zu seiner Persönlichkeit. Er war groß, aber außerordentlich schmächtig, hatte schmale Schultern, lange Arme und Beine, Hände, die meilenweit aus seinen Ärmeln herausragten, Füße, die als Schaufeln gedient haben könnten, und seine ganze Gestalt hing nur lose zusammen. Sein Kopf war klein und oben abgeflacht, mit ungeheuren Ohren, großen grünen, gläsernen Augen und einer langen Schnepfennase, so daß sie einem Wetterhahn glich, der auf einem spindeldürren Hals saß und anzeigte, woher der Wind wehte. Wenn man ihn an einem windigen Tag den Abhang eines Hügels herabkommen sah, wie seine Kleider sich bauschten und um ihn herflatterten, hätte man ihn irrtümlich für den Geist der Hungersnot, der auf die Erde herabstiege, oder für eine aus dem Kornfeld entlaufene Vogelscheuche halten können.

Sein Schulhaus war ein niedriges, roh aus Holzbalken gezimmertes Gebäude mit einer einzigen Stube, deren Fenster teils Glasscheiben besaßen, teils mit Blättern aus alten Schreibheften verklebt waren. Es wurde in den freien Stunden sehr sinnreich dadurch gesichert, daß eine Weidenrute an die Türklinke gebunden und Stangen gegen die Fensterläden gesetzt waren, so daß ein Dieb zwar sehr leicht hineingelangen konnte, aber einige Schwierigkeiten hatte, wieder herauszukommen: eine Methode, die der Baumeister Jost van Houten höchstwahrscheinlich dem Geheimnis einer Aalreuse entlehnt hatte. Das Schulhaus stand in einer ziemlich einsamen, lieblichen Gegend, direkt am Fuß eines bewaldeten Hügels, an dem ein Bach vorüberfloß, und an einem Ende des Gebäudes erhob sich eine mächtige Birke. Von hier aus konnte man das leise Gemurmel der Stimmen seiner Zöglinge, die ihre Lektionen aufsagten, an einem schläfrigen Sommertag wie das Gesumm eines Bienenschwarms hören, hin und wieder unterbrochen durch die gebieterische Stimme des Lehrers, die bald drohend, bald befehlend klang, oder vielleicht durch den schrecklichen Schall der Rute, wenn er irgendeinen Faulenzer den blumigen Pfad des Wissens entlangtrieb. Er war, die Wahrheit zu sagen, ein gewissenhafter Mann, der stets den goldenen Spruch beherzigte: „Wer die Rute spart, verzieht das Kind." – Ichabod Cranes Schüler wurden bestimmt nicht verzogen.

Doch ich möchte damit nicht sagen, daß er einer jener grausamen Schuldespoten war, die Freude am Schmerz ihrer Untertanen haben; im Gegenteil, er übte Gerechtigkeit mehr mit kalter Überlegung als mit Strenge, indem er die Last von den

Schultern der Schwachen nahm und sie den Starken aufbürdete. Das zarte Bürschchen, das bei der geringsten Bewegung mit der Rute bebt, behandelte er mit Nachsicht, doch den Forderungen der Gerechtigkeit tat er dadurch vollkommen Genüge, daß er irgendeinem kleinen, zähen, trotzköpfigen, breitschultrigen holländischen Buben, der unter der Rute grollte und tobte und störrisch und tückisch wurde, ein doppeltes Maß angedeihen ließ. Alles das nannte er „an ihrer Eltern Statt seine Pflicht tun", und er verabreichte niemals eine Züchtigung, ohne ihr die für den durchgebleuten Buben so tröstliche Versicherung folgen zu lassen, daß „es ihm ein Denkzettel sein und er ihm bis an seinen letzten Lebenstag danken würde".

Nach den Schulstunden war er sogar den größeren Knaben Kamerad und Spielgefährte, und an Feiertagsnachmittagen begleitete er auch wohl die kleineren heim, die zufällig hübsche Schwestern hatten oder deren Mütter tüchtige Hausfrauen und wegen ihrer reichlich gefüllten Speisekammern bekannt waren. Es brachte ihm in der Tat Vorteile, mit seinen Zöglingen auf gutem Fuß zu stehen. Die Einkünfte aus seiner Schule waren spärlich und hätten kaum für das tägliche Brot ausgereicht, denn er war ein gewaltiger Esser und besaß trotz seiner Schmächtigkeit die Gabe, sich wie eine Anakondaschlange auszudehnen; doch um seinem Unterhalt aufzuhelfen, bekam er gemäß der Landessitte in den Häusern der Bauern, deren Kinder er unterrichtete, Kost und Logis. Bei diesen wohnte er reihum jeweils eine Woche und machte so mit seinen in ein baumwollenes Taschentuch geknüpften Habseligkeiten die Runde in der Nachbarschaft.

Damit dies alles die Börsen seiner ländlichen Gönner, die das Schulgeld als beschwerliche Bürde und die Schulmeister als Drohnen zu betrachten pflegten, nicht gar zu sehr belaste, versuchte er sich auf verschiedene Arten nicht nur angenehm, sondern auch nützlich zu erweisen. Er unterstützte die Bauern gelegentlich bei den leichteren Feldarbeiten, half ihnen beim Heumachen, besserte die Zäune aus, ritt die Pferde zur Tränke, trieb die Kühe von der Weide heim und spaltete Holz für das Feuer im Winter. Er legte auch alle Herrscherwürde und das gebieterische Gebaren, mit dem er sein kleines Reich, die Schule, regierte, ab und wurde wunderbar sanft und einschmeichelnd. Er fand Gnade vor den Augen der Mütter, weil er die Kinder, vor allem die jüngsten, liebkoste und wie der kühne Löwe, der einst so großmütig das Lämmlein umschlungen hielt, wohl stundenlang mit einem

Kind auf den Knien dasaß und zugleich mit beiden Füßen eine Wiege schaukelte.

Zu seinen anderen Berufsgeschäften kam noch hinzu, daß er der Gesangslehrer der Gegend war; er verdiente sich manchen blanken Schilling durch den Unterricht, den er jungen Leuten im Psalmensingen erteilte. Es erfüllte ihn mit nicht geringem Stolz, wenn er sonntags mit einer Schar auserlesener Sänger vorn im Chor der Kirche Aufstellung nahm, wo er nach seiner eigenen Meinung dem Pfarrer die Siegespalme abgewann. Gewiß ist es, daß seine Stimme die ganze übrige Gemeinde bei weitem übertönte, und man hört noch immer in der Kirche eigentümliche Triller, die sogar am stillen Sonntagmorgen über eine halbe Meile, bis an das entgegengesetzte Ende des Mühlteiches, vernehmbar sind und, wie man sagt, rechtmäßig aus Ichabod Cranes Nase stammen. So schlug sich durch verschiedene kleine Tricks und auf jene erfinderische Weise, die man insgemein mit „Biegen und Brechen" bezeichnet, der würdige Pädagoge ganz erträglich durch, und alle, die nichts von Kopfarbeit verstanden, dachten, er führe doch ein herrliches und angenehmes Leben.

Der Schulmeister ist in den weiblichen Kreisen auf dem Lande gewöhnlich ein gern gesehener Mann, denn man betrachtet ihn als eine Art müßiger, vornehmer Persönlichkeit von bedeutend feinerem Geschmack und Bildungsstand als die rohen Bauernburschen, die an Gelehrsamkeit nur dem Pfarrer nachsteht. Sein Erscheinen verursacht daher meist eine gewisse Aufregung am Teetisch eines Bauernhauses und bewirkt, daß als Zugabe ein Teller mit Kuchen oder Süßigkeiten aufgetragen oder vielleicht gar mit einer silbernen Teekanne geprunkt wird. Unser Gelehrter wurde deshalb durch das Lächeln aller Landmädchen beglückt. Wie stolz wandelte er sonntags unter ihnen auf dem Kirchhof vor und nach dem Gottesdienst einher! Er pflückte für sie Trauben von den wilden Weinstöcken, welche die umstehenden Bäume umrankten, las ihnen zur Unterhaltung alle die Inschriften auf den Grabsteinen laut vor oder schlenderte mit einem ganzen Mädchenschwarm die Ufer des angrenzenden Mühlteiches entlang, während die schüchternen Dorfburschen zurückblieben und ihn um seine überlegene Eleganz und Gewandtheit beneideten.

Da er zur Hälfte ein Wanderleben führte, war er eine Art wandelnder Zeitung, die den gesamten Dorfklatsch von Haus zu Haus trug, so daß man sein Kommen stets mit Freuden begrüßte. Überdies hielten ihn die Frauen für einen Mann von großer Gelehrsamkeit, denn er hatte verschiedene Bücher ganz durchgelesen und kannte Cotton Mathers „Geschichte der Zauberei in Neuengland", an die er, nebenbei gesagt, steif und fest glaubte, beinah auswendig.

Er war wirklich ein seltsames Gemisch von Verschmitztheit und einfältiger Leichtgläubigkeit. Sein Hang zum Wunderbaren und seine Kräfte, es zu verdauen, waren gleich außerordentlich, und beide hatten durch seinen Aufenthalt in dieser verhexten Gegend zugenommen. Keine Sage war für seinen geräumigen Magen zu plump oder ungeheuerlich. Er ergötzte sich häufig damit, wenn nachmittags kein Unterricht war, sich in dem üppigen Kleefeld, das von dem an seinem Schulhaus dahinrieselnden Bächlein begrenzt wurde, auszustrecken und dort des alten Mathers gruselige Geschichten immer wieder zu lesen, bis die allmählich hereinbrechende Abenddämmerung die bedruckten Seiten vor seinen Augen verschwimmen ließ. Trat er dann an Sümpfen und Flüssen und schaurigen Wäldern entlang seinen Heimweg zu dem Bauernhaus an, wo er sich gerade einquartiert hatte, beunruhigte jedes Geräusch der Natur in dieser Zauberstunde seine erregte Phantasie: der Klageruf des Whip-poor-will* vom Abhang des Hügels, der unheilschwangere Schrei des Baumfrosches, jenes Vorboten des Sturms, das traurige Geächz der Nachteule oder das plötzliche Aufflattern der aus ihrem Schlaf aufgescheuchten Vögel im Dickicht. Auch die Glühwürmchen, die an den dunkelsten Stellen besonders lebhaft leuchteten, erschreckten ihn ab und zu, sobald eines von ungewöhnlicher Helligkeit ihm quer über den Weg flog; und wenn durch Zufall ein großer Brummer von Käfer auf seinen plumpen Flug gegen seinen Kopf prallte, war der arme Kerl nahe daran, seinen Geist bei der Vorstellung aufzugeben, daß eine Hexe ihm ihr Zeichen aufgedrückt habe. Seine einzige Zuflucht bei solchen Gelegenheiten, um entweder die Gedanken zu übertäuben oder böse Gespenster fortzuscheuchen, bestand darin, daß er Psalmen anstimmte – und die guten Leute der schläfrigen Schlucht wurden häufig, während sie abends vor ihren Türen saßen, mit ehrfürchtiger Scheu erfüllt, wenn sie seine näselnde Melodie, „in verketteter Lieblichkeit lang hinausgezogen", vom entfernten Hügel her oder die staubige Straße entlang schweben hörten.

* Der Whip-poor-will ist ein Vogel, der nur nachts zu hören ist. Er hat seinen Namen von seinem Gesang, der so ähnlich klingen soll wie diese Wörter (Anmerkung des Verfassers).

Eine andere Quelle schauerlichen Vergnügens war es für ihn, lange Winterabende mit den alten holländischen Frauen zuzubringen, wenn sie am Feuer saßen und spannen und eine Reihe von Äpfeln auf dem Herd briet und zischte, und ihren wunderbaren Erzählungen von Geistern und Kobolden, von spukenden Feldern, Bächen, Brücken und Häusern und namentlich vom kopflosen Reiter oder „galoppierenden Hessen aus der Schlucht", wie sie ihn mitunter nannten, zu lauschen. Er erfreute sie dafür seinerseits mit Anekdoten von Hexereien, von den unheilkündenden Vorzeichen und gräßlichen Erscheinungen und Tönen in der Luft, die früher in Connecticut nicht selten waren, und jagte ihnen mit Betrachtungen über Kometen und Sternschnuppen und mit der beunruhigenden Tatsache, daß die Welt sich wirklich drehe und daß sie die Hälfte ihrer Zeit auf dem Kopf ständen, gewaltige Angst ein!

Aber wenn auch dies angenehm war, während er gemütlich in der vom prasselnden Holzfeuer mit rötlicher Glut übergossenen Kaminecke eines Zimmers hockte, wo selbstredend kein Gespenst sich sehen lassen durfte, so wurde es doch durch die Schrecken seines anschließenden Heimwegs teuer erkauft. Welch furchtbare Gestalten und Schatten belagerten seinen Pfad im trüben und grausigen Glanz einer Schneenacht! Mit welch ängstlichem Blick betrachtete er jeden zitternden Lichtstrahl, der aus einem entfernten Fenster schräg über die öden Felder dahinglitt! Wie häufig erblaßte er vor einem schneebedeckten Strauch, der sich ihm wie ein ins Leichentuch gehüllter Geist gerade in den Weg stellte! Wie oft schrak er ganz entsetzt vor dem Klang seiner eigenen Schritte auf der Frostkruste unter seinen Füßen zurück und fürchtete sich, über seine Schulter zurückzuschauen, um nicht etwa ein seltsames Wesen dicht hinter sich hertraben zu sehen! Und wie häufig brachte ihn ein Windstoß, der in den Bäumen heulte, in völlige Verzweiflung, weil er meinte, es sei der galoppierende Hesse auf einem seiner nächtlichen Ritte!

Alles dies waren jedoch bloße Schrecken der Nacht, Phantome des Geistes, die in Finsternis wandeln, und obgleich er seinerzeit viele Gespenster gesehen hatte und mehr als einmal auf seinen einsamen Wanderungen vom Satan in verschiedenen Gestalten heimgesucht worden war, machte das Tageslicht doch all diesen Übeln ein Ende; und er würde, dem Teufel und allen seinen Werken zum Trotz, ein ganz angenehmes Leben geführt haben, wäre sein Weg nicht von einem Wesen gekreuzt worden, das jedem Sterblichen mehr zusetzt, als Geister, Kobolde und das ganze Geschlecht der Hexen zusammengenommen, und dies war – ein Weib.

Unter den musikalischen Zöglingen, die sich an einem Abend der Woche versammelten, um von ihm im Psalmensingen unterwiesen zu werden, war auch Katrina van Tassel, die Tochter und das einzige Kind eines wohlhabenden holländischen Bauern. Sie war ein blühendes Mädchen von kaum achtzehn Jahren, rundlich wie ein Rebhuhn, reif und schmelzend und rosenwangig wie die Pfirsiche ihres Vaters und nicht nur ihrer Schönheit, sondern auch ihrer beträchtlichen Erbschaft wegen allgemein berühmt. Sie war zugleich ein wenig kokett, wie man schon an ihrer Kleidung sehen konnte, die eine Mischung aus alter und neuer Mode war, weil diese ihre Reize am besten ins rechte Licht zu setzen vermochte. Sie trug das Geschmeide aus purem gelbem Gold, das ihre Urururgroßmutter von Saardam herübergebracht hatte, einen verführerischen Brustlatz aus der alten Zeit und obendrein einen auffallend kurzen Rock, um den hübschesten Fuß und Knöchel der ganzen Gegend sehen zu lassen.

Ichabod Crane besaß ein sanftes und törichtes Herz gegenüber dem weiblichen Geschlecht, und es ist nicht verwunderlich, daß ein so verlockender Bissen bald Gnade vor seinen Augen fand, ganz besonders, nachdem er sie in ihrem väterlichen Haus besucht hatte. Der alte Baltus van Tassel war der Inbegriff eines vermögenden, zufriedenen und großherzigen Bauern. Zwar schweiften weder seine Augen noch seine Gedanken über die Grenzen der eigenen Farm hinaus, aber innerhalb dieser war alles sauber, glücklich und wohlbestellt. Er gefiel sich in seinem Reichtum, ohne darauf stolz zu sein, und tat sich mehr auf den vollen Überfluß als auf die Art, wie er lebte, etwas zugute. Seine Besitzung lag an den Ufern des Hudson, auf einer jener grünen, geschützten und fruchtbaren Stellen, wo sich die holländischen Bauern so gern niederlassen. Eine große Ulme breitete ihre breiten Äste darüber aus; unter ihr sprudelte eine Quelle des weichsten und süßesten Wassers in einen kleinen, aus einem Faß gebildeten Brunnen und stahl sich dann funkelnd durch das Gras zu einem nahen Bach hin, der unter Flieder und Zwergweiden dahinplätscherte. Gleich neben dem Wohnhaus stand eine geräumige Scheune, die als Kirche gedient haben könnte; alle Fenster und Spalten schienen von den Schätzen des Hofes zu bersten; der Dreschflegel ertönte geschäftig in ihr vom Morgen bis zum Abend; Haus und Mauerschwalben flogen zwitschernd um die Traufen, und Scharen von Tauben, von denen einige mit einem

Auge emporschauten, als beobachteten sie das Wetter, einige die Köpfe unter die Flügel oder ins Brustgefieder steckten und andere sich aufbliesen, gurrten und sich vor ihren Weibchen verbeugten, genossen den Sonnenschein auf dem Dach. Feiste, schwerfällige Schweine grunzten behaglich und satt in ihren Koben, aus denen dann und wann Haufen von Spanferkeln hervorstürzten, wie wenn sie die Luft wittern wollten. Ein stattliches Geschwader schneeweißer Gänse schwamm auf einem nahen Teich und diente ganzen Flotten von Enten zur Deckung; Regimenter von Truthähnen kollerten auf dem Hof umher, und Perlhühner zankten sich dort wie übelgelaunte Hausfrauen mit grämlichem, mißvergnügtem Geschrei. Vor dem Scheunentor stolzierte der tapfere Hahn, jenes Muster von Ehemann, Krieger und feinem Herrn, schlug seine glänzenden Flügel und krähte im Stolz und in der Freude seines Herzens, wobei er manchmal die Erde mit seinen Füßen aufscharrte und dann großmütig seine stets hungrige Familie herbeirief, den fetten Bissen, den er entdeckt hatte, zu verspeisen.

Dem Pädagogen lief das Wasser im Munde zusammen, als er auf diese prächtige Verheißung einer üppigen Winterkost blickte. Mit dem gierigen Auge seines Gemüts sah er bereits alle Spanferkel gebraten und mit einem Pudding im Bauch und einem Apfel im Maul umherlaufen; die Tauben waren sanft in eine leckere Pastete gebettet und in eine knusprige Kruste gehüllt, die Gänse schwammen in ihrem eigenen Fett, und die Enten lagen, gleich neuvermählten Paaren, traulich zu zweien in den Schüsseln, mit einer anständigen Zutat von Zwiebelbrühe. Bei den Schweinen sah er schon die zukünftige weiche Speckseite und den saftigen, schmackhaften Schinken abgeschnitten; kein Truthahn, den er nicht appetitlich angerichtet, den Kopf unterm Flügel und vielleicht mit einer Halskette leckerer Würste, geschaut hätte; ja selbst der glänzende Hahn lag in einer kleineren Schüssel ausgespreizt auf seinem Rücken, mit emporgerichteten Krallen, als bitte er um Pardon, den sein ritterlicher Geist, solang er lebte, zu fordern verschmäht hatte.

Während der entzückte Ichabod sich alles dies ausmalte und seine großen grünen Augen über das fette Wiesenland, die reichen Weizen-, Roggen-, Buchweizen- und Maisfelder und über die mit rotwangigen Früchten beladenen Obstgärten, die van Tassels warme Wohnung umgaben, schweifen ließ, da lechzte sein Herz nach dem Mädchen, das diese Besitzungen erben sollte, und seine Einbildungskraft dehnte sich bei dem Gedanken aus, wie leicht man sie in bares Geld umsetzen und dieses wiederum in unermeßlichen Strecken wüsten Landes und in Blockhäusern in der Wildnis anlegen könnte. Ja, seine geschäftige Phantasie verwirklichte bereits seine Hoffnungen und stellte ihm die blühende Katrina mit einer ganzen Kinderschar vor, wie sie oben auf einem mit allerhand Hausrat bepackten Wagen saß, während Töpfe und Kessel unten herabbaumelten; sich selbst aber sah er auf einer sanften Stute, mit einem Füllen auf ihren Fersen, auf dem Weg nach Kentucky, Tennessee oder Gott weiß wohin.

Als er ins Haus trat, war sein Herz bereits vollständig erobert. Es war eines jener geräumigen Bauernhäuser mit hohen Giebeln, doch niedrigem, schrägem Dach, erbaut im Stil der ersten holländischen Siedler. Die niedrigen, vorspringenden Gesimse bildeten längs der Vorderfront einen Säulengang, der bei schlechtem Wetter geschlossen werden konnte. Darunter hingen Dreschflegel, Pferdegeschirre, mannigfaltige landwirtschaftliche Geräte und Netze zum Fischfang in dem nahen Fluß. Bänke waren an den Wänden zur Benutzung im Sommer angebracht, und ein großes Spinnrad an dem einen Ende und ein Butterfaß am anderen zeigten, zu welch verschiedenen Zwecken diese wichtige Vorhalle gebraucht wurde. Von diesem Portal aus trat der verwunderte Ichabod in den Saal, der den Mittelpunkt des Gebäudes und den gewöhnlichen Aufenthaltsort der Familie bildete. Hier blendeten Reihen blanker Zinngeräte, die auf einer langen Anrichte aufgestellt waren, seine Augen. In einer Ecke stand ein mächtiger Sack Wolle, der zum Verspinnen bereit war; in einem anderen lag ein Packen Halbwollenzeug, das gerade vom Webstuhl gekommen war; Maiskolben und Schnüre gedörrter Äpfel und Pfirsiche hingen in lustigen Girlanden an den Wänden, und dazwischen prachtvolle rote Pfefferschoten; und eine halb geöffnete Tür gewährte ihm einen Blick in die gute Stube, wo die Stühle mit den Klauenfüßen und die dunklen Mahagonitische wie Spiegel glänzten; Feuerböcke mit den dazugehörigen Schaufeln und Zangen glitzerten aus ihrer Bedeckung von Spargelkraut hervor; künstliche Orangen und Muschelschalen zierten den Kaminsims; Schnüre mit bunten Vogeleiern waren darüber aufgehängt; ein großes Straußenei hing von der Mitte des Zimmers herab, und ein absichtlich offen gelassener Eckschrank stellte ungeheure Schätze alten Silbers und schön bemalten Porzellans zur Schau.

Von dem Augenblick an, da Ichabod seine Augen auf diese

entzückenden Gefilde heftete, war es um seinen Seelenfrieden geschehen, und sein ganzes Sinnen und Trachten war darauf gerichtet, wie er die Neigung der unvergleichlichen Tochter van Tassels gewinnen könne. Bei diesem Unternehmen hatte er jedoch mehr wirkliche Schwierigkeiten zu überwinden, als gewöhnlich einem fahrenden Ritter einst in die Quere kamen, der meist nur mit Riesen, Zauberern, feurigen Drachen und derartigen leicht besiegbaren Gegnern zu streiten und sich bloß durch eiserne und metallene Tore und diamantene Mauern seinen Weg zum Burgverlies, in dem die Dame seines Herzens gefangen saß, zu erzwingen hatte, was er alles ebenso mühelos vollbrachte, wie jemand heutzutage mit dem Vorlegemesser in das Innere einer Weihnachtspastete dringt, worauf die Schöne ihm, wie selbstverständlich, die Hand reicht. Ichabod mußte sich dagegen seinen Weg zum Herzen einer Dorfkoketten bahnen, die von einem Labyrinth von Grillen und Launen umgeben war, welche immer neue Schwierigkeiten und Hindernisse entgegenstellten; er mußte mit einem Heer gefährlicher Feinde aus Fleisch und Blut kämpfen, nämlich den zahllosen ländlichen Verehrern, die alle Tore zu ihrem Herzen besetzt hielten, einander mit wachsamen und grollenden Augen beobachteten, aber bereit waren, für die gemeinsame Sache gegen jeden neuen Bewerber ins Feld zu rücken.

Unter diesen war der furchtbarste ein plumper, lärmender, großsprecherischer Geselle namens Abraham oder, infolge der holländischen Abkürzung, Brom van Brunt, der Held der Gegend, die von seinen gewaltigen, unerschrockenen Heldentaten widerhallte. Er war breitschultrig und muskulös, hatte kurzes, krauses schwarzes Haar und ein grobes, doch nicht unsympathisches Gesicht, in dem sich eine Mischung aus Lustigkeit und Anmaßung ausdrückte. Wegen seiner herkulischen Gestalt und großen Gliederstärke hatte er den Spitznamen Brom Bones* erhalten, unter dem er allgemein bekannt war. Er war berühmt ob seiner bedeutenden Kenntnis und Geschicklichkeit in der Reitkunst und zu Pferde ebenso gewandt wie ein Tatar. Er war der Erste bei allen Wettrennen und Hahnenkämpfen und durch die Überlegenheit, die sich die Körperkraft auf dem Lande stets verschafft, Schiedsrichter in allen Streitigkeiten, wobei er seinen Hut auf die eine Seite setzte und seine Entscheidungen mit einer Miene und in einem Tone fällte, die weder Einrede noch Widerspruch zuließen. Er war stets zu Schlägereien oder Streichen be-

* Knochen-Brom (Anmerkung des Übersetzers).

reit, hatte mehr Übermut als Bosheit in seinem Wesen, und trotz all seiner gewaltigen Derbheit besaß er im Grunde eine große Portion leichtfertiger Gutmütigkeit. Er hatte drei oder vier lustige Gefährten seines Schlages, die ihn als ihr Vorbild betrachteten und an deren Spitze er die Gegend durchzog und meilenweit in der Runde bei jedem Streit und jeder Festlichkeit mitmachte. Bei kaltem Wetter zeichnete er sich durch eine Pelzmütze mit einem prächtigen Fuchsschwanz aus, und wenn die Landleute bei irgendeiner Versammlung diesen wohlbekannten Helmbusch in einiger Entfernung aus einer Schar waghalsiger Reiter hervorwinken sahen, traten sie stets zur Seite, um Streit zu vermeiden. Manchmal hörte man seine Bande um Mitternacht mit Geschrei und Hallo, wie einen Trupp Donkosaken, an den Bauernhäusern vorübersprengen, und die alten Frauen, aus ihrem Schlaf aufgestört, horchten wohl einen Augenblick, bis die wilde Jagd vorbeigesaust war, und riefen dann: „Ach, das ist Brom Bones mit seiner Bande!" Die Nachbarn betrachteten ihn mit einem Gemisch aus Scheu, Bewunderung und Wohlwollen, und sooft irgendein toller Streich oder eine Schlägerei in der Gegend vorfiel, schüttelten sie den Kopf und wetteten, daß Brom Bones bestimmt dahinterstecke.

Dieser wüste Held hatte seit einiger Zeit die blühende Katrina zum Ziel seiner ungeschlachten Galanterien erkoren, und glichen auch seine verliebten Zärtlichkeiten ein wenig den sanften Liebkosungen und Schmeicheleien eines Bären, so munkelte man doch, daß sie ihn in seinen Hoffnungen nicht ganz entmutigte. Sicher ist jedenfalls, daß sein Auftreten für die übrigen Bewerber das Signal zum Rückzug war; denn diese verspürten keine Lust, einem Löwen bei seinen Neigungen im Wege zu stehen; wenn man also Sonntag abends sein Pferd an van Tassels Zaun angebunden sah – ein sicheres Zeichen, daß dessen Herr drinnen den Hof machte oder, wie man es nannte, „scharmierte" –, gingen alle anderen Freier voll Verzweiflung vorüber und versuchten anderswo ihr Glück.

Dies war der furchtbare Nebenbuhler, mit dem Ichabod Crane es zu tun hatte, und wenn man die Sachlage genau erwog, wäre ein stärkerer Mann als er von der Bewerbung zurückgetreten, und ein klügerer hätte jede Hoffnung fahrenlassen. In seinem Wesen lag jedoch eine glückliche Mischung aus Geschmeidigkeit und Beharrlichkeit; er glich geistig wie körperlich einem Weichselrohr – nachgiebig, aber zähe; er bog sich zwar, brach aber nie; und krümmte er sich auch beim leisesten Druck, stand er doch im

Nu, sobald der Druck aufhörte – husch! – kerzengerade und trug den Kopf ebenso hoch wie zuvor.

Offen gegen seinen Rivalen zu Felde zu ziehen wäre Tollheit gewesen; denn dieser war ein Mann, dem man bei seinen Neigungen genausowenig in die Quere kommen durfte wie jenem stürmischen Liebhaber Achill. Ichabod betrieb daher seine Werbung auf eine ruhige und sanft einschmeichelnde Weise. Unter dem Deckmantel seiner Eigenschaft als Gesangslehrer machte er häufig Besuche im Bauernhaus, ohne daß er irgendwie unbequeme Einmischungen der Eltern hätte zu fürchten brauchen, was auf dem Pfad der Liebenden so oft zum Stein des Anstoßes wird. Balt van Tassel war eine stille, nachsichtige Seele; er liebte seine Tochter noch mehr als seine Pfeife und ließ ihr, wie ein vernünftiger Mann und trefflicher Vater, in allen Dingen ihren Willen. Seine ehrenwerte kleine Frau hatte ebenfalls genug mit dem Haushalt und dem Geflügelhof zu tun; denn, wie sie weise bemerkte, Enten und Gänse sind törichte Geschöpfe, um die man sich kümmern muß, aber Mädchen können auf sich selbst achtgeben. Während also die geschäftige Frau sich im Hause tummelte oder an einem Ende der Vorhalle ihr Spinnrad drehte, saß der würdige Balt am anderen, schmauchte sein Abendpfeifchen und beobachtete das Treiben eines kleinen hölzernen Soldaten, der, in jeder Hand mit einem Schwert bewaffnet, auf dem Scheunengiebel höchst tapfer gegen den Wind focht. Währenddessen machte Ichabod der Tochter am Brunnen unter der großen Ulme den Hof oder auf einem Spaziergang in der Dämmerung, dieser der Beredsamkeit der Liebenden so günstigen Stunde.

Ich gestehe, daß ich nicht weiß, wie man um Frauenherzen wirbt und sie erobert. Für mich sind sie immer ein Rätsel und ein Gegenstand der Bewunderung gewesen. Einige scheinen nur eine verwundbare Stelle oder eine Zugangstür zu haben, während andere tausend Eingänge besitzen und sich auf tausend verschiedene Arten fangen lassen. Es ist ein großer Triumph der Geschicklichkeit, die ersteren zu erobern, aber ein noch größerer Beweis von Feldherrntalent, den Besitz der letzteren zu behaupten, denn ein Mann muß, um seine Festung zu halten, an jedem Tor und Fenster kämpfen. Darum hat derjenige, welcher tausend gewöhnliche Herzen gewinnt, Anrecht auf einigen Ruhm; aber derjenige, welcher unbestrittene Macht über das Herz einer Koketten ausübt, ist in der Tat ein Held. Gewiß ist es, daß dies bei dem gefürchteten Brom Bones nicht der Fall war, und von dem Augenblick an, da Ichabod Crane seine Bewerbungen begann, neigte sich der Glücksstern des ersteren sichtlich; man sah sein Pferd nicht mehr Sonntag abends an den Zaun gebunden, und eine tödliche Fehde entspann sich allmählich zwischen ihm und dem Schullehrer aus der schläfrigen Schlucht.

Brom, in dessen Charakter eine gewisse rohe Ritterlichkeit lag, hätte den Streit gern in einem offenen Krieg ausgetragen und beider Ansprüche auf die junge Dame nach der Methode jener sehr bestimmten und einfachen Logiker, nämlich der alten fahrenden Ritter, durch Zweikampf entschieden; aber Ichabod war sich der überlegenen Kraft seines Gegners nur zu gut bewußt, um gegen ihn in die Schranken zu treten: er hatte von Bones' prahlerischer Drohung gehört, er wolle „den Schulmeister zusammenklappen und auf einen Schrank stellen", und war zu vorsichtig, ihm dazu Gelegenheit zu geben. In diesem hartnäckig friedlichen System lag etwas außerordentlich Ärgerliches; es blieb Brom keine andere Wahl, als sich auf seinen rohen Mutwillen zu verlassen und seinem Nebenbuhler derbe Streiche zu spielen. Ichabod wurde das Ziel der launenhaften Verfolgung von seiten Bones' und seiner groben Reiterbande. Sie beunruhigten sein bisher friedliches Gebiet, räucherten seine Singschule aus, indem sie den Schornstein verstopften, brachen nachts ins Schulhaus ein, trotz der starken Befestigung von Weidenruten und Fensterstangen, und kehrten das Unterste zuoberst, so daß der arme Schulmeister zu glauben anfing, sämtliche Hexen aus der Umgegend hielten hier ihre Zusammenkünfte. Aber was noch verdrießlicher war, Brom benutzte jede Gelegenheit, ihn in Gegenwart seiner Geliebten lächerlich zu machen, und er besaß einen schändlichen Hund, den er abrichtete, in der komischsten Weise zu winseln, und als Ichabods Nebenbuhler einführte, damit er das Mädchen im Psalmensingen unterrichte.

Dergestalt ging die Sache eine Zeitlang weiter, ohne irgendeinen merklichen Einfluß auf die gegenseitige Lage der streitenden Parteien zu haben. An einem schönen Herbstnachmittag saß Ichabod nachdenklich wie ein König auf dem hohen Stuhl, von dem aus er gewöhnlich alle Vorgänge in seinem kleinen wissenschaftlichen Reich beobachtete. In der Hand schwenkte er einen Stock, das Zepter despotischer Macht; die Birkenrute der Gerechtigkeit lag auf drei Nägeln hinter dem Thron, als beständiger Schrecken aller Übeltäter, während vor ihm auf dem Pult verschiedene eingeschmuggelte Gegenstände und verbotene Waffen, die er bei den faulen Buben entdeckt hatte, zu sehen waren:

halbverzehrte Äpfel, Knallbüchsen, Brummkreisel, Fliegenkäfige und ganze Legionen hoch aufgerichteter kleiner Kampfhähne aus Papier. Anscheinend war erst kürzlich ein furchtbarer Akt der Gerechtigkeit vollzogen worden, denn seine Schüler waren alle aufmerksam in ihre Bücher vertieft oder flüsterten leise hinter ihnen, mit einem Auge nach dem Lehrer schielend, und eine Art summender Stille herrschte im ganzen Schulzimmer. Sie wurde plötzlich durch die Erscheinung eines Negers in Wergjacke und -hose und mit dem Bruchstück einer runden, kronenförmigen Kopfbedeckung, dem Merkurshut ähnlich, unterbrochen; er saß auf einem struppigen, wilden, halb zugerittenen Fohlen, das er in Ermangelung eines Halfters mit einem Strick lenkte. Er ritt polternd an die Schulhaustür heran mit einer Einladung an Ichabod, an einer lustigen Gesellschaft oder einem „fröhlichen Schmaus", der am Abend bei Mynheer van Tassel stattfinden sollte, teilzunehmen, und nachdem er seine Botschaft mit jener wichtigen Miene und dem Bemühen um eine vornehme Sprache, die ein Neger bei derartigen kleinen Botengängen gern zur Schau trägt, ausgerichtet hatte, setzte er über den Bach, und dann sah man ihn die Schlucht hinaufsprengen, erfüllt von der Bedeutsamkeit und Eile seines Auftrags.

In der eben noch so ruhigen Schulstube geriet nun alles in Lärm und Aufregung. Die Schüler mußten schleunigst ihre Aufgaben beendigen, ohne sich bei Kleinigkeiten aufzuhalten; die Flinken übersprangen ungestraft die Hälfte, und die Langsamen bekamen dann und wann eine kräftige Ermunterung mit dem Rohrstock, die sie zur Eile antrieb oder ihnen über ein schwieriges Wort hinweghalf. Die Bücher wurden beiseite geschleudert, ohne wieder auf die Regale gestellt zu werden; Tintenfässer wurden umgestoßen, Bänke umgeworfen und die ganze Schule eine Stunde vor der gewöhnlichen Zeit geschlossen, so daß die Kinder wie eine Legion junger Kobolde aus Freude über ihre frühe Freilassung auf dem Rasenplatz lärmten und schwärmten.

Der verliebte Ichabod brachte mindestens eine halbe Stunde länger bei seiner Toilette zu, indem er seinen besten und in der Tat einzigen fadenscheinigen schwarzen Rock bürstete und putzte und seine Locken vor einem Stück zerbrochenem Spiegelglas, das im Schulhaus hing, in Ordnung brachte. Damit er vor seiner Herrin als wahrer Kavalier erscheinen könnte, borgte er sich ein Pferd von dem Bauern, bei dem er wohnte, einem cholerischen alten Holländer namens Hans van Ripper, und zog nun, stattlich im Sattel sitzend, wie ein fahrender Ritter auf Abenteuer aus. Aber es ist wohl angebracht, daß ich im echten Stil der romantischen Schriftsteller eine genaue Beschreibung vom Aussehen und von der Ausrüstung meines Helden und seines Rosses gebe. Das Tier, das er ritt, war ein abgearbeiteter Acker-gaul, von dem beinahe nichts übriggeblieben war als seine Män-gel. Er war dürr und zottig, mit einem Schafshals und einem hammerförmigen Kopf; seine rostrote Mähne und Schwanzhaare waren verfilzt und voller Kletten; ein Auge hatte die Seh-kraft verloren und war starr und geisterhaft, aber das andere leuchtete wahrhaft teuflisch. Jedoch mußte der Gaul früher ein-mal feurig und mutig gewesen sein, wenn wir nach seinem Na-men urteilen wollen, der Gunpowder* hieß. Er war tatsächlich ein Lieblingspferd seines Herrn, des cholerischen van Ripper, gewesen, der als wilder Reiter dem Tier sehr wahrscheinlich et-was von seinem eigenen Geist eingeflößt hatte; denn so alt und unbrauchbar es auch aussah, es steckte doch noch mehr der Scha-denteufel in ihm als in irgendeinem jungen Füllen des Landes.

Ichabods Gestalt paßte zu einem solchen Roß. Er ritt mit kur-zen Steigbügeln, wodurch seine Knie fast bis an den Sattelknopf gehoben wurden; seine spitzen Ellenbogen standen hervor wie die Beingelenke einer Heuschrecke; er hielt seine Peitsche wie ein Zepter senkrecht in der Hand, und als sich das Pferd in Trab setzte, war die Bewegung seiner Arme dem Schlagen eines Flü-gelpaars nicht unähnlich. Ein kleiner wollener Hut ruhte auf seinem Nasengiebel – denn so konnte man den schmalen Streifen von Stirn wohl nennen –, und seine schwarzen Rockschöße flo-gen beinahe bis an den Schweif des Gaules. Derart war die Er-scheinung von Ichabod und seinem Roß, als sie aus Hans van Rippers Tor wackelten, und das Ganze bot ein Bild, wie man es selten am hellen Tag zu Gesicht bekommt.

Es war, wie gesagt, ein schöner Herbsttag; der Himmel war klar und heiter, und die Natur trug jenes reiche, goldene Kleid, mit dem wir immer den Begriff von Überfluß verbinden. Die Wälder hatten sich in ihr ernstes Braun und Gelb gehüllt, wäh-rend einige zartere Bäume durch den Frost in leuchtende Oran-ge-, Purpur- und Scharlachtöne getaucht waren. Scharen schrei-ender Wildenten begannen sich hoch in der Luft zu zeigen; die Stimme des Eichhörnchens ließ sich aus den Buchen und Hickory-nußbäumen und der schwermütige Schlag der Wachtel zwischen-durch vom nahen Stoppelfeld her vernehmen.

---

* Schießpulver (Anmerkung des Übersetzers).

Die kleinen Vögel feierten ihr Abschiedsfest. Auf dem Höhepunkt ihre Lustbarkeit flatterten sie zirpend und frohlockend von Busch zu Busch, von Baum zu Baum, durch die Üppigkeit und Mannigfaltigkeit um sie her ganz übermütig geworden. Da war das ehrliche Wanderdrosselmännchen, das Lieblingswild angehender Jäger, mit seinem lauten Klageton; und die zwitschernden Amseln, die in den schwarzen Wolken umherflogen; und der goldbeschwingte Specht mit seinem karmesinroten Federbusch, seiner breiten schwarzen Halskrause und dem glänzenden Gefieder; und der Seidenschwanz mit seinen rotgesäumten Flügeln und dem gelbgesäumten Schwanz und seiner kleinen Jägermütze aus Federn; und der Blauhäher, dieser geschwätzige Stutzer, in seinem lustigen hellblauen Rock und weißen Unterkleid; er schrie und schnatterte und nickte und neigte und beugte sich und tat, als stände er mit allen Sängern des Waldes auf gutem Fuß.

Als Ichabod langsam dahintrabte, schweifte sein Auge, stets offen für jedes Anzeichen von kulinarischem Überfluß, mit Entzücken über die Schätze des fröhlichen Herbstes. Auf allen Seiten schaute er unermeßliche Mengen von Äpfeln; manche hingen in erdrückender Fülle an den Bäumen, manche waren in Körbe und Tonnen gepackt, um auf den Markt gebracht zu werden, andere in stattlichen Haufen für die Apfelweinpresse aufgetürmt. Etwas später sah er große Maisfelder, wo die goldenen Kolben aus den blattreichen Hülsen guckten und Kuchen und Reispuddings verhießen, und darunter lagen gelbe Kürbisse, die ihre glatten runden Bäuche der Sonne zuwendeten und die herrlichsten Aussichten auf die köstlichsten Pasteten eröffneten; und dann kam er an den duftenden Buchweizenäckern vorüber, die den Wohlgeruch des Bienenkorbes ausströmten, und als er diese erblickte, überfiel ihn in der Seele eine leise Ahnung von den leckeren, dick mit Butter bestrichenen, mit Honig oder Sirup gefüllten Pfannkuchen, die ihm Katrina van Tassels zarte, kleine, mit Grübchen versehene Hand bereiten würde.

Während er so sein Gemüt mit vielen süßen Gedanken und „überzuckerten Vorahnungen" nährte, ritt er an einer Hügelkette entlang, von wo aus man einen Blick auf einige der lieblichsten Gegenden am mächtigen Hudson hat. Die Sonne wälzte allmählich ihre breite Scheibe dem Westen zu. Der weite Busen des Tappaan-Zee lag unbeweglich und spiegelglatt da, nur daß ab und zu eine sanfte Welle den blauen Schatten des fernen Gebirges spiegelte und verlängerte. Wenige bernsteinfarbene Wolken schwebten am Himmel, ohne daß ein Lüftchen sie bewegte. Der Horizont hatte eine schöne goldene Färbung, die sich nach und nach in reines Apfelgrün und dann in das tiefe Blau des Äthers verwandelte. Ein schräger Strahl ruhte noch auf den bewaldeten Spitzen der Anhöhen, die an einzelnen Stellen den Fluß überragten, und färbte das Dunkelgrau und Purpur ihrer Felswände noch dunkler. In der Ferne fuhr langsam eine Schaluppe dahin, die gemächlich mit der Flut stromabwärts glitt, während ihr Segel unnütz am Mast hing; und als der Widerschein des Himmels auf dem stillen Wasser erstrahlte, schien es, als schwebe das Schiff in der Luft.

Gegen Abend traf Ichabod in Mynheer van Tassels Burg ein, die er mit dem Stolz und der Blüte der Umgebung angefüllt fand: Alte Pächter, ein mageres Geschlecht mit ledernen Gesichtszügen, in Röcken und Hosen aus grobem Wollstoff, blauen Strümpfen, gewaltigen Schuhen und prachtvollen Zinnschnallen. Ihre munteren verblühten kleinen Frauen in enganschließenden, gekräuselten Hauben, kurzen Kleidern mit langen Taillen und selbstgewebten Röcken, an denen Scheren, Nadelkissen und bunte Kattuntaschen herabhingen. Lebhafte Mädchen, fast ebenso altmodisch wie ihre Mütter, außer daß ein Strohhut, ein schönes Band oder vielleicht ein weißes Kleid auf den Einfluß der Stadt hindeuteten. Die Söhne in kurzen Röcken mit viereckigen Schößen und Reihen gewaltiger Messingknöpfe, und ihr Haar meistens nach der damaligen Mode eingeflochten, besonders wenn sie sich zu dem Zweck eine Aalhaut verschaffen konnten, da man diese im ganzen Land als ein vorzüglich nährendes und stärkendes Haarwuchsmittel betrachtete.

Brom Bones war jedoch der Held des Schauplatzes, weil er zu der Gesellschaft auf seinem Lieblingspferd Daredevil gekommen war, einem Tier, das wie er selbst voll Feuer war und das nur er selbst zu zügeln vermochte. Er war dafür bekannt, daß er bösartige Tiere vorzog, die alle möglichen Tücken hatten und für den Reiter eine ständige Lebensgefahr bedeuteten; denn ein fügsames, gut zugerittenes Pferd erachtete er als eines verwegenen Burschen unwürdig.

Gern würde ich innehalten, um bei der Fülle von Reizen zu verweilen, die sich dem entzückten Blick meines Helden beim Betreten des Staatszimmers in van Tassels Haus darbot. Ich meine allerdings nicht die der drallen Dirnen mit ihren üppigen weißen und roten Farben, sondern die unermeßlichen Reize eines echten holländischen Land-Teetisches in der Herbstzeit. Diese übervollen Platten mit verschiedenen und beinah unbeschreiblichen Kuchenarten, wie sie bloß die erfahrenen holländischen Hausfrauen zu backen verstehen! Da waren die saftigen Krapfen, die weiche Öltorte und die knusprigen, krümeligen Flinsen; süße Kuchen und Mürbekuchen, Pfeffer- und Honigkuchen und die gesamte Kuchenfamilie. Und dann gab es Apfel- und Pfirsich- und Kürbispasteten, außerdem Speckseiten und Rauchfleisch, obendrein köstliche Schüsseln mit eingemachten Pflaumen, Pfirsichen, Birnen und Quitten, gar nicht zu gedenken der gesottenen Alsen und gebratenen Hähnchen und der Schalen mit Milch und Sahne, alles bunt durcheinandergewürfelt, fast so, wie ich es aufgezählt habe; dazwischen der mütterliche Teekessel, der in der Mitte seine Dampfwolken emporsteigen ließ – Gott steh mir bei! mir fehlt Atem und Zeit, dieses Festmahl gebührend zu schildern, denn es drängt mich allzusehr, mit meiner Geschichte zu Ende zu kommen. Ichabod Crane hatte es glücklicherweise nicht so eilig, sondern ließ jedem Leckerbissen volle Gerechtigkeit widerfahren.

Er war ein gutmütiges und dankbares Geschöpf, dessen Herz sich in dem Verhältnis erweiterte, wie sein Magen sich mit guter Kost füllte, und dessen Geist beim Essen auflebte, wie dies bei manchen Menschen durch das Trinken geschieht. Überdies konnte er nicht umhin, während des Essens seine großen Augen ringsum schweifen zu lassen und beim Gedanken an die Möglichkeit, eines Tages der Herr dieses ganzen Schauplatzes von beinah unglaublicher Üppigkeit und Herrlichkeit zu werden, in sich hineinzukichern. Dann dachte er daran, wie bald er dem alten Schulhaus den Rücken kehren, Hans van Ripper und allen anderen knickrigen Gönnern ein Schnippchen schlagen und jeden reisenden Pädagogen, der sich erkühnte, ihn Kollege zu nennen, zur Tür hinauswerfen wollte!

Der alte Baltus van Tassel bewegte sich unter seinen Gästen mit einem vor Zufriedenheit und guter Laune strahlenden Gesicht, das rund und fröhlich war wie der Erntemonat. Seine Honneurs waren kurz, aber ausdrucksvoll, denn sie beschränkten sich auf ein Händeschütteln, einen Schlag auf die Schulter, ein lautes Lachen oder eine dringende Einladung, doch „zuzulangen und sich selbst zu bedienen".

Und nun lud die Musik aus dem Gesellschaftszimmer oder der Halle zum Tanz ein. Der Musiker war ein alter, grauhaariger Neger, seit mehr als einem halben Jahrhundert das wandernde Orchester der Gegend. Sein Instrument war so alt und gebrechlich wie er selber. Die meiste Zeit kratzte er auf zwei oder drei Saiten herum, wobei er jeden Bogenstrich mit einer Neigung des Kopfes begleitete, sich fast bis auf den Erdboden beugte und mit dem Fuß aufstampfte, sooft ein neues Paar antreten sollte.

Ichabod tat sich auf sein Tanzen ebensoviel zugute wie auf sein Singen. Kein Glied, keine Faser an ihm blieb müßig, und wer seine lose zusammenhängende Gestalt in voller Bewegung durch das Zimmer hätte herumwirbeln sehen, würde gemeint haben, St. Veit selbst, der gebenedeite Patron des Tanzes, hüpfe hier in höchsteigener Person. Er wurde von sämtlichen Negern bewundert, die in jeder Altersstufe und Größe aus der Farm und der Nachbarschaft zusammengekommen waren und vor allen Türen und Fenstern eine Pyramide glänzend schwarzer Gesichter bildeten, um das Schauspiel mit Entzücken anzustarren, wobei sie die weißen Augäpfel rollten und, den Mund von einem Ohr zum anderen aufreißend, beim Grinsen Reihen elfenbeinerner Zähne zeigten. Wie konnte da der Zuchtmeister der Buben anders als lebhaft und lustig sein? Die Dame seines Herzens war seine Tanzpartnerin und lächelte holdselig als Antwort auf all seine verliebten Blicke, während Brom Bones, von Liebe und Eifersucht gequält, vor sich hinbrütend in einer Ecke saß.

Als der Tanz zu Ende war, fühlte sich Ichabod zu einer Gruppe klügerer Leute hingezogen, die mit dem alten van Tassel an einem Ende der Vorhalle rauchend beisammensaßen, über die alten Zeiten schwatzten und sich lange Geschichten aus dem Krieg erzählten.

Diese Gegend gehörte zu der Zeit, von der ich spreche, zu jenen hochbegünstigten Orten, die an historischen Erinnerungen und berühmten Männern reich sind. Das britische und amerikanische Heer waren während des Krieges in der Nähe aufeinandergestoßen, und infolgedessen war diese Gegend von Marodeuren, Flüchtlingen, Cowboys und allerhand Grenzreitern heimgesucht worden. Es war gerade genügend Zeit darüber verronnen, daß jeder Erzähler seine Sage mit kleinen passenden Zusätzen aufputzen und bei der Unbestimmtheit seiner Erinnerung sich selbst zum Helden jedes Unternehmens aufwerfen konnte.

Da war die Geschichte von Doffue Martling, einem gewaltigen blaubärtigen Holländer, der mit einem alten eisernen Neunpfünder von einer Lehmschanze aus fast eine englische Fregatte erledigt hätte, wenn seine Kanone nicht beim sechsten Schuß geplatzt wäre. Auch war da ein alter Herr, dessen Namen ich nicht verraten will, weil er ein zu reicher Mynheer ist, als daß man ihn nur so obenhin erwähnen dürfte, der in der Schlacht von Whiteplains als ausgezeichneter Fechtmeister eine Musketenkugel mit dem Degen parierte, so daß er sie im wahrsten Sinne des Wortes um die Klinge sausen und am Griff abprallen fühlte; zum Beweis dessen war er jederzeit erbötig, den Degen mit dem etwas verbogenen Griff vorzuzeigen. Da gab es noch mehrere, die sich im Feldzug nicht minder hervorgetan hatten, und unter ihnen war kein einziger, der nicht überzeugt gewesen wäre, daß er wesentlich dazu beigetragen habe, den Krieg zu einem glücklichen Ende zu führen.

Doch all das war nichts gegen die Geister- und Gespenstergeschichten, die nun folgten. Die Umgegend ist reich an derartigen Sagenschätzen. Lokale Legenden und abergläubische Ansichten gedeihen am besten in diesen versteckten, lange bewohnten Winkeln, aber sie werden von der unsteten Menge, welche die Bevölkerung der meisten unserer ländlichen Ortschaften bildet, in den Staub getreten. Außerdem finden die Gespenster in den wenigsten unserer Dörfer Ermutigung; denn kaum haben sie Zeit gehabt, ihren ersten Schlummer zu halten und sich in ihren Gräbern umzudrehen, so sind ihre überlebenden Freunde aus der Gegend fortgezogen, so daß sie, wenn sie nachts emporsteigen, um die Runde zu machen, keinen Bekannten treffen, dem sie einen Besuch abstatten könnten. Dies ist vielleicht der Grund, warum wir so selten von Geistern hören, ausgenommen in unseren langbestehenden holländischen Gemeinden.

Die unmittelbare Ursache der hier verbreiteten Vorliebe für übernatürliche Geschichten war jedoch zweifellos die Nähe der schläfrigen Schlucht. Es lag schon in der von jener verzauberten Gegend herüberwehenden Luft etwas Ansteckendes; sie entwikkelte eine Atmosphäre von Träumen und Phantasien, die das ganze Land vergifteten. Verschiedene Bewohner der schläfrigen Schlucht waren bei van Tassel anwesend und schütteten wie gewöhnlich ihre wilden und wunderbaren Legenden reichlich aus. Manche schauerliche Geschichte von Leichenzügen, Trauergeschrei und Wehklagen wurde berichtet, die man in der Nähe des großen, unfern stehenden Baumes, wo der unglückliche Major André gefangengenommen worden war, gehört und gesehen hatte. Man erwähnte auch die weiße Frau, die in der dunklen Höhle von Raven Rock spukte und deren Seufzer man in Winternächten häufig vor einem Sturm vernahm, weil sie dort einst im Schnee umgekommen war. Die meisten Erzählungen drehten sich indes um das Lieblingsgespenst der schläfrigen Schlucht, den kopflosen Reiter, den man kürzlich mehrmals die Gegend hatte durchziehen hören und der, wie es hieß, nachts sein Roß zwischen den Gräbern auf dem Kirchhof anband.

Die einsame Lage dieser Kirche scheint sie stets zu einem bevorzugten Aufenthaltsort unruhiger Geister gemacht zu haben. Sie steht auf einem von Akazien und hohen Ulmen umgebenen Hügel, zwischen denen ihre sauberen, weißgetünchten Mauern bescheiden hindurchschimmern, wie die christliche Reinheit, die durch die Schatten der Einsamkeit glänzt. Ein sanfter Abhang führt von ihr zu einer silbernen Wasserfläche, die von hohen Bäumen umstanden ist, zwischen denen man hier und da auf die blauen Berge des Hudson blickt. Wenn man diesen grasbewachsenen Friedhof sieht, wo die Sonnenstrahlen so ruhig zu schlafen scheinen, sollte man meinen, daß dort wenigstens die Toten in Frieden ruhen könnten. Auf der einen Seite der Kirche dehnt sich eine weite waldige Schlucht aus, durch die ein reißender Bach zwischen Felsbrocken und umgestürzten Baumstämmen einhertost. Über eine tiefe schwarze Stelle des Stromes, nicht fern von der Kirche, führte früher eine hölzerne Brücke; die Zufahrt und die Brücke selbst waren durch überhängende Bäume dicht beschattet, die sogar bei Tage eine gewisse Düsterkeit darüber ausbreiteten, aber nachts alles in schreckliches Dunkel hüllten. Dies war eine der Lieblingsstätten des kopflosen Reiters und die Stelle, wo man ihm am häufigsten begegnete. So erzählte man die Geschichte vom alten Brouwer, einem ketzerischen Geisterleugner, wie er mit dem Reiter, der von seinem Zug nach der schläfrigen Schlucht zurückkehrte, zusammengetroffen und gezwungen worden sei, hinter ihm aufzusitzen; wie sie über Stock und Stein, über Hügel und Moor galoppierten, bis sie die Brücke erreichten, wo sich der Reiter plötzlich in ein Totengerippe verwandelte, den alten Brouwer in den Bach schleuderte und unter Donnergepolter über die Baumwipfel davonsprengte.

Dieser Geschichte schloß sich unmittelbar ein noch dreimal wunderbareres Abenteuer von Brom Bones an, der den galoppierenden Hessen als einen Erzgauner verspottete. Er versicherte, daß ihn eines Abends, als er aus dem benachbarten Dorf Sing-Sing zurückgekehrt sei, der mitternächtliche Reiter eingeholt und sich erboten habe, mit ihm um eine Schale Punsch um die Wette zu reiten, und er sie auch gewonnen hätte, da Daredevil dem Geisterroß weit voraus gewesen sei; aber gerade, als sie an die

Kirchenbrücke gekommen seien, habe der Hesse einen Satz gemacht und sei in einem Feuerschlund verschwunden.

Alle diese Erzählungen – in jenem raunenden Flüsterton vorgetragen, in dem die Menschen im Dunkeln reden –, bei denen die Gesichter der Zuhörer nur dann und wann durch das Aufflackern einer Pfeife beleuchtet wurden, prägten sich tief in Ichabods Gemüt ein. Er revanchierte sich mit weitläufigen Zitaten aus seinem unschätzbaren Schriftsteller Cotton Mather und fügte viele wundersame Vorfälle hinzu, die sich in seinem Geburtsstaat Connecticut ereignet hatten, sowie Enthüllungen über entsetzliche Erscheinungen, die er auf seinen nächtlichen Wanderungen in der schläfrigen Schlucht gesehen hatte.

Die Gesellschaft brach nun allmählich auf. Die alten Bauern packten ihre Familien in ihre Wagen, die man noch einige Zeit lang in den Hohlwegen und über die fernen Hügel dahinrasseln hörte. Einige junge Mädchen nahmen auf den Pferden ihrer Verehrer hinter diesen auf dem Sattelkissen Platz, und ihr helles, herzhaftes Lachen, das sich mit dem Hufschlag mischte, hallte im schweigsamen Waldrevier wider, klang schwächer und schwächer, bis es nach und nach erstarb – und der noch kürzlich so lärmende und lustige Schauplatz war ganz still und verlassen. Nur Ichabod blieb noch, der Sitte ländlicher Liebhaber gemäß, um mit der Erbin unter vier Augen zu sprechen, vollständig überzeugt, daß er jetzt auf der Heerstraße zu seinem Glück sei. Was bei diesem Gespräch vorging, wage ich nicht zu sagen, denn ich weiß es wirklich nicht. Irgend etwas muß jedoch, fürchte ich, schiefgegangen sein, denn nach gar nicht so langer Zeit rannte er mit gänzlich verstörter und trostloser Miene davon. – O diese Weiber! diese Weiber! Hatte die Dirne ihm vielleicht einen ihrer koketten Streiche gespielt? – Hatte sie den armen Pädagogen bloß zum Schein ermutigt, um sich die Eroberung seines Nebenbuhlers zu sichern? – Der Himmel mag es wissen, ich nicht! – Kurz und gut, Ichabod schlich sich mit der Miene eines Menschen davon, der eher einen Hühnerstall als das Herz eines schönen Mädchen hatte im Sturm erobern wollen. Ohne sich auch nur rechts oder links irgendwie nach dem Schauplatz des ländlichen Reichtums umzusehen, nach dem er so häufig hingeschielt hatte, ging er geradewegs in den Stall und trieb sein Pferd höchst unsanft aus dem behaglichen Quartier, in dem es gesund schlief und von Bergen aus Korn und Hafer und ganzen Tälern voll Gras und Klee träumte.

Es war gerade die nächtliche Geisterstunde, als Ichabod schweren Herzens und niedergeschlagen seinen Weg nach Hause verfolgte, an den hohen Hügeln entlang, die über Tarry Town emporragen und die er am Nachmittag so fröhlich durchzogen hatte. Die Stunde war ebenso trübe wie er selbst. Weit unter ihm breitete der Tappaan-Zee seinen düsteren und undeutlich erkennbaren Wasserspiegel aus, auf dem sich hier und da der hohe Mast einer Schaluppe zeigte, die ruhig in Landnähe vor Anker lag. Bei der mitternächtlichen Totenstille konnte er sogar vom gegenüberliegenden Ufer des Hudson das Bellen des Wachhundes vernehmen, aber es war so unbestimmt und schwach, daß es ihm nur seine Entfernung von diesem treuen Gefährten des Menschen vor Augen führte. Hin und wieder erschallte auch weither von irgendeinem Hof zwischen den Hügeln das langgezogene Krähen eines zufällig erwachten Hahnes – aber es drang nur wie ein traumhafter Laut an sein Ohr. Kein Lebenszeichen war in seiner Nähe zu bemerken, nur gelegentlich das schwermütige Zirpen einer Grille oder vielleicht aus dem nahen Sumpf der Kehlton eines großen Ochsenfrosches, der anscheinend unbequem schlummerte und sich plötzlich in seinem Bett umgedreht hatte.

Alle die Geschichten von Geistern und Kobolden, die er am Nachmittag gehört hatte, kamen ihm jetzt wieder scharenweise in den Sinn. Die Nacht wurde immer dunkler; die Sterne schienen tiefer am Himmel zu sinken, und vorüberziehende Wolken verhüllten sie manchmal vor seinen Blicken. Er hatte sich nie so allein und unglücklich gefühlt. Obendrein näherte er sich gerade der Stätte, die man zum Schauplatz vieler Spukgeschichten gemacht hatte. Mitten auf dem Weg stand ein ungeheurer Tulpenbaum, der wie ein Riese über alle anderen Bäume in der Nachbarschaft emporragte und eine Art Wahrzeichen bildete. Seine Äste waren knorrig und seltsam geformt, groß genug, um für gewöhnliche Bäume Stämme abzugeben; sie bogen sich beinahe bis zur Erde hinab und erhoben sich dann wieder in die Luft. Er stand mit der tragischen Geschichte des unglücklichen André, der nahebei gefangengenommen worden war, in Verbindung und war allgemein unter dem Namen „Major Andrés Baum" bekannt. Das gewöhnliche Volk betrachtete ihn mit einem Gemisch von Scheu und Aberglauben, teils aus Mitgefühl für das Schicksal des bedauernswürdigen Mannes, teils wegen der Erzählungen von seltsamen Erscheinungen, die man dort wahrgenommen, und der traurigen Klagetöne, die man dort gehört haben wollte.

Als Ichabod sich diesem gefürchteten Baum näherte, begann er zu pfeifen; er glaubte, sein Pfeifen werde beantwortet, aber es war bloß ein Windstoß, der scharf durch die dürren Zweige fuhr. Als er noch ein wenig näher kam, meinte er, etwas Weißes in der Mitte des Baumes hängen zu sehen; er hielt an und ließ das Pfeifen sein; doch als er genauer hinblickte, bemerkte er, daß es eine Stelle war, wo der Baum vom Blitz getroffen und das weiße Holz bloßgelegt worden war. Plötzlich hörte er ein Stöhnen – seine Zähne klapperten, und die Knie schlotterten ihm gegen den Sattel: es waren nur zwei der mächtigen Äste, die sich im Sturm aneinanderrieben. Er kam unbehelligt an dem Baum vorüber, aber neue Gefahren lagen vor ihm.

Ungefähr zweihundert Ellen hinter dem Baume durchschnitt ein schmaler Bach den Weg und floß in eine sumpfige und dichtbewaldete Schlucht, die unter dem Namen „Wileys Moor" bekannt war. Wenige rohe, nebeneinandergelegte Balken dienten als Brücke über diesen Bach. Auf jener Seite des Weges, wo der Bach in den Wald eintrat, verbreitete eine Gruppe mit wildem Wein dicht durchflochtener Eichen- und Kastanienbäume eine höhlenartige Finsternis. Diese Brücke zu überschreiten, darin bestand die schwerste Prüfung. Genau hier war der unglückliche André gefangengenommen worden, und hinter jenen Kastanien und Weinreben hatten sich die kräftigen Milizsoldaten versteckt, die ihn überfielen. Seitdem hat man dieses Gewässer immer für behext angesehen, und den Schulknaben, der nach Einbruch der Dämmerung allein darüber gehen muß, gruselt es.

Als er sich dem Bach näherte, begann sein Herz zu pochen; er nahm jedoch alle seine Entschlossenheit zusammen, versetzte seinem Pferd ein halb Dutzend Stöße in die Weichen und versuchte geschwind über die Brücke zu sprengen; aber anstatt vorwärts zu traben, machte das störrische alte Tier eine Bewegung zur Seite und rannte schräg gegen die Umzäunung. Ichabod, dessen Furcht mit der Verzögerung wuchs, riß die Zügel nach der anderen Seite und stieß wacker mit dem entgegengesetzten Fuß; es war alles umsonst: sein Gaul ging freilich vorwärts, doch nur, um auf der anderen Seite des Weges in ein Dickicht von Brombeeren und Holundergestrüpp hineinzugeraten. Der Schulmeister bearbeitete nun mit Peitsche und Sporn die mageren Rippen des alten Gunpowder, der schnaubend und schnaufend vorwärts schoß, aber gerade bei der Brücke so plötzlich anhielt, daß er seinen Reiter fast kopfüber abgeworfen hätte. Gerade in diesem Augenblick vernahm Ichabods feines Ohr ein Getrampel im Sumpf neben der Brücke. Im dunklen

Schatten des Gebüsches am Rande des Baches sah er etwas Ungeheures, Mißgestaltetes, Schwarzes und Turmhohes. Es rührte sich nicht, sondern schien in der Düsterkeit zusammenzukauern, bereit, sich gleich einem riesenhaften Ungetüm auf den Reisenden zu stürzen.

Das Haar des erschreckten Pädagogen sträubte sich vor Entsetzen. Was tun? Umzukehren und zu fliehen, war es jetzt zu spät; und außerdem, welche Möglichkeit gab es, einem Geist oder Kobold, wenn es ein solcher war, zu entrinnen, der ja auf Flügeln des Windes reiten konnte? Indem er sich deshalb den Anschein von Mut zu geben bemühte, fragte er stammelnd: „Wer seid Ihr?" Er erhielt keine Antwort. Er wiederholte seine Frage mit noch erregterer Stimme. Noch immer keine Antwort. Abermals zerschlug er die Flanken des unnachgiebigen Gunpowder, schloß die Augen und stimmte mit unwillkürlicher Inbrunst eine Psalmmelodie an. Gerade in dem Augenblick setzte sich der schemenhafte Gegenstand des Schreckens in Bewegung und stellte sich mit einem Ruck und Sprung plötzlich mitten in den Weg. Obwohl die Nacht dunkel und schauerlich war, wurde jetzt die Gestalt des Unbekannten einigermaßen erkennbar. Es schien ein Reiter von ungeheurer Größe zu sein, der auf einem mächtigen Rappen saß. Er belästigte Ichabod nicht, bot ihm aber auch nicht seine Begleitung an, sondern hielt sich auf der einen Straßenseite und trabte auf der blinden Seite des alten Gunpowder dahin, der nun seine Furcht und Störrigkeit überwunden hatte.

Ichabod, dem dieser fremde mitternächtliche Gesellschafter keine Freude machte und der sich an Brom Bones' Abenteuer mit dem galoppierenden Hessen erinnerte, spornte jetzt sein Pferd an in der Hoffnung, den anderen hinter sich zu lassen. Der Fremde trieb jedoch sein Pferd zu gleicher Geschwindigkeit an. Ichabod ließ die Zügel locker, ritt im Schritt und wollte zurückbleiben – der andere tat dasselbe. Sein Herz begann zu zagen; er versuchte seinen Psalm wieder anzustimmen, aber die trockene Zunge klebte ihm am Gaumen, und er konnte keine Silbe herausbringen. In dem mürrischen und finsteren Schweigen dieses hartnäckigen Begleiters war etwas Geheimnisvolles und Entmutigendes. Dies klärte sich bald auf eine schreckliche Weise auf. Als Ichabod eine Anhöhe emporritt, wo sich die Gestalt seines Reisegefährten in ihrer gigantischen Größe und in einen Mantel gehüllt plastisch gegen den Himmel abhob, packte ihn das Grausen, als er sah, daß sie kopflos war! – aber sein Entsetzen wuchs noch mehr, als er bemerkte, daß er das Haupt, das auf seinen Schultern hätte sitzen sollen, vor sich auf dem Sattelknopf trug! Seine Angst steigerte sich zur Verzweiflung; er ließ einen Regen von Püffen und Stößen auf Gunpowder fallen, in der Hoffnung, durch eine plötzliche Bewegung seinem Genossen den Rang abzugewinnen – doch das Gespenst sprengte ebenso schnell vorwärts wie er. Dahin jagten sie denn durch dick und dünn, daß bei jedem Satz Kies und Funken stoben. Ichabods lose Gewänder flatterten in der Luft, weil er in der Hitze der Flucht seinen langen dürren Leib nach vorn über den Kopf des Pferdes streckte.

Sie hatten nun den Weg erreicht, der zur schläfrigen Schlucht abzweigt, aber Gunpowder, der vom Dämon besessen schien, machte, statt die Richtung geradeaus beizubehalten, eine entgegengesetzte Wendung und jagte links den Hügel hinunter. Dieser Pfad führte durch einen sandigen, ungefähr eine Viertelmeile von Bäumen beschatteten Hohlweg, der über die in den Spukgeschichten berüchtigte Brücke führt, und gleich dahinter erhebt sich der grüne Hügel, auf dem die weißgetünchte Kirche steht.

Bis jetzt hatte die panische Angst des Pferdes seinem ungeschickten Reiter einen deutlichen Vorsprung bei dem Wettrennen verschafft, aber als er eben die Hälfte der Schlucht zurückgelegt hatte, gab der Sattelgurt nach, und er fühlte den Sattel unter sich fortrutschen. Er ergriff ihn am Knopf und bemühte sich, ihn festzuhalten, aber umsonst! Er hatte noch gerade Zeit genug, sich dadurch zu retten, daß er den alten Gunpowder um den Hals faßte, als der Sattel zu Boden fiel und er hörte, wie sein Verfolger darüber hinwegsetzte. Einen Augenblick trat ihm die Angst vor Hans van Rippers Zorn vor die Seele, denn es war dessen Sonntagssattel; aber es blieb ihm keine Zeit zu kleinlicher Besorgnis. Das Gespenst war ihm hart auf den Fersen, und als ungeschickter Reiter hatte er hinlänglich zu tun, oben zu bleiben. Manchmal glitt er auf die eine Seite, manchmal auf die andere, und zuweilen geriet er mit solcher Gewalt auf das scharfe Rückgrat seines Pferdes, daß er wirklich befürchtete, mitten auseinandergespalten zu werden.

Eine Lichtung zwischen den Bäumen erfreute ihn jetzt mit der Hoffnung, daß die Kirchenbrücke nahe sein müsse. Das zitternde Abbild eines silbernen Sternes auf der Oberfläche des Baches zeigte ihm an, daß er sich nicht geirrt hatte. Er sah die Mauern der Kirche schwach zwischen den Bäumen hindurchschimmern. Er entsann sich der Stelle, wo Brom Bones' gespenstischer Nebenbuhler verschwunden war. Wenn ich bloß die Brücke erreichen kann, dachte Ichabod, so bin ich in Sicherheit. Im selben Augenblick hörte er den Rappen dicht hinter sich keuchen und schnauben; er glaubte sogar seinen heißen Atem zu spüren. Noch ein krampfhafter Stoß in die Rippen, und der alte Gunpowder sprang auf die Brücke; er donnerte über die widerhallenden Planken, er erreichte das andere Ufer; und jetzt warf Ichabod einen Blick zurück, um zu sehen, ob sein Verfolger, der Sage gemäß, in einer Wolke von Feuer und Schwefel verschwinden würde. Da sah er, wie das Gespenst sich in den Steigbügeln aufrichtete und eben im Begriffe war, ihm seinen Kopf nachzuschleudern. Ichabod suchte dem entsetzlichen Wurfgeschoß auszuweichen, aber zu spät. Es traf seinen Schädel mit furchtbarem Krach – er fiel der Länge nach in den Staub, und Gunpowder, der Rappen und der gespenstische Reiter sausten wie ein Wirbelwind vorbei.

An nächsten Morgen fand man das alte Pferd ohne seinen Sattel und mit dem Zügel unter den Füßen ruhig vor seines Herrn Tür im Grase weiden. Ichabod erschien nicht zum Frühstück – die Mittagsstunde kam, aber kein Ichabod. Die Knaben versammelten sich im Schulhaus und schlenderten müßig am Ufer des Baches umher, aber kein Schulmeister ließ sich sehen. Hans van Ripper fing jetzt an, sich über das Schicksal des armen Ichabod und seines Sattels Sorgen zu machen. Man stellte Erkundigungen an und kam nach emsigem Nachforschen auf dessen Spur. An dem Weg, der zur Kirche führt, fand man den Sattel in den Kot getreten; die Eindrücke von Pferdehufen, die tief in den Boden gedrungen waren und sichtlich von wahnsinniger Eile zeugten, ließen sich bis an die Brücke verfolgen, und jenseits davon, am Ufer einer breiten Stelle des Baches, wo das Wasser tief und schwarz dahinfließt, entdeckte man den Hut des unglücklichen Ichabod und dicht daneben einen zertrümmerten Kürbis.

Man durchsuchte den Bach, konnte aber den Leichnam des Schulmeisters nicht finden. Hans van Ripper prüfte als Testamentsvollstrecker das Bündel, das alle irdischen Habseligkeiten Ichabods enthielt. Diese bestanden aus zwei und einem halben Hemd, zwei Halsbinden, einem oder zwei Paar Wollstrümpfen, einem alten Paar kurzer Manchesterhosen, einem rostigen Rasiermesser, einem Buch mit Psalmmelodien voller Eselsohren und einer zerbrochenen Stimmpfeife. Was die Bücher und Möbel im Schulhaus anlangte, so gehörten sie der Gemeinde, außer Cotton Mathers Geschichte der Hexenkunst, einem Almanach für Neuengland und einem Traum- und Wahrsagebuch, in dem sich ein Bogen Schreibpapier fand, der mit verschiedenen verunglückten Versen zu Ehren der van Tasselschen Erbin beschmiert und bekleckst war. Diese Zauberbücher und das poetische Gekritzel überantwortete Hans van Ripper unverzüglich den Flammen, und weil er aus dem Lesen und Schreiben niemals etwas Gutes hatte erwachsen sehen, beschloß er, von jetzt ab seine Kinder nicht mehr in die Schule zu schicken. Das Geld, das der Schulmeister besaß – sein vierteljährliches Gehalt hatte er erst ein oder zwei Tage vorher bekommen –, mußte er zur Zeit seines Verschwindens bei sich gehabt haben.

Die geheimnisvolle Begebenheit gab am folgenden Sonntag in der Kirche zu mannigfaltigen Vermutungen Anlaß. Haufen müßiger Zuschauer und Schwätzer sammelten sich auf dem Kirchhof, an der Brücke und an der Stelle, wo man den Hut und Kürbis gefunden hatte. Die Geschichten von Brouwer, von Bones und von zahllosen anderen wurden wieder ins Gedächtnis zurückgerufen, und nachdem man sie samt und sonders gehörig erwogen und mit den Einzelheiten des gegenwärtigen Falles verglichen hatte, schüttelten die Leute den Kopf und kamen zu dem Schluß, Ichabod sei vom galoppierenden Hessen entführt worden. Da er Junggeselle war und niemandem etwas schuldete, zerbrach sich keiner weiter den Kopf über ihn. Die Schule wurde in eine andere Gegend der Schlucht verlegt, und ein neuer Pädagoge herrschte an Ichabods Stelle.

Zwar brachte ein alter Farmer, der mehrere Jahre darauf einen Besuch in New York machte und dieses gespenstische Abenteuer berichtete, die Nachricht nach Hause, daß Ichabod Crane noch immer lebe; er habe die Gegend teils aus Furcht vor dem Geist und Hans van Ripper, teils aus Ärger über den plötzlich von der Erbin empfangenen Korb verlassen, sich in einem entfernten Teil des Landes angesiedelt, dort Schule gehalten und gleichzeitig die Rechte studiert, sei Anwalt, Politiker und Wahlagitator geworden, habe für die Zeitungen geschrieben und sei zuletzt zum Richter am Zehn-Pfund-Gerichtshof ernannt worden. Auch Brom Bones, der kurz nach dem Verschwinden seines Nebenbuhlers die blühende Katrina im Triumph zum Altar führte, machte jedesmal eine sehr verschmitzte Miene, wenn die Geschichte von Ichabod erzählt wurde, und er brach bei Erwähnung des Kürbisses stets in ein herzhaftes Gelächter aus, was einige auf den Verdacht brachte, daß er mehr von der Sache wisse, als er zu sagen für gut finde.

Die alten Bauersfrauen indessen, die in diesen Dingen die besten Richterinnen sind, behaupten bis auf den heutigen Tag, Ichabod sei durch übernatürliche Kräfte verschwunden, und dies ist eine Lieblingsgeschichte, die häufig in der Nachbarschaft abends am winterlichen Kamin erzählt wird. Die Brücke wurde mehr denn je Gegenstand abergläubischer Scheu, und dies mag der Grund sein, weshalb man in den letzten Jahren den Weg verlegt hat, so daß man jetzt am Mühlgraben entlang zur Kirche geht. Da das Schulhaus verlassen stand, geriet es bald in Verfall, und es ging das Gerücht, es spuke der Geist des unglücklichen Pädagogen darin; und der Knecht, der an einem stillen Sommerabend heimwärts schlendert, glaubt zuweilen seine Stimme aus der Ferne zu vernehmen, wie er eine schwermütige Psalmweise singt in der friedlichen Einsamkeit der schläfrigen Schlucht.

Nachschrift

(In Mr. Knickerbockers Manuskript gefunden)

Die vorstehende Geschichte habe ich fast mit denselben Worten wiedergegeben, mit denen ich sie bei einer Zusammenkunft der Korporation in der alten Stadt der Manhattoes* erzählen hörte, bei der mehrere ihrer weisesten und bedeutendsten Bürger anwesend waren. Der Erzähler war ein sympathischer, dürftig, doch anständig aussehender alter Herr, im Pfeffer-und-Salz-Anzug und mit traurig humorvollem Gesicht – ein Mann, von dem ich stark annehme, daß er arm war, denn er gab sich so viel Mühe, unterhaltend zu sein. Als er seine Geschichte beendet hatte, ertönte Lachen und Beifall, besonders von zwei oder drei stellvertretenden Aldermännern, welche die meiste Zeit geschlafen hatten. Es war jedoch ein großer, vertrockneter alter Herr mit buschigen Augenbrauen da, der fortwährend eine ernste, beinahe strenge Miene behielt, dann und wann die Arme übereinanderschlug, den Kopf neigte und auf den Fußboden blickte, wie wenn er einige Zweifel in seinem Gemüt hin und her wälze. Er gehörte zu jenen vorsichtigen Leuten, die niemals lachen, es sei denn, daß sie guten Grund dazu hätten – und wenn Vernunft und Recht auf ihrer Seite sind. Nachdem sich die Heiterkeit der übrigen Gesellschaft gelegt hatte und die Ruhe wiederhergestellt war,

* New York (Anmerkung des Verfassers).

stützte er den einen Arm auf die Lehne seines Stuhls, stemmte den anderen in die Seite und fragte mit leichter, aber außerordentlich weiser Kopfbewegung, indem er die Augenbrauen zusammenzog, was denn eigentlich die Moral von der Geschichte sei und was sie beweisen wolle.

Der Erzähler, der eben ein Glas Wein zur Erfrischung nach seiner Anstrengung an die Lippen setzen wollte, hielt einen Moment inne, betrachtete den Fragenden mit unendlich ergebener Miene und bemerkte, während er das Glas langsam auf den Tisch stellte, daß die Geschichte bezwecke, streng logisch zu beweisen:

„Daß es keine Situation im menschlichen Leben gebe, die nicht ihre Vorteile und Annehmlichkeiten habe – vorausgesetzt, daß man einen Scherz so aufnimmt, wie er gemeint ist;

daß mithin derjenige, der mit gespenstischen Reitern um die Wette reite, auf einen harten Ritt gefaßt sein müsse;

daß folglich, wenn ein Landschulmeister von einer holländischen Erbin einen Korb bekomme, dies ein sicherer Schritt zu hoher Beförderung im Staate sei."

Der vorsichtige alte Herr zog nach dieser Erklärung seine Augenbrauen in zehnmal dichtere Falten, da ihn diese Schlußfolgerung sehr in Verlegenheit setzte, während der Mann im Pfeffer-und-Salz-Anzug ihn, wie mir schien, mit leicht triumphierendem Grinsen betrachtete. Endlich bemerkte er, das alles sei ganz schön, die Geschichte komme ihm aber doch ein wenig zu unwahrscheinlich vor – es seien ein oder zwei Punkte darin, über die er seine Zweifel habe.

„Wahrhaftig, mein Herr", antwortete der Erzähler, „was das betrifft, so glaube ich selbst nicht die Hälfte davon."

D. K.

Geh, kleines Buch, Gott sende günst'gen Fahrwind!
Geh, und mit dieser Bitte tritt heran
Zu allen, die dich lesen oder hören:
Daß, wo du fehltest, sie dir Rat gewähren,
Der etwas oder vieles bessern kann.

Chaucers Belle Dame sans Mercie

Am Schluß dieses zweiten Bandes* des Skizzenbuches kann
der Verfasser nicht umhin auszusprechen, wie tief ihn die Nachsicht, mit der man den ersten aufgenommen hat, und die frei-
sinnige Absicht bewegt hat, ihn als Fremden mit Güte zu behandeln. Sogar die Kritiker hat er, was auch andere über sie
sagen mögen, als einen besonders freundlichen und gutmütigen
Menschenschlag kennengelernt; zwar hat jeder umgehend bei ein
oder zwei Kapiteln Einwände erhoben, und diese einzelnen Aus-
nahmen zusammengefaßt würden beinah auf völlige Verdam-
mung seines Werkes hinauslaufen; dann aber hat er sich damit
getröstet, daß er sah, wie das, was einer besonders getadelt, der
andere ebenso ausdrücklich gelobt hat; und so findet er, wenn er
die Lobeserhebungen gegen den Tadel abwägt, daß sein Buch
im großen und ganzen weit über Verdienst empfohlen worden
ist.

Er ist sich bewußt, daß er Gefahr läuft, viel von dieser wohlwollenden Gunst einzubüßen, wenn er die Ratschläge nicht be-
folgt, die ihm so freimütig erteilt wurden; denn wo unentgeltlich nützlicher Rat im Überfluß geboten wird, ist es jemandes
eigene Schuld, wenn er den falschen Weg einschlägt. Er kann zu
seiner Rechtfertigung nur sagen, daß er eine Zeitlang fest entschlossen war, sich im zweiten Band nach den über den ersten
gefällten Urteilen zu richten; doch wurde er durch den Widerspruch dieser ausgezeichneten Ratschläge bald davon abgehalten.
Einer riet ihm freundschaftlich, das Scherzhafte zu meiden, ein
anderer, das Rührende zu scheuen; ein Dritter versicherte ihm,
daß seine Schilderungen ganz leidlich seien, warnte ihn aber davor, sich mit Erzählungen zu befassen, während der Vierte erklärte, er habe eine passable Fertigkeit, eine Geschichte zu wenden, und sei wirklich unterhaltsam, wenn er ernsthaft schreibe,

* Das Werk ist ursprünglich in zwei Bänden erschienen (Anmerkung des Übersetzers).

befinde sich aber in einem bedauerlichen Irrtum, wenn er glaube, nur einen Funken Humor zu besitzen.

Auf diese Weise durch den Rat seiner Freunde verwirrt, von denen jeder ihm einen anderen Weg versperrte, ihm jedoch dafür die ganze übrige Welt öffnete, damit er sich darin bewege, fand er, daß er, wollte er all ihren Ratschlägen folgen, in der Tat stehenbleiben würde. Eine Weile verharrte er in trübseliger Unentschlossenheit, als ihm mit einemmal der Gedanke kam, so fortzufahren, wie er begonnen hatte; da sein Werk vermischten Inhalts und für verschiedene Stimmungen geschrieben sei, könne man nicht erwarten, daß irgend jemandem alles gefallen werde, aber wenn es nur etwas für jeden Leser Geeignetes aufweise, sei sein Zweck vollkommen erfüllt. Wenige Gäste setzen sich mit gleichem Appetit auf jedes Gericht an eine mit mannigfaltigen Speisen bedeckte Tafel. Einer hat gelinden Abscheu vor Schweinebraten, einem Zweiten ist Pferdefleisch ein wahrer Greuel, ein Dritter kann den Hautgout von Wildpret oder wildem Geflügel nicht vertragen, und ein Vierter mit echt männlichem Magen blickt voll stolzer Verachtung auf die hier und da für die Damen aufgetischten Leckereien. So ist jede Speise diesem oder jenem zuwider, und doch wird bei dieser Verschiedenartigkeit des Geschmacks selten ein Gericht vom Tisch abgetragen, ohne von dem einen oder anderen Gast gekostet und für gut befunden worden zu sein.

Mit solchen Überlegungen wagt er es, diesen Band zu veröffentlichen, mit der einfachen Bitte an den Leser, er solle, wenn er dann und wann etwas ihm Wohlgefälliges findet, versichert sein, daß dies ausdrücklich für verständige Leser wie ihn geschrieben worden ist, aber er ersucht ihn, sollte er etwas ihm Mißliebiges entdecken, es zu dulden als einen jener Abschnitte, die der Autor für Leser von weniger kultiviertem Geschmack hat schreiben müssen.

Doch im Ernst: der Verfasser ist sich der zahllosen Fehler und Unvollkommenheiten seines Werkes sehr wohl bewußt und weiß recht gut, wie wenig er in den Künsten der Schriftstellerei geschult und bewandert ist. Auch treten seine Mängel noch mehr durch das Mißtrauen hervor, das aus seiner eigentümlichen Lage erwächst. Er schreibt in einem fremden Land und erscheint vor einem Publikum, das er von Kindesbeinen an mit den tiefsten Gefühlen der Ehrfurcht und Verehrung zu betrachten gewohnt ist. Er glüht vor Eifer, dessen Billigung zu verdienen, findet aber, daß gerade dieses Streben seine Kräfte unterbrochen lähmt und ihn jener Leichtigkeit und Zuversicht beraubt, die zu erfolgreicher Arbeit nötig ist. Trotzdem ermutigt ihn die Güte, mit der man ihn behandelt, fortzufahren, in der Hoffnung, daß er mit der Zeit festeren Fuß fassen werde; und so schreitet er weiter, halb dreist, halb schüchtern, erstaunt über sein eigenes Glück und sich wundernd über seine Verwegenheit.

NACHWORT

Ende Januar 1823 entwarf der Dresdener Hofmaler Karl Christian Vogel von Vogelstein in zwei Sitzungen das Porträt eines jungen, elegant gekleideten Mannes mit schönen, regelmäßigen Zügen, modisch gelocktem Haar und ausdrucksvollen, ein wenig träumerischen Augen. Das ganze Gesicht, zumal die ebenso streng wie anmutig geformte Mund- und Nasenpartie, verraten zugleich Festigkeit und Innerlichkeit, Selbstsicherheit und einen leichten Anflug von Schwärmerei, obwohl ihm nichts wild Genialisches anhaftet, wie es uns häufig in romantischen Porträts begegnet: ein kultivierter Herr aus gutem Hause, klug, weltmännisch, sehr sympathisch, zweifellos ein guter Gesellschafter und geistreicher Unterhalter.

Am 1. Februar setzte der Porträtierte mit klaren, ausgewogenen Schriftzügen seine Signatur unter die fertige Bleistiftstudie: Washington Irving, New York.

Aus dem Zusatz „New York", den man an dieser Stelle kaum erwartet, spricht offensichtlich ein gewisser patriotischer Stolz: Auch in Europa, das Irving als seine zweite Heimat empfand, vergißt er nicht, darauf hinzuweisen, daß er nicht nur von Geburt, sondern auch aus Überzeugung Bürger der jungen amerikanischen Nation ist. Damit steht der Amerikaner in Dresden am Beginn einer Entwicklung, die bis zum sprichwörtlich gewordenen Amerikaner in Paris führt und als bemerkenswerte Konstante der amerikanischen Geistesgeschichte gewertet werden muß. Von Irving über Hawthorne, Longfellow, Mark Twain und Henry James bis hin zu Gertrude Stein, Hemingway, Scott Fitzgerald, T. S. Eliot und Henry Miller hat Europa immer wieder hervorragende Vertreter der geistigen Elite Amerikas magisch angezogen, die zwar ihr amerikanisches Erbe nicht leugnen konnten und wollten, aber die Alte Welt als traditionsreichen kulturellen Nährboden oder als Schauplatz geistig-moralischer Auseinandersetzung brauchten.

Bei Irving ist diese Konfrontation der Alten und der Neuen Welt stets gegenwärtig, wenn auch meist in einer recht vordergründigen und naiven Form. Welche Bedeutung Europa für ihn gewinnt, erhellt sowohl aus seinem gesamten Schaffen als auch aus seiner Biographie.

Auf den ersten Seiten des *Skizzenbuchs* lesen wir, daß in Washington Irving, der am 3. April 1783 in New York zur Welt gekommen ist, schon sehr früh die Sehnsucht nach Europa erwacht – nach einem Europa freilich, das nicht im Zeichen der Aufklärung, der Französischen Revolution und mannigfacher sozialer Spannungen steht, sondern ein idyllisches Mittelalter konserviert hat und von Sagen und Legenden übersponnen ist. Diese romantische Vorstellung von Europa bleibt für Irving bestimmend, auch als er die ganz andere europäische Realität längst an Ort und Stelle kennengelernt hat – ein Zeichen für seine beharrliche Neigung, die Wirklichkeit zu simplifizieren und auf das ihm Gemäße zu reduzieren, aber auch für die Begrenztheit seiner dichterischen Welterfahrung.

In den Jahren 1804–06 reist der angehende Schriftsteller, der immerhin schon mit einigen kleineren Essays hervorgetreten ist, zum erstenmal durch Europa, allerdings weniger aus kulturellen als aus gesundheitlichen Gründen, denn Washington Irving, das letzte (und verwöhnteste) von elf Kindern des im übrigen recht gestrengen Kaufmanns William Irving, war von klein auf etwas schwächlich, sensibel und von der Schwindsucht bedroht. Sein Gesundheitszustand bessert sich durch die Europareise merklich, und so kann er bereits Ende 1806 sein juristisches Abschlußexamen ablegen. Er praktiziert dann eine Zeitlang im Anwaltsbüro seines Bruders John in der Wall Street, doch seine Hauptbeschäftigung ist die literarische Zusammenarbeit mit seinem anderen Bruder, William, und mit dem Schriftsteller James K. Paulding. Das Resultat dieser Zusammenarbeit sind die humoristisch-satirischen *Salmagundi*-Essays, die den Stil der englischen „moralischen Wochenschrift" *Spectator* nach Amerika verpflanzen und dem Autor Washington Irving einigen Ruhm eintragen.

Bereits Ende 1809 vollendet Irving, ermutigt durch diesen Anfangserfolg, sein erstes größeres Werk, *Diedrich Knickerbocker's History of New York*, eine witzige, wenn auch etwas weitschweifige Darstellung der Geschichte der Welt von ihrer Erschaffung bis zu den Anfängen New Yorks unter holländischer Herrschaft. Die holländische Frühgeschichte seiner Geburtsstadt hat es dem Yankee Irving offenbar besonders angetan, denn auch im *Skizzenbuch* und in anderen Werken greift er dieses Thema und das humorvoll-behäbige Pseudonym Diedrich Knickerbocker gern wieder auf.

Irvings Arbeit wird im April 1809 schmerzlich unterbrochen

durch den Tod seiner achtzehnjährigen Braut Matilda, der Tochter des Richters Hoffman, bei dem er seine juristische Lehrzeit absolvierte. Das Ereignis geht ihm sehr nahe, und er braucht Monate, ja Jahre, um über den Verlust hinwegzukommen. „Ich kann nicht beschreiben", notiert er in seinem Tagebuch, „in welch schrecklichem Zustand sich mein Geist lange Zeit befand. Ich hatte für nichts mehr Interesse; die Welt erschien mir öde und leer. . . . Ich schien umherzutreiben ohne Zweck und Ziel."

Die innere Unruhe und Ziellosigkeit spiegeln sich in den folgenden Etappen seines äußeren Lebens: 1811 geht er nach Washington, um sich für die Importfirma seiner Brüder, deren stiller Teilhaber er ist, als Lobbyist einzusetzen. Daneben betätigt er sich eine Zeitlang als Herausgeber der Zeitschrift *Analectic Magazine,* die sich mehr oder weniger mit dem Nachdruck ausländischer Zeitschriftenartikel begnügt, aber als Mittlerin zeitgenössischer europäischer Literatur eine wichtige Funktion erfüllt. Ein Jahr später, während des sogenannten „Krieges von 1812" gegen England, der eigentlich gar kein Krieg war, finden wir Irving als Oberst im amerikanischen Generalstab – eine merkwürdige Laune des Schicksals im Leben dieses überaus friedfertigen, menschenfreundlichen Dichters.

Inzwischen geht es mit der brüderlichen Firma immer mehr bergab, und 1815 muß Washington Irving nach Liverpool reisen, um in der dortigen Niederlassung zu retten, was noch zu retten ist. Trotz seinem geschickten Auftreten und selbstlosen Einsatz macht die Firma 1818 Bankrott; sie konnte nicht mehr Schritt halten mit dem Tempo der „industriellen Revolution". Dieses Debakel bedeutet eine Wende in Irvings Leben, denn von nun an ist er gezwungen, vom Ertrag seiner Schriftstellerei zu leben, und zwar zunächst in Europa, das ihn siebzehn Jahre lang festhält.

Glücklicherweise hat er in England sofort seine literarischen Beziehungen aufgefrischt und neue angeknüpft. Die künstlerisch-gesellschaftliche Atmosphäre, in der sich der aristokratisch gesinnte Republikaner Washington Irving bewegt, ist seinem Schaffen außerordentlich günstig, und zumal der Zuspruch von Sir Walter Scott ermutigt ihn, zu einem großen Wurf anzusetzen, zu *The Sketch Book of Geoffrey Crayon,* das 1819–20 in Lieferungen erscheint.

Der Erfolg des *Skizzenbuches* ist ungeheuer. Byron, Coleridge, Moore, Scott und viele andere führende Geister der Zeit sind begeistert, und man rätselt eine Weile herum, wer sich wohl hinter dem treffend gewählten Pseudonym Geoffrey Crayon (zu deutsch etwa: Gottfried Zeichenstift) verberge. Manche tippen sogar auf Walter Scott persönlich, was damals höchste Anerkennung bedeutete. Doch es werden auch kritische Stimmen laut, die Irving mangelnde Originalität vorwerfen, ja ihn gar des Plagiats bezichtigen. Um diese Vorwürfe zu entkräften, die Irving selber durch seine Zitierfreudigkeit und seine zahlreichen Anspielungen provoziert hat, läßt er bereits 1822 ein neues Buch folgen, dessen Titel *Bracebridge Hall* die Anknüpfung an einen Motivkreis des erfolgreichen *Skizzenbuches* verrät. Doch der Erfolg wiederholt sich nicht. Um neue Eindrücke und Anregungen zu sammeln, aber auch, um seine angegriffene Gesundheit wiederherzustellen, unternimmt Irving die eingangs erwähnte Reise durch Deutschland, Österreich, Frankreich, Spanien und Italien, deren Frucht die *Tales of a Traveller* (1824) sind, die allerdings von der Kritik noch schlechter aufgenommen werden.

Irving ist entmutigt und verbringt zwei Jahre zwar nicht untätig, aber doch recht unproduktiv in Frankreich, bevor er 1826 als Attaché nach Spanien berufen wird. In den drei Jahren seines spanischen Aufenthalts verstärken sich seine antiquarischen Neigungen, die bereits im *Skizzenbuch* zutage getreten sind; aus dem Studium der spanischen Geschichte, dem er sich in den alten Bibliotheken von Madrid eifrig widmet, erwachsen rasch hintereinander die vier historisierenden Werke *The Life and Voyages of Christopher Columbus* (1828), *Chronicle of the Conquest of Granada* (1829), *The Companions of Columbus* (1831) und schließlich *The Alhambra* (1832).

Das Erscheinen des zuletzt genannten Buches fällt zusammen mit Irvings Abschied von Europa. Nachdem er von 1829 bis 1832 als Sekretär an der amerikanischen Botschaft in London tätig war, kehrt er in seine Heimat zurück, wo er als erster amerikanischer Schriftsteller von Weltrang begeistert gefeiert wird. Hier war endlich ein Amerikaner „mit der Feder in der Hand und nicht auf dem Kopf", wie es Stanley T. Williams, der bedeutendste neuere Irving-Kenner, pointiert formuliert hat.

Der Enthusiasmus seiner Landsleute einerseits und die kühlere und kritischere Haltung der Europäer andrerseits veranlassen Irving zu dem Versuch, die übermächtige geistige Bindung an Europa abzustreifen und sich intensiver dem eigenen Land zuzuwenden: Er reist in den Wilden Westen (wo er nicht allzu wild ist), schreibt mehrere Bücher über die amerikanischen Pioniere und Eroberer und dilettiert ein wenig in der Politik.

Doch noch einmal kehrt er nach Europa zurück. Von 1842 bis 1846 vertritt er die Vereinigten Staaten mit Eleganz und Würde als Gesandter am spanischen Hof. Nach diesem Intermezzo lebt er bis zu seinem Tod am 28. November 1859 in der amerikanischen Provinz, im idyllischen Sunnyside am Hudson: ein alternder Schriftsteller, der dickleibige Biographien von Oliver Goldsmith, Mohammed und George Washington verfaßt und der – wie mancher alt gewordene Vertreter der romantischen Bewegung – seine Zeit überlebt hat. Der inzwischen angebrochenen großen Epoche der amerikanischen Literatur, die mit den Namen Poe, Hawthorne und Melville verknüpft ist, steht er mit patriarchalischem Wohlwollen, aber im Grunde ziemlich verständnislos gegenüber.

Von dem umfangreichen und weitverzweigten Werk Washington Irvings, das in der Ausgabe von 1897–1903 vierzig Bände umfaßt, hat nur ein Buch die Zeiten überdauert: das *Skizzenbuch*, das schon bei seinem Erscheinen als erster gewichtiger Beitrag des jungen amerikanischen Schrifttums zur Weltliteratur begrüßt wurde und bis heute diese Vorrangstellung behauptet. Mit Irving und seinem Hauptwerk gewann die bis dahin weitgehend provinzielle Literatur der Neuen Welt Anschluß an die internationale, d. h. europäische Tradition. „Washington Irving war unser erster Klassiker", stellt die maßgebende *Literary History of the United States* von Spiller und Thorp lapidar fest.

Irvings Triumph als Initiator einer konkurrenzfähigen amerikanischen Literatur ist freilich keine ausschließlich amerikanische Angelegenheit, denn dazu ist die europäische Komponente in seinem Werk viel zu stark ausgeprägt. Das zeigt sich nicht nur im Stil, der an den Engländern Sterne und Goldsmith, Addison und Steele geschult ist, sondern auch im Gehalt des *Skizzenbuches*, das seine Themen, Motive und Szenerien mit Vorliebe aus Europa bezieht. Doch es ist auffällig und symptomatisch, wie sehr sich Irving bemüht, dem dominierenden europäischen Anteil immer wieder Themen aus der amerikanischen Umwelt gegenüberzustellen, auch wenn ihm dieser literarisch-patriotische Balanceakt nicht ganz glückt, den er in der polemischen Verteidigung Amerikas gegen die Angriffe englischer Literaten (*Englische Schriftsteller über Amerika*) allzusehr forcieren zu müssen glaubt.

Selbst die künstlerisch bedeutendsten Stücke des Bandes, der *Rip van Winkle* und die *Sage von der schläfrigen Schlucht*, die sich zwar einer durch und durch amerikanischen Kulisse bedienen, sind in ihrem Handlungskern und in ihrer Atmosphäre eindeutig europäischen, speziell deutschen, Ursprungs. Der *Rip van Winkle* ist eine freie, sehr originell und humorvoll durchgeführte Variation über Motive der Kyffhäusersage und insbesondere der Sage vom Ziegenhirten „Peter Klaus", die Irving aus J. G. Büschings Nacherzählung der 1800 erschienenen Originalfassung Otmars (Pseudonym von J. C. C. Nachtigall) wohlvertraut war, und in der köstlichen Gespenstererzählung *Sage von der schläfrigen Schlucht* spuken nicht nur die Schauergeschichten der vorromantischen und romantischen Trivialliteratur herum, sondern auch die Rübezahlgestalt und der Wilde Jäger aus Bürgers gleichnamiger Ballade. Den Rübezahl-Sagenkreis kannte Irving vermutlich aus einer englischen Übersetzung (1791) von Musäus' *Volksmärchen der Deutschen,* die William Beckford, dem Verfasser des *Vathek,* zugeschrieben wird, und die Bürgersche Ballade hatte er in der Übertragung von Walter Scott kennengelernt, dem er überhaupt nachdrückliche Hinweise auf die deutsche Dichtung und Volksüberlieferung verdankt. Bezeichnend ist jedoch für den Amerikaner Irving, zumal in der *Sage von der schläfrigen Schlucht,* das bewußte Offenlassen bzw. Unterspielen der Pointe – ein charakteristischer Zug der neueren amerikanischen Short story, als deren Ahnherr der Autor des *Skizzenbuches* mit Recht gilt.

Irvings großes Interesse für eine bestimmte Spielart der damaligen deutschen Literatur, das im *Skizzenbuch* mannigfaltige Spuren hinterlassen hat, ist nicht weiter verwunderlich. Einerseits standen die deutsche Dichtung (vor allem Wieland, Bürger, Schiller, Goethe, Tieck und Hoffmann) und die zahlreichen Sammlungen deutscher Sagen, Märchen und Legenden, von Musäus bis zu den Brüdern Grimm, international hoch im Kurs, andrerseits kam gerade das folkloristische Element in der deutschen Literatur der Zeit den persönlichen Neigungen Irvings sehr entgegen. Deutschland war für Irving und viele seiner Zeitgenossen der Inbegriff des Phantastischen, Unheimlichen und Romantisch-Gespenstischen, die Urheimat einer reichen mittelalterlichen Sagen- und Märchentradition, und aus einer solchen Perspektive erklärt sich mühelos Irvings anachronistisches Deutschlandbild.

Diese einseitige Auffassung spiegelt sich auch in der Auswahl deutscher Bücher, die Irving, der die deutsche Sprache leidlich beherrschte, in seine Privatbibliothek aufgenommen und die

Walter A. Reichart im Anhang seiner gründlichen Untersuchung *Washington Irving and Germany* (Ann Arbor 1957) zusammengestellt hat. Neben den wichtigsten Werken von Goethe, Schiller, Wieland, Musäus etc. finden sich hier allerlei heute fast vergessene, aber damals vielbeachtete Titel, wie beispielsweise: *Das Gespensterbuch* von Apel und Laun, die *Volks-Sagen, Märchen und Legenden* des bereits genannten Büsching, *Die Sagen und Volksmährchen der Deutschen* von Gottschalck, *Sagen der Vorzeit* von Weber, die *Scenen aus dem Geisterreich* von Jung-Stilling.

Irvings intensive Beschäftigung mit der deutschen und allgemein der europäischen Vergangenheit ist jedoch nicht nur Ausdruck einer modischen Vorliebe für das malerische historische Detail, sondern verweist auf Tieferes, auf das eigentliche Grundthema seines Schaffens, das er zwar nie abstrakt formuliert, aber in seinen Schriften allenthalben mehr oder weniger unbewußt anklingen läßt, wie S. T. Williams überzeugend nachgewiesen hat. Es ist das Problem des Wechsels, der Veränderung und Vergänglichkeit irdischer Verhältnisse und menschlicher Leistung. Gerade im *Skizzenbuch* finden sich zahllose Belege dafür.

Der Begriff *change* (Wechsel) und seine Synonyme durchziehen leitmotivartig das ganze Buch, und es ist sicherlich kein Zufall, wenn dieses Schlüsselwort im exponierten Einleitungssatz des *Rip van Winkle* gleich dreimal hintereinander erscheint. Überhaupt läßt sich die Geschichte des Pantoffelhelden Rip, der nach zwanzigjährigem Zauberschlaf auf den Catskill-Bergen in einer völlig veränderten Welt erwacht, ohne Zwang als mild satirische Allegorie dieses Irvingschen Grundgedankens deuten. In weniger kunstvoller Einkleidung taucht er auch in vielen anderen Stücken des *Skizzenbuches* auf, etwa in den Betrachtungen über das allmähliche Aussterben des alten Brauchtums, über das England Shakespeares und die Westminster-Abtei, in der Darstellung des Dichters William Roscoe, in der Erzählung *Kleinbritannien* und vor allem in dem geistreich-melancholischen Feuilleton *Über die Wandelbarkeit der Literatur*.

Ein Titel wie der zuletzt genannte ist bezeichnend für den Schriftsteller Washington Irving, der die Literatur nicht mit tierischem Ernst, sondern stets – trotz gelegentlichem Zwang und wachsendem Selbstvertrauen – als die kultivierte, „verfeinerte" Liebhaberei eines Gentlemans betrieben hat. Er wußte, daß die Bäume der Literatur nur selten in den Himmel wachsen, und die leicht resignierte Einsicht in die Wandelbarkeit des literarischen

Urteils und Geschmacks mag ihn über die unterschiedliche Bewertung des eigenen Werks hinweggetröstet haben, die schon zu seinen Lebzeiten einsetzte. Als Beispiel für die kritische Haltung seiner Zeitgenossen sei hier nur E. A. Poe zitiert, der meinte, Irving werde „sehr überschätzt", und ihm die „zahme Schicklichkeit und Makellosigkeit seines Stils" vorwarf – mit einigem Recht, wie wir zugeben müssen.

Washington Irving war kein Stürmer und Dränger, kein eifernder Weltverbesserer und schöpferischer Neuerer, sondern ein beschaulicher Freund der kleinen Dinge, ein wehmütiger Weltbetrachter, der das Werden und Vergehen aus der Distanz des Humors und der wohlwollenden Satire beobachtet und in anmutiger, gefälliger Sprache zum Ergötzen seiner Leser wiederzugeben versucht. Das Herz galt ihm mehr als das Gehirn, menschliche Wärme mehr als kaltes Kalkül, stimmungsvolles Romantisieren mehr als unbeschönigte Wirklichkeitsdarstellung. So ist aus heutiger Sicht die persönliche Integrität des Dichters, die sich am liebenswürdigsten in der autobiographisch getönten Skizze *Der Angler* offenbart und sich auch sonst als unaufdringliches, aber entschiedenes Eintreten für Menschlichkeit und Menschenwürde äußert, im allgemeinen höher einzuschätzen als seine literarische Leistung, und nur selten ist es ihm gelungen, menschliche Substanz und künstlerischen Anspruch so weitgehend in Einklang zu bringen wie in seinem Meisterwerk, dem *Skizzenbuch*.

Siegfried Schmitz

INHALT

Hawthorne, neben Melville und Poe wichtigster Vertreter der
»dunklen« amerikanischen Romantik, interessierte stets das
Verborgene: Dinge jenseits unserer begrenzten Wahrnehmung,
unsere Traumata und unsere Zukunft. So geht es in dieser Auswahl
an schauerromantischen Erzählungen um Fragen des Glaubens
und um Leben und Tod. In diesem Kontext kommt es zu bizarren
und verstörenden Begebenheiten. Edgar Allan Poe entwickelte
anhand dieser Erzählungen übrigens die Theorie der Short Story.

554 Seiten
ISBN 978-3-491-96208-8